JN339752

이광수 장편소설
무정

책임 편집 · 김철
연세대학교 국어국문학과와 같은 과 대학원 졸업.
현재 연세대학교 국어국문학과 교수.
저서로는 『잠 없는 시대의 꿈』 『구체성의 시학』 『국문학을 넘어서』 『국민이라는 노예』
『복화술사』 등이 있음.

한국문학전집 19

무정

이광수 장편소설

초판 1쇄 발행 2005년 11월 11일
초판 32쇄 발행 2025년 9월 26일

지 은 이   이광수
책임 편집   김철
펴 낸 이   이광호
펴 낸 곳   ㈜문학과지성사
등록번호   제1993-000098호

주   소   04034 서울 마포구 잔다리로7길 18(서교동 377-20)
전   화   02)338-7224
팩   스   02)323-4180(편집) 02)338-7221(영업)
전자우편   moonji@moonji.com
홈페이지   www.moonji.com

ⓒ ㈜문학과지성사, 2005. Printed in Seoul, Korea

ISBN 89-320-1647-X 04810
ISBN 89-320-1552-X(세트)

이 책의 판권은 저작권자와 ㈜문학과지성사에 있습니다.
서면 동의 없는 무단 전재 및 복제를 금합니다.

이광수 장편소설
무정

김철 책임 편집

문학과지성사 한국문학전집 19

| 차례 |

일러두기 • 6

서문 • 7
무정 • 10

주 • 474
작품 해설
"내가 누구인지 말할 수 있는 자는 누구인가?"
──『무정』을 읽는 몇 가지 방법 / 김철 • 493
작가 연보 • 513
주요 작품 목록 • 520
참고 문헌 • 532
기획의 말 • 536

| 일러두기 |

1. 『무정』은 1917년 1월 1일부터 6월 14일까지 126회에 걸쳐 매일신보에 연재된 춘원(春園) 이광수(李光洙)의 첫 장편소설이다. 단행본으로는 1918년 7월 신문관·동양서원에서 육당(六堂) 최남선(崔南善)이 부친 서문 4면 및 본문 623면의 1책으로 처음 간행되었다. 이 책은 그 단행본을 저본으로 삼되, 매일신보에 연재된 판본 및 그 후에 출간된 여러 단행본과 각종 전집 등 확인할 수 있는 모든 판본들을 비교·검토하였다. 판본의 비교는 『바로잡은『무정』』(김철 校註, 문학동네, 2003)을 따랐다. 따라서 이 책은 교열(校閱)과 이본 조합(異本照合)을 거친 '결정본'이자 '비평적 정본'이다.
2. 이 책의 맞춤법은 1988년 1월 19일 문교부 교시 '한글 맞춤법'에 따르는 것을 원칙으로 하였다. 단 작품의 분위기에 영향을 준다고 판단되는 방언이나 구어체 표현, 의성어, 의태어 등은 그대로 두었다.
    예) 노형 같은 이가 드물으시니까.
    예) 울지 말어라. 이제 얼마 아녀서 네 아버지께서 나오시느니라.
3. 한자 표기는 저본에 괄호 처리되어 있는 것을 그대로 따랐으며, 명백하게 잘못된 경우에만 바로잡았다.
4. 대화를 표시하는 『 』 혹은 「 」은 모두 " "로, 등장인물의 머릿속 생각이나 강조하는 뜻을 표시하는 경우에는 ' '로 바꾸었다. 또 책 제목은 『 』로, 시·악곡 등의 작품 제목은 「 」로 표시했다.
5. 외래어 표기는 1986년 1월 7일 문교부 교시 '외래어 표기법'에 따라 바꾸었다(예). 특히 일본어의 경우에는 원문대로 표기하고 미주에 일본어 표기를 밝혔다.
    예) 스트라익→스트라이크
6. 구두점과 문장 부호, 행갈이 등은 신문 연재본과 단행본들을 두루 참고하여 결정하되 교열을 최소화했다.
7. 책임 편집자가 부가적인 설명이나 단어 풀이가 필요하다고 판단한 경우에는 책의 뒤쪽에 미주로 설명을 붙여놓았다.

서문

　누가 마음 있는 이며 누가 느낌 있는 이며 누가 입 있는 이뇨. 남보담 곱 되는 설움과 아픔과 갑갑함을 가진 우리네 가운데 아무 들리는 소리의 없음이 이럴 수 없도다. 아무 넋두리와 아무 푸념과 아무 하소연의 없음이 이럴 수 없도다.

　소리! 소리! 우리는 참소리에 주리는도다. 소리를 그리는도다. 커단 소리가 어디서든지 생겨 나와서 우리의 몸과 마음을 아울러 이렇듯 쓸쓸하고 답답한 구렁에서 건져내주지 아니하면 우리의 목구멍에서는 먼지가 날 것이요 우리의 가슴에서는 불결이 일 것이요 우리 목숨의 더날이는 시들고 마르다가 마침내 굶어 죽고 말리로다. 우리의 생각엣살림이 그만저만 거덜나고 말리로다. 아아, 소리! 네가 나를 죽이려는가.

　그러나 어지신 검[1]이 그의 큼직한 그릇을 우리 때문에 아끼지 아니하시어 외배(春園의 本名)란 쇠북[2]이 우리네 사이에 있게 되도다. 그에게 갖은 소리를 지닌 줄이 있으며 갖은 가락을 감춘 고동이 있어 고르는 대로 트는 대로 듣고 싶은 소리가 샘솟듯 나오며 알고 싶은 가락을 실 낚듯 잣게 되도다. 그의 덕에 아프면 앓는 소리, 즐거우면 웃는 소리, 갑갑한 때 부르짖음, 시원한 때 지저귀림,[3] 떠들기, 속살거리기를 마음대로 할 수 있게 되도다.

혼자매 크지 못하도다. 그러나 빈 들에 부르짖는 소리는 본디 떼 지어 하는 것 아니로다. 벗 부르는 맹꽁이 소리는 하나가 비롯하여 온 벌이 어우르는 것이로다. 그가 없었더면 어찌하였을꼬 하는 생각을 하면 소름이 끼치며 그가 없으면 어찌 될꼬 하면 손에서 땀이 나나니 끔찍코 대단한 것이 그가 아니냐. 그는 참 우리의 보배로다, 나라의 꽃이로다.

이제 그가 넓적한 얼굴을 무리 앞에 내놓고 동트는 기별을 울리기 비롯하였도다. 『무정(無情)』은 그 첫소리로다. 둥둥거리는 이 울림이야말로 우리의 마음의 움이 눈트는[4] 기별이며 생각엣살림이 신날[5] 꼬는 기별이며 오래오래 먼지 앉은 박달[6]의 글월이 새 빛을 내며 새 치부책장을 넘김이로다. 모래밭 같은 우리 땅에는 외로워도 큰 샘터요 무겁[7]에 싸인 우리 귀에는 홑이라도 큰 '하모니' 되려든, 하물며 외배란 북은 때리지 아니하여도 저절로 울며 한번 울기 비롯하면 다시 그칠 줄 모름이랴. 이 소리에 불려 일어나고 이 울림에 깨우쳐 움직거릴[8] 구멍이 누리에 그득함이랴. 낱사람[9] 외배와 작은 책 『무정』의 그림자가 어떻게 크며 울림이 어떻게 넓다 하랴. 이로써 비롯한 이 땅 이 사람의 소리가 늘고 붇고 가다듬어져서 마침내 하늘과 사람을 아울러 기껍게 할 줄을 믿을 때에 누가 다시 가슴 앓는 벙어리 될까를 설워하랴. 무궁화 동산[10]의 아름다운 꽃이 누리의 고움을 더하는 큰 거리가 못 되겠다고 걱정하랴. 울어라, 울어라, 줄기차게만 울어라.

한샘[11]

무정

1

경성학교 영어 교사 이형식은 오후 두 시 사년급 영어 시간을 마치고 내리쪼이는 유월 볕에 땀을 흘리면서 안동 김장로의 집으로 간다. 김장로의 딸 선형(善馨)이가 명년 미국 유학을 가기 위하여 영어를 준비할 차로 이형식을 매일 한 시간씩 가정교사로 고빙하여' 오늘 오후 세 시부터 수업을 시작하게 되었음이라. 이형식은 아직 독신이라 남의 여자와 가까이 교제하여본 적이 없고, 이렇게 순결한 청년이 흔히 그러한 모양으로 젊은 여자를 대하면 자연 수줍은 생각이 나서 얼굴이 확확 달며 고개가 저절로 숙어진다. 남자로 생겨나서 이러함이 못생겼다면 못생겼다고도 하려니와 저 여자를 보면 아무러한 핑계를 얻어서라도 가까이 가려 하고 말 한마디라도 하여보려 하는 잘난 사람들보다는 나으니

라. 형식은 여러 가지 생각을 한다. 우선 처음 만나서 어떻게 인사를 할까. 남자 남자 간에 하는 모양으로 '처음 보입니다. 저는 이형식이올시다' 이렇게 할까. 그러나 잠시라도 나는 가르치는 자요 저는 배우는 자라, 그러면 미상불² 무슨 차별이 있지나 아니할까. 저편에서 먼저 내게 인사를 하거든 그제야 나도 인사를 하는 것이 마땅하지 아니할까. 그것은 그러려니와 교수하는 방법은 어떻게나 할는지. 어제 김장로에게 그 부탁을 들은 뒤로 지금껏 생각하건마는 무슨 묘방이 아니 생긴다. 가운데 책상을 하나 놓고 거기 마주 앉아서 가르칠까. 그러면 입김과 입김이 서로 마주치렷다. 혹 저편 히사시가미³가 내 이마에 스칠 때도 있으렷다. 책상 아래서 무릎과 무릎이 가만히 마주 닿기도 하렷다. 이렇게 생각하고 형식은 얼굴이 붉어지며 혼자 빙긋 웃었다. 아니아니! 그러다가 만일 마음으로라도 죄를 범하게 되면 어찌하게. 옳다! 될 수 있는 대로 책상에서 멀리 떠나 앉았다가 만일 저편 무릎이 내게 닿거든 깜짝 놀라며 내 무릎을 치우리라. 그러나 내 입에서 무슨 냄새가 나면 여자에게 대하여 실례라, 점심 후에는 아직 담배는 아니 먹었건마는. 하고 손으로 입을 가리고 입김을 후 내불어 본다. 그 입김이 손바닥에 반사되어 코로 들어가면 냄새의 유무를 시험할 수 있음이라. 형식은 아뿔싸! 내가 어찌하여 이러한 생각을 하는가, 내 마음이 이렇게 약하던가 하면서 두 주먹을 불끈 쥐고 전신에 힘을 주어 이러한 약한 생각을 떼어버리려 하나 가슴속에는 이상하게 불길이 확확 일어난다. 이때에

"미스터 리. 어디로 가는가" 하는 소리에 깜짝 놀라 고개를 들

었다. 쾌활하기로 동류⁴ 간에 유명한 신우선(申友善)이가 대팻밥 모자⁵를 잦혀 쓰고 활개를 치며 내려온다. 형식은 자기 마음속을 꿰뚫어 보지나 아니한가 하여 두 뺨이 한 번 더 후끈하는 것을 겨우 참고 지어서 쾌활하게 웃으면서 "오래 맥혔구려" 하고 손을 잡아 흔들었다.

"오래 맥혔구려는 무슨 맥혔구려야. 일전에 허교하기로⁶ 약속하지 않았는가."

형식은 얼마큼 마음에 수치한 생각이 나서 고개를 돌리며

"아직 그런 말에 익숙지를 못해서……" 하고 말끝을 못 맺는다.

"대관절 어디로 가는 길인가. 급지 않거든 점심이나 하세그려."

"점심은 먹었는걸."

"그러면 맥주나 한잔 먹지."

"내가 술을 먹는가."

"그만두게. 사나이가 맥주 한잔도 못 먹으면 어떡한단 말인가. 자, 잡말 말고 가세" 하고 손을 끌고 안동 파출소 앞 청국 요릿집으로 들어간다.

"아닐세. 다른 날 같으면 사양도 아니 하겠네마는" 하고 '다른 날'이란 말이 이상하게나 아니 들렸는가 하여 가슴이 뛰면서 "오늘은 좀 일이 있어."

"일? 무슨 일? 무슨 술 못 먹을 일이 있단 말인가."

다른 사람 같으면 이러한 경우에 다만 '급히 좀 볼일이 있어' 하면 그만이려니와 워낙 정직하고 내약한⁷ 형식이라 조금이라도

거짓말을 못하여 한참 주저주저하다가

"세 시부터 개인 교수가 있어."

"영어?"

"응."

"어떤 사람인데 개인 교수를 받아."

형식은 말이 막혔다. 우선은 남의 폐간[8]을 꿰뚫어 볼 듯한 두 눈으로 형식의 얼굴을 유심하게 들여다본다. 형식은 눈이 부신 듯이 고개를 숙인다.

"응. 어떤 사람인데 말을 못하고 얼굴이 붉어지나, 응."

형식은 민망하여 손으로 목을 쓸어 만지고 하염없이 웃으며

"여자야."

"요—. 오메데또오.[9] 이이나즈께(약혼한 사람)[10]가 있나 보에그려. 움. 나루호도(그러려니).[11] 그러구도 내게는 아무 말도 없단 말이야. 에, 여보게" 하고 손을 후려친다.

형식이 하도 심란하여 구두로 땅을 파면서

"아니야, 저, 자네는 모르겠네, 김장로라고 있느니……"

"옳지. 김장로의 딸일세그려, 응. 저, 옳지 작년이지, 정신여학교를 우등으로 졸업하고 명년 미국 간다는 그 처녀로구먼. 베리 굿."

"자네 어떻게 아는가."

"그것 모르겠나. 이야시꾸모[12] 신문기자가. 그런데 언제 엥게지멘트[13]를 하였는가."

"아니어, 영어 준비를 한다고 날더러 매일 한 시간씩 와달라기

에 오늘 처음 가는 길일세."

"아따. 나를 속이면 어쩔 터인가."

"엑."

"허허, 그가 유명한 미인이라데. 자네 힘에 웬걸 되겠나마는 잘 얼러보게. 그러면 또 보세" 하고 대팻밥 벙거지를 벗어 활활 부채질을 하며 교동 골목으로 내려간다. 형식은 이때껏 그의 너무 방탕함을 허물하더니 오늘은 도리어 그 파탈하고[14] 쾌활함이 부러운 듯하다.

2

미인이라는 말도 듣기 싫지는 아니하거니와 이이나즈께, 엥게지멘트라는 말이 이상하게 기쁘게 들린다. 그러나 '자네 힘에 웬걸 되겠는가' 하였다. 과연 형식은 아무 힘도 없다. 황금 시대에 황금의 힘도 없고 지식 시대에 남이 우러러볼 만한 지식의 힘도 없고 예수 믿는 지는 오래나 워낙 교회에 뜻이 없으매 교회 내의 신용조차 그리 크지 못하다. 아무 지식도 없고 아무 덕행도 없는 아이들이 목사나 장로의 집에 자주 다니며 알른알른하는[15] 덕에 집사도 되고 사찰[16]도 되어 교회 내에서 젠체하는 꼴을 볼 때마다 형식은 구역이 나게 생각하였다. 실로 형식에게는 시철[17] 하이칼라 처자의 애정을 끌 만한 아무 힘도 없다. 이런 생각을 하고 형식은 자연히 낙심스럽기도 하고 비감스럽기도 하였다. 이럴 즈음에 김광현(金光鉉)이라 문패 붙은 집 대문에 다다랐다. 비록 두 벌 옷도 가지지 말라는 예수의 사도연마는 그도 개명하면 땅도 사고 은행 저금도 하고 주권과 큰 집도 사고 수십 인 하인도 부리는 것이라. 김장로는 서울 예수교회 중에도 양반이요 재산가로 두세째에 꼽히는 사람이라. 집도 꽤 크고 줄행랑조차 십여 간이 늘어 있다. 형식은 지위와 재산의 압박을 받는 듯해 일변 무섭기도 하고 불쾌하기도 하면서 소리를 가다듬어 "이리 오너라" 하였다. 그러나 그 목소리는 아무리 하여도 뚝 자리가 잡히지 못하고 시골 사람이 처음 서울 와서 부르는 소리와 같이 어리고 떨리는 맛이 있다.

"안으로 들어오시랍니다" 하는 어멈의 말을 따라 새삼스럽게 가슴을 두근거리면서 중문을 지나 안대청에 오르다. 전 같으면 외객이 중문 안에를 들어설 리가 없건마는 그만하여도 옛날 습관을 많이 고친 것이라. 대청에는 반양식으로 유리문도 하여 달고 가운데는 무늬 있는 책상보 덮은 테이블과 네다섯 개 홍모전[18] 교의가 있고 북편 벽에 길이나 되는 책장에 신구서적이 쌓였다. 김장로가 웃으면서 툇마루에 나와 형식이가 구두끈 끄르기를 기다려 손을 잡아 인도한다. 형식은 다시 온공하게[19] 국궁례[20]를 드린 후에 권하는 대로 교의에 앉았다. 김장로는 이제 사십오륙 세 되는 깨끗한 중노인이라. 일찍 국장도 지내고 감사도 지낸 양반으로서 십여 년 전부터 예수교회에 들어가 작년에 장로가 되었다. 김장로가 형식에게 부채를 권하며

"매우 덥구려. 자, 부채를 부치시오."

"예, 금년 두고 처음인가 봅니다" 하고 부채를 들어 두어 번 부치고 책상 위에 놓았다. 장로가 책상 위에 놓인 초인종을 두어 번 울리니 건넌방으로서 "예" 하고 열너덧 살 된 어여쁜 계집아이가 소반에 유리 대접과 은으로 만든 서양 숟가락을 놓아 내다가 형식의 앞에 놓는다. 보기만 해도 시원한 복숭아화채에 한 줌이나 될 얼음을 띄웠다. 손이 오기를 기다리고 미리 만들어두었던 모양이라.

"자, 더운데 이것이나 마시오" 하고 장로가 친히 숟가락을 들어 형식을 준다. 형식은 사양할 필요도 없다 하여 연해 십여 술을 마셨다. 마음 같아서는 두 손으로 쳐들고 죽 들이켜고 싶건마는 혹 남 보기에 체면 없어 보일까 저어하여 더 먹고 싶은 것을 참고 술을 놓았다. 그만하여도 얼마큼 속이 뚫리고 땀이 걷고 정신이 쇄락하여진다.[21] 장로는

"일전에도 말씀하였거니와 내 딸을 위하여 좀 수고를 하셔야 하겠소. 분주하신 줄도 알지마는 달리 청할 사람이 없소구려. 영어를 아는 사람이야 많겠지요마는 그렇게……어……말하자면……노형 같은 이가 드무시니까" 하고 잠시 말을 끊고 '너는 신용할 놈이지' 하는 듯이 형식을 본다. 형식은 남이 젊은 딸을 제게 맡기도록 제 인격을 신용하여주는 것이 한껏 기쁘고 자랑스러우면서도 아까 입에 손을 대고 냄새 나는 것을 시험하던 생각을 하면 부끄럽고 죄송스러운 마음이 복받쳐 올라온다. 그러나 기실 장로는 여러 사람의 말도 듣고 친히 보기도 하여 형식의 인격을 아주 신용하므로 이번 계약을 맺은 것이라. 여간 잘 알아보

지 아니하고야 미국까지 보내려는 귀한 딸을 젊은 교사에게 다만 매일 한 시간씩이라도 맡길 리가 없는 것이라. 장로는 다시 말을 이어

"하니까 노형께서 맡아서 일 년 동안에 무엇을 좀 알도록 가르쳐주시오."

"제가 아는 것이 없어서 그것이 민망하올시다."

"천만. 영어뿐 아니라 노형의 학식은 내가 다 들어 아는 바요" 하고 다시 초인종을 울리니 아까 나왔던 계집아이가 나온다.

"애, 이것(화채 그릇) 들여가고 마님께 아씨 데리고 이리 나옵소사고 여쭈어라."

"예" 하고 소반을 들고 들어가더니 저편 방에서 소곤소곤하는 소리가 들린다. 형식은 장차 일생에 처음 당하는 무슨 큰일을 기다리는 듯이 속이 자못 덜렁덜렁하며 가슴이 뛰고 두 뺨이 후끈후끈한다. 형식은 장로의 눈에 아니 띄리만큼 가만가만히 옷깃을 바르고 몸을 바르고 눈과 얼굴에 아무쪼록 점잖은 위엄을 보이려 한다.

이윽고 건넌방 발이 들리며 나이 사십이 될락 말락 한 부인이 연옥색 모시 적삼, 모시 치마에 그와 같이 차린 여학생을 뒤세우고 테이블 곁으로 온다. 형식은 반쯤 고개를 숙이고 일어나서 공손하게 읍하였다.[22] 부인과 여학생도 읍하고 장로의 가리키는 교의에 걸앉는다.[23] 형식도 앉았다.

3

장로가 형식을 가리키며

"이 어른이 내가 매양 말하던 이형식씨요. 젊으시지마는 학식이 도저하고 또 문필로 유명한 어른이오. 이번 선형에게 영어를 가르쳐줍소사 하고 내가 청하였더니 분주하심도 헤아리지 아니시고 이처럼 허락을 하여주셨소. 이제부터 매일 오실 터이니까 내가 출입하고 없더라도 마누라가 잘 접대를 하셔야 하겠소" 하고 다시 형식을 향하여

"이가 내 아내요, 저 애가 내 딸이오. 이름은 선형인데 작년에 정신학교라고 졸업은 하였지마는 아무것도 모르는 어린애요."

형식은 누구를 향하는지 모르게 고개를 숙였다. 부인과 선형이도 답례를 한다. 부인은 형식을 보며

"제 자식을 위하여 수고를 하신다니 감사하올시다. 젊으신 이가 언제 그렇게 공부를 많이 하셨는지, 참 은혜 많이 받으셨삽네다."

"천만의 말씀이올시다" 하고 형식은 잠깐 고개를 들어 부인을 보는 듯 선형을 보았다. 선형은 한 걸음쯤 그 모친의 뒤에 피하여 한편 귀와 몸의 반편이 그 모친에게 가렸다. 고개를 숙였으매 눈은 보이지 아니하나 난 대로 내버린 검은 눈썹이 하얗고 널찍한 이마에 뚜렷이 춘산[24]을 그리고, 기름도 아니 바른 까만 머리는 언제나 빗었는가 흐트러진 두어 오리가 불그레한 복숭아꽃 같은

두 뺨을 가리어 바람이 부는 대로 하느적하느적 꼭 다문 입술을 때리고, 깃 좁은 가는 모시 적삼으로 혈색 좋은 고운 살이 몽롱하게 비치며 무릎 위에 걸어놓은 두 손은 옥으로 깎은 듯 불빛에 대면 투명할 듯하다. 그 부인은 원래 평양 명기 부용이라는 인물 좋고 글 잘하고 가무에 빼어나 평양 춘향이라는 별명 듣던 사람이러니 이십여 년 전 김장로의 부친이 평양에 감사로 있을 때에 당시 이십여 세 풍류남아이던 책방도령 이도령——아니라 김도령의 눈에 들어 십여 년 김장로의 소실로 있다가 본부인이 별세하자 정실로 승차하였다.[25] 양반의 가문에 기생 정실이 망령이어니와 김장로가 예수를 믿은 후로 첩 둠을 후회하나 자녀까지 낳고 십여 년 동거하던 자를 버림도 도리에 그르다 하여 매우 양심에 괴롭게 지내다가 행인지 불행인지 정실이 별세하므로 재취하라는 일가와 붕우의 권유함도 물리치고 단연히 이 부인을 정실로 삼았음이라. 부인은 사십이 넘어서 눈초리에 가는 주름이 약간 보이건마는 옛날 장부의 간장을 녹이던 아리땁고 얌전한 모습을 지금도 볼 수 있다. 선형의 눈썹과 입 언저리는 그 모친과 추호불차하니,[26] 이 눈썹과 입만 가지고도 족히 미인 노릇을 할 수가 있으리라. 형식은 선형을 자기의 누이라고 생각하였다. 이는 형식이가 남의 처녀를 대할 때마다 생각하는 버릇이니 형식은 처녀를 대할 때에 누이라고밖에 더 생각할 줄을 모르는 사람이라. 그러면서도 알 수 없는 것은 가슴속에 이상한 불길이 일어남이니 이는 청년 남녀가 가까이 접할 때에 마치 음전과 양전이 가까워지기가 무섭게 서로 감응하여 불꽃을 날리는 것과 같이 면치 못할 일이며 하늘이 만물을 내실 때에 정한 일이라. 다만 사회의 질서를 유지하기 위하여 도덕과 수양의 힘으로 제어할 뿐이니라. 형식이 말없이 앉았는 양을 보고 장로가 선형더러

"얘, 지금 곧 공부를 시작하지. 아차, 순애는 어디 갔느냐. 그 애도 같이 배워라. 나도 틈 있는 대로는 배울란다."

"예" 하고 선형이가 일어나 저편 방으로 가더니 책과 연필을 가지고 나온다. 그 뒤로 선형과 동년배 되는 처녀가 그 역시 책과 연필을 들고 나와 공순하게[27] 읍한다. 장로가 "이 애가 순앤데 내 딸의 친구요, 부모도 없고 집도 없는 불쌍한 아이요" 하는 말을 듣고 형식은 자기와 자기의 누이의 신세를 생각하고 다시금 순애의 얼굴을 보았다. 의복과 머리를 선형과 꼭 같이 하였으니 두 사람의 정의를 가히 알려니와 다만 속이지 못할 것은 어려서부터 세상 풍파에 부대낀 빛이 얼굴에 박혔음이라. 그 빛은 형식이가 거울에 자기 얼굴을 볼 때에 있는 것이요 불쌍한 자기 누이를 볼 때에 있는 것이라. 형식은 순애를 보매 지금껏 가슴에 울렁거리던 것이 다 스러지고 새롭게 무거운 듯한 감정이 생겨 부지불각에 동정의 한숨이 나오며 또 한 번 순애를 보았다. 순애도 형식을 본다.

장로와 부인은 저편 방으로 들어가고 형식과 두 처녀가 마주 앉았다. 형식은 힘써 침착하게

"이전에 영어를 배우셨습니까."

하고 이에 처음 두 처녀의 목소리를 듣게 되었다. 그러나 두 처녀는 고개를 숙이고 아무 대답이 없다. 형식도 어이없이 앉았다가

다시

"이전에 좀 배우셨는가요."

그제야 선형이가 고개를 들어 그 추수[28]같이 맑은 눈으로 형식을 보며

"아주 처음이올시다. 이 순애는 좀 알지마는."

"아니올시다, 저도 처음입니다."

"그러면 에이, 비, 시, 디도?……그것은 물론 알으실 터이지요마는."

여자의 마음이라 모른다기는 참 부끄러운 것이라 선형은 가지나 붉은 뺨이 더 붉어지며

"이전에는 외웠더니 다 잊었습니다."

"그러면 에이, 비, 시, 디부터 시작하리까요."

"예" 하고 둘이 함께 대답한다.

"그러면 그 공책과 연필을 주십시오. 제가 에이, 비, 시, 디를 써드릴 것이니."

선형이가 두 손으로 공책에다 연필을 받쳐 형식을 준다. 형식은 공책을 펴놓고 연필 끝을 조사한 뒤에 똑똑하게 a b c d를 쓰고 그 밑에다가 언문으로 '에이' '비' '시—' 하고 발음을 달아 두 손으로 선형에게 주고 다시 순애의 공책을 당기어 그대로 하였다.

"그러면 오늘은 글자만 외기로 하고 내일부터 글을 배우시지요. 자, 한번 읽읍시다. 에이." 그래도 두 학생은 가만히 있다. "저 읽는 대로 따라 읽읍시오. 자, 에이. 크게 읽으셔요. 에이."

형식은 기가 막혀 우두커니 앉았다. 선형은 웃음을 참느라고 입술을 꼭 물고 순애도 웃음을 참으면서 선형의 낯을 쳐다본다. 형식은 부끄럽기도 하고 답답하기도 하여 당장 일어나서 나가고 싶은 생각이 난다. 이때에 장로가 나오면서

"읽으려무나, 못생긴 것. 선생님 시키시는 대로 읽지 않고."

그제야 웃음을 그치고 책을 본다. 형식은 하릴없이 또 한 번

"에이."

"에이."

"비—."

"비—."

"시—."

"시—."

이 모양으로 '와이' '제트'까지 삼사 차를 같이 읽은 후에 내일까지 음과 글씨를 다 외우기로 하고 서로 경례하고 학과를 폐하였다.

4

형식은 김장로 집에서 나와서 바로 교동 자기 객주로 돌아왔다. 마치 술 취한 사람 모양으로 아무 생각도 없이 어디로 가는지도 모르고 다만 일 년 넘어 다니던 습관으로 집에 왔다. 말하자면 형식이가 온 것이 아니요 형식의 발이 끌고 온 모양이라. 주인 노파

가 저녁상을 차리다가 치마로 손을 씻으면서

"이선생, 웬일이시오" 하고 이상하게 웃는다. 형식은 눈이 둥그레지며

"왜요?"

"아니, 그처럼 놀라실 것은 없지마는……"

"왜 무슨 일이 생겼어요?" 하고 우뚝 서서 노파를 본다. 노파는 그 시치미 떼고 놀라는 양이 우스워서 혼자 깔깔 웃더니

"아까, 석 점쯤 해서 어떤 어여쁜 아가씨가 선생을 찾아오셨는데 머리는 여학생 모양으로 하였으나 아무리 보아도 기생 같습데다. 선생님도 그런 친구를 사귀는지."

"어떤 아가씨? 기생?" 하고 형식은 고개를 기웃기웃하며 구두끈을 끄르고 마루에 올라서면서

"서울 안에는 나를 찾아올 여자가 한 사람도 없는데. 아마 잘못 알고 왔던 게로구려."

"에그, 저것 보아. 아주 모르는 체하시지. 평양서 오신 이형식 씨라고 똑똑히 그러던데."

형식은 먹먹히 하늘만 쳐다보고 앉았더니

"암만해도 모를 일이외다. 그래 무슨 말은 없어요?"

"이따가 저녁에 또 온다고 하고 매우 섭섭해서 갑데다."

"그래 나를 아노라고 그래요?"

"에그. 모르는 이를 왜 찾을꼬. 자, 들어가셔서 저녁이나 잡수시고 기다리십시오. 밥맛이 달으시겠습니다."

형식에게는 그런 말이 귀에 들어오지도 아니한다. 과연 형식을

찾을 여자가 있을 리가 없다. 장차 김선형이나 윤순애가 형식을 찾아오게 될는지는 모르거니와 지금 어느 여자가 형식을 찾으리오. 하물며 기생인 듯한 여자가. 형식은 밥상을 앞에 놓고 아무리 생각하여도 알 수 없어 좀 지나면 온다 하였으니 그때가 되면 알리라 하고 저녁을 먹었다. 저녁을 먹고 나서 신문을 볼 즈음에 대문 밖에 찾는 사람이 있다. 노파가 '이것 보시오' 하고 눈을 끔적하고 나간다.

"이선생 돌아오셨어요?" 하는 말소리가 들리더니 노파의 뒤를 따라 어떤 젊은 여자가 들어온다. 아까 노파의 말과 같이 모시 치마저고리에 머리도 여학생 모양으로 쪽 쪘다. 형식도 말이 없고 여자도 말이 없고 노파도 어인 영문을 모르고 우두커니 섰다. 여자가 잠깐 형식을 보더니 노파더러

"이선생께서 계셔요?"

"저 어른이 이선생이시외다" 하고 노파도 매우 수상해한다.

"예, 내가 이형식이오. 누구시오니까."

여자는 깜짝 놀라는 듯이 몸을 흠칫하고 한 걸음 물러서며 고개를 푹 숙인다. 해가 벌써 넘어가고 집집 장명등[29]이 반작반작 눈을 뜬다. 형식은 무슨 까닭이 있음을 알고 얼른 일어나 램프에 불을 켜고 마루에 담요를 내어 깐 뒤에

"아무러나 이리 올라오십시오. 아까도 오셨더라는데 마침 집에 없어서 실례하였습니다."

여자는 고개를 들었다. 눈에는 눈물이 고였다.

"저 같은 계집이 찾아와서 선생님의 명예에 상관이 아니 되겠

습니까."

"천만의 말씀이올시다. 우선 올라오십시오. 무슨 일이신지……"

여자는 은근하게 예하고 올라온다. 데리고 온 계집아이도 올라앉는다. 형식도 앉았다. 노파는 건넌방에서 불도 아니 켜고 담배를 피우면서 이 광경을 본다.

형식은 불빛에 파래 보이는 여자의 얼굴을 이윽히 보더니 무슨 생각나는 일이 있는지 고개를 기울이고 눈을 감는다.

"저를 모르시겠습니까."

"글쎄올시다. 얼굴이 혹 뵈온 듯도 합니다마는."

"박응진을 기억하시겠습니까."

"에? 박응진?" 하고 형식은 눈이 둥글하고 말이 막힌다. 여자도 그만 책상 위에 쓰러져 운다. 형식의 눈에서도 굵은 눈물이 뚝뚝 떨어진다. 형식은 비창한 목소리로

"아아, 영채씨로구려, 영채씨로구려. 고맙소이다. 나같이 은혜 모르는 놈을 찾아주시니 고맙소이다. 아아."

두 사람은 한참 동안 말이 없고 여자의 흑흑 느끼는 소리뿐이로다. 따라온 계집아이도 주인의 손에 매달려 운다.

5

벌써 십유여 년 전이로다. 평안남도 안주읍에서 남으로 십여 리

되는 동네에 박진사라는 사람이 있었다. 사십여 년을 학자로 지내어 인근 읍에 그 이름을 모르는 사람이 없었다. 원래 일가가 수십여 호 되고 양반이요 재산가로 고래로 안주 일읍에 유세력자러니 신미년[30] 난에 역적의 혐의로 일문이 혹독한 참살을 당하고 어찌어찌하여 이 박진사의 집만 살아남았다. 하더니 거금[31] 십오륙 년 전에 청국 지방으로 유람을 갔다가 상해서 출판된 신서적을 수십 종 사 가지고 돌아왔다. 이에 서양의 사정과 일본의 형편을 짐작하고 조선도 이대로 가지 못할 줄을 알고 새로운 문명 운동을 시작하려 하였다. 우선 자기 사랑에 젊은 사람을 모아 데리고 상해서 사 온 책을 읽히며 틈틈이 새로운 사상을 강설하였다.[32] 그러나 당시 사람의 귀에는 철도나 윤선이라는 말이 들어가지 아니하여 박진사를 가리켜 미친 사람이라 하고 사랑에 모였던 선비들도 하나씩 하나씩 헤어지고 말았다. 이에 박진사는 공부하려도 학자[33] 없어 못하는 불쌍한 아이들을 하나 둘 데려다가 공부시키기를 시작하였다. 이러한 지 삼사 년 후에는 그의 교육을 받은 학생이 이삼십 명이나 되게 되었고 그동안 그 이삼십 명의 의식과 지필묵은 온통 자담하였다.[34] 그러할 즈음에 평안도에 새로운 운동이 일어나고 각처에 학교가 울흥하며[35] 눈물 흘리는 사람이 많게 되었다. 박진사는 즉시 머리를 깎고 검은 옷을 입고 아들 둘도 그렇게 시켰다. 머리 깎고 검은 옷 입는 것이 그때치고는 대대적 대용단이라. 이는 사천여 년 내려오던 굳은 습관을 다 깨트려버리고 온전히 새것을 취하여 나아간다는 표라. 인해 집 곁에 학교를 짓고 서울에 가서 교사를 연빙하며[36] 학교 소용 제구를 구하여

왔다. 일변 동네 사람을 권유하며 일변 아이들과 청년들을 달래어 학교에 와 배우도록 하였다. 일 년이 지나매 이삼십 명 학생이 모이고 교사도 두 사람을 더 연빙하였다. 학생은 삼십 이하, 칠팔 세 이상이었다. 이렇게 학교 경비를 전담하는 외에도 여전히 십여 명 청년을 길렀다. 이 이형식도 그 십여 명 중에 하나이라. 그때 형식은 부모를 여의고 의지가지없이 돌아다니다가 박진사가 공부시킨다는 말을 듣고 찾아갔던 것이라. 마침 형식은 사람도 영리하고 마음이 곧고 재주가 있고 또 형식의 부친은 이전 박진사와 동년지우이므로 특별히 박진사의 사랑을 받았다. 그때 박진사의 아들 형제는 다 형식보다 사오 세 위로되 학력은 형식에게 밀리고 더구나 산술과 일어는 형식에게 배우는 처지였다. 그러므로 여러 동창들은 형식이가 장차 박선생의 사위가 되리라 하여 농담 삼아, 시기 삼아 조롱하였다. 대개 우리 소견에 박선생이라 하면 전국에 제일가는 선생인 줄 알았음이라. 그때 박진사의 딸 영채의 나이 열 살이니 지금 꼭 열아홉 살일 것이라. 박진사는 남이 웃는 것도 생각지 아니하고 영채를 학교에 보내며 학교에서 돌아온 뒤에는 『소학』 『열녀전』 같은 것을 가르치고 열두 살 되던 해 여름에는 『시전』[37]도 가르쳤다. 박진사의 위인이 점잖고 인자하고 근엄하고도 쾌활하여 어린 사람들도 무서운 선생으로 아는 동시에 정다운 친구로 알았었다. 그는 세상을 위하여 재산을 바치고 집을 바치고 몸과 마음을 다 바치고 목숨까지라도 바치려 하였다. 그러나 그 동네 사람들은 그의 성력[38]을 감사하기는커녕 도리어 미친 사람이라고 비웃었다. 이러한 지 육칠 년에 원래 그리 많지 못하던 재산도 다 없어지고 조석까지 말류하게[39] 되니 학교를 경영할 방책이 만무하다. 이에 진사는 읍내 모모 재산가를 몸소 방문도 하고 사람도 보내어 자기 경영하는 학교를 맡아주기를 간청하였다. 그는 오직 세상을 위하여 자기의 온 재산과 온 성력을 다 들인 학교를 남에게 내맡기려 하건마는 어느 누가 '내가 맡으마' 하고 나서는 이는 없고 도리어 '제가 먹을 것이 없어 저런다' 하고 비웃었다. 육십이 다 못 된 박진사는 거의 백발이 되었다. 먹을 것이 없으매 사랑에 모여 있던 학생들도 다 사방으로 흩어지고 제일 나 많은 홍 모와 제일 나어린 이형식만 남았다. 형식은 그때 열여섯 살이었다.

그해 가을에 거기서 십여 리 되는 어느 부잣집에 강도가 들어 주인의 옆구리를 칼로 찌르고 현금 오백여 원을 늑탈한[40] 사건이 일어났다. 그 강도는 박진사 집 사랑에 있는 홍 모라. 자기의 은인인 박진사의 곤고함을 보다 못하여 처음에는 좀 위협이나 하고 돈을 떼어 올 차로 갔더니 하도 주인이 무례하고 또 헌병대에 고소하겠노라 하기로 죽이고 왔노라 하고 돈 오백 원을 내놓는다. 박진사는 깜짝 놀라며

"이 사람아, 왜 이러한 일을 하였는가. 부지런히 일하는 자에게 하늘이 먹고 입을 것을 주나니……아아, 왜 이러한 일을 하였는가" 하고 돈을 도로 가지고 가서 즉시 사죄를 하고 오라 하였더니 중도에서 포박을 당하고 강도, 살인 교사[41] 급 공범 혐의로 박진사의 삼부자도 그날 아침으로 포박을 당하였다. 박진사의 집에 남은 것은 두 며느리와 영채와 형식뿐. 영채의 모친은 영채를 낳

고 두 달이 못하여 별세하였었다.

그 후에 박진사의 사랑에 있던 학생도 몇 사람 붙들리고 형식도 증거인으로 불려 갔었다 이틀 만에 놓았다.

두어 달 후에 홍 모와 박진사는 징역 종신, 박진사의 아들 형제는 징역 십오 년, 기타는 혹 칠 년 혹 오 년 징역의 선고를 받고 평양 감옥에 들어갔다.

인해 하릴없이 두 며느리는 각각 친정으로 가고 영채는 외가로 가고 형식은 다시 의지를 잃고 적막한 천지에 부평⁴²같이 표류하였다. 그 후 형식은 두어 번 평양 감옥으로 편지를 하였으나 편지도 아니 돌아오고 회답도 없었다. 작년 하기에 안주를 갔더니 박진사의 집에는 낯모를 사람들이 장기를 두며 웃더라. 이제 칠 년 만에 서로 만난 것이라.

6

형식은 번개같이 이러한 생각을 하다가 눈물을 거두고 그 앞에 엎더져 우는 영채를 보았다. 그때—십 년 전에 상긋상긋 웃으면서 어깨에도 매달리고 손도 잡아끌며 오빠, 오빠 하던 계집아이가 벌써 이렇게 어른이 되었다. 그동안 칠팔 년에 어떠한 풍상을 겪었는고. 형식은 남자로되 지난 칠팔 년을 고생과 눈물로 지냈거든 하물며 연약한 어린 여자로 오죽 아프고 쓰렸으랴. 형식은 그동안 지난 일을 알고 싶어 우는 영채의 어깨를 흔들며

"울지 말으시오. 자, 말씀이나 듣습시다. 예, 일어앉으세요."[43] 울지 말라 하는 형식이도 아니 울 수가 없거든 영채의 우는 것은 마땅한 일이라.

"자, 일어납시오."

"예, 자연히 눈물이 납니다그려."

"……"

"선생을 뵈오니 돌아가신 아버님과 오라버님들을 함께 뵈온 것 같습니다" 하고 또 울며 쓰러진다. '돌아가신!' 박진사 삼부자는 마침내 죽었는가. 집을 없이하고 재산을 없이하고 마침내 몸을 없이하였는가. 불쌍한 나를 구원하여주던 복 있는 집 딸이 복 있 던 지 사오 년이 못하여 또 불쌍한 사람이 되었는가. 세상일을 어 찌 믿으랴. 젊은 사람의 생명도 믿을 수 없거든 하물며 물거품 같 은 돈과 지위랴. 박진사가 죽었다 하면 옥중에서 죽었을지니 같 은 옥중에 있으면서 아들들이나 만나보았는가. 누가 임종에 물 한 술을 떠 넣었으며 누가 눈이나 감겼으리오. 외롭게 죽은 몸이 섬거적에 묶이어 까마귀밥이 되단 말가. 그가 죽으매 슬퍼할 이 뉘뇨. 막막하게 북망으로 돌아갈 때에 누가 눈물을 흘렸으리오. 그를 위하여 눈물 흘리던 세상은 다시 그를 생각함이 없고 도리 어 그의 혈육을 핍박하고 희롱하도다. 하늘이 뜻이 있다 하면 무 정함이 원망홉고[44] 하늘이 뜻이 없다 하면 인생을 못 믿으리로다.

"돌아가시다니. 선생님께서 돌아가셨어요?"

"예, 옥에 가신 지 이태 만에 아버님께서 돌아가시고 아버님 돌 아가신 지 보름 만에 오라버니 두 분도 함께 돌아가셨습니다."

"어떻게⋯⋯그렇게?"

"자세한 말은 알 수 없으나 옥에서는 병에 죽었다 하고 어떤 간수의 말에는 첨에 아버님께서 굶어 돌아가시고 그다음에 맏오라버님께서 또 굶어 돌아가시고 맏오라버님 돌아가신 날 작은오라버님은 목을 매어 돌아가셨다고 합데다" 하고 말끝에 울음이 북받쳐 나온다. 형식도 불식부지간에 소리를 내어 운다.

주인 노파는 처음에는 이형식을 후리려고나 오는 추한 계집으로만 여겼더니 차차 이야기를 들어보니 본래 양가 여자인 듯하고 또 신세가 가엾은지라. 자기 방에 혼자 울다가 거리에 나아가 빙수와 배를 사 가지고 들어와 영채를 흔든다.

"여보. 일어나 빙수나 한잔 자시오. 좀 속이 시원하여질 테니. 이제 울으시면 어짜오? 다 팔자로 알고 참어야지. 나도 젊어서 과부 되고 다 자란 자식 죽이고⋯⋯그러고도 이렇게 사오. 부모 없는 것이 남편 없는 것에 비기면 우스운 일이랍니다. 이제 청춘에 전정이 구만리 같은데 왜 걱정을 하겠소. 자, 어서 울음 그치고 빙수나 자시오, 배도 자시구" 하며 분주히 부엌에 가서 녹슨 식칼을 가져다가 배를 깎으면서

"여봅시오. 선생께서 좀 위로를 하시는 것이 아니라 당신이 더 울으시니⋯⋯"

"가슴이 터져오는 것을 아니 울면 어찌하오. 이가 내 사 오 년간 양육받은 은인의 따님이오구려. 그런데 그 은인은 애매한 죄로 옥에서 죽고 그의 아들 형제는 아버지를 좇아 죽고 천지간에 은인의 혈육이라고는 이분네 하나뿐이오구려. 칠팔 년 동안이나 생

사를 모르다가 이렇게 만나니 왜 슬프지를 아니하겠소."

"슬프나 울면 어찌하나요."

하고 배를 깎아 들고 영채를 한 팔로 안아 일으키면서

"초년고락은 낙의 본입닌다. 너무 설워 말으시고 이 배나 하나 자시오."

영채도 친절한 말에 감격하여 눈물을 씻고 배를 받는다. 형식은 다시 영채의 얼굴을 보았다. 이제 보니 과연 그때의 모상[45]이 있다. 더욱 그 큼직한 눈이 박진사를 생각케 한다. 영채도 형식의 얼굴을 본다. 얼굴이 이전보다 좀 길어진 듯하고 코 아래 수염도 났으나 전체 모양은 전과 같다 하였다. 마주 보는 두 사람의 흉중에는 십여 년 전 일이 활동사진 모양으로 획획 생각이 난다. 즐겁게 지내던 일, 박진사가 포박되어 갈 적에 온 집안이 통곡하던 일, 식구들은 하나씩 하나씩 다 흩어지고 수십 대 내려오던 박진사 집이 아주 망하게 되던 일. 떠나던 날 형식이가 영채를 보고 '이제는 언제 다시 볼지 모르겠다. 네게 오빠란 말도 다시는 못 듣겠다' 할 적에 영채가 '가지 마오, 나와 같이 갑시다' 하고 가슴에 와 안기며 울던 생각이 어제런듯 역력하게 얼른얼른 보인다. 형식은 영채의 지나온 이야기를 들으려 하여 묻기를 시작한다.

7

 노파와 형식이 하도 간절히 권하므로 영채도 눈물을 거두고 일어앉아 빙수를 마시고 배를 먹는다. 눈물에 붉게 된 눈과 두 뺨이 더 애처롭고 아리땁게 보인다. 형식은 얼른 선형을 생각하였다. 얼굴의 아름다움이나 그 부모의 귀여워함은 피차에 다름이 없건마는 현재 두 사람의 팔자는 왜 이다지도 다른고. 하나는 부모 갖고 집 있고 재산 있어 편안하게 학교에도 다니고 명년에는 미국까지 간다 하는데 하나는 부모도 없고 형제도 없고 집도 없고 어디 의지할 곳이 없이 밤낮을 눈물로 보내는고. 만일 선형으로 하여금 이 영채의 신세를 보게 하면 단정코 자기와는 딴 나라 사람으로 알렷다. 즉 자기는 결단코 영채와 같이 되지 못할 사람이요 영채는 결단코 자기와 같이 되지 못할 사람으로 알렷다. 또는 자기는 특별히 하늘의 복과 은혜를 받는 사람이요 영채는 특별히 하늘의 앙화[46]와 형벌을 받는 사람으로 알렷다. 그러하므로 부자가 가난한 자를 압시하고[47] 천대하여 가난한 자는 능히 자기네와 마주 서지 못할 사람으로 여기고 길가에 굶어 떠는 거지들을 볼 때에 소위 제 것으로 사는 자들이 개나 도야지와 같이 천대하고 기롱하여[48] 침을 뱉고 발길로 차는 것이라. 그러나 부자 조상 아니 둔 거지가 어디 있으며 거지 조상 아니 둔 부자가 어디 있으리오. 저 부귀한 자를 보매 자기네는 천지개벽 이래로 부귀하여 천지가 없어질 때까지 부귀할 듯하나 그네의 조상이 일찍 거지로 다른 부자의 대문에서 그 집 개로 더불어 식은 밥을 다툰 적이 있었고 또 얼마 못하여 그네의 자손도 장차 그리될 날이 있을 것이라. 칠팔 년 전 박진사를 보고야 뉘라서 그의 딸이 칠팔 년 후에 이러한 신세가 될 줄을 짐작하였으랴.

다 같은 사람으로 부하면 얼마나 더 부하며 귀하다면 얼마나 더 귀하랴. 조그마한 돌 위에 올라서서 다른 사람들을 내려다보며 '이놈들, 나는 너희보다 높은 사람이로다' 함과 같으니 제가 높으면 얼마나 높으랴. 또 지금 제가 올라선 돌은 어제 다른 사람이 올라섰던 돌이요 내일 또 다른 사람이 올라설 돌이라. 거지에게 식은 밥 한 술을 줌은 후일 네 자손으로 하여금 내 자손에게 그렇게 하여달라는 뜻이 아니며 그와 반대로 지금 어떤 거지를 박대하고 기롱함은 후일 네 자손으로 하여금 내 자손에게 이렇게 하여달라 함이 아닐까. 모르괘라, 얼마 후에 영채가 어떻게 부귀한 몸이 되고 선형이가 어떻게 빈천한 몸이 될는지도. 이렇게 생각하면서 형식은 입을 열어

"서로 떠난 후에 지내던 말을 하여주십시오" 하였다.

"선생께서 가신 뒤에 이삼일이나 더 있다가 저는 외가로 갔습니다" 하고 말을 시작한다.

외가에는 외조부모는 벌써 죽고 외숙은 그보다도 먼저 죽고 외숙모와 외종형[49] 두 사람과 외종형의 자녀들만 있었다. 이미 자기 모친이 없고 또 가장 다정한 외조부모도 없으니 외가에를 간들 누가 알뜰살뜰하게 하여주리오.

더구나 내 집이 잘살고야 친척이 친척이라. 내 집에 재산이 있

고 세력이 있을 때에는 멀고 먼 친척까지도 다정한 듯이 찾아오고 이편에서 어린아이 하나가 가더라도 큰손님같이 대접하거니와 내 집이 가난하고 세력이 없어지면 오던 친척도 차차 발이 멀어지고 내가 저편에 찾아가더라도 '또 무엇을 달라러 왔나' 하는 듯이 눈살을 찌푸리는 것이라.

"외숙모께서는 저를 귀애하셔서 머리도 빗겨주시고 먹을 것도 주시건마는 그 맏오라버니댁이 사나워서 걸핏하면 욕하고 때리고 합데다. 그뿐이면 참기도 하려니와 그 어머니의 본을 받아 아이들까지도 저를 업신여기고 무슨 맛나는 음식을 먹어도 저희들만 먹고 먹어보라는 말도 아니 해요. 그중에도 열세 살 된 새서방은 (제 외오촌 조캅지요) 가장 심해서 공연히 이년 저년 하였습니다. 어린 생각에도 '내가 제 아주머니어든' 하는 마음이 있어서" 하고 웃으며 "매우 분하고 괘씸하여 보입데다."

"옷은 집에서 서너 벌 가지고 갔었으나 밤낮 물 긷고 불 때기에 다 더럽고, 더러워도 빨아주는 사람이 없어서 제 손으로 빨아서 풀도 아니 먹이고 다리지도 아니하고 입었습니다. 제일 걱정은 옷 한 벌을 너무 오래 입으니깐 이가 끓어서 가려워 못 견디겠어요. 그러나 남 보는 데서는 마음대로 긁지도 못하고 정 견디기 어려울 때에는 뒤울안[50] 사람 없는 데 가서 실컷 긁기도 하고 혹 이를 잡기도 하였습니다. 하다가 한 번은 맏오라버니댁한테 들켜서 톡톡히 꾸중을 듣고 '아이들에게 이 오르겠다, 저 헛간 구석에 자빠져 자거라' 하는 소리도 들었습니다.

제사 때나 명절에 고기나 떡이 생겨도 제게는 먹지 못할 것을 조금 주고 그러고도 일도 아니하면서 처먹기만 한다는 말을 들었습니다.

한 번은 궤 속에 넣었던 은가락지 한 쌍이 잃어졌습니다. 저는 또 내가 경을 치나 보다 하고 부엌에 앉았노라니 아니나 다를까 맏오라버니댁이 성이 나서 뛰어 들어오며 부지깽이로 되는대로 찌르고 때리고 하면서 저더러 그것을 내놓으랍니다. 저도 그때에는 하도 분이 나서 좀 대답을 하였더니 '이년, 이 도적놈의 계집년, 네가 아니 훔치면 누가 훔쳤겠니' 하고 때립니다. 제 부친께서 도적으로 잡혀갔다고 걸핏하면 도적놈의 계집년이라 하는데 그 말이 제일 가슴이 쓰립데다."

"저런 변이 있나. 저런 몹쓸 년이 어디 있노" 하고 노파가 듣다가 혀를 찬다. 형식은 말없이 가만히 듣고 앉았다.

영채는 후 한숨을 쉬고 말을 이어

8

"그렇게 때리고 맞고 하는 즈음에 이웃에 사는 계집 하나가 와서 '저 주막에 있는 갈보가 웬 크다란 은가락지를 꼈습데다. 어디서 났는가 하고 물어보니까 기와집 새서방이 주더랍데다그려. 새서방님이 요새에 자주 다니는가 보두구면' 합데다. 이래서 저는 누명을 벗었으나 그다음에 오라버니댁과 그 계집과 대판 싸움이 납데다. '이년, 서방 있는 년이 남의 어린 사람을 후려다가 끼고 자고. 가락지도 네가 가져오라고 했지, 이년' 하면 '제 자식을 잘 가르칠 게지, 남의 탓은 왜' 이 모양으로 다툽데다."

"어린것을 가르칠 줄은 모르고 장가만 일찍 들여서 못된 버릇만 배우게 하니" 하고 형식이가 탄식한다.

"그래서 이선생께서는 장가도 아니 들으시는 게로구면."

영채는 형식이가 아직 취처 아니 하단 노파의 말을 듣고 놀라 형식을 보았다. 그리고 그 장가 아니 든 이유를 알고 싶었다. 그 이유가 자기에게 무슨 상관이 없는가 하였다. 이전 부친께서 농담 삼아 '너 형식의 아내 되랴' 하던 말을 생각하였다. 그때에 어린 생각에도 형식은 참 좋은 사람이거니 하고 사랑에 와 있던 여러 사람 중에도 특별히 형식에게 정이 들었었다. 이래 칠팔 년간에 한강에 뜬 버들잎 모양으로 갖은 고락을 다 겪으며 천애지각[51]으로 표류하면서도 일찍 형식을 잊어본 적이 없었다. 차차 낫살을 먹어갈수록 형식의 얼굴이 더욱 정답게 가슴속에 떠 나오더라. 혼자 어디 있는지, 죽었는지 살았는지도 모르는 형식을 생각하고 울면서 밤을 새운 적도 있었다. 몸이 팔려 기생 노릇 한 지가 이미 육칠 년에 여러 남자의 청구도 많이 받았건마는 아직 한 번도 몸을 허한 적이 없음은 어렸을 적 『소학』『열녀전』을 배운 까닭도 되거니와 마음속에 형식을 잊지 못한 것이 가장 큰 까닭이었다. 부친께서 '너는 형식의 아내가 되어라' 하신 말씀을 자라나서 생각하니 다만 일시 농담이 아니라 진실로 후일에 그 말씀대로 하시려 한 것이라 하고 내 몸이 가루가 되더라도 부친의 뜻을 아니 어기리라 하였다. 그러나 형식은 살았는가 죽었는가, 살았다 하더라도 이미 유실유가하고 생자생녀하였으려니 하고는 혼자 절망도 하였으나 설혹 그러하더라도 나는 일생을 형식에게 바치고 달리 남자를 보지 아니하리라고 굳게 작정하였었다. 이번 우연히 형식을 만나게 되니 기쁨은 기쁘거니와 자기는 영원히 혼잣몸으로 지내려니 하였다. 그렇다가 형식이가 아직 장가 아니 드단 말을 들으니 일변 놀랍기도 하고 일변 기쁘기도 하나 다시 생각하여보건댄 형식은 지금 교육계에 다니는 사람이라 행실과 명망이 생명이니 기생을 아내로 삼는다 하면 사회의 평론이 어떠할까 하고 다시 절망스러운 마음도 생긴다.

형식으로 말하면 그동안 동경에 유학하느라고 장가들 틈도 없었거니와 그동안 구혼하는 데도 없지는 아니하였다. 그러나 공부로 핑계를 삼고 아직도 구혼에 응하지 아니한 것은 중심에 영채를 생각하였음이라. 일찍 박진사가 형식을 대하여 직접으로 말한 적은 없었으나 박진사가 특별히 자기를 사랑하는 양을 보고 또 남이 전하는 말을 들어도 박진사가 자기로 사위 삼으려는 뜻이 있는 줄을 대강 짐작하였었다. 형식이가 박진사의 집을 떠날 때에 영채의 손을 잡고 '다시 너를 보지 못하겠다' 한 것은 여러 가지 깊은 슬픔이 많이 있어서 한 말이라. 그러나 그 후에 영채의 소식을 알 길이 바이 없고 또 영채의 나이 이미 과년이 된지라 응당 뉘 집 아내가 되어 혹 자녀를 낳았을는지도 모르리라 하였다. 그러하건마는 은사의 뜻을 저버리고 차마 제 몸만 위하여 달리 장가들 마음이 없고 행여나 영채의 소식을 들을까 하고 지금껏 기다리던 차이라. 그러다가 오늘 우연히 만나니, 아무리 하여도 기생 노릇을 하는 모양. 그러면 벌써 여러 사람에게 몸을 더럽혔으려니 만일 그렇다 하면 자기 아내 못 되는 것이 한이 아니라 세상을 위하여 애쓰던 은인의 혈육이 이처럼 윤락하게 됨이 원통하여 아까도 슬피 소리를 내어 운 것이요 또 그동안 지나온 이야기를 들으려 함도 행여나 기생이나 아니 되었으면 하는 희망과 설혹 되었다 하더라도 옛사람의 본을 받아 송죽 같은 정절을 지켰으면 하는 희망이 있음이라. 이제 형식과 영채는 피차에 저편의 속을 알고 싶어 하게 된 것이라.

"그래, 그다음에 어찌 되었습니까."

"그날 종일 밥도 아니 먹고 울다가 아무리 생각하여도 그 집에 있지 못할 줄을 알고 어디로 도망할 마음이 불현듯 납데다. 도망을 하자니 열세 살이나 된 계집아이가 가기를 어디로 갑니까. 영변 고모님 댁이 있단 말을 들었으나 어딘지도 모르고 또 고모님도 이미 돌아가셨다 하니 거긴들 외가와 다르랴. 들은즉 아버님과 두 오라버니께서 평양에 계시다 하니 차라리 거기나 찾아가리라. 아무리 옥에 계시다 하기로 자식이야 같이 있게 아니 하랴 하고 그날 밤에 도망하여 평양으로 가려고 작정하고 저녁밥을 많이 먹고 식구들이 잠들기를 기다렸습니다."

9

"저는 외숙모님과 같이 잤는데 그 어른은 노인이라 이리 뒤적

저리 뒤적 돌아눕는 소리만 들리고 암만 기다리니 잠드는 양이 아니 보입니다. 그래 기다리다 못하여 뒷간에 가는 체하고 일어나 옷을 입었습니다. 외숙모님께서도 의심이 나시는지 옷은 왜 입느냐 하십데다. 그래서 뒤보러 가노라 하고 얼른 문밖에 나섰습니다. 여자의 옷으로는 혼자 도망할 수가 없을 줄을 알고 제 조카의 옷을 훔쳐 입으리라는 생각이 났습니다. 정말 도적질을 하게 되었지요" 하고 웃으며 "마침 저녁에 옷을 다려서 대청에 놓은 줄을 알므로 가만가만히 대청에 가서 제 옷을 벗어놓고 조카의 옷을 갈아입었습니다. 그때는 팔월 열사흘이라 달이 쨰듯하게 밝고 밤바람이 솔솔 붑데다. 가만히 대문을 나서니 참 황황합데다. 평양이 동인지 서인지도 모르고 돈 한 푼도 없이 어떻게 가는고 하고 부모 생각과 제 몸 생각에 저절로 눈물이 납데다. 그러나 이 집에는 더 있지 못할 줄을 확실히 믿으므로 더벅더벅 앞길을 향하여 나갔습니다. 대문간에서 자던 개가 저를 보고 우두커니 섰더니 꼬리를 치면서 따라 나옵데다. 한참 나와서 길가 큰 들메나무[52] 아래 와서 저는 펄썩 주저앉았습니다. 거기서 한참이나 울다가 곁에 섰는 개를 쓸어안고 나는 멀리로 간다, 다시는 너를 보지 못할까 보다, 일 년 동안 네가 내 동무 노릇을 하였구나, 그러나 나는 너를 버리고 멀리로 간다, 집에 가서 누가 내 거처를 묻거든 아버지를 찾아 평양으로 가더라고 일러라 하고 다시 일어나서 갔습니다. 참 개도 인정을 아는 듯해요. 제 옷을 물고 매달려서 킁킁하면서 도로 집으로 가자는 시늉을 합데다. 그러나 나는 못 들어간다, 너나 들어가거라 하고 손으로 머리를 때렸습니다. 그러나 개는 떨어지지 아니하고 따라옵데다. 저도 외로운 밤길에 동무나 될까 하고 구태 때려 쫓지도 아니하였습니다."

"저것 보게, 개가 도리어 사람보다 낫지" 하고 노파가 눈물을 씻는다. 영채는 도리어 웃으면서

"그러니 어디로 갈지 길을 알아야 아니 합니까. 지난봄에 나물하러 갔다가 넓은 길을 보고 이 길이 서편으로 가면 의주와 대국으로 가고 동편으로 가면 평양도 가고 서울도 간다는 말을 들었기로 허방지방 그리로만 향하였습니다. 촌중 앞으로 지날 적마다 개가 짖는데 개 소리를 들으면 한껏 반갑기도 하고 무섭기도 합데다. 저를 따라오는 개는 짖지도 아니하고 가만가만히 고개를 숙이고 저를 따라옵데다.

그렇게 얼마를 가노라니 촌중에서 닭들이 우는데 저편에 허연 길이 보입데다. 옳다구나 하고 장달음[33]으로 큰길에 나섰습니다. 나서서 한참이나 사방을 돌아보다가 대체 달 지는 편이 서편이려니 하고 달을 등지고 한정 없이 갔습니다.

이튿날 조반도 굶고 낮이 기울도록 가다가 시장증도 나고 다리도 아프기로 길가 어느 촌중에 들어갔습니다. 집집에 떡 치는 소리가 나고 아이들은 새 옷을 갈아입고 떼를 지어 밀려다닙데다. 저는 그중에 제일 큰 집 사랑으로 들어갔습니다. 사랑에는 여러 어른들이 모여서 술을 먹고 웃고 이야기합데다. 길 가던 아인데 시장하여 들어왔노라 하니까 주발에 떡을 한 그릇 담아내다 줍데다. 시장하던 김이라 서너 개나 단숨에 먹노라니까 사랑에 앉은 어른 중에 수염 많이 나고 얼굴 우툴두툴한 사람이 제 곁에 와서

머리를 쓿며 뉘 집 아인고, 얌전도 하다 하면서 성명을 묻고 사는 데를 묻고 부친의 이름을 묻고 나이를 묻습데다. 저는 숙천 사는 김 아무라고 되는대로 대답하고 안주 외가에 갔다 오노라고 하였더니 제 얼굴빛과 대답하는 모양이 수상하던지 여러 어른들이 다 말을 그치고 저만 쳐다봅데다. 저는 속이 울렁울렁하고 낯이 훅훅 달아서 떡도 다 먹지 못하고 일어나 절한 뒤에 문밖으로 뛰어나왔습니다. 나온즉 장난꾼 아이들이 모여 섰다가 저를 보고 애, 너 어디 있는 아이냐, 어디로 가느냐 하고 성가스럽게 묻습디다. '나는 숙천 있는 아이로다, 안주 외가에 갔다 온다' 하고 고개를 숙이고 달아나왔습니다. 아이들은 사람이 말을 묻는데 뛰기는 왜 뛰어 하고 트집을 잡고 따라옵니다. 그러나 저는 나이 어리고 밤새도록 걸음을 걸어 다리가 아파서 뛰지 못할 줄을 알고 우뚝 섰습니다. 그제는 아이놈들이 죽 둘러서고 그중에 제일 큰 놈이 와서 제 목에다 손을 걸고 구린내를 피우면서 별별 말을 다 묻습니다. 대답하면 묻고, 대답하면 또 묻고. 다른 아이놈들은 웃기도 하고 꼬집기도 하고 쿡쿡 찌르기도 하고. 아무리 빌어도 놓아주지를 아니합니다. 한참이나 부대끼다가 하릴없이 으아 하고 소리를 내어 울었습니다. 마침 그때에 저리로서 큰기침 소리가 나더니 서당 훈장 같은 이가 정자관[54]을 잦혀 쓰고 길다란 담뱃대를 춤을 추이면서 오다가 이놈들, 왜 그러느냐 하고 호령을 하니까 아이놈들이 사방으로 달아납데다. 저는 다리 아픈 줄도 모르고 달음질을 하여 나왔습니다. 뒤에서는 아이놈들이 욕하고 떠드는 소리가 들립데다. 그러나 뒤도 돌아보지 아니하였습니다. 큰길에 나서니 개가 어디 있다가 따라 나옵데다. 어떤 아이놈이 돌로 때렸는지 귀밑에서 피가 조금 납데다. 저는 울면서 호— 하고 불어주었습니다. 그러고는 쉬엄쉬엄 또 동으로만 향하고 갔습니다.

몸은 더할 수 없이 곤하고 해도 저물었습니다. 아까 혼난 생각을 하면 진저리가 나서 다시 어느 촌중에 들어갈 생각이 없습니다. 그러나 밥 굶어서 한데에서 잘 수도 없으매 어떠면 좋은가 하고 주저하다가 어떤 길가 주막에 들었습니다. 그날 저녁에 고생한 생각을 하면 지금도 치가 떨립니다" 하고 손을 한번 비틀고 한숨을 내쉰다.

10

"돈 한 푼도 없이!" 하고 노파가 걱정을 한다.
"돈이 있으면 그처럼 고생은 아니 하였겠지요" 하고 말을 이어 "주막에 드니깐 먼저 든 객이 육칠 인 됩데다. 주인이 아랫목에 앉았다가 저를 보고 너 어떤 아이냐 하기로 길 가던 아인데 날이 저물어 하룻밤 자고 가려노라 하였습니다. 그러면 저녁을 먹어야 하겠구나 하기에 돈이 한 푼도 없어서 밥을 사 먹을 수 없으니 자고나 가게 하여달라고 하였습니다. 한즉 주인이 그렇걸랑은 저 안동네 뉘 집 사랑에 들어가 자거라, 우리 집에는 손님이 많아서 잘 데가 없다고 합데다. 그제 손님 중에 한 분, 머리도 깎고 매우 점잖아 보이는 이가 주인더러 어린것이 이제 어디로 가겠소, 내가 밥값을 낼 것이니 저녁과 내일 아침밥을 먹이고 재우시오 합데다. 저는 그때에 어떻게나 고마운지 마음 같아서는 아저씨 하고 엎데어 절이라도 하고 싶습데다. 그래 저녁을 먹고 나서 여러 손님들이 이야기하는 것을 듣다가 어느 틈에 윗목에 누워 잠이 들었습니다.

자다가 어떤 도적놈에게 잡혀가는 무서운 꿈을 꾸고 잠을 깨어 가만히 들은즉 방 안에 객들이 무슨 의논을 하는 모양입데다. 하나가 '아니어, 사나이지' 하면 '그럴 수가 있나, 그 얼굴과 목소리가 단정코 계집아이지요' 하고 그러면 또 하나가 '어린 계집아이가 남복을 하고 혼자 갈 이유가 있나' 하면서 저를 두고 말함이 분명합데다. 아뿔싸, 이 일을 어쩌나 하고 치를 떨고 누웠는데 여러 사람들은 한참이나 서로 다투더니 그중에 한 사람이 다툴 것이 있는가, 보면 그만이지 하고 저 있는 데로 옵데다. 저는 기가 막혀 벽에 꼭 붙었습니다. 그러나 힘센 어른을 대적할 수가 있습니까. 마침내 제 본색이 탄로되었습니다. 부끄럽기도 그지없고 섧기도 그지없고 분하기도 그지없어 하염없이 소리를 놓아 울었습니다."

"저런 변이 있나. 그 몹쓸 놈들이 밤새도록 잠은 아니 자고 그런 공론만 하였구먼" 하고 노파가 분해한다.

"그래 한참 우는데 제 몸을 보던 사람이 말하기를 자, 여러분, 이제는 내기한 대로 내가 이 계집아이를 가지겠소 하면서 제 등을 툭툭 두드립데다. 그래 저는 평양 계신 아버님을 찾아가는 길이라고 간절히 말하고 빌었습니다. 한즉 그 사람 대답이 아버님은 오는 달에 찾아가고 우선 내 집으로 가자 하면서 팔을 제 목 아래로 넣어 저를 일으켜 앉히며 어서 가자 합데다. 저는 다른 사람들의 얼굴을 보았습니다. 행여나 나를 도와줄 사람이 있는가 하고."

"아까 밥값 내준다던 사람은 어디로 갔던가요" 하고 형식이가 주먹을 부르쥐고[55] 물었다.

"글쎄 말씀을 들으십시오. 지금 저를 데려가려는 사람이 바로 그 사람이외다그려. 여러 사람들은 그 사람을 무서워하는지 아무 말도 없이 빙글빙글 웃기만 합데다. 저는 울면서 빌다 빌다 못하여 마침내 사람 살리시오 하고 힘껏 소리를 내어 울었습니다. 제 울음소리에 개들이 야단을 쳐 짖는데 그중에 제가 데리고 온 개 소리도 납데다. 그제는 그 사람이 수건으로 제 입을 꼭 동여매더니 억지로 둬쳐 업고 나갑데다. 방에 있던 사람들은 내다보지도 아니하고 문을 닫칩데다" 하고 잠시 말을 그친다. 형식은 영채의 기구한 운명을 듣고 자기의 어렸을 때에 고생하던 것에 대조하여 한참 망연하였었다. 영채는 그 악한에게 붙들려 장차 어찌 되려는가. 그 악한은 영채의 어여쁜 태도를 탐하여 못된 욕심을 채우려 하는가. 또는 영채의 몸을 팔아 술과 노름의 밑천을 만들려 함인가. 아무러나 영채의 몸이 그 악한에게 더럽혀지지나 아니하였으면 하였다. 그리하고 영채의 얼굴과 몸을 다시 자세히 보았다. 대개 여자가 남자를 보면 얼굴과 체격에 변동이 생기는 줄을 앎이라. 어찌 보면 아직 처녀인 듯도 하고 또 어찌 보면 이미 남자에게 몸을 허한 듯도 하다. 더구나 그 곱게 다스린 눈썹과 이마와 몸에서 나는 향수 냄새가 아무리 하여도 아직도 순결한 처녀같이 보이지 아니한다. 형식은 영채에게 대하여 갑자기 싫은 마음이 생긴다. 저 계집이 이때까지 누군지 알 수 없는 수없는 남자에게 몸을 허하지나 아니하였는가. 지금 자기 신세타령을 하는 저 입으로 별별 더러운 놈의 입술을 빨고 별별 더러운 놈의 마음을 호리는 말을 하던 입이 아닌가. 지금 여기 와서 이러한 소리를 하고 가장 얌전한 체하고 눈물을 흘리는 것은 육칠 년 전의 애정을 이용하여 나를 휘어넘기려는 휼계[56]가 아닌가. 이렇게 생각하고 다시 선형을 생각하였다. 선형은 참 아름다운 처녀라. 얼굴도 아름답거니와 마음조차 아름다운 처녀라. 저 선형과 이 영채를 비교하면 실로 선녀와 매음녀의 차이가 아닐까. 이렇게 생각하고 또 한 번 영채를 보았다. 그의 눈에는 맑은 눈물이 고이고 얼굴에는 거룩하다고 할 만한 슬픈 빛이 보인다. 더욱이 아무 상관 없는 노파가 영채의 손을 잡고 주름 잡힌 두 뺨에 거짓 없는 눈물을 흘림을 볼 때에 형식의 마음은 또 변하였다. 아니다, 아니다. 내가 죄로다. 영채는 나를 잊지 아니하고 이처럼 찾아와서 제 부모나 형제를 만난 모양으로 반갑게 제 신세를 말하거늘 내가 이러한 괘씸한 생각을 함은 영채에게 대하여 큰 죄를 범함이로다. 박선생같이 고결한 어른의 따님이, 그렇게 꽃송아리같이 어여쁘던 영채가 설마 그렇게 몸을 더럽혔을 리가 있으랴. 정녕히 온갖 풍파를 다 겪으면서도 송죽의 절개를 지켜왔으려니 하였다. 그러나 그 후부터 지금까지 어떻게 지내왔는고. 영채는 다시 말을 이어 그 악한에게 잡혀가던 일에서부터 지금까지 지내오던 바를 말한다.

11

 영채는 마침내 그 악한에게 붙들려갔다. 그 악한의 집은 산 밑에 있는 조그마한 집이었다. 얼른 보아도 게으른 사람의 집인 줄을 알겠더라. 그 악한은 지금은 비록 이러한 못된 짓을 하거니와, 일찍은 이 동네에서 부자라는 이름을 듣고 살았었다. 그러나 원래 문벌이 낮아 남의 천대를 받더니 갑진년[57]에 동학의 세력이 창궐하여 무식한 농사꾼들도 머리를 깎고 탕건[58]을 쓰면 호랑이같이 무섭던 원님도 감히 건드리지를 못하였다. 이 악한도 그 세력이 부러워 곧 동학에 입도하고 여간 전래의 논밭을 다 팔아 동학에 바치고 그만 의식이 말류한 가난한 사람이 되고 말았다. 그러나 감사도 되고 군수, 목사도 되리라는 희망은 물거품으로 돌아가고 이제는 논밭 한 이랑도 없는 거지가 되고 말았다. 마음이 착하고 수양이 많은 사람이면 아무리 가난하여도 절행을 고칠 리가 없건마는 원래 갑자기 양반이나 되기를 바라고 동학에 들었던 인물이라, 처음에는 양반의 체면과 신사의 체면도 보았건마는 점점 체면을 차리는 데 필요한 두루마기와 탕건과 가죽신이 없어지매 양반의 체면과 신사의 체면도 그와 함께 없어지고 말았다. 그 악한은 아무러한 짓을 하여서라도 돈만 얻으면 그만이요 술만 먹으면 그만이라 하게 되었다. 그래서 그는 그 동네에 유명한 협잡꾼이 되고 몹쓸 놈이 된 것이라. 주막에 앉아서 영채의 밥값을 담당함은 잠시 이전 신사의 체면을 보던 마음이 일어남이요 영채가 계집아인 줄을 알매 그를 업어 감은 시방 그의 썩어진 마음을 표함이라.

  그는 아들 형제가 있었다. 맏아들은 벌써 스물두 살인데 아직도 장가를 들이지 못하였고 둘째 아들은 지금 십오륙 세 된 더벅머리였다. 그가 처음 영채를 업어 갈 때에는 이십이 넘도록 장가를 들지 못한 맏아들에게 주려 하는 마음이었다. 그같이 마음이 악하여져서 거의 짐승이 된 놈에게도 아직까지 자식을 생각하는 마음은 남았음이라. 그러나 영채를 등에 업고 캄캄한 밤에 사람 없는 데로 걸어가니 등과 손에 감각되는 영채의 따뜻한 살이 금할 수 없이 그의 육욕을 자극하였다. 연계로 말하면 제 손녀나 될 만한, 이제 겨우 열세 살 되는 영채에게 대하여 색욕을 품는다 함이 이상히 들리려니와 원래 몸이 건강한 데다가 마음에 도덕과 인륜의 씨가 스러졌으니 이리함도 괴이치 아니한 일이라. 집에 아내가 없지 아니하나 나이도 많고 또 여러 해 가난한 고생에 아주 노파가 되고 말아 조금도 따뜻한 맛이 없었다. 이제 꽃송이 같은 영채가 내 손에 있으니 짐승 같은 그는 며느리를 삼으려 하던 생각도 없어지고 불결같이 일어나는 육욕을 제어하지 못하여 외딴 산모루[59] 길가에 영채를 내려놓았다. 아직 나이 어린 영채는 그가 자기에게 대하여 어떠한 악의를 품은지는 모르거니와 다만 무섭기만 하여 손을 마주 비비며 또 한 번 '살려주오' 하고 빌었다. 그러나 그는 듣지 아니하고 미친 듯이 영채를 땅에 눕혔다.

이까지 하는 말을 듣고 형식은 전신이 오싹하였다. 마침내 영채는 처녀가 아닌 지가 오래구나 하였다. 설혹 영채가 욕을 보지 아니하였노라 하더라도 형식은 믿지 아니하리라 하였다. 형식은 그 악한이 영채를 땅에 엎드리던 광경을 생각하고 일변 영채를 불쌍히도 여기고 일변 영채가 더러운 듯이도 생각하였다. 노파는 숨소리도 없이 영채의 기운 없이 말하는 입술만 보고 앉아서 이따금 "저런, 저런" 하고는 한숨을 쉰다.

악한이 영채를 땅에 누일 때 영채는 웬일인지 모르거니와 갑자기 대단한 무서움이 생겨 발길로 그의 가슴을 힘껏 차고 으아 하고 소리를 내어 울었다. 악한은 푹 거꾸러졌다. 영채가 아무리 약하고 어리더라도 죽을 악을 쓰고 달려드는 악한의 가슴을 찼으니 불의에 가슴을 차인 악한은 그만 숨이 막힘이라. 영채는 악한이 거꾸러지는 것을 보고 벌떡 일어나서 도로 일어나려는 악한의 얼굴에 흙과 모래를 쥐어뿌리고 정신없이 발 가는 대로 달아났다. 얼마를 정신없이 달아나다가 우뚝 서서 귀를 기울였다. 그러나 아무 소리도 들리지 아니하고 새벽바람이 땀 흐르는 얼굴을 스쳐 지나갈 뿐이었다. 그러나 영채의 눈에는 뒤에 얼른얼른 그 악한의 따라오는 그림자가 보이는 듯하고, 또 그 악한의 손에는 피 흐르는 칼날이 번적번적하는 듯하여 또 한 번 으아 하고 뛰기를 시작하였다. 얼마를 뛰어가다가 뒤를 돌아보니 뒤에 지금껏 잊어버렸던 개가 입에 희끄무레한 무엇을 물고 따라온다. 영채는 반겨 그 개를 안았다. 그러나 그 개의 몸에는 온통 피투성이요 더구나 영채가 그 개의 머리를 안을 때에 개의 목에서 쏟는 피에 손이 젖음을 깨달았다. 영채는 놀라 한 걸음 물러났다. 개는 킁킁하고 두어 번 짖더니 그만 다리를 버둥버둥하고 땅에 거꾸러진다. 영채는 어쩔 줄을 모르고 멍멍하니 섰다가 개의 입에 물었던 희끄무레한 것을 집었다. 아직 희미한 새벽빛이언마는 그것이 아까 그 악한의 저고리 앞자락인 줄을 알았다. 개는 그 악한과 오랫동안 싸워 마침내 그 악한을 물어 메뜨리고 주인에게 그 뜻을 알리려고 그 악한의 저고리 앞자락을 물어 온 것이라. 그러나 그 개도 악한에게 발길로 차이고 주먹으로 맞고 입으로 물려 여러 곳에 살이 떨어지고 피가 흐르고 그중에도 왼편 갈빗대가 둘이나 꺾어져서 폐와 심장을 찢은 것이라. 제 목숨이 얼마나 남은지도 모르고 불쌍한 주인을 따라와 제가 그 주인을 위하여 원수 갚은 줄을 알리고 그 사랑하던 주인의 발부리에서 죽고자 함이라.

"저는 개의 시체를 붙들고 한참이나 울었습니다" 하는 영채의 눈에는 새로이 눈물이 흐르더라.

12

형식은 영채의 말을 듣고 얼마큼 안심이 되었다. 영채의 얼굴을 다시금 보매 새삼스럽게 정다운 마음과 사랑스러운 생각이 난다. 지금까지 영채의 절행을 의심하던 것이 죄송스럽다 하였다. 영채는 어디까지든지 옥과 같이 깨끗하고 눈과 같이 깨끗하다 하였다. 이전 안주에 있을 때에 보던 어리고 아리따운 영채의 모양이 뚜렷이 형식의 앞에 보이더니 그 아리따운 모양이 방금 그 앞에 앉아 신세타령을 하는 영채와 하나가 되고 만다. 형식은 생각하였다. 옳다, 은혜 많은 내 선생님의 뜻을 이어 영채와 부부가 되어 일생을 즐겁게 지내리라 하였다. 그러고는 자기와 영채가 부부 된 뒤에 할 일이 눈앞에 보인다. 우선 영채와 자기가 좋은 옷을 입고 목사 앞에 서서 맹서[60]를 하렷다. 나는 영채의 손을 꼭 쥐고 곁눈으로 영채의 불그레하여진 뺨을 보리라. 그때에 영채는 하도 기쁘고 부끄러워 더욱 고개를 숙이렷다. 그날 저녁에 한자리에 누워 서로 꼭 쓸어안고 지나간 칠팔 년간의 고생하던 것과 서로 생각하고 그리워하던 말을 하리라. 그때에 영채가 기쁜 눈물로 베개를 적시며 속에 쌓이고 쌓였던 정회를 풀 때에 나는 감격함을 이기지 못하여 전신을 바르르 떨며 영채를 껴안으리라. 그러면 영채도 내 가슴에 이마를 대고 '에그, 이것이 꿈인가요' 하고 몸을 떨리라. 그러한 후에 나는 일변 교사로 일변 저술로 돈을 벌어 깨끗한 집을 잡고 재미있는 가정을 이루리라. 내가 저녁 때에 일을 마치고 집에 돌아오면 영채는 나를 기다리고 기다리다가 내가 오는 것을 보고 뛰어나오며 내게 안기리라. 그때에 우리는 서양 풍속으로 서로 쓸어안고 입을 맞추리라. 그러다가 이윽고 아들이 나렷다. 영채와 같이 눈이 큼직하고 얼굴이 둥그스름하고 나와 같이 체격이 튼튼한 아들이 나렷다. 그담에 딸이 나렷다. 그담에는 또 아들이 나렷다. 아아, 즐거운 가정이 되렷다.

그러나 영채가 만일 지금껏 아무것도 배운 것이 없으면 어쩌나. 내 마음과 내 사상을 알아줄 만한 공부가 없으면 어쩌나. 어려서 글을 좀 읽었건마는 그동안 칠팔 년간이나 공부를 아니 하였으면 모두 다 잊어버렸으렷다. 아아, 만일 영채가 이렇게 무식하면 어쩌는가. 그렇게 무식한 영채와 행복된 가정을 이룰 수가 있을까. 아아, 영채가 무식하면 어쩌나. 이렇게 생각하매 지금까지 생각하던 것이 다 쓸데없는 듯하여 불현듯 서어한[61] 마음이 생긴다. 그래서 형식은 영채의 얼굴을 다시금 보았다. 그 몸가짐과 얼굴의 표정이 아무리 하여도 교육 없는 여자는 아니로다. 더구나 그 손과 옷을 보매 지금껏 괴로운 일로 고생은 아니 한 듯하다. 아무리 보아도 영채는 고등한 가정에서 고등한 교육을 받은 사람인 듯하다. 그렇지 아니하면 저렇게 몸가짐에 자리가 잡히고 말하는 것이 저렇게 얌전하고 익숙지 못하리라 하였다. 더구나 그 말에 문학적 색채가 있는 것을 보니 아무리 하여도 고등한 교육을 받았구나 하였다.

혹 내가 남의 도움을 받아 이만큼이라도 출세를 하게 된 모양으로 그도 누구의 도움을 받아 편안히 지내면서 어느 학교를 졸업하지 아니하였는가. 마치 김장로의 집에 있는 윤순애 모양으로 어느 귀족의 집이나 문명한 신사의 집에서 여태까지 공부를 하지나 아니하였는가. 혹 금년쯤 어느 고등여학교를 졸업하지나 아니하였는가. 그렇기만 하면 오죽 좋으랴. 옳다, 그렇다 하고 형식은 혼자 믿고 좋아하였다. 그리고 형식은 어서 영채의 그 후에 지낸 내력을 듣고 싶었다. 영채의 하는 말은 꼭 자기의 생각한 바와 같으려니 하였다.

영채는 노파가 정성으로 베어 주는 배를 한 쪽 받아먹고 지나간 일을 생각하면서 길게 한숨을 쉬었다. 지금까지 말한 것도 고생이 아님이 아니요 눈물 흘릴 일이 아님이 아니나, 이제부터 말할 것은 그보다 더한 슬픈 일이라. 혼자 이따금 그 일을 생각만 하여도 진저리가 나는데 다른 사람을 대하여 그러한 일을 말하게 되니 더욱 비감도 하고 또 일변 부끄럽기도 하다. 영채는 이래 사오년간에 사람도 퍽 많이 대하였고 잠시나마 형제와 같이 친히 지내던 친구도 퍽 많았었다. 혹 같은 친구들이 모여 앉아서 신세타령을 할 때에 여러 가지 못할 말 없이 다 하면서도 지금 형식에게 말하려는 말은 아직 하여본 적이 없다. 대개 이런 말을 하더라도 듣는 사람은 다만 그것 불쌍하다고나 할 따름이요 깊이 자기를 동정하여주지 아니할 줄을 앎이라. 영채는 극히 절친한 친구에게라도 자기의 신분은 말하지 아니하고 다만 자기는 어려서 부모를 여의고 이웃 사람의 손에 길러났노라 할 뿐이었다. 대개 그는 차마 그 아버지의 말을 할 수 없고 그의 진정한 신세를 말할 수 없음이라. 이리하여 그는 슬픈 경력을 제 가슴속에 깊이깊이 간직하여 두었었다. 아마 그가 일생에 형식을 만나지 아니하였던들 그의 흉중에 쌓이고 쌓인 회포와 맺히고 맺힌 원한은 마침내 세상에 드러나지 아니하고 말았을 것이었다. 세상에 사람이 많건마는 제 가슴속에 깊이깊이 간직한 회포를 들어줄 사람이 몇이나 되리오. 영채는 그동안 지극히 마음이 괴로울 때에는 혹 그중에 자기를 가장 동정하는 사람을 구하여 한번 시원히 자기의 신세타령이나 하여보리라 한 적도 한두 번이 아니었다. 한번 실컷 신세타령을 하고 나면 얼마큼 몸이 가든하여지려니[62] 하였다. 그러나 세상에서 만나는 사람들은 백이면 백이 다 자기를 희롱하고 잡아먹으려는 사람뿐이었다. 길가에 본체만체하고 지나가는 사람은 물론이어니와 가장 다정한 듯이 웃는 얼굴과 부드러운 말소리로 가까이 오는 자도 기실은 나를 사랑하고 불쌍히 여겨 그러함이 아니라 나를 속이고 나를 농락하여 자기의 욕심을 채우려 함이었다.

13

영채는 지금 자기가 일생에 잊히지 아니하고 생각하고 그리던 형식을 만났으니 지금까지 가슴속에 간직하였던 회포를 말하리라 하였다. 세상에 아직도 제 회포를 들어줄 사람이 있는 것을 생각하고 영채는 더할 수 없이 기뻐하였다. 그러나 영채는 다시 생각하였다. 형식의 얼굴빛을 보매 자기를 만난 것을 반가워하는 것과 자기의 신세를 불쌍히 여기고 자기에게 대하여 따뜻한 사랑을 품은 줄을 알건마는 만일 자기가 몸을 팔아 기생이 되어 오륙 년간 부랑한 남자의 노리개 된 줄을 알면 형식이가 얼마나 낙심하고 슬퍼하랴. 또 형식은 아주 품행이 단정한 사람이라는데 만일 내가 기생 같은 천한 몸이 되었다 하면 싫은 마음이 아니 생길까. 지금은 형식이가 저렇게 나를 위하여 눈물을 흘리고 나를 대하여 사랑하는 빛을 보이건마는 내가 만일 기생이 되었다는 말을 하면 곧 미운 생각이 나고 불쾌한 생각이 나지나 아니할까. 그래서 '너는 더러운 사람이로다. 나와 가까이할 사람이 아니로다' 하고 얼굴을 찌푸리지 아니할까. 이러한 생각을 하매 영채는 더 말할 용기가 없어졌다. 지금까지 죽은 부모와 동생을 만나본 듯한 반가운 정이 스러지고 새로운 설움과 새로운 부끄러움이 생긴다. 아아, 역시 남이로구나. 형식이도 역시 남이로구나. 마음 놓고 제 속에 있는 비밀을 다 말하지 못하겠구나 하였다. 영채는 새로이 눈물이 흘러 고개를 숙였다. 내가 왜 기생이 되었던고. 왜 남의 종이 되지 아니하고 기생이 되었던고. 남의 종이 되거나 아이 보는 계집이 되거나 바느질품을 팔고 있었더면 형식을 대하여 이렇게 부끄러운 마음이 생기고 이렇게 제 속에 있는 말을 못하지는 아니하려든. 아아, 왜 내가 기생이 되었던고. 물론 영채는 기생이 되고 싶어 된 것은 아니었다. 아버지와 두 오라비를 건져내려고 기생이 된 것이라. 영채가 평양 감옥에 다다라 처음 그 아버지와 면회를 허함이 되었던 날 영채는 그 아버지를 보고 일변 놀라고 일변 슬펐다. 철없고 어린 생각에도 그 아버지의 변한 모양을 보매 가슴이 찌르는 듯하였다. 조그마한 구멍으로 내다보는 그 아버지의 몹시 주름 잡히고 여윈 얼굴, 움쑥 들어간 눈. 이전에는 그렇게 보기 좋던 백설 같은 수염도 조금도 다스리지를 아니하여 마치 흐트러진 머리카락처럼 되고. 그중에도 가장 영채의 가슴을 아프게 한 것은 황톳물 묻은 흉물스러운 옷이라. 감옥문 밖에 다다랐을 적에 이 흉물스러운 황톳물 옷을 입고 짚으로 결은[63] 이상한 갓을 쓰고 굵은 쇠사슬을 절절 끌며 무슨 둥글한 똥내 나는 통을 메고 다니는 양을 볼 때에 이러한 모양을 처음 보는 영채는 어렸을 때부터 무서워하던 에비[64]나 귀신을 보는 듯하여 치가 떨렸다. 저것들도 우리와 같은 사람일까, 아마도 저것들은 무슨 몹쓸 큰 죄악을 지은 놈들이라 하였다. 그리고 영채가 그 곁으로 지나올 때에 그 흉물스러운 사람들이 이상하게 흘끗흘끗 자기를 보는 양을 보고 몸에 소름이 끼치도록 무서운 마음이 생겼다. 그러나 철없는 영채는 자기 아버지도 저러한 모양을 하였으려니 하고 생각지는 아니하였다. 영채는 자기 아버지가 이전 자기 집 사랑에 앉았을 때 모양으로 깨끗한 두루마기에 깨끗한 버선을 신고 책상을 앞에 놓고 책을 읽으며 여러 젊은 사람들을 가르치고 있으려니 하였다. 그래서 저는 평양에 올 때까지는 죽을 고생을 다 하였거니와 아버지를 만나기만 하면 평생 아버지의 곁에 있어서 아버지의 심부름도 하고 옷도 빨아 다려드리고, 이전 모양으로 오래간만에 재미있던 『소학』과 『열녀전』과 『시경』도 배우려니 하였었다. 아버지의 얼굴은 늘 웃는 빛이요 아버지의 눈에는 늘 광명이 있고 아버지의 말소리는 늘 정이 있고 힘이 있으려니 하였다. 대합실에서 두 시간이나 넘어 기다리다가 간수에게 이끌려 들어갈 적에 영채는 너무 기뻐서 눈물이 흐를 뻔하였었다. 이제는 아버지를 뵈오려니 하면서 숙천 어떤 촌중에서 아이놈들에게 고생 받던 생각과 그 이튿날 어느 주막에서 어떤 악한에게 붙들려 하마터면 큰 괴변을 당할 뻔하던 것과 순안 석암리 근방에서 금점꾼[65]에게 붙들려 고생하던 것도 다 잊어버려지고 다만 기쁜 생각만 가슴에 가득히 찼었다. 면회소에 들어가면 응당 아버지가 '네가 오느냐' 하고 뛰어나와 자기를 안아주려니 하였다. 그러나 면회소에 들어가 본즉 사방에 두터운 널쪽으로 둘러막고 긴 칼을 찬 간수들이 무정한 눈으로 자기를 보며 쿵쿵 소리를 내고 지나갈 뿐. 나오리라 하는 아버지는 아니 보이고 어떤 시커먼 수염이 많이 난 순검(간수연마는 영채의 생각에는 순검이어니 하였다)이 손에 무슨 줄을 잡고 서서 영채를 보며 "너 울지 말어라, 울면 네 아버지 안 보일 테야" 하고 호령을 할 때에 영채는 그만 실망하고 무섭고 슬픈 생각이 났다. 이윽고 그 순검이 손에 잡은 줄을 잡아당기니 덜꺼덕 하는 소리가 나면서 널쪽 벽에 있던 나뭇조각이 그 줄에 달려 올라가고 네모난 조그마한 구멍이 뚫리며 그렇게도 몹시 변한 아버지의 얼굴이 보인다. 어깨 위에서부터 눈까지가 보이고 이마 위는 벽에 가려서 아니 보인다. 아버지는 웃지도 아니하고 말도 없이 가만히 영채를 내다볼 뿐. 그 얼굴에는 전에 보던 화기가 없고 그 눈에는 전에 있던 웃음과 광채가 없어지고 말았다. 전에 영채를 대할 때에는 얼굴이 온통 웃음이 되더니 지금은 나무로 깎아놓은 모양으로 아무러한 표정도 없다. 영채는 '저것이 내 아버진가' 하고 너무 억색하여[66] 한참이나 그 얼굴을 바라보았다. 영채의 몸에는 피가 식고 사지가 굳어지는 듯하였다. 그러나 영채는 그 나무로 깎은 듯한 얼굴, 움쑥한 눈에 눈물이 스르르 도는 것을 보고 그제야 '이것이 내 아버지로구나' 하는 듯이 "아버지!" 하고 소리를 내어 울었다. "웬일이오" 하고 영채는 통곡하였다.

14

 이렇게 아버지를 만나보고 간수에게 붙들려 도로 대합실에 나왔다. 그 간수는 아까 줄을 잡고 있던 간수와 달라 매우 친절하게 영채를 위로하여주었다. 대합실 걸상 위에 앉히고 "울지 말어라. 이제 얼마 아녀서 네 아버지께서 나오시느니라" 하고 간절하게 위로하여주었다. 그러나 아주 미련치 아니한 영채는 그것이 다만 저를 위로하는 말에 불과하는 줄을 알았다. 그러고는 한참이나 목을 놓아 울었다. 간수는 달래다 못하여 "울지 말고 어서 집에 가거라" 하고는 자기 갈 데로 가고 말았다. 그때에 곁에 앉았던 어떤 머리 깎고 모직 두루마기 입은 사람이 영채더러 "너 왜 우느냐. 여기 누가 와서 갇혔느냐" 하고 아주 친절하게 묻는다. 영채는 그 아버지와 두 오라비가 이 감옥에 와 있는 말과 또 아버지와 오라비는 기실 아무 죄도 없다는 말과 자기는 아버지를 뵈올 양으로 혼자 이 먼 곳에 찾아왔다는 뜻을 고하였다. 영채 생각에 이런 말을 하면 혹 자기를 불쌍히 여겨서 아버지도 자주 뵈옵게 하여주고 또 얼마 동안 밥도 먹여주려니 하였다. 그 사람이 이 말을 듣더니 아주 정성스럽고 다정한 말로 영채를 위로한다. "참 가엾구나, 아직 내 집에 있어서 다음번 면회일을 기다려라. 한 달에 한 번씩밖에 면회를 아니 시켜주는 것이니 내 집에 가서 한 달쯤 있다가 또 한 번 아버지를 만나보고 집에 가거라" 한다. 영채는 한 달을 더 있다가야 또 아버지를 만날 수 있단 말을 들으매 마음이 답답하기는 하나 그 사람의 친절히 구는 것이 어떻게 감사한지 몰랐다. 또 영채의 생각에는 평양에 와서 아버지만 만나면 평생 아버지를 모시고 있을 줄로 알고 왔던 것이 정작 와본즉 모시고 있기는커녕 한 달에 한 번씩밖에 더 뵈올 수가 없고, 또 손에 돈이 없고 평양에 아는 사람이 없으니 오늘 저녁부터라도 먹고 잘 일이 걱정이라. 또 팔월도 이십 일이 지났으니 아침저녁에는 찬바람이 솔솔 불어 무명 고의, 베적삼이 으스스하게 되었고 또 밤에 덮을 것도 없이 자려면 사지가 옹송그려져[67] 잠을 이룰 수가 없었다. 어제 저녁에도 칠성문 밖 어떤 집 윗목에 밤새도록 추워서 한잠을 이루지 못하고 밤을 새웠더니 아침부터 배가 아프기 시작하여 아버지를 만나기 전에 세 번이나 설사를 하였다. 여러 날 괴로운 길의 노독과 고생과 또 오늘 아버지를 만날 때에 슬픔과 낙심으로 전신에 기운이 한 땀도 없고 촌보를 옮길 생각이 없다. 이때에 마침 어떤 사람이 이렇게 친절하게 자기를 거두어주니 영채는 슬픈 중에도 얼마큼 안심이 되었다. 그러나 숙천 땅 어느 주막에서 머리 깎은 사람에게 속은 생각을 하매 이 사람이 또 그러한 사람이나 아닌가 하고 의심이 나서 자세히 그 사람의 언어와 행동을 보았다. 그러나 이 사람은 숙천서 보던 사람과 달라 옷도 잘 입고 얼굴도 점잖고 아무리 보아도 악한 사람은 아니로다. 또 만일 그가 나를 속이려거든 나는 입으로 그의 코를 물어뜯고 달아나면 그만이라 하였다. 우선 따뜻한 밥도 먹고 싶고 불 잘 땐 방에서 이불을 덮고 잠도 잤으면 좋겠다 하였다. 이 사람의 집에 가면 아마 맛나는 밥도 주려니, 덮고 잘 이불도 주려니, 저만큼 옷을 입은 사람이면 집이 그만큼 넉넉하려니 하였다. 그래서 영채는 그 사람의 말대로 그 사람의 뒤를 따라갔다. 가는 길에도 그 사람은 영채의 손을 잡아끌며 친절하게 여러 가지 말을 묻는다. 영채는 기운 없이 그 묻는 말을 대답하였다.

그 사람의 집은 남문 안이었다. 영채가 아주 피곤하여 걸음을 못 걸을 만한 때에 그 사람의 집에 다다랐다. 집이 그리 크지는 아니하나 얼른 보기에도 깨끗은 하였다. 문에는 '金雲龍'이라는 문패가 붙었다. 영채는 글씨를 잘 썼다 하고 생각하였다. 안에 들어가니 마당과 방 안이 극히 정결하고 어떤 어여쁜 젊은 부인과 처녀 하나가 있었다. 영채는 혼자 생각에 저 부인은 그 사람의 부인, 저 처녀는 그 사람의 누이라 하였다. 왜 어머니가 없는가, 그 사람의 어머니가 계실 듯한데 아마 우리 조모님 모양으로 늙어서 죽었나 보다 하였다. 모든 것이 영채의 상상하던 바와 같으므로 영채는 아주 마음을 놓았다. 더구나 그 사람의 누이인 듯한 처녀가 있고 또 다른 남자가 없으니 더욱 좋다 하였다. 그 집 식구들은 다 영채를 사랑하였다. 그날 저녁에 영채는 생각하던 바와 같이 오래간만에 고깃국에 맛나는 밥을 먹었다. 식후에 그 사람은 어디로 나가고 영채는 그 부인과 처녀와 함께 불을 켜놓고 이야기를 시작하였다. 처녀는 영채를 남자로 알매 말을 많이 하지 아니하나 부인은 여러 가지로 영채의 신세를 물었다. 영채는 그 부인이 다정하게 혹 머리도 쓸어주며 손도 만져줌을 보고 하도 감격하여 눈물을 흘리면서 자기의 신세를 말하였다. 자기가 부친과 오라버니를 찾아 남자의 모양을 하고 외가에서 도망한 일과 오다가 중로[68]에서 여러 가지로 고난당하던 일을 자세히 말할 때에 그 처녀는 눈이 둥그레지고 부인은 영채의 등을 만지고 목을 쓸어안으면서 울었다. 영채의 말을 다 듣고 나서 부인은 치마고름으로 눈물을 씻으며 "어쩌, 네 얼굴이 여자 같다 하고 이상히 여겼다" 하면서 장을 열고 새로 지어둔 옷 한 벌을 내주었다. 영채는 두어 번 사양하다가 마침내 입었다. 그러고는 세 사람이 더욱 정이 들어 웃고 이야기하였다. 그중에도 지금까지 시치미 떼고 앉았던 그 처녀가 갑자기 웃고 영채의 손을 잡으며 다정히 말하게 되었다. 영채는 아버지와 오라버니 일도 잠시 잊어버리고 없어진 집에 새로 돌아온 모양으로 기뻐하였다. 밤이 깊은 뒤에 그 사람이 돌아와서 부인에게 영채의 말을 듣고 깜짝 놀랐다. 그러고는 일동이 웃었다. 이렇게 며칠을 지내며 어서 한 달이 지나가서 다시 아버지를 뵈옵고 이러한 큰 은인의 말을 하려 하였다.

15

기다리면 한 달의 세월도 퍽 멀다. 영채는 차차 아버지의 생각을 하게 되었다. 아버지의 그 무섭게 여위고 수척한 얼굴과 움쑥 들어간 눈과 황톳물 들인 옷과, 그 수염 많이 난 간수와 쇠줄을 허리에 매고 똥통을 나르던 사람들의 생각이 나기 시작한다. 영채는 제가 입은 곱고 따뜻한 의복을 볼 때마다, 아침저녁 먹는 맛나는 음식을 볼 때마다 아버지의 가엾은 모양이 눈에 보인다. 영채는 점점 쾌활한 빛이 없어지고 음식도 잘 먹지 아니하고 가끔 혼자 앉아서 울기도 하였다. 부인과 그 처녀는 여전히 다정하게 위로하여주건마는 그 위로를 받는 것도 잠시의 일이요 부인도 처녀도 없는 데 혼자 앉았으면 자연히 눈물이 흐른다. 영채는, 어찌하여 그 아버지와 두 오라버니를 구원하지 못할까, 옥에서 나오게 할 수가 없을까, 아주 나오게는 하지 못하더라도 옷이라도 좀 깨끗이 입고 음식이나 맛나는 것을 잡수시도록 할 수가 없을까, 들으니 감옥에서는 콩 절반 쌀 절반 두고 지은 밥을 먹는다는데, 아버지께서 저렇게 수척하심도 나 많은 이가 음식이 부족하여 그러함이 아닌가, 옛날 책을 보면 혹 어떤 처녀가 제 몸을 팔아서 죄에 빠진 부모를 구원하였다는데 나도 그렇게나 하였으면⋯⋯ 이렇게 생각하고 영채가 하루는 그 사람에게 이 뜻을 고하였다. 그 사람은 영채의 뜻을 칭찬하면서 "돈만 있으면 음식도 들일 수 있고, 혹 옥에서 나오시게도 할 수 있건마는⋯⋯" 하고 영채의 얼굴을 보았다. 영채는 옛말을 생각하였다. 그때 아버지께서 제 몸을 팔아 그 돈으로 그 아버지의 죄를 속한 옛날 처녀의 말을 들을 제 아직 열 살이 넘지 못하였던 영채는 눈물을 흘리며 나도 그리하였으면 한 일이 있음을 생각하였다. 영채는 그 사람이 '돈만 있으면 음식도 들일 수도 있고 혹 옥에서 나오시게도 할 수가 있단' 말을 듣고 나도 그렇게 할까 하였다. 그 사람이 다시 "그러나 돈이 있어야 하지" 하고 영채의 얼굴을 보며 웃을 때에 영채는 생각하기를 옳지, 이 어른도 내가 옛날 처녀의 하던 일을 하라고 권하는 뜻이라 하였다. 내가 이제 옛날 처녀의 본을 받아 내 몸을 팔아 돈만 얻으면 아버지와 오라버니는 옥에서 나오시렷다, 옥에서 나오시면 나를 칭찬하시렷다. 세상 사람이 나를 효녀라고 칭찬하고 옛날 처녀 모양으로 책에 기록하여 여러 처녀들이 읽고 나와 같이 울며 칭찬하렷다. 그러나 내가 내 몸을 팔아 부모와 형제를 구원하지 아니하면 이 어른과 세상 사람들이 다 나를 불효한 계집이라고 비웃으렷다. 또 그동안 이 집에 있어보니 그 부인도 본래 기생이요 그 처녀도 지금 기생 공부를 한다 하며 매일 놀러 오는 기생들도 다 얼굴도 좋고 옷도 잘 입고 마음들도 다 착한데……하였다. 기생이란 다 좋은 처녀들이어니 하였다. 더구나 그 기생들이 다 글씨를 잘 쓰고 글을 잘 아는 것을 보고 기생들은 다 공부도 잘한 처녀들이라 하였다. 그래서 영채는 결심하였다. 그리고 그 사람에게 "저는 결심하였습니다. 저도 기생이 되렵니다. 저도 글을 좀 배웠습니다. 그래서 그 돈으로 아버지를 구원하려 합니다" 하고 영채는 알 수 없는 기쁨과 일종의 자랑을 감각하였다. 그 사람은 영채의 등을 만지며 "참 기특하다, 효녀로다. 그러면 네 뜻대로 주선하여주마" 하였다.

이리하여 영채는 기생이 된 것이라. 영채는 결코 기생이 되고 싶어서 된 것이 아니요 행여나 늙으신 부친을 구원할까 하고 기생이 된 것이라. 기실 제 몸을 판 돈으로 부친과 형제를 구원치만 못할뿐더러 주선하여주마 하던 그 사람이 영채의 몸값 이백 원을 받아 가지고 집과 아내도 다 내버리고 어디로 도망을 갔건마는, 또 영채가 그 부친을 구하려고 제 몸을 팔아 기생이 되었단 말을 듣고 그 아버지가 절식 자살을 하였건마는──그러나 영채가 기생이 된 것은 제가 되고 싶어 된 것이 아니라 온전히 늙으신 부친과 형제를 구원하려고 하였음이라.

그렇건마는 이 줄을 누가 알아주랴. 하늘과 신명은 알건마는 화식 먹는 사람이야 이 줄을 누가 알아주랴. 내가 이제 이런 말을 한들 형식이가 이 말을 믿어주랴. 아마도 네가 행실이 부정하여 창기의 몸이 되었거늘 이제 와서 점점 낫살이 많아가고 창기 생활에 염증이 나므로 네가 나를 속임이로다 하고 도리어 나를 비웃지 아니할까. 내가 기생이 된 지 이삼 삭 후에 감옥에 아버지를 찾았더니 아버지께서 내가 기생이 되었다는 말을 듣고 와락 성을 내어 '이년아, 이 우리 빛난 가문을 더럽히는 년아, 어린 계집이 뉘 꼬임에 들어 벌써 몸을 더럽혔느냐' 하고 내가 행실이 부정하여 기생이 된 줄로 알으시고 마침내 자살까지 하셨거든, 부모조차 이러하거든 하물며 형식이야 어찌 내 말을 신용하랴. 오늘 아침 형식을 찾으려고 결심할 때에는 형식에게 그동안 지나온 말을 다 하려 하였더니 이러한 생각이 나매 그만 그러한 결심도 다 풀어지고 슬픈 생각과 원망스러운 생각만 가슴에 북받쳐 오를 뿐이라. 아아, 세상에는 다시 내 진정을 들어줄 곳이 없는가.

이렇게 생각하고 영채는 후 하고 한숨을 쉬며 눈물을 씻고 형식과 노파를 보았다. 형식은 다정한 눈으로 영채의 얼굴을 보며 그 후에 지나온 이야기를 기다리고 노파는 영채의 등을 어루만지며 코를 푼다.

"그래, 그 악한의 손에서 벗어난 뒤에는 어찌 되었습니까" 하고 형식은 영채의 이야기를 재촉한다. 영채는 이윽고 형식을 보더니

눈물을 씻고 일어나면서

"일후에 또 말씀드리겠습니다."

"왜 그러서요?" 하는 형식의 만류함도 듣지 아니하고 "어디 계십니까" 하는 질문도 대답지 아니하고 계집아이를 데리고 일어나 간다. 형식과 노파는 서로 보며

"웬일이오?" 하였다.

16

영채가 하던 말을 그치고 갑자기 일어나 나가는 양을 보고 형식은 한참 망연히 섰다가 모자도 아니 쓰고 문밖에 뛰어나갔다. 그러나 하고많은 행인 중에 영채의 거처를 알 수가 없었다. 형식은 영채가 나올 때에 곧 뒤따라 나오지 아니한 것을 한하였다. 형식은 잠시 동안 한길로 오르락내리락하다가 낙심하여 집에 들어왔다. 노파는 아직도 눈물을 흘리고 앉았더라.

형식은 혼자 책상에 의지하여 영채의 일을 생각하였다. 영채가 어찌하여 중간에 하던 이야기를 끊고 총총히 돌아갔는가. 왜 이야기를 하다가 말고 그렇게 슬피 울었는가. 아무리 하여도 그 까닭을 알 수가 없다. 혹 내가 영채에게 대하여 불만한 거동을 보였는가. 아니라, 나는 영채의 말을 들을 때에 지극한 동정과 정성으로써 하였다. 아까 영채가 물끄러미 내 얼굴을 볼 때에 나는 그 눈물 고인 맑은 눈을 보고 더할 수 없이 사랑하는 정이 생겼다.

영채는 내 얼굴에서 그 빛을 보았으리니 그러면 어찌하여 하던 말을 중동[69]에 끊고 그렇게 총총히 일어 갔는고. 암만하여도 내게 차마 말하지 못할 무슨 깊은 사정이 있나 보다. 그러면 그것은 무슨 사정일까. 나를 찾아올 때에는 아무러한 사정이라도 다 말하려고 왔겠거늘 어찌하여 하던 말을 그치고 총총히 돌아갔는고. 옳다, 아까 주인 노파가 '여학생 모양을 하였으나 암만해도 기생 같습데다' 하더니 참말 그러한가 보다. 홀몸으로 평양에 왔다가 어떤 못된 놈이나 년의 꼬임에 들어 그만 기생이 되었는가 보다. 서울서 기생 노릇을 하다가 어찌어찌 풍편[70]에 내가 여기 있단 말을 듣고 찾아왔던가 보다. 만일 그렇다 하면 그가 무슨 뜻으로 나를 찾았을까. 어려서 같이 놀던 동무를 그리워서 한번 만나보기나 하리라 하고 나를 찾았을까. 그리하여 나를 만나매 옛날 생각이 나고 부모와 형제 생각이 나서 나를 보고 울다가 마침내 신세 타령을 시작한 것일까. 그러다가 제가 기생이 되었다는 말을 하면 내가 제게 대하여 불쾌한 생각을 품을까 저어하여 하던 말을 뚝 끊고 돌아갔음일까. 그렇고 보면 그는 실로 기생의 몸이 되었는가. 그 은혜 많은 박선생의 따님이 그만 기생의 몸이 되었는가. 세상을 위하여 몸과 맘을 다 바치던 열성 있는 박선생의 따님이 그만 세상의 유혹을 받아 부랑한 남자들의 노리갯감이 되었는가. 혹 어떤 유야랑[71]과 오늘 저녁에 만나기를 약속하고 그 약속한 시간이 오기 전에 잠깐 나를 찾은 것이 아닌가. 또는 그 유야랑을 만나러 가는 길에 잠깐 내 집에 들렀던 것이 아닌가. 그렇게 생각하면 그럴 듯도 하다. 아까 영채의 뒤를 따라 한길에 나갔을 때에 교동 파출소 앞으로 어떤 키 큰 남자와 여자 하나가 어깨를 겯고[72] 내려가는 양을 보았더니 그러면 그것이 영채던가. 그럴진댄 지금 영채는 어떤 요리점에 앉아서 어떤 부랑한 남자와 손을 마주 잡고 안기며 안으며 한 술잔에 술을 나눠 마시며 음란한 노래와 음란한 말로 더러운 쾌락을 취하렷다. 아까 여기서 눈물을 흘리던 그 눈에 남자를 후리는 추파를 띠고 그 슬픈 신세를 말하던 그 입으로는 차마 입에 담지 못할 더러운 소리를 하렷다. 혹 지금 어떤 남자에게 안기어 더러운 쾌락을 탐하지나 아니하는가. 이러한 생각을 하니 형식의 흉중에 와락 불쾌한 생각이 난다. 아까 내 앞에서 하던 모든 가련한 모양이 말끔 일시의 외식[73]이로다. 제 신세를 듣고 눈물을 흘리는 나와 노파를 보고 속으로는 깔깔 웃었으리로다. 아아, 가증한 계집이로다 하였다. 아아, 영채는 그만 버린 계집이 되었구나, 더럽고 썩어진 창기가 되고 말았구나. 부모를 잊고 형제를 잊고 유혹에 빠져 그만 개똥같이 더러운 몸이 되고 말았구나. 박선생의 집은 그만 멸망하고 말았구나 하였다. 형식은 머리를 들어 하염없이 방 안을 돌아보고 책상머리에 있는 부채를 들어 훅훅 다는 얼굴을 부치며 툇마루에 나와 앉았다. 어디서 활동사진 음악대 소리가 들리고 교동 거리로 지나가는 인력거의 방울 소리가 들린다. 형식은 흐트러진 생각을 수습지 못하여 좁은 마당으로 얼마 동안 거닐다가 방에 들어와 옷도 입은 채로 자리에 누웠다. 형식은 가만히 눈을 감았다. 그러나 형식의 눈에는 울고 앉았는 영채의 모양이 뚜렷이 보이고 영채가 말하던 경력담이 환등 모양으로, 활동사진 모양으로 형식의 주위에 얼른얼른 보인다. 안주 박선생의 집을 떠날 때에 자기가 영채를 안고 '이제는 다시 못 보겠구나' 하던 양도 보이고 외가를 뛰어나와 개를 데리고 달밤에 혼자 도망하는 영채의 모양과 숙천 주막에서 어떤 악한에게 붙들려 가던 양이 얼른얼른 보이고 남복을 입은 영채가 죽어 넘어진 개를 안고 새벽 외딴 길가에 앉아 우는 양도 보인다. 그러나 그다음에는 활동사진이 뚝 끊어지고 한참이나 캄캄하였다가 장구를 들고 부랑한 난봉들을 모시고 앉아 음탕한 얼굴로 음탕한 노래를 부르고 앉았는 영채가 보이고 또 어떤 놈과 베개를 같이하고 누워 자는 양도 눈에 얼른얼른한다.

그러고는 또 아까 자기가 영채를 대하여 앉아서 생각하던 혼인 생활이 보인다. 회당에서 성례하던 일, 즐거운 가정을 이루었던 일, 아들과 딸을 낳았던 일이 마치 지나간 사실을 회상하는 모양으로 뚜렷하게 눈앞에 보인다.

'그만 영채가 기생이 되고 말았구나' 하고 형식은 돌아누우며 자탄하였다. 형식은 이런 생각을 아니 하리라 하고 몸을 흠칫하고 고개를 흔들었다. 그리고 잠이 들리라 하고 일부러 숨소리를 높였다. 그러나 얼마 아니하여 또 생각이 터져 나온다. 슬픈 신세타령을 하며 눈물 고인 눈으로 자기를 물끄러미 쳐다보는 영채의 모양이 쑥 나선다.

17

 영채의 눈에서는 눈물이 흐른다. 그 무릎 위에 힘없이 놓인 어여쁜 손가락이 바르르 떨린다. 형식은 이렇게 생각하였다. 영채는 자기를 믿고 자기에게 사정을 다 말하고 자기에게 몸을 의탁하려고 왔던 것이 아닐까. 설혹 몸이 기생이 되었다 하더라도 형식이 서울에 있다는 말을 듣고 자기를 그 괴로운 지경에서 건져 내어달라기 위하여 찾아왔던 것이 아닐까. 온 세상에 형식이밖에 말할 곳이 없고 믿을 곳이 없고 의탁할 곳이 없어 부모를 찾아오는 모양으로, 형제를 찾아오는 모양으로 형식을 찾아왔음이 아닐까. 아까 '제가 이형식이올시다' 할 때에 영채가 깜짝 놀라 한 걸음 뒤로 물러서며 단박 눈물을 흘리던 것과 자기의 신세를 말하면서도 연해연방 형식의 얼굴을 쳐다보던 것을 보니 영채는 정녕 형식을 믿고 형식의 동정을 구하고 형식에게 안아주고 건져주기를 청한 것이라. 옳다, 영채는 과연 나를 믿고 내게 보호를 청하려고 왔던 것이로다. 육칠 년간이나 차디차고 괴롭고 괴롭던 세상 풍파에 부대끼고 부대끼다가 저를 사랑하여주어야 할 내가 서울에 있음을 알고 반갑고 기뻐서 나를 찾아왔던 것이로다. 옳다, 그렇다. 나는 영채를 구원할 의무가 있다. 영채는 나의 은사의 따님이요 또 은사가 내 아내로 허락하였던 여자라. 설혹 운수가 기박하여 일시 더러운 곳에 몸이 빠졌다 하더라도 나는 그를 건져낼 책임이 있다. 내가 먼저 그를 찾아다니지 못한 것이 도리어 한

이 되고 죄송하거늘 이제 그가 나를 찾아왔으니 어찌 모르는 체하고 있으리오. 나는 그를 구원하리라, 구원하여서 사랑하리라. 처음에 생각하던 대로 만일 될 수만 있으면 나의 아내를 삼으리라. 설혹 그가 기생이 되었다 하더라도 원래 양반의 집 혈속이요 또 어려서 가정의 교훈을 많이 받았으니 반드시 여자의 아름다운 점을 구비하였으리라. 또 만일 기생이라 하면 인정과 세상도 많이 알았을지요 시와 노래도 잘할지니, 글로 일생을 보내려는 나에게는 가장 적합하다 하고 형식은 가만히 눈을 떴다. 망연히 모기장을 바라보고 모기장 밖에서 앵앵하는 모기의 소리를 듣다가 다시 눈을 감으며 싱긋 혼자 웃었다. 아까 영채의 태도는 과연 아름다웠다. 눈썹을 짓고 향수내 나는 것이 좀 불쾌하기는 하였으나 그 살빛과 눈찌[74]와 앉은 태도가 참 아름다웠다. 더구나 그 이야기할 때에 하얀 이빨이 반작반작하는 것과 탄식할 때에 잠깐 몸을 틀며 보일 듯 말 듯 양미간을 찡그리는 것이 못 견디리만큼 어여뻤다. 아까 형식은 너무 감격하여 미처 영채의 얼굴과 태도를 자세히 비평할 여유가 없었거니와 지금 가만히 생각하니 영채의 일언일동과 옷고름 맨 모양까지도 못 견디게 어여뻐 보인다. 형식은 눈을 감고 한 번 더 영채의 모양을 그리면서 싱긋 웃었다. 도리어 저 장로의 딸 선형이도 그 얌전한 태도에 이르러서는 영채에게 및지 못한다 하였다. 선형의 얼굴과 태도도 얌전치 아니함이 아니언마는 영채에 비기면 변화가 적고 생기가 적다 하였다. 선형은 가만히 앉았는 부처와 같다 하면 영채는 구름 위에서 춤을 추고 노래하는 선녀와 같다 하였다. 선형의 얼굴과 태도는 그린 듯하고 영채의 얼굴과 태도는 움직이는 듯하다 하였다. 영채의 얼굴은 잠시도 한 모양이 아니요 마치 엷은 안개가 그 앞으로 획획획 지나가는 모양으로 얼굴의 빛과 눈찌가 늘 변하였다. 그러면서 그 변하는 모양이 말할 수 없이 아름답고 얌전하였다. 그의 말소리도 정이 자아짐을 따라 높았다 낮았다, 굵었다가 가늘었다 마치 무슨 미묘한 음악을 듣는 듯하였다. 실로 형식과 노파가 그렇게 슬퍼하고 눈물을 흘린 것은 영채의 불쌍한 경력보다도 그 경력을 말하는 아름다운 말씨였다. 형식은 아까 품었던 영채에게 대한 불쾌한 감정을 다 잊어버리고 눈앞에 보이는 영채의 모양을 대하여 한참 황홀하였다. 형식의 눈앞에 보이는 영채가 '형식씨, 저는 세상에 오직 당신을 믿을 뿐이외다. 형식씨, 저를 사랑하여주십시오. 저는 이 외로운 몸을 당신의 품속에 던집니다' 하고 눈물 고인 눈으로 형식을 쳐다보는 듯하다. 형식은 마음속으로 '영채씨, 아름다운 영채씨, 박선생의 따님인 영채씨, 나는 영채씨를 사랑합니다. 이렇게 사랑합니다' 하고 두 팔을 벌리고 안는 시늉을 하였다. 형식의 생각에 영채의 따뜻한 뺨이 자기의 뺨에 와 스치고 입김이 자기의 입에 와 닿는 듯하였다. 형식의 가슴은 자주 뛰고 숨소리는 높아졌다. 옳다, 사랑하는 영채는 내 아내로다. 회당에서 즐겁게 혼인 예식을 행하고 아들 낳고 딸 낳고 즐거운 가정을 이루리라 하였다.

그러나 영채는 어디 있는가. 지금 어디 있는가. 형식은 또 불쾌한 마음이 생긴다. 영채가 어떤 남자에게 안겨 자는 모양이 눈에 보인다. 형식이 영채의 자는 방에 들어가니 영채는 어떤 사나이를 꼭 껴안고 고개를 번쩍 들고 형식을 보며 히히히 하고 웃는 모양이 보인다. 형식은 '여보, 영채, 이것이 웬일이오' 하고 발길로 영채의 머리를 차는 양을 생각하면서 정말 다리를 들어 모기장을 탁 찼다. 모기장을 달았던 끈이 뚝 끊어지며 모기장이 얼굴을 덮는다. 형식은 벌떡 일어나 모기장을 집어 던지고 궐련[75]을 붙였다. 노파는 벌써 잠이 든 듯하고 서늘한 바람이 무슨 냄새를 띠워 솔솔 불어온다. 형식은 손에 든 궐련이 다 타는 줄도 모르고 멍멍하게 마당을 바라보더니 무슨 생각이 나는지 마당으로 뛰어나온다. 교동 거리에는 늦게 돌아가는 사람의 구두 소리가 나고 잘 맑은 여름 하늘에는 별이 반작반작한다. 형식은 하늘을 바라보다가 휙 돌아서며 혼잣말로

"참 인생이란 우습기도 하다."

18

이튿날 형식은 어젯밤 늦게야 잠이 들었던 탓으로 여덟 시가 지나서야 일어났다. 세수를 하고 영채의 일을 생각하며 조반을 먹을 제 형식이가 가르치는 경성학교 학생 두 사람이 왔다. 형식은 어느 학생에게나 친절하고 다정하게 하므로 형식을 따르는 학생이 많았었다. 그중에도 형식은 자기의 과거의 신세를 생각하여 불쌍한 학생에게 특별히 동정을 표하고 그러할뿐더러 그 얼마 아니 되는 수입을 가지고 학비 없는 학생을 이삼 인이나 도와주었

다. 그러나 형식에게는 재주 있는 학생, 얌전한 학생을 더욱 사랑하는 버릇이 있었다. 물론 아무나 재주 있고 얌전한 사람을 더욱 사랑하건마는 그네는 용하게 그것을 겉에 드러내지 아니하되 정이 많은 형식은 이러할 줄을 모르고 자기의 어떤 사람에게 대한 특별한 사랑을 감추지 못하였다. 그래서 어떤 친구가 형식에게 '자네는 편애하는 버릇이 있나니' 하는 충고도 받았다. 그때에 형식은 웃으며 '더 사랑스러운 사람을 더 사랑하는 것이 무엇이 흠이란 말인가' 하였다. 그러면 그 친구가 '그러나 가르치는 자리에 있는 사람은 배우는 자를 한결같이 사랑할 필요가 있나니' 하고, 이 말에 형식은 '그러나 장차 자라서 사회에 크게 이익을 줄 만한 자를 특별히 더 사랑하고 가르침이 무엇이 잘못이랴' 하였다. 이리하여서 형식은 동료 간에나 학생 간에 편애하는 사람이라는 말을 듣고 혹 어떤 형식을 미워하는 사람은 형식이가 얼굴 어여쁜 학생만 사랑한다는 말도 한다. 학생 중에도 삼사년급 심술 사납고 장난 잘하는 학생들은 형식은 얼굴 어여쁜 학생만 사랑하여 시험 점수도 특별히 많이 주고 질문하는 것도 특별히 잘 가르쳐 준다 하며 형식이가 특별히 사랑하는 학생을 대하여서는 듣기 싫은 비방도 많이 한다. 그럴 때면 형식의 특별히 사랑하는 학생들이 형식을 위하여 여러 가지로 변명하건마는 도리어 심술 사나운 학생들은 그네를 비웃었다. 지금 형식을 찾아온 두 학생 중에 십칠팔 세 되는 얌전해 보이는 학생은 형식의 특별한 사랑을 받는 자 중에 하나이요 그와 함께 온 키 크고 얼굴 거무테테한 학생은 형식을 미워하는 학생 중에 하나이라. 형식을 사랑하는 학생의 이름은 이희경이니 지금 경성학교 사년급 첫자리요 다른 학생의 이름은 김종렬이니 겨우 하여 낙제나 아니 하고 따라 올라오는 역시 경성학교 사년생이라. 그러나 이 김종렬은 낫살이 많고 또 공부에 재주는 없으면서도 무슨 일을 꾸미는 수단이 매우 능란하여 이년급 이래로 그 반에 모든 일은 다 제가 맡아 하게 되고 그뿐더러 이 김종렬이가 무슨 의견을 제출하면 열에 아홉은 전반 학생이 다 찬성한다. 전반 학생이 반드시 그를 존경하거나 사랑함이 아니로되―도리어 그의 성적이 좋지 못한 방면으로, 그의 행실이 단정하지 못한 방면으로, 그의 성질이 완패하고[76] 심술이 곱지 못한 방면으로 전반 학생의 미움과 비웃음을 받건마는 무슨 일을 하는 데 대하여는 전반 학생이 주저하지 아니하고 그를 신임하며 그를 복종한다. 그는 물론 정직은 하다. 속에 있는 바를 꺼림 없이 말하며 아무러한 어른의 앞에 가서라도 서슴지 아니하고 제 의견을 발표하는 용기가 있다. 아무러나 그는 일종 특수한 능력을 가진 사람이로다. 지금은 최상급 학생이므로 다만 사년급에만 세력이 있을뿐더러 온 학교 학생 간에 위대한 세력을 가져 새로 입학한 일년급 어린 학생들까지도 그의 이름을 알고 그를 보면 경례를 한다. 만일 어린 학생이 자기를 대하여 경례를 아니 하면 당장에 위엄 있는 태도와 목소리로 '여보, 왜 상급생에게 경례를 아니 하오' 하고 책망한다. 그러므로 어린 학생들은 경례하고 돌아서서는 혀를 내밀고 웃으면서도 그와 마주 대하여서는 공손히 경례를 한다. 동급생 중에 김계도라 하는 김종렬과 비슷한 학생이 있다. 김계도는 김종렬보다 좀 온화하고 공손하여 사귈 맛은 있으나 그 일하기를 좋아하고 어른스럽게 행동하는 점에는 서로 일치한다. 게다가 연치가 상적하고[77] 의취[78]가 상합하므로 김종렬과 김계도 양인은 절친한 지기지우라. 김종렬의 생각에는 세상에 족히 마음을 허하고 서로 천하를 의논할 사람은 나폴레옹과 김계도밖에는 없다 하였다. 그는 물론 나폴레옹의 자세한 전기도 한 권 읽지 아니하였으나 다만 서양사에서 얻어들은 재료를 가지고 직각적으로 나폴레옹은 이러한 사람이어니 하여 자기의 유일한 숭배 인물을 삼았다. 친구와 이야기를 할 때에도 나폴레옹이요 동창회에서 연설을 할 때에도 나폴레옹이라. 모든 것에 나폴레옹을 인용하므로 학생들은 그를 나폴레옹이라고 별호를 짓고 얼굴이 검다 하여 그의 별호에 '검은'이라는 형용사를 붙여 '검은 나폴레옹'이라고 부르게 되고 혹 영리한 학생은 (이희경도 그렇다) 발음의 편의상 '검은 나폴레옹'을 줄여 '검나' '검나' 하고 부르게 되었다. 그러나 그는 나폴레옹이 법국[79] 황제인 줄을 알지마는 원래 지중해 중에 있는 코르시카 섬 사람인 줄은 모른다. 워털루에서 영국 장수 웰링턴에게 패하여 태서양[80] 중 세인트헬레나라는 외로운 섬에서 나폴레옹이 죽었단 말을 역사 교사에게 들었으나 그는 '워털루'라든가 '세인트헬레나'라든가 하는 외우기 어려운 말은 다 잊어버리고 다만 나폴레옹은 패하여 태서양 중 어떤 섬에서 죽었다고 기억할 뿐이라. 그러면서도 나폴레옹은 자기의 유일한 숭배 인물이라. 말하자면 김종렬의 이른바 나폴레옹은 코르시카에서 나고 프랑스에 황제가 되었던 나폴레옹이 아니라 김종렬이가 하나님이 자기 모양으로 아담을 만들었다는 전설과 같이 자기 모양으로 나폴레옹을 만든 것이라. 이 나폴레옹 숭배자는 형식에게 인사한 뒤에 엄연히 꿇어앉아 "저희가 선생님을 뵈오러 온 뜻은" 하고 말을 시작한다.

19

 형식은 궐련을 피워 물고 김종렬과 이희경 두 학생을 웃는 낯으로 대한다. 무슨 일이 있어서 이 두 학생이 찾아왔는지는 모르거니와 김종렬, 이희경 양인이 함께 온 것을 보니 학생 전체에 관한 일이거나 그렇지 아니하면 사년급 전체에 관한 일인 줄은 알았다. 대개 전부터 학생 전체에 관한 일이거나 사년급 전체에 관한 일에는 이 두 사람이 흔히 총대[81]가 됨을 앎이라. 원 격식으로 말하면 최상급의 반장인 이희경이가 으레 그 총대가 될 것이로되 이희경은 아직 나이 어리고 또 김종렬과 같이 일을 좋아하는 마음과 일을 잘 처리하는 수단이 없으므로 항상 김종렬의 절제를 받는다. 혹 이희경이가 갈 일에도 김종렬은 마치 어린것을 혼자 보내는 것이 마음이 아니 놓이는 듯이 반드시 희경의 뒤를 따라가고 따라가서는 이희경이가 두어 마디 말도 하기 전에 자기가 가로맡아[82] 말을 하고 이희경은 도리어 따라온 사람 모양으로 한 걸음 물러서서 방긋방긋 웃고만 있을 뿐이라. 이희경은 이렇게 김종렬에게 권리의 침해를 받으면서도 처음은 자기의 인격을 무시하는 듯하여 불쾌한 생각도 있었으나 점점 습관이 되매 도리어 김종렬이가 자기의 할 일을 가로맡아 하여주는 것을 다행으로 여길뿐더러 혹 자기가 공부가 분주하거나 일하기가 싫은 때에는 자기가 김종렬을 찾아가서 자기의 맡은 일을 위탁하기조차 한다. 그리하면 김종렬은 즉시 승낙하고 저 볼일도 내놓고 주선한다. 이러할 때마다 이희경은 혼자 웃었다. 이번에 형식을 찾아온 일도 아마 명의상으로는 이희경이가 대표요 김종렬은 수행원인 줄을 형식은 알았다. 그리고 정작 대표자는 상긋상긋 웃고만 앉았고 수행원인 김종렬이가 입을 열어 '저희가 오늘 선생을 찾은 것은' 함이 하도 우스워서 형식은 속으로 웃었다. 그리고 김종렬 같은 사람도 사회에 쓸 곳이 많다 하였다. 저런 사람은 아무 재능도 없으되 오직 무슨 일이나 하기 좋아하는 성미가 있으므로 그것을 잘 이용하면 여러 가지 좋은 일을 실행하기에 편리하리라 하였다. 김종렬 같은 사람은 조그마한 일을 맡길 때에도 그것을 큰일인 듯이 말하고 조그마한 성공을 하거든 그것이 큰 성공인 듯이, 사회에 큰 이익이 있는 성공인 듯이 말하고 '노형이 아니면 이 일을 할 수가 없소' 하여주기만 하면 그는 물불을 가리지 아니하고 아무러한 일이나 맡으리라 하였다. 지금 자기가 자기보다 유치하게 보고 철없게 보는 이희경이가 얼마가 아니하여 자기를 부리는 사람이 되고 자기보다 세상에 더 공경받는 사람이 될 것이언마는 김종렬은 그런 줄을 모르나니 그런 줄을 모르는 것이 김종렬에게는 행복이라 하였다.

  또 학생들이 무슨 일을 의논하여 김종렬을 내세웠는고 하고 형식은 지극히 은근하게

"왜, 무슨 일이 있습니까?"

"예, 학교에 중대 사건이 발생하였습니다." 김종렬은 이렇게 조그마한 일에도 법률상, 정치상 술어를 쓰기를 좋아하며 또 다른 것을 외우는 재주는 없으되—자기의 유일한 숭배 인물인 나폴레옹의 이름이 보나파르트인 줄도 외우지 못하되 법률상, 정치상의 술어는 용하게 잘 외운다. 한번 들으면 반드시 실제에 응용을 하나니 혹 잘못 응용하는 때도 있거니와 열에 네다섯은 옳게 응용한다. 이번 형식에게 '중대 사건이 일어났습니다' 한 것 같은 것은 적당하게 응용한 일례라. 형식은

"예, 무슨 중대 사건이오?"

"저희는 삼사년급이 합하여 동맹 퇴학을 하려 합니다. 학교의 학생에게 대한 처분 '권리'를 불만족히 여겨서 이렇게 동맹을 '체결'한 것이올시다" 하고 동맹 퇴학 청원서를 낸다. 김종렬은 그만 말 두 마디를 잘못 적용하였다. '처분 권리'의 '권리'는 연문[83]이요 '동맹을 체결'한다는 '체결'은 너무 굉장하다 하였다. 그러나 한 발이나 되는 퇴학 청원서에 이백여 명이 연명 날인한 것을 보고 형식은 놀랐다. 과연 '중대 사건'이요 굉장하게 '동맹을 체결'하였구나 하였다. 김종렬은 퇴학 청원서를 내어 형식을 주며 자기도 형식의 곁으로 가까이 자리를 옮겨 그 글을 낭독하려는 모양을 보인다. 형식은 너무 김종렬의 예절답지 못한 데 불쾌한 생각이 나서 얼른 퇴학 청원서를 책상 위에 올려놓고 자기 혼자만 소리 없이 읽었다. 김종렬이가 또 형식의 책상머리로 따라가려는 것을 이희경이가 웃으며 팔을 잡아당기어 그대로 앉아

있으라는 뜻을 표하였다. 그러나 김종렬은 이 뜻은 못 알아보고 '왜 버릇없이' 하고 이희경을 흘겨보았다. 이희경은 얼굴이 빨개지며 고개를 돌리고 손수건으로 코를 푸는 듯 웃었다. 김종렬은 마침내 책상 맞은편에 가서 형식과 마주 앉았다. 형식은 또 돌아앉으려다가 차마 그러지도 못하여 청원서를 도로 내주며

"종렬군, 그러나 이것은 좋지 못한 일이외다. 무슨 이유를 물론하고 학생의 학교에 대한 '스트라이크'는 좋지 못한 일이외다" 하였다.

김종렬은 '스트라이크'라는 말의 뜻은 자세히 모르거니와 '베이스볼'에 '스트라이크'란 말이 있음을 보건댄 대체 학교를 공격하는 것이어니 하였다. 그리고 청원서를 접으며 장중한 목소리로

"아니올시다. 저희 모교 당국은 부패지극(腐敗之極)에 달하였습니다. 차제(此際)를 당하여 저희 용감한 청년들이 일대 혁명을 아니 일으키면, 오회[84]라 모교는 멸망할 것이올시다" 하고 결심의 굳음이 말에 보인다. 형식은 어찌할 수 없음을 알고 이희경을 돌아보며

"희경군도 의견이 그렇소?"

"예, 어저께 하학 후에 삼사년급이 모여서 그렇게 하기로 결정이 되었습니다."

"그래 증거는 확실하오?"

김종렬이가 소리를 높여

"확실하올시다. 저희 학생 중에서 몇 사람이 바로 목격을 하였습니다" 하고 주먹을 내두르며 "증거가 확실하올시다, 그대로 간

과할 수는 없습니다" 한다.

20

그 퇴학 청원의 이유는 대개 이러하였다. 경성학교의 학감 겸 지리역사를 담임한 교사인 배명식이 술을 먹고 화류계에 다니매 청년을 교육하는 학감이나 교사 될 자격이 없을뿐더러 또 매양 학생 전체의 의사를 무시하고 학과의 분배와 기타 모든 것을 자기의 임의대로 하며 학생의 상벌과 출석이 항상 공평되지 못하고 자기의 의사로 한다 함이라. 학감 배명식은 동경고등사범 지리역사과의 선과[85]를 졸업하고 이삼 년 전에 환국하여 경성학교주 김 남작의 청탁으로 대번에 경성학교의 학감이라는 주요한 지위를 얻었다. 경성학교의 십여 명 교사가 다 중등 교원의 법률상 자격이 없는 중에 자기는 당당히 동경고등사범학교를 졸업하였노라 하여 학교일에 대한 만반 사무는 오직 자기의 임의대로 하였다. 그의 주장하는 바를 듣건댄 동경고등사범학교는 세계에 제일 좋은 학교요 그 학교를 졸업한 자기는 조선에 제일가는 교육가라. 교육에 관한 모든 것에 모르는 것이 없고 자기가 하려 하는 모든 일은 다 교육학의 원리와 조선의 시세에 맞는 것이라 하였다. 그러나 곁에서 보기에는 고등사범을 졸업하지 아니한 다른 교사들보다 별로 나은 줄은 모르겠더라. 그는 취임 초에 학과의 변경을 주장하고 지리와 역사는 만학의 집합처라 하여 시간을 배나 늘이고 수학과 박물은 중등 교육에 그다지 필요한 것이 아니라 하여 시간 수효를 이삼 할이나 줄였다. 그는 역사지리 중심 교육론자로라 자칭하여 학생을 대하여서는 역사지리가 모든 학과 중에 가장 필요하고 귀중한 학과이며 따라서 역사와 지리를 가르치는 교사가 가장 중요하고 힘드는 교사라 하였다. 그때에 다른 교사들은 총독부의 고등보통교육령과 일본 중학교의 제도를 근거로 하여 배학감의 주장에 반대하였다. 배학감은 웃으며 '여러분은 교육의 원리를 모르시니까' 하고 자기의 학설의 옳음을 주장하였다. '그러나 일본 각 중학교에서는 이렇게 학과를 분배하는데' 하고 누가 반대하면 '허, 일본에 큰 교육가가 있소? 참 일본의 교육은 극히 불완전합닌다' 하고 자기는 청출어람이라는 격언과 같이 일본서 배워 왔건마는 일본 모든 일류 교육가보다도 뛰어나는 새 학설과 새 교육의 이상을 가졌노라 한다. 마침 배학감의 개정한 학과 분배를 학무국에서 불인가하고 마침내 전에 하던 대로 하게 되매 여러 교사들은 배학감을 대하여 웃었다. 그리하고 자기네의 승리를 기뻐하였다. 그러나 배학감은 아직 세상이 유치하여 자기의 가장 진보한 학설이 시행되지 아니함이라 하고 매우 분개하였다. 일찍 형식이가 조롱 겸 배학감에게 물었다.

"선생의 신학설은 뉘 학설을 근거로 한 것이오니까, 페스탈로치오니까, 엘렌 케이오니까."

배학감은 페스탈로치가 누구며 엘렌 케이가 누군지 한번 들은 듯은 하건마는 얼른 생각이 아니 난다. 그러나 조선 일류 교육가가 삼류, 사류의 교육가가 아는 이름을 모른다 함도 수치라. 이에

배학감은 껄껄 웃으며

"예, 나도 '푸스털'과 '얼른커'의 학설은 보았지요. 그러나 그것은 다 지다이 오꾸레(時代遲)[86]왼다" 한다. '페스탈로치'와 '엘렌 케이'라는 말을 잊어버려 '푸스털' '얼른커'라 하리만큼 무식하면서도 그네의 학설을 다 보았다 하는 배학감의 심정을 도리어 불쌍히 여겼다. 그리고 서슴지 않고 '그러나 그것은 다 지다이 오꾸렙닌다' 하는 용기는 과연 칭찬할 만하다 하고 형식은 혼자 웃은 일이 있었다. 기실 배학감은 자칭 신학설, 신학설 하면서도 대체 학설이란 무엇인지도 잘 알지 못하는 모양이라. 그가 고등사범에 다닐 때에 얼마나 도저하게 공부를 하였는지는 알 수 없거니와 남이 사 년에 졸업하는 것을 오 년에 졸업하였다 하니 그동안에 굉장히 공부를 하여 교육에 관한 제자백가서를 다 통독하였는지는 알 수 없거니와 조선에 돌아온 뒤에는 그날그날 신문의 삼면 기사[87]나 읽는지 마는지 독서하는 양을 보지 못하고 독서한다는 소문을 듣지 못하였다. 일찍 같이 경성학교에 교사로 있는 어떤 사람이 형식을 보고

"배학감은 백지(白紙)입데다그려."

"백지라니, 무슨 뜻이오니까."

"아무것도 쓴 것이 없단 말이야요——무식하단 말씀이야요."

형식은 껄껄 웃으며,

"노형께서 조금 모르셨습니다. 배학감은 백지가 아니라 흑입닌다. 검은 종이입닌다."

"어째서요?"

"백지나 같으면 아직은 쓴 것이 없어도 장차야 쓸 수가 있지요. 그렇지마는 흑지는 장차 쓸 수도 없습닌다" 하고 서로 웃은 일이 있었다.

배학감은 또 규칙을 좋아한다. '규칙적'이란 말과 '엄하게'라는 말은 배학감의 가장 잘 쓰는 말이었다. 취임 후 얼마 아니 하여 친히 규칙을 개정하였다. 개정이 아니라 이전 있던 규칙은 '교육의 원리에' 합하지 아니하여 폐지하고 자기의 신학설을 기초로 하여 온통 이백여 조에 달하는 당당한 대규칙을 제정하였다. 어느 날 직원 회의에 교원 일동을 소집하고 친히 신규칙의 각 조목을 낭독하며 일일이 그 규칙의 정신을 설명하였다. 오후 한 시에 시작한 것이 넉 점이 지나도록 끝이 나지 못하였다. 배학감은 이마와 코에 땀이 흐르고 목이 쉬었다. 교원 일동은 엉덩이가 아프고 허리가 아파 연방 엉덩이를 들먹들먹하였다. 어떤 교원은 고개를 푹 숙이고 코를 골다가 학감의 대갈일성에 깊이 든 꿈을 놀라기도 하고 어떤 교원은 문을 홱 닫치고[88] 뒷간에 한번 간 후에 그만 다시 돌아오지 아니하였다. 그때에 형식은 참다못하여

"그것은 학교 규칙이 아니라 한 나라의 법률이외다그려" 하고 그 조목이 너무 많음을 공격하였다. 자리에 있던 오륙 인 (뒷간에 가고 남은) 교원은 일제히 형식의 말에 찬성을 표하였다. 그러나 학감의 직권으로 이 규칙이 확정이 되었다. 배학감과 일반 교원과 및 학생과의 갈등이 심하여진 것은 이때부터라.

21

 형식은 분해하는 김종렬을 향하여

 "그러나 그런 온당치 못한 일을 하여서 쓰겠나. 참아야지."

 "아니올시다. 벌써 삼 년 동안이나 참았습니다."

하고 기어이 배학감을 배척하고야 말려 한다. 김종렬은 말을 이어

 "이렇게 이백여 명 용감한 청년들이 동맹을 체결하였는데 이제는 일보도 양보할 수가 없습니다."

 "그러나 교주께서 허락지 아니하시면 할 수 있소?"

 김종렬은 '교주'란 말을 듣고 얼마큼 낙심하였다. 한참 고개를 기웃기웃하고 생각하더니

 "그러니까 퇴학합지요. 경성학교가 아니면 학교가 없어요?"

 "그러나 아무리 고식[89]한 일이 있어도 동맹 퇴학은 온당치 아니하오. 또 모교를 떠나기가 어렵지 아니할까?"

 "모교가 무슨 모교오니까. 이전 박선생님께서 교장으로 계시고 윤선생님께서 학감으로 계실 때에는 모교였지마는······지금은 학교에 대하여 정이란 조금도 없습니다. 교장이라는 어른은 아무것도 모르시지요······학감이라는 자는 기생집에만 다니지요······"

하고 김종렬의 눈에는 분한 기운이 오른다. 이희경은 '학감이란 자'라는 말을 듣고 김의 옆을 찌르며

 "여보, 그게 무슨 말이오?"

"어째! 그따위 학감을 무어라고!"

형식은 근심하는 빛으로

"그러면 지금 교장 댁으로 가려 하오?"

"예, 교장 어른 가 뵈옵고 열 점쯤 해서 교주 댁으로 가렵니다. 교주는 열 점이나 되어야 일어난다니까…… 그런데 선생님께서는 저희 일에 동정하십니까."

"내가 교사의 몸이 되어 동정하고 말고를 말할 수가 없소. 마는 다시 생각하여서 일이 없도록 하오" 하고 두 청년을 돌려보내었다. 형식도 마음으로는 물론 배학감의 배척에 찬성하였다. 교실에서 무슨 말 하던 끝에 혹 그 비슷한 말을 한두 번 한 적도 있었다. 사백여 명 학생과 십여 명 교원 중에 배를 좋아하는 사람은 오직 하나도 없었다. 교원들도 아무쪼록 배학감과 말을 아니 하려 하고 학생들도 길가에서 만나면 못 본 체하고 지나간다. 누군지 모르나 익명으로 배학감에게 학감 사직의 권고를 한 자도 있고 혹 배학감이 맡은 역사나 지리 시간에 칠판에다가 '배학감을 교장으로 할사, 배학감은 천하제일 역사지리 교사라' 하는 등 풍자하는 글을 쓰고 혹 뒷간에다가 '배학감 요리점이라' 하고 연필로 쓴 어린 글씨는 아마 일이년급 학생이 배학감에게 '너도 사람이냐' 하는 책망을 받고 나와 분김에 쓴 것인 듯. 교사치고 별명 없는 이가 없거니와 배학감은 그중에도 가장 별명이 많은 사람이라. 다른 교사의 별명은 다만 재미로 짓는 것이로되 배학감의 별명은 미움과 원망으로 지은 것이라. 얼굴이 빨개지며 '너도 사람이냐' 하는 혹독한 책망을 받은 어린 학생들은 당장은 감히 대답을 못하되 문밖에만 나서면 혀를 내밀고 제가 특별히 새 별명을 짓거나 그렇지 아니하면 남이 지어놓은 별명을 이삼 차 부르고야 얼마큼 분이 풀린다. 어린 학생들은 이 별명이라는 방법으로 혹독한 배학감에게 대한 분풀이하는 약을 삼았다. 그러므로 여러 학생이 한꺼번에 배학감에게 '너희도 사람이냐' 하는 책망을 받은 때에는 일동이 한곳에 모여 앉아 마치 큰 절에서 아침에 중들이 모여 앉아 염불하듯이 배학감의 별명을 있는 대로 부른다. 한참이나 열이 나서 별명을 부르다가 적이 속이 시원하게 되면 "와, 와라, 후레, 라후레" 하고 모든 별명 중에 가장 그 경우에 적합하다고 생각하는 별명을 부르고는 박장[90]을 한다.

별명 중에 제일 유세력한 것이 셋이니 즉 암범,[91] 여우 및 개라. 암범이라 함은 혹독하다는 뜻이요 여우라 함은 간교하다는 뜻이어니와 개라 함은 자못 뜻이 깊다. 첫째, 배학감이 교주 김남작의 발을 핥고 똥을 먹으며 독일식 정탐견 노릇을 한다 함이니 배학감은 아랫사람에게 대하여 혹독하게 하던 것과 달라 자기보다 한층 높은 사람을 대하여서는 마치 오래 먹인 개가 그 주인을 보고 꼬리를 두르며 발굽을 핥는 모양으로 국궁돈수[92]가 무소부지[93]며, 조금 아랫사람에게 대하여서는 일부러 몸을 뒤로 잦히고 혀가 안으로 기어들다가도 한층 윗사람 앞에 나아가면 전신에 근육이 탁 풀어져 고개와 허리가 저절로 굽어지며 혀의 힘줄이 늘어나 말에 '하시옵' '하옵시겠삽' 같은 경어란 경어를 있는 대로 주워다가 바친다. 이리하여 용하게도 교주 김남작의 신용을 얻어 배명식이라면 김남작의 유일한 청년 친구라. 이리하여 배학감은 동료와 학생 간에는 지극히 비평이 나쁘되 김남작을 머리로 하여 소위 상류 계급에는 지극히 신용이 깊다. 이러므로 아무리 동료와 학생들이 배학감을 배척하여도 배학감의 지위는 반석같이 공고한 것이라. 둘째, 동료 중에 자기의 시키는 말을 듣지 아니하거나 또는 자기를 시비하는 자가 있거나 혹 이유는 없으되 자기의 눈에 밉게 보이는 자가 있으면 곧 교주에게 품하여 이삼일 내로 축출 명령이 내린다. 이리하여 아까 김종렬이가 사모하던 박교장과 윤교감을 내쫓고 지금 교장과 같이 숙맥불변[94]하는 노인을 교장으로 삼고 자기가 학감의 중임을 맡아 교내의 모든 사무를 온전히 제 마음대로 하게 된 것이라. 이리하여 학교에 있던 교사 중에 적이 마음 있는 자는 다 달아나고 다른 데 갈 데가 없다든가 배학감의 절제를 달게 받는 사람만 남게 되어 학교는 점점 말이 못되게 되었다. 그러나 다만 형식은 동경 유학생인 까닭에 배학감도 과히 괄시를 아니하고 또 형식도 자기까지 떠나면 학교가 말이 아니리라 하여 아직 남아 있는 것이라.

이렇게 배학감은 전교 내의 배척을 받아오던 데다가 근래에는 무슨 심화가 생겼는지 다동,[95] 구리개[96] 근방으로 부지런히 청루[97]를 방문하는 사실이 발각되어 이번 소동이 일어난 것이라.

형식은 '방관할 수 없구나' 하고 곧 학교로 갔다.

22

 형식은 될 수만 있으면 이 일을 무사하게 되도록 하리라 하고 학교에 가는 길에 생각하였다. 이 일의 원인은 온전히 배학감에게 있으니 우선 배학감을 보고 이러한 말을 한 후에 이로부터 몸을 삼가도록 권하리라 하였다. 배학감은 물론 이형식이가 자기의 휘하에 들지 아니함을 항상 미워하여 겉으로는 친한 체, 존경하는 체하건마는 안으로 어떻게 하든지 핑계를 얻어 눈 속에 못 같은 이형식을 경성학교에서 내쫓으리라 한다. 형식도 아주 이 줄을 모름이 아니로되 그러나 학교를 사랑하는 마음으로 또는 사람은 같고 아니 같고 사오 년래 친구로 사귀어온 배명식을 위하여 불가불 자기가 힘을 쓰지 아니하면 아니 되리라 하였다.

 교문을 들어서니 일이년급 아이들이 공을 가지고 놀다가 형식을 보고 모여들어

 "선생님, 오늘 놉니까, 저희도 놀아요?" 하고 삼사년급에서도 노는데 자기도 놀기를 바란다고 한다. 형식은 사무실에 들어갔다. 배학감은 매우 성이 났는지 그렇지 아니해도 뾰족한 얼굴이 더욱 뾰족하게 되어서 형식이가 들어오는 것도 본체만체, 형식도 학감에게는 인사도 아니 하고 곁에 앉았는 다른 교사들에게만 인사를 하였다. 다른 교사들은 각각 앞에다가 분필통과 교과서를 놓고 벌써 아홉 시에 십여 분이 지났건마는 교실에 들어갈 생각도 아니 한다. 형식은 무슨 풍파가 있던 줄을 아나 모르는 체하고

"어째 시간에들 아니 들어가셔요?" 하였다. 한 교사가

"웬일인지 삼사년급 학생은 하나도 아니 왔구려" 하고 일동은 학감을 본다. 형식은 물끄러미 학감을 보다가 그 곁으로 가까이 가서 선 대로

"학감! 학교에 큰일이 났구려."

"나는 모르겠소" 하고 얼굴을 돌이킨다. 형식은 말을 나직이 하여

"무슨 선후책을 해야 아니하겠소. 이렇게 앉았으면 어떻게 해요?"

"글쎄 이게 웬일이오. 이 되지 아니한 자식들이 —— 이 삼사년급 놈들이 왜 오지를 아니하오?"

형식은 네가 아직 모르는구나 하였다. 삼사년급 일동이 동맹 퇴학을 한단 말을 할까 말까 주저하다가, 먼저 알고 잠자코 있음이 도리어 도리가 아니라 하여

"모르시구려, 아직도?"

"무엇을 말씀이오?"

"삼사년급 학생들이 동맹 퇴학을 하기로 결정을 하고 교장과 교주에게 퇴학 청원서를 제출하였다는데……"

"무엇이 어째요? 동맹 퇴학?" 배학감도 이 일에는 얼마큼 놀라는 모양이라. 자기의 신학설의 교육도 그만 실패하였다. 곁에 있던 교사들도 모두 놀라서 자리를 떠나 학감의 곁으로 모였다. 학감은 깜짝 놀라며

"어떻게 알으셨소?"

"아까 어떤 학생들이 퇴학 청원서를 가지고 나한테 왔습데다그려. 교장 댁으로 가는 길이로라고." 이렇게 말하고 형식은 흠칫하고 저 혼자 놀랐다. 이러한 말을 공연히 하였구나 하였다.

배학감은 독기 있는 눈으로 물끄러미 형식을 보더니 벌떡 일어나며

"잘하셨소. 노형은 철없는 학생들을 충동하여 학교를 망하게 하시구려!" 하고 형식을 흘겨본다. 배학감도 평상시에 학생들이 자기보다 도리어 형식을 존경하여 자기는 방문하는 학생이 없으되 형식을 방문하는 학생이 많은 줄을 알고 늘 시기하는 마음으로 있었다. 그리고 학생들이 형식을 따르는 것은 형식의 인격이 자기보다 높고 따뜻함이라 하지 아니하고 형식이가 학생을 유혹하는 수단이 있고 학생들이 형식에게 속아서 따름이라 하였다. 학감은 속으로 '형식이가 학생들을 버린다' 하여 자기 보는 데서 학생들이 친절하게 형식에게 말하는 것을 보면 매양 불쾌한 마음을 이기지 못하였다. 학생들이 마땅히 존경하여야 할 사람은 자기어늘 자기를 존경하지 아니하고 형식을 존경함은 학생들이 미련하여서 그럼이라 하였다. 학생들이 점점 더욱 자기를 배척하게 되는 것을 볼 때에 배학감은 이는 형식이가 철없는 학생들을 유혹하여 고의로 자기를 배척하려 함이라 하였다. 배학감이 한번 어떤 사람을 대하여 '형식은 학생을 시켜 자기를 배척하고 제가 학감이 되려는 야심을 두었다' 한 일이 있었다. 이번에도 형식이가 어떤 학생이 퇴학 청원서를 가지고 자기 집에 왔더란 말을 듣고 이 일도 형식이가 시킨 것이어니 하였다. 그리고 주먹을 불끈

쥐며

"이형, 잘하셨소!" 한다.

형식은 자기의 호의를 도리어 곡해하는 것이 분하여 성을 내며

"노형은 당신의 간교한 마음으로 남의 마음을 판단하시구려. 나는 어디까지든지 호의로——노형과 학교를 위하여 만사가 순하게 되어가기를 바라고 한 말인데, 노형은 도리어……"

형식의 말이 끝나기도 전에 배학감은 더욱 얼굴을 붉히고 한 걸음 형식의 곁에 가까이 오며

"여보, 이형식씨. 내가 이전부터 노형의 수단을 알았소——알고도 참았소. 여태껏 사오 차나 학생들이 학교에 대하여 반항한 것도 다 노형의 수단인 줄을 내가 아오. 노형은 이 학교를 멸망을 시키고야 말 테란 말이오?" 하고 '멸망'이란 말에 힘을 주며 주먹으로 책상을 친다. 형식은 기가 막혀 껄껄 웃으며

"여보, 배명식씨. 나는 아직도 노형은 사람인 줄을 알았구려" 하고는 형식도 와락 성을 내어 말소리를 떨며 "노형은 친구의 호의도 알아보지 못하는 사람이오. 내가 그동안 학생과 교원 사이에 서서 얼마나 노형을 위하여 힘을 쓴지 아시오? 노형을 변호한지 아시오?"

"흥, 변호! 말은 좋소. 어린 학생들을 시켜 학교에 대하여 반항이나 일으키게 하고, 어디 노형의 힘이 얼마나 큰가 봅시다" 하고 모자를 벗어 들고 인사도 없이 문밖으로 나간다. 뒤에 남은 사람들은 "흥, 또 교주 각하께 가는구나" 하고 픽 웃었다. 형식은 분을 참지 못하여 왔다 갔다 한다.

23

 교원들은 '이제는 형식도 경성학교에서 쫓겨나리라' 하면서 왔다 갔다 하는 형식을 보고 교원 중에 하나가
 "그런데 이번에는 학생들의 이유가 무엇인가요."
 형식은 대답하기 싫은 듯이 한참이나 들은 체 만 체하고 마당을 내다보다가 펄썩 제자리에 걸어앉아[98] 책상 서랍을 뽑아 그 속에 있는 책과 종잇조각을 집어내며
 "무슨 이유야요, 그 이윱지요."
 다른 교원 하나가
 "불문가지지요 아마 이번 배학감과 월향의 사건이겠지요" 하고 찬성을 구하는 듯이 형식을 보며 "그렇지요?" 한다. 형식은 책상 서랍에서 집어낸 종잇조각을 혹 찢기도 하고 혹 읽어보다가 접어놓기도 한다. 셋째 교원이
 "학감과 월향의 사건?"
 "모르시오? 학감과 월향의 사건이라고 유명합넨다. 근래에 월향이란 기생이 화류계에 썩 유명합넨다. 평양서 두어 달 전에 왔다는데 얼굴은 어여쁘지요 글을 잘하지요 말을 잘하지요 게다가 거문고와 수심가가 일수[99]라는구려. 그래서 아마 장안 풍류남아가 침을 흘리고 들이덤빈다는데, 한 가지 이상한 것이 있어요. 아직 아무도 그를 손에 넣어본 사람이 없다는구려."
 정직하여 보이는 교원 하나가 말에 취한 듯이

"손에 넣다게?"

"하하하하. 참, 과연 도덕군자시로구려. 퍽 여러 사람이 월향이를 손에 넣을 양으로 동치서주[100]를 하고 야단들을 하나 봅데다마는 거의거의 말을 들을 듯 들을 듯해서 이편의 마음을 못 견디리만큼 자릿자릿하게 하여놓고는 이편이 이제는 되었다 할 때에 '못하겠어요' 하고 똑 끊는다는구려. 그래서 알 수 없는 계집이라고 소문이 낭자하지요!"

그 정직하여 보이는 교사가

"왜 그럴까요?"

"내니 알겠소? 남들이 그럽데다그려!"

카이저수염[101] 있는 교사가

"노형도 한두 번 거절을 당하였나 보구려⋯⋯ 그래 가슴이 따끔합디까, 하하하."

"천만. 나 같은 사람이야 그러한 호화로운 화류계와는 절연이니까⋯⋯ 참 나야 깨끗하지요, 하하하."

"누가 아냐" 하고 한 교사가 웃으니 여러 사람이 다 웃는다. 그 정직하여 보이는 교사도 웃기는 웃으나 더 알고 싶어 하는 듯이 마치 학생이 교사에게 질문하는 모양으로

"그래서? 그래, 어떻게 되었어요?" 할 제 카이저수염 가진 이가 정직하여 보이는 교사의 어깨를 툭 치며

"노형께서도 미인의 일이라면 노상 범연치는 아니하구려" 하고 껄껄 웃으니 정직하여 보이는 교사는 얼굴이 붉어진다. 월향의 말을 하던 교사가 담배를 붙이면서

"그런데, 이 배학감께서 그만 월향씨의 포로가 되었지요. 아마 십여 차나 졸랐던가 봅데다. 암만 조르니 들소? '아니올시다' 하고는 거의거의 들을 듯 들을 듯하다가는 그만 발길로 툭 차는구려. 그래서 지금 배학감은 열이 났지요. 오늘 아침에도 뾰족해서 오지 않았습디까(하고 머리를 흠칫하며)——그게 어제 저녁에도 월향이한테 발길로 채운 표야요."

"옳지, 옳지! 어째 근래에는 얼굴이 더 뾰족하여졌다 하였더니 상푸등[102] 그런 일이로구려, 응?" 하고 카이저가 웃는다. 정직하여 보이는 교사는 더 물어보고 싶으면서도 남들이 웃기를 두려워하여 잠잠하고 앉았다. 지금껏 가만히 듣기만 하고 빙긋빙긋 웃던 이가

"그런데 그런 줄을 학생들이 알았는가요? 이번 퇴학 청원한 이유가 그것인가요?"

"그것은 모르겠소" 하고 '형식이 너는 알겠구나' 하는 듯이 형식을 본다. 형식은 여전히 종잇조각을 조사하는 체하면서도 다른 교사들의 말을 듣는다. 형식은 그 월향이라는 기생이 혹시 박영채가 아닌가 하였다. 말하던 교사가 형식이가 잠잠한 것을 보고 말을 이어

"자세히는 모르지요마는 아마 그것이 이번 퇴학하는 이율 테지요" 하고 형식의 너무 잠잠한 데 말하던 흥이 깨어져 말을 그치고 담배 연기로 공중에 글자만 쓴다.

정직하여 보이는 교사가 참다못한 듯

"학생들이 어떻게 알았을까요?"

카이저수염이

"학생들이, 학생들이 잘 모르오리다. 그 군들이 교사들 정탐을 어떻게 하는데 그러오? 교사들 뒷간에 가는 것까지 다 알지요. 얼른 보기에 아주 온순한 체, 아무것도 모르는 체하지마는 저희들 중에도 경찰서도 있고 정탐도 있답니다. 이번에도 아마 학감이 월향의 집에 들어가는 것을 어떤 학생이 경찰을 하였던 게지……"

"하하하. 그만 등시포착[103]이 된 심이로구려."

이렇게 여러 교원이 말하는 것을 듣더니 담배 연기로 공중에 글자를 쓰던 교사가 암만하여도 하고 싶은 말을 참지 못하는 듯이 궐련을 재떨이에 비벼 불을 끄며

"이러하구려" 하고 말을 낸다.

"학감이 암만하여도 견딜 수가 없어서 요새에는 단연히 그 기생을 낙적[104]을 시켜서 아주 자기 손에 집어넣으려는 생각이 났나 봅데다. 그런데 거기도 경쟁자가 많지요. 갑이 삼백 원 하면, 을은 사백 원 하고, 또 병은 오백 원 하고 이 모양으로 아마 한 천 원 올라갔나 봅데다. 그러나 학감이야 집까지 온통 팔면 삼백 원이나 될는지…… 도저히 금력으로야 경쟁할 수가 없지 않소? 하니까 명망과 정성으로나 얼러볼 양으로 매일 밤 월향 아씨께 참배 기도를 하는 모양인데, 엊그저께 어떤 장난꾼 학생이 뒤를 따랐던가 봅데다" 하고 웃는다. 일동은 아주 재미있는 듯이 고개를 기웃기웃하며 학감과 월향의 장차 되어갈 관계를 상상한다.

형식은 책상 위에 벌여놓은 종잇조각을 다 치우지 아니하고 혼

자 무슨 생각을 하는 듯하더니 그 종잇조각을 도로 책상 서랍에 부리나케 와락 집어넣고 일동에게 인사하고 나간다. 일동은 형식을 보내고 시계를 쳐다보며 하품을 한다.

24

 형식은 교문을 나서서 집으로 돌아오며 생각하였다. 그 월향이란 것이 영채가 아닌가. 원래 평양 기생으로 얼굴이 어여쁘고 아직 아무도 그를 손에 넣은 사람이 없다 하니 그가 과연 영채인가. 영채가 월향이란 이름으로 기생이 되어 이삼 삭 전에 서울에 올라와 지금 화류계에 유명하게 되었는가. 그러나 아무도 일찍 그를 손에 넣어본 자가 없다 하니 그러면 나를 생각하여 절행을 지킴이 아닌가. 옳다, 그렇다, 그가 나를 위하여 절을 지킴이로다. 그런데 그가 마음대로 손에 들지 아니하므로 돈 많은 호화객들이 그를 아주 제 소유를 만들려 하여! 저 배학감 같은 자가 다 영채를 제 손에 넣으려 하여! 만일 영채가 잘못되어 배명식 같은 짐승 같은 자의 손에 든다 하면 그의 일생이 어떻게 될까. 배명식 같은 자가 무슨 사람에 대한 동정이 있을까. 다만 일시 색에 취하여 더러운 욕심을 채울 양으로 영채를 장난감을 삼으려 함이로다. 더구나 배명식은 삼 년 전에 동경으로서 돌아와 칠팔 년간 홀로 자기를 기다리고 늙어오던 본처에게 애매한 간음이라는 죄명을 씌워 이혼하고 작년에 어떤 여학생과 새로 혼인을 한 자라. 신혼

한 일 년이 차지 못하여 벌써 다른 계집에게 손을 대려 하는 그런 무정한 놈의 첩이 되어! 내 은인의 딸이! 못될 일이로다, 못될 일이로다 하였다. 사오 인의 경쟁자가 있다 하고 배명식도 거의 밤마다 영채를 찾아간다 하니 그 육욕밖에 모르는 짐승 같은 사람들의 사이에 끼어 영채는 얼마나 괴로워할는고. 어제 영채가 나를 찾아옴도 이러한 괴로움을 견디지 못하여 마침내 내게 의탁할 양으로 온 것이 아닐까. 와서 내 의복과 거처가 극히 빈한함을 보매 나에게 구원을 청하여도 무익할 줄을 알고 중도에 말을 그치고 돌아갔음이 아닐까. 이렇게 생각하면 자기의 빈한함이 더욱 슬프기도 하고 부끄럽기도 하다. 과연 형식은 영채를 구원할 자격이 없다. 만일 월향이라는 기생이 진실로 영채라 하면 과연 형식은 영채를 구원할 능력이 없다. '천 원 이상에 올라갔나 봅데다' 하는 아까 어느 교사의 하던 말을 생각하고 형식은 한숨을 쉬었다. '천 원!' 내가 만일 영채를 구원하려 하면──그 짐승 같은 사람들에게서 영채를 구원하여 사람다운 살림을 하게 하려면 '천 원'이 있어야 하리로다. 그러나 내게는 천 원이 있는가 하고 형식은 자기의 재산을 생각하여보았다. 형식의 재산은 지금 형식의 조끼 호주머니에 있는 반이나 닳아진 돈지갑뿐이라. 그 돈지갑은 십 원짜리 지표를 가득하게 넣어도 이삼백 원이 들어갈까 말까 한 것이라. 아직 형식의 돈지갑에는 한 번에 백 원을 넣어본 적도 없다. 일찍 동경서 졸업하고 돌아올 때에 어떠한 친구의 호의로 양복값, 노비 합하여 팔십 원을 넣어본 적이 있을 뿐이니 이것이 형식의 일생 두고 처음으로 많은 돈을 가져본 경험이라. 동경서 돌아온 지가 벌써 사오 년이니 매삭에 십 원씩만 저금을 하였더라도 오륙백 원의 저축은 있으련마는 형식은 아직도 이 생활을 자기의 진정한 생활로 여기지 아니하고 임시의 생활, 준비의 생활로 여기므로 몇 푼 아니 되는 월급을 저축할 생각은 없이 제가 쓰고 남는 돈은 가난한 학생에게 나눠주고 말았다. 그러나 형식은 책을 사는 버릇이 있어 매삭 월급을 타는 날에는 반드시 일한 서방[105]에 가거나 동경 마루젠[106] 같은 책사[107]에 사오 원을 없이하여 자기의 책장에 금자 박힌 책이 붇는 것을 유일의 재미로 여겼었다. 남들이 기생집에 가는 동안에, 술을 먹고 바둑을 두는 동안에 그는 새로 사 온 책을 읽기로 유일한 벗을 삼았다. 그래서 그는 봉배 간에도 독서가라는 칭찬을 듣고 학생들이 그를 존경하는 또 한 이유는 그의 책장에 자기네가 알지 못하는 영문, 덕문[108]의 금자 박힌 책이 있음이었다. 그는 항상 말하기를 우리 조선 사람의 살아날 유일의 길은 우리 조선 사람으로 하여금 세계에 가장 문명한 모든 민족——즉 일본 민족만 한 문명 정도에 달함에 있다 하고 이리함에는 우리나라에 크게 공부하는 사람이 많이 생겨야 한다 하였다. 그러므로 그가 생각하기를 이 줄을 자각한 자기의 책임은 아무쪼록 책을 많이 공부하여 완전히 세계의 문명을 이해하고 이를 조선 사람에게 선전함에 있다 하였다. 그가 책에 돈을 아끼지 아니하고 재주 있는 학생을 극히 사랑하며 힘 있는 대로 그네를 도와주려 함도 실로 이를 위함이라.

그러나 '천 원'을 어찌하는고 하고 형식의 마음은 괴로웠다. 전달에 탄 월급 삼십오 원 중에 오 원은 플라톤 전집 값으로 동경

책사에 부치고 십 원은 학생 둘에게 갈라주고 팔 원은 주인 노파에게 밥값으로 주고 이제 그 돈지갑에 남은 것이 오 원 지표 한 장과 은전이 좀 있을 뿐이라. 아아, '천 원'을 어찌하는가 하고 형식의 마음은 더욱 괴로워간다. '천 원, 천 원!' '천 원'이 어디서 나는가. 형식은 손수건으로 땀을 씻으며 "천 원이 어디서 나는가" 하고 소리를 내어 탄식하였다. 이렁저렁 교동 자기 숙소 앞에 다다랐을 때에 어떤 청년 이삼 인이 모두 번쩍하는 양복에 반쯤 취하여 비스듬히 인력거를 타고 기생을 앞세우고 기운차게 방울을 울리며 철물교[109]를 향하여 내닫는다. 형식은 성큼 뛰어 인력거를 피하여주고 우뚝 서서 먼지를 일으키며 달아가는[110] 여섯 채 인력거를 보고 '천 원이 있기는 있구나' 하였다. 과연 지금 기생을 앞세우고 인력거를 몰아가는 청년들에게는 '천 원'이 아니라 '만 원'도 있기는 있다. 형식은 이윽히 그 자리에 섰다가 고개를 푹 숙이고 무슨 생각을 하면서 바람 한 점 아니 들어오는 자기의 숙소로 들어갔다.

25

집에 들어가니 노파가 점심을 짓다가 부엌으로서 나오며
"어쩨 오늘은 이르셔요? 학교가 없어요?"
형식은 모자와 두루마기를 방에 홱 집어 던지고 툇마루에 걸어앉아 옷고름을 끄르고 부채를 부치며 화나는 듯이

"흥, 삼사년급 학생들이 동맹 퇴학을 하였답니다."

"또? 또 배학감인가 한 양반이 어떤 게로구면" 하고 치마로 땀을 씻으며 형식의 얼굴을 보더니

"왜? 어디가 불편하셔요?"

"아니요!"

"무슨 걱정이 있는 것 같구려. 에그, 그 학교에서 나오시오그려. 밤낮 소동만 일어나고. 소동이 일어날 때마다 늘 심로"를 하시면서. 무엇 하러 거기 계셔요?" 하며 건넌방 그늘진 마루에 앉아 담배를 피운다. 형식은 한참이나 화를 못 이기는 듯이 함부로 부채질을 하더니

"그까짓 학교일 같은 것은 심상하외다. 걱정도 아니 합니다."

"그러면 또 무슨 일이 있어요? 무슨 다른 일이?"

형식은 벌떡 누워 다리를 버둥버둥하면서 혼잣말 모양으로

"암만해도 돈이 있어야겠어요!"

"호호호. 이제야 아시는가 보구려. 아, 이 세상이 돈 세상이랍니다. 나 같은 것도 돈이 있으면 이렇게 고생도 아니 하련마는……"

"그만한 고생은 낙이외다."

"에그, 남이란 저렇것다. 나도 벌써 육십이 아니야요. 조금만 무엇을 하면 이렇게 허리가 아픈데. 허리가 아프도록 고생을 하니 누가 위로하여주는 이가 있을까……병신일망정 아들자식 하나가 있을까…… 목숨이 모질어서 그렇지 나 같은 것이 살면 무엇 하겠어요?" 하고 담뱃대를 깨어져라 하고 돌에다 특특 떨어

또 한 대를 담아 지금 떨어놓은 담뱃재에 대고 힘껏 두어 모금 빨더니 와락 화를 내며 "담뱃불까지 말을 아니 듣는구나" 하고 담뱃대를 방 안에 내던지고 짓던 점심이나 지을 양으로 다시 부엌으로 들어간다.

형식은 노파의 하는 말과 하는 모양을 보고 혼자 웃었다. 저마다 제 걱정이 있고 또 제 걱정이 세상에 제일 큰 걱정인 줄로 믿는다 하였다. 그러나 세상 사람은 다 아무라도 그만한 걱정은 있는 것이라 하였다. 아들이 없어 걱정, 벼슬을 못해 걱정, 장가를 못 들어 걱정, 혹 시집을 못 가서 걱정, 여러 가지 걱정이 많으되 현대 사람의 걱정의 대부분은 돈이 없어서 하는 걱정이라 하였다. 돈만 있으면 사람의 몸은커녕 영혼까지라도 사게 된 이 세상에 세상 사람이 돈을 귀히 여김이 그럴듯한 일이라 하였다. '아아, 천 원! 천 원이 어디서 나는가' 하고 벌떡 일어나 방에 들어와 앉았다. 이 집이 천 원짜리가 될까 하였다. 또 책장에 끼인 백여 권 양장 책이 천 원짜리가 될까 하였다. 옳지, 저 한 책의 저작권은 각각 천 원 이상이라 하였다. 나도 저만한 책을 써서 책사에 팔면 천 원을 받으리라 하였다. 그러나 이제부터 영문으로 글짓기를 공부하여가지고 그렇게 된 뒤에 얼마 동안 저술에 세월을 허비하고 그 원고를 미국이나 영국에 보내고 미국이나 영국 책사 주인이 그 원고를 한번 읽어보고 그다음에 그 책사에서 그 원고를 출판하기로 작정하고 그다음에 그 책사 주인이 우편국에 사람을 보내어 이형식의 이름으로 천 원 환을 놓으면 그것이 배편으로 태평양을 건너와 경성 우편국에 와……아이고, 너무 늦다……

그것을 언제……하였다.

 형식은 또 생각한다. 저 책들을 사지 말고 학생들에게 돈도 주지 말고 사오 년 동안 매삭 이십 원씩만 저금을 하였더면 오십 삭 치고 천 원은 되었으렷다. 아하, 그리하였던들 이러한 근심은 없을 것을. 더구나 학생들에게 돈을 대어준 것은 참 부질없는 일이었다. 나는 정성껏 넉넉지도 못한 것을 저희에게 주건마는 받는 학생들은 마치 당연히 받을 것을 받는 줄로 여겨 좀 주는 시기가 늦어도 게두덜거리는[112] 모양. 게다가 그것을 은혜로나 아는가. 그것들이 자라서 큰 인물만 되고 보면 자기 도움도 무슨 뜻이 있거니와 지금 같아서는 그놈이 그놈이라, 별로 뛰어나는 천재나 위인도 있는 것 같지 아니하고…… 아아, 부질없는 짓을 하였구나, 저금을 하였더면 이런 걱정이나 없을 것을. 응, 이달부터라도 지금까지 주어오던 학생에게 일체로 돈 주기를 거절할까 보다. 그러나 그렇게 생각하면 또 그 불쌍한 어린 청년들의 '이선생님' 하는 모양이 눈에 암암하여[113] 차마 그럴 수도 없고.

 아아, 어쩌면 '천 원'을 얻는가. 만일 오늘 저녁에 어떤 사람이 '천 원'을 가지고 가서 영채를 손에 넣으면 어찌할까. 혹 어제 저녁에 벌써 누가 '천 원'을 가지고 가서 영채를 자기 집으로 데려가지나 아니하였는가. 그러면 어제 저녁에 벌써 십구 년 동안 지켜오던 몸을 어떤 짐승 같은 더러운 놈에게 허하지나 아니하였는가. 처음에는 영채가 그 짐승 같은 놈을 떠밀치며 울며 소리치며 반항하다가 마침내 어찌할 수 없이 몸을 허하지 아니하였는가. 이렇게 생각하면 그 짐승 같은 놈이 육욕에 눈이 벌게서 불쌍하고 어여쁜 영채에게 억지로 달겨드는 모양과 영채가 울고 떼밀고 죽기로써 저항하다가 마침내 으아 하고 절망하는 듯이 쓰러지는 모양이 형식의 눈앞에 역력히 보인다. 형식은 분함과 슬픔으로 전신에 힘을 주고 숨을 길게 내쉬었다. 또 생각하면 영채가 어떤 사람에게 팔린 줄을 알고 밤에 남모르게 도망을 하지나 아니하였는가. 도망을 한다 하면 장차 어디로나 갈 것인가. 어여쁜 얼굴! 지키는 이 없는 열아홉 살 된 어여쁜 처녀! 도처에 '천 원' 가진 짐승 같은 사람이 있을 것이라. 영채는 도망이나 아니 할까.

옳지, 영채가! 그렇게 절조 굳은 영채가! 제 몸이 어떤 사나이에게 팔린 줄을 알면! 그 골독한[114] 마음으로 자살이나 아니하였을까. '자살! 자살!' 하고 형식은 몸을 떨었다.

26

어찌하면 좋을까. 어찌하면 '천 원'을 얻어 불쌍한 영채—사랑하는 영채—은인의 따님 영채를 구원할까……이럴까……저럴까……하고 마음을 정치 못하면서 오후 한 시에 안동 김장로의 집에 선형과 순애의 영어를 가르치러 갔다. 장로는 어디 출입하여 집에 없고 장로의 부인이 나와서 형식을 맞는다. 부인이 선형과 순애를 데리러 안에 들어간 뒤에 형식은 교실로 정한 모퉁이 방에 혼자 앉아 두 제자의 나오기를 기다린다. 방 한편 구석에는 십자가에 달린 예수의 화상[115]이 걸리고 다른 한편에는 주인 김장로의 사진이 걸렸다. 아마 그 두 사진을 꽃으로 장식함은 선형, 순애 양인의 솜씨인 듯. 십자가에 달린 예수는 머리에 가시관을 쓰고 로마 병정의 창으로 찔린 옆구리로서는 피가 흘러내린다. 그 고개가 왼쪽으로 기울어지고 그 눈은 하늘을 향하였다. 십자가 밑에는 치마 앞자락으로 낯을 가리고 우는 자도 있고 무심하게 구경하는 자도 있고 십자가 저편 옆에서는 병정들이 예수의 옷을 가지려고 제비 뽑는 양을 그렸다. 형식은 물끄러미 이것을 보고 생각하였다. 십자가에 달린 자도 사람, 가시관을 씌우고 옆구리를 찌른 자도 사람, 그 밑에서 치맛자락으로 눈물을 씻는 자나 무심하게 우두커니 구경하고 섰는 자도 사람, 저편에서 사람을 죽여놓고 그 죽임 받은 자의 옷을 저마다 가질 양으로 제비를 뽑는 자도 사람——모두 다 같은 사람이로다. 날마다 시마다 인생 세계에 일어나는 모든 희극 비극이 모두 다 같은 사람의 손으로 되는 것이로다. 퇴학 청원을 하는 학생들이나 학생들의 배척을 받는 배학감이나 또는 내나 다 같은 사람이 아니며, 저 불쌍한 영채나 영채를 팔아먹으려 하는 욕심 사나운 노파나 영채를 사려 하는 짐승 같은 사람들이나 영채를 위하여 슬퍼하는 내나 다 같은 사람이 아니뇨. 필경은 다 같은 사람끼리 조금씩 조금씩 빛과 모양을 다르게 하여 네로다 내로다 하고 옳다 그르다 함이 아니뇨. 저 예수가 예수의 옆구리를 찌른 로마 병정도 될 수 있고 그 로마 병정이 예수도 될 수 있을 것이라. 다만 알 수 없는 것은 무엇이——어떠한 힘이 마치 광대로 혹은 춘향을 만들고 혹은 이도령을 만드는 모양으로 혹은 예수가 되게 하고 혹은 예수의 옆구리를 찌르는 로마 병정이 되게 하고 또 혹은 무심히 그것을 구경하는 사람이 되게 하는가 함이라. 이렇게 생각하매 형식은 모든 인류가 다 나와 비슷비슷한 형제인 듯하고 또 알 수 없는 어떤 힘에 속박되어 날마다 시마다 저희들의 뜻에도 없는 비극 희극을 일으키지 아니치 못하는 인생을 불쌍히 여겼다. 사람들이 악한 일을 하는 것이 마치 신관 사또 남원부사 된 광대가 제 뜻에는 없건마는 가련한 춘향의 볼기를 때림과 같다 하면 용서하지 아니하고 어찌하리오. 그럴진댄 배학감도 그리 미워할 것은 아니요 예수의 얼굴에 침을 뱉고 예수를 죽여달라 한 간악한 유대인도 그리 미워할 것은 아니로다 하였다.

그러나 영채는 살려야 하겠다. 비록 이것이 연극 중의 일이라 하더라도 영채는 살려야 하겠다는 생각이 어디서 나온지 불현듯 일어나 형식은 예수의 화상을 보다가 눈을 돌이켜 멀거니 천장을 쳐다보았다. 천장에는 파리 네다섯 놈이 저희도 인생과 같이 무슨 연극을 하노라고 혹은 따르고 혹은 피하고 혹은 앉았고 혹은 앞발을 비빈다. 형식은 고개를 숙이며 '이 집에는 천 원이 있으련만' 하였다. "선생님" 하는 소리에 눈을 떠 본즉 선형과 순애가 책과 연필을 들고 문 안에 들어와 섰다가 형식의 눈 뜨고 고개 듦을 기다려 은근하게 경례한다. 형식은 놀란 듯이 얼른 일어나 두 처녀에게 답례하였다. 그리고 웃으면서 쾌활하게

"오늘은 어제보다도 더웁니다" 하고 선형과 순애에게 앉기를 권하고 자기도 양인과 상대하여 책상을 새에 두고 앉았다. 두 처녀는 고개를 숙이고 책을 편다. 형식은 두 처녀를 보매 얼마큼 뒤

숭숭하던 생각이 없어지고 적이 정신이 쇄락한 듯하다. 형식은 고개 숙인 두 처녀의 까만 머리와 쪽 찐 서양 머리에 꽂은 널따란 옥색 리본을 보았다. 그리고 책상에 짚은 두 처녀의 손가락을 보았다. 부드러운 바람이 슬쩍 불어 지나갈 때에 두 처녀의 몸과 머리에서 나는 듯 만 듯한 향내가 불려온다. 선형의 모시 적삼 등에는 땀이 배어 하얀 살에 착 달라붙어 몸을 움직일 때마다 그 붙은 자리가 넓었다 좁았다 한다. 순애는 치마로 발을 가리느라고 두어 번 몸을 들먹들먹하여 밑에 깔린 치마를 뺀다. 선형은 이마에 소스락소스락하게 구슬땀이 맺히어 이따금 치마고름으로 가만히 씻고는 손으로 책상 밑에서 부채질을 한다. 형식은 아침부터 괴로움으로 지내오던 마음속에 일 점 향기롭고 서늘한 바람이 불어들어옴을 깨달았다. 여자란 매우 아름답게 생긴 동물이라 하였다. 어깨의 동그스름한 것과 뺨의 불그레한 것과 머리터럭[116]의 길고 까만 것과 또 앉은 태도와 옷고름 맨 모양과——그중에도 널찍한 적삼 고름이 차차 좁아오다가 가운데서 서로 꼭 옭혀 매여 위로 간 코[117]는 비스듬히 왼편 가슴을 향하고 아래로 간 고름의 한 끝이 훌쩍 날아 오른팔굽이를 지나간 양이 더욱 풍정이 있다. 이렇게 두 처녀를 보고 앉았으면 말할 수 없는 향기로운 쾌미[118]가 전신에 미만하여[119] 피 돌아가는 것도 극히 순하고 창쾌한[120] 듯하다. 인생은 즐거우려면 즐거울 수가 있는 것이라, 아무 목적과 꾀도 없이 가만히 마주 보고 앉았기만 하면 인생은 서로서로 사랑스럽고 즐거울 것이라. 여자의 몸이나 남자의 몸이나 내지 천지의 모든 만물이 다 가만히 보기만 하면 그 새에 친밀한 교통이 생기고 따뜻한 사랑이 생기고 달콤한[121] 쾌미가 생기는 것이라. 쓸데없이 지혜를 놀리고 입을 놀리고 손을 놀리므로 모처럼 일러놓은 아름다운 쾌락을 말 못되게 깨트리는 것이라 하였다. 형식은 이런 생각을 하면서 두 처녀가 단번에 에이, 비, 시를 외워 쓰는 양을 보고 앉았다.

27

 두 처녀는 에이, 비, 시를 잘 외워 썼다. 선형은 어서 미국에 갈 생각으로, 순애는 아무게나 남에게 지지 않게 많이 배울 생각으로 어제 종일과 오늘 오전에 별로 쉴 틈 없이 에이, 비, 시를 외우고 썼다. 또 그들은 영어를 처음 배우게 된 것이 자기네가 학식이 매우 높아진 표인 듯하여 일종 유쾌한 자랑을 깨달았다. 선형은 자기가 좋은 양복을 입고 새 깃 꽂은 서양 모자를 쓰고 미국에 가서 저와 같은 서양 처녀들과 영어로 자유롭게 이야기하는 모양을 상상하고 혼자 웃었다. 자기가 영어를 잘하게 되면 자기의 자격도 높아지고 남들도 자기를 지금보다 더 사랑하고 존경하리라 하였다. 자기가 미국에 가서 미국 처녀들과 같이 미국 대학교를 졸업하고 집에 올 때에——그때에는 암만하여도 자기와 동행하는 사람이 있으리라 하였다. 그리고 그 동행하는 사람은 남자요……키 크고 얼굴 번뜻한[122] 남자요……미국서 대학교를 졸업한 남자라 하였다. 선형은 물론 일찍 그러한 남자를 본 적도 없고 그러한 남자가 있단 말도 못 들었거니와 하여간 자기가 미국서 대학교를 졸업하고 돌아올 때에는 반드시 그러한 남자가 자기의 동행이 되리라 하였다. 그러나 태평양 한복판에서 배 갑판 위에 그 사람과 서로 외면하고 서서 바다 구경을 하다가 배가 흔들려 제 몸이 넘어질 새 그 사람의 가슴에 넘어지면 어떻게 하나, 그러나 그것이 인연이 되어 본국에 돌아온 후 그 사람과 따뜻한 가정을 짓게 될는지도 모르겠다. 그리하고 벽돌 이층집에 나는 피아노 타고……이러한 것이 영어를 배우기 시작한 선형의 꿈이었다. 그는 아직 큐피드의 화살을 맞지 아니하였다. 그의 가슴에는 아직 인생이란 생각도 없고 여자 남자라는 생각도 없다. 그는 전 세계는 다 자기의 가정과 같고 천하 사람은 자기와 같거니 한다. 아니! 차라리 전 세계가 자기네 가정과 같은지 아니 같은지, 천하 사람이 자기와 같은지 아니 같은지 생각하여본 적도 없다 함이 마땅할 것이로다. 그를 봄철 따뜻한 아침에 핀 꽃에 비길진댄 그는 아직 바람도 모르고 비도 모르고 늙음도 모르고 시들어 떨어짐도 모르는 바로 핀 꽃이라. 아무도 일찍 그에게 바람이란 것이며 비란 것이 있단 말과 혹 바람이란 것과 비란 것이 함께 오면 지금 핀 꽃도 떨어지는 수가 있고 다 피어보지 못한 꽃봉오리조차 떨어지는 수가 있다 하는 것을 일러준 적이 없었다. 그는 성경을 외웠다. 그러나 다만 외웠을 뿐이었다. 그는 하나님이 아담과 에와[123]를 만든 줄을 믿고 에와가 뱀의 꾀에 넘어 금한바 지식 열매를 따 먹으므로 늙음과 죽음과 온갖 죄악이 세상에 들어왔단 말과 천당과 지옥과 십자가에 달린 예수와 예수가 어찌하여 십자가에 달린 것을 성경에 쓴 대로 다 외우고, 또 날마다 보는 신문의 삼면에 보이는 강도, 살인, 사기, 간음, 굶어 죽은 자, 목을 매어 자살한 자 등 여러 가지를 알며 또 그 말을 친구에게 전하기까지도 한다. 그러나 그러할 뿐이다. 그는 그 모든 것—위에 말한 그 모든 것과 자기와는 전혀 관계가 없는 것이어니 한다. 아니! 차라리 그는 그 모든 것이 자기와 관계가 있는지 없는지 생각하려고도 아니 한다. 그는 아직 난 대로 있다. 화학적으로 화합되고 생리학적으로 조직된 대로 있는 말하자면 아직도 실지에 한 번도 써보지 아니하고 곳간에 넣어둔 기계와 같다. 그는 아직 사람이 아니로다. 그는 예수교의 가정에 자라남으로 벌써 천국의 세례는 받았다, 그러나 아직도 인생이라는 불세례를 받지 못하였다. 소위 문명한 나라에 만일 선형이가 났다 하면 그는 어려서부터—칠팔 세부터—혹은 사오 세부터 시와 소설과 음악과 미술과 이야기로 벌써 인생의 세례를 받아 십칠팔 세가 된 금일에는 벌써 참말 인생인 한 여자가 되었을 것이라. 그러나 선형은 아직 사람이 되지 못하였다. 선형의 속에 있는 '사람'은 아직 깨지 못하였다. 이 '사람'이 깨어볼까 말까는 하나님밖에 아는 이가 없다.

이러한 것이 '순결하다' 하면 '순결하다'고도 할지요 '청정하다' 하면 '청정하다'고도 할지나 그러나 이는 결코 '사람'은 아니요 다만 장차 '사람'이 되려 하는 재료니 마치 장차 조각물(彫刻物)이 되려 하는 대리석과 같다. 이 대리석에 정이 맞고 끌이 맞은 뒤에야 비로소 눈 있고 코 있는 조각물이 됨과 같이 선형 같은 자도 인생이란 불세례를 받아 그 속에 있는 '사람'이 깬 뒤에야 비로소 참사람이 될 것이라.

순애는 이와 달라 어려서부터 겪어오는 자연한 단련에 얼마큼 속에 있는 '사람'이 깨기는 하였으나 아직도 이불 속에서 돌아누운 것이요 아직 깬 것은 아니로다.

형식은 저 스스로 깬 '사람'으로 자처하거니와 그 역시 아직 인생의 불세례를 받지 못한 사람이라. 지금 이 방에 모여 앉은 세 사람 청년 남녀가 장차 어떠한 길을 지내어 '사람'이 될는고. 이 세 사람의 가슴은 마치 장차 오려는 폭풍을 기다리는 바다와 같다. 지금은 물결도 없고 거품도 없고 흐름도 없는 편편한[124] 바다라. 이제 하늘로서 큰 바람이 내려와 이 바다의 물을 온통 흔들어 거기 물결을 만들고 거품을 만들고 흐름을 만들지니 그때야말로 비로소 참바다가 되리로다. 모르괘라. 그 바람이 무엇이며 그 바람을 보내는 자가 누구뇨. 지금 형식의 가슴에는 이 바람이 불어오려는 전조로 이상한 구름장이 하늘가에 배회한다.

28

형식은 김장로의 집에서 나왔다. 백운대[125] 가로 이상한 구름장이 떠돌고 서늘한 바람이 후끈후끈하는 낯을 스쳐 지나간다. 형식은 시원하다 하였다. 아마 소나기가 지나가려는가 보다. 소나기가 지나가면 좀 서늘하여지리라 하였다. 그러고는 어서 소낙비가 왔으면 하였다.

형식은 아까 김장로의 집으로 들어갈 때와는 무엇이 좀 달라졌음을 깨달았다. 천지에는 여태껏 자기가 알지 못하던 무엇이 있는 듯하고 그것이 구름장 속에서 번개 모양으로 번쩍 눈에 보였는 듯하다. 그리고 그 번개같이 번쩍 보인 것이 매우 자기에게 큰 관계가 있는 듯이 생각된다. 형식은 그 속에—그 번개같이 번쩍하던 속에 알 수 없는 아름다움과 기쁨이 숨은 듯하다고 생각하였다. 형식은 가슴속에 희미한 새 희망과 새 기쁨이 일어남을 깨달았다. 그리고 그 기쁨이 아까 선형과 순애를 대하였을 때에 그네의 살내와 옷고름과 말소리를 듣고 생기던 기쁨과 근사하다 하였다. 형식의 눈앞에는 지금껏 보지 못하던 인생의 일 방면이 벌어졌다. 자기가 오늘날까지 '이것이 인생의 전체로구나' 하던 외에 인생에는 다른 한 부분이 있고 그리하고 그 한 부분이 도리어 지금까지 인생으로 알아오던 모든 것보다 훨씬 중요하고 의미 있는 것인 듯하다. 명예와 재산과 법률과 도덕과 학문과 성공과—이렇게 지금껏 인생의 가장 중요한 내용으로 알아오던 것 외에 무슨 새로운 내용 하나가 더 생기는 듯하다. 그러나 아직 형식은 그것에 이름 지을 줄을 모르고 다만 '이상하다' 하고 놀랄 뿐이었다.

 그러고 사오 년 동안을 날마다 다니던 교동으로 내려올 때에 형식은 놀랐다. 길과 집과 그 집에 벌여놓은 것과 그 길로 다니는 사람들과 전신대[126]와 우뚝 선 우편통이 다 여전하건마는 형식은 그것들 속에서 전에 보지 못한 빛을 보고 내를 맡았다. 바꾸어 말하면 모든 그것들이 새로운 빛과 새로운 뜻을 가진 것 같다. 길가는 사람은 다만 길 가는 사람이 아니요 그 속에 무슨 알지 못할 것이 품긴 듯하며 두부 장사의 '두부나 비지드렁[127] 사료' 하고 외우는[128] 소리에는 두부와 비지를 사라는 뜻 밖에 더 깊은 무슨 뜻이 있는 듯하였다. 형식은 자기의 눈에서 무슨 껍질 하나가 벗겨졌거니 하였다. 그러나 이는 눈에서 껍질 하나가 벗겨진 것이 아니요 기실은 지금껏 감고 오던 눈 하나가 새로 뜬 것이로다. 아까 십자가에 달린 예수의 화상을 볼 때에 다만 그를 십자가에 달린 예수로 보지 아니하고 그 속에 새로운 뜻을 발견하게 된 것이 이 눈이 떠지는 첨이요, 선형과 순애라는 두 젊은 계집을 볼 때에 다만 두 젊은 계집으로만 보지 아니하고 그것이 우주와 인생의 알 수 없는 무슨 힘의 표현(表現)으로 본 것이 이 눈이 떠지는 둘째요, 지금 교동 거리에 보이는 모든 것에서 전에 보고 맡지 못하던 새 빛과 새 내를 발견함이 그 셋째라. 그러나 그는 이것이 무엇인지 분명히 이름 지을 줄을 모르고 다만 '이상하다' 하는 생각과 희미한 기쁨을 깨달을 뿐이라.

형식은 방에 돌아와 잠시 영채의 일을 잊고 새로 변화하는 마음을 돌아보았다. 가만히 눈을 감고 앉았노라면 전에 보던 시와 소설의 기억이 그때 처음 볼 때와 다른 맛을 가지고 마음속에 떠 나온다. 모든 것에 강한 색채가 있고 강한 향기가 있고 깊은 뜻이 있다. 형식은 '내가 지금까지 인생과 서적을 뜻을 모르고 보았구나' 하였다. 그러고는 모든 기억을 다 끌어내어 지금 새로 뜬 눈에 비추어 보았다. 그리한즉 모든 기억에 다 전에 보지 못하던 새로운 색채가 보인다. 형식은 눈이 부신 듯이 빙그레 웃었다. 그리하고 책장에 늘어세운 양장 책들을 보았다. 자기는 다 알고 읽었거니 하였던 것이 기실은 알지 못하고 읽은 것임을 깨달았다. 형식은 모든 서적과 인생과 세계를 온통 다시 읽어볼 생각이 난다. 첫 페이지 첫 줄부터 온통 다시 읽더라도 '전에 읽은 적이 없구나' 하다시피 글귀마다 글자마다 새로운 뜻을 가지고 내 눈에 비치리라 하였다. 이렇게 생각하고 그는 책장에서 몇 권 책을 내어 전에 보던 데를 몇 군데 떠들어[129] 보았다. 그리고 그 결과는 형식의 생각하던 바와 같았다.

형식은 이제야 그 속에 있는 '사람'이 눈을 떴다. 그 '속눈'으로 만물의 '속뜻'을 보게 되었다. 형식의 '속사람'은 이제야 해방되었다. 마치 솔씨 속에 있는 솔의 움이 오랫동안 솔씨 속에 숨어 있다가 — 또는 갇혀 있다가 봄철 따뜻한 기운을 받아 굳센 힘으로 그가 갇혀 있던 솔씨 껍데기를 깨트리고 가없이 넓은 세상에 쑥 나솟아[130] 장차 줄기가 되고 가지가 나고 잎과 꽃이 피게 됨과 같이 형식이라는 한 '사람'의 씨 되는 '속사람'은 이제야 그 껍질을 깨트리고 넓은 세상에 우뚝 솟아 햇빛을 받고 이슬을 받아 한이 없이 생장하게 되었다.

형식의 '속사람'은 여문 지 오래였다. 마치 봄철 곡식의 씨가 땅속에서 불을 대로 불었다가 안개비만 조금 와도 하룻밤 새에 쑥 움이 나오는 모양으로 형식의 '속사람'도 남보다 풍부한 실사회의 경험과 종교와 문학이라는 수분으로 흠뻑 불었다가 선형이라는 처녀와 영채라는 처녀의 봄바람, 봄비에 갑자기 껍질을 깨트리고 뛰어난 것이라.

누가 '속사람이란 무엇이뇨'와 '속사람이 어떻게 깨는가'의 질문을 제출하면 그 대답은 이러하리라.

 '생명이란 무엇이뇨'와 '생명이 나다 함은 무엇이뇨'의 질문에 대답할 수 없음과 같이 이도 대답할 수 없다고. 오직 이 '속사람'이란 것을 알고 '속사람이 깬다'는 것을 알 이는 오직 이 '속사람'이 깬 사람뿐이니라.

 '깬' 형식은 장차 어찌 될는고. 이 이야기가 발전되어 나가는 양을 보아야 알 것이로다.

29

 과연 소나기가 지나갔다. 그리고 동대문과 남산 새에 곱다란 무지개의 한 부분이 형식의 방에서 보인다. 형식은 한참이나 무지개를 보고 황홀하여 앉았다가 불현듯 영채를 생각하였다. 벌써 밤이 가까웠다. 영채의 위기는 일각일각이 가까워오는 듯하다. 형식은 두루마기를 뒤쳐 입고 집에서 뛰어나왔다. 그러나 어디로 갈 것인지, 무슨 일을 할 것인지 한참 막막하였다. 그러다가 무슨 결심을 한 듯이 안동을 향하고 부리나케 걸어간다. 형식은 어떤 '학생 기숙관'이라 하는 문 앞에 섰다. 이윽고 어떤 소년이 신을 끌고 나오더니 형식을 보고 경례한다. 형식은 소년의 손을 잡아 흔들며 묻기 어려운 듯이

 "엊그저께 학감의 뒤를 따라갔던 학생이 누구요?"

소년은 방긋이 웃으며

"저는 모르겠습니다" 하고 이상한 듯이 형식의 얼굴을 본다. 황혼에 형식의 얼굴은 하얗게 보인다.

"아니야! 희경군. 무슨 일이 있으니 누가 학감의 뒤를 따라갔는지 좀 알려주게."

희경은 형식의 태도가 수상함을 보고 웃음을 그치고 이윽히 생각한다. 형식의 말소리는 떨렸더라. 희경은 마침내

"종렬군과 제가 갔었습니다" 하고 책망을 기다리는 듯이 우향우를 하며 고개를 돌린다. 형식은 기뻐하는 목소리로

"희경군이 갔다 왔어? 참 일이 잘되었소!" 한다. 희경은 더욱 형식의 태도가 이상하다 하였다. 아무리 기생 월향이가 유명하기로 설마 형식이야 월향을 탐내어할까 함이라. 그래서 희경은 더욱 유심히 형식을 보며

"왜 그러셔요?"

형식은 이 말에는 대답도 아니 하고

"그러면 그 집 통호를 알겠나? 그 학감께서 가시던 집—."

"통호수는 모릅니다."

이 대답에 형식은 한참 낙망하더니 다시 희경의 손을 잡으며 "미안하나 내게 그 집을 좀 가르쳐주게" 하였다.

희경은 마지못하는 듯이 들어가 모자와 두루마기를 입고 나온다. 희경은 '아마 학감의 일에 대하여 조사할 일이 있어 그러는가 보다' 하고 앞서서 종로로 향하여 간다. 형식은 희경의 뒤를 따라가며 여러 가지로 생각하였다. 가서 어찌할까. 찾아서 설혹 영채

를 만난다 하더라도 손에 '천 원'이 없으니 어찌할까. 만일 누가 방금 '천 원'을 가지고 와서 영채를 제 손에 넣는 계약을 맺는다 하더라도 '천 원'이 없는 나는 다만 그 곁에서 이를 갈 뿐이겠구나 하였다.

밤은 서늘하다. 종로 야시에는 '싸구려' 하는 물건 파는 소리와 기다란 칼을 내두르며 약 광고하는 소리도 들린다. 여기저기 수십 명 사람이 모여 선 것은 아마 무슨 값싸고 쓰기 좋은 물건을 파는 것인 듯. 사람들은 저녁의 서늘한 맛에 취하여 아무 목적 없이 왔다 갔다 한다. 그 사이로 어린 학생들은 둘씩 셋씩 떼를 지어 무슨 분주한 일이나 있는 듯이 무어라고 지껄이며 사람들 사이로 뛰어다닌다. 아직도 장옷을 쓴 부인이 계집아이에게 등불을 들리고 다니는 이도 있다. 우미관[131]에서는 무슨 소위 '대활극'을 하는지 서양 음악대의 소요한[132] 소리가 들리고 청년회관[133] 이층에서는 알굴리기를 하는지 쾌활하게 왔다 갔다 하는 청년들의 그림자가 얼른얼른한다. 앞서 가는 희경은 사람들이 모여선 곳마다 조금씩 조금씩 엿보다가는 형식의 발자취가 들리면 또 가고 가고 한다. 가물다가 비가 왔으므로 이따금 후끈후끈 흙내가 올라온다.

형식과 희경은 종각 모퉁이를 돌아 광통교[134]로 향한다. 신용산행 전차가 커다란 눈을 부릅뜨고 두 사람의 앞으로 달아난다. 두 사람은 컴컴한 다방골[135] 천변에 들어섰다. 천변에는 섬거적을 펴고 사나이며 계집들이 섞여 앉아 무슨 이야기를 하고 웃다가 두 사람이 가까이 오면 이야기를 그치고 컴컴한 속에서 두 사람을 쳐다본다. 두 사람이 아니 보일 만하면 또 이야기와 웃기를 시작한다. 혹 뒤창으로 기웃기웃 엿보는 행랑[136] 아씨의 동백기름 번적번적하는 머리도 보인다. 희경은 가끔 길을 잊은 듯하여 우뚝 서서 사방을 돌아보다가는 그대로 가기도 하고 혹 "잘못 왔습니다" 하고 웃으며 오륙 보나 뒤로 물러와 좁은 골목으로 들어가기도 한다. 어떤 집 문밖에는 호로[137] 씌운 인력거가 놓이고 인력거꾼이 그 인력거의 발등상[138]에 걸앉아 가늘게 무슨 소리를 한다. '계옥'이니 '설매'니 하는 고운 이름을 쓴 장명등이 보이고 혹 어디선지 모르나 "반나마——" 하는 시조의 첫 구절이 떨려 나오며 그 뒤를 따라 이삼 인 남자가 함께 웃는 듯한 웃음소리가 들린다. 형식은 '화류촌이로구나' 하였다. 처음 이러한 곳에 오는 형식은 이상하게 가슴이 서늘함을 깨달았다. 그래서 그는 행여 누가 보지나 않는가 하고 얼른 고개를 돌려 뒤를 돌아보기도 하였다. 남치마 입은 기생 두엇이 길모퉁이에서 양인을 보고 '소곤소곤' 하며 웃고 지나갈 때에 형식은 남모르게 가슴이 뛰고 얼굴이 후끈하였다. 양인은 아무 말도 없이 간다. 양인의 구두 소리가 벽에 울려 이상하게 '뚜벅뚜벅' 한다. 희경은 몇 번이나 길을 잃었다가 마침내 "여기올시다" 하고 어떤 장명등 단 집을 가리킨다. 형식은 더욱 가슴이 서늘하며 그 대문 앞에 우뚝 서서 장명등을 보았다. '계월향!'

'계월향!' 하고 형식은 고개를 흔들었다. 그러면 월향은 영채가 아니런가. 기생이 되매 이름은 고칠지언정 성조차 고쳤으랴, 그러면 월향은 영채가 아닌가. 그러면 영채는 기생이 아니 되었는

가. 내가 일찍 상상하던 모양으로 우리 영채는 어떤 귀한 가정에 거둠이 되어 학교에 다니며 즐겁게 지내는가. 형식은 크게 의심하였다. 희경은 두어 걸음 비켜서서 장명등 빛에 해쓱해 보이는 형식의 얼굴을 보고 '무슨 근심이 있구나' 하였다.

30

영채는 칠 년 만에 형식을 만나 일변 반갑고 일변 기쁨을 이기지 못하여 울며 칠 년 동안에 지나온 이야기를 하려다가 문득 말을 그치고 일어나 울면서 집에 돌아왔다.

형식이 서울에 있다는 말을 듣고 만나고 싶은 마음은 불같이 일어났으나 자연히 찾아보리라는 결심을 정하지 못하고 한 달이 지났었다. 그러다가 그날 아침에 '오늘은 기필코 형식을 찾아보리라' 하고 오후에 형식을 찾아왔다가 만나지 못하고 저녁에 또 찾아왔던 것이라.

세상에 영채에게 제일 가까운 사람은 형식밖에 없다. 부모도 없고 형제도 없고 일가도 없고 오직 남은 것이 어려서 같이 자라나던 형식이란 사람 하나뿐이라. 영채의 부친과 형들이 평양 감옥에서 죽기 전까지는 영채는 그네를 위하여 살았었다. 그러나 그네가 죽은 뒤에는 영채는 오직 이형식이라 하는 사람을 위하여 살았었다. 더구나 낫살이 점점 많아지고 몸이 기생이 되어 여러 십 명, 여러 백 명 육욕밖에 모르는 짐승 같은 남자에게 갖은 희롱을 다 받은 영채는 세상에 믿을 만하고 의지할 만한 남자는 형식밖에 없다 하였다. 형식이가 서로 떠난 지 칠팔 년간에 어떻게 변화하여 어떠한 사람이 되었는지는 영채에 대하여는 문제가 아니었었다. 영채는 다만 형식이라 하는 사람은 천 년을 가나 만 년을 가나 이전 안주골 자기 집에 있을 때의 그 형식이거니 하였다. 영채는 착하던 사람이 변하여 좋지 못하게 되는 줄을 모른다. 좋은 사람은 천생 좋은 사람이요 평생 좋은 사람이거니 한다. 그와 같이 악한 사람은 천생 악한 사람이요 평생 악한 사람이거니 한다. 영채는 어려서는 악한 사람을 보지 못하였었다. 그의 아버지도 착한 사람이요 오라버니네도 착한 사람이었고 그 집 사랑에 와 있던 또는 다니던 사람들도 착한 사람이었다. 형식도 물론 착한 사람이었다. 그리고 그가 『소학』과 『열녀전』 같은 책을 배울 때에 그 속에 나오는 사람들도 다 착한 사람이었다. 영채는 어린 생각에도 그 책에 있는 인물과 자기의 가정과 주위에 있는 인물과는 같은 인물이어니 하였다. 그리고 영채 자신도 착한 사람이었다. 『내칙』[139]이나 『열녀전』에 있는 여자들과 자기와는 같은 여자라 하였었다. 그리고 세상은 다 자기의 가정과 같으려니, 세상 사람은 다 자기와 및 자기의 주위에 있는 사람들과 같으려니 하였었다. 저 김선형이나 이 박영채나 이 점에 이르러서는 공통이로다.

그러나 착하던 자기의 아버지며 주위의 사람들이 도리어 죄를 지고, 세상 사람의 비웃음과 조롱을 받게 됨을 보고 어린 마음에는 한번 놀랐다. 또 외가에 가서 표종형댁[140]의 학대와 조카네의 학대를 당하고, 거기서 도망할 때에 어느 촌중 아이들의 핍박을 당하고 그날 저녁 숙천 땅 어느 주막에서 그 변을 당하고 마침내 평양에서 자기의 몸이 기생으로 팔리게 되매 어린 영채는 세상이 자기의 가정과 다르고 세상 사람들이 자기와 및 자기의 주위에 있던 사람들과 다름을 깨달았다. 다시 말하면 세상에 악이란 것이 있고 세상 사람에 악인이란 것이 있는 줄을 깨달았다. 그러나 영채는 이 악한 세상과 악한 사람들은 자기와 아무 상관이 없거니 하였다. 영채는 결코 자기의 착하던 가정과 저 악한 세상과 또 자기가 일찍 보던 착한 사람들과 자기가 지금 보는 악한 사람들을 혼동하지 못하였다. 그래서 영채는 세상에는 악한 세상과 착한 세상이 있고 사람에는 악한 사람과 착한 사람이 있어 각각 종류가 다르고 합할 수 없음이 마치 물과 기름과 같다 하였다. 그러나 영채가 점점 경험을 쌓아감을 따라 또 이 진리도 깨달았다— '악한 세상은 착한 세상보다 크고 악한 사람은 착한 사람보다 많다' 함을.

영채는 집을 떠난 지 칠팔 년간에 아직 한 번도 착한 세상을 보지 못하고 착한 사람을 만나지 못하였다. 그는 칠 년 동안을 자기의 고향인 착한 세상을 떠나서 악한 타향에 객이 되고 자기의 동족인 착한 사람들을 떠나서 자기의 원수인 악한 사람들에게 온갖 조롱과 온갖 고초를 당하였다. 그러나 그는 착한 세상과 착한 사람이 없다고 생각하지 아니하였나니 대개 그가 칠 년 전에 그러한 세상과 그러한 사람들을 목격하였음이라. 그리고 자기는 『열녀전』『내칙』『소학』속에 있는 사람들과 같은 사람이니 결코 악한 세상에 버물릴[141] 수 없는 사람이라 하였다. 영채의 아버지가 영채의 어렸을 때에 가르친 『열녀전』과 『내칙』과 『소학』은 과연 영채의 일생을 지배한 것이라.

영채는 이렇게 생각하였다. 착한 세상도 있기는 있고 착한 사람도 있기는 있건마는 자기는 무슨 운수로 일시 그 착한 세상을 떠나고 착한 사람을 떠난 것이니 일생에 반드시 자기는 그러한 세상과 사람을 찾을 날이 있으리라고. 그러므로 그가 남대문 안에서 동대문까지 늘어선 만호장안[142]을 볼 때에 이 중에 어느 집이 칠 년 전에 자기가 있던 집과 같은 집이며 종로 네거리에 왔다 갔다 하는 여러 만 명 사람을 대할 때에 이 중에 어떠한 사람이 일찍 자기가 보던 사람과 같은 사람인가 하였다.

그는 좋은 옷을 입고 좋은 시계를 차고 자기에게 가까이하는 사람을 대할 때에 마음에는 항상 '너는 나와는 딴 세계 사람!' 하고 일종 경멸하는 모양으로 그네를 대하여왔다. 영채는 장안에 착한 집과 착한 사람이 있는 줄을 믿는다. 그리고 밤과 낮으로 그 집과 그 사람을 찾으려고 애를 쓴다. 그러나 영채의 기억에 있는 착한 사람은 오직 이형식이라. 영채가 칠 년 동안 수십 명, 수백 명의 남자를 대하되 오히려 몸을 허하지 아니하고 주야 일념에 이형식을 찾으려 함이 실로 이 뜻이었다. 그러다가 마침내 형식이 서울에 있는 줄을 알고 이렇게 찾아왔던 것이라.

31

　영채는 그동안 여러 기생을 보았다. 그리고 그네들 중에 어떠한 사람이 있는가 보았다. 영채가 '형님!' 하고 정답게 지내던 자도 수십 인이요, '얘, 네더냐' 하고 동무로 지내던 자도 수십 인이요, 영채더러 '형님!' 하고 정답게 따르던 자도 몇 사람 있었다.

　영채가 평양서 기생이 되어 맨 처음 '형님!' 하고 정들인 기생은 계월화라 하는 얼굴 곱고 소리 잘하는 사람이었다. 그때에 평양 화류계에 풍류남자들의 눈은 실로 이 월화 한 사람에게 모였었다. 월화는 단율[143]도 잘 짓고 묵화도 남 지지 아니하게 쳤다. 그래서 월화는 매우 자존하는 마음이 있어서 여간한 남자는 가까이 하지도 아니하였다. 그러므로 퇴맞은[144] 남자들에게는 '교만한 년' '괘씸한 년' 이라는 책망도 듣고 그 소위 어미 되는 노파에게는 '손님께 공손하라' 는 경계도 들었다. 그러나 월화는 자기의 얼굴과 재주를 높이 믿었다. 그래서 제 눈에 낮게 보이는 손님을 대할 때에는 "솔이 솔이 하니 무슨 솔로만 여겼던가, 천인절벽에 낙락장송 내 기[145]로다, 길 아래 초동의 낫이야 걸어볼 줄 있으랴"[146] 하는 솔이가 지은 시조를 불렀다. 그래서 그의 친구들은 월화를 '솔이' 라고 별명을 지었다. 실로 월화의 이상은 '솔이(松伊)' 였었다. 영채가 월화를 사랑하게 된 것도 이 때문이라. 영채의 눈에 월화라는 기생은 족히 『열녀전』에 들어갈 만하다 하였다. 그리고 '솔이' 라는 기생이 어떠한 기생인지도 모르면서 월화가 솔이를 이상으로 하는 것을 보고 자기도 그 모양으로 솔이를 이상으로 하였다. 영채가 일찍 월화에게 안기며, '형님! 형님과 저와 솔이와 세 사람이 친구가 됩시다' 한 일이 있었다. 그리고 나도 반드시 월화 형님과 같이 솔이가 되리라 하였다.

월화의 얼굴과 재주를 보고 여러 남자가 침을 흘리며 모여들었다. 그러한 사람들 중에는 부자도 있고 미남자도 있었다. 그 사람들은 다투어 옷을 잘 입고 금시계와 금반지를 끼고 아무리 하여서라도 월화의 사랑을 얻으려 하였다. 그러나 월화가 머릿속에 그리는 남자는 그러한 경박자[147]는 아니었다. 월화는 이태백을 생각하고 고적(高適)과 왕창령(王昌齡) 같은 성당 시대(盛唐時代)의 시인을 생각하고 양창곡(楊昌曲)과 이도령(李道令)을 생각하였다. 그러나 월화의 주위에 모여드는 남자들 중에는 하나도 그러한 사람이 없고 다만 '돈'과 '육욕'이 있는 사람뿐이었다. 월화는 어느 요리점 같은 데 불려갔다가 밤이 깊어 돌아오는 길에 영채를 찾아와서는 흔히 눈물을 흘리며

"영채야, 세상이 왜 이렇게 적막하냐. 평양 천지에 사람 같은 사람을 볼 수가 없구나" 하였다. 영채는 아직 그것이 무슨 뜻인지는 모르거니와 대체 '제 마음에 드는 사람'이 없다는 뜻이어니 하였다. 그러고는 영채는 어린 생각에 '나는 이형식이가 있는데' 하였다.

월화는 점점 세상을 비감하게 되었다. 그가 영채에게 당시를 가르치다가 흔히 영채를 꼭 껴안고 눈물을 흘리며

"영채야, 네나 내나 왜 이러한 조선에 났겠느냐" 하였다. 그때

에 영채는 무슨 뜻인지 모르고

"그러면 어디 났으면 좋겠소?" 하였다. 월화는 영채의 어린 것을 불쌍히 여기는 듯이

"너는 아직 모르는구나" 하였다. 월화는 성당 시대 강남에 나지 못한 것을 한하였다. 탁문군은 자기언마는「봉황곡」으로 자기를 후리는 사마상여의 없음을 한하였다.[148] 월화의 생각에는 하늘이 대동강을 내시매 모란봉을 또 내셨으니 계월화는 대동강이 되려니와 누가 모란봉이 되어 봄에는 꽃으로, 가을에는 단풍으로 그 그림자를 부벽루 앞에 비추리오 하였다.

월화는 조선 사람의 무지하고 야속함을 원망하였다. 더구나 평양 남자에 일개 시인이 없고 일개 문사가 없음을 한하였다. 그가 나이 이십이 되도록 한 번도 자기의 뜻에 맞는 남자를 만나지 못하고 슬픈 마음과 세상을 경멸하는 비웃음으로 옛날 시를 읊고 저도 시와 노래를 짓기로 유일의 벗을 삼았었다. 그리고 영채를 사랑하여 친동생같이 귀애하며 시읽기와 시짓기를 가르치고 마음이 슬플 때에는 잘 알아듣지도 못하는 영채에게 자기의 회포를 말하였다. 그러할 때마다 영채는 '형님!' 하고 월화의 가슴에 안겨 울었다.

일찍 어느 연회에 평양 성내 소위 일류 인사들과 일등 명기가 일제히 모였다. 이른 여름 바람 잔잔한 모란봉 밑 부벽루가 그 회장이었다. 그때 월화가 영채에게 "애 영채야, 너는 보느냐" 하고 한편 구석에 끌고 가서 귓속말을 하였다. "무엇이오?" 하고 영채는 좌석을 돌아보았다. 월화는 영채의 귀에 입을 대고 "저기 모인

저 사람들이 평양에 일류 명사란다. 그런데 저 소위 일류 명사란 것이 모두 다 허수아비에게 옷 입혀놓은 것이란다" 하고 다시 기생들을 가리키며 "저것들은 소리와 몸을 팔아먹고 사는 더러운 계집들이란다" 하였다. 그때에는 영채가 열다섯 살이었다. 그러므로 전보다 분명하게 월화의 말하는 뜻을 알아들었다. 그리고 "참 그렇소" 하고 조그마한 고개를 까땍까땍 흔들었다. 이러한 말을 할 때에 어떤 양복 입은 신사가 웃으며 월화의 곁에 오더니 목에 손을 얹으며 "애 월화야, 어째 여기 섰느냐" 하고 끌고 가려 한다. 이 신사는 그때에 한창 월화에게 미쳤던 평양 일부 김윤수의 맏아들이니 지금 나이 삼십여 세에 여태껏 하여온 일이 기생 외입밖에 없었다. 월화는 물론 이 사람을 천히 여겼다. 그래서 이 사람 앞에서도 '솔이 솔이 하니'를 불렀다. 이때에 월화는 너무 불쾌하여 "왜 이러시오" 하고 몸을 뿌리쳤다. 뒤에 알아본즉 이때에 이 좌석에 월화의 마음을 끄는 어떤 신사가 있었더라. 그는 어떠한 사람이며 그와 월화와의 관계는 장차 어찌 될는고.

32

그 연회로서 돌아오는 길에 영채는 월화를 따라 청류벽 밑으로 산보하였다. 그때에 마침 평양 패성중학이라는 학교의 학생 사오 인이 청류벽 바위 위에 서서 유쾌하게 노래를 부른다. 그 노래는 이러하다.

굽이지는 대동강이
능라도를 싸고도니
둥두렷한 모란봉이
우쭐우쭐 춤을 추네
청류벽에 걸어앉아
가는 물아 말을 들어!
청춘의 더운 피를
네게 부쳐 보내고저

월화가 영채의 소매를 당기며
"얘, 저 노래를 듣느냐."
"매우 듣기 좋습니다."
월화는 한숨을 쉬며
"저 속에 시인이 있기는 있구나" 하고 산연히[149] 눈물을 흘렸다. 영채는 무슨 뜻인지 모르고 다만 청류벽 위에서 노래 부르던 학생들을 보았다. 학생들은 여전히 노래를 부르는데 두루마기 자락이 바람에 펄펄 날린다. 영채도 어째 자연히 그 학생들이 정다운 듯하고 알 수 없는 설움이 가슴에 떠오르는 듯하여 월화의 어깨에 엎데어 월화와 함께 울었다. 월화는 영채를 안으며
"영채야, 저 속에 참 시인이 있느니라" 하고 아까 하던 말을 또 한다. "우리가 날마다 만나는 사람들은 죽은 사람들이다. 그것들은 먹고 입고 계집 희롱하는 것밖에 아무것도 없는 것들이니라.

그러나 저 학생들 속에 참 시인이 있느니라."

이때에 학생들이 또 다른 노래를 부른다.

새벽빛이 솟는다
해가 오른다
땅 위에 만물이
기뻐 춤을 추노나
천하 사람 꿈꿀 제
나만 일어나
하늘을 우러러
슬픈 노래 부르네

월화는 못 견디어 하는 듯이 발을 동동 굴렸다. 영채더러

"얘, 저기 올라가보자."

그러나 이 말이 끝나기 전에 학생들은 모자를 벗어 두르고 저편 고개로 넘어가고 말았다. 월화는 길가 돌 위에 펄썩 주저앉아서 아까 학생들이 부르던 노래를 십여 차나 불러보았다. 영채도 자연히 그 노래가 마음에 드는 듯하여 월화와 함께 십여 차나 불렀다. 그리고 월화는 한참이나 지금 학생들 섰던 곳을 바라보았다. 그러나 그 학생들은 다시 보이지 아니하였다.

그로부터 월화는 더욱 우는 날이 많게 되었다. 영채는 월화와 함께 울고 틈이 있는 대로는 월화와 같이 있었다. 영채는 더욱더욱 월화에게 정이 들고 월화도 더욱더욱 영채를 사랑하였다. 열

다섯 살이나 된 영채는 차차 월화의 뜻을 알게 되었다. 뜻 알게 될수록 월화의 눈물에 동정하게 되었다. 영채도 점점 미인이라는 이름과 노래 잘하고 단율 잘 짓는다는 이름이 나서 영채라는 오늘 아침에 핀 꽃을 제가 꺾으리라 하는 사람이 많게 되었다. 그리하여 일찍 월화가 부벽루에서 하던 말이 무슨 뜻인지를 알게 되었다.

그러나 부벽루 연회 이래로 월화의 변하고 괴로워하는 모양을 보매 어린 영채도 월화에게 무슨 일이 생긴 줄은 짐작하였다. 영채도 이제는 남자가 그리운 생각이 나게 되었다. 못 보던 남자를 대할 때에는 얼굴도 후끈후끈하고 밤에 혼자 자리에 누워 잘 때에는 품어줄 누구가 있었으면 하는 생각이 나게 되었다. 한번은 영채와 월화가 연회에서 늦게 돌아와 한자리에서 잘 때에 영채가 자면서 월화를 꼭 껴안으며 월화의 입을 맞추는 것을 보고 월화는 혼자 웃으며 '아아, 너도 깨었구나——네 앞에 설움과 고생이 있겠구나' 하고 영채를 깨워

"영채야, 네가 지금 나를 꼭 껴안고 입을 맞추더구나" 하였다. 영채는 부끄러운 듯이 낯을 월화의 가슴에 비비고 월화의 하얀 젖꼭지를 물며 "형님이니 그렇지" 하였다. 이만큼 영채도 철이 났으므로 월화의 눈물에는 반드시 무슨 뜻이 있으리라 하였다. 그리고 물어볼까 물어볼까 하면서도 자연히 제가 부끄러워 물어보지 못하고, 다만 영채 혼자 생각에 아마 월화가 그때 청류벽에서 노래 부르던 학생을 생각하는 게로다 하였다. 영채의 눈에도 그 청류벽에서 노래 부르던 학생의 모양이 잊히지를 아니한다. 물론

길에서 청류벽을 바라보면 그 위에 선 사람의 얼굴의 윤곽이 보일 뿐이요 눈과 코도 잘 분변치는 못하겠으나 다만 거룩한 듯한 모양과 깨끗한 목소리와 뜻있고 아름다운 노래가 두 여자의 가슴을 서느렇게[150] 한 것이라. 그 청년들은 아마 무심하게 그 노래를 불렀으련마는 아직 '진실한 사람' '정성 있는 사람' '희망 있는 사람' '사람다운 사람'을 만나보지 못하던 그네에게는 그 학생들의 모양과 노래가 지극히 분명하게 청신하게[151] 인상이 박힌 것이라. 영채는 가만히 그 노래 부르던 학생들과 지금껏 같이 놀던 소위 신사들을 비교할 때에 아무리 하여도 그 학생이 정이 든다 하였다. 영채는 근래에 더욱 가슴속이 서늘하고 몸이 간질간질하고 자연히 마음이 적막함을 깨닫는다. 월화가 물끄러미 자기의 얼굴을 볼 때에는 혹 자기의 속을 꿰뚫어 보지 아니하는가 하여 가만히 고개를 숙였다. 월화도 영채의 마음이 점점 익어옴을 깨달았다. 그리고 자기의 과거를 생각하매 영채의 장래에 설움이 많을 것을 생각하였다. 그래서 월화는 영채가 잘못하여 세상에 섞이기를 두려워하는 모양으로 항상 "영채야, 지금 세상에는 우리의 몸을 의탁할 만한 사람이 없느니라" 하고 옛날 시로 일생의 벗을 삼기를 권하였다.

영채는 월화의 눈물의 뜻을 알려 하였다. 그러다가 마침내 알 기회가 이르렀다.

33

하루 저녁에는 월화가 영채를 찾아와서 연설 구경을 가자고 한다. 그때에 평양에는 패성학교라는 새로운 학교가 일어나 사방으로서 수백 명 청년이 모여들고 패성학교장 함상모는 그 수백여 명 청년의 진정으로 앙모하는[152] 선각자러라. 함교장은 매 주일에 일 차씩 패성학교 내에 연설회를 열고 아무나 와서 방청하기를 청하였다. 평양 사람들은 혹은 새로운 말을 들으리라는 정성으로 혹은 다만 구경이나 하리라는 호기심으로 저녁 후면 패성학교 대강당이 터지도록 모여들었다. 함교장은 열성이 있고 웅변이 있었다. 그가 슬픈 말을 하게 되면 청중은 모두 눈물을 흘리고 그가 기쁜 말을 하게 되면 청중은 모두 손뼉을 치고 쾌하다 부르짖으며 그가 만일 무슨 악한 일을 꾸짖게 되면 청중은 눈초리가 째어지고 입에 거품을 물었다. 그의 말하는 제목은 조선 사람도 남과 같이 옛날 껍데기를 벗어버리고 새로운 문명을 실어 들여야 할 일과 지금 조선 사람은 게으르고 기력이 없나니 새롭고 잘사는 민족이 되려거든 불가불 새 정신을 가지고 새 용기를 내어야 한다는 것과, 이렇게 하려면 교육이 으뜸이니 아들이나 딸이나 반드시 새로운 교육을 받아야 한다 함이라.

영채도 함교장이란 말도 듣고 함교장이 연설을 잘한다는 말도 들었으므로 월화를 따라 패성학교에 갔다. 두 사람은 아무쪼록 검소한 의복을 입었으나 얼굴과 태도를 속일 수가 없으며 또 양인이 다 지금 평양에 이름난 기생이라 모이는 사람들 중에 손가락질하고 소곤소곤하는 것이 보인다. 월화와 영채는 회중을 헤치고 들어가 저편 구석에 가지런히 앉았다. 어떤 사람은 일부러 등을 밀치기도 하고 발을 밟기도 하고 혹 제 손으로 두 사람의 손을 스치기도 하고 혹 어떤 사람은 월화의 겨드랑에 손을 넣는 자도 있다. 월화는 '너희는 기생이란 것만 알고 사람이란 것은 모르는구나' 하고 영채를 안는 듯이 앞세우고 들어간 것이라. 부인계에는 연설을 들을 자도 없고 들으려 하는 자도 없으매 별로 부인석이란 것이 있지 아니하므로 남자들 앉은 걸상 한편 옆에 앉았다. 함교장이 이윽고 부인이 있음을 보더니 어떤 학생을 불러 무슨 말을 한다. 그 학생이 의자 둘을 가져다가 맨 앞줄 왼편 끝에 놓더니 두 사람 곁에 와서 은근히 경례를 하면서

"저편으로 와 앉으십시오" 하고 두 사람을 인도한다. 두 사람은 기생 된 뒤에 첫 번 사람다운 대접을 받는다 하였다. 이윽고 학생들이 들어와 착석한다. 월화는 저 학생들이 자기를 보는가 하고 가만히 학생들의 동정을 보았다. 그러나 학생들은 모두 정면한 대로 까딱도 아니하고 앉았다. 월화는 영채를 보고 가만히

"얘, 저 학생들은 우리가 보던 사람과는 딴 세상 사람이지?" 하였다. 과연 함교장은 청년을 잘 교육하였다. 설혹 개성을 무시하고 만인을 한 모형에 집어넣으려는 구식 교육가의 때를 아주 다 벗지는 못하였으나 그래도 당시 조선에는 유일한 가장 진보하고 열성 있는 교육가였다. 과연 평양 성내에 월화를 보고 눈에 음란한 웃음을 아니 띠는 자는 패성학교 학생밖에 없을 것이라. 학생

들도 만일 월화를 본다 하면 '어여쁘다' 하는 생각이 날는지도 모르고 '한 번 더 보자' 하는 생각이 날는지도 모르거니와 그네는 결코 다른 사람들과 같이 '저것을 하룻밤 데리고 놀았으면 좋겠다' 하는 생각은 두지 아니한다. 또 설혹 그네가 '저것을 내 것을 삼았으면' 하는 생각이 난다 하더라도 결코 다른 사람들과 같이 무릎에 앉히고 희롱하려 함이 아니요 '나의 아내를 삼아 사랑하고 공경하리라' 함이라. 다른 사람들은 월화를 다만 한 장난감으로 알되 그네는 비록 기생을 천히 여긴다 하더라도 그 역시 내 동포여니 내 누이어니 하는 생각은 있다.

이윽고 함교장이 연단에 올라선다. 만장에 박수가 일어나고 월화도 두어 번 박수한다. 영채는 옳지, 부벽루에서 말하던 이로구나 하였다. 함교장은 위엄 있는 태도로 이윽히 회중을 내려다보더니

"여러분," 하고 입을 열어 "여러분의 조상은 결코 여러분과 같이 마음이 썩어지지 아니하였고 여러분과 같이 게으르고 기운 없지 아니하였소. 평양성을 쌓은 우리 조상의 기상은 웅대하였고 을밀대와 부벽루를 지은 우리 조상의 뜻은 컸소이다" 하고 감개무량한 듯이 한참 고개를 숙이더니 "여러분! 저 대동강에 물은 날로 흘러가나니 평양성을 쌓고 을밀대를 짓는 우리 조상의 그림자를 비추었던 물은 지금 어디 간 곳을 알지 못하되 오직 뚜렷한 모란봉은 만고에 한 모양으로 우리 조상의 발자국을 지니고 섰소이다. 아아, 여러분아, 여러분의 웅장한 조상에게 받은 정신을 흘러가는 대동강에 부쳤는가, 만고에 우뚝 솟은 모란봉에 부쳤는가"

하고 흐르는 눈물로써 말을 잠깐 그치니 만장이 숙연히 고개를 숙인다. 함교장은 여러 가지로 조선 사람의 타락한 것을 개탄한 뒤에 일단 더 소리를 높여 "여러분! 여러분은 이 무너져가는 평양성과 을밀대를 다 헐어내어 흘러가는 대동강수에 부쳐 보내고 우리의 새로운 정신과 새로운 기운으로 새로운 평양성과 새로운 을밀대를 쌓으샤이다" 하고 유연히[153] 단을 내리니 만장이 박수갈채성에 한참이나 흔들리는 듯하다. 월화는 영채의 손을 꼭 쥐고 몸을 바르르 떤다. 영채는 놀라 월화를 보니 무릎 위 치맛자락에 굵은 눈물이 뚝뚝 떨어지더라.

영채도 함교장의 풍채를 보고 연설을 들으매 돌아가신 아버지의 생각이 나서 울면서 월화를 따라 집에 돌아왔다. 그러나 월화의 눈물은 영채의 눈물과는 달랐다. 월화의 눈물은 어떠한 눈물이던고.

34

집에 돌아와 월화는 펄썩 주저앉으며 영채더러

"영채야, 나는 내가 구하던 사람을 찾았다. 나는 부벽루에서 함교장의 풍채를 보고 말을 들으매 자연히 정신이 황홀하여짐을 깨달았다. 그리고 오늘 저녁 그의 풍채와 말을 또 들으니 내 마음은 온통 그이게로 가고 말았다. 조선 천지에서 내가 찾던 사람을 이제야 만났구나" 하고 빙긋이 웃는다. 영채는 그제야 월화의 눈물

뜻을 깨달았다. 자기는 함교장을 아버지같이 생각하였는데 월화는 자기의 정든 임같이 생각하는구나 하였다. 그러고는 다시 월화의 얼굴을 보았다. 월화의 눈썹에는 맑은 눈물이 맺혔다. 월화는 다시

"영채야, 너는 그때에 부벽루에서 부르던 노래 뜻을 아느냐.

   천하 사람 꿈꿀 제
   나만 일어나
   하늘을 우러러
   슬픈 노래 부르네

이 노래 뜻을 아느냐."

영채는 아는 듯도 하면서도 말할 수는 없어 잠자코 앉았다. 월화는 영채를 이윽히 보더니,

"온 조선 사람이 다 자고 꿈을 꾸는데 함교장 혼자 깨어 일어났구나. 우리를 찾아오는 소위 일류 신사님네는 다 자는 사람들인데 그 속에 깨어 일어난 것은 함교장뿐이로구나."

영채는 과연 그럴듯하다 하고

"그러면 왜 하늘을 우러러 슬픈 노래를 부르나요?"

"깨어 일어나 본즉 천하 사람은 아직도 꿈을 꾸겠지. 암만 깨어라 깨어라 하여도 깰 줄은 모르고 잠꼬대만 하니 왜 외롭고 슬프지를 아니하겠느냐. 그러니까 하늘을 우러러 슬픈 노래를 부르는 것이지" 하고 영채의 손을 잡아끌어다가 자기의 무릎 위에 엎데

게 하고

"그런데 나도 역시 하늘을 우러러 슬픈 노래를 부른다."

영채는 얼마큼 알아들으면서도

"왜? 왜 슬픈 노래를 불러?"

"평양 성내 오륙십 명 기생 중에 나밖에 깬 사람이 누구냐. 모두 다 사람이 무엇인지, 하늘이 무엇인지도 모르는 중에 나밖에 깬 사람이 누구냐. 나는 외롭구나, 슬프구나. 내 정회를 들어줄 사람이라고는 너 하나밖에 없구나" 하고 영채의 등에 이마를 비비며 영채의 허리를 끊어져라 하고 쓸어안는다. 영채는 이제는 월화의 하는 말을 다 알아듣는다. 월화는 다시 말을 이어

"나는 지금 스무 살이다. 나는 이십 년 동안 찾던 친구를 이제는 찾아 만났다. 그러나 만나고 본즉 그는 잠시 만날 친구요 오래 이야기하지 못할 친군 줄을 알았다. 그러니까, 나는 그만 갈란다" 하고 영채를 일으켜 앉히며 더욱 다정한 말소리로

"얘, 너와 나와 삼 년 동안 동기같이 지내었구나. 이것도 무슨 큰 연분이로다. 안주 땅에 난 너와 평양 땅에 난 나와 이렇게 만내어 이렇게 정답게 지낼 줄을 사람이야 누가 뜻하였겠느냐. 이후도 나를 잊지 말고 '형님'이라고 불러다고" 하면서 그만 울며 쓰러진다. 영채는 월화의 말이 이상하게 들려 몸에 와싹 소름이 끼치면서

"형님! 왜 오늘 저녁에는 그런 말씀을 하셔요?" 하였다. 월화는 일어나 눈물을 뿌리고 망연히 앉았다가

"너는 부디 세상 사람에게 속지 말고 일생을 너 혼자 살아라.

옛날 사람으로 벗을 삼아라——만일 네 마음에 드는 사람을 만나지 못하거든" 한다. 이런 말을 하고 그날 밤도 둘이서 한자리에 잤다. 둘은 얼굴을 마주 대고 서로 꼭 안았다. 그러나 나어린 영채는 어느덧 잠이 들었다. 월화는 숨소리 편안하게 잠이 든 영채의 얼굴을 이윽히 보고 있다가 힘껏 영채의 입술을 빨았다. 영채는 잠이 깨지 아니한 채로 고운 팔로 월화의 목을 꼭 쓸어안았다. 월화의 몸은 벌벌 떨린다. 월화는 가만히 일어나 장문을 열고 서랍에서 자기의 옥지환을 내어 자는 영채의 손에 끼우고 또 영채를 꼭 껴안았다.

짜른 여름밤이 새었다. 영채는 어렴풋이 잠을 깨어 팔로 월화를 안으려 하였다. 그러나 월화가 누웠던 자리는 비었다. 영채는 깜짝 놀라 일어나서 "형님! 형님!" 하고 불렀다. 그러나 대답이 없었다. 영구히 없었다. 영채는 자기 손에 끼인 옥가락지를 보고 울었다. 그날 저녁때에 대동강에서 낚시질하던 배가 시체 하나를 얻었다. 그것은 월화러라. 월화는 유언도 없었으매 아무도 그가 죽은 이유를 아는 자가 없고 오직 옥가락지를 낀 영채가 홀로 월화의 뜻을 알고 뜨거운 눈물을 흘릴 뿐. 그 소위 어미는 '안된 년!' 하고 돈벌이할 밑천이 없어진 것을 원망하고, 평양 일부 김윤수의 아들은 '미친년!' 하고 자기의 희롱거리 없어짐을 한탄하더라. 그의 시체는 굵다란 베에 묶어 물지게꾼 이삼 인이 둘러쳐 메어다가 북문 밖 북망산에 묻었다. 묻은 날 저녁때에 옥가락지 낀 손이 꽃 한 줌과 눈물 한 줌을 그 무덤 위에 뿌렸다. 비도 아니 세웠으니 지금이야 어느 것이 일대 명기 계월화의 무덤인 줄을 알리오. 함교장은 이런 줄이나 알았는지 말았는지.

 계월화는 과연 영채의 '형님'이었다, 벗이었다. 월화는 참 영채를 사랑하였다. 영채는 월화에게 큰 감화를 받았었다.

 영채가 형식을 일생의 짝으로 알고 칠 년 동안 굳은 절을 지켜 온 것도 월화의 힘이 반이나 되었다. 영채도 생각하기를 이형식을 찾다가 못 찾으면 월화의 뒤를 따라 대동강에 몸을 던지리라 하였었다. 하다가 우연히 이형식의 거처를 알고 이제는 내 소원을 이뤘구나 하였다. 그러나 만일 형식이가 이미 혼인을 하였으면 어찌할까, 혼인을 아니 하였더라도 내 몸이 기생인 줄을 알고 나를 돌아보지 않으면 어찌할까 하였다. 형식의 거처를 안 지가 한 달이 넘도록 형식을 찾지 아니하고 어제 형식을 찾아가서 자기의 신세를 이야기하다가 중도에 끊고 돌아옴도 이를 위함이러라. 형식의 집에서 돌아온 영채는 어떻게 되었는가.

35

 영채가 형식을 대하여 자기의 신세를 말하다가 문득 생각한즉 자기는 기생의 몸이라. 형식이 아직 혼인 아니 하였다는 말을 들으매 잠깐 기뻐하였으나 자기가 기생인 줄을 알면 형식은 반드시 자기를 돌아보지 아니하리라 하였다. 또 설혹 돌아볼 마음이 있다 하더라도 내 몸은 돈이 있고야 구원할 몸이어늘 가만히 형식의 살림살이를 보매 자기를 구원할 능력이 없음을 깨달았다. 자기가 기생인 줄을 알려 일생에 그리워하던 형식에게 마음으로까지 버림이 되기보다, 또는 나를 버리지 아니하더라도 구원할 힘이 없어 사랑하는 형식으로 하여금 부질없이 마음을 괴롭게 하기보다──이러하기보다 차라리 대동강수에 풍덩실 몸을 던져 오 년 전에 먼저 간 월화의 뒤를 따라 저세상에서 월화로 더불어 같이 노닐려 하였다. 월화의 얼굴이 영채의 앞에 보이며 '영채야, 나와 같이 가자' 하는 듯하였다. 그래서 영채는 손에 있는 옥지환을 보다가 중도에 말을 끊고 집으로 돌아온 것이라.

영채는 곧 평양으로 내려갈 결심을 하였다. 몸을 던져 세상을 버릴진댄 사랑하던 '월화 형님'의 몸을 던지던 대동강을 찾아가려 하였다. 평양에 가 우선 북망산에 아버지와 월화의 무덤을 찾아 그동안 지나오던 정회나 실컷 말하리라 하였다. 부친은 내가 기생 되었다는 말을 듣고 죽었으니 무덤에나마 가서 내가 기생으로 몸을 판 것은 부친과 두 형제를 구원하려 함임과 기생 된 지 육칠 년에 부친의 혈육을 받은 이 몸을 다행히 더럽히지 아니하였음과 부친께서 이 몸을 허하신 이형식을 위하여 지금껏 아내의 절행을 지켜온 것을 말하고 죽은 후에 만일 영혼이 있거든 생전에 섬기지 못하던 한을 사후에나 풀리라 하였다. 만일 부친이 극락에 가셨거든 극락으로 찾아가고 만일 지옥에 가셨거든 지옥으로 찾아가리라 하였다.

월화의 부탁을 나는 지켰다. 나는 세상에 섞이지 아니하고 내가 생각하는 사람을 위하여 육칠 년간 고절(苦節)[154]을 지켰다. 나는 월화가 하다가 남겨둔 생활을 하였다. 나는 이제 네게로 돌아간다 하리라.

이러한 생각을 하니 영채의 몸은 바로 그때에 그 학생들이 '천하 사람 꿈꾸는데, 나만 깨어서, 하늘을 우러러, 슬픈 노래 부르도다' 하는 노래를 부르던 학생들이 청류벽 위에 선 듯하다. 영채는 박명한 십구 년의 일생을 생각하였다. 더구나 형식을 대하였을 때에 말하던 과거의 기억이 바로 어저께 지난 일 모양으로 역력히 눈앞에 보이고 그 모든 광경이 제가끔 영채의 가슴을 찌르고 창자를 박박 긁는 듯하다. 사람으로 세상에 생겨나서 즐거운 재미란 하나도 보지 못하고 꽃다운 청춘이 속절없이 대동강 무심한 물결 속에 스러질 것을 생각하니 원망스럽기도 하고 가엾고 원통하기도 하다. 십구 년 일생의 절반을 무정한 세상과 사람에게 부대끼고 희롱함이 되다가 매양에 그리고 바라던 이형식을 만나기는 만났으나 정작 만나고 보니 이형식은 나를 건져줄 것 같지도 아니하고……아아, 이것이 무슨 팔자인고 하고 그날 밤이 새도록 잠을 이루지 못하고 캄캄한 방에서 혼자 울었다. 이 팔은 어찌하여 생각하던 사람을 안아보지 못하고, 이 젖은 어찌하여 사랑스러운 아들과 딸을 빨려보지 못하는고. 가슴속에 가득 찬 정과 사랑을 생각하던 자에게 주어보지 못하고 마는고. 내 몸은 일생에 '기생'이란 이름만 듣고 어찌하여 '아내'라든가 '부인'이라든가 '어머니'라든가 '아주머니'라든가 하는 정답고 거룩한 이름을 못 듣고 마는고. '기생!' '기생!' 에그, 듣기 싫은 이름이로다. '기생!'이라는 말만 하여도 치가 떨린다 하였다.

지금 황금을 가지고 자기의 몸을 사려는 사람이 사오 인이 된다고 한다. 지나간 칠 년 동안에 노래와 춤으로 수만 원 돈을 벌어 주어 논밭도 사고 큰 집도 사고 비단옷도 입게 되었으니 그만하면 자유로 놓아주어도 마땅하건마는 아직도 욕심을 다 채우지 못하여 천 원이니 이천 원이니 하고 이 몸을 팔아먹으려 한다. 파는 놈도 파는 놈이어니와 사는 놈도 사는 놈이라. 지금까지는 이럭저럭 정절을 지켜왔건마는 이제 몸이 뉘 첩으로 팔린 뒤에야 정절이 다 무슨 정절이뇨. 다만 죽을 뿐이다, 다만 죽을 뿐이다 하였다.

바라던 형식을 만나본 것은 기쁘건마는 바라던 그 형식조차 나를 구원할 능력 없는 것이 절통하다 하였다.

영채는 그만 절망하였다. 지금까지 자기는 잠시 타향에 길을 잃었다가 착한 세계, 착한 사람 사는 고향으로 돌아가 칠 년 전 자기의 가정에서 누리던 즐거움을 누릴 수 있을까 하였더니 모두 다 허사로다 하였다. 지금껏 유일한 선인으로 알아오고 유일한 의지할 사람으로 알아오던 형식도 정작 얼굴을 대하니 그저 그러한 사람인 듯. 칠 년간 악인들 사이에서 부대껴오던 영채의 생각에는 형식같이 착한 사람은 얼굴이며 풍채며 말하는 것이 온통 항용 사람과 다르리라 하였다. 그러나 만나고 본즉 그저 그러한 사람이로구나. 옳다, 죽는 수밖에 없다. 대동강으로 가는 수밖에 없다. 구태 더러운 세상에 섞여 구차히 목숨을 늘여가기는 차마 못하리니 하루바삐 샛말간 대동강 물결 밑에서 정다운 월화를 만나 서로 안고 이야기하리라 하였다.

그러나 영채에게는 돈이 없었다. 이튿날 아침에 일어나 몇 친구에게 돈 오 원을 취하려 하였다. 그러나 마침내 얻지 못하고 점심 때가 지나도록 방에 앉아 울었다. 형식이가 김장로의 집에서 선형과 순애를 대하여 즐거운 상상에 취하였을 때는 정히 영채가 자기 방에서 눈물을 흘리고 애통하던 때였다. 이날 저녁에 영채를 찾아온 형식은 영채를 만났는가.

36

 형식은 한참이나 '계월향'이라고 쓴 장명등을 보고 섰다가 희경을 돌려보내고 결심한 모양으로 문 안에 들어섰다. 객이 없는지 적적히 아무 소리도 아니 들린다. 서슴지 아니하고 마당에 들어서니 여러 방에 불을 켰으되 사람 그림자가 없다. 형식은 가슴을 두근거리면서 어떻게 찾을 줄을 몰라 다만 발소리를 내며 '에헴' 하고 크게 기침을 하였다. 저편 방으로서 뚱뚱한 노파가 나오는 것을 보고 형식은 한 걸음 방 앞으로 가까이 갔다. 이렇다 하는 화류[155] 자개함롱이 보이고 아랫목에는 분홍빛 그물 모기장이 걸리고 오른편 구석에는 아롱아롱한 자루에 넣은 가얏고가 비스듬히 벽에 기대어 섰다. 형식은 이것이 '영채의 방'인가 하였다. 그리고는 알 수 없는 슬픈 생각과 불쾌한 생각이 난다. 이 방에서 여러 남자로 더불어 저 가얏고를 타고 소리를 하고 춤을 추었는가. 그러다가 저 모기장 속에서 날마다 다른 남자와…… 형식은 차마 더 생각하기가 싫었다. 그러나 영채는 어디 갔는가. 벌써 누구에게 '천 원'에 팔려 갔는가. 어제 저녁에 내 집에서 돌아오는 길로 팔려 가지나 아니하였는가. 또는 만일 영채가 절개가 굳다 하면 벌써 어디 가서 자살이나 아니 하였는가. 이때에 형식의 머릿속에는 수천 가지 생각이 뒤를 대어 나온다. 형식은 저편 방으로서 나오는 뚱뚱한 노파(노파라 하여도 사오십이나 되었을까)를 보고 '저것이 소위 어미로구나' 하였다. 노파는 손에 태극선을 들고 담뱃대를 물었다. 지금까지 웃통을 벗고 앉았었던지 명주항라[156] 적삼 고름을 매면서 나온다. '더러운 노파'라는 생각이 형식의 가슴을 불쾌하게 한다. 노파는 형식의 모양이 극히 초라함을 보고 경멸하는 모양으로 "누구를 찾아요?" 한다. 일찍 형식이와 같이 초라하게 차린 자가 월향을 찾아온 적이 없었음이라. 노파의 생각에 아마 형식은 어떤 부자의 아들의 심부름꾼인가 하였다. 그러므로 기생의 집에 온 사람더러 '누구를 찾아요?' 하고 냉대함이라. 형식은 노파가 자기를 멸시하는 줄을 알았다. 그리고 더욱 불쾌한 마음이 생겼다. '나도 교육계에는 상당히 이름 있는 사람인데' 하였다. 그러나 노파의 눈에는 부자가 있고 외입쟁이가 있을 따름이요 '교육계에 상당한 이름 있는 사람'은 없었다. 형식이가 만일 좋은 세비로[157] 양복에 분홍 넥타이를 매고 술이 취하여 단장[158]을 두르며 '여보게' 하고 들어왔던들 노파는 분주히 담뱃대를 놓고 마당에 뛰어내리며 '에그, 영감께서 오시는구려' 하고 선웃음을 쳤으련마는 굵은 모시 두루마기에 파리똥 묻은 맥고자[159]를 쓰고 술도 취하지 아니하고 단장도 두르지 아니하고 '여보게'도 부르지 아니하는 형식과 같은 사람은 노파의 보기에 극

히 하등 사람이었다. 형식은 겨우 입을 열어

"월향씨 어디 갔소?" 하였다. 그러고는 곧 '월향'에게 '씨'자를 달아 부른 것을 뉘우쳤다. 그러나 형식은 아직 남의 이름에 '씨'자를 아니 달고 불러본 적이 없다. 더구나 남의 여자의 이름을 부를 때에는 반드시 '씨'라는 존칭을 붙이는 것이 마땅하다 하였다. 소위 '째운 사람'들은 여학생을 보고는 '씨'를 달고 기생을 보고는 '씨'를 달지 아니할 줄을 알되 형식은 여학생과 기생을 구별할 줄을 모른다. 형식의 생각에는 여학생이나 기생이나 사람은 마찬가지 사람이라 한다. 그러므로 형식은 '월향'에 '씨'자를 붙이는 것이 옳으리라 하여 한참 생각한 뒤에 있는 용기를 다하여 '월향씨 어디 갔소' 한 것이언마는 말을 하고 생각한즉 미상불 부끄럽기도 하다. 그리고 노파의 얼굴을 보았다. 노파는 우스움을 참는 듯이 입을 우물우물하더니

"월향씨가 손님 모시고 어디 갔소. 왜 그러시오?"

"어디 갔습니까."

노파는 '이것이 과연 시골뜨기로구나' 하면서

"아까 오후에 청량리 나갔소. 여섯 점에 들어온다더니 아직 아니 오구려" 하고 성가신 듯이 '잘 가오' 하는 말도 없이 안으로 들어가고 만다. "누구요?" 하는 어떤 남자의 목소리에 "모르겠소. 웬 거렁뱅인데 왔구만" 하는 그 노파의 평양 사투리가 들린다. 형식은 일변 실망도 하고 일변 그 노파에게 멸시받은 것이 부끄럽기도 분하기도 하면서 발을 돌렸다. '계월향! 계월향이가 과연 박영채의 변명인가' 하고 계월향의 내력을 물어보고도 싶었으나 노

파에게 그러한 멸시를 받고는 다시 물어볼 용기도 아니 나서 그만 대문 밖에 나섰다.

 형식은 고개를 숙이고 아까 오던 길로 나온다. 아까 올 때에 '반나마 늙었으니……' 하던 목소리로 '간다 간다네, 나는 간다네' 하는 소리가 들리고 아까 모양으로 여럿이 함께 웃는 웃음소리가 들린다. 어찌할까 하고 형식은 생각하였다. '청량리! 오후에 나가서 여섯 점에 온다던 것이 아직 아니 들어와!' 형식은 이 말에 무슨 깊은 뜻이 있는 듯이 생각하고 몸이 와싹하였다. '영채가 혼자 어떤 남자로 더불어 청량리에 가 있어! 더구나 밤이 여덟 시나 지났는데!' 하고 형식은 주먹을 불끈 쥐었다. 형식은 전속력으로 다방골 천변으로 내려온다. '옳다! 청량리로 가자' 하였다. 형식의 귀에 영채가 우는 소리로 '형식씨, 나를 건져주시오, 나는 지금 위급하외다' 하는 듯하다. 형식은 지금 광통교로 지나가는 동대문행 전차를 잡아탈 양으로 구보로 종각을 향하여 뛰었다. 그러나 전차는 찌구덩 하고 소리를 내며 종각 모퉁이로 돌아 두어 사람을 내려놓고 달아난다. 형식은 그래도 십여 보를 따라갔으나 전차는 본체만체하고 청년회관 앞으로 달아난다. 야시에는 아까보다도 사람이 많이 모였다. 종각 모퉁이 컴컴한 데로서 "에, 아이스크림, 아이스크림" 하는 늙은 총각의 목소린 듯한 것이 들린다.

37

 형식은 다음번 오는 전차를 탔다. 신호수가 푸른 기를 두르니 전차는 또 찌국 하는 소리를 내며 구부러진 데를 돌아간다. 형식은 조민한[160] 생각에 구리개로서 서대문 가는 전차를 잘못 탔다. 형식은 전차에서 뛰어내려서 바로 뒤 대어 오는 동대문행을 잡아탔다. 형식은 손수건으로 이마와 목에 땀을 씻었다. 차장은 형식의 차세[161]를 받고 '딸랑' 하면서 유심히 형식의 얼굴을 본다. 형식의 얼굴은 과연 몹시 붉게 되었더라. 형식은 전차 속을 한번 둘러보고 고개를 숙이고 눈을 감았다. 형식은 전차가 일부러 속력을 뜨게[162] 하는 것같이 생각하였다. 과연 야시에 사람이 많이 내왕하여 운전수는 연해 두 발로 종을 딸랑딸랑 울리면서 천천히 진행하더라. 형식의 가슴에는 불이 일어난다. 형식은 활동사진에서 서양 사람들이 자동차를 타고 질풍같이 달아나는 양을 생각하고 이런 때에 나도 자동차를 탔으면 하였다. 형식은 자기가 종로에서 자동차를 타고 철물교를 지나 배오개[163]를 지나 동대문을 지나 친잠[164]하시는 상원[165] 앞 버들 사이를 지나 청량리를 지나 홍릉 솔숲 속으로 달려가는 것을 상상하였다. 그리고 자기가 어느 집에서 영채가 어떤 사람에게 고생을 당하는가 하고 땀을 흘리며 이집 저집으로 찾아다니는 양과 여승들이 방글방글 웃으며 '모르겠습니다' 할 때에 자기가 더욱 초조하여하는 양을 상상하였다. 이때에 누가 형식의 어깨를 툭 치며

"요—. 어디 가는가" 한다. 형식은 놀라 고개를 들었다. 신문기자 신우선이로다. 신우선은 형식의 곁에 앉아 그 대팻밥모자로 부채질을 하며

"그래, 어떤가. 김장로의 따님이 자네를 사랑하던가" 하고 곁에 앉은 사람들이 듣는 것도 상관치 아니하는 듯이 큰 소리로 말한다. 형식은 잠깐 아까 자기가 김장로 집에서 선형과 순애를 대하였던 생각을 하고 곧 우선이가 자기의 지금 가는 일에 도움이 될 것을 생각하였다. 형식은 우선의 귀에 입을 대고

"여보게, 큰일이 났네" 하였다. 우선은 껄껄 웃으며

"아따, 자네는 큰일도 많데. 또 무슨 큰일인가" 한다. 형식은 우선의 팔을 잡아당기어 말소리를 높이지 말라는 뜻을 표하고 다시 말을 이어, 자기의 은인의 딸이 지금 기생으로 서울에 와 있는데, 그는 자기를 위하여 정절을 지켜왔는데 지금 여러 유력한 사람들이 그를 자기네의 손에 넣으려 하는데, 지금 청량리에서 어떤 사람에게 위협을 당하는 중이므로 지금 자기는 그를 구원하러 가는 길이라 하고, 마침내

"여보게, 자네가 좀 도와주어야 되겠네" 하고 말을 맺었다. 형식은 이러한 말을 할 때에 영채가 방금 어떤 남자에게 위급한 위협을 받는 양이 눈에 보이는 듯하였다. 우선은 "응, 응" "그래, 응" 하고 형식의 가늘게 하는 말을 주의하여 듣더니

"그래, 그 이름은 무엇인가."

"본명은 박영채인데 계월향이라고 한다데" 하고 '계월향'이가 과연 '박영채'인가 하고 의심도 하였다. 우선은 '계월향'이란 말

을 듣고 또 계월향이가 형식의 은인의 따님이란 말과 계월향이가 형식을 위하여 정절을 지킨다는 말을 듣고 깜짝 놀랐다. 우선은 눈이 둥그레지며

"여보게, 그게 참말인가?" 하고 형식의 얼굴을 보았다. 형식은 조민한 마음을 이기지 못하여 하는 듯 숨소리가 커지며

"참말일세, 참말이어!" 하고 영채가 어제 저녁에 자기를 찾아왔던 말과 자기를 찾아와서 신세타령을 하던 말과 자기가 방금 다방골 월향의 집으로 다녀온다는 말을 하고 다시

"그런데 나를 좀 도와주게" 한다. "도오다이몬 슈——텐[166]——동대문이올시다" 하는 차장의 소리에 두 사람은 말을 끊고 전차에서 내렸다. 아직도 청량리 가는 전차가 오지 아니하였다.

우선이가 형식의 말을 듣고 놀란 것은 까닭이 있다. 그 까닭은 이러하다. 우선이도 계월향을 처음 보고 그만 정신을 잃은 여러 사람 중에 하나이라. 우선은 백에 하나도 쉽지 아니한 호남자였다. 풍채는 좋겠다, 구변이 있겠다, 나이는 불과 이십오륙 세로되 문여시(文與詩)[167]를 깨끗이 하겠다, 원래 서울에 똑똑한 집 자손으로 부귀한 집 자제들과 친분이 있겠다, 게다가 당시 서슬이 푸른 대신문에 기자였다. 이러므로 그는 계집을 후리는 데는 갖은 능력과 자격이 구비하였었다. 그는 여러 기생을 상종하였고 또 연극장의 차리는 방(樂屋)[168]에 출입하여 삼패[169]며 광대도 희롱하였었다. 이렇게 말하면 신우선이란 사람은 계집의 궁둥이나 따라다니는 망가자[170]와 같이 들리되 그에게는 시인의 아량이 있고 신사의 풍채가 있고 정성이 있고 의리가 있었다. 그의 친구는 그의

방탕함을 책망하면서도 오히려 그의 재주와 쾌활한 기상을 사랑하였다. '신우선은 지나[7] 소설에 뛰어나오는 풍류남자라' 함은 형식의 그를 평한 말이니 과연 그는 소주, 항주 근방의 당나라 시절 호협한 청년의 풍이 있었다.

  신우선이가 계월향에게 마음을 둔 것은 한 달쯤 전이었다. 우선은 자기의 힘을 믿으매 월향도 으레 자기의 손에 들려니 하였다. 월향이가 여러 부호가 자제의 청을 거절하는 것은 일생을 의탁할 만한 영웅재자를 구함이라 하고 자기는 족히 그 후보자가 되리라 하였다. 그래서 우선은 남들이 돈과 육욕으로 월향을 달랠 때에 자기는 인물과 재주와 기상으로 월향을 달래리라 하였다. 물론 우선은 돈으로 경쟁할 만한 힘은 없었다. 그래서 우선은 밤마다 시를 지어 혹은 우편으로 혹은 직접으로 월향에게 주었다. 이러노라면 월향은 자기의 인격과 천재를 알아보고 '이제야 내 배필을 만났구나' 하면서 두 팔을 벌리고 자기에게 안기려니 하였다. 그러하던 즈음에 형식에게서 이러한 말을 들으니 놀라는 것도 마땅하다.

38

  신우선은 전차 오기를 기다리면서 괴로워하는 형식의 얼굴을 보았다. 발전소에서는 쿵쿵쿵쿵 하는 발동기 소리가 나고 누런 복장 입은 차장과 운전수들이 전등빛 아래 왔다 갔다 하였다. 우선은 생각하였다. '월향이 날더러 평양 친구를 묻던 것이 그 때문이로구나' 하였다. 한번 우선이가 월향을 찾아가서 여러 가지 이야기를 하다가 월향이가 농담 모양으로 웃으며

"나리께 평양 친구가 계셔요?"

하고 우선에게 물었다. 우선은 월향이가 평양 사람이니까 평양 친구를 묻는 줄로 생각하고

"이삼 인 되지" 하였다. 월향은

"그래, 그 어른들은 다 무엇을 하시는가요?" 하였다. 이때에 월향은 첫째에 이형식의 거처를 알려 함과 평안도 사람들이 서울에 와서 어떻게 지내는가를 알려 하는 두 가지 목적이 있었다. 월향도 평안도 학생들이 많이 서울에 와 있는 줄은 알건마는 몸이 기생이 되어서는 그 평안도 학생들과 또 평안도 사람 신사들이 어떠한 모양을 하고 있는지 알 길이 없었다. 월향에게도 평안도 신사가 삼사 인 놀러 왔었다. 그네들은 다 번적하는 양복을 입고 일본말로 회화를 하며 동경에 가서 대학교에 다니던 이야기를 하고 매우 젠체하며 신사인 체하였다. 그러나 월향은 사 년 전 부벽루에서 월화가 '저것들은 허수아비에 옷을 입힌 것이라' 하던 말을 생각하고 저들도 역시 '허수아비에 옷을 입힌 것'이라 하였다. 그러고는 월향의 생각에 '저것들이 평안도 사람으로 서울에 와 있는 일류 신사인가' 하고 자기의 고향을 위하여 슬퍼하였었다. 그러하던 차에 우선이가 '평안도 친구가 이삼 인 있지' 하는 말을 듣고 행여나 그 속에 '월화의 이상적 인물'이 됨직한 사람이 있는가 하고 또 그 사람이 자기가 기다리는 이형식이나 아닌가 하였

다. 월향의 눈에도 우선은 조선에 드문 남자이라 하였다. 옛날 시에 있는 듯한 남자이라 하였다. 그리고 그 인물의 호탕함을 더욱 사랑하여 '월화 형님에게 보였으면' 하기도 하였다. 그러므로 우선의 친구라 하면 상당한 사람이려니 하고 '그래, 그 어른들은 다 무엇을 하시는가요?' 하고 물음이라. 우선은

"혹은 교사도 하고 글짓기도 하고 실업도 한다" 하였다. 월향은 더욱 유심하게

"그중에 누가 제일 좋은 사람이야요? 누가 제일 이름이 있어요?" 하였다. 우선은 유심히 월향의 얼굴을 보며 '옳지, 저 계집이 본고향 사람 중에 배필을 구하는구나' 하고 얼마큼 시기하는 생각이 나서

"그중에 이형식이란 사람이 제일 유망하지마는" 하고 이형식의 가치를 낮추기 위하여 '하지마는'에 힘을 주었다. 월향은 가슴이 갑자기 뛰었다. 그러나 그 빛을 감추고 아양을 부리며

"유망하지마는 어때요?" 하였다. 우선은 자기가 친구의 흠담[72]을 한 듯하여 적이 부끄러운 생각이 나면서

"응. 이형식이가 좋은 사람이지—매우 유망하지" 하고는 그래도 행여나 이형식에게 월향을 빼앗길까 두려워 "아직 유치하지—때를 못 벗었어" 하고 자기보다 훨씬 낮은 사람 모양으로 말하였다. 물론 이것이 거짓말은 아니라. 우선은 결코 형식을 자기보다 인격으로나 학식으로나 문필로나 승하다고는 생각하지 아니한다. 그뿐더러 자기와 평등이라고도 생각지 아니한다. 그래서 '형식은 우선 한문이 부족하니까' 하고 형식이가 자기보다 일문

과 영문이 넉넉한 것은 생각지 아니한다. 그리고 자기는 어디까지든지 형식의 선배로 자처하며 형식도 구태여 우선과 평등을 다투려 하지 아니하고 우선이가 선배로 자처하면 형식도 우선을 선배 모양으로 대접하였다. 그리하다가 일전에 우선이가 형식에게 허교하기를 청할 적에도 형식은 윗사람에게서 허락을 받는 모양으로 극히 공순히 하였다. 그러나 우선은 결코 형식을 미워하거나 멸시하지 아니하였다. 우선은 '형식의 유망함'을 진실로 믿었다. 그러므로 월향에게 '유망은 하지마는 아직 때를 못 벗었어' 한 것은 결코 형식을 비방함이 아니요 자기가 형식에게 대한 진정한 비평을 말한 것이라.

'아아, 그때에 내가 월향에게 형식을 소개한 것이 이러한 뜻을 가졌던가' 하고 다시금 전차를 기다리고 섰는 형식을 보았다. 형식은 초민한[173] 듯이 왔다 갔다 하며 동편만 바라보고

"어째, 전차가 아니 오는가."

"밤이 깊었으니까 삼십 분에 한 번씩이나 다니는지" 하고 우선은 형식의 괴로워함을 동정하였다. 형식은 아차라워서[174] 우선의 손을 꼭 쥐며

"참, 오늘 저녁 힘을 써주게" 하였다. 외로운 형식의 지금 경우에는 우선이밖에 믿는 사람이 없었다. 우선이만 자기를 도와주면 영채는 건져낼 수가 있거니 하였다. 우선은 "걱정 말게" 하고 돌아서면서 픽 웃었다. 그 웃음에는 까닭이 있었다.

우선은 경성학교주 김남작의 아들 김현수와 배명식 양인이 월향을 청량리로 데리고 갔단 말을 월향의 집에서 듣고 월향은 오

늘 저녁에는 김현수의 손에 들어가는 줄을 짐작하였다. 그래서 우선은 빨리 종로 경찰서에 가서 이형사에게 귓속하여 후원을 청하고 김현수의 계교를 깨트리려 하였다. 월향을 아주 김현수의 손에서 뽑아내지 못한다 하더라도 그 사실을 신문에 발표하여 실컷 분풀이나 하고 혹 될 수 있으면 김현수에게서 맥주 값이나 빼앗으리라 하였다. 아까 철물교에서 전차를 탄 것은 바로 종로 경찰서로서 나오던 길이었다. 그러한 일이러니 이제 들어본즉 월향은 형식에게 마음을 바친 사람이라 한다. 미상불 시기로운 생각도 없지 아니하나 형식의 뜻을 이뤄줌이 옳은 일이라 하였다.

39

두 사람은 청량사[175]에 다다랐다. 두 사람의 뒤를 따르는 사람은 종로 경찰서의 이형사였다. 우선은 김현수의 가는 집을 잘 알았다. 그 집은 우물 북쪽에 있는 조그마한 암자라 여러 암자 중에 제일 깨끗하고 조용한 암자였다. 우선은 형식에게 손짓을 하여 문밖에 서 있으라 하고 가만히 안에 들어갔다. 형식은 '여기 영채가 있는가' 하고 다리를 떨며 귀를 기울였다. 똑똑지는 아니하나 여자의 괴로워하는 소리가 나는 듯하다. 형식은 손으로 가슴을 만지며 한 걸음 더 들어서서 귀를 기울였다. 과연 여자의 괴로워하는 소리로다. 형식은 정신을 차리지 못하고 뛰어 들어갔다. 방에는 불이 켜 있고 문을 닫쳤는데 머리를 깎은 사람의 그림자가 얼른얼른한다. 형식의 호흡은 차차 빨라진다. 우선이가 창으로 엿보다가 고양이 모양으로 가만가만히 나오면서 형식의 어깨에 손을 짚고 가늘게 일본말로

"모— 따메다(벌써 틀렸다)"[176] 한다. 형식은 그만 눈에 불이 번뜻하면서 '흑' 하고 툇마루에 뛰어오르며 구두 신은 발로 영창을 들입다 찼다. 영창은 와지끈하고 소리를 내며 방 안으로 떨어져 들어간다. 형식은 영창을 떠들고 일어나는 사람을 얼굴도 보지 아니하고 발길로 차 넘겼다. 어떤 사람이 형식의 팔을 잡는다. 형식은 입에 거품을 물고

"이놈, 배명식아!" 하고는 기가 막혀 말이 아니 나온다. 형식은 아니 잡힌 팔로 배학감의 면상을 힘껏 때리고 아까 형식의 발길에 채어 거꾸러진 사람을 힘껏 이삼 차나 발길로 찼다. 그 사람은 저편 문을 열고 뛰어나갔다. 형식은

"이놈, 김현수야!" 하고 소리를 쳤다. 그러고는 넘어져 깨어진 영창을 들었다. 여자는 두 손으로 낯을 가리고 흑흑 느낀다. 손과 발은 동여매였다. 그리고 치마와 바지는 찢겼다. 머리채는 풀려 등에 깔렸고 아랫입술에서는 빨간 피가 흐른다. 방 한편 구석에는 맥주병과 얼음 그릇이 넘너른하고[177] 어떤 것은 깨어졌다. 형식은 얼른 치마로 몸을 가리우고 손발 동여맨 여자를 안아 일으켰다. 여자는 얽어맨 두 손으로 낯을 가린 대로 울기만 한다. 우선도 방 안에 들어왔다. 얽혀 맨 손발을 풀면서 형식더러

"두 사람은 포박되었네" 하고 웃는다. 형식은 이러한 경우에 웃는 우선을 원망스럽게 생각하였다. 그러나 우선은 이러한 사건을

형식이 모양으로 그리 큰 사건이라고는 생각지 아니한다. 우선은 천하만사를 웃고 지내려는 사람이었다. 형식은 얼굴에 꼭 대고 있는 여자의 손목을 풀었다. 그러나 여자는 여전히 손을 낯에서 떼지 아니하고 운다. 형식은 얼마큼 분한 마음이 스러지고 냉정하게 생각할 여유가 생겼다. 형식은 우뚝 서서 옷고름이 온통 풀어지고 옷이 흘러내려 하얀 허리가 한 뼘이나 내놓인 것을 보고 새로운 슬픔이 생긴다. 형식은 '이것이 과연 박영채인가' 하고 '박영채가 아니면 좋겠다' 하였다. 그리고 그 옷을 보고 머리를 보았다. 물론 그 여자는 모시 치마도 입지 아니하고 서양 머리도 쪽 찌지 아니하였다. 형식은 그 치마를 만든 감이 다만 무슨 비단이어니 할 따름이요 무엇인지를 몰랐다. 머리에 핏빛 같은 왜증 댕기[178]를 드리고[179] 손에는 누른[180] 빛 있는 옥지환을 꼈다. 형식은 그 여자의 얼굴을 보고 싶었다. 그러나 차마 그 얼굴을 보고자 아니하였나니 대개 그 얼굴이 '박영채'일까 보아 두려워함이라.

우선은 그가 월향인 줄을 알았다. 그러나 월향이가 그 친구 되는 이형식의 은인의 따님이요 또 이형식을 위하여 정절을 지킨다는 말을 듣고는 월향더러 '애, 월향아' 하고 부르기도 미안하고 또 월향의 곁에 가까이 가기도 미안하였다. 그래서 한 걸음쯤 형식의 뒤에 서서 형식의 하는 양만 보고 섰다. 그러나 그 여자는 낯에 손을 대고 울 뿐이라 형식도 무어라고 부를 줄을 몰라 한참이나 우두커니 섰다가 그 여자더러

"여보시오! 그 짐승놈들은 포박되었으니 안심하시오" 하였다. '안심하시오' 하는 형식도 그 안심하라는 것이 무슨 뜻인지를

몰랐다. 그 짐승놈들이 포박되고 아니 되기에 무슨 안심하고 안심 아니 함이 있으리오. 아까 우선이가 형식에게 한 말과 같이 '모— 따메다'가 아니뇨. 우선은 참다못하여

"여보시오! 박영채씨!" 하였다. 우선은 그 여자가 월향인 줄을 알며 또 월향은 즉 박영채인 줄을 알았다. 그러므로 한 달 동안이나 '애, 월향아!' 하던 것을 고쳐 '여보시오, 박영채씨' 한 것이라. 갑자기 '씨'를 달고 '애'를 변하여 '여보시오' 하기가 보통 사람에게는 좀 어려운 일이언마는 우선에게는 그처럼 어려운 일이 아니라. 우선은 다시

"여보시오! 박영채씨! 여기 이형식씨가 오셨습니다" 하였다. 이 말을 듣고 여자는 몸을 흠칫하며 두 손을 갑자기 떼더니 정신없는 듯한 눈으로 형식을 본다. 형식도 그 얼굴을 보았다. 그는 월향이었다! 박영채였다! 영채도 형식을 보았다. 그는 형식이었다! 이형식이었다! 형식과 영채는 한참이나 나무로 새긴 사람 모양으로 마주 보았다. 우선은 말없이 마주 보는 두 사람을 번갈아 보았다. 이렇게 세 사람은 한참이나 마주 보았다. 이윽고 우선의 눈에는 눈물이 핑 돌았다. 다음에 형식과 영채의 눈에도 눈물이 돌았다. 영채는 피 흐르는 입술을 한 번 더 꼭 물었다. 옥으로 깎은 듯한 영채의 앞이빨이 발갛게 물이 든다. 형식은 두 팔로 가슴을 안으며 고개를 돌린다. 우선은 형식과 함께 고개를 돌렸다. 형식은 소리를 내어 운다. 영채는 다시 앞으로 쓰러지며 운다. 우선도 입술을 물고 옷소매로 눈물을 씻었다. 종소리가 서너 번 뚱……뚱 울어온다.

40

 이형사는 김현수, 배명식 양인에게 박승[181]을 지워 마당으로 끌고 들어왔다. 형식은 당장 마주 나가서 그 두 사람의 살을 뜯어먹고 뼈를 갈아 마시고 싶었다. 두 사람은 그래도 부끄러운 듯이 고개를 숙였다. 그러나 그네는 결코 후회하는 것은 아니었다. 그네의 생각에 기생 같은 계집은 시키는 말을 아니 들으면 강간을 하여도 관계치 아니타 한다. 그네는 여염집 부인이 남의 남자와 밀통함이 죄인 줄을 알건마는 기생 같은 것은 으레 아무나 희롱하는 것이 마땅하다 한다. 여염집 부녀에게는 정절이 있으되 기생에게는 정절이 없는 것이라 한다. 과연 그네의 생각하는 바는 옳다. 법률상 기생은 소리와 춤으로 객을 대하는 것이라 하건마는 기실은 어느 기생치고 밤마다 소위 '손을 보'지 아니하는 자가 없다. 그러므로 김현수나 배명식의 생각에 기생이라는 계집사람은 모든 도덕과 모든 인륜을 벗어난 일종 특별한 동물이라 하였다. 그러므로 그가 오늘 저녁에 한 일이 결코 도덕이나 양심에 거스르는 행원 줄로는 생각지 아니한다. 다만 귀찮은 법률이라는 것이 있어 '부녀의 의사를 거스르고 육교[182]를 한' 것을 강간죄라 할 것이 두려울 뿐이었다. 그러므로 그네가 만일 이 자리를 벗어나기만 하면 내일 아침부터는 자기네는 아무 죄도 없는 사람인 줄로 알 것이라. 다만 배명식은 소위 교육자라는 명목을 띠고서 이러한 허물로 박승을 지게 되면 경성학교의 학감의 지위가 위태

할 것을 근심하였을 뿐이라.

　형식은 분한 마음으로 고개를 숙인 두 사람을 보았다. 김현수로 말하면 마땅히 그러할 사람이라 하더라도 소위 교육자라 일컫는 배명식이가 이런 대죄악을 범하였음을 보고 더욱 분하여하였다. 형식은 배의 곁에 서며 조롱하는 목소리로

　"여보, 배형. 이게 무슨 짓이오? 교육가로 강간이란 말이 웬 말이오?" 하였다. 배명식은 할 말이 없었다. 그러나 '이형식이가 왜 이 일에 참견하는가' 하고 그것을 이상히 여겼다. 그리고 이형식은 상관없는 일에 참견하는 놈이라 하고 괘씸하게도 여겼다. 자기가 강간죄를 범하였으니 형사의 포박을 당하는 것은 마땅하거니와 상관없는 이형식에게 책망을 받을 이유야 무엇이랴 하였다. 그리고 이렇게 생각하였다——아마 이형식도 표면으로는 품행이 단정한 체하면서도 속으로 기생집에를 다녀 월향과 친하였다가 자기가 월향을 손에 넣으려는 것을 시기하여 형사를 데리고 온 것이라 하였다. 그렇지 아니하면 이형식이가 상관도 없는 일에 형사를 데리고 오며 저렇게 성날 까닭이 없으리라 하였다. 배명식은 직접으로 자기의 이해에 상관되는 일이 아니고는 슬퍼할 줄도 모르고 괴로워할 줄도 모르는 사람이라. 자기의 자식이 칼로 손가락을 조금 벤 것을 보면 명식은 슬퍼할 줄을 알지마는 남의 집의 아들이 죽는 것을 보더라도 '참 슬픕니다' 하고 입으로는 남보다 더 간절한 듯이 말하는 대신에 마음으로 슬퍼할 줄을 모르는 사람이로다. 만일 영채가 자기의 누이동생이거나 딸이었던들 남이 영채를 강간하는 것을 보면 반드시 형식보다 더욱 분을 내

어 칼을 들고 덤비려니와 영채가 누이도 아니요 딸도 아니므로 그가 강간을 받아도 관계치 않고 죽더라도 관계치 않다 한다.

형식은 김현수를 대하여

"여보. 당신은 귀족이오! 귀족이란 악한 일을 하는 사람이라는 칭호는 아니지요. 당신도 사오 년간 동경에 유학을 하였소. 당신이 어느 회석에 말한 것을 기억하시오, 당신은 일생을 교육사업에 바친다고 한 말을" 하고 형식은 발을 굴렀다. 현수는 시골 상놈한테 큰 수모를 당한다 하였다. 암만하여도 나는 남작이요 수십만 원 부자요 너는 가난한 일 서생이로구나, 지금은 네가 나를 이렇게 모욕하되 장차 네가 내 발 앞에 꿇어 엎델 날이 있으리라 하였다. 나는 이렇게 형사에게 포박을 당하더라도 내일 아침이면 놓여나올 수도 있건마는 너는 한번 옥에 들어가기가 바쁘게 일생을 그 속에서 썩으리라 하였다. 네가 아무리 행실이 단정하다 하더라도 일생에는 무슨 허물도 있으리니 그때에는 내가 오늘 받은 수모를 네게 갚으리라 하였다. 그리고 아까 영채를 안던 쾌미를 생각하매 중도에 방해를 더한 형식의 행위가 괘씸하다 하였다. 그러나 이 자리에서는 말할 바가 아니니 외딴 청량리 솔수풀 속에서는 남작의 권위와 황금의 힘도 부릴 수가 없음이라.

우선은 형식이가 두 사람을 크게 책망할 줄 알았더니 교실에서 학생들에게 행실 잘하기를 가르치는 모양으로 말함을 보고 형식은 아직도 세상을 모르는 도련님이라 하였다. 만일 내가 형식이가 되었으면 이러한 때를 당하여 실컷 꾸지람이나 톡톡히 하여 분풀이를 하련마는 하였다. 그러나 형식으로는 이보다 이상 더

심한 책망을 할 줄을 몰랐다. 그래서 형식이가 마침내 다시 한 번 발을 구르며

"여보! 사람들이 되시오!" 하였다. 형식은 생각에 아마 이만하면 저 두 사람들이 양심에 부끄러움이 생겨 '다시는 이러한 일을 아니 하리라' 하고 아프게 후회할 줄을 믿었다. 두 사람이 고개를 숙이고 앉았는 것은 아마 자기의 말에 부끄러움과 후회가 생겨 그러하는 것이어니 하였다. 그러나 두 사람은 기실 부끄럽기는 하였으나 후회하지는 아니하였다.

우선은 참다못하여

"여보게, 자네는 영채씨 모시고 들어가게. 이 일은 내가 맡음세" 하였다.

41

열한 시가 넘어서 영채는 집에 돌아왔다. 형식은 영채의 집 문밖까지 왔다가 자기 숙소로 돌아갔다. 청량리로서 다방골까지 오는 동안에 두 사람은 아무 말도 없었고 서로 얼굴도 보지 아니하였다. 차마 말을 할 수도 없고 서로 얼굴도 볼 수가 없었음이라. 두 사람은 기쁜 줄도 슬픈 줄도 모르고 장차 어떻게 될 것인가도 생각지도 아니하였다. 두 사람은 생각이 많기는 많으면서도 또한 아무 생각이 없음과 같았다. 줄여 말하면 두 사람은 아무 정신도 없이 집에 돌아온 것이라.

영채는 비틀거리는 걸음으로 제 방에 들어갔다. 방 안에 들어서 자마자 소리를 내어 울고 쓰러졌다. 노파는 저편 방에서 잠이 들었다가 울음소리를 듣고 치마도 아니 입고 뛰어나와 영채의 방문 밖에 와서 영채의 울어 쓰러진 양을 보고

 "왜 늦었느냐, 왜 우느냐" 하면서 영채의 찢어진 옷을 보았다. 그리고 고개를 끄덕끄덕하며 빙끗 웃었다. '영채가 오늘은 서방을 맞았구나' 하였다. 자기도 열오륙 세 적에는 영채와 같이 누구를 위하는지 모르게 정절을 지키던 것을 생각하였다. 그러다가 민감사의 아들에게 억지로 정절을 깨트림이 되던 일을 생각하였다. 자기도 그때에 대드는 민감사의 아들을 팔로 떠밀다가 '이년! 괘씸한 년!' 하는 책망을 듣고 울던 일을 생각하였다. 그러나 그로부터는 자기는 기쁘게 남자를 보게 된 것을 생각하였다. 또 같은 남자와 오래 있기보다는 가끔 새로운 남자를 대하는 것이 더 즐겁던 것도 생각하였다. '나는 열아홉 살 적에 적어도 백 명은 남자를 대하였는데' 하고 영채가 오늘이야 비로소 남자를 대하게 된 것을 불쌍하게 여겼다. 그리고 영채가 지금까지 남자를 대하지 아니하므로 얼마큼 교만한 마음이 있어 항상 자기를 멸시하는 빛이 있더니 이제는 영채도 자기에게 대하여 큰소리를 못하리라 하고 또 한 번 빙긋이 웃었다.

 '치마를 왜 찢겨? 치마를 찢기도록 반항할 것이 무엇이어?' 하고 노파는 흐득흐득 느끼는 영채의 등을 보며 생각한다. 못생긴 김현수가 영채에게 떠밀치우던 양과 더 못생긴 배명식이가 떠밀치고 악을 부리는 영채의 팔을 잡아주던 양과 영채가 이를 빠드

득하고 갈던 양을 생각하고 노파는 또 한 번 웃었다. '못생긴 년! 저마다 당하는 일인데' 하고 노파는 영채가 아직 철이 나지 못하여 그러함을 속으로 비웃었다. '남작의 아들!' '그 좋은 자리에!' 하고 영채가 아직 철이 아니 나서 '좋은 자리'를 몰라보는 것이 가엾기도 하고 가증하기도 하다 하였다. '내가 젊었더면' 하고 시기롭기도 하였다. '지금이야 누가 나를 돌아봐야지!' 하고 늙은 것이 분하기도 하였다. '나는 저 못생긴 '영감쟁이'도 좋다고 하는데 젊은 사람——게다가 남작의 아들을 마다고' 하는 영채가 밉기도 하였다. 그러고 지나간 사오 년 동안 영채가 밤에 '손님을 치렀더면 일 년에 백 명씩을 치르더라도 한 번에 오 원 치고 오백 명에 이천오백 원은 더 벌었을 것을 내가 약하여 저년의 미련한 고집을 들어주었구나' 하고 영채를 발길로 차고도 싶었다. 그동안 영채를 공연히 먹여주고 입혀준 것이 한이라고도 하였다. '그러나 이제는 손을 치르기 시작하였는데' 하고 여간 '천 원' 돈에 영채를 김현수에게 파는 것이 아깝다, 이대로 한 이삼 년 더 두고 이전에 밑진 것을 봉창하리라 하였다. '옳지, 그것이 상책이다' 하고 또 한 번 웃었다. 만일 김현수의 첩으로 팔더라도 이번에는 '이천 원'을 청구하리라, 김현수가 이제는 이천 원이 아니라 이만 원이라도 아끼지 아니하리라 하였다. 옳다, 그것이 좋다, 영채를 오래 두면 혹 병이 들는지도 모르니 약값을 없이하고 혹 송장을 치르는 것보다 한꺼번에 이천 원을 받고 팔아버리는 것이 좋다 하였다. 내일 아침에는 식전에 김현수가 오렷다. 오거든 그렇게 계약을 하리라 하고 또 한 번 웃었다.

노파는 영채가 점점 더욱 느끼는 양을 보았다. 그러고는 양미간을 찌푸렸다. 그리고 무서운 마음이 생겼다. 한번 평양에 있을 때에 김윤수의 아들이 억지로 영채의 몸을 범하려다가 영채가 품에서 칼을 내어 제 목을 찌르려던 것을 생각하였다. 그 후부터 김윤수의 아들이 '독한 계집년!' 하고 다시 오지 아니하던 것을 생각하였다. 그리고 노파는 얼른 영채의 방 안을 둘러보고 또 영채의 손을 보았다. 혹 칼이나 없는가 하고. 그리고 노파의 머리에는 '칼' '아편' '우물' '한강'이란 생각이 획획획 돌아간다. 노파는 소름이 쭉 끼쳤다. 그리고 영채를 보았다. 영채는 두 손으로 제 머리채를 감아쥐었다. 영채의 등은 들먹들먹한다. 노파는 눈이 둥그레졌다. 영채가 벌떡 일어나 시퍼런 칼을 뽑아 들고 자기에게 달려들어 '이년아! 이 도둑년아!' 하고 자기의 가슴을 푹 찌르고 칼을 둘러 자기의 갈빗대가 부걱부걱하고 소리를 내는 듯하다. 또 영채가 그 칼을 뽑아 자기의 목을 찌르니 선지피가 콸콸 솟아 자기의 얼굴과 팔에 뿌려지는 듯하다. 노파는 또 한 번 흠칫하면서 길게 한숨을 쉬었다.

　노파는 가만히 영채의 문 안에 들어섰다. 영채는 그런 줄도 모르고 혼잣말로 "월화 형님! 월화 형님!" 하며 빠드득 이를 간다. 노파는 흠칫하고 도로 문밖에 나섰다. '영채를 달래자' 하였다. 그리고 '영채가 불쌍하구나' 하였다. '영채를 꼭 안아주자' 하였다. '칠 년 동안이나 길러온 내 딸이로구나!' 하였다. 그리고 빙그레 웃으며

　"월향아! 얘, 월향아!" 하면서 문 안에 들어갔다.

42

"애, 월향아!" 하고 불러도 대답이 없음을 보고 노파는 영채의 곁에 웅크리고 앉아서 영채의 등을 흔들며

"애, 월향아! 왜 우느냐" 하였다. 영채는 고개를 들어 노파를 보았다. 그 치마도 아니 입은 두 다리와 뚱뚱한 몸뚱이가 구역이 날 듯이 더럽게 보인다. 더구나 그 음흉하고도 간사하여 보이는 눈이 더욱 불쾌하다. 저 노파는 내 피를 빨아먹고 저렇게 뚱뚱하여졌구나. 내가 칠 년간 갖은 고락을 다 겪은 것도 저 노파 때문이요 내가 십구 년 동안 지켜오던 정절을 이렇게 더럽히게 됨도 저 노파 때문이로구나. 이년의 할멈쟁이를 아싹아싹 깨물고 씹어주고 싶구나 하였다. 오늘 나를 청량리에 보낸 것도 저 노파의 꾀로구나. 저 노파가 내가 이렇게 될 줄을 알면서 나를 청량리에 보내었구나 하고 원망스럽게 노파를 보았다. 노파는 피가 선 영채의 눈을 보고 무서운 마음이 생기는 것을 억지로 참고 더욱 다정한 소리로

"웬일이냐, 네 입에 피가 묻었구나. 입술이 터졌느냐."

영채는 이것이 다 너 때문이로다 하면서

"내가 깨물었소! 뜯어 먹을 양으로 깨물었소. 남들이 내 살을 다 뜯어 먹는데 나도 내 살을 뜯어 먹을 양으로 깨물었소!" 이 말을 할 때에 영채는 노파의 두텁게 생긴 입술을 깨물어 뜯고 싶었다. 노파는 곁에 있는 수건을 집어 들고 영채의 목에 팔을 걸며

"아프겠구나, 자 피를 씻자" 한다. 노파의 마음에는 진정으로 영채가 불쌍하다는 생각이 난다. 영채는 노파의 눈에 눈물이 그렁그렁한 것을 보고 '그래도 사람의 마음이 조금은 남았구나' 하면서 노파가 수건으로 자기의 입에 피를 씻는 것을 거절하지도 아니하였다. 그리고 저 노파의 눈에도 눈물이 있는 것을 이상히 여겼다. 영채가 칠 년 동안이나 노파와 함께 있으되 아직 한 번도 눈물을 흘리는 것을 보지 못하였다. 한번 노파의 어금니에 고름이 들어서 사흘 동안이나 눈물을 흘려본 일이 있으나 그밖에 누구를 불쌍히 여긴다든가 또는 제 신세를 위하여서 흘리는 눈물을 보지 못하였다. 영채는 노파의 눈물을 보고 저 눈물 맛은 쓰고 차리라 하였다. 영채는 물어뜯긴 입술이 아픈 줄도 모른다. 노파는 입술이 아플까 보아서 부드러운 명주 수건으로 가만가만히 피를 씻는다. 씻으면 또 나오고 씻으면 또 나오고 깊이 박힌 두 앞이빨 자국으로 새빨간 핏방울이 연하여 솟아 나온다. 명주 수건은 그만 피로 울긋불긋하게 되고 말았다. 노파는 '휘' 하고 한숨을 쉬며 그 피 묻은 수건을 불에 비추어 본다. 영채도 그 수건을 보았다. '저것이 내 피로구나, 저것이 내 부모께 받은 피로구나' 하였다. 그리고 치마 앞자락이 찢어진 것을 생각하고 아까 청량리 일을 생각하고

'우후! 이 피가 이제는 더러운 피가 되었구나' 하고 노파에게서 피 묻은 수건을 빼앗아 입으로 빡빡 찢으며, 또

'이 피가 더러운 피로구나, 더러운 피로구나!' 하고 몸을 우들우들 떤다. 영채의 눈앞에는 아까 청량리에서 만나던 광경이 더

욱 분명하게 보인다. 김현수의 그 짐승 같은 눈, 그 곁에 서서 땀내 나는 손수건으로 영채의 입을 틀어막던 배명식의 모양, 배명식이가 영채의 두 팔을 꽉 붙들 때에 미친 듯한 김현수가 두 손으로 자기의 두 귀를 꼭 붙들고 술냄새와 구린내 나는 입을 자기의 입에 대던 모양, '이 계집을 동여맵시다' 하고 김현수가 자기의 두 발을 붙들고 배명식이가 눈을 찡긋찡긋하며 자기의 두 팔목을 대님짝으로 동여매던 모양, 그러한 뒤에 '이년, 이 발길[183] 년! 이제도' 하고 김현수가 껄껄 웃던 모양이 더욱 분명하게 보인다. 영채는 두 주먹으로 가슴을 두드리고 발버둥을 치며

"칼을 주시오! 칼을 주시오! 이 입술을 베어내버리렵니다, 칼, 칼을 주시오!" 하고 운다.

노파는 영채를 껴안으며

"애, 애, 월향아! 정신을 차려라, 정신을 차려!" 하고 노파의 눈에 아까 고였던 눈물이 영채의 머리 위에 떨어진다.

"애, 월향아! 참으려무나, 참어."

영채의 몸은 추워하는 사람 모양으로 떨린다. 영채는 또 아랫입술을 꼭 물었다. 따끈따끈한 핏방울이 영채의 가슴에 있는 노파의 손등에 떨어진다. 노파는 얼른 영채의 어깨 위로 영채의 얼굴을 보았다. 영채의 입술에서는 샘물 모양으로 피가 솟는다. 앞이빨에 발갛게 핏물이 들고 이빨 사이로 피거품이 나와서는 뚝뚝뚝 떨어진다. 흐트러진 머리카락이 눈과 뺨을 가리어 그 그림자에 영채의 얼굴은 마치 죽은 사람과 같다. 노파는 영채의 가슴을 안았던 팔을 풀어 영채의 목을 안고 영채의 뺨에 자기의 뺨을 비볐

다. 영채의 뺨은 불덩어리와 같이 덥다. 노파는 흑흑 느끼며

"월향아, 내가 잘못하였다, 내가 잘못하였다. 월향아, 참아라, 내가 죽일 년이로다" 하고 엉엉 소리를 내어 울었다. 노파는 '월향이가 이처럼 마음이 굳은 계집아인 줄은 몰랐구나' 하였다. 내가 잘못하여 불쌍한 월향의 피를 흘리는구나 하였다. '아아, 어여쁜 월향이! 내 딸 월향이!' 하고 노파는 마음속으로 합장 재배하였다. 노파는 더욱 울음소리를 내며 영채의 뺨에다 제 뺨을 비비고 영채의 향내 나는 머리카락을 입으로 씹었다. 영채의 찢기고 구겨진 치마 앞자락에는 새빨간 피가 뚝뚝 떨어졌다. 영채가 이빨로 물어뜯은 피 묻은 명주 수건 조각이 영채의 발 앞에 넘너른하여 전등빛에 반작반작한다. 아롱아롱한 자루에 넣어 비스듬히 벽에 세운 가얏고가 웬일인지 두어 번 스르릉 운다. 저편 방에서 노파를 기다리던 영감쟁이가 허리띠도 아니 매고 영채의 문 밖에 와서

"흥, 울기들은 왜?" 한다.

43

형식은 집에 돌아왔다. 노파는 형식이가 전에 없이 늦게 돌아온 것을 보고 제 방에 누운 대로 "왜 늦으셨어요?" 한다. 그러나 형식은 대답도 아니 하고 자기의 방에 들어가 불을 켜고 모자도 쓴 대로 두루마기도 입은 대로 책상 앞에 앉았다. 노파는 대문을 잠

그고 가만가만히 형식의 방문 앞에 와서 형식의 얼굴을 보았다. 형식은 눈을 감고 앉았다. 노파는 요새에 형식에게 무슨 걱정이 있는고 하였다. 형식은 이 집에 삼 년이나 있었다. 그러므로 노파는 형식을 친자식과 같이 동생과 같이 여겼다. 이제는 형식은 자기 집에 유하는 객이 아니요 자기의 가족과 같이 여겼다. 그러므로 부엌에서 형식의 밥상을 차릴 때에도 이것은 내 집에 와서 돈을 주고 밥을 사 먹는 손님의 밥이라 하지 아니하고 수십 년 전에 자기 남편의 밥상을 차리던 생각과 정성으로 하였다. 노파는 친구도 없고 친척도 없다. 노파의 이 세상에서 유일한 친구는 형식이뿐이었다. 형식도 노파를 잘 사랑하고 공경하였다. 형식은 노파에게 극히 경대하는 언어와 행동을 하고 그러면서도 어머니 모양으로 친하게 정답게 하였다. 형식은 노파가 무슨 걱정을 하는 양을 볼 때에는 담배를 들고 노파의 방에 가거나 노파를 자기의 방에 청하여다가 여러 가지 재미있는 이야기로 노파를 위로하였다. 그러면 노파는 반드시 '그렇지요, 세상이란 그렇지요' 하고 걱정이 다 스러져 웃고는 형식에게 과실도 사다 주고 떡도 사다 주었다. 노파도 형식의 말을 들으면 무슨 근심이나 다 스러지거니와 형식도 노파를 위로하고 나면 이상하게 마음에 기쁨을 깨달았다. 혹 형식이가 일부러 불쾌한 일이 있는 체, 성나는 일이 있는 체하면 노파는 담배를 들고 형식의 방에 와서 열심으로 형식을 위로하였다. 노파가 형식을 위로하는 말은 대개는 형식이가 노파를 위로하던 말과 같았다. 대개 노파는 이 세상에 친구도 없고 글도 볼 줄 모르는 사람이라. 지식을 얻을 데는 형식밖에 없었다. 그러므로 노파가 지금 가지고 있는 지식은 대개 형식의 위로하는 말에서 얻은 것이라. 형식의 말은 노파에게 대하여는 철학(哲學)이요 종교(宗敎)였다. 그러나 노파는 이것을 형식에게서 얻은 줄로 생각지 아니하고 이것은 제 속에서 나오는 지식이거니 한다. 이는 결코 남의 은혜를 잊어서 그러는 것이 아니라 형식에게서 얻은 줄을 모르는 까닭이라. 그러므로 노파가 형식을 위로하려 할 때에는 첫마디만 들으면 형식은 노파의 하려는 말을 대강은 짐작하고 혼자 빙긋이 웃었다. 그러나 열 번에 한 번이나 혹은 스무 번에 한 번씩 노파의 특유한 사상도 있었다. 노파는 극히 둔하나마 추리력(推理力)이 있었다. 형식에게서 들은 재료로 곧잘 새로운 명제(命題)를 궁리하여 내는 수도 있었다.

노파의 하는 말은 자기에게 들은 것인 줄은 알면서도 같은 말이라도 노파의 입으로서 나오면 새로운 맛이 있었다. 다 같이 '세상이란 다 그렇고 그렇지요' 하는 말이라도 형식의 입에서 나올 때와 노파의 입에서 나올 때와는 뜻과 맛이 달라진다. 이러므로 형식은 노파에게서 제가 하던 말을 도로 들으면서도 큰 위로를 받았다. 그러나 노파가 자기가 특별히 발명한 진리인 듯이 형식의 하던 말을 낭독할 때에는 형식은 웃음을 금하지 못하였다. 아무러나 노파도 형식을 좋아하고 형식도 노파를 좋아하였다. 그러나 형식도 노파를 불쌍히 여기고 노파도 형식을 불쌍히 여겼다. 노파는 젊었을 때에 어떤 양반의 집 종이었었다. 그러다가 그 양반의 집 대감의 씨를 배에 받아 한참은 서슬이 푸르렀었다. 그 대감의 사랑은 극진하여 동무들도 자기를 우러러보고 자기도 동무들에게 자랑하였었다. 그러나 노파는 그 늙은 대감에게 만족지 못하여 몰래 그 대감 집에 다니는 어떤 젊고 어여쁜 문객과 밀통하다가 마침내 대감에게 발각되어 그 문객은 간 곳을 모르게 되고 자기는 인두로 하문을 지짐이 되어 그만 사 오 삭의 영화가 일조에 한바탕 꿈이 되고 말았다. 그러므로 노파는 벼슬하는 양반의 세력 좋음을 잘 보았다. 그의 생각에 세상에 벼슬을 못하는 남자는 불쌍한 사람이라 한다. 그래서 노파는 삼 년 전부터 형식에게 벼슬하기를 권하였다. 그러나 형식은 웃으며 '나와 같은 사람에게 누가 벼슬을 주나요?' 하였다. 노파는 형식의 재주 있음을 알고 사람이 좋음을 안다. 그러므로 형식은 마땅히 벼슬을 하여야 할 사람이라고 생각한다. 노파는 형식을 찾아오는 금줄 두르고 칼 찬 사람들을 볼 때마다 '왜 우리 형식씨는 벼슬을 아니 하는고' 하고 혼자 형식을 위하여 괴로워한다. 그래서 그 금줄 두르고 칼 찬 손님이 돌아가면 으레 '왜 나리께서는 벼슬을 아니 하셔요?' 한다. 그때마다 형식은 '내게야 누가 벼슬을 주나요?' 하고 웃는다. 그러나 아무리 말을 하여도 형식이가 듣지 아니함을 보고 노파는 일 년 전부터는 그러한 말을 하지 아니하였다. 다만 형식에게 벼슬하는 친구들이 찾아오는 양과 여러 사람들이 '이선생'이라고 부르는 양을 보고 '대체 형식도 벼슬은 아니 할망정 저 사람들만은 하거니' 하고 혼자 위로한다. 그래서 근래에는 형식을 부를 때에 '나리'라 하지 아니하고 '선생'이라고 부르게 되었다. 그러나 '벼슬을 하였으면' 하는 생각은 아직도 가슴속에 깊이 박혔다.

노파는 한참이나 문밖에 서서 형식의 하는 양을 보고 무슨 말을 하려다가 '아마 무슨 생각을 하는 게지' 하고 가만가만히 제 방으로 들어간다. 그러나 자리에 누워서도 잠이 못 들고 가끔가끔 담배를 피워 물고는 머리를 내밀어 형식의 방을 건너다보았다. 그러나 노파가 한잠을 자고 나서 건너다볼 적에도 형식의 방에는 아직 불이 아니 꺼졌더라.

44

형식은 노파가 문밖에 와 섰던 줄도 모르고 영채를 생각하였다. 청량사에서 보던 광경을 생각하였다. 김현수가 영창을 떠들고 일어나던 양과 영채의 입술에 피가 흐르던 것과 영채의 옷이 흘러내려 하얀 허리가 한 뼘이나 드러났던 것을 생각하였다. 그리고 우선이가 '모── 따메다' 하던 것을 생각하였다. 영채는 과연 김현수에게 몸을 더럽힘이 되었는가 하고 생각하였다. 우선이가 창으로 엿보고 '모── 따메다' 하던 것이 무슨 뜻인가 하였다. 그것이 '벌써 영채의 몸은 더러워졌다' 하는 뜻일까, 또는 우선이가 다만 '더러워질 뻔하'던 것을 보고 그러하였음이 아닐까. 형식은 자기가 발길로 영창을 차기 전에 한번 창으로 엿보더면 좋을 것을 하였다. 암만하여도 우선의 '모── 따메다' 하던 뜻을 '영채의 몸은 벌써 더러워졌다' 하는 뜻으로 해석하기는 싫다. 마침 '더러워지'려 할 때에 하늘의 도움으로 나와 우선이가 영채를 구원한 것이 아닐까. 그렇다, 그렇다! 하고 형식은 안심하는 듯이 한숨을 쉬었다.

그러나 그 손발을 동여맨 것이 무슨 뜻일까, 그 치마와 바지가 찢어지고 다리가 드러났음이 무슨 뜻일까. 또 영채가 두 손으로 낯을 가리고 입술을 물어뜯은 것이 무슨 뜻일까. 그리고 나에게 대하여 아무러한 말도 아니 한 것이 무슨 뜻일까. 아아, '모— 따메다' 하던 우선의 말이 참말이 아닐까. 옳다! 옳다! 영채의 몸은 더러워졌구나. 영채의 몸은 김현수에게 더러워졌구나 하였다. 그리고 형식은 두 주먹을 불끈 쥐어서 공중에 두어 번 내둘렀다. 그리고 궐련 한 대를 붙여서 흡연도 아니 하고 푹푹 빨았다. 그 담배 연기가 눅눅하고 바람 없는 공기 중에 퍼질 줄을 모르고 형식의 후끈후끈하는 머리 가로 물결을 지으며 돌아간다. 형식은 반도 다 타지 못한 궐련을 마당에 홱 집어 내던지고 두 손으로 머리 가로 뭉게뭉게 돌아가는 담배 연기를 홰홰 젓는다. 담배 연기는 혹은 빠르게 혹은 더디게 길을 잃은 듯이 사방으로 흩어진다. 천장에서 자던 파리가 놀라 잉잉하더니 도로 소리가 없어진다. 형식은 또 고개를 숙이고 그린 듯이 앉았다.

대체 영채는 지금까지 처녀였을까 하였다. 칠팔 년을 기생으로 지내면서 처녀로 있을 수가 있을까 하였다. 또 매음하지 아니하고 기생 노릇을 할 수가 있을까 하였다. 한두 번은 모르되 열 번 스무 번 남자가 육욕과 돈으로 후릴 때에 영채라는 계집아이가 족히 정절을 지켰을까 하였다. 설혹 혈통이 좋고 어려서 『내칙』과 『열녀전』을 배웠다 하더라도 그것을 가지고 능히 칠팔 년간 수십 번 수백 번의 힘센 유혹을 이길 수가 있을까 하였다. 형식은 자기가 지금까지 읽어오던 소설의 계집 주인공과 신문이나 말로 들어온 계집의 일을 생각하여보았다. 옛날 지나의 소설이나 우리나라 이야기책을 보건댄 과연 송죽 같은 절개를 지켜온 여자도 있었다. 그러나 그것은 소설 중에 있는 일이다. 현금에 그러한 일이 있을 수가 있을까 하였다. 옛날 소설에는 몸이 기생이 되어서도 팔에 앵혈이 지지 아니하였다는 여자가 있었다.[184] 그러나 현금에 그러한 사람이 있을 수가 있을까. 십팔구 세나 된 여자가 매양 청구하여오는 남자를 거절할 수가 있을까. 설혹 영채가 정절이 세상에 뛰어나 능히 모든 유혹을 다 이긴다 하더라도 그동안에 김현수와 같은 사람이 없었을까. 김현수와 같은 사람은 서울에만 있을 것이 아니요 또 서울에도 한 사람만 있을 것이 아니라. 그동안 청량사에서 당하던 일과 같은 일을 여러 번 당하지 아니하였을까. 그렇다! 영채는 도저히 처녀 될 리가 만무하다 하고 형식은 벌떡 일어나 방 안으로 왔다 갔다 하였다.

　형식은 다시 앉아서 담배를 피워 물었다. 그리고 자기의 과거를 생각하였다. 형식은 과연 오늘날까지 일찍 계집을 본 적이 없었다. 이십사 세가 되도록 계집을 본 적이 없다 하면 극히 정결한[185] 청년이라 할지라. 그러나 형식은 진실로 뜻이 굳고 마음이 깨끗하여 이러한 정결을 지켜온 것일까. 이렇게 생각하고 형식은 고개를 흔들었다. 일찍 동경에 있을 때에 어떤 여자가 주인 노파를 통하여 형식에게 사랑을 구한 적이 있었다. 그때에 형식은 주저함도 없이 그 청구를 거절하였다. 그 후에도 두어 번 청구가 있었으나 여전히 거절하였다. 그러나 형식의 마음이 과연 이처럼 깨끗하였던가. 형식의 양심의 힘이 과연 이렇게 굳세었던가. '그게 말이 되오? 못하지요!' 하고 굳세게 거절한 뒤에 형식의 마음은 도리어 이 거절한 것을 후회하였다. '내가 못생겼다, 왜 거절을 하여!' 하고 다시 청구를 하거든 슬그머니 못 견디는 체하리라 하였다. 실로 이 청구를 거절한 것은 형식의 마음이 아니요 형식의 입이었다. 형식은 '어떠시오?' 하고 빙그레 웃는 그 주인 노파의 말에 '좋소' 하기가 부끄러워서 '아니요!' 한 것이지 그 주인 노파가 만일 형식의 '아니요!'를 '좋소'로 들어주어 어느 날 저녁에 그 여자를 데려다가 형식의 방에 넣어주었더면 형식은 그 노파를 '괘씸하다' 하고 원망하였을까. 형식은 고개를 흔들었다. 그 후에 하루 저녁은 그 여자가 주인 노파의 방에 와 잤다. 그날 형식이가 자리를 펼 때에도 노파가 슬그머니 눈짓을 하였다. 그러나 형식은 소리를 가다듬어 '아니요!' 하였다. 그러고는 그 노파가 이 '아니요!'를 반대로 들어주기 위하여 유심하게 웃었다. 노파도 웃었다. 그러고는 자리에 누워서 이제나저제나 하고 그 여자가 올라오기를 기다렸다. 혹 일도 없이 뒷간에 오르내리면서 헛기침도 하였다. 그 이튿날 아침에 형식은 주인 노파가 너무 정직한 것을 한하였다. 이렇게 생각하고 형식은 고개를 흔들며 한 번 더 '처녀 될 리가 만무하다' 하였다.

45

 형식은 노파가 건넌방에서 담뱃대 떠는 소리를 들었다. 그리고 또 궐련을 피우면서 생각하였다. 그러면 어떡할까. 영채를 어떻게 할까.

 은인의 따님인 것을 위하여 내 아내를 삼을까. 그러하는 것이 내 도리에 마땅할까. 형식의 눈앞에는 어제 저녁 바로 이 방에 앉았던 영채의 모양이 보인다. '아버지는 옥중에서 굶어 돌아가시고……' 할 때의 눈물 그렁그렁한 영채의 얼굴은 과연 어여뻤다. 그때에 형식은 영채를 대하여 황홀하였었다. 그리고 영채와 회당에서 혼인할 광경과 영채와 자기와의 사이에 어여쁘고 튼튼한 아들과 딸이 많이 날 것도 상상하였었다. 형식은 지금 어제 저녁에 영채가 앉았던 자리를 보고 그때의 광경과 그때에 상상하던 바를 생각한다. 그리고 형식은 한참이나 황홀하였다.

 '그러나!' 하고 형식은 눈을 번쩍 떴다. '그러나, 영채는 처녀가 아니로다. 설혹 어저께까지는 처녀라 하더라도 오늘 저녁에는 이미 처녀가 아니로다' 하고 청량사의 광경을 한 번 다시 그렸다. 어제 저녁에는 행여나 영채가 어떠한 귀한 가정의 거둠이 되어 마치 선형이나 순애 모양으로 번뜻하게 여학교를 졸업하고 순결한 처녀로 있으려니 하였다. 만일에 기생이 되었더라도 자기를 위하여 정렬[186]을 지켰으려니 하였다. 그러나 이제는 영채는 처녀가 아니로다 하고 형식은 고개를 숙였다. 그리고 한참이나 있었다.

또 건넌방에서 노파의 담뱃대 떠는 소리가 들린다. 형식은 또 고개를 들었다. 방 안을 돌아보았다. 이때에 형식의 머리에는 아까 김장로의 집에서 선형과 순애를 대하여 앉았던 생각이 난다. 그 머리로서 나는 향내, 그 책장을 짚고 있던 투명할 듯한 하얀 손가락, 그 조금 구기고 때가 묻은 옥색 모시 치마, 그 넓적한 옥색 리본, 그 적삼 등에 땀이 배어 부드럽고 고운 살이 발갛게 비치던 모양이 말할 수 없는 향기와 쾌미를 가지고 형식의 피곤한 신경(神經)을 자극한다. 또 이것을 대할 때의 전신이 스르르 녹는 듯하던 즐거움과 세상만사와 우주에 만물이 모두 다 기쁨으로 빛나고 즐거움으로 노래하는 듯하던 그 기억이 아주 분명하게 일어난다. 형식은 선형을 선녀 같은 처녀라 한다. 선형에게는 일찍 티끌만 한 더러운 행실과 티끌만 한 더러운 생각도 없었다. 선형은 오직 맑고 오직 깨끗하니 마치 눈과 같고 백옥과 같고 수정과 같다 하였다. 이렇게 생각하고 형식은 빙긋이 웃었다. 그리고 또 눈을 감았다.

형식의 앞에는 선형과 영채가 가지런히 떠 나온다. 처음에는 둘이 다 백설 같은 옷을 입고 각각 한 손에 꽃가지를 들고 다른 한 손은 형식의 손을 잡으려는 듯이 손길을 펴서 형식의 앞에 내밀었다. 그리고 두 처녀는 각각 방글방글 웃으며 '형식씨! 제 손을 잡아주셔요, 예' 하고 아양을 부리는 듯이 고개를 살짝 기울인다. 형식은 이 손을 잡을까 저 손을 잡을까 하여 자기의 두 손을 공중에 내들고 주저한다. 이윽고 영채의 모양이 변하여지며 그 백설 같은 옷이 스러지고 피 묻고 찢어진 이름도 모를 비단 치마를 입고 그 치마 째어진 데로 피 묻은 다리가 보인다. 영채의 얼굴에는 눈물이 흐르고 입술에서는 피가 흐른다. 영채의 손에 들었던 꽃가지는 금시에 간 데가 없고 손에는 더러운 흙을 쥐었다. 형식은 고개를 흔들고 눈을 떴다. 그러나 여전히 백설같이 차리고 방글방글 웃는 선형은 형식의 앞에서 손을 내밀고 '형식씨! 제 손을 잡으셔요. 예' 하고 고개를 잠깐 기울인다. 형식이가 정신이 황홀하여 선형의 손을 잡으려 할 때에 곁에 섰던 영채의 얼굴이 귀신같이 무섭게 변하며 빠드득하고 입술을 깨물어 형식을 향하고 피를 뿌린다. 형식은 흠칫 놀라 몸을 흔들었다.

형식은 다시 일어나 방 안으로 왔다 갔다 거닐다가 뒤숭숭한 생각을 없이하노라고 학도들이 부르는 창가를 읊조리며 마당에 나왔다. 아까 소낙비 지나간 자취도 없이 하늘은 구름 한 점 없이 맑고 물먹은 별이 졸리는 듯이 반작반작한다. 남쪽이 훤한 것은 진고개[187]의 전등빛이라 하였다.

형식은 물끄러미 하늘을 쳐다보았다. 저 반작반작하는 별에서 내려오는 듯한 서늘한 바람이 사람의 입김 모양으로 이따금이따금 형식의 더운 낯으로 스쳐 지나간다. 형식의 물 끓듯 하던 가슴은 얼마큼 서늘하게 된 듯하다.

저 별들은 언제부터나 저렇게 반작반작하는가, 또 무엇 하러 저렇게 반작반작하는가. 누가 이 별은 여기 있게 하고 저 별은 저기 있게 하여 이 모양으로 있게 하는고. 저 별과 별 사이로 보이는 아무것도 없는 컴컴한 허공으로 바로 날아올라 가면 어디로 갈 것인고. 형식은 동경서 유학할 때에 폐병 들린 선생에게 천문학 배우던 생각을 하였다. 그 선생이 매양 '여러분에게 천문학자 되기는 권하지 아니하거니와 밤마다 하늘을 바라보는 사람이 되기는 간절히 권하오' 하고 기침이 나서 타구[188]에 핏덩이를 토하던 생각이 난다. 뒤숭숭한 세상 생각에 마음이 괴로울 적에 한번 끝없는 하늘과 수없는 별을 바라보면 천사만려[189]가 봄눈 스러지듯 하는 것이라고 형식도 말로는 하였었다. 그러나 그는 아직 하늘을 바라보지 아니치 못하도록 마음이 괴로워본 적이 없었다. 그러나 지금에 그는 그 천문학 선생의 하던 말을 깊이깊이 깨달았다. 형식은 기쁨을 못 이기는 듯

'무궁한 시간의 일 점과 무궁한 공간(空間)의 일 점을 점령한 인생에게 큰일이라면 얼마나 크고 괴로운 일이라면 얼마나 괴로우랴' 하였다. 그리고 한 번 다시 하늘을 우러러보고 고개를 숙여 기도를 올렸다.

46

형식은 석 점이나 지나서야 잠이 들어 아침 아홉 시가 되도록 잤다. 형식은 몹시 몸과 정신이 피곤하여 반쯤 잠을 깨고도 여러 가지로 뒤숭숭한 꿈을 꾸었다. 노파는 벌써 조반을 차려놓고 사오 차나 형식의 방을 엿보았다. 형식이가 두루마기를 입은 채로 자리도 아니 펴고 자는 것을 보고 노파는 '웬일인고?' 하였다. 그

러나 노파는 어제 저녁 형식이가 늦게 잔 줄을 알므로 깨우려고도 아니 하고 모처럼 만들어놓은 장찌개가 식는 것을 근심하였다. 이때에 신우선이가 대팻밥모자를 젖혀 쓰고 단장을 두르며 들어오더니 노파를 보고

"평안하시오, 이선생 있소?" 하고 쾌활한 데다 점잖이 묻는다.

노파는 신우선을 잘 안다. 그리고 '시원한 남자'라고 형식을 대하여 비평한 일이 있었다. 노파는 웃고 마주 나오면서

"어제 저녁에 늦게 돌아오셔서 새벽이 되도록 앉아서 무슨 생각을 하시더니 아직도 주무십니다그려. 저렇게 조반이 다 식는데" 하고 장찌개를 생각한다. 노파의 만드는 장찌개는 그다지 맛 있는 것은 아니었다. 그러나 노파는 자기가 된장찌개를 제일 잘 만드는 줄로 자신하고 또 형식에게도 그렇게 자랑을 하였다. 형식은 그 된장찌개에서 흔히 구더기를 골랐다. 그러나 노파의 명예심과 정성을 깨트리기가 미안하여 '참 좋소' 하였다. 그러나 '참 맛나오' 하여본 적은 없었다. 그러나 노파는 이 '참 좋소'로 만족하였었다. 한번 신우선이 형식으로 더불어 저녁을 같이 먹을 때에도 노파의 자랑하는 된장찌개가 있었다. 그때에 마침 굵다란 구더기가 신우선의 눈에 띄어 신우선은 그 험구[190]로 노파의 된장찌개가 극히 좋지 못함을 비웃었다. 곁에 있던 형식이가 황망하게 우선의 입을 막았으나 우선은 일부러 빙긋빙긋 웃어가며 소리를 높여 노파의 된장찌개 만드는 솜씨의 졸렬함을 공격하였다. 그때에 노파는 건넌방 툇마루에서 분한 모양으로 담배를 빨다가

"나이 많으니깐 그렇구려" 하고 젊었을 때에는 잘 만들었었다는 뜻을 표하였다. 그 후로부터 노파는 우선을 '쾌활한 남자'라고 칭찬하지 아니하게 되었다. 그러나 우선을 보면 여전히 친절하게 하였다. 대개 더 자기의 된장찌개를 공격할까 두려워함이러라. 우선은 형식에게 이 말을 들었으므로

"요새는 된장찌개에 구더기나 없소?" 하고 형식의 방에 들어가 큰 소리로

"여보게, 일어나게, 일어나! 이게 무슨 잠이란 말인가" 하였다. 형식은 어렴풋이 우선과 노파의 담화를 들으면서도 아주 잠을 깨지 못하였다가 우선의 큰 목소리에 눈을 비비며 일어나 책상 위에 놓인 둥그런 자명종을 본다. 우선은

"시계는 보아 무엇 하게. 열 점일세, 열 점이어! 자, 어서 세수하고 옷 입게—조반 먹고."

시계는 아홉 점 반이었다. 형식은 우선이가 '어서 옷 입고—' 하는 말을 듣고 비로소 어제 저녁 생각을 하고 영채의 생각을 하였다. 그리고 우선의 낯빛을 보고 무슨 일이 생긴 줄을 깨닫고 또 그 일이 영채의 일인 줄도 짐작하였다. 그리고 어제 저녁 자기 혼자 잠을 못 이루고 생각하던 일을 생각하였다. 형식은

"왜, 무슨 일이 있는가."

"어서 세수를 하고 조반을 먹어! 제가 할 걱정을 내가 하는데" 하고 책장 곁에 가서 영문 책을 빼어 들고 초이스 독본 삼권 정도의 영어로 한자 두자 뜯어본다. 형식은 무슨 일인지는 모르나 우선의 낯빛을 보고 말하는 양을 보매 대체 영채에게 관한 일이어

니 하면서 잇솔[19]을 물고 수건을 들고 나간다. 우선은 형식의 세수하러 나가는 양을 보고 '너도 걱정이로구나' 하였다. 우선은 형식의 인격이 으레 영채로 아내를 삼으리라 하였다. 그러나 영채로 아내를 삼으면 형식의 머릿속에 청량사 일이 늘 남아 있어 형식을 괴롭게 하리라 하였다. 그러나 형식을 괴롭게 하고 아니 하게 함은 자기의 손에 있다 하였다. 대개 영채가 처녀요 아님을 아는 이는 김현수와 배명식과 자기와 삼 인이 있을 따름이라. 우선은 이 비밀을 가지고 오래 두고 형식의 마음을 괴롭게 하리라, 그도 아니 하면 자기가 영채를 어르다가 가만히 떨어진 분풀이를 어디다 하리오 하였다. 그러나 이는 우선의 악의에서 나옴이 아니라 어디까지든지 인생을 장난으로 알려 하는 우선의 한 희롱에 지나지 못하는 것이라. 그러나 형식은 우선과 같이 세상을 장난으로 알지는 못하는 사람이라. 형식은 어디까지든지 인생을 엄숙하게 보려 한다. 그러므로 우선은 이럭저럭 한세상을 유쾌하게 웃고 지내면 그만이로되 형식은 인생에서 무슨 뜻을 캐내려 하고 세상을 위하여 힘 있는 데까지는 무슨 공헌을 하고야 말려 한다. 그러므로 형식에게는 인생의 어떠한 작은 현상(現象)이나 세상의 어떠한 작은 사건이라도 모두 엄숙하게 연구할 제목이요 결코 우선과 같이 웃고 지내어 보내지 못한다. 우선은 이러한 형식을 일컬어 아직도 '탈속을 못하였다' 하고 형식은 우선을 일컬어 '세상에 무해무익한 사람'이라 한다. 그렇다고 우선은 세상의 문명과 행복을 증진하는 데 대하여 전혀 무관언(無關焉)하냐 하면 그는 그런 것이 아니라. 우선도 아무쪼록 세상에 유익한 일을 하려고는 한다. 다만 그는 형식과 같이 열렬하게 세상을 위하여 일생을 바치려는 열성이 없음이니 형식의 말을 빌리건댄 우선은 '개인 중심의 지나식 교육을 받은 자'요 형식 자기는 '사회 중심의 희랍식 교육을 받은 자'이라. 바꾸어 말하면 우선은 한문의 교육을 받은 자요 형식은 영문이나 덕문의 교육을 받은 자이라.

형식은 두어 번 잇솔을 왔다 갔다 하고 얼른 세수를 하고 들어와 거울을 보고 머리를 가른다. 우선은 까닭도 없이 이 머리 가르는 것을 미워하여 형식을 보면 매양 머리를 깎으라 하고 이따금 무슨 전제(前提)로 그러한 결론(結論)을 하는지 '머리를 가르는 자는 무기력한 자'라 한다.

우선은 "무슨 일이어? 응, 무슨 일이어?" 하고 된장찌개에 구더기를 골라가며 간절히 듣고 싶어 하는 형식의 묻는 말에는 대답도 아니 하고 방 안에서 벙글벙글 웃으면서 왔다 갔다 거닐다가 형식이가 분주히 밥상을 물리기를 기다려 형식을 끌고 나간다. 노파는 밥상을 치우면서 같이 나가는 두 사람의 얼굴을 유심히 보더니 밥상을 마루에 갖다 놓고 허리를 펴며

"무슨 일이 있는고" 한다.

47

우선은 형식의 기뻐할 것을 상상하고 마치 누구를 전에 못 보던 좋은 구경터에 데리고 가는 모양으로 형식을 데리고 다방골 계월

향의 집을 찾았다. 형식도 종각 모퉁이를 돌아설 때부터 우선이가 자기를 영채의 집으로 끌고 가는 줄을 알았다. 그리고 우선이가 자기를 이리로 끌고 올 때에는, 또 우선이가 기뻐하는 양을 보건댄 무슨 좋은 일이 있는 줄도 생각하였고 또 그 좋은 일이라 함은 아마 영채의 몸을 구원하는 일인 줄도 생각하였다. 그러나 '벌써 늦었다' 하였다. 벌써 영채는 처녀가 아니라 하였다. 그리고 어제 저녁에 영채와 선형이가 하얀 옷을 입고 웃으면서 각각 한편 손을 내밀며 '제 손을 잡아줍시오, 예' 하다가 영채의 몸이 문득 변하던 양도 생각하였다. 더구나 영채의 얼굴이 귀신같이 무섭게 되고 입술에서 흐르는 피를 자기의 몸에 뿌리던 것을 생각하였다. 두 사람은 문밖에 다다랐다. 우선은 형식을 보고 씩 웃으며

"이 계월향이라는 장명등도 오늘까질세그려" 하였다. 그리고 단장으로 그 장명등을 서너 번 때리며

"흥, 오늘 저녁에도 누가 계월향을 찾아서 놀러 올 터이지. 왔다가 계월향을 만나지 못하고 돌아가는 꼴이 장관이겠네" 하고 한 번 더 단장으로 깨어져라 하고 장명등 지붕을 때리고 껄껄 웃는다. 장명등은 아픈 듯이 찌국찌국 소리를 내며 우쭐우쭐 춤을 춘다. 형식은 '깨어지면 어쩌나' 하고 속으로 생각할 뿐이요 아무 말도 아니하고 웃지도 아니하였다. 우선은 형식의 얼굴에 기쁜 모양이 없는 것을 보고 얼마큼 낙심한 듯이 시치미 떼고 크게 "이리 오너라—" 하고 부른다. 행랑에서 어멈이 어린애에게 젖을 먹이던지 옷을 치키며 나와

"나리 오십시오? 이리 오너라는 무엇이야요. 그냥 들어가시지!" 한다. 형식은 '많이 다녔구나' 하였다. 그리고 우선이도 영채의 정절을 깨트린 한 사람인가 하였으나 곧 작소하였다.[192] 우선은 단장으로 어멈을 때리려는 모양을 하면서

"아직도 영감이라고 아니 부르고 나리라고 불러!" 하고 넓적한 앞니를 보이며 껄껄 웃는다.

"아씨 계시냐?" 우선의 말.

"아씨께서 오늘 아침 차로 평양을 내려가셨어요!"

우선은 놀랐다. 형식도 놀랐다. 더구나 우선은 아주 낙담한 듯이 고개를 흔들며

"왜? 무슨 일로?"

"모르겠어요. 제가 압니까. 어제 저녁 열한 점이 친 다음에야 들어오시더니만……한참이나 울음소리가 나더니……그다음에는 잠이 들어서 어찌 되었는지 모르겠는데요…… 오늘 식전에 마님께서 구루마[193]를 불러오라 하셔요. 그래 아씨께서 어느 연회에를 가시는가……연회라면 퍽도 이르다……아마 노돌[194] 선유[195]가 있는 게다 했지요. 했더니 아홉 점 반 차로 아씨께서 평양을 가신다구요" 하고 어멈은 아주 유창하게 말한다. 형식은 '숫배기[196]는 아니로다' 하고 놀라면서도 그 어멈의 얼굴을 자세히 보았다. 어멈의 얼굴에는 의심하는 빛이 있다. 형식은 '평양! 평양은 무엇 하러 갔는가' 하였다. 방에서 어린애가 울어 방으로 들어가려는 어멈에게 우선이가 말소리를 낮추어

"아침에 누구 오든 않았던가."

"아무도 아니 왔어요. 저," 하고 두어 집 건넛집을 가리키며 "저 댁 아씨가 목욕 같이 가자고 오셨두군요" 하고 방으로 들어가 "울지 마라!" 하고 어린애의 엉덩이를 때리는 소리가 난다. 형식은 이렇게 우리를 대하여서는 얌전하게 말하던 사람이 방에 들어가 어린아이를 대하여서는 저렇게 함부로 한다 하였다.

 우선은 단장으로 땅바닥에 무슨 글자를 쓰더니 형식더러
 "아무러나 들어가보세그려. 노파에게 물어보면 알 터이지" 하고 대팻밥모자를 벗어 두르고 앞서서 들어간다. 그러나 우선의 말소리에는 아까 쾌활하던 빛이 없다. 형식도 뒤를 따랐다. 형식은 어제 저녁 이 마당에 서서 그 노파에게 멸시당하던 일을 생각하였다. 그리고 빙긋 웃었다. 형식은 이만큼 오늘은 냉정(冷靜)하더라. 도리어 우선이가 지금은 형식보다 더 애가 탄다.

 방에는 사람이 없고 마루에 노파의 이른바 '못생긴 영감쟁이'가 무슨 이야기책을 보다 말고 목침을 베고 코를 곤다. 우선은 이 '영감쟁이'를 잘 알았다. 이 영감쟁이는 평양 외성[197]에 어떤 부자의 자제로 시 잘 짓고 소리 잘하고 삼사십 년 전에는 평양 성내에 모르는 이 없는 외입쟁이였었다. 그러나 십유여 년 방탕한 생활에 여간 재산은 다 떨어 없이하고, 속담의 상말로 남은 것이 '뫛' 하나밖에 없게 되었다. 그래서 하릴없이 일찍 자기의 무릎에 앉히고 '어허둥둥' 하던 이 노파의 집에 식객인지 남편인지 모르는 손이 된 지가 벌써 십여 년이 되었다. 처음에는 노파와 가끔가끔 다투기도 하고 혹 심히 성이 나면 '괘씸한 년' 하고 호령도 하더니 이삼 년래로는 그도 못하고 사흘에 한 번씩 노파에게 '나가 뒈

져라' 하는 소리를 들으면서도 다만 껄껄 웃으며 '죄 되나니라' 할 따름이요 반항할 생각도 못하게 되었다. 그러나 노파는 대개는 '영감쟁이'를 친절하게 대접하였다. 그리고 더욱 기특한 것은 밤에 잘 때에는 반드시 노파가 자기의 손으로 자리를 깔고 이 '영감쟁이'를 아랫목에 누이더라.

우선은 서슴지 아니하고 구두를 신은 대로 마루에 올라서서 단장으로 마루를 울리며 누구를 부르는지 모르게 "여보! 여보!" 하였다. 형식은 어제 저녁에 섰던 모양으로 서서 어제 저녁에 보던 모양으로 영채의 방을 보았다. 방 안에 모든 것은 그대로 있구나 하였다. 그러나 어제 저녁 모양으로 마음이 번민하지는 아니하였다.

48

우선은 대답이 없는 것을 보고 이번에는 구두와 단장으로 한꺼번에 마루를 쾅쾅 울리며 성난 듯이 더욱 소리를 높여

"여보! 노파!" 하였다. '노파!' 하고 우선의 부르는 소리가 우스워 형식은 씩 웃었다. 이윽고 마당 한 모퉁이로서 노파가

"아따, 신주사시구랴! 남 뒷간에 가 있는데 웬 야단을 하시오?" 하고 치마고름을 고쳐 매면서 들어온다. 오다가 형식을 이윽히 본다. 어제 저녁에 와서 '월향씨 있소' 하던 사람이로구나 하고, 그러면 그가 '신주사의 심부름꾼이던가' 하였다. 형식도 '네가

나를 멸시하였구나' 하였다. 노파는 형식은 별로 중요한 인물이 아닌 듯이 마루에 올라서며 아주 친근한 모양으로 우선에게

"어떻게 일찍 오셨구려!" 하고는 발로 '영감쟁이'를 툭툭 차며 부르짖는 목소리로

"여보, 일어나소! 손님 오셨소" 하고 "그렇게 눕구 싶거든 땅속에나 들어가지——" 하고 발로 '영감쟁이'의 목침을 탁 찬다. 목침은 곁에 놓인 소설책을 내던지고 저편으로 떼데굴 굴러가서 벽을 때리고 우뚝 선다. '영감쟁이'는 센 터럭이 몇 올이 아니 되는 맹숭맹숭한 머리를 마루에 부딪고 벌떡 일어나며

"응, 그게 무슨 버르장이[198]란 말인고" 하고 우선은 본 체도 아니 하고 일어나 자기의 방으로 들어간다. 형식은 그 '영감쟁이'를 보고 자기의 죽은 조부를 생각하였다. 원래 부자던 자기의 조부도 전래하는 세간을 다 팔아 없애고 아들 형제는 먼저 죽고 손자인 자기는 일본에 가 있고 조그마한 오막살이에 일찍 기생이던 형식의 서조모에게 천대받던 생각을 하였다. 그러나 형식은 자기의 조부는 저 '영감쟁이'보다는 고상(高尙)하던 사람이라 하였다.

우선이가 급한 듯이 "그런데 아씨가 평양을 가셨어요?" 하는 것은 대답도 아니 하고 노파는 먼저 영채의 방에 들어가 우선을 보고 "이리 들어오시구려, 집 무너지겠소?" 한다. 우선은

"이리 들어오게그려" 하고 유심한 웃음으로 형식을 부르고 자기도 구두를 벗고 방으로 들어간다. 형식은 한 걸음 방을 향하여 나가다가 그 자개함롱과 아롱아롱한 자루에 넣은 가얏고와 아랫

목에 걸린 분홍 모기장을 보고 갑자기 불쾌한 마음이 생긴다. 그래서 구두를 벗으려다 말고 웃으며

"나는 여기 걸어앉겠네" 하고 마루에 걸어앉는다. 우선은

"들어오게그려, 오늘부터는 자네가 이 방에 주인이니" 하고 일어나 형식의 팔을 당긴다. 형식은 갑자기 얼굴이 발갛게 된다. 우선은 '아직도 어린애로다' 하고 형식의 팔을 끈다. 노파는 우선이가 형식을 친구로 대우하는 양을 보고 한 번 놀라고 또 '오늘부터는 자네가 주인일세' 하는 것을 보고 두 번 놀라 눈이 둥그레졌다가, 워낙 능란한 솜씨라 선웃음을 치며 일어나

"나리 들어오십시오. 나는 누구신 줄도 모르고……어제 저녁에는 실례하였습니다……너무 검소하게 차리셨으니깐" 한다. 형식은 부끄럽고 가슴이 설레는 중에도 '흥, 지금은 내가 누구인지 아느냐' 하면서 권하는 대로 방에 들어갔다. 들어가 앉으며 노파의 시선(視線)을 피하는 듯이 방 안을 한 번 더 돌아보았다. 모기장의 주름이 어제와 같으니 영채가 어제 저녁에는 모기장을 아니 치고 잤구나 하였다. 그리고 영채가 저 벽에 기대어 잠을 못 이루고 괴로워하였는가 하매 자연히 마음에 슬픔이 생긴다. 형식의 눈은 모기장으로서 문 달린 벽으로 돌았다. 형식은 문칫하였다.[199] 그 벽에는 찢어진 치마가 걸렸다. 형식의 머릿속에는 청량리 광경이 빙그르 돈다. 그 치마 앞자락에는 피가 묻었다. 형식은 남모르게 떨리는 숨소리를 죽이고 입술을 꼭 물었다. 그리고 '나도 영채 모양으로 입술을 무는구나' 하고 차마 더 보지 못하여 찢어진 치마에서 눈을 돌렸다. 동대문 오는 전차 속에서 영채가 치마의

찢어진 것을 감추는 양을 보고 계집이란 이러한 때에도 인사를 차린다 하던 생각이 난다. 바로 치마 밑에 피 묻은 명주 수건 조각이 형식의 눈에 들었으나 형식은 그것이 무엇인지 몰랐다. 지금껏 형식의 냉정(冷靜)하던 가슴에는 차차 뜨거운 풍랑이 일어나기 시작한다. '왜 평양을 갔을까' 하는 생각이 무슨 무서운 뜻을 품은 듯이 형식의 마음을 괴롭게 한다. 형식은 어서 우선이가 노파에게 영채가 평양에 간 이유를 물었으면 하였다. 우선은 담배를 피워 물더니

"대관절 아씨는 어디 갔소?" 한다. 월향이라고는 부르기가 어렵고 그렇다고 영채씨라고 부르면 노파가 못 알아들을 듯하여 둥그스름하게 '아씨'라 함이라. 노파는 우선이가 장난으로 그러는 줄을 알므로 웃지도 아니한다.

"평양에 잠깐 다녀온다고 오늘 식전에 벼락같이 떠났어요. 오랫동안 성묘를 못하였으니 잠깐 아버님 산소에나 다녀온다고요" 한다. 노파는 이 두 사람이 어제 저녁 사건을 모르려니 한다. 그리고 아마 우선이가 저 친구를 데리고 놀러 온 것이어니 한다. 저 새로 온 친구도 아마 월향의 이름을 듣고 한번 만나볼 양으로 어제 저녁에 왔다가 헛길이 되고 아마 자기의 초라한 모양을 보고 월향을 내놓지 아니하는가 보아서 오늘은 월향과 친한 우선을 데리고 온 것이어니 하였다. 그리고 저러한 주제에 기생 외입은 다 무엇인고 하였다.

영채가 평양에 성묘하러 갔단 말을 듣고 형식은 감옥에서 죽었다는 박선생을 생각하였다. 그러나 박선생의 얼굴을 다 상상하기

도 전에 '영채가 성묘하러' 갔다는 말의 '성묘'란 말이 말할 수 없는 무서움을 가지고 형식의 가슴을 누른다. 형식은 불의에 "성묘!" 하고 소리를 내었다. 그 소리에 우선과 노파는 형식의 얼굴을 보았다. 형식의 눈에는 분명히 놀람과 무서움의 빛이 보이더라. 노파는 무슨 생각이 나는지 일어나 저편 방으로 간다.

49

　우선도 영채가 갑자기 평양에 갔단 말에 무슨 뜻이 있는 듯하게 생각하였다. 그리고 일어나 제 방으로 가는 노파에게 눈을 주었다. 이 '성묘'라는 알 수 없는 비밀을 설명할 자는 그 노파여니 하였다. 그리고 그 노파가 갑자기 일어나 제 방으로 가는 것이 비밀을 설명하는 데 가장 중대한 사건이라 하였다. 형식과 우선 두 사람의 눈은 노파의 없어지던 문으로 몰렸다. 두 사람은 무슨 큰 사건의 발생하기를 기다리는 듯이 숨소리를 죽였다. 여름 볕이 모닥불을 퍼붓는 모양으로 마당을 내리쪼여 마치 흙에서 금시에 불길이 피어오를 듯하다. 기왓장에 볕이 비치어 천장으로서 단김이 확확 내려온다. 형식의 오늘 아침에 새로 입은 모시 두루마기 등에는 땀이 두어 군데 내비친다. 우선도 이마에 땀방울이 솟건마는 씻으려 하지도 아니하고 대팻밥모자로 부치려 하지도 아니한다. 함롱 밑 유리로 만든 파리통[200]에는 네다섯 놈 파리가 빠져서 벽으로 헤어 오르려다가 빠지고 오르려다가는 빠지고 한다. 어디로서 얼룩 고양이 하나가 낮잠을 자다가 뛰어나오는지 영채의 방 앞에 와서 하품을 하고 기지개를 켜면서 형식과 우선을 본다.

이윽고 노파가 봉투에 넣은 편지를 하나 들고 나오며 우선을 향하여

"월향이가 정거장에서 바로 차가 떠나려는데 이것을 주면서 이형식씨가 누군지 이형식씨라는 이가 오시거든 드리랍데다" 하고 그 편지를 우선에게 주며 얼른 형식의 얼굴을 본다. 아까 정거장에서 노파가 이 편지를 받을 때에는 이형식이라는 이가 아마 어떤 월향에게 놀러 다니는 사람이어니 하고 월향이가 특별히 편지를 하리만큼 친한 사람이면 자기가 모를 리가 없겠는데 하고 의심하였었다. 그러나 차가 빨리 떠나므로 자세히 물어보지도 못하고 아마 어떤 사람에게 물어보면 알려니 하고 있었다. 그러다가 우선과 형식의 행동이 영채의 일을 근심하는 듯하는 양을 보고, 더구나 형식이가 이상히 고민하는 낯빛을 보일뿐더러 '성묘!' 하고 놀라는 양을 보고 혹 그가 '이형식'이라는 사람이나 아닌가 하여 이 편지를 내온 것이요 또 우선에게 이 편지를 주면서도 얼른 형식의 낯빛을 엿봄이라. 형식은 우선이가 받아 든 편지 피봉에 매우 익숙한 글씨로 '李亨植氏座下(이형식씨 좌하)'라 한 것을 보고 "에!" 하고 놀라는 소리를 발하면서 우선의 손에서 그 편지를 빼앗아 봉투의 뒤 옆을 보았다. 그러나 뒤 옆에는 '六月二十九日朝(유월 이십구일 조)'라고 쓴밖에는 아무것도 쓰지 아니하였다. 형식의 그 편지를 든 손은 떨린다. 우선도 '무슨 까닭이 있구나' 하고 숨소리를 죽였다. 노파는 두 사람의 놀라는 얼굴을 보고 '웬

일인가' 하여 역시 놀랐다. 그리고 월향이가 이번에 평양에 간 것에 무슨 큰 뜻이 있는 듯하다 하였다. 오늘 아침 월향은 어제 저녁의 슬퍼하던 빛이 없어지고 일찍이 일어나 세수하고 분을 바르고 향수를 뿌리고 모시 치마저고리에 여학생 모양으로 차리고 아직 자리에서 일어나지도 아니한 노파의 방에 와서 아주 유쾌한 듯이 방글방글 웃으며

"어머니, 어제 저녁에는 제가 잘못하였습니다. 자고 나서 생각하니 그런 우스운 일이 없어요" 하기에 걱정을 품고 자던 노파는 너무도 기뻐서 월향의 손을 잡으며

"그러니라. 잘 생각하였다. 내가 기쁘다" 하였다. 그리고 이제는 안심이로다, 이제는 '밤에 손님도 치르'게 되려니 하고 두 겹으로 기뻤었다. 그때에 영채는 말하기 미안한 듯이 한참이나 주저하더니

"어머니, 저는 평양이나 한번 갔다가 오랍니다. 가서 오래간만에 아버지 성묘도 하고 좀 바람도 쏘이게……" 하였다. 노파는 그 슬퍼하고 고집하던 마음을 고친 것이 반갑고, 어제 저녁에 월향을 안고 울 때에 얼마큼 애정도 생겼고(자고 나서는 사분의 삼이나 식었건마는), 또 조그마한 일이면 제 소원대로 하여주는 것이 좋으리라 하여

"그래라. 석 달이나 넘었는데 한번 가고 싶진들 않겠느냐. 가서 동무들이나 실컷 찾아보고 한 삼사일 놀다가 오너라" 하고 몸소 정거장에 나가서 이등 차표와 점심 먹을 것과 칼표 궐련[201]까지 넉넉히 사주고 "가거든 아무아무에게 문안이나 하여라, 분주해서

편지도 못한다고" 하는 부탁까지 하였다. 그러므로 대체 월향은 이삼일 후면 방글방글 웃으면서 돌아오려니만 믿고 있었더니 지금 우선과 형식 양인이 이 편지를 보고 대단히 놀라는 양을 보매 월향이가 이번 평양에 간 것에 무슨 깊고 무서운 사정이 있는 듯하여 가슴이 뜨끔 한다. 노파는 불현듯 오 년 전 월화의 생각을 하고 월향이가 항상 월화의 준 누른 옥지환을 끼고 있던 것을 생각하고, 어제 저녁 청량리 일을 생각하고 눈이 둥그레지며

"월향이가 왜 평양에 갔을까요" 하고 두 사람이 노파에 물으려던 말을 노파가 도리어 두 사람에게 묻는다.

형식이가 그 편지를 들고 멍멍하니 앉았는 양을 보고 우선도 초민한 마음을 이기지 못하여

"여보게, 그 편지를 뜯게" 한다.

형식은 떨리는 손으로 봉투의 한편 끝을 잡았다. 그러나 형식은 차마 떼지 못한다. 그 손은 점점 더 떨리고 그 얼굴의 근육(筋肉)은 점점 더욱 긴장(緊張)하여진다. 우선은 "어서, 어서!" 하고 봉투를 떼기를 재촉한다. 노파는 저 속에서 무슨 말이 나오겠는가 하고 봉투 한편 끝을 잡은 형식의 손만 본다. 세 사람의 가슴은 엷은 여름옷 아래서 들먹들먹하고 세 사람의 등에는 땀이 내배었다. 문 앞에 서서 방 안을 들여다보던 고양이가 지붕에 참새를 보고 '냥' 하면서 뛰어간다. 형식의 떨리는 손은 마침내 그 봉투의 한편 끝을 찢었다. 찢는 소리가 대포 소리와 같이 세 사람의 가슴에 울렸다.

50

 떨리는 형식의 손에는 편지가 들렸다. 그리고 한편 끝이 떨어진 봉투는 형식의 무릎 위에 떨어졌다. 노파는 앉은 대로 한 걸음 몸을 움직여 형식의 곁에 가까이 오고 우선은 몸과 고개를 형식의 어깨 곁으로 굽혔다. 형식의 가슴은 펄떡펄떡 뛰고 우선과 노파의 눈은 유리로 만든 것 모양으로 가만히 형식의 손이 한 칸씩 한 칸씩 펴는 편지 글자 위에 박혔다. 형식은 슬픔을 억제하는 듯이 어깨를 두어 번 추더니 편지를 읽는다. 편지는 흐르는 듯한 궁녀체 언문으로 썼다. 우선과 노파의 전신의 신경(神經)은 온통 귀와 눈으로 모였다. 형식은 '李亨植氏前上書(이형식씨 전 상서)'라 한 것은 빼놓고 본문부터

 "어제 저녁에 칠 년 동안이나 그리고 그리던 선생을 뵈오매 마치 이미 세상을 버리신 어버이를 대한 듯하여 기쁘옵기 그지없었나이다. 칠 년 전 선생께옵서 안주를 떠나실 때에 집 앞 버드나무 밑에서 이 몸을 껴안으시고 잘 있거라, 다시는 볼 날이 없겠다 하시고 눈물을 흘리시던 것과 그때에 아직도 열두 살 된 철없는 이 몸이 선생의 가슴에 매달리며 가지 마오, 어디로 가오, 나와 같이 갑시다 하던 것을 생각하오매 자연히 비감한 마음을 이기지 못하여 소리를 내어 울었나이다.

 이렇게 이별하온 후 칠 년 동안 의지할 데 없는 외롭고 어린 이 몸이 부평과 같이 바람 가는 대로 물결 가는 대로 갖은 고초를 다

겪으며 동서로 표류하올 때에 눈물인들 얼마나 흘렸으며 한숨인들 얼마나 쉬었사오리이까.

오직 한 가지 바라는 것은 평양 감옥에서 철창의 신음을 당하시는 부친을 뵈옴이라, 열세 살 된 계집의 몸이 바람에 불리는 나뭇잎 모양으로 이리 굴고 저리 굴며 이리 부딪고 저리 부딪쳐 평양 감옥에 흙물 옷을 입으신 부친의 얼굴을 대하기는 하였사오나 무섭게 여윈 그 얼굴을 대할 때에 어린 이 몸의 가슴은 바늘로 쏙쏙 찌르는 듯하였나이다.

이에 철없는 이 몸은 감히 옛날 어진 여자의 본을 받아 몸으로써 부친을 구하려는 마음을 품고 어떤 사람의 소개로 기생에 판 것은 이 몸이 열세 살 되던 해 가을이로소이다. 그러하오나 이 몸을 팔아 얻은 이백 원은 이 몸을 팔아준 사람이 가지고 도망하니 부모의 혈육을 팔아 얻은 돈으로 부친의 몸을 구원하지도 못하고 철창에서 신음하시는 늙으신 부친에게 맛난 음식 한 때도 받들어 드리지 못한 것이 골수에 사무치는 원한이려든 하물며 이 몸이 기생으로 팔림을 위하여 부친과 두 형이 사오일 내에 세상을 버리시니 슬프다. 이 무슨 변이오리이까. 이 몸이 전생에 무슨 죄가 중하여 태어나서 부친과 두 형을 옥에 가시게 하고 다시 이 몸으로 말미암아 부친과 두 형으로 하여금 원망의 피를 뿜고 세상을 버리시게 하나이까. 오호라, 이를 생각하오매 가슴이 터지고 골수가 저리도소이다. 이 몸이 만일 적이 어짊이 있었던들 마땅히 그때에 부친의 뒤를 따랐을 것이언마는 차홉다,[202] 완악한[203] 이 목숨은 그래도 끊어지지 아니하고 부지하였나이다.

부친과 두 형을 여읜 후 이 몸이 세상에 믿을 이가 누구오리이까. 선생께서도 알으시려니와 이 몸이 의지할 곳이 어디오리이까. 아아, 하늘뿐이로소이다, 땅이 있을 뿐이로소이다. 그리하고 세상에 있어서는 선생뿐이로소이다.

이 몸은 그로부터 선생을 위하여 살았나이다. 행여나 부평같이 사방으로 표류하는 동안에 그리고 그리는 선생을 만날 수나 있을까 하고 그것을 바라고 이슬 같은 목숨이 오늘까지 이어왔나이다. 이 몸은 옛날 성인과 선친의 가르침을 지키어 선친께서 세상에 계실 때에 이 몸을 허하신바 선생을 위하여 구태여 이 몸의 정절을 지키어왔나이다. 이 몸이 이 몸의 정절을 위하여 몸에 지니던 것을 여기 동봉하였나이다.

그러나 이 몸은 이미 더러웠나이다. 아아, 선생이시어, 이 몸은 이미 더러웠나이다. 약하고 외로운 몸이 애써 지켜오던 정절은 작야에 수포(水泡)에 귀(歸)하고 말았나이다.

이제는 이 몸은 천지가 허하지 못하고 신명이 허하지 못할 극흉극악한 죄인이로소이다. 이 몸이 자식이 되어는 어버이를 해하고 자매가 되어는 형제를 해하고 아내가 되어는 정절을 깨트린 대죄인이로소이다.

선생이시어! 이 몸은 가나이다. 십구 년의 짜른 인생을 슬픈 눈물과 더러운 죄로 지내다가 이 몸은 가나이다. 그러나 차마 이 더럽고 죄 많은 몸을 하루라도 세상에 두기 하늘이 두렵고 금수와 초목이 부끄러워 원(怨)도 많고 한(恨)도 많은 대동강의 푸른 물결에 더러운 이 몸을 던져 양양한 물결로 하여금 더러운 이 몸을 씻게 하고 무정한 어별²⁰⁴로 하여금 죄 많은 이 살을 뜯게 하려 하나이다.

선생이시어! 이 세상에서 다시 선생의 인자하신 얼굴을 대하였으니 그만하여도 하늘에 사무친 원한은 푼 것이라 하나이다. 후일 대동강상에서 선생의 옷에 뿌리는 궂은비²⁰⁵를 보시거든 박명한 죄인 박영채의 눈물인가 하소서. 이 편지를 마치고 붓을 떼랼 제 뜨거운 눈물이 앞을 가리오나이다. 오호라, 선생이시어, 부디 내내 안녕하시고 국가에 동량(棟樑)²⁰⁶이 되셔지이다."

하고 떨리는 붓으로 '歲次丙辰六月二十九日午前二時에 罪人 朴英采는 泣血百拜(세차 병진 유월 이십구일 오전 두 시에 죄인 박영채는 읍혈백배)'라 하였다.²⁰⁷ 차차 더 떨던 형식의 손은 그만 편지를 무릎 위에 떨어트렸다. 그러고 흑흑 느끼며 굵은 눈물을 무릎 위에 펴 놓인 편지 위에 떨어트린다. 떨어진 눈물은 편지에 쓰인 글자를 더욱 뚜렷하게 만든다. 우선도 소매로 눈물을 씻고, 노파는 치마로 낯을 가리고 방바닥에 엎덴다. 한참이나 말이 없다. 마당에서는 점점 더 단김이 오른다.

51

형식은 소매로 눈물을 씻고 무릎 위에 놓인 눈물에 젖은 영채의 편지를 눈이 가는 대로 여기저기 다시 보았다. 그러나 형식의 눈에는 그 편지의 글자가 자세히 보이지 않는 듯하였다. 형식은 편지를 둘둘 말아 방바닥에 내려놓고 그 편지와 동봉하였던 조그마한 봉투를 떼었다. 우선과 노파의 눈물 흐르는 눈은 다시 형식의 손에 있는 조그마한 봉투로 모였다. 형식은 그 봉투 속에 무슨 무거운 것이 있음을 보고 봉투를 거꾸로 들어 자기의 무릎 위에 쏟았다. 빨간 명주 헝겊으로 싼 길쭉한 것이 나온다. 형식은 실로 묶은 것을 끊고 그 명주 헝겊을 풀었다. 명주 헝겊 속에서 여러 해 묵은 듯한 장지[208] 뭉텅이가 나온다. 형식은 그 뭉텅이를 들고 무엇을 잠깐 생각하는 듯하더니 다시 그 장지 뭉텅이를 폈다. 형식은 "응!" 하고 놀라는 소리를 발한다. 우선과 노파의 눈은 그 뭉텅이로부터 형식의 얼굴로 옮겼다. 그리고 형식의 뚝 부릅뜬 눈에는 새 눈물이 고임을 보았다. 우선과 노파의 눈은 다시 형식의 떨리는 손에 든 장지 조각으로 옮겼다. 그 장지 조각에는 ㄱㄴㄷ과 가나다를 썼다. 아이들이 처음 언문을 배울 때에 써 가지는 것이었다. 그 글씨는 어리더라. 형식은 체면도 보지 아니하고 그 장지 조각에 이마를 비비며 소리를 내어 운다. 우선과 노파는 웬일인지 모르고 형식의 들먹들먹하는 등만 본다. 형식은 안타까운 듯이 그 종이에다 얼굴을 비비며 더욱 우는 소리를 높인다. 우선도 눈에 새로 눈물이 돌면서도 '형식은 어린애로다' 하였다.

 형식은 십여 년 전 생각을 한다. 형식이 처음 박진사의 집에 갔을 때에는 영채의 나이 여덟 살이었다. 그때에 영채는 『천자문(千字文)』과 『동몽선습(童蒙先習)』과 『계몽편(啓蒙篇)』과 『무제시(無題詩)』를 읽었더라. 그러나 아직도 언문을 배우지 못하였더라. 한번은 박진사가 '국문을 배워야지' 하면서 좋은 장지에 가나

다를 써주었다. 그러나 어린 영채는 밖에 가지고 나가 놀다가 어디서 그 종이를 잃어버렸다. 이에 영채는 아버지의 꾸중이 두려워 눈에 눈물이 그렁그렁하여서 그때 열세 살 된 형식에게 몰래 청하였다. 그때에는 아직 형식과 영채가 말을 하지 아니하던 때라 영채는 부끄러운 듯 반쯤 외면하고 주먹으로 눈물을 씻으면서
"저 언문 써주셔요" 하였다. 이 말을 할 때의 영채의 얼굴과 태도는 형식의 눈에 더할 수 없이 아름다웠다. '참 어여쁜 계집애로다' 하고 형식도 부끄러운 생각이 나면서 "예, 내일 아침에 써드리지요" 하고 오 리(五里)나 되는 종이 장사 집에 몸소 가서 장지를 사다가(이 종이가 그 종이다) 있는 정성을 다 들이고 있는 힘을 다하여 넉 장이나 써 버리고야 이것을 썼다. 그것을 써서 책 사이에 끼워두고 '어서 아침이 왔으면' 하고 잠을 이루지 못하였다. '저, 언문 써주셔요' 하고 모로 서서 주먹으로 눈물을 씻는 영채의 모양이 열세 살 되었던 형식의 가슴속에 깊이깊이 박혔었다. 그 이튿날 아침에 형식은 더욱 양치와 세수를 잘하고 두루마기를 바르게 입고 그 종이(이 종이로다)를 접어 품에 품고 대문에 서서 영채가 나오기를 기다리던 생각은 마치 사랑을 하는 남자가 사람 없는 곳에서 그 사랑하는 처녀를 기다리는 생각과 같았다. 이윽고 영채도 누가 보기를 꺼리는 듯이 사방을 돌아보며 가만가만 나오다가 형식의 곁에 와서는 너무 기쁜 듯이 얼굴이 발개지며 형식의 허리를 꼭 쓸어안았다. 형식은 자기의 가슴에 치는 영채의 머리를 살짝 만졌다. 지금 세수를 하였는지 머리에는 물이 묻었더라. 그러고는 품속에서 그 종이(이 종이로다)를 내어 영채에

게 주었다. 그 종이는 형식의 가슴의 체온(體溫)으로 따뜻하더라. 영채도 그 종이의 따뜻함을 깨달았는지 한 걸음 물러서서 가만히 형식의 눈을 보더니 낯이 발개지며 뛰어 들어갔다. '이것이 그 종이로구나!' 하고 형식은 고개를 들어 다시금 그 종이와 글자를 보았다. 그 글자가 제가끔 지나간 이야기를 하는 듯이 안주에서 지내던 일과 자기의 그 후에 지내던 일과 영채의 이야기와 편지와 자기의 상상과로 본 영채의 일생이 번개 모양으로 형식의 머리로 지나간다. 형식은 한 번 더 입술을 물며(이것은 불식부지간에 영채에게 배운 것) 그 종이를 끝까지 폈다. 그 끝에는 새로 쓴 글씨로 '이것이 이 몸이 평생에 지니고 있던 선생의 기념이로소이다' 하였다. 우선과 노파도 이 글을 보고 형식의 우는 뜻을 대강 짐작하였다. 그리고 우선은 그 종이를 형식의 손에서 당기어 한 번 더 보았다. 노파도 우선과 함께 그 종이를 보았다. 형식은 다시 무릎 위에 있는 종이 뭉텅이를 풀었다. 그 속에서는 황옥지환(黃玉指環) 한 짝과 조그마한 칼 하나가 나온다. 그 칼날이 번적할 때에 세 사람의 가슴은 뜨끔하였다. 노파는 속으로 '저것이 이태 전에 김윤수의 아들 앞에서 뽑던 칼이로구나' 하였다. 형식은 그 칼을 집어 안과 밖을 보았다. 안 옆에 행서(行書)로 일편심(一片心)이라고 새겼다. 형식과 우선도 대개는 그 칼의 뜻을 짐작하였다. 형식은 다시 그 지환을 집었다. 노파는 '어째 한 짝만 있는고' 하였다. 형식은 그 지환에 아무것도 쓰지 아니하였음을 보고 지환을 쌌던 종이를 집었다. 그 종이에는 잘게 쓴 글씨로

"이것은 평양 기생 계월화의 지환이로소이다. 계월화가 어떤

사람인가를 알으시려거든 아무러한 평양 사람에게나 물으소서. 월화가 이 몸에게 이 지환을 준 뜻은 썩어진 세상에 물들지 말라는 뜻이로소이다. 이 몸은 이제 힘껏 이 지환이 가르치는 바를 행하였나이다. 장차 이 지환을 대동강에서 원혼이 된 월화에게 돌려보내려니와 이 한 짝을 선생께 드림이 또한 무슨 뜻이 있는가 하나이다" 하고 아까 편지의 모양으로 '年月日時罪人朴英采泣血百拜(연월일시 죄인 박영채 읍혈백배)' 라 하였더라.

52

세 사람은 말이 없이 고개를 숙였다. 그리고 제가끔 제 생각을 하였다. 한참이나 이러하다가 노파가 숨이 차서

"여봅시오, 이 일을 어찌해요?" 하고 형식과 우선의 눈을 번갈아 본다. 노파의 일생에 남의 일을 위하여 이처럼 진정으로 슬퍼하고 걱정하고 마음이 괴로워하기는 처음이라. 노파는 어제 저녁에 진정으로 영채를 안고 울던 생각을 하였다. 그때에 영채가 생각하던 바와 같이 노파가 진정으로 남을 위하여 눈물을 흘린 것은 그때가 처음이었다. 영채의 입술에서 흐르는 피가 따끈따끈하게 노파의 손등에 떨어질 때에, 또 영채가 '남들이 다 내 살을 뜯어 먹으니 나도 내 살을 뜯어 먹을랍니다' 하고 피 나는 입술을 더욱 꼭꼭 물어뜯을 때에 노파의 마음은 진실로 거룩하였었다. 그때에 노파가 영채의 뺨에다 자기의 뺨을 대고 엉엉 소리를 내

어 울 때에는 노파의 마음은 진실로 '참사람'의 마음이었었다. 그때에 노파가 마음속으로 영채를 향하여 합장 재배할 때에 노파의 영혼은 더러운 죄 껍질을 벗어버리고 하나님이나 부처의 맑은 모양을 분명히 보았다. 그리고 자기가 이백 원에 사서 돈벌이하는 기계로 부리던 월향이라는 기생의 속에는 자기가 절하고 우러러볼 만한 무엇이 있음을 보았다. 그리고 명일부터는 영채를 자유의 몸을 만들고 자기도 새로운 사람이 되어서 영채와 자기와 정다운 모녀가 되어 서로 안고 서로 위로하며 즐겁게 깨끗하게 세상을 보내리라 하였다. 그리고 자리에 돌아와 벌써 코를 구르는 '영감쟁이'를 볼 때에 '에그, 더러운 짐승' 하고 옷을 입은 대로 저 윗목에서 혼자 누워 잤다. 그때에 '에그, 더러운 짐승'이라 함은 다만 '영감쟁이'의 몸뚱이가 더럽다는 뜻은 아니었다. 지금 영채의 영혼과 자기의 영혼과 하나님과 부처를 본 눈으로 '영감쟁이'의 때 묻은 '사람'을 볼 때에 자연히 구역이 난 것이라. 마치 더러운 집에서 생장한 사람이 자기의 집이 더러운 줄을 모르다가도 한번 깨끗한 집을 본 뒤에는 자기의 집이 더러운 줄을 깨닫는 모양으로 노파는 일생에 깨끗한 영혼과 참사람을 보지 못하다가 따끈따끈하는 영채의 피에 오십여 년 죄악에 묻혀 자던 깨끗한 영혼이 깜짝 놀라 눈을 떠서 백설과 같고 수정과 같은 영채의 영혼을 보고 그를 보던 눈으로 자기의 영혼을 본 것이라. 그러다가 영감쟁이의 '사람'을 보니 비로소 더러운 줄은 깨달은 것이라. 그러나 아침에 영채가 분을 바르고 향수를 뿌리고 방글방글 웃으며 들어오는 양을 보매 노파의 영혼의 눈은 다시 감기어 어제 저녁에 보던 영채의 '속사람'을 보지 못하고 다만 영채의 육체만 보았을 뿐이다. 그때에 어제 저녁의 기억은 마치 수십 년 전에 지나간 일과 같았다. 그러므로 영채가 '생각하여보니깐 우스운 일이야요' 할 때에 노파는 옳다구나 하고 '잘 생각하였다. 과연 그러하니라' 하고 다시 영채를 돈벌이하는 기계로 삼으려 하는 욕심이 났었다. 그래서 영채를 평양에 보낸 후로부터 지금 영채의 편지를 볼 때까지 노파는 영채로 하여금 밤에 '손을 보'게 할 생각과 김현수에게 이천 원에 팔아먹을 생각만 하였다. 그러나 영채의 편지를 보매 갑자기 그러한 생각이 스러지고 칼과 지환과 형식의 눈물을 볼 때에 어제 저녁에 떴던 노파의 영혼의 눈이 뜨였다. 노파는 오늘 아침 영채에게 '잘 생각하였다. 과연 그러하니라' 하던 것을 생각하매 일변 부끄럽기도 하고 일변 영채의 '속사람'에 대하여 죄송하기도 하였다. 마치 눈앞에 영채가 보이며 '흥, 잘 생각하였다!' 하고 노파의 하던 말을 조롱하는 듯도 하다.

노파의 눈에 늠실늠실하는 대동강이 보인다. 영채가 어떤 조그마한 바윗등에 서서 눈물을 흘리며 두 손에 치맛자락을 들고 물속에 뛰어들랸다. 그때에 자기가 '월향아, 월향아, 내가 잘못하였다, 내가 죽일 년이다' 하고 뒤로 뛰어 들어가 월향을 붙들려 하였다. 그러나 월향은 고개를 돌려 씩 웃고 '흥, 틀렸소, 내 몸은 더러웠소!' 하면서 그만 물속에 들어가고 만다. 자기는 그 바윗등에서 발을 동동 구르며 '월향아, 내가 잘못하였구나! 네 몸을 더럽히게 한 것이 내로구나. 월향아! 용서하여라' 하는 듯하다. 그리고 어저께 '할 수 없소. 죽으랴니까' 하고 실망하는 김현

수더러

'여봅시오, 남자가 그렇게 기운이 없소? 한번 이러면 그만이지!' 하고 눈을 찡긋하여 김현수에게 월향을 강간하기를 권하던 생각이 난다. 옳다, 그렇다, 월향의 정절을 깨트린 것은 내로구나, 월향을 죽인 것은 내로구나 하고 가슴이 타는 듯하여 입으로 숨을 쉬면서 또 한 번

"아이구, 이 일을 어쩌면 좋아요?" 하고 안타까운 듯이 두 무릎으로 방바닥을 탁탁 친다. 형식은 지금껏 이 비극을 일으킨 것이 다 저 뚱뚱한 더러운 노파라 하여 가슴이 아프고 원망이 깊을수록 지극히 미워하는 눈으로 노파를 흘겨보더니 노파가 심하게 고민하는 양을 보고 '네 속에 졸던 영혼이 깨었구나' 하면서 예수와 함께 십자가에 달리던 도적을 생각하였다. 그리고 저 노파도 역시 사람이라, 나와 같은, 영채와 같은 사람이라 하는 생각이 나서 노파의 괴로워하는 모양이 불쌍히 보인다. 그러나 형식은 노파가 아까 자기더러 '나는 누구신 줄도 모르고' 하던 것을 생각하니 금시에 동정하는 마음이 스러지고 아까보다 더한 싫고 미운 생각이 난다. 그래서 형식은 한 번 더 노파를 흘겨보았다. 노파는 형식의 흘겨보는 눈을 보고 또

"아이구, 이 일을 어째요" 하고 무릎으로 방바닥을 친다. 우선은 묵묵히 앉았더니 형식더러

"여보. 얼른 평양 경찰서에 전보를 놓고 밤차로 노형이 평양으로 가시오!" 한다.

53

 우선은 속으로 영채의 이번 행위는 마땅하다 하였다. 정조가 여자의 생명이니 정조가 깨어지면 몸을 죽이는 것이 마땅하다. 그러므로 여자 된 영채가 어제 저녁 청량사 사건에 대하여 잡을 길은 이 길밖에는 없다 하였다. 그리고 영채는 과연 옳은 여자로다 하고 존경하는 마음이 생기고 자기가 여태껏 영채를 유혹하던 것이 부끄럽다고 생각하였다. 그러나 자기의 사상(思想)에는 모순(矛盾)이 있는 줄을 우선은 모른다. 영채가 기생 월향일 때에는 기생이니까 정절을 깨트려도 상관이 없고 월향이가 영채가 된 뒤에는 기생이 아니니까 정절을 지킴이 마땅하다——이것이 분명한 모순이언마는 우선은 그 줄을 모른다. 우선의 생각을 넓히면 '열녀는 열녀니까 정절을 깨트림이 죄어니와 열녀 아닌 여자는 열녀가 아니니까 정절을 깨트려도 죄가 아니라' 함과 같다. 그러면 이는 선후(先後)를 전도(顚倒)함이니 열녀이니까 정절을 지키는 것이 아니라 정절을 지키니까 열녀어늘 우선의 생각에는 열녀면 정절을 지킬 것이로되 열녀가 아니면 정절을 지키지 아니하여도 좋다 함이라. 그러므로 우선은 영채가 열녀인 줄을 모를 때에는 정절을 깨트려주려 하다가 열녀인 줄을 안 뒤에는 영채의 정절을 깨트리려 한 것을 후회하고 부끄러워함이라. 아무러나 우선은 영채의 이번 행위가 가장 좋은 행위라 한다. 그러나 형식은 이 일에 대하여 우선의 생각하는 바와는 다르게 생각한다. 형식도 영채가 그처럼 정절이 굳은 것을 감탄은 한다. 죽으려고까지 하는 깨끗하고 거룩한 정신을 보고 존경도 한다. 그러나 형식의 생각에는 우선과 같이 '영채의 이번 행위가 가장 옳은 일'이라고는 생각하지 아니한다. 사람의 생명(生命)은 우주(宇宙)의 생명(生命)과 같다. 우주(宇宙)가 만물(萬物)을 포용(包容)하는 모양으로 인생(人生)도 만물(萬物)을 포용(包容)한다. 우주(宇宙)는 결코 태양(太陽)이나 북극(北極)만으로 그 내용(內容)을 삼지 아니하고 만천(滿天)의 모든 성신(星辰)과 만지(萬地)의 모든 만물(萬物)로다 그 내용(內容)을 삼는다. 그러므로 창궁(蒼穹)[209]에 극히 조그마한 별도 우주의 전생명(全生命)의 일부분(一部分)이요 내지(乃至) 지상(地上)의 극히 미세(微細)한 풀잎 하나 티끌 하나도 모두 우주(宇宙)의 전생명(全生命)의 일부분(一部分)이라. 태양(太陽)이 지구(地球)보다 위대(偉大)하니 태양(太陽)의 우주(宇宙)의 생명(生命)에 대한 관계가 지구(地球)의 그것보다 크다고는 할지나 그렇다고 태양(太陽)만이 우주(宇宙)의 생명(生命)이요 지구(地球)는 우주(宇宙)의 생명(生命)에 관계가 전무하다고는 못할지라. 또 태양계(太陽系)에 있어서는 태양(太陽)이 중심(中心)이로되 무궁대(無窮大)한 전우주(全宇宙)에 대하여는 태양(太陽) 그 물건도 한 티끌에 지나지 못하는 것이라. 이와 같이 사람의 생명(生命)도 결코 일 의무(一義務)나 일 도덕률(一道德律)을 위하여 존재(存在)하는 것이 아니요 인생(人生)의 만반의무(萬般義務)와 우주(宇宙)에 대한 만반의무(萬般義務)를 위하여 존재(存在)하는 것이라. 그러므로 충(忠)이나 효(孝)나 정절(貞節)이나 명예(名譽)가 사람의 생명(生命)의 중심(中心)은 아니니 대개 사람의 생명(生命)이 충(忠)이나 효(孝)에 있음이 아니요 충(忠)이나 효(孝)가 사람의 생명(生命)에서 나옴이라. 사람의 생명(生命)은 결코 충(忠)이나 효(孝)냐의 하나에 부친 것이 아니요 실로 사람의 생명(生命)이 충(忠), 효(孝), 정절(貞節), 명예(名譽) 등(等)을 포용(包容)하는 것이 마치 대우주(大宇宙)의 생명(生命)이 북극성(北極星)이나 백랑성(白狼星)이나 태양(太陽)에 있음이 아니요 실로 대우주(大宇宙)의 생명(生命)이 북극성(北極星)과 백랑성(白狼星)과 태양(太陽)과 기타 큰 별, 잔별과 지상(地上)의 모든 미물(微物)까지도 포용(包容)함과 같다.

사람의 생명(生命)의 발현(發現)은 다종다양(多種多樣)하니 혹 충(忠)도 되고 효(孝)도 되고 정절(貞節)도 되고 기타 무수무한(無數無限)한 인사현상(人事現象)이 되는 것이라. 그중에 무릇 민족(民族)을 따라 혹은 국정(國情)을 따르고 혹은 시대(時代)를 따라 필요상 이 무수무궁(無數無窮)한 인사현상(人事現象) 중(中)에서 특종(特種)한 것 일개(一個)나 또는 수개(數個)를 취하여 만반인사행위(萬般人事行爲)의 중심(中心)을 삼으니 차소위(此所謂) 도(道)요 덕(德)이요 법(法)이요 율(律)이라. 물론 사회적(社會的) 생활(生活)을 완성(完成)하려면 그 사회(社會)의 각원(各員)이 그 사회(社會)의 도덕법률(道德法律)을 권권복응(拳拳服膺)[210]함이 마땅하되 그러나 결코 이는 생명(生命)의 전체(全體)는 아니니, 생명(生命)은 하여(何如)한 도덕법률(道德法律)보다도 위대(偉大)한 것이라. 그러므로 생명(生命)은 절대(絶對)요

도덕법률(道德法律)은 상대(相對)니 생명(生命)은 무수히 현시(現時)의 그것과 상이(相異)한 도덕(道德)과 법률(法律)을 조출(造出)할 수 있는 것이라. 이것이 형식이가 배워 얻은 인생관(人生觀)이라. 그러므로 영채가 정절이 깨어짐을 위하여 목숨을 버리려 함은 효(孝)와 정절(貞節)이라는 일 도덕률(一道德律)을 인생(人生)인 여자(女子)의 생명(生命)Life의 전체(全體)로 오인(誤認)한 것이라 하였다. 효(孝)와 정절(貞節)이 현시(現時)에 있어서는 여자의 중심 되는 덕(德)이라. 그렇다 하더라도 그는 여자(女子)인 인생(人生)의 생명(生命)의 소산(所産)이요 일부분(一部分)이라 하였다. 영채는 과연 부모에게 대하여 효(孝)하지 못하였다. 지아비에게 대하여 정(貞)하지 못하였다. 그러나 그도 자기의 의지(意志)로 그러한 것이 아니요 무정한 사회(社會)가 연약한 그로 하여금 그리하지 아니치 못하게 한 것이라. 설혹 영채가 자기의 의지(意志)로 효(孝)와 정(貞)에 대하여 생명(生命)의 의무(義務)를 다하지 못하였다 하자. 그렇다 가정하더라도 영채는 생명(生命)을 끊을 이유가 없다. 효(孝)와 정(貞)은 영채의 생명(生命)의 의무(義務) 중에 둘이니(설혹 중요하다 하더라도 부분(部分)은 전체(全體)보다 작으니라) 이 두 의무(義務)는 실패(失敗)하였다 하더라도 아직도 영채의 생명(生命)에는 백천무수(百千無數)의 의무(義務)가 있다. 그의 생명(生命)에는 아직도 충(忠)도 있고 세계(世界)에 대한 의무도 있고 동물(動物)에 대한 의무도 있고 산천(山川)이나 성신(星辰)에 대한 의무도 있고 하나님이나 부처에 대한 의무도 있다. 이렇게 무수한 의무를 가진 귀중한 생명을 다만 두 가지(비록 중하다 하더라도, 또 부득이한 것인데)를 위하여 끊으려 하는 영채의 행위는 결코 '옳다'고는 할 수가 없다. 그러나 순결(純潔)하고 열렬(熱烈)한 사람이 자기(自己)의 중심적(中心的) 의무(義務)를 생명으로 삼음은 또한 인생(人生)의 자랑이라 하였다.

형식은 이론(理論)으로는 영채의 행위를 그르다 하면서도 정(情)으로는 영채를 위하여 울지 아니치 못하였다. 그러나 형식은 영채를 '낡은 여자'라 하고 다시 형용사를 붙여서 '순결열렬(純潔熱烈)한 구식여자(舊式女子)'라 하였다. 그러나 우선은 이번 영채의 행위는 절대적(絶對的)으로 선(善)하다 한다. 하나는 영문식(英文式)이요 하나는 한문식(漢文式)이로다.

54

형식은 노파와 함께 남대문 역에서 기차를 탔다. 형식은 어느덧 잠깐 잠이 들었다가 번쩍 눈을 뜨니 승객들은 혹은 창에 기대어 혹은 팔을 베고 혹은 고개를 잦히고 곤하게 잠이 들었다. 서넛쯤 저편 걸상에 어떤 인부 패장[211] 같은 사람이 혼자 깨어서 눈을 번적번적하면서 담배를 피운다. 어느덧 차창에는 새벽빛이 비치었다. 형식은 맞은편 걸상에서 입으로 침을 흘리며 자는 노파를 보았다. 그리고 '더러운 계집'하고 얼굴을 찡그렸다. 형식은 노파의 일생을 생각하여보았다. 본래 천한 집에 생장하여 좋은 일이나 좋은 말은 구경도 못하다가 몸이 팔려 기생이 되매 평생에 만나는 사람이 짐승 같은 외입쟁이가 아니면 짐승 같은 기생들뿐이요 평생에 듣는 말과 하는 말은 전혀 음란한 소리와 더러운 소리뿐이라. 만일 글을 알아서 옛사람의 어진 말이나 들었더면 조금은 '사람'이라는 생각이 났으련마는 노파의 얼굴을 보니 원래 천질[212]이 둔탁한 데다가 심술과 욕심과 변덕이 많을 듯하고 또 까만 눈썹이 길게 눈을 덮은 것을 보니 천생 음란한 계집이라. 이러한 계집은 어려서부터 가르치고 가르치더라도 악인이 되기 쉬우려든 하물며 평생을 더러운 죄악 세상에서 지냈으므로 '짐승 같은 마음'은 자랄 대로 자라고 '사람스러운 마음'은 눈을 뜰 기회가 없었다. 그는 일찍 선(善)이란 말이나 덕(德)이란 말을 들어본 적이 없었고 선한 사람이나 덕 있는 사람을 접하여본 적이 없었다. 그러므로 노파의 생각에 세상은 다 자기네 사회(社會)와 같고 사람은 다 자기와 같다 하였다. 그러므로 자기는 결코 남보다 더 악한 사람이라고도 생각지 아니하였고 하물며 남보다 더 못생긴 사람이라고도 생각하지 아니하였다. 차라리 그도 이따금 남의 일을 보고 '저런 악한 사람이 있는가' 하기도 하였다. 아니……하기도 하였을뿐더러 항용 선(善)하노라 자신하는 세상 사람과 다름이 없었다. 그러므로 저 노파는 '참사람'이라는 것을 볼 기회가 없었고, 또 보려 하는 생각도 없었고, 따라서 '참사람'이 되려는 생각을 하여본 적도 없었다. 자기는 자기가 '참사람'이어니 하였다. 그러므로 칠 년 동안이나 아침저녁 '참사람'인 영채를 보면서도 다만 월향이라는 살과 뼈로 생긴 기생을 보았을 뿐이요 그 속에 있는 영채라는 '참사람'을 보지 못하였었다. 그러므로 영채가 정절을 지키려 할 때에 노파는 도리어 영채를 미련하다 하고 철이 없다 하고 고집불통이라 하였다. 노파가 보기에 기생이란 마땅히 아무러한 남자에게나 몸을 허하는 것이 선(善)한 일이었다. 그러므로 이 선(善)을 깨트리고 정절을 지키려 하는 영채는 노파의 보기에 악이었다. 이렇게 생각하고 형식은 다시 노파의 얼굴을 보았다. 이때에는 노파에게 대한 밉고 더러운 생각이 스러지고 도리어 불쌍한 생각이 난다. 형식은 생각하였다. 자기도 그 노파와 같은 경우에 있었더면 그 노파와 같이 되었을지요 그 노파도 자기와 같이 십오륙 년간 교육을 받았으면 자기와 같이 되리라 하였다. 그리고 차실 내에 곤하게 잠든 여러 사람을 보았다. 그중에는 노동자도 있고 신사도 있고 욕심꾸러기 같은 사람도 있고 흉악한 듯한 사람도 있다. 또 그중에는 조선 사람도 있고 일본 사람도 지나 사람도 있다. 그들이 만일 깨어 앉아 서로 마주 본다 하면 혹 남을 멸시할 자도 있을지요 혹 남을 부러워할 자도 있을지요 혹 저놈은 악한 놈이요 저놈은 무식한 놈이요 저놈은 무례한 놈이라 하기도 할지나 만일 그네를 어려서부터 같은 경우에 두어 같은 교육과 같은 감화와 같은 행복을 누리게 하면 혹 선천적 유전의 차이는 있다 할지라도 대개는 비슷비슷한 선량한 사람이 되리라 하였다. 그리고 또 한 번 자는 노파의 얼굴을 보았다. 이때에는 노파가 정다운 듯한 생각이 난다. 저도 역시 사람이로다. 나와 같은, 영채와 같은 사람이로다 하였다. 그리고 엊그제 김장로의 집에서 십자가에 달린 예수의 화상을 보고 상상하던 생각이 난다. 다 같은 사람으로서 혹은 춘향이 되고 혹은 이도령이 되고 혹은 춘향 모도 되고 혹은 남원부사도 되어 혹은 사랑하고 혹은 미워하고 혹은 때리고 혹은 맞고 혹은 양반이 되고 선인(善人)이 되고 혹은 상놈이 되고 악인(惡人)이 된다 하더라도 원래는 다 같은 '사람'이라 하였다. 그리고 노파의 얼굴을 보니 마치 어머니나 누이를 대하는 듯 사랑스러운 생각이 난다. 노파가 영채의 죽으려는 결심을 보고 일생에 처음 '참사람'을 발견하고 영혼이 깨어 일생에 처음 진정한 눈물을 흘리면서 영채를 구원할 양으로 멀리 평양에까지 내려오는 것이 기쁘기도 하고 고맙기도 하였다. 형식은 노파에게 대하여 정다운 마음을 이기지 못하여 담요 끝으로 노파의 배를 가려주었다.

형식은 여기가 어딘가 하고 차창으로 내다보았다. 이윽고 고동 소리가 들리자 차가 어떤 다리를 건너는 소리가 난다. 형식의 머릿속에는 '대동강' 하는 생각이 번개같이 지나간다. 아아, 영채는 어찌 되었는가. 이미 대동강의 푸른 물결에 몸을 잠갔는가. 또는 경찰의 손에 붙들려 지금 어느 경찰서 구류간에서 눈물을 흘리고 지내는가. 형식은 가만히 노파의 어깨를 흔들면서 "여봅시오, 여봅시오! 대동강이외다" 하였다. 형식이가 이렇게 노파에게 정답게 말한 것은 이번이 처음이었다. 어제 노파의 집에서 '괘씸한 계집!' 하고 생각한 이래로 칠팔 시간이나 마주 앉아 오면서도 밉고 더러운 생각에 아무 말도 아니 하였었다. 노파는 번쩍 눈을 뜨고 일어나며

"에? 대동강!" 하고 차창을 내다본다. 어스름한 새벽빛에 대동

강물은 소리 없이 흐르고 기차는 평양 역을 향하여 길게 고동을 튼다. 형식과 노파의 머리에는 영채의 생각이 있다.

55

 형식은 차창을 열고 멀리 능라도 편을 바라보았다. 새벽 어스름에 아무것도 똑똑히 보이지는 아니하나 평양 경치를 여러 번 본 형식의 눈에는 '저것이 능라도, 저것이 모란봉, 저기가 청류벽' 하고 어렴풋하게 마음으로 지정하였다. 형식은 어저께 보던 영채의 편지를 생각하였다. '이 몸을 대동강의 푸른 물에 던져!' 하고 형식은 한숨을 쉬었다. 그리고 저 컴컴한 능라도 근방에 영채의 모양이 눈에 번쩍 보이는 듯하다. '양양한 물결로 하여금 이 몸의 더러움을 씻게 하고 무정한 어별로 하여금 이 죄 많은 살을 뜯게 하려 하나이다.' 형식은 영채의 시체가 바로 철교 밑으로 흘러 내려오는 듯하여 얼른 창밖에 머리를 내밀어 물을 내려다보았다. 철교의 기둥에 마주쳐 둥그스름하게 물결이 지는 것이 보인다. 형식은 목에 무엇이 떨어짐을 깨달았다. 형식은 고개를 들어 하늘을 보았다. 하늘에는 컴컴한 구름이 옴죽도 아니하고 무겁게 덮여 있고 가는 안개비가 내리며 이따금 조금 굵은 빗방울이 떨어진다. 서늘한 바람이 지나가며 형식의 길게 가른 머리카락이 펄펄 날린다. 형식은 무슨 무서운 것을 본 듯이 고개를 흠칫하고 차창에서 끌어들였다. '만일 대동강상에서 선생의 소매를 적

시는 궂은비를 보시거든 죄 많은 박영채의 눈물인 줄 알으소서'
하던 영채의 편지의 일절이 번쩍 눈에 보인다. 형식은 곁에 놓
인 가방에서 그 편지와 언문 쓴 종이와 칼과 지환을 싼 뭉텅이
를 내었다. 내어서 보려 하다가 다시 가방에 집어넣었다. 차는
철교를 지났다. 좌우편에는 길게 늘어선 빈 화차(貨車)와 조그
만 파수막[213]들이 보인다. 노파는 멍하니 차창으로 내다보던 눈
으로 형식을 보며

"어떻게 되었을까요?" 한다. 그 눈과 얼굴에는 아직도 진정으
로 걱정하는 빛이 보인다. 형식은 노파의 눈뜬 영혼이 아직도 깨
어 있구나 하였다. 노파는 아까 무서운 꿈을 꾸었다. 꿈에 자기가
차를 타고 평양으로 내려오는데 차가 대동강 철교 위에 다다랐을
때에 철교가 뚝 부러져 자기의 탔던 차가 대동강 물속에 푹 잠겼
다. 노파는 '사람 살리오!' 하고 울면서 겨우 하여 물 위에 떠올
랐다. 그러나 장마 때가 되어 흙물 같은 커다란 물결이 노파의 머
리를 여러 번 덮었다. 노파는 '아이구, 죽겠구나' 하고 엉엉 울면
서 물에 떴다 잠겼다 하였다. 이때에 노파의 눈앞에는 하얀 옷을
입은 영채가 우뚝 나섰다. 영채는 어제 아침에 자기의 방에 와서
하던 모양으로 방글방글 웃으며 '생각하여보니깐 우스운 일이야
요' 한다. 노파는 팔을 내밀고 '내가 잘못하였다. 용서하여라. 내
팔을 잡아당기어다고' 하였다. 그러나 영채는 노파의 팔을 잡으
려 아니 하고 갑자기 얼굴이 새파랗게 변하며 하얀 이빨로 입술
을 꼭 깨물어 새빨간 피를 노파의 얼굴에 뿌렸다. 노파는 이마와
뺨에 마치 끓는 물과 같이 뜨거운 핏방울이 튀어옴을 깨달았다.

노파는 '영채야, 나를 살려다고' 하면서 물속에서 허우적거리다가 잠을 깨었다. 노파는 잠이 깨자 곧 대동강을 내려다보았다. 그러나 일기가 오랫동안 가물었으므로 대동강물은 꿈에 보던 것과 같지는 아니하였다. 그러나 꿈과 같이 이 철교가 떨어지지나 아니할까 하고 열차가 철교를 다 지나도록 무서운 마음에 치를 떨다가 열차가 아주 육지에 나설 때에 비로소 마음을 놓고 한숨을 후 쉬며 형식에게 '어떻게 되었을까요?' 하고 영채의 일을 물음이라. 형식은 웃으며

 "어저께 전보를 놓았으니까, 아마 경찰서에 가 있겠지요" 하고 말소리와 태도로 '걱정 없지요' 하는 뜻을 표하였다. 노파는 형식의 말에 얼마큼 안심하였다. 그러나 아직 전보의 힘과 경찰서의 힘을 이용하여본 일이 없는 노파에게는 형식의 말에 아주 안심하기는 어려웠다. 노파도 전보가 기차보다 빨리 가는 줄을 알건마는 하고많은 사람에 어느 것이 영채인 줄을 어떻게 알리오 한다. 더구나 노파는 일생을 기생계에서 지내므로 경찰이란 자기를 미워하는 데요 성가시게 구는 데로만 생각한다. 그리고 영채가 아마 경찰서에 있으리라는 형식의 말을 듣고 자기가 일찍 평양서 밀매음 사건에 관하여 이삼일 경찰서 구류간에서 떨던 생각을 하였다. '그러나 지금은 여름이니까' 하고 영채는 경찰서에서 지난밤을 지냈더라도 자기와 같이 떨지는 아니하였으리라 하고 얼마큼 안심은 하였다.

 두 사람이 탄 열차는 평양 역에 도착하였다. '헤이조오'[214] 하는 역부의 외치는 소리와 딸각딸각하는 나막신 소리가 차가 다 서기

도 전부터 들린다. 아까부터 짐을 묶고 옷을 입던 사람들은 혹은 제가 먼저 내릴 양으로 남을 떠밀치고 나가기도 하고 혹은 가장 점잖은 듯이 빙그레 웃으며 일부러 남들이 먼저 나가기를 기다리기도 한다. 형식과 뚱뚱한 노파도 플랫폼에 내렸다. 어느 군대의 어른이 가는지 젊은 사관들이 일등차실 곁에 서서 여러 번 모자에 손을 대며 허리를 굽힌다. 뚱뚱한 서양 사람 두엇이 바지에 두 손을 찌르고 주위의 사람들은 눈도 떠 보지 아니하면서 뚜벅뚜벅 왔다 갔다 한다. 어떤 일본 부인이 차를 아니 놓칠 양으로 커다란 '신겐부구로(信玄袋)'[215]를 들고 통통통 뛰어 들어온다. 북으로 더 갈 승객들은 세수도 아니 한 얼굴에 맨머릿바람으로 우두커니 나와 서서 아는 사람이나 찾는 듯이 입구(入口)를 바라보고 섰다. 개찰인(改札人)은 빈 가위를 떼걱떼걱하고 섰다. 형식과 노파는 출구(出口)를 나섰다. 지켜 섰던 순사가 힐끗 두 사람의 뒤를 본다. 형식과 노파는 인력거에 올랐다. 두 인력거는 여러 인력거와 앞서거니 뒤서거니 뾰족한 비를 지나서 아직 전등이 반작반작하는 평양 시가로 들어간다. 안개비는 여전히 부슬부슬 온다.

56

형식은 인력거 위에서 자기가 첫 번에 평양에 오던 생각을 하였다. 머리는 아직 깎지 아니하여 부모상으로 흰 댕기를 드리고 감발을 하고 어느 봄날 아침에 칠성문으로 들어왔다. 칠성문 안에서 평양 시가를 내려다보고 '크기는 크구나' 하였다. 그때에 형식은 열한 살이라. 그러나 평양이란 이름과 평양이 좋다는 말을 들었을 뿐이요 평양이 어떠한 도회인지 평양에 모란봉 청류벽이 있는지 없는지도 몰랐다. 형식은 그때에 『사서』[216]와 『사략』[217]과 『소학』을 읽었었다. 그러나 그때에는 학교라는 것도 없었으므로 조선 지리나 조선 역사를 읽어본 적이 없었다. 형식은 생각하였다. '문명한 나라 아이들 같으면 평양의 역사와 명소와 인구와 산물도 알았으리라.' 그때에 형식은 대동문 거리에서 처음 일본 상점을 보았다. 그리고 그 유리창이 큰 것과 그 사람들의 옷이 이상한 것을 보고 재미있다 하였다. 형식은 갑진년에 들어오던 일본 병정을 보고 일본 사람들은 다 저렇게 검은 옷을 입고 빨간 줄 두른 모자를 쓰고 칼을 찼거니 하였었다. 그래서 대동문 거리로 오르내리며 기웃기웃 일본 상점을 보았다. 어떤 상점에는 성냥과 석유 상자가 놓였다. 형식은 아직도 그렇게 많은 성냥을 보지 못하였었다. 그래서 '옳지, 성냥은 다 여기서 만드는구나' 하고 고개를 까땍까땍하였다. 또 일본 사람들이 마주 앉아서 이야기하고 웃는 것을 보고 '어떻게 서로 말을 알아듣는가' 하고 이상히 여겼다. 형식의 귀에는 모든 말이 다 같은 소리와 같이 들렸음이라. 더욱 형식의 눈에 재미있게 보이는 것은 일본 부인의 머리와 등에 매달린 허리띠코[218]였다. 형식은 저기다가 무엇을 넣고 다니는고 하였다. 이 의문은 오래도록 풀지 못하였다.

또 형식은 대동문 밖에 나서서 대동강을 보았다. 청천강보다 '좀 클까' 하였다. 그리고 '화륜선'을 보았다. 시커먼 굴뚝으로 시커먼 연기를 피우고 '뺑' 하고 이상한 소리를 내면서 돛도 아니 달고 다니는 '화륜선'은 참 이상도 하다 하였다. 그 '화륜선' 위에 사람들이 왔다 갔다 하는 것을 보고 '나도 한번 저기 타보았으면' 하였다.

형식은 '물지게가 많기도 많다' 하였다. 형식의 생장한 촌중에는 그 앞 술도 하고 겨울에 국수도 누르는 주막에 물지게가 있었을 뿐이었다. 그래서 물지게란 주막에 있는 것이어니 하였다. 그러므로 형식은 대동문으로 수없이 많이 들었다 나갔다 하는 물지게를 보고 '평양에는 주막도 많다' 하였다. 그리고 '평양감사'라는데 평양감사가 어디 있는고 하고 한참이나 평양감사의 집을 찾다가 말았다. 이런 생각을 하고 형식은 호로 구멍으로 거리를 내다보며 혼자 싱긋 웃었다. 밀철로[219]가 사람을 가득히 싣고 요란한 소리를 내며 형식의 인력거 곁으로 지나간다.

형식은 또 생각을 잇는다. 그날 종일 평양 구경을 하다가 관 앞 어떤 객주에 들었다. 탕건 쓴 주인이 '너 돈 있니?' 할 때에 형식은 '스무 냥이나 있는데' 하고 자기의 주머니를 생각하면서 '돈 없겠소!' 하고 '나도 손님인데' 하면서 서슴지 아니하고 아랫목에 내려가 앉던 것을 생각하였다. 그 이튿날이 평양장이라 하여 감발한 황화[220] 장사들이 십여 인이나 형식의 주인에 들었다. 형식은 얼마큼 무서운 생각이 있으면서도 아주 태연한 듯이 벽에 바른 종이의 글을 읽었다. 그러나 밤에 자려 할 때에 같이 있던 이삼 인이 서로 다투어 형식의 곁에서 자려 하였다. 형식은 무서운 마음이 생겨서 방 한편 구석에 말없이 앉아서 그 사람들의 하는 양을 보았다. 그러나 형식의 손에는 목침이 들렸더라. 세 사람은 한참이나 다투더니 그중에 제일 거무데데하고 무섭게 생긴 사람이 웃고 형식을 안으며 '애, 나허고 자자, 돈 주께' 하고 형식의 목을 쓸어안으며 입을 맞추려 한다. 형식은 울면서 방 안에 둘러앉은 십여 명을 보았다. 그러나 모두 벙글벙글 웃을 뿐이요 그중에 한 사람이 '애, 나허고 자자' 하며 자기의 주머니에서 엽전을 한 줌 집어낸다. 형식은 반항하였다. 그러나 그 거무데데한 사람의 구린내 나는 입이 형식의 입에 닿았다. 형식은 머리로 그 사람의 면상을 깨어져라 하도록 들입다 받고 그 사람이 번쩍 고개를 잦히는 틈을 타서 손에 들었던 목침으로 그 사람의 가슴을 때렸다. 그 사람은 얼른 목침을 피하고 일어나면서 형식의 머리채를 잡아 흔들며 형식의 머리를 벽에 부딪친다. 형식은 이를 갈며 울었다. 이때에 저편 구석에 말없이 앉았던 키 큰 사람이 벌떡 일어나 달아오더니[221] 형식의 머리채를 잡은 사람의 상투를 잡아당기며 주먹으로 귀쌈[222]을 서너 번 때리더니 방바닥에 그 사람을 엎드려놓고 '이놈! 이 짐승놈!' 하고 발길로 찬다. 여러 사람은 다 놀라 일어났다. 그러나 감히 대드는 자가 없었다.

  이러한 생각을 하다가 형식은 문득 영채를 생각하였다. 영채와 자기와는 이상하게 같은 운명을 지내어오는 듯하다 하였다. 그리고 영채가 더욱이 정다워지는 듯함을 깨달았다. 영채는 자기의 아내를 삼아 일생을 서로 사랑하고 지내야 하리라 하였다.

  그러나 영채는 살았는가. 살아서 경찰서에 있는가. 또 영채의 편지가 생각나고 아까 대동강을 건너올 때에 생각하던 바를 생각하였다. 그리고 그 편지와 그 언문 쓴 종이를 넣은 가방이 자기의 무릎 위에 놓인 것을 보았다. 그리고 평양 경찰서의 집과 문과 그 속에 앉아서 사무를 보는 사람들을 상상하고 영채가 울면서 혼자 앉았는 방과 자기와 노파가 영채의 방에 들어가는 모양을 상상하였다.

인력거가 우뚝 서고 인력거꾼이 호로를 벗긴다. 형식의 앞에는 회칠한[223] 서양제 집이 있다. 문 위에는 평양 경찰서(平壤警察署)라고 대자로 새겼다.

57

형식은 가슴이 설렁거리면서 경찰서 문 안에 들어섰다. 사무 보는 책상과 의자가 다 비고 저편 유리창 밑에 어떤 흰 정복에 칼도 아니 차고 어깨에 수건을 건 순사가 앉아서 신문을 본다. 형식은 아직도 조선 땅에서 경찰서에 와본 적이 없었다. 일찍 동경에서 어떤 경찰서에 불려가 차를 마시고 담배를 피우면서 서장과 말하여본 적은 있었으나 인민이 관청에 오는 자격으로 경찰서에 와본 적은 없었다. 그는 톨스토이의 『부활』을 읽어 아라사[224] 경찰서의 모양을 상상할 뿐이었었다. 형식은 얼마큼 불쾌한 생각을 품으면서 모자를 벗고

"여쭈어볼 말씀이 있습니다" 하고 얼굴을 붉혔다. 노파는 형식의 곁에 서서 무서움과 괴로움으로 치를 떤다. 그러나 순사는 그

말을 못 들은 모양. 형식은 좀더 소리를 높여

"여쭈어볼 말씀이 있습니다" 하였다. 그제야 순사가 신문을 든 채로 고개를 돌려 형식과 노파의 얼굴과 모양을 유심히 보더니

"무슨 일이오?" 한다. 형식이 서장이 오기 전에는 자세히 알 수 없으리라 하면서

"어저께 서울서 평양 경찰서로 어떤 부인 하나를 보호하여달라는 전보를 놓았는데요……" 형식의 말이 끝나기 전에 순사가 "부인?" 한다. 형식과 노파의 생각에는 '옳지, 영채가 여기 있는 게로다' 하였다.

"예. 부인 하나를 보호하여달라고 전보를 놓았는데요……그래서 지금 어제 밤차로 내려왔는데요……혹 그 부인이 지금 이 경찰서에 있습니까" 하면서 형식은 그 순사의 얼굴을 보았다. 순사는 말없이 신문을 두어 줄 더 읽더니 의자에서 일어나 두 사람의 곁으로 오면서

"어떤 부인을 보호하여달라고 평양 경찰서로 전보를 놓았어요?" 하고 형식의 말을 잘 알아듣지 못한 듯이 소리를 높여 묻는다. 형식은 얼마큼 실망하였다. 만일 평양 경찰서에서 영채를 붙들었으면 저 순사가 모를 리가 없으리라 하였다. 노파도 눈이 둥그레지며 순사에게

"어떤 모시 치마 적삼 입고 서양 머리로 쪽 찐 열팔구 세나 된 여자가 오지 아니하였어요?" 하고 눈에서 눈물이 흐른다. 순사는 무엇을 생각하는 듯이 한참이나 고개를 기웃기웃하고 바지에 한 손을 꽂고 책상과 의자 사이를 지나 저편으로 들어가고 만다. 두

사람은 실망하였다. 영채는 평양 경찰서에 없구나 하였다. 만일 영채가 여기 없다 하면 어디 있을까. 어저께 넉 점에 평양에 내려서 자기의 부친과 월화의 무덤을 보고 그 길로 청류벽으로 나와 연광정 밑에서 물에 뛰어든 것이 아닐까. 그렇다, 영채는 죽었구나 하였다. 노파가 형식의 팔을 잡으며 우는 소리로 "웬일이야요?" 한다. 형식은 울음을 참느라고 입술을 물었다.

"설마 죽기야 하였겠어요. 이제 서장이 오면 알 터이지요" 하고 노파를 위로는 하면서도 자기도 영채가 살았으리라고는 생각지 아니한다. 그래서 속으로 '왜 죽어!' 하였다. 『소학』과 『열녀전』이 영채를 죽였구나 하였다. 만일 자기가 한 시간만 영채에게 이야기를 할 기회가 있었더라도 영채는 죽지는 아니하였으리라 하였다. 형식은 이번에는 소리를 내어 "왜 죽어?" 하였다. 노파는 '설마 죽었을라고요' 하는 형식의 말에 얼마큼 마음을 놓았다가 '왜 죽어?' 하는 형식의 탄식에 다시 절망이 되었다. 노파는 형식의 손을 꽉 쥐며

"에그, 이 일을 어째요?" 하고 운다. 그리고 '나 때문에 영채가 죽었구나' 하는 생각이 더욱 노파의 가슴을 찌른다. '아까 꿈자리가 좋지 못하더니' 하고 꿈꾸던 생각을 한다. 하얀 옷을 입고 물 위에 서서 '흥, 생각하니깐 우스워요' 하다가 갑자기 얼굴이 무섭게 변하며 입술을 깨물어 자기의 얼굴에 뜨거운 피를 뿜던 것이 생각이 난다. 그리고 그것이 영채의 혼령(魂靈)이 아니던가 하였다. 어저께 해지게 대동강에 빠져 죽은 영채의 혼령이 자기의 꿈에 들어온 것이 아닌가 하였다. 그리고 두 손으로 얼굴을 가렸다.

아아, 영채의 원혼(怨魂)이 밤낮 내 몸에 붙어서 낮에는 병이 되고 밤에는 꿈이 되어 나를 괴롭게 하지 아니하겠는가 하였다. 자기가 오늘부터 병이 들어 얼마를 신고하다가[225] 마침내 영채에게 붙들려 가지나 아니할까. 또는 장차 서울에 올라가는 길에 영채의 원혼이 대동강 철교를 그 입술을 물어뜯던 모양으로 물어뜯어 자기 탄 기차가 대동강에 빠지지 아니할까 하였다. 무섭게 변한 영채의 모양이 방금 노파의 앞에 섰는 듯도 하다. 노파는 마침내 울며 형식의 어깨에 얼굴을 비빈다. 형식도 울음을 참으면서 흑흑 느끼는 노파의 등을 만지며

"울지 마시오. 이제 서장이 나오면 알지요" 한다.

이윽고 아까 그 순사가 들어가던 곳으로 다른 순사 하나가 나온다. 그 순사도 두 사람의 모양을 유심히 보더니, 책상 서랍에서 어떤 전보를 내보며

"노형이 이형식이오?" 하고 형식을 본다. 형식은 순사의 손에 있는 전보를 슬쩍 보면서

"예. 내가 이형식이오."

노파가 우는 소리로

"나리께서 그런 여자를 보셨습니까" 한다. 순사는 그 말에는 대답도 아니 하고

"이 전보는 받았지요. 그래서 정거장에 나가 보았지마는 어떤 사람인지, 어떤 옷을 입은 사람인지 알 수가 있어야지요——" 하고 그 전보를 책상 위에 놓으며

"왜? 도망하는 계집이오?"

형식은 그만 실망하였다. 영채는 정녕 죽었구나 하면서

"아니요. 자살할 염려가 있어요" 하고 자기가 전보를 놓을 때에 그 모양을 자세히 말하지 못하였던 것을 한하였다. 먼저 나왔던 순사가 나와서 책상 위에 놓인 전보를 보면서

"평양에 몇 사람이나 내리는지 아시오? 하고많은 사람에 누가 뉜지 어떻게 안단 말이오" 한다.

58

형식과 노파는 아주 절망하여 경찰서에서 나왔다. 안개비에 길이 눅눅하게 젖었다. 아까보다 사람도 많이 다니고 구루마도 많이 다닌다. 상점에서는 널쪽 덧문을 열고 어떤 사람은 길가에 나와 앉아서 세수를 하며 어떤 사람은 방 안에 앉아서 소리를 내어 신문을 본다. 찌국찌국하고 오던 물지게들은 모로 서서 좁은 골목으로 들어간다. 우편 집배인²²⁶이 검은 가죽 가방을 메고 손에 열쇠 뭉치를 들고 껑충껑충 뛰어온다. 노파는 형식의 손에 매달려 걸음을 잘 걷지 못한다. 형식은 시장증이 난다. 노파더러

"어디 들어가서 조반을 사 먹고 찾아봅시다. 설마 죽었겠어요" 한다. 노파는 형식을 보며

"아이구. 나도 대동강에나 가서 빠져 죽었으면 좋겠소" 하고 눈물을 씻는다. 형식은 어저께 우선이로 더불어 노파의 집에 갔을 때에 '뒷간에 있는데 야단을 하시구려' 하고 치마고름을 고쳐 매

던 노파를 생각하였다. 형식은

"그리 너무 슬퍼 맙시오. 아직 아니 죽고 세상에 있는지 알겠어요? 자, 어디 가서 조반이나 먹읍시다"하고 혼잣말 모양으로 "장국밥이 있을까" 하며 사방을 둘러보았다. 노파는 '아니 죽고 세상에 있는지—' 하는 말에 얼마큼 위로를 얻으며

"장국밥집에를 어떻게 들어갑니까. 나 아는 집으로 가시지요" 한다. 노파가 '나 아는 집'이라면 기생집이리라 하였다. 그리고 어리고 고운 기생들의 모양이 눈에 얼른 보인다. 그리고 노파의 말대로 따라가고 싶은 생각이 난다.

'어여쁜 여자를 보기만 하는 것이야 상관이 있으랴, 아름다운 경치를 보는 모양으로 아름다운 꽃을 대하는 모양으로' 이렇게 생각하고 다시 '그러나 이것이 한 핑계가 되기 쉽다' 하면서 자기의 마음을 돌아보았다. 그리고 '내 마음은 깨끗하다' 하면서

"어디오니까. 그러면 그리로 가시지요"하고는 그래도 노파의 뒤를 따라 기생집으로 들어가는 것이 모양이 흉하다 하여 노파를 거기 데려다 두고 자기는 어디든지 다른 데로 가리라 하였다.

형식은 노파의 뒤를 따라 어떤 깨끗한 기와집 대문 밖에 섰다. 아직 국태민안(國泰民安)이라고 쓴 대문은 열리지 아니하였다. 노파는 마치 자기 집 사람을 부르는 모양으로

"얘들아, 자느냐. 문 열어라!" 하면서 문을 서너 번 두드리더니 형식을 돌아보며

"영채가 여기나 있으면 아니 좋겠어요" 하고 뜻 없이 웃는다. 형식은 속으로 '영채는 벌써 죽었는데' 하고 말이 없었다. 이윽고

방문 열리는 소리가 나더니 누가 신을 짝짝 끌며 나와서

"누구셔요?" 하고 문을 연다. 형식은 한 걸음 비켜섰다. 어떤 얼굴에 분 흔적 보이는 십삼사 세 되는 계집아이가 노파에게 매달리며 반가운 듯이

"아이구. 어머니께서 오셨네" 하고 '네' 자를 길게 뽑는다. 머리와 옷이 자다가 뛰어나온 사람이로구나 하고 형식은 두 사람이 반가워하는 양을 보았다. 어여쁜 처녀로다. 재주도 있을 듯하고 다정도 할 듯하다 하였다. 그러나 저도 기생이로구나 하고 형식은 불쌍히 여기는 마음이 생겼다. 아직 처녀의 모양으로 차렸건마는 벌써 처녀는 아니리라, 혹 어제 저녁에 어떤 사나이의 희롱을 받지나 아니하였는가 하였다. 노파는 대문 안에 한 걸음 들어서면서 목을 내밀어

"들어오시지요. 내 집이나 다름없습니다" 한다. 그 어린 기생은 그제야 문밖에 어떤 사람이 있는 줄을 알고 고개를 기울여 형식을 본다. 형식은 그 좀 두터운 듯한 눈시울이 곱다 하면서

"나는 어떤 친구에게로 갈랍니다. 조반을 먹거든 이리로 오지요" 하고 모자를 벗는다. 노파는 문밖으로 도로 나오며

"그러실 것이 있어요, 들어오시지. 내 동생의 집인데요" 하고 형식의 소매를 잡아당긴다. 그래도 형식은 굳이 간다 하는 것을 이번에는 그 어린 기생이 나와 그 고운 손으로 형식의 등을 밀고 아양을 부리며

"들어오셔요—" 한다. 형식의 생각에 아무리 보아도 그 어린 기생의 마음에는 티끌만 한 더러움도 없다 하였다. 저 영채나 선

형이나 다름없는 아주 깨끗한 처녀라 하였다. 그리고 그 등을 살짝 미는 고운 손으로 따뜻한 무엇이 흘러 들어오는 듯하다 하였다. 형식은 남의 처녀를 볼 때마다 늘 생각하는 버릇으로 '내 누이'라고 생각하였다. 그래서 얼마를 더 사양하다가 마침내 마지못하여 그 집에 들어갔다. 그러나 한 팔을 노파에게 잡히고 다른 팔을 그 어여쁜 기생에게 잡히고 들어가는 맛은 꽤 유쾌하다 하였다. 인도함을 받아 들어간 방은 영채의 방과 크게 틀림이 없었다. 그 어린 기생은 얼른 먼저 뛰어 들어가 자리를 갠다. 형식은 문밖에서 그 발간 깃 들인 비단 이불이 그 어린 기생의 손에서 번쩍번쩍하는 양을 보았다. 노파와 형식은 들어앉았다. 기생은 저편 방에 가서 기쁜 소리로

"어머니, 서울 어머니께서 오셨어요!" 하는 소리가 들린다. 형식은 그 방에서 무슨 향내가 나는 듯이 생각하였다. 그리고 방바닥에 짚은 형식의 손은 따뜻한 맛을 깨달았다. 이는 그 기생의 몸에서 흘러나온 따뜻함이라 하였다. 이윽고 기생이 어린아이 모양으로 뛰어 들어오며

"지금 어머니 건너오십니다. 그런데 아침차로 오셨어요?" 하고 말과 얼굴에 기쁨을 감추지 못하는 빛이 보인다. 형식은 '다 같은 사람이로구나' 하였다. 따뜻한 인정은 사람 있는 곳에 아무 데나 있다 하였다. 그리고 담배를 내들고 조끼에서 성냥을 찾으려 할 제 그 기생이 얼른 성냥을 집어 불을 켜 들고 한 손으로 형식의 무릎을 짚으면서

"자, 붙이셔요!" 한다. 형식은 그를 깨끗한 어린아이 같다 하

였다.

59

 형식은 그 여자의 손에 담뱃불을 붙이기가 미안한 듯도 하고 수줍은 듯도 하여
 "이리 줍시오" 하였다. '줍시오' 하는 것을 보고 그 기생은 쌕 웃는다. 웃을 때에 위 앞니에 커다란 금니가 반짝 보인다. 그 기생은 형식의 무릎을 짚은 손을 한번 꼭 누르고 어리광하는 듯이 몸짓을 하면서
 "자, 이대로 붙이셔요" 하고 '요' 자에 힘을 준다. 노파도 형식이가 그저께 '월향씨' 하던 것을 듣고 우습게 여기던 것을 생각하고 빙그레 웃는다. 형식이가 사양하는 동안에 기생의 손에 있던 성냥이 다 탔다. 기생은
 "에그, 뜨거워라" 하고 그것을 방바닥에 떨어트리고는 살짝 엎데며 입으로 훅 불고 성냥을 잡았던 손가락으로 제 귀를 잡는다. 형식은 미안한 생각에 얼굴이 붉어진다. 그 귀를 잡는 손가락을 자기의 입에 대고 '호' 하고 불어주고 싶다 하면서
 "아차, 뜨겁겠구려" 하였다. 기생은 손가락을 귀에 대고 잠깐 형식의 얼굴을 보더니 또 다른 성냥개비를 그어 아까 모양으로 한 손을 형식의 무릎 위에 놓으면서 숨이 찬 듯이
 "자, 이번에는 얼른 붙입시오" 하고 성냥개비가 반쯤 타는 것을

보고는 제 몸을 춤을 추이며 급한 듯이 "자, 얼른얼른" 한다. 형식은 고개를 숙여 궐련에 불을 붙이고 첫 번 입에 빤 연기를 그 기생의 얼굴에 가지 않도록 '후' 하고 옆으로 뿜었다. 기생은 형식이가 담뱃불을 다 붙인 뒤에도 여전히 형식의 얼굴을 쳐다본다. 형식은 눈이 부신 듯이 고개를 들어 마당을 내다보면서 '그 눈이 마치 꿈을 꾸는 듯하구나' 하였다. 기생은 성냥개비가 다 타기를 기다리는 듯이 두 손가락으로 그 성냥개비를 돌린다. 형식은 그 기생의 머리와 등을 본다. 새까만 머리를 느짓느짓²²⁷ 땋고 끝에다 새빨간 왜증댕기를 드렸다. 그 머리채가 휘 임하여 내려가다가 삼각형(三角形)으로 접은 댕기 끝이 치마허리쯤 하여 가로누웠다. 형식은 그 댕기 빛이 핏빛과 같다 하였다. 기생은 성냥개비를 뱅뱅 돌리다가 잘못하여 형식의 다리 위에 떨어트렸다. 기생은 "아이구머니!" 하면서 두 손으로 형식의 다리를 때린다. 그러나 그 불티가 형식의 무명 고의 주름에 끼어 고의에 구멍이 뚫어지고 넓적다리가 따끔 한다. 형식은 그 기생이 미안하여할까 두려워하여 두루마기로 얼른 거기를 가리고 "불이 꺼졌소" 하였다. 기생은 형식의 무릎에서 손을 떼고 민망한 듯이 몸을 추면서

"에그. 고의가 탔지요? 뜨거우셨겠네" 하며 고개를 돌려 노파를 본다. 노파는 빙그레 웃으면서

"계향아, 너는 그저 어린애로구나!" 하였다. 노파는 확실히 이 기생의 속에서 눈에 보이지 아니하는 깨끗한 영혼을 보았다. 그리고 형식이가 그 어린 기생을 보는 눈에는 조금도 더러운 욕심이 없다 하였다. 그리고 형식은 자기가 흔히 보지 못하던 종류의

사람이라 하였다. 그래서 형식이가 이 어린 기생에 대하여 '하시오' 하고 존경하는 말을 쓰던 것이 처음에는 시골뜨기와 같고 무식한 듯하더니 도리어 점잖고 거룩하다 하였다.

형식은 그 어린 기생의 말과 모양을 보고 무슨 맛나는 좋은 술에 반쯤 취한 듯한 쾌미를 깨달았다. 마치 몸이 간질간질한 듯하다. 더구나 그 기생이 자기의 무릎에 손을 짚을 때와 불을 떨어트리고 그 조그마한 손으로 자기의 넓적다리를 가만가만히 때릴 때에는 마치 몸에 전류(電流)를 통할 때와 같이 전신이 자릿자릿함을 깨달았다. 형식은 생각하기를 자기의 일생에 그렇게 미묘(微妙)하고 자릿자릿한 쾌미를 깨닫기는 처음이라 하였다. 그 어린 기생의 눈으로서는 알 수 없는 광선(光線)을 발하여 사람의 정신을 황홀하게 하고 그 살에서는 알 수 없는 미묘한 분자가 뛰어나 사람의 근육(筋肉)을 자릿자릿하게 하는 것이라 하였다.

형식은 선형을 생각하고 일전 선형과 마주 앉았을 때에 깨닫던 즐거움을 생각하고 또 자기가 희경을 대할 때마다 맛보던 달큼한 맛과 기타 정다운 친구를 대할 때에 맛보던 즐거움을 생각하고 또 차 속이나 배 속이나 길가에서 처음 보는 사람 중에도 말할 수 없는 즐거움을 주는 자가 있음을 생각하였다. 그러나 모든 그러한 즐거움 중에 지금 그 어린 기생이 주는 듯한 즐거움은 처음 본다 하였다. 그리고 그 이유는 그 어린 기생의 얼굴과 태도와 마음이 아름다움과 피차에 아무 욕심도 없고 아무 수단도 없고 아무 의심도 없고 서로서로의 영(靈)과 영(靈)이 모든 인위적(人爲的) 껍데기를 벗어버리고 적나라(赤裸裸)하게 융합(融合)함에 있다

하며 또 이렇게 맛보는 즐거움은 하늘이 사람에게 주신 가장 거룩한 즐거움이라 하였다. 각 사람의 속에는 대개는 서로 보고 즐거워할 무엇이 있는 것이어늘 사람들은 여러 가지 껍데기로 그것을 싸고 싸서 흘러나오지 못하게 하므로 즐거워야 할 세상이 그만 냉랭하고 적막한 세상이 되고 맒이라 하였다. 그중에도 얼굴과 마음이 아름답게 생기거나 혹 아름다운 그림을 그리고 조각(彫刻)을 하며 시(詩)를 짓는 사람은 이 인생을 즐겁게 하는 거룩한 천명(天命)을 가진 자라 하였다.

이윽고 '어머니'가 나오더니

"에그, 형님께서 오셨네" 하고 기쁨을 이기지 못하는 듯하다. 형식은 생각하였다. '저들도 사람이로다.' 저들의 속에도 '참사람'이 있기는 있다, 사람의 붉은 피와 사람의 따뜻한 정이 있기는 있다 하였다. '어머니'는 얼른 형식에게 초면 인사를 하고 노파의 곁에 앉으며

"그런데 월향이 잘 있소?"

"에그, 저런. 나는 형님의 안부도 묻기를 잊었네" 하고 '두터운 듯' 한 눈시울을 잠깐 움직이며 형식을 본다. 형식은 '잊은 것이 아니 잊은 것보다 더욱 정답다' 하였다.

60

노파는 새로이 눈물을 흘리면서 영채의 말을 하였다. 영채가 청

량사에서 어떤 사람에게 강간을 당할 뻔하던 일과 그날 저녁에 집에 돌아와 입술을 물어뜯고 울던 일과 그 이튿날 아침에 자기가 자는 데 들어와서 평양에 갈 말을 하던 것과 차를 탈 때에 자기에게 편지 한 장을 주었고 그 편지에는 이러이러한 말을 썼던 것과 오늘 아침에 평양 경찰서에 와서 물어보던 일을 말하고, 나중에

"그런데 그 이형식이라는 이가 이 어른이로구나" 하고 손으로 형식을 가리키며 '어머니'의 어깨에 쓰러져 운다. 어머니와 계향도 이야기를 들을 때에 고이기 시작한 눈물이 이야기가 끝나매 쌀쌀 흐르기 시작하며 눈물에 가려 잘 보이지 아니하는 눈으로 물끄러미 형식을 본다. 형식은 의외로 생각하였다. 형식의 생각에 계향은 몰라도 '어머니'는 영채의 말을 들으면 와락 성을 내며 '미친년! 죽기는 왜 죽어!' 할 줄로 생각하였었다. 그랬더니 영채의 죽었단 말을 듣고 슬피 우는 양을 보매 그 따뜻한 인정은 자기와 다름이 없다 하였다. 그리고 지금껏 기생이라면 자기와는 전혀 정신 상태가 다른 한 짐승과 같은 하등 인종으로 알던 것이 부끄럽게 생각된다. 어머니는 한참이나 울더니 코를 풀며

"원래 월향이가 마음이 꼭하였습닌다.[228] 게다가 처음부터 월화와 친해서 밤낮 월화의 말만 들었으니까 꼭 마음이 월화와 같이 되었습닌다. 그런데 형님은 그런 줄을 못 알아보고 월향더러 '손을 보'라 한 것이 잘못이지" 하고 "지나간 일을 어찌하겠소, 울지 마오" 하며 형식을 본다. 형식은 눈물 흐르는 양을 아니 보이려 하여 고개를 돌리고 담배를 피운다. 노파도 코를 풀면서

"내니 십 년이나 친딸과 같이 기른 것을 미워서 그랬겠나. 저도 차차 낫살이 많아가고……평생 기생 노릇만 할 수도 없을 터이니까 어디 좋은 자리를 구하여 일생 편히 살 만한 곳에 보낼 양으로 그랬지. 그런데 김현수라는 이는 부자요 남작의 아들이요 하기로 그리로 보내면 저도 상팔자겠다 하고 그랬지" 하며 눈물을 씻는다. 형식은 혼자 놀랐다. 노파의 '평생 기생 노릇만 할 수도 없으니까' 하는 말을 듣고 그러면 김현수에게 억지로 붙이려 한 것이 영채의 일생을 위하는 뜻이던가 하였다. 노파가 영채를 죽인 것이 다만 천 원 돈을 위하여 한 악의(惡意)가 아니요 영채의 일생을 위하여 한 호의(好意)인가 하였다. 그러면 영채를 죽인 노파의 마음이나 영채를 구원하려 하는 자기의 마음이나 필경은 같은 마음인가 하였다. 그러면 필경은 세상과 인생에 대한 표준(標準)과 사상(思想)이 다르므로 이러한 일이 생긴 것인가 하였다. 이때에 어머니가 형식에게 극히 은근하게

"이주사께선들 얼마나 슬프시겠소. 그러나 그것도 다 전생의 연분이지. 사람의 힘으로 어찌하나요. 세상이란 그렇지요" 하고 고개를 돌려 노파에게

"자, 울지 마오. 다 전생에 연분이어. 사람의 힘으로 어찌하나? 시장하시겠소. 조반이나 먹읍시다" 하고 벌떡 일어나면서 혼잣말로 "어쩌나. 장국밥을 시켜 올까, 집에서 밥을 지으랄까" 하고 머뭇머뭇하더니 획 밖으로 나간다. 형식은 생각하였다. 이것이 그네의 인생관이로구나. 인생 사회에 일어나는 모든 슬픈 일은 다 전생의 인연이라 사람의 힘으로 어찌할 수 없는 일이라 하여 한

참 눈물을 흘리고는 곧 눈물을 씻고 단념한다. 그네의 생각에 오랫동안 눈물을 흘리는 것은 미련한 자의 하는 일이니 잠깐 눈물을 흘리다가 얼른 눈물을 씻고 마는 것이 좋은 일이라 한다. 그러므로 그네는 모든 일의 책임(責任)을 다 '전생의 인연'과 '팔자'에 돌릴지요 결코 사람에게 돌리지 아니한다. 영채가 기생이 된 것이나 김현수에게 강간을 받은 것이나 또는 대동강에 빠져 죽은 것이나 다 그 책임은 전생의 인연에 있는 것이요 결코 노파에게나 영채에게나 또는 김현수에게 있는 것이 아니라 한다. 따라서 영채가 정절을 지키는 것도 영채라는 사람이 특별히 좋아 그런 것이 아니요 영채라는 사람의 전생의 연분이 그러하여 자연히 또는 아니하지 못하게 정절을 지킴이라 한다. 그러므로 그네가 보기에 특별히 좋은 사람도 없고 특별히 좋지 못한 사람도 없고 다 전생의 인연과 팔자를 따라 살아가는 것이라 한다. 이렇게 말하면 그네의 인생관과 형식의 인생관이 얼마큼 일치하는 듯하다. 그러나 두 인생관의 근본적(根本的) 차이점(差異點)은 이러하다. 형식은 사람은 다 같은 사람이라 하더라도 개인(個人) 또는 사회(社會)의 노력(努力)으로 개인이나 사회가 개선(改善)될 수 있고 향상(向上)될 수 있다 하고, 그네는 모든 일의 책임이 전혀 사람에게 있지 아니하니 다만 되는대로 살아갈 따름이요 사람의 의지(意志)로 개선(改善)함도 없고 개악(改惡)함도 없다 한다. 형식은 이렇게 생각하다가 혼잣말로

'옳지! 이것이 조선 사람의 인생관(人生觀)이로구나' 하였다. 그러나 노파는 '어머니' 모양으로 잠깐 눈물을 흘리다가 얼른 눈

물을 그치지 아니한다. 노파는 '세상'을 보는 외에 '사람'을 보았다. 영채의 따근따근하는 입술의 피가 자기의 손등에 떨어질 때에 노파는 '사람'을 보았다. 노파는 이번 일의 책임을 전혀 인연과 팔자에 돌리지 못한다. 노파는 영채를 죽인 책임이 자기와 김현수에게 있는 줄을 알고 영채가 정절을 굳게 지킨 것이 영채의 속에 있는 '참사람'의 힘인 줄을 알았다. 노파는 이제는 모든 일의 책임이 사람에게 있는 줄을 깨달았다. 그러므로 노파는 '잠깐 울다가 얼른 눈물을 그치'지는 못한다. 노파의 이 눈물은 일생에 흐를 눈물이로다.

계향이가 형식의 무릎에 몸을 기대고 눈물에 발개진 눈으로 형식을 물끄러미 보며

"형님이 죽었을까요?" 한다.

61

형식은 그 집에서 조반을 먹고 대문 밖에 나섰다. 노파와 '어머니'와 계향과 세 사람이 번갈아 형식을 권하므로 형식은 전보다 더 많이 먹었다. 더구나 그 밥이며 국이며 전골이며 모든 것이 평생 객줏집 밥만 먹던 형식에게는 지극히 맛이 좋았다. 그럴뿐더러 형식은 아직도 이렇게 여러 사람에게 정성스럽게 권함을 받으며 밥상을 대하여본 적이 없었다. 더구나 계향과 같은 아름다운 처녀에게 '어서 더 잡수셔요' 하고 정성스럽게 권함을 받은 적은

없었다. 계향은 형식의 밥상에 붙어서 손수 구운 민어를 뜯었다. 아까 성냥개비에 덴 손가락에 누렇게 탄 자리가 보인다. 그리고 계향은 형식의 숟가락을 빼앗아 제 손으로 대접에 밥을 말았다. 형식은 '그렇게 많이 못 먹는데' 하면서 그 밥을 다 먹었다. 계향은 형식이가 밥을 다 먹는 것을 보고 기쁜 듯이 방그레 웃었다. 그 웃는 계향의 눈썹에는 아직도 눈물이 묻었더라. 세 사람은 실로 진정으로 형식을 권하였다. 형식을 자기네의 아들 모양으로 또는 오라비 모양으로 따뜻한 밥과 맛있는 반찬을 한 술이라도 많이 먹도록 진정으로 권하였다. 그리고 형식도 그 권하는 사람들을 어머니와 같이 또는 누이와 같이 정답게 생각하였다. '아무 것도 잡수실 것이 없어서' 하는 인사도 항용 말하는 형식적(形式的) 인사와 같이 들리지 아니하고 진정으로 맛난 반찬이 부족함을 한탄하는 말로 들었다. 형식은 대문을 나설 때에 말할 수 없는 기쁨을 깨달았다. 오랫동안 영채의 일로 근심하고 슬퍼하고 답답하여하던 마음을 거의 다 잊어버리고 새로운 기쁨을 깨달았다. 아까 오던 안개비가 걷고 안개 낀 듯한 하늘에는 보기만 하여도 땀이 흐를 듯한 햇빛이 가득히 찼다. 형식이가 서너 걸음 걸어 나갈 때에 뒤로서 "저와 같이 가셔요" 하는 소리가 들린다. 형식은 계향의 소리로구나 하면서 우뚝 서며 고개를 돌렸다. 계향은 형식의 곁에 뛰어와 살짝 형식의 손을 잡으려다 말고 형식을 보면서

"저와 같이 가셔요" 한다. 형식은 칠성문 밖 죄인의 무덤 있는 데와 기자묘 저편 북망산과 모란봉을 넘어 청류벽으로 걸어갈 것

을 생각하면서

"나를 따라오려면 다리가 아플걸요" 하고 계향의 눈을 내려다보며 '같이 갔으면 좋겠다' 하면서도 계향을 만류하였다. 그러나 계향은 몸을 한번 틀면서

"아니야요. 다리 아니 아파요" 하고 기어이 따라갈 뜻을 보인다.

"또 날이 더운데" 하며 형식은 계향을 뒤세우고 종로를 향하여 나온다. 길가 초가지붕에서는 가만가만히 김이 오른다. 벌써 사람들은 부채로 볕을 가리고 다닌다. 손님도 없는 빙수 가가[229]의 아롱아롱한 주렴이 무거운 듯이 가만히 있다. 바람이 불면 살랑살랑 소리가 나려니 하고 형식은 쓸데없는 생각을 한다. 계향은 길가 가가를 갸웃갸웃 엿보면서 한 손으로 치맛자락을 걷어들고 형식의 뒤로 따라온다. 형식의 누렇게 된 맥고자를 보고 저 사람은 무엇을 하는 사람인가, 어떠한 사람인가 생각한다. 그리고 자기가 날마다 만나는 여러 사람들을 생각하고 그 사람들과 형식과를 속으로 비교하여본다. 그러나 계향은 아직도 자기가 만나는 사람이 어떠한 사람인 줄은 알 줄을 모른다. 다만 이 사람은 옷을 잘 못 입은 것을 보니 가난한 사람인가 보다 한다. 그리고 형식의 구겨진 두루마기를 본다. 계향은 '어젯밤 차에서 구겨졌구나, 왜 벗어서 걸지를 아니하였던고' 한다. 그리고 형식의 발을 본다. '새 구두로구나' 한다. 아까 담뱃불 붙여주던 생각을 하고 그 덴 손가락을 보면서 '아직도 아픈 듯하다' 한다. 그리고 형식이가 불 붙은 성냥을 보고 '이리 주시오' 하던 것을 생각하고 자기더러

'하시오' 하는 사람은 처음 본다 한다. 소가 끄는 구루마를 피하여 섰다가 얼른 형식의 뒤를 따라가서 형식의 손을 잡는다. 형식은 잠깐 고개를 돌려 계향을 보고 웃으면서 계향의 잡은 손은 활개를 아니 친다. 두 사람은 팔각 국숫집 모퉁이를 돌아 비스듬한 고개로 올라간다. 계향의 이마에는 땀방울이 솟는다. 형식은 그것을 보고 잠깐 걸음을 그치며

"이마에 땀이 흐르구려" 한다. 계향은 형식의 손을 잡았던 손으로 이마의 땀을 씻으며

"덥지 않습니다" 하고 또 형식의 손을 잡는다. 형식은 일부러 걸음을 늦추었다. 벌거벗은 때 묻은 아이들이 머리를 긁적긁적 긁으며 두 사람을 보고 섰다. 치마 아니 입고 웃통 벗은 부인이 연기 나는 부엌으로 눈물을 흘리면서 뛰어나오더니 연기가 펄펄 오르는 부지깽이로 머리를 긁고 섰던 사내아이의 머리를 때린다. 맞은 아이는 '으아' 하고 울면서 길바닥에 흙을 집어 그 부인의 면상에 뿌린다. 형식은 영채가 숙천 어느 주막에서 어떤 사람에게 업혀 가다가 그 사람의 얼굴에 흙을 뿌리던 생각을 한다. 계향은 우뚝 서며 우는 아이를 돌아보더니 두 손으로 형식의 손을 꼭 쥔다. 두 사람은 또 걷는다.

계향은 매 맞던 아이를 생각하다가 버리고 형식과 월향의 관계를 생각한다. 언제 '형님'이 이 사람을 알았던고. 평양서 서로 알았으면 내가 모를 리가 없는데 한다. 그런데 이 사람이 왜 형님을 버려서 형님을 죽게 하였는고 하고 형식이 원망스럽다 하여 가만히 형식의 얼굴을 쳐다보기도 한다. 그러다가 형식의 격

정 있는 듯한 낯빛을 보고 이 사람이 형님을 생각하고 슬퍼하는구나 한다.

이때에 어떤 젊은 사람이 자행거[230]를 타고 두 사람의 앞으로 지나다가 번쩍 고개를 돌리더니 그만 자행거를 내려 형식의 앞으로 온다. 계향은 형식의 손을 놓고 한 걸음 물러서서 지금 온 사람의 모양을 본다.

62

그 사람은 자행거에 비스듬히 몸을 기대어 쾌활하게
"그런데 웬일인가, 언제 왔는가" 하고 담배를 내어 형식에게도 권하고 자기도 붙인다. 형식은 담배 연기를 코와 입으로 내보내면서
"오늘 아침차에 왔네" 하고 말하기 싫은 듯이 자행거의 말긋말긋한[231] 방울을 본다. 그 사람은 형식의 곁에 한 걸음 비켜섰는 계향을 유심히 보고 형식이가 어떤 기생을 데리고 가는가 하고 의심하면서
"그런데 주인은 어딘가. 왜 바로 내 집으로 오지 아니하고" 하면서도 형식의 얼굴을 보며 '무슨 까닭이 있구나' 한다. 형식은
"무슨 일이 있어서. 잠깐 다녀갈 양으로 온 것이니까" 하고 고개를 들어 멀리 훤하게 보이는 대동강을 본다. 그 사람은 한 번 더 계향을 보더니

"그런데 저 여자는 누군가."

형식은 잠깐 얼굴이 붉어지며 어떻게 대답할 줄을 모른다. 계향도 민망한 듯이 고개를 숙인다. 그 사람은 형식이 얼른 대답하지 못하는 것을 보고 의심스럽다 하는 듯이 고개를 기울인다. 형식은 빙긋이 웃으며

"내 누이일세" 하였다. 그리고 내가 잘 대답을 하였구나 하고 마음에 만족하였다. 그러고는 새로운 용기를 얻어 정면으로 그 사람을 본다. 그 사람은 '내 누이일세' 하는 형식의 대답의 뜻을 몰라 담배를 문 채로 멍멍하니 섰다. 그 사람은 형식에게 다만 한 누이가 있는 줄을 알고 또 그 누이는 이미 남의 아내가 된 줄을 안다. 한참이나 우두커니 섰더니 담배꽁다리[332]를 발로 비비면서

"그런데 어디로 가는가" 한다.

형식은 다만

"기자묘를 보러 가네" 한다. 그 사람은 형식의 행색이 수상하다 하면서 "그러면 저녁에는 내 집으로 오게. 하룻밤 이야기나 하세" 하고 자행거를 타고 달아난다. 얼마를 가다가 자행거에서 고개를 돌려 천천히 걸어오는 두 사람의 모양을 보더니 그만 어떤 길 굽이를 돌아간다. 그 흰 헝겊 씌운 나파륜[333] 모자 꼭대기가 번뜻번뜻 보이더니 아주 아니 보이고 만다. 계향은 안심한 듯이 형식의 손을 잡으며

"그 어른이 누구시야요?" 한다.

"내 친구외다. 동경 가 있을 때에 같은 학교에 있던 친구요." 계향은 이 말을 듣고 '그러면 이 사람은 동경 유학생인가' 하였다.

그리고 자기의 집에 동경 유학생이 여러 사람 오는 것을 생각하고 그중에 그림 잘 그리는 사람이 오는 것도 생각하였다. 그 그림 잘 그리는 사람이 늘 술이 취하여 자기를 껴안을 때에 그 입에서 구역나는 술냄새가 나던 것과 또 한번은 자기의 화상을 그려줄 터이니 벌거벗고 앉으라 할 때에 '그러면 싫소!' 하고 건넌방으로 뛰어가던 것을 생각한다.

두 사람은 칠성문에 다다라 잠깐 걸음을 멈춘다. 칠성문 통으로 시원한 바람이 들어온다. 형식은 두루마기 고름을 늦추고 땀에 젖은 자기의 적삼 앞을 보면서 바람을 맞아들이려는 듯이 두루마기를 벌린다. 계향은 '후——후——' 하고 입김을 내불면서 두 손으로 두 귀밑을 부친다. 형식은 계향의 얼굴을 보았다. 그 얼굴은 둥그스름하다. 그리고 더위에 술이 취한 모양으로 두 뺨이 불그레하게 되었다. 오늘 아침에는 분도 바르지 아니하였건마는 귀밑에는 어저께 발랐던 분이 조금 남았다. 계향의 적삼 등에도 땀이 내배었다. 형식은 선형의 적삼에 땀이 배어 그 젖은 자리가 작았다 컸다 하던 것을 생각하고 빙긋이 웃었다. 계향은

"예, 왜 웃으세요?" 하고 웃는다. 형식은 계향의 어깨를 만지며

"적삼 등에 땀이 배었구려" 한다. 계향은 얼른 돌아서며 형식의 등을 만져보더니 머뭇머뭇하다가

"여기도 땀이 배었습니다" 한다. 계향은 형식을 무엇이라고 부를는지 모른다. 자기의 집에 놀러 오는 동경 유학생들을 그 어머니는 혹 '무슨 주사'라고도 하고 그저 '나리'라고도 하고 또 관 앞에 있는 키 큰 사람은 '김학사'라고도 부르건마는 계향은 형식

을 무엇이라고 부를지 모른다. 그래서 형식의 등에 땀이 밴 것을 보고 '나리도' 할까, '이학사도' 할까 하고 잠깐 주저하다가 '여기도 땀이 배었습니다' 한 것이다. 형식은 그를 알고 어디 계향이가 자기를 무엇이라고 부르는가 보리라 하여 또 웃으며

"계향씨의 얼굴은 술이 취한 것같이 붉구려—" 하였다. 계향도 형식이가 자기의 무엇이라고 부를지 몰라 주저하던 것을 알았는가 하여 더욱 얼굴을 붉히더니

"오빠의 얼굴도……" 하고 부끄러운 듯이 고개를 더 숙이고 말을 다 하지 못한다. 계향은 아까 형식이가 자기를 '내 누이일세' 하던 것을 생각한다. 형식이가 계향에게서 들으려던 말은 이 '오빠'란 말이었다. 그러나 계향이가 '오빠의 얼굴도……' 하는 것을 듣고는 미상불 부끄러운 생각이 났다. 형식은 친누이 하나와 종매[234]가 이삼 인 있다. 그러나 친누이는 그 시가를 따라 함경도에 살므로 이래 사오 년간에 만나본 적이 없고 방학 때를 타서 고향에 돌아가면 누구보다도 먼저 종매 세 사람을 찾았다. 그 종매들은 오래간만에 만나는 종형[235]을 잘 사랑하였다. 그중에도 형식보다 나이 어린 두 종매는 형식을 만날 때와 떠날 때에 늘 울었다. 시부모의 앞이라 마음대로 반가운 정을 표하지는 못하나 처음 만나서 '오빠' 하는 소리와 밥상에 놓은 국에 닭고기를 많이 넣는 것으로 넉넉히 그네의 애정을 알았었다. 형식이 방학에 고향에 돌아가는 것은 실로 이 두 종매에게 '오빠' 하고 부르는 소리를 듣기 위함이러라. 계향의 '오빠의 얼굴도……' 하는 간단한 말은 형식에게 무한한 기쁨을 주었다. 형식과 계향은 또 걷는다.

그러나 계향은 형식의 손을 잡지 아니하였다.

63

두 사람은 칠성문을 나섰다. 길가에는 쓰러져가는 집들이 섰다. 철도가 생기기 전에는 지나가는 손님도 있어서 술도 팔고 떡도 팔더니 지금은 장날이나 아니면 사람 그림자도 보기가 어렵다. 문밖에는 문짝 모양으로 만든 소위 '평상'이란 것을 놓고 그 위에는 다 떨어진 볏짚 거적을 폈다. 어떤 낡디낡은 탕건을 쓴 노인이 이 더운 때에 때 묻은 무명옷을 입고 할 일이 없는 듯이 평상에 앉아서 몸을 앞뒤로 흔들흔들하면서 두 사람의 지나가는 양을 본다. 그 노인의 얼굴은 붉고 눈에 빛이 있으며 매우 풍채가 늠름하다. 형식은 그가 수십 년 전 조선이 아직 옛날 조선으로 있을 때에 선화당(宣化堂)[236] 안에서 즐겁게 노닐던 사람인 줄을 알았다. 그리고 형식의 고향에도 일찍 그 골에서 제로라 하고 번적하게 행세하던 사람들이 갑오[237] 이래로 세상이 졸변하매[238] 모두 시세를 잃고 적막하게 지내는 노인이 있음을 생각하였다. 그리고 우뚝 서며 그 노인을 다시 보았다. 그 노인도 두 사람을 본다.

저 노인도 갑오 전 한창 서슬이 푸르렀을 적에는 평양 강산이 다 나를 위하여 있고 천하 미인이 다 나를 위하여 있다고 생각하였으리라. 그러나 갑오년 을밀대 대포 한 방에 그가 꿈꾸던 태평시대는 어느덧 깨어지고 마치 캄캄한 밤에 번개가 번적하는 모양으로 새 시대가 돌아왔다. 그래서 그는 세상에서 버린 사람이 되고 세상은 그가 알지도 못하던 또는 보지도 못하던 젊은 사람의 손으로 돌아가고 말았다. 그는 철도를 모르고 전신과 전화를 모르고 더구나 잠항정[239]이나 수뢰정[240]을 알 리가 없다. 그는 대동문 거리에서 오 리가 못 되는 칠성문 밖에 있으면서 평양 성내에서 날마다 밤마다 어떠한 일이 일어나는지도 모른다. 그의 머리에는 선화당(宣化堂)이 있을 뿐이요 도청(道廳)이라는 것을 알지 못한다. 그는 영구히 이 세상이 무엇인지를 깨닫지 못하리니 그는 이 세상에 살아 있으면서 이 세상 밖에 있음과 같다. 형식과 그 노인은 전혀 말도 통치 못하고 글도 통치 못하는 딴 나라 사람이로다. '낙오자(落伍者), 과거(過去)의 사람'이라 하는 생각과 함께 자기가 아무리 새 세상 이야기를 하여도 못 알아듣다가 세상을 버린 자기의 종조부[241]를 생각하였다. 그리고 형식은 그 노인에게 대하여 일종 말할 수 없는 설움을 깨달았다. 계향은 형식이가 오래 서서 무슨 생각을 하는 양을 보다가 형식의 소매를 끌며 "어서 가셔요!" 한다. 형식은 다시 그 노인을 돌아보고 '돌로 만든 사람이라' 하다가 '아니다, 화석(化石)한 사람이라' 하였다. 노인은 한참이나 형식을 보더니 무슨 생각이 나는지 눈을 감고 여전히 몸을 앞뒤로 흔든다. 계향은 가늘게

"아시는 노인이야요?" 한다. 형식은 계향의 어깨에 손을 놓고 걷기를 시작하면서

"예, 이전에는 알던 노인이더니 지금은 모르는 노인이 되고 말았어요" 하고 웃으며 계향을 본다. 형식은 생각에 '계향이 너는

영구히 저 노인을 알지 못하리라' 하였다. 그리고 형식은 자기가 처음 평양에 올 때에 이리로 지나가던 생각을 하였다. 머리에 흰 댕기를 드리고 감발을 하고 아장아장 이 길로 지나가던 소년을 생각하였다. 그리고 그 소년은 저 노인을 알았다 하였다. 대동문 거리에서 커다란 유리창을 보고 놀라고 대동강 위에서 '뺑' 하고 달아나는 '화륜선'을 보고 놀라던 소년은 그 노인을 알았다. 그러나 그러하던 소년은 이미 죽었다. '뺑' 하는 '화륜선'을 볼 때에 이미 죽었다. 그리고 그 소년의 껍데기에 전혀 다른 '이형식'이라는 사람이 들어앉았다. 마치 '선화당(宣化堂)'이던 것이 '도청(道廳)'이 되고 '감사(監司)'이던 것이 '도장관(道長官)'이 된 모양으로. 그리고 곁에 오는 계향을 보았다. 계향과 그 노인과의 거리(距離)를 생각하였다. 그 거리는 무궁대(無窮大)라 하였다. 형식은 어느 집 모퉁이로 돌아서려 할 때에 다시 그 노인을 보았다. 그러나 그 노인은 여전히 몸을 앞뒤로 흔들흔들한다. 계향도 그 노인을 보더니

"예? 어떤 노인이야요?" 한다.

"계향씨는 모를 노인이오" 하고 웃을 때에 계향은 의심나는 듯이 형식의 얼굴을 본다. 가만히 형식의 손을 잡는다.

두 사람은 성 밑 비탈길로 남쪽을 향하고 나아간다. 그리 길지 아니한 풀 잎사귀가 내리쪼이는 볕에 조금 시들어서 가만히 고개를 숙이고 있다. 형식은 무너져가는 성을 바라보고 저 성을 쌓은 조상의 일과 저 성이 지금까지 구경한 조상의 성하던 것, 쇠하던 것과 저 성이 그동안에 몇 번이나 총알을 맞고 대포알을 맞았는

고 하는 생각을 한다. 비탈 위에 우뚝 섰는 오랜 성이 마치 사람과 같이 정도 있고 눈물도 있는 것같이 생각되고 할 말이 많으면서도 들어줄 자가 없어서 못하는 듯한 괴로워하는 빛이 보이는 듯하다.

계향은 땀을 발발 흘리고 형식의 뒤로 따라가면서 아까 자기가 형식에게 '오빠' 하고 부르던 생각이 난다. 계향은 아직도 오빠라고 불러본 사람이 없었다. 계향은 그 어머니의 외딸이요 또 그 아버지가 누구인지도 자세히 모르므로 아는 친척도 없었다. 그러므로 계향이가 '형님' 하고 부르는 사람은 이삼 인 되건마는 '오빠' 하고 부를 사람은 없었다. 계향뿐 아니라 계향의 주위에는 오빠, 누나 하고 지내는 사람이 별로 없었다. 계향의 있는 사회는 대개 여자의 사회요 대하는 남자는 대개 기생집이라고 놀러 오는 손님뿐이었다. 계향은 처음 '오빠' 하고 불러본 것이 매우 기뻤다. 아까 담뱃불을 붙여줄 때보다 형식이가 더 정답게 보인다 하였다. 그리고 한 번 더 '오빠'라고 불러보고 싶었다. 두 사람은 죄인들의 무덤 있는 곳에 다다랐다.

64

계향은 앞서서 가지런히 있는 세 무덤을 찾았다. 여러 해 동안에 비에 씻겨내려 원래 작던 무덤이 거의 평지와 같이 되었다. 처음에는 나무패를 써 박았던 듯하여 썩어진 조각이 무덤 앞에 떨어졌다. 그 곁에도 그와 같은 무덤이 수십 개나 된다. 어떠한 무덤에는 서너 치 넓이 되는 나무패가 아직도 새로운 대로 있다. 계향은 그 셋이 가지런히 있는 무덤을 가리키면서

"이것이 월향 형님의 아버지의 무덤이요 이것이 두 오라버니의 무덤이야요" 하며 이전에 월향과 같이 왔던 생각을 한다. 계향은 월향을 따라 서너 번이나 이 무덤에 왔었다. 그중에도 지난봄 월향이가 서울로 가려 할 때에 월향은 술을 한 병 가지고 계향을 데리고 왔었다. 그때는 따뜻한 늦은 봄날, 이 불쌍한 자들의 무덤 곁에는 이름 모를 조그마한 꽃이 피고 보통벌[242]에는 새로 난 수수와 조가 부드러운 바람에 가볍게 물결이 지더라. 월향은 그 아버지의 무덤 앞에 술을 따라놓고 말없이 한참이나 울다가 옆에서 우는 계향의 등을 만지며 자기가 서울을 가거든 네가 한 해에 두 번씩 이 무덤을 찾아보아달라 하였다. 그때에 계향은

'형님의 아버지면 내 아버지요 형님의 오빠면 내 오빠지요' 하였다. 계향은 이러한 생각을 하고 형식을 보며 눈물을 흘린다. 형식은 가만히 세 무덤을 보고 말없이 섰다. 그 눈이 크고 콧마루가 높고 키가 크고 평생 몸을 꼿꼿이 하고 앉았던 박진사를 생각하였다. 그가 사랑에 젊은 사람들을 모아 데리고 상해서 사 가지고 온 석판으로 박은 책들을 가르치던 것을 생각하고 그가 포박을 당할 때에 '내가 잡혀가는 것은 조금도 슬프지 아니하거니와 저 학교가 없어지는 것이 슬프다' 하고 눈물을 흘리던 것을 생각하였다. 그리고 영채의 말에 영채가 기생이 되었다는 말을 듣고 옥중에서 절식 자살하였다는 말을 생각하였다. 그리고 시대(時代)

의 선구(先驅)의 비참(悲慘)한 운명(運命)을 생각하였다. 박선생은 너무 일찍 깨었었다. 아니, 박선생이 너무 일찍 깬 것이 아니라 박선생의 동족이 너무 깨기가 늦었었다. 박선생이 세우려던 학교는 지금 도처에 섰고 박선생이 깎으려던 머리는 지금 사람마다 깎는다. 박선생이 만일 그 문명운동(文明運動)을 오늘에 시작하였던들 그는 사회의 핍박은커녕 도리어 사회의 칭찬과 존경을 받을 것이라. 시대가 옮아갈 때마다 이러한 희생이 있는 것이어니와 박선생처럼 참혹한 희생은 없다. 지금 그 며느리 두 사람은 어떻게 있는지 모르거니와 이제 영채까지 죽었다 하면 아주 박진사의 집은 멸망한 것이라. 형식의 집도 거의 멸망하다가 형식이 한 사람만 남고 박진사의 집도 거의 멸망하다가 영채 하나만 남았었다. 그러나 이제 영채마저 죽으니 영채의 집은 아주 이 세상에 씨도 없이 되고 말았다. 수십여 호 되던 박씨 문중이 신미혁명(辛未革命)에 다 스러지고 오직 하나 남았던 박진사의 집이 신문명운동(新文明運動)에 희생이 되어 아주 없어지고 말았다. 일문(一門)의 운명도 알 수 없고 일가(一家)의 운명도 알 수 없다 하였다.

그러나 형식은 그렇게 이 무덤을 보고 슬퍼하지는 아니하였다. 형식은 무슨 일을 보고 슬퍼하기에는 너무 마음이 즐거웠다. 형식은 죽은 자를 생각하고 슬퍼하기보다 산 자를 보고 즐거워함이 옳다 하였다. 형식은 그 무덤 밑에 있는 불쌍한 은인의 썩다가 남은 뼈를 생각하고 슬퍼하기보다 그 썩어지는 살을 먹고 자란 무덤 위의 꽃을 보고 즐거워하리라 하였다. 그는 영채를 생각하였다. 영채의 시체가 대동강으로 둥둥 떠나가는 모양을 생각하였다. 그러나 형식은 슬픈 생각이 없었고 곁에 섰는 계향을 보매 한량없는 기쁨을 깨달을 뿐이다.

이렇게 생각하고 형식은 혼자 놀랐다. 내가 어느덧에 이대도록 변하였는가 하였다. 형식은 너무 놀라서 눈을 부릅뜨고 두 주먹을 쥐었다. 형식은 어저께 영채의 편지를 보고 울었다. 가슴이 터질 듯이 슬퍼하였다. 그리고 밤에 차를 타고 올 때에도 남모르게 가슴을 태우고 남모르게 눈물을 씻었다. 더구나 아까 경찰서에서 영채가 아주 죽은 줄을 알 때에 형식의 몸은 마치 끓는 물에 들어간 듯하였다. 그리고 계향의 집을 떠나 박선생의 무덤을 찾아올 때에도 무덤에 가거든 그 앞에 엎드려 실컷 통곡이라도 하리라 하였었다. 그리하였더니 이것이 웬일인가. 은사(恩師)의 무덤 앞에서 억지로라도 눈물을 흘리려 하였으나 조금도 슬픈 생각이 아니 난다. 사람이 이렇게도 갑자기 변하는가 하고 혼자 벙그레 웃었다.

계향은 형식의 모양이 수상하다 하였으나 알아보려고도 하지 아니한다.

형식은 이렇게 살풍경(殺風景)한 곳에 오래 섰는 것보다 계향의 손을 잡고 재미있는 이야기를 하면서 걸음을 걷는 것이 좋으리라 하여

"자, 갑시다" 하였다. 계향은 이상하다 하는 듯이

"어디로 가셔요?"

"집으로 갑시다."

"북망산에 아니 가시고요?"

"거기는 가서 무엇 하오? 가면서 이야기나 합시다. 영채씨가 여기 왔던 형적이 없으니까 아마 아무 데도 아니 왔던 게지요" 하고 계향의 손을 잡는다.

형식은 영채는 죽은 사람으로 작정하고 계향의 집에 돌아와 노파는 이삼일 평양에 있겠다 하므로 자기 혼자 그날 저녁차로 서울에 올라왔다. 평양을 떠날 때에 노파는 문밖에 나와 형식의 손을 잡고 울면서

"아무리 하여서라도 영채를 찾아주시오" 하였다. 그러나 형식은 다만 계향을 떠나는 것이 서운할 뿐이요 영채를 위하여서는 별로 생각도 아니 하였다. 형식은 차 속에서 '꿈이 깬 듯하다' 하면서 여러 번 웃었다.

65

평양서 올라올 때에 형식은 무한한 기쁨을 얻었다. 차에 같이 탄 사람들이 모두 다 자기의 사랑을 끌고 모두 다 자기에게 말할 수 없는 기쁨을 주는 듯하였다. 차바퀴가 궤도(軌道)에 갈리는 소리조차 무슨 유쾌한 음악을 듣는 듯하고 차가 철교를 건너갈 때와 굴을 지나갈 때에 나는 소요한 소리도 형식의 귀에는 웅장한 군악과 같이 들린다. 형식은 너무 신경(神經)이 흥분(興奮)하여 거의 잠을 이루지 못하고 차창을 열어놓고 시원한 바람을 쏘이면

서 어스름한 달빛에 어렴풋하게 보이는 황해도의 연산(蓮山)[243]을 보았다. 산들은 수묵(水墨)으로 그린 묵화 모양으로 골짜기도 없고 나무나 돌도 없고 모두 한 빛으로 보인다. 달빛과 밤빛과 구름빛을 합하여 커다란 붓으로 종이 위에 형세 좋게 그린 그림과 같다 하였다. 이렇게 생각하는 형식의 정신도 실로 이와 같았다. 형식의 정신에는 슬픔과 괴로움과 욕망과 기쁨과 사랑과 미워함과 모든 정신 작용이 온통 한데 모이고 한데 녹고 한데 뭉치어 무엇이 무엇인지 구별할 수가 없었다. 비겨 말하면 이 모든 정신 작용을 한 솥에 집어넣고 거기다가 맑은 물을 붓고 장작불을 때어가며 그 솥에 있는 것을 홰홰 뒤저어서 온통 녹고 풀어지고 섞여서 엿과 같이, 죽과 같이 된 것과 같았다. 그러므로 이때의 형식의 정신 작용은 좋게 말하면 가장 잘 조화(調和)한 것이요 좋지 않게 말하면 가장 혼돈(混沌)한 상태러라. 엷은 구름 속에 가려진 달빛이 산과 들을 변하여 꿈과 같이 몽롱하게 만든 모양으로 그 달빛이 형식의 마음에 비치어 그 마음을 녹이고 물들여 꿈과 같이 몽롱하게 만들어놓았다. 형식의 눈은 무엇을 보는지도 모르게 반작반작하고 형식의 머리는 무엇을 생각하는지도 모르게 흐물흐물하다. 형식의 몸은 차가 흔들리는 대로 흔들리고 형식의 귀는 무슨 소리가 들리는 대로 듣는다. 형식은 특별히 무엇을 생각하려고도 아니 하고 눈과 귀는 특별히 무엇을 보고 들으려고도 아니 한다. 형식의 귀에는 차의 가는 소리도 들리거니와 지구의 돌아가는 소리도 들리고 무한히 먼 공중에서 별과 별이 마주치는 소리와 무한히 작은 '에테르'[244]의 분자의 흐르는 소리도 듣는다. 메[245]와 들에 풀과 나무가 밤 동안에 자라느라고 바삭바삭하는 소리와 자기의 몸에 피 돌아가는 것과 그 피를 받아 즐거워하는 세포(細胞)들의 소곤거리는 소리도 들린다.

그의 정신은 지금 천지가 창조되던 혼돈한 상태에 있고 또 천지가 노쇠하여서 없어지는 혼돈한 상태에 있다. 그는 하나님이 장차 빛을 만들고 별을 만들고 하늘과 땅을 만들려고 고개를 기울이고 이럴까 저럴까 생각하는 양을 본다. 그리고 하나님이 모든 결심을 다 하고 나서 팔을 부르걷고[246] 천지에 만물을 만들기 시작하는 양을 본다. 하나님이 빛을 만들고 어두움을 만들고 풀과 나무와 새와 짐승을 만들고 기뻐서 빙그레 웃는 양을 본다. 또 하나님이 흙을 파고 물을 길어다가 두 발로 잘 반죽하여 사람의 모양을 만들어놓고 마지막에 그 사람의 코에다 김을 불어넣으매 그 흙으로 만든 사람이 목숨이 생기고 피가 돌고 소리를 내어 노래하는 양이 보인다. 그리고 처음에는 움직이지 못하는 한 흙덩이더니 그것이 숨을 쉬고 소리를 하고 또 그 몸에 피가 돌게 되는 것을 보니 그것이 곧 자기인 듯하다. 이에 형식은 빙긋이 웃는다. 옳다, 자기는 목숨 없는 흙덩이였었다. 자기는 숨도 쉬지 못하고 움직이지도 못하고 노래도 못하던 흙덩어리였었다. 자기는 자기의 주위에 있는 만물을 보지도 못하였었고 거기서 나는 소리를 듣지도 못하였었다. 설혹 만물의 빛이 자기의 눈에 들어오고 소리가 자기의 귀에 들어온다 하더라도 그는 오직 '에테르'의 물결에 지나지 못하였었다. 자기는 그 빛과 그 소리에서 아무 기쁨과 슬픔이나 아무 뜻도 찾아낼 줄을 몰랐었다. 지금까지 혹 자기가 웃기도 하고 울기도 하였다 하더라도 그는 마치 고무로 만든 인형(人形)의 배를 꼭 누르면 웃기도 하고 울기도 하는 것과 같았었다. 그러므로 그 웃음과 울음은 결코 자기의 마음에서 스스로 흘러나온 것이 아니요 전혀 타동적(他動的)이었었다.

자기가 지금껏 '옳다' '그르다' '슬프다' '기쁘다' 하여온 것은 결코 자기의 지(知)의 판단(判斷)과 정(情)의 감동(感動)으로 된 것이 아니요 온전히 전습(傳襲)²⁴⁷을 따라, 사회(社會)의 관습(慣習)을 따라 하여온 것이었다. 예로부터 옳다 하니 자기도 옳다 하였고 남들이 좋다 하니 자기도 좋다 하였다. 다만 그뿐이로다. 그러나 예로부터 옳다 한 것이 자기에게 무슨 힘이 있으며 남들이 좋다 하는 것이 자기에게 무슨 상관이 있으랴. 내게는 내 지(知)가 있고 내 의지(意志)가 있다. 내 지(知)와 내 의지(意志)에 비추어 보아 '옳다' 든가 '좋다' 든가 '기쁘고 슬프다' 든가 하는 것이 아니면 내게 대하여 무슨 상관이 있으랴. 나는 내가 옳다 하던 것도 예로부터 그르다 하므로 또는 남들이 옳지 않다 하므로 더 생각하지도 아니하여보고 그것을 내버렸다. 이것이 잘못이로다, 나는 나를 죽이고 나를 버린 것이로다.

자기는 이제야 자기의 생명을 깨달았다, 자기가 있는 줄을 깨달았다. 마치 북극성(北極星)이 있고 또 북극성(北極星)은 결코 백랑성(白狼星)도 아니요 노인성(老人星)도 아니요 오직 북극성(北極星)인 듯이, 따라서 북극성(北極星)은 크기로나 빛으로나 위치(位置)로나 성분(成分)으로나 역사(歷史)로나 우주(宇宙)에 대한 사명(使命)으로나 결코 백랑성(白狼星)이나 노인성(老人星)과 같지 아니하고 북극성(北極星) 자신(自身)의 특징(特徵)이 있음과 같이, 자기도 있고 또 자기는 다른 아무러한 사람과도 꼭 같지 아니한 지(知)와 의지(意志)와 위치(位置)와 사명(使命)과 색채(色彩)가 있음을 깨달았다. 그리고 형식은 더할 수 없는 기쁨을 깨달았다.

형식은 웃으며 차창으로 내다본다.

66

차는 지금 신막 남천 역을 지나 경의철도 중에 제일 산이 많은 옛날 금천 큰고개 근방으로 달아난다. 초승달은 벌써 넘어가고 창밖은 캄캄하다. 달빛이 없는 것이 도리어 산들의 모양을 보기에는 편하다. 하늘과 산과의 경계는 굵은 붓으로 되는대로 구불구불하게 그린 곡선(曲線) 모양으로 아주 분명하게 보인다. 왈칵왈칵하는 차바퀴 소리 사이로 산 강물이 자갯돌[248] 많은 여울로 굴러 내려가는 소리가 들린다. 이따금 기관차 굴뚝으로 나오는 불빛에 조그마한 산골짜기에 초가집 두어 개가 번쩍 보이고 혹 오랜 가물에 얼마 아니 되는 물이 가기 싫은 듯이 흘러가는 시내의 한 도막도 보인다. 차가 산모퉁이를 돌아설 때에 저편 컴컴한 속에 조그마한 불빛이 반작반작한다. 그 불빛이 차가 달아남을 따라 깜박깜박 있다가 없다가 함은 아마 잎이 무성한 나무에 가려짐인 듯 그 불은 꽤 오랫동안 형식의 차창에서 보인다. 형식은 물끄러미 그 불을 본다. 저 불 밑에는 누가 앉아서 무엇을 하는고. 가난한 어머니가 아이들을 잠들여놓고 혼자 일어나 지아비와 아이들의 누더기를 깁는가. 잘 보이지 아니하는 눈으로 바늘구멍을 찾지 못하여 연방 불을 돋우고 눈을 비비는가. 그러다가 '아아, 늙었구나' 하고 깁던 누더기에 굵은 눈물을 떨구는가. 그때에 아랫목에서 자던 앓는 어린아이가 꿈에 놀라 우는 것을 껴안고 먹은 것이 없어서 나지도 아니하는 젖을 물리고 있는 것이나 아닌가. 또는 앓는 외아들을 가운데 놓고 늙은 내외가 자리 위에 서서 번갈아 아들의 몸을 만지고 번갈아 울고 위로하면서 마음속으로 '하나님, 내려다보소서' 하는 것이 아닌가. 이에 형식은 십여 년 전에 세상을 떠난 자기의 부모를 생각하였다. 어머니는 아직 젊었으나 아버지는 오십이 넘었으므로 자기가 조금이라도 병이 나면 그 병이 낫기까지 목욕재계하고 자기의 곁에서 밤을 새우던 것과 자기가 혹 눈을 뜨면 아버지는 자기의 눈을 보고 그 아들이 눈을 뜨는 것이 무한히 기쁜 듯이 빙긋이 웃으며 자기의 손을 잡던 것과 아직 삼십이 다 못 된 자기의 어머니는 곤함을 이기지 못하여 앉은 대로 졸던 것이 생각이 난다. 형식은 잠깐 추연하다가[249] 다시 그 불을 본다. 천지가 온통 캄캄한 중에 오직 불 하나가 반작반작하는 것과 세상이 다 잠을 깊이 들었을 때에 그 불 밑에 혼자 깨어 있는 사람을 생각하매 형식은 그것이 마치 자기의 신세인 듯하였다. 차가 또 어떤 산모퉁이를 돌아서매 그 불은 그만 아니 보이게 되고 말았다. 형식은 서운한 듯이 머리를 창으로서 끌어들였다. 차실에 같이 탄 사람들은 다 깊이 잠이 들었다. 바로 자기의 맞은편에 누운 어떤 노동자 같은 소년이 추운 듯이 허리를 구부린다. 형식은 얼른 차창을 닫고 자기가 깔고 앉았던 담요로 그 소년을 덮어주었다. 이 소년은 아마 어느 금광으로 가는지 흙물 묻은 무명 고의를 입고 수건을 말아서 머리를 동였다. 머리는 언제나 빗었는지 머리카락이 여기저기 뭉쳐지고 귀밑과 목에는 오래 묵은 때가 꼈다. 역시 조그마한 흙물 묻은 보퉁이로 베개를 삼았는데 그 보퉁이를 묶은 종이로 꼰 노끈이 걸상 밑으로 늘어졌다. 형식은 그 노끈을 집어 보퉁이 밑에 끼었다. 소년의 굵은 베로 만든 조끼 호주머니에는 국수표(菊水票)[250] 궐련갑(卷煙匣)이 조금 보이고 그 속에는 물부리가 넓적하게 된 궐련이 서너 개나 보인다. '아끼는 궐련이로구나' 하고 형식은 빙그레 웃으면서 자기의 조일(朝日)[251]을 만져보았다. 그리고 담배를 붙일 생각이 나서 한 대를 내었다. 형식은 그 궐련에 불을 붙여 길게 빨았다. 그때의 담배 맛은 특별하였다.

  형식은 다시 차실을 돌아보았다. 어떤 일본 부인이 잠을 깨어 정신없이 사방을 둘러보고 두어 번 머리와 목을 만지며 무엇을 찾는 듯이 기웃기웃하더니 도로 신현대(信玄袋)[252]에 엎데어 잠이 든다. 형식도 내일에 곤할 것을 생각하고 한잠 자리라 하여 수건을 창문턱에 접어놓고 눈을 감았다. 그러나 형식의 정신은 더욱 쇄락할 뿐이요 암만하여도 잠이 들지 아니하였다. 형식은 그래도 잠이 들까 하고 눈을 감은 대로 차바퀴 소리를 세었다. 형식의 정신은 마치 풍랑이 침식한 바다 모양으로 아주 잔잔하게 되었다. 형식의 머리에는 영채와 선형과 노파와 배학감과 이희경과 또 칠성문 밖에서 보던 노인과 박선생의 무덤과 계향과……이러한 것들이 순서도 없이 번쩍번쩍 떠 나온다. 형식은 눈을 감은 채로 그 모든 사람들의 얼굴을 보았다. 그 사람들은 혹 웃기도 하고 울기도 하고 혹 성난 듯이 입을 내밀고 눈을 힐끗힐끗하기도 하고 혹 나무로 새겨놓은 듯이 시치미 떼고 나서기도 한다. 더구나 영채의 모양이 오래 보이고 또 자주 보인다. 형식은 곁에 놓인 가방을 생각하였다. 그 속에 있는 영채의 편지와 지환과 칼이 눈에 보인다. 형식은 오싹 소름이 끼치며 번쩍 눈을 떴다.

아아, 내가 잘못함이 아닌가. 내가 너무 무정함이 아닌가. 내가 좀더 오래 영채의 거처를 찾아야 옳을 것이 아닌가. 설사 영채가 죽었다 하더라도 그 시체라도 찾아보아야 할 것이 아니던가. 그리고 대동강 가에 서서 뜨거운 눈물이라도 오래 흘려야 할 것이 아니던가. 영채는 나를 생각하고 몸을 죽였다. 그런데 나는 영채를 위하여 눈물도 흘리지 아녀. 아아, 내가 무정하구나, 내가 사람이 아니로구나 하였다. 남대문을 향하고 달아나는 차를 거꾸로 세워 도로 평양으로 내려가고 싶다 하였다. 그러나 형식은 마음은 평양으로 끌리면서 몸은 남대문에 와 내렸다.

67

형식은 숙소에 돌아와 조반을 먹고는 곧 학교에 갔다. 노파가 '얼굴에 몹시 곤한 모양이 보이는데 오늘은 하루 쉬시지요' 하는 말도 듣지 아니하였다. 형식은 지나간 사흘 동안에 너무 정신을 쓰고 또 잠을 잘 자지 못하여 얼굴에 졸린 빛이 보이도록 몸이 피곤하였다. 그러나 오늘 아침 첫 시간에는 사년급 영어가 있다. 어저께도 쉬고 오늘도 쉬면 연하여 이틀을 쉬게 된다. 형식은 이것이 괴로웠다. 형식은 병이 있기 전에는 아직도 학교 시간을 쉬어본 적이 없었다. 감기가 들어 여간 두통이 나고 열이 있더라도 억지로 학교에 출석하였다. 그리고 돌아와서 병이 더치더라도 형식은 '내 의무를 위함'이라 하여 스스로 만족하였다. 형식은 자기가 한 시간을 편안히 쉬기 위하여 백여 명 청년으로 하여금 각각 한 시간을 허송하게 하는 것을 큰 죄악으로 안다. 그러나 형식이가 이처럼 열심으로 학교에 가는 데는 의무라는 생각 밖에 더 큰 무엇이 있었다. 그것은 이렇다.

형식은 외롭게 자라났다. 형식은 부모의 사랑이라든가 형제자매의 사랑도 모르고 자라났다. 그뿐더러 형식에게는 사랑하는 동무도 없었다. 나이 같고 성미가 서로 맞는 동무의 사랑은 여간 형제자매의 사랑에 지지 않는 것이라. 그러나 형식은 일정한 처소에 있지 아니하여 그러한 동무를 사귈 기회가 없었고 또 불쌍하게 돌아다닐 때에는 동무 될 만한 아이들이 형식을 천대하여 동무로 여겨주지를 아니하였다. 형식이 열두 살 적에 그 족제(族弟)[253] 하나를 심히 사랑한 일이 있었다. 족제는 형식과 동갑이요 이전에는 글도 같이 읽었었다. 한번은 형식이가 그 족제의 집에서 놀다가 밤이 깊었다. 그때에 형식은 그 족제와 한자리에서 자게 된 것을 더할 수 없이 기뻐하였다. 그래서 자기의 숙소 되는

당숙의 집에 갈 수도 있건마는 '어두워서 못 가겠다'고 떼를 쓰고 같이 자기를 청하였다. 그러나 족제는

'네 옷에는 이가 많더라' 하고 크게 소리를 쳐 온 집안사람이 다 소리를 듣게 하였다. 그때에 형식은 섧기도 하고 분하기도 하나 어찌할 수 없어 눈물을 흘리면서 그 집에서 뛰어나온 일이 있었다. 과연 형식의 옷과 머리에는 이가 많이 끓었었다. 이러하므로 어린 형식은 동무의 사랑조차 맛보지 못하였다. 그 후 박진사의 집에 와서는 자기보다 십여 세 위 되는 사람과만 같이 있었고 경성에 올라와서도 역시 그러하였다. 형식이가 동무의 재미를 보려면 볼 수 있던 때는 동경 유학하는 동안이었다. 동경에는 자기와 연갑[254] 되는 소년이 많았었다. 그래서 동무에 목마른 형식은 될 수 있는 대로 그네와 친하려 하였다. 그러나 형식은 어려서부터 세상에 부대껴왔으므로 어느덧 소년의 어여쁜 빛이 스러지고 얼굴에나 마음에나 노성한 어른의 빛이 있었다. 그러므로 아무리 자기와 연갑 되는 소년들과 친하려 하여도 그 소년들이 마음을 허하지 아니하였다. 더구나 형식은 그 소년들에게 비하여 학문의 정도에 차이가 많았으므로 그 소년들은 형식을 선배 모양으로 공경하는 생각은 가지되 어깨를 겯고 손을 잡고 동무가 되려고는 하지 아니하였다. 그 소년들은 형식을 대하면 가댁질하던[255] 것도 그치고 고개를 숙이며 '안녕합시오' 하였다. 형식도 하릴없이 '안녕합시오' 하고 대답하였다. 한번은 형식이가 자기보다 두어 살 아래 되는 소년을 붙들고

'여보, 나허고 동무가 됩시다. 너, 나 하고 지냅시다' 하였다.

그 소년은 농담인 줄 알고 '예' 하면서 모자를 벗고 경례를 하고 달아났다. 그 후에도 기회 있는 대로 소년들의 동무가 되려 하였으나 소년들은 헤, 헤 웃고는 경례를 하고 달아났다. 마침내 형식은 소년의 동무가 되어보지 못하고 말았다. 그리고 지금까지 평생 자기보다 십여 년이나 어른 되는 이와 친구가 되어왔다. 형식은 일찍 이렇게 자탄하였다.

'나는 소년 시대를 건너뛰었어!'

소년 시대를 보지 못한 형식의 마음은 과연 적막하였다. 그는 항상 말하기를 '나는 인생의 한 권리를 빼앗겼다' 하였고 또 '그리고 그 권리는 인생에게 가장 크고 즐거운 권리라' 한다. 이러한 말을 할 때마다 형식은 적막한 생각을 이기지 못하여 길게 한숨을 쉰다.

그러다가 스물한 살에 경성학교에 교사가 되어 여러 소년들과 가까이 접할 기회를 얻었다. 그러나 소년들이 '선생님' 하고 슬슬 피할 때에는 형식은 여전히 적막한 생각이 있었다. 그래서 나도 이제 어느 중학교에 입학을 하여 저 소년들과 같이 놀아보았으면 하는 생각까지도 하였다.

형식은 학생들을 지극히 사랑하였다. 그가 학생들에게 대한 일언일동은 어느 것이나 뜨거운 사랑에서 아니 나옴이 없었다. 형식은 어린 학생들의 코도 씻어주고 구두끈과 옷고름도 매어주었다. 어떤 교사들은 형식의 이렇게 함을 비웃기도 하고 심지어 형식이가 학생들을 끔찍이 사랑하는 것을 좋지 못한 뜻으로까지 해석하였다. 더구나 형식이가 이희경을 특별히 사랑하는 것은 필연

희경의 얼굴을 탐내어 그러는 것이라 하며 어떤 자는 형식과 희경의 더러운 관계를 확실히 아노라고 장담하는 자도 있었다. 그래서 형식도 어떤 친구에게 충고를 받은 일도 있었고 희경도 동창들 사이에 좋지 못한 조롱을 받은 일도 있으며 희경이가 우등을 하는 것은 형식의 작간[256]이라고 험구를 하는 자도 있었다.

그러나 형식은 여전히 학생들을 사랑하였다. 만일 학생들 중에 사람의 피를 마셔야 살아나리라 하는 병인이 있다 하면 형식은 달게 자기의 동맥(動脈)을 끊으리라고까지 생각하였다. 그중에도 이희경 같은 몇 사람에게 대하여서는 남자가 여자에게 대하여 가지는 듯한 굉장히 뜨거운 사랑을 깨달았다.

68

말이 좀 곁가지로 들어가지마는 이 기회를 타서 형식의 지나간 동안 교사 생활을 좀 말할 필요가 있다. 사 년간 형식의 경성학교 교사 생활은 일언이폐지하면[257] 사랑과 고민(苦悶)의 생활(生活)이었었다.

형식의 이십 년간 갇히고 주렸던 사랑은 교사가 되어 여러 소년을 접하게 되매 마치 눈에 가려졌던 풀의 움이 봄바람을 타서 쏙 나오는 모양으로 나오기를 시작하였다. 부모의 사랑이나 형제의 사랑이나 동무의 사랑도 맛보지 못하고 하물며 여자에게 대한 사랑은 꿈도 꾸어보지 못한 형식의 사랑은 사리에 밀려 들어오는

밀물 모양으로 경성학교의 사백 명 어린 학생을 덮었다. 그가 일찍 일기(日記)에

'너희는 나의 부모요 형제요 자매요 아내요 동무요 아들이로다. 나의 사랑을—나의 전정신(全精神)을 점령한 것은 너희로다. 나는 너희를 위하여 이 피가 다 마르도록, 이 살이 다 깎이도록, 이 뼈가 다 휘도록 일하고 사랑하마' 한 구절은 형식의 거짓 없는 정을 말한 것이다. 형식은 아침마다 학교 문을 들어서서 학생들의 노니는 양을 보면 기쁘고, 시간마다 강단에 서서 학생들이 자기를 보고 자기의 말을 듣는 양을 보면 기쁘고, 밤에 혼자 자리에 누워 학생들의 놀던 모양과 배우던 모양을 생각하면 기뻤다. 그래서 어찌하면 하나라도 학생들을 더 가르쳐줄까, 어찌하면 그네의 행실을 아름답게 만들고 어찌하면 그네의 정신을 깨우쳐줄까 하여 자기가 아는 바 모든 것을 말하고 할 수 있는 바 모든 방법을 다하였다. 그래서 학생들이 토론회를 할 때에 자기의 가르친 말을 끌어 쓴다든가 무슨 일을 할 때에 자기가 시켜준 어느 방법을 쓰는 것을 보면 형식은 더할 수 없이 기뻐하였다.

이렇게 지나간 사 년간의 형식의 정력과 시간의 대부분은 전혀 학생들을 위하여 소비되었다. 그 때문에 형식은 얼마큼 신경도 쇠약되고 몸도 약하게 되었다. 자기도 그런 줄을 안다. 그러나 순전히 자기의 손으로 만들어놓은 사년급 학생들을 대할 때에는 마치 봄부터 여름내 땀을 흘리고 고생하던 농부가 가을에 누렇게 익어 고개 숙인 논과 밭을 보고 깨닫는 듯하는 기쁨과 만족을 깨닫는다. 형식의 생각에 사년급 학생의 지식의 대부분과 아름다운

생각과 말과 행실의 대부분은 다 자기의 정성으로 힘쓴 결과어니 한다. 과연 형식은 조그마한 기회라도 놓치지 아니하고 자기의 가진 지식과 경험과 감상과 재미있는 이야기까지도 들려주었다. 그래서 이제는 사년급 학생을 대하여도 별로 할 말이 없으리만큼 자기가 가진 바를 온통 떨어주었다. 형식은 교과서를 가르치고 남는 시간은 반드시 새롭고 유익하다고 생각하는 이야기로 채웠다. 형식이가 독서를 하는 이유의 하나는 이 학생들에 알려주려는 욕심이었다. 그리고 학생들도 형식의 말을 재미있게 들었다. '또 더 해주서요' 하고 형식에게 청하기까지도 하였다. 이렇게 학생들이 청하는 것을 보고는 형식은 더욱 만족하였다. 물론 여러 학생 중에는 형식의 하는 이야기를 귀찮게 여기는 자도 있고 형식이 한창 정성으로 이야기할 때에 일부러 한눈도 팔며 공책에 붓장난을 하는 자도 있었으나 형식의 보기에 대부분은 자기의 말을 흥미 있게 듣는 듯하였다. 그러므로 학생들이 형식에게서 받은 감화와 얻은 지식과 쾌락도 적지 아니하였다. 여러 교사들 중에 학생들에게 영향을 많이 주기로는 남들도 형식이라고 허락하고 형식 자신도 그렇게 확신하였다.

그러나 교사들은 형식의 학생에게 미치는 영향을 그다지 좋은 줄로도 생각지 아니하고 어떤 교사는 학생들에게 교만한 마음을 생기게 하느니, 학생들에게 좋지 못한 소설을 읽어주어 학생들의 마음을 어지럽게 하느니 하고 비방도 한다.

이러한 비방도 아주 까닭이 없음은 아니라. 형식은 항상 학생들에게 될 수 있는 대로 자유를 주는 것이 옳다고 주장하며 학교 당국도 될 수 있는 대로는 학생의 의사를 존중하기를 주장한다. 더구나 처음 형식이가 이 학교에 교사로 왔을 때에는 교장과 학감이 극히 전제를 숭상하는 인물이 되어서 학생들은 선생에게 대하여 감히 한마디도 자기네의 의사를 표하지 못하였고 혹 다만 한마디라도 학교의 명령이나 교사의 말에 대하여 비평을 한다든가 반대를 하는 자가 있으면 학생 일동의 앞에서 엄숙하게 책망을 한 후에 혹은 정학도 시키고 심하면 출학까지도 하였었다. 그래서 자유사상을 품은 형식은 여러 번 의견도 충돌하였었다. 형식은 학생들 앞에서

'학교에 대하여 불만한 일이 있으면 당당하게 말하는 것이 옳소. 정당한 일을 학교가 부정당하게 여길 때에는 반항을 하여도 옳소.' 이러한 위험한 말도 할 때가 있다. 그러므로 배학감이 이번 학생의 소동도 형식의 충동이라 함이 아주 근거가 없는 말이 아니다.

또 형식은 삼사년급 학생들에게 은연중 문학을 장려하였다. 그래서 학생 중에는 혹 소설도 보며 철학에 관한 서적도 보며 잡지도 보는 자가 생기고, 그중에는 가장 문학자인 체 사상가인 체 철인(哲人)인 체하여 무슨 큰 생각이나 하는지 고개를 숙이고 다니는 학생도 몇 사람이 생기고, 또 그러한 학생들은 다른 교사들을 아주 정신생활(精神生活)이라는 것을 알지 못하는 유치한 사람들이라고 비웃기도 한다. 형식의 보기에 이는 학생들의 진보함이라 기쁜 일이언마는 다른 교사들 보기에 이는 학생들이 타락함이요 주제넘게 됨이었다. 교사들뿐 아니라 학생 중에도 이희경 일파가

글자 작은 어려운 책을 들고 다니는 것과 그달에 발행한 잡지를 들고 다니는 것을 비웃었다.

69

　물론 이희경 일파가 그 어려운 책을 알아보지는 못하였다. 열 페이지나 스무 페이지를 읽은 뒤에 그 속에 있는 뜻을 계통적으로 깨닫지는 못하였다. 다만 여기저기 한 구절씩 혹은 두어 줄씩 자기네가 깨달을 만한 것이 있으면 그것으로써 만족하여하였다. 그네는 하루에 알지는 못하면서도 여러 페이지 읽기를 자랑으로 알고 형식에게 들은 대로 서양 문학자, 철학자, 종교가 같은 사람들의 이름과 그네의 저서(著書)의 이름을 외우기로 유일한 영광을 삼았다. 그리고 그네가 보는 책에서 '인생이란 무엇이뇨' 라든가 '우주란 무엇이뇨' 하는 구절을 외워 토론회나 친구 간에 하는 회화에 인용(引用)하였다. 혹 톨스토이나 셰익스피어의 격언(格言)을 인용하기도 하고 혹 그것을 영어대로 통으로 암기(暗記)하여 인용하기도 하였다. 인용하는 자기도 그 뜻을 잘 모르면서도 그것을 인용하면 자기의 말하려는 바가 잘 발표되는 듯하였고 그것을 듣는 다른 학생들도 '흥' 하고 코웃음은 하면서도 그네의 지식이 많음을 속으로는 부러워하였다. 그래서 자기네도 몰래 낡은 잡지를 사다가 보기도 하고 또는 이희경 일파에게 들은 말을 가만히 기억하였다가 다른 데 가서 자랑삼아 써보기도 하였다.

이희경은 꽤 이해력이 있었다. 형식의 생각에 희경은 가장 사상이 익었는 듯하고 희경 자신도 자기는 제법 형식의 하는 말을 깨닫는 줄로 믿었다. 그래서 형식과 희경이 같이 앉았을 때에는 마치 뜻 맞는 사상가들이 오래간만에 만난 모양으로 인생 문제와 우주 문제가 뒤를 대어 흘러나왔다. 그러나 형식은 아직도 희경에게 말할 수 없는 고상한 사상을 많이 가진 듯이 생각하였다. 그는 사실이었다. 형식이가 한참이나 자기의 사상을 말하다가 희경의 멍하니 앉았는 것을 보고는 '너는 아직 모르는구나' 하는 듯이 빙그레 웃으며 말을 끊었다. 그러할 때에는 희경은 형식에게 모욕을 당한 듯하여 얼굴이 붉어졌다. 물론 희경은 형식이가 자기보다 지식이 많고 사상이 깊은 줄을 인정한다. 그러나 자기보다 여러 십 리 앞섰으리라고는 생각하지 아니한다. 그래서 형식이가 자기를 '네야 알겠니' 하는 듯이 대접할 때에 형식에게 대하여 불쾌하고 반항하는 생각이 났다. 희경이가 이년급까지는 형식은 자기보다 수천 리나 앞선 사람인 듯이 보였다. 형식의 머릿속에는 없는 것이 없고 형식의 입으로서 나오는 말은 모두 다 깊은 뜻이 있는 것같이 생각하였다. 형식은 조선에 제일가는, 지식도 많고 생각도 깊은 사람으로 여겼다. 그러나 삼년급이 반쯤 지나간 뒤로부터는 형식도 자기와 얼마 다르지 아니한 사람과 같이 보였다. 형식의 지식은 그렇게 많지 못하고 형식의 생각하는 바는 자기도 생각하는 것같이 생각하였다. 그리고 형식이가 강단에서 하는 말도 별로 감복할 만한 말이 아니요 자기도 강단에 올라서면 그만한 말은 넉넉히 할 수 있으리라 하였다. 그러나 정작 토론회에서 말을 하여보면 암만하여도 형식만 못한 것 같았다. 그러나 이는 결코 자기가 형식만 못하여 그러한 것이 아니라 형식은 여러 해 교사로 있어 말하는 법이 익은 것이지 자기가 그만큼 말을 연습하면 형식보다 나으리라 하였다. 희경의 생각에 삼 년만 지나면 자기는 생각으로나 지식으로나 말로나 모든 것으로 형식보다 나으리라 한다. 사년급이 되어 독본 사권을 배우게 되매 형식도 혹 모른다는 글자가 있고 문법 관계도 분명히 설명하지 못하는 것이 있게 되매 희경은 영어로도 형식을 그렇게 우러러보지 아니하게 되었다. 지금은 희경의 보기에 형식은 자기보다 두어 걸음밖에 더 앞서지 못한 사람같이 보이고 장래에는 자기가 형식보다 열 배 스무 배나 높아질 것같이 보였다. 희경은 중학교 교사를 우습게 보게 되었다. 다른 교사들은 아무것도 모르는 껍데기로 본 지는 벌써 오래거니와 그중에 가장 무엇을 아는 듯하던 형식도 자세히 알고 보면 아무것도 아닌 것을 깨달았다. 자기는 중학교에 교사 같은 직업을 가질 사람이 아니요 장차는 큰 학자가 되거나 박사가 되거나 중학교에 온다 하더라도 교장이나 주면 하리라 한다. 교사들은 대개 될 대로 다 된 작은 인물같이 보이고 자기는 무한히 크게 될 가능성(可能性)이 있는 듯이 생각한다. 그러나 희경은 형식도 육칠 년 전에는 자기와 같은 생각을 가졌던 줄을 모른다. 희경이 보기에 형식은 본래 그릇이 작아서 높이 뜰 줄을 모르고 사 년이 넘도록 중학교 교사로 있고 또 일생을 중학교 교사로 지내는 것같이 보여서 일변 형식을 경멸하는 생각도 나고 일변 불쌍히도 여긴다. 이러한 생각을 하는 것은 희경뿐이 아니라. 희경과 같이 어려운 책을 읽으려 하는 자는 다 이러한 생각을 가지게 되었다. 다른 학생들은 애초부터 형식을 존경하지도 아니하였고 다만 끔찍이 친절하게 굴려 하는 젊은 교사라 할 뿐이었다. 그뿐더러 그들은 형식이가 이희경 일파를 편애하는 것과 특별히 희경을 사랑하는 것을 비웃고 얼마큼 형식을 싫어하는 생각까지 있었다.

학생들은 아이로부터 어른이 되었다. 일년급부터 사년급이 되었다. 아무 지식도 없던 것들이 보통 지식을 얻게 되었다. 학생들 생각에 자기네는 지나간 사 년간에 진보도 하였다, 자라기도 하였다. 그러나 형식은 일년급 적이나 사년급 되는 지금이나 학생들의 보기에는 변함이 없는 듯하였다. 형식은 그 가진 바 지식을 온통은 아니라도 거의 다 자기네에게 빼앗기고 이제는 자기네보다 높다고 할 자격이 없는 것같이 생각한다. 그러므로 그네가 형식에게 대한 표면의 행동은 전이나 다름이 없어도 마음으로는 형식을 자기네와 동등, 또는 자기네 이하로 보게 되었다.

70

형식은 항상 입버릇 모양으로 자기의 지식과 수양이 부족함을 한탄하였다. 자기는 진실로 자기의 지식과 수양이 부족함을 한탄한 것이언마는 학생들은 이전에는 그것이 다만 형식의 겸사에 지나지 못하거니 하였다. 그러나 근래에 와서는 학생들은 그 한탄이 참인 줄로 안다. 그래서 형식의 하는 말에도 전과 같이 신용을 주지 아니하게 되었다. '나는 지식과 수양이 부족하외다' 하는 말을 형식이가 자기네를 두려워하여 사죄하는 말로 알게 되었다. 그러나 형식은 그러한 뜻으로 한 말은 아니었다. 설혹 자기의 지식과 수양이 부족하다 하더라도 아직은 희경 일파에게 떨어지기를 무서워할 지경은 아니었다. 형식의 보기에 희경 일파는 아직 어린아이들이었다. 그네가 자기를 따라오려면 두 주먹을 불끈 쥐고 달음질을 하더라도 여간 육칠 년 내에 따라잡힐 것 같지는 아니하였다. 형식은 자기가 조선에 있어서는 가장 진보한 사상을 가진 선각자로 자신한다. 그래서 겸손한 듯한 그의 속에는 조선 사회에 대한 자랑과 교만이 있다. 그는 서양 철학도 보았고 서양 문학도 보았다. 그는 루소의 『참회록(懺悔錄)』과 『에밀』을 보았고 셰익스피어의 『햄릿』과 괴테의 『파우스트』와 크로포트킨의 『면포(麵麭)의 약탈(掠奪)』을 보았다. 그는 신간 잡지에 나는 정치론과 문학 평론을 보았고 일본 잡지의 현상 소설에 상도 한 번 탔다. 그는 타고르의 이름을 알고 엘렌 케이 여사(女史)의 전기(傳記)를 보았다. 그리고 우주(宇宙)도 생각하여보았고 인생(人生)도 생각하여보았다. 자기에게는 자기의 인생관(人生觀)이 있고 우주관(宇宙觀), 종교관(宗敎觀), 예술관(藝術觀)이 있고 교육에 대하여서도 일가견(一家見)이 있는 줄로 자신한다. 그가 만원된 차를 타고 눈앞에 들썩들썩하는 사람을 볼 때에 나는 저들의 모르는 말을 많이 알고 모르는 사상을 많이 가졌다 하고 생각하고는 일종 자랑의 기쁨을 깨닫는 동시에 '언제나 저들을 나만큼이나마 가르치는가' 하는 선각자의 책임을 깨닫고 또 이천만이나 되는 사람 중에 내 말을 알아듣고 내 뜻을 이해(理解)하는 자가 몇 사람이 없구나 하는 선각자(先覺者)의 적막(寂寞)과 비애(悲哀)를 깨닫는다. 그리고 자기의 하는 말을 알아들을 만한 친구를 생각하여본다. 그러나 형식은 열 손가락을 다 꼽지 못한다. 그리고 이 열도 못 되는 사람이 조선 사람 중에 신문명(新文明)을 이해(理解)하는 선각자요 따라서 온 조선 사람을 가르치고 이끌어 낼 자라 한다. 그리고 지나간 사 년간에 자기가 희경 등 사오 인을 자기와 같은 계급에 끌어낸 것을 더할 수 없는 만족으로 여긴다. 물론 자기보다는 어린아이로되 다른 사람들에게 비기면 어른이요 선각자라 한다. 조선 안에 학교도 많고 학생도 많으되 희경 일파만 한 학생은 없다 하며 따라서 교육자 중에 자기가 홀로 신문명(新文明)을 이해(理解)하고 조선의 전도를 통견(洞見)하는[258] 능력이 있는 줄로 생각한다. 서울 안에 수백 명 되는 교사는 모두 다 조선인 교육의 의의(意義)를 모르고 기계 모양으로 산술을 가르치고 일어를 가르치는 것이라고 생각한다. 그러므로 그는 조선인 교육계에 대하여 항상 불만한 생각을 품는다. 그가 경성교육회라는 것을 설립할 양으로 두어 달을 두고 분주한 것도 이러한 기관을 이용하여 자기의 교육에 대한 이상(理想)을 선전(宣傳)하려 함이었다. 그러나 다른 교사들은 형식을 그처럼 지식과 사상이 높은 자라고 인정하지 아니하였고 어떤 사람은 형식을 자기네와 평등이라고도 생각하지 아니하였다. 과연 형식의 하는 말이나 일에는 별로 뛰어난 것이 없었다. 형식이가 큰 진리(眞理)인 듯이 열심으로 하는 말도 듣는 사람에게는 별로 감동을 주는 바가 없었다. 다만 형식의 특색은 영어를 많이 섞고 서양 유명한 사람의 이름과 말을 많이 인용하여 무슨 뜻인지 잘 알지도 못할 말을 길게 함이었다. 형식의 연설이나 글은 서양 것을 직역한 것 같았다. 형식의 말을 듣건댄 이러한 말이나 글이 아니고는 깊고 자세한 사상을 발표할 수가 없다고 한다. 그래서 여러 사람들이 자기의 의견을 좇지 아니함은 그네가 자기의 사상을 깨달을 힘이 없음이라 하여 혼자 분개하여 한다. 공평하게 말하면 형식은 다른 교사들보다 좀더 진보한 점이 있고 또 자기가 믿는 바를 어디까지든지 실행하려 하는 정성은 있다. 그러나 그는 사람의 마음을 보는 법이 어두웠다. 그의 생각에 세상 사람의 마음은 다 자기의 마음과 같아서 자기가 좋게 생각하는 바는 깨닫기만 하면 다른 사람에게도 좋게 보이려니 한다. 일언이폐지하면 그는 주관적(主觀的)이요 이상(理想)의 인(人)이요 실제(實際)의 인(人)은 아니다.

그의 지나간 사 년간의 교사 생활은 실패의 생활이었다. 그는 학교에서 여러 가지 의견을 제출하였으나 별로 채용된 것이 없었고 학생들에게도 여러 가지로 가르치고 시키는 바가 있었으나 별로 환영되지도 아니하였고 물론 실행된 것은 별로 없었다. 형식은 이것을 보고 분개한 적도 있고 비관한 적도 있었다. 그러나 그는 이것을 자기가 부족함이라고 생각하지 아니하고 세상 사람이 아직 자기의 높은 사상을 깨닫지 못함이라 하여 스스로 선각자의 설움이라 일컫고 혼자 안심하였다. 그러나 남들이 형식의 의견을 채용치 아니함은 자기네가 그것을 깨닫지 못함이라고는 하지 아니하였다. 그네의 보기에 형식의 의견은 도저히 실행할 수 없는 것이요 또 설사 실행한다 하더라도 효력이 없을 듯한 것이었다. 그러나 여러 사람들도 차차 형식의 지식이 꽤 많음과 어려운 책을 많이 보고 생각이 꽤 깊은 줄을 인정하였다. 그래서 농담 삼아 칭찬 삼아 형식을 '사상가'라고도 하고 '철학자'라고도 하였다. 그러나 이러한 별명에는 '너는 생각이나 하여라. 실지에는 아무것도 못하겠다' 하는 조롱의 뜻이 대부분이었다. 그러나 이 별명을 듣는 형식은

'너희는 사상가가 무엇이며 철학자가 무엇인지를 아느냐' 하고 비웃으면서도 그러한 별명이 아주 듣기 싫지는 아니하였다.

71

형식은 사무실에 들어갔다. 벌써 상학종을 쳐서 교사들은 다 교실에 들어가고 배학감이 혼자 궐련을 피우고 앉았다가 형식을 슬쩍 보고 고개를 돌린다. 형식은 문득 불쾌한 생각이 났으나 잠자코 분필통과 책을 들고 이층 사년급 교실에 들어갔다. 형식은

"시간이 늦어서 미안하외다" 하고 반가운 듯이 교실을 둘러보았다. 희경이가 형식을 슬쩍 보더니 웃으며 고개를 숙인다. 다른 학생들도 빙끗빙끗 웃으며 형식을 쳐다보기도 하고 서로 돌아보기도 한다. 김종렬이가 혼자 웃지도 아니하고 점잖게 앉았다.

형식은 책을 펴서 책상 위에 놓고 교의에 걸어앉아서 수상한 듯

이 일동을 본다. 형식의 가슴에는 말할 수 없이 불쾌한 생각이 난다. 학생들의 태도가 암만해도 수상하다 하였다. 전에는 이러한 일이 없었다. 오늘은 학생들의 태도에 자기를 비웃는 빛이 보인다. 그러나 형식은 웃으며

"왜들 나를 보고 웃으시오……자, 시작합시다, 제십팔과……김군, 읽어보시오."

학생들은 참다못한 듯이 한꺼번에 '와' 하고 웃는다. 책상 위에 이마를 대고 낄낄하며 웃는다. 학생들의 등이 들먹들먹한다. 형식은 얼굴이 발갛게 되었다. 부끄럽기도 하고 분하기도 하고 슬프기도 하였다. 그래서 발을 구르며 책망도 하고 싶고 소리를 내어 울고도 싶었다. 형식은 벌떡 일어나서 엄한 목소리로

"이게 무슨 일들이오? 무슨 버르장머리들이란 말이오?" 하고 눈을 부릅떴다. 그러나 그 말소리는 떨렸다. 일동은 웃음을 그치고 모두 바로 앉았다. 희경은 고개를 푹 숙이고 연필로 책상에 무엇을 그적그적한다. 김종렬은 여전히 시치미 떼고 앉았다. 형식은 차마 가르칠 생각이 없다. 가슴이 울렁울렁하고 숨이 차다. 자기가 사오 년간 전심력을 다 바쳐서 가르치던 자들에게 모욕을 받은 것 같아서 참 분하였다. 저편 교실에서는 수학을 강의하는 모양이더니 학생의 웃음소리와 형식의 큰소리가 나자 갑자기 말이 끊어진다. 아마 이편 교실 모양을 엿듣는 듯하다. 형식은

"무슨 일이오, 누구든지 말을 하시오. 학생들이 그게 무슨 행위란 말이오? 말을 하시오!"

일동의 시선은 김종렬에게로 몰린다. 희경은 더욱 고개를 숙이

고 다리를 흔들흔들하면서 연필로 무슨 글자를 쓴다. 김종렬은 우뚝 일어선다. 학생들은 형식과 종렬의 얼굴을 번갈아 보며 빙끗빙끗 웃기도 하고 서로 쿡쿡 찌르기도 한다. 어떤 자는 소곤소곤 이야기까지 한다. 형식의 머리터럭은 온통 하늘로 올라가는 듯하였다. 종렬은 연설하는 사람 모양으로 한번 기침을 하더니

"선생님, 한마디 질문할 말씀이 있습니다" 하고 형식을 노려본다. 형식은 '질문'이라는 말에 몸이 으쓱하였다. 그러나 아무런 일이라도 상관없다 하는 용기도 난다. 그래서 종렬을 마주 보며

"무슨 질문이오?"

"선생님, 그동안 어디 갔다 오셨습니까……제가 질문이라 함은 그것을 가리킴이외다" 하고 자리에 앉는다. 일동의 시선은 형식의 입으로 모인다. 형식은

"그래, 평양 갔다 왔소. 그래서? 그러니 어떻단 말이오?"

"무엇 하러?" 하고 어떤 학생이 혼잣말 모양으로 묻자 다른 어떤 학생이 "누구하고?" 한다. 학생들은 또 한 번 낄낄 웃는다. 또 어떤 학생이 "누구를 따라서?" 한다. 형식은 다 알았다. 종렬이가 다시 일어나며

"평양은 무슨 일로 가셨습니까. 학교를 쉬고 가시는 것을 보매 무슨 중대한 사건이 발생한 줄을 추측하기 비난합니다마는……"[259]

형식은 말이 막혔다. 고개를 숙이고 눈을 감았다. 그러고 자기도 무엇을 생각하는지 모르게 한참이나 가만히 섰다. 학생들은 또 웃는다. 누가 "계월향이 따라서 후후" 한다.

이때에 배학감이 쑥 들어오며

"이선생, 왜 이렇게 교실이 소요하오? 다른 교실에서 상학할[260] 수가 없구려" 하고 학생들을 돌아보며 "왜들 이렇게 떠드오?" 하고 돌아서서 나가랄 적에 학생 중에서 "계월향!" 하고 소리를 지른다. 배학감은 형식을 한번 흘겨보고 문을 닫고 나간다. 형식은 고개를 들어 학생들을 둘러보더니 떨리는 목소리로

"사 년간 교정이 이에 다 끊어졌소. 나는 가오" 하고 교실에서 나왔다. 교실에서는 웃는 소리, 지껄이는 소리가 들린다. 형식의 눈에는 눈물이 고였다.

사무실로 들어가 모자를 집어 들고 어디로 달아나리라 하였다. 그러나 배학감이

"여기 좀 앉읍시오그려" 하고 의자를 권하므로 아무 생각도 없이 의자에 앉아서 궐련을 끄집어내어 불을 붙였다. 배학감은

"그동안 어디 가셨어요?"

"예, 평양 좀 갔다 왔어요."

"아마 재미 많으셨겠습니다. 평양 경치가 좋지요?"

"노형은 나를 조롱하시오?" 하고 형식은 배학감을 흘겨보았다. 배학감은 웃으면서

"아, 그렇게 성내실 것은 없지요. 남자가 기생을 좀 데리고 논다고 그렇게 흠할 것은 아니니까……다만 이선생께서는 너무 고결하시니까 그런 일이 없을 줄 알았단 말이지요. 나는 계월향이가 이선생의 사랑하는 계집인 줄은 몰랐구려. 벌써 알았더면 그러한 실례는 아니 하였을 것인데. 그런데 그렇게 계월향을 감추

실 게야 있어요. 우리 같은 사람도 그 얼굴이나 보고 소리나 듣게 해주시지요. 허허, 참 복 좋으시오."

"이기지심(以己之心)으로 탁인지심(度人之心)이로구려! 이형식이가 노형같이……"

"흥, 물론 노형은 고결하시지요. 성인이시지요, 백이숙제(伯夷叔齊)[261]시지요."

형식은 주먹으로 책상을 탁 치고 교문을 나섰다.

72

형식은 운동장에 나섰다. 일년급 어린 학생들이 체조를 하다가 형식을 쳐다본다. 뚱뚱한 체조 교사가 수건으로 이마에 땀을 씻으면서 형식에게 인사를 한다. 형식의 생각에는 모두 자기를 보고 웃는 것 같았다. 더구나 평생 배학감에게 아첨을 하여가며 자기에게 대하여 반대의 태도를 가지던 체조 교사의 눈에는 확실히 자기를 조롱하는 빛이 있다 하였다. 그래서 형식은 '다시는 이놈의 학교에 발길을 아니 하겠다' 하면서 교문을 나섰다. 그러나 교문을 나서서는 한참 주저하였다. 자기가 사오 년 동안 집으로 알아오던 학교와, 형제로 자녀로 아내로 사랑하는 자로 알아오던 학생들을 영구히 떠나는가 하면 미상불 슬프기도 하였다. 그 운동장에 풀 한 포기, 나무 한 가지가 어느 것이나 정들지 아니한 것이 없다. 저편 철봉(鐵棒) 뒤에 선 십여 길이나 되는 포플러는 형식이가 처음 부임한 해에 자기의 손으로 심고 자기가 날마다 물을 주고 벌레를 잡아가며 기른 것이다. 그 포플러는 벌써 가지가 퍼지고 잎이 성하여 훌륭한 정자나무[262]가 되었다. 어여쁜 학생들이 낮에 그 나무 그늘에 앉아서 즐겁게 이야기하는 것을 볼 때에 형식은 매양 기쁨을 깨달았다. 마치 자기의 마음이 그 포플러가 되어서 어린 학생들을 가려주는 것같이 생각하였다. 그리고 자기도 쉬는 시간에는 그 나무 그늘에서 거닐기도 하고 반가운 듯이 그 나무를 어루만지기도 하였다. 그러나 이제는 형식은 간다. 그 나무는 점점 더 퍼져서 수없는 어린 학생들이 그 나무 그늘에서 여전히 즐겁게 노닐련만 다시 자기를 생각할 자는 없을 것이다. 형식은 고개를 들어 한참 그 나무를 쳐다보며 창연히[263] 눈물을 흘렸다. 그러나 차마 이 학교 문밖에 오래 섰지 못하여 고개를 푹 숙이고 안동 네거리를 향하고 내려온다. 일기는 날로 더워가고 하늘에는 구름장이 떠돌건마는 언제 비가 올 것 같지도 아니하다. 길 가는 사람들은 화를 내어 부채질을 하고 구루마꾼들은 흐르는 땀에 눈도 잘 뜨지 못한다. 파출소에 흰 복장 입은 순사가 추녀 끝 그늘에 들어서서 입으로 후후 바람을 내고 섰다. 그러나 형식은 더운 줄도 모르고 이따금 마주 오는 구루마를 비키면서 안동 골목으로 내려온다.

형식의 정신은 극히 혼란하다. 경성학교에 사직표를 제출할 것은 생각하나 그밖에는 어찌하여야 좋을는지 생각이 없다. 형식의 머리는 마치 물 끓는 모양으로 부걱부걱 끓는다. 여러 날 정신과 몸이 피곤한 데다가 지금 학교에서 극렬한 자격[264]을 받았으므로 형식은 마치 열병 환자와 같이 되었다. 다만 말할 수 없는 슬픔이 천근만근의 무게로 머리를 내리누를 뿐이다.

아까 교실에서 일어난 사건은 형식에게는 가장 중대하고 가장 불행한 사건이라. 형식의 전 희망은 그 사년급에 있었고 형식의 전 행복도 그 사년급에 있었다. 그 사년급이 있는지라 형식은 적막함이 없었고, 그 단순하고 무미한 생활 중에서도 큰 즐거움을 얻어왔던 것이다. 그 사년급은 어떤 의미로 보아 지나간 사오 년간에 그의 재산이었고 생명이었었다. 또 그의 전심력을 다하는 사업이었었다. 그리고 그의 생각에 사년급 삼십여 명 학생은 영구히 자기의 정신적 아우와 아들이 되어 마치 자기가 오매에 그네를 잊지 못하는 모양으로 그네도 자기를 잊지 아니하리라 하였다. 자기가 그네를 사랑하는 모양으로 그네도 자기를 사랑하리라 하였다.

그러나 그것은 한바탕 꿈이었다. 형식은 부모도 없고 형제도 없고 별로 친한 친구도 없으매 그네를 그처럼 사랑하였거니와 그네에게는 형식 외에 부모도 있고 형제도 있고 사랑스러운 동무도 있었다. 사오 년래 혹 형식을 따르는 학생도 없지는 아니하였으나 가장 따르는 듯하던 이희경에게도 형식은 결코 중요한 사랑하는 자가 아니었었다. 형식은 이런 줄을 모르고 있다가 오늘이야 비로소 깨달은 것이다. 오늘이야 비로소 사년급 학생들의 눈에 비친 자기를 분명히 깨달은 것이다.

자기가 전심력을 다하여 사랑하여오던 자가, 또는 자기를 전심력을 다하여 사랑하거니 하던 자가 일조에 자기를 사랑하지 아니

하는 줄을 깨달을 때에 그 슬픔이 얼마나 할까. 아마도 인생의 모든 슬픔 중에 '사랑의 실망'에서 더한 슬픔은 없을 것이다.

형식은 정히 이러한 상태에 있다. 지금 형식에게는 남은 것이 하나도 없다. 이번 평양 갔던 일은 변명도 할 수 있으려니와 그것을 변명하는 것은 형식에게는 그다지 필요한 일이 아니다. 그것을 변명한대서 사년급 학생들이 자기를 사랑하지 아니한다는 진리는 변할 수 없는 것이다. 형식은 자기의 명예를 위하여 슬퍼하는 것이 아니다. 명예는 사람에게 셋째나 넷째로 귀중한 것이다. 형식은 지금은 목숨의 뿌리를 잃어버린 것이다. 인생에 발 디딜 데를 잃고 공중에 둥둥 뜬 모양이다. 형식이가 아주 말라죽고 마는지, 다시 어디다가 뿌리를 박고 살는지, 이것은 장래를 보아야 알 것이다.

73

형식은 정신없이 집에 돌아왔다. 노파가 웃통을 벗고 마루에 앉아서 담배를 먹는다. 어깨와 팔굽이에 뼈가 울퉁불퉁 나오고 주름 잡힌 두 젖이 말라붙은 듯이 가슴에 착 달라붙었다. 귀밑으로 흘러내리는 두어 줄기 땀이 마치 그의 살이 썩어서 흐르는 송장물 같은 감각을 준다. 반이나 세고 몇 오리 아니 남은 머리터럭과 주름 잡히고 움쑥 들어간 두 뺨과 뜨거운 볕에 시든 풀잎과 같은 그 살과 허리를 구부리고 담배를 먹는 그 모양은 사람에게 말할 수 없는 슬픔을 준다. 그도 일찍 여러 남자의 정신을 황홀케 하던 젊은 미인이었었다. 그의 생각에 천하 남자는 다 자기를 보고 정신을 잃는 줄 알았었다. 자기의 얼굴과 몸의 아름다움은 영구하리라 하였었다. 그렇게 생각한 지가 불과 이삼십 년 전이었었다. 그러나 그의 얼굴과 몸에 있던 아름다움은 다 어디로 날아가고 말았다. 그가 흘리는 땀이 곧 그 아름다움이 녹아내리는 물인 것 같다.

그는 무엇 하러 세상에 났으며 세상에 나서 무슨 일을 하였고 무슨 낙을 보았는고. 그렇지마는 그 노파는 아직도 살아간다. 병이 나면 약을 먹고 겨울이 되면 솜옷을 입어가면서 아직도 죽을 생각은 아니 하는 것 같다. 내일이나 내년에 무슨 새로운 낙이 오기를 기다리는지도 모르지마는 그는 밤이 새고 아침이 되면 또 자리에서 일어나서 밥을 짓고 빨래를 한다. 일찍 형식이가 노파의 빨래하다가 허리를 툭툭 치며 담배를 피우는 것을 보고

'담배 먹는 재미로 살으십니다그려' 한 적이 있다. 그때에 노파는 빙끗 웃었다. 형식은 그 웃음의 뜻을 모른다. '그렇소' 하는 뜻인지 '아니요' 하는 뜻인지 몰랐다. 이 뜻을 아는 사람은 없다. 노파 자기도 모른다. 그러나 누가 보든지 노파의 살아가는 목적은 담배 먹기 위함이라. 그 담배 연기 속에 노파의 모든 행복과 사업이 있다. 노파는 하루 스물네 시간에 거의 절반은 담배 연기를 바라보고 살아간다. 눈도 끔뻑하지 아니하고 독한 담배 연기를 물끄러미 쳐다보고 앉았는 것이 노파의 생활의 중심이다. 노파에게서 만일 담배를 빼앗으면 이는 생명을 빼앗음이나 다름없다. 평

생 아랫목에 우두커니 섰는, 댓진[265] 배고 헝겊으로 세 군데나 감은 담뱃대가 즉 노파의 생명이다. 노파의 입에서 담배 연기가 아니 나오게 되면 이는 노파의 몸에 피가 아니 돌아가게 된 표다. 노파 자기는 이렇게 생각하는지 아니하는지 모르지마는 곁에서 보기에는 암만해도 그렇게밖에 더 생각할 수가 없다. 담배 먹기 밖에 노파에게 무슨 인생의 목적이 있는 것 같지 아니하다. 형식이가 정신없이 들어올 때에 노파가 무슨 생각을 하였는지 모른다. 아마 아무 생각도 없이 다만 무럭무럭 피어오르는 담배 연기만 쳐다보았을 것 같다. 만일 무슨 생각이 있었다 하면 그는 아마 희미한, 마치 안개 속으로 보는 듯한 젊었을 적 기억일 것이다. 어떤 대감 집에서 세력을 잡던 기억, 젊고 고운 문객의 품에 안기던 기억, 그렇지 아니하면 토실토실한 아기의 손에 자기의 부드럽고 살진 젖꼭지를 잡히던 기억, 또는 다 자란 아들이 턱춤을 추며 죽던 기억, 또는 아무 때 어디서 어떠한 고운 옷을 입고 어떠한 맛나는 음식을 먹던 기억일 것이다. 아마 하루에 몇 번씩 담배 연기 속에 이러한 기억이 떠 나오는 것을 볼 것이다. 지금은 어떠한 기억이 떠 나왔던지 모르거니와 노파는 형식을 보고 얼른 곁에 벗어놓았던 땀 밴 적삼을 입으며

"어째 벌써 오셔요?" 한다.

형식은 두루마기와 모자를 벗어 홱 방 안에 집어 던지면서

"흥, 학교에도 다 갔소."

"왜, 이제는 학교에 아니 가셔요."

"이제는 교사도 그만둡니다" 하고 툇마루에 쿵 하고 몸을 던

지는 듯이 걸어앉으며 "냉수나 한 그릇 주시오. 속에서 불길이 피어올라 못 견디겠소."

노파는 부엌에 들어가 사기대접에 냉수를 떠다가 형식을 준다. 형식은 냉수를 한 모금에 다 들이켜더니

"에, 시원하다. 냉수가 제일 좋다" 하고 밀수[266] 먹은 사람 모양으로 맛있는 듯이 입을 다시며 혀를 내밀어 아래윗입술에 묻은 물을 말끔 빨아들인다. 노파는 이상한 듯이 물끄러미 보더니 자기 방에 건너가 초갑[267]과 담뱃대를 들고 형식의 곁으로 온다. 형식은 '또 나를 위로할 작정으로 오는구나' 하고 괴로운 중에도 속으로 웃었다. 그러나 노파의 위로를 듣는 것이 더욱 괴로울 듯하여 먼저 말끝을 돌려

"어저께 신주사 안 왔었어요."

"아니요."

"왜 근래에는 신주사를 싫어하셔요. 한동안은 퍽 신주사를 좋아하셨지요."

"누가 신주사를 싫어하나요. 너무 함부로 말씀을 하시니 그러지" 하고 픽 웃는다.

"장찌개에 구더기 있다고" 하고 형식도 웃었다. 노파는 이 기회를 아니 놓치리라 하는 듯이

"그런데 왜 학교를 그만두셔요. 그 배학감인가 하는 사람과 다투셨어요?"

"다툰 것도 아니야요. 교사 노릇도 너무 오래 했으니 이제는 다른 것을 좀 해보지요."

"다른 것? 무엇이오? 옳지, 이제는 벼슬을 하시오. 그런 배학감 같은 사람과 같이 있으니깐 살이 내리지, 벼슬을 하면 작히나[268] 좋아요. 저 건너편 집 아들도 일전에 무슨 주사를 해서……"

"나는 벼슬보다 중노릇을 하고 싶어요. 저 깊은 산속에 들어가서 조그만 암자에다가……옳지, 칡베 장삼에 나무아미타불, 나무아미타불 하는 것이 제일 좋아요" 하고 웃으며 노파를 본다. 노파는 눈이 둥그레지며

"저런! 무엇을 못해서 중이 되어요?"

"중이 안 되면 무엇을 해요?"

한참 잠잠하였다.

74

형식은 무심중 '중노릇을 하고 싶어요' 하였다. 그러나 말을 하고 본즉 과연 중 되는 것이 제일 좋을 듯하다. 또 중 될 것밖에 더 길이 없는 것도 같다. 조선의 문명을 위하여, 자기의 명예를 위하여 힘쓰겠다는 마음이 일시에 다 스러지는 것 같다. 마치 어떤 사람이 아내도 죽고 아들딸도 다 죽고 재산도 다 없어진 때에 느끼는 듯하는 슬픔과 절망이 가득 찼다. 영채의 죽은 것과 영채의 집의 멸망한 것과 자기가 지금 사년급 학생에게 욕을 당한 것과 모든 것이 힘을 합하여 형식의 정신을 깊고 어두운 땅속으로 끌고 들어가는 것 같다. 지금껏 자기가 하여온 생활이 마치 아무 뜻도

없고 맛도 없는 것 같고 길고 불쾌한 꿈을 꾸다가 우연히 번쩍 눈을 뜬 것같이 불쾌한 생각이 난다. 학교에서 사오 년간 분필을 들고 가르치던 것이며, 늦도록 책을 보고 외국말의 단자[269]를 외우던 것이며, 선형과 순애에게 영어를 가르치던 것이며, 영채를 만났던 것과 청량리에서 한 일과 평양에 갔던 일이 모두 다 무슨 부끄럽고 슴거운[270] 일같이 보인다. 지금껏 정답게 생각하여오던 노파까지도 마치 무슨 더럽고 냄새 나는 물건같이 보인다. 모든 것이 다 부끄럽고 불쾌하고 성이 난다. '응, 내가 무엇 하러 이 모양으로 살아왔는고' 하여본다. 내가 지금까지 살아온 값이 무엇이며 뜻이 무엇인고 한다. 당장 이 생활을 온통 내던지고 어디 사람 없는 외딴 곳에 들어가서 숨고 싶은 생각이 난다. 한 시간이라도 이 서울 안에, 이 노파의 집에 있기 싫은 생각이 난다. 그래서 노파에게

"중이 제일 좋아요. 세상에 있으면 무슨 재미가 있나요."

"선생 같은 이야 왜 재미가 없어요. 나이가 젊으시것다, 재주가 있것다…… 왜 세상이 재미가 없겠소."

"아주머니께서는 젊었을 때에 재미가 많았어요?"

노파는 빙그레 웃으며

"아, 젊었을 적에야 날마다 기쁘기만 했지요. 이따금 울기도 했지마는 젊었을 때에 우는 것은 늙어서 웃는 것보다도 낙이라오……"

형식은 '노파가 참 말을 잘한다' 하고 노파의 얼굴을 보았다. 노파는 젊었을 때를 생각만 해도 기쁜 듯이 얼굴에 화기가 돌며

"나는 이선생께서는 무슨 재미에 살으시는지 모르겠습데다. 좋은 벼슬도 아니 하고, 고운 색시도……하하, 이런 말씀을 하면 선생은 늘 이마를 찌푸리시것다……그러나 내 말이 옳지요. 꽃 같은 청춘에 왜 혼자 우두커니 방에만 들어앉았겠어요. 그러니깐 세상이 재미가 없어서 중이 되느니 무엇이 되느니 하지요. 나는 젊었을 적에는……말을 다 해 무엇 하겠소, 늙으면 허사입닌다."

이 말은 거의 한 달에 한 번씩이나 형식을 대하여 하는 말이었다. 그러나 형식은 다만 웃고 들었을 뿐이었다. 그러나 오늘은 그 노파의 말에 새로운 뜻과 힘이 있는 것같이 들린다. 그리고 선형과 영채를 대하였을 때의 즐겁던 생각이 난다. 그리고 외국 서적에 사랑의 즐거움을 찬미한 것을 보던 생각이 난다. 과연 남녀의 사랑이 인생에 제일 큰 행복이라 할까. 적어도 이 노파는 일생에 기쁜 일이라고는 남녀의 사랑밖에 없는 것같이 말한다. 내가 평생 적막하고 세상에 따뜻한 재미를 못 붙임은 이 사랑이란 맛을 못 보는 때문인가 하여본다. 그래서 웃으며

"그러면 나도 즐거운 재미를 볼 수가 있을까요" 하였다. 그러고는 미련한 질문을 다 하였다 하고 속으로 부끄러웠다. 노파는

"아, 재미를 볼 수가 있고말고. 선생 같은 이면 장안 미인들이 저마다 따르지요. 얼굴이 좋것다, 마음씨가 곱것다……지금은 세상이 말세가 되어서 그렇지마는 전 세월 같으면 대과 급제에, 선생 같으신 이는 미인에 걸려 단기시지를 못하겠소."

"흥, 그러니까 지금은 쓸데없단 말씀이구려, 대과 급제가 없으니까."

"전 세월만 못하단 말이지, 지금인들 장안에 일등 기생이 여러 백 명 될 텐데……" 하더니 문득 목소리를 낮추며

"그런데" 하고 잊어버렸던 것을 생각하는 듯이 고개를 기울이더니

"명채? 그 새악시 말이야요. 어떻게 되었나요. 그 후에 한번 만나보셨어요?"

형식은 이 말에 가슴이 뜨끔하였다. 손에 들었던 궐련을 땅에 떨어트렸다. 그렇게 형식은 놀랐다.

"그만 물에 빠져 죽었답니다."

"물에 빠져? 언제?"

"아마 그저께 빠져 죽었겠지요."

"에그머니. 웬일이야요? 왜 빠져 죽어요? 저런!"

형식은 말없이 두 팔로 제 목을 안고 고개를 수그렸다. 지나간 삼사일의 광경이 눈앞으로 휙휙 지나간다. 노파의 눈에는 눈물이 핑 고인다.

"아, 글쎄 무슨 일이야요?"

"나처럼 세상이 재미없던 게지요."

"에그머니, 저런! 꽃 같은 청춘에 왜 죽는담. 명이 다해서 죽는 것도 설운데 물에를 왜 빠져 죽어?" 하고 한참 묵묵히 앉았더니 손등으로 눈물을 씻으며

"이선생이 잘못해서 죽였구려!"

"어째서요?"

"그렇게 십여 년을 그립게 지내다가 찾아왔는데 그렇게 무정하

게 구시니까."

'무정하게'라는 말에 형식은 놀랐다. 그래서

"무정하게? 내가 무엇을 무정하게 했어요?"

"무정하지 않구! 손이라도 따뜻이 잡아주는 것이 아니라……"

"손을 어떻게 잡아요?"

"손을 왜 못 잡아요? 내가 보니까, 명채……"

"명채가 아니라 영채에요."

"옳지, 내가 보니깐 영채씨는 선생께 마음을 바친 모양이던데. 그렇게 무정하게 어떻게 하시오. 또 간다고 할 적에도 붙들어 만류를 하든가 따라가는 것이 아니라……" 하고 형식을 원망한다.

75

노파의 말에 형식은 더욱 놀랐다. 과연 자기가 영채에게 대하여 무정하였던가. 과연 그때에 영채의 손을 잡으며 나도 지금껏 자기를 그리워하던 말을 할 것이 아니었던가. 그리고 일어나 나가려 할 때에 그를 붙들고 그의 장래에 대한 결심을 물어보아야 할 것이 아니었던가. 그리고 그 자리에서 내가 너를 거두겠다 하고 같이 영채의 집에 가서 그 어미와 의논할 것이 아니었던가. 그리하였더면 영채는 그 이튿날 청량리에도 아니 갔을 것이요 그 변도 당하지 아니하였을 것이 아니었던가. 또 청량리에서 같이 다방골로 오는 동안에도 내가 너를 거두마 할 것이 아니었던가. 다방골로 가지 말고 다른 객점이나 내 집에 데리고 올 것이 아니었 던가. 그리하였더면 평양으로 갈 생각도 아니 하고 물에 빠져 죽 지도 아니할 것이 아니었던가. 옳다, 노파의 말과 같이 영채를 죽 인 것은 내다. 영채가 내 집에 온 것은 '나도 너를 기다리고 있었 다, 이제야 만났구나' 하는 내 말을 들으려 함이다. 그리고 '이제 부터 너는 내 아내다' 하는 말을 들으려 함이다. 그런데 나는 그 때에 무슨 생각을 하였나. 영채가 기생이나 아니 되었으면 좋겠 다, 어떤 상류 가정에 거둠이 되어 여학교에나 다녔으면 좋겠 다······이러한 생각을 하였다. 그리고 마음속으로는 선형이가 있 는데 왜 영채가 뛰어나왔나, 영채가 기생이거나 뉘 첩이 되었으 면 좋겠다 하기도 하였다. 아아, 상류 가정은 무엇이며 기생은 무 엇인고.

또 나는 왜 그 이튿날 아침에 일찍이 영채를 찾지 아니하였던 고. 학교를 위해서? 교육가라는 명예를 위해서?

옳다, 영채를 죽인 것은 내다. 그리고 평양까지 따라 내려갔다 가 영채의 시체도 찾아보지 아니하고 왔다. 칠성문 밖에서 도리 어 기쁜 마음을 가지고 왔다. 밤새도록 차 속에서도 영채는 생각 도 아니 하고 왔다. 영채가 죽은 것이 도리어 무거운 짐이 덜리는 것 같았다.

형식은 고개를 흔들며

"옳아요. 내가 영채를 죽였어요, 내가 죽였어요! 나를 위하여 살아오던 영채를 내 손으로 죽였어요!" 하고 몹시 괴로운 듯이 숨 이 차다. 노파는 도리어 미안한 생각이 나서

"다 제 팔자지요."

"아니야요. 내가 죽였어요."

이때에 우선이가 대팻밥 벙거지를 두르며 들어와 인사도 없이

"언제 왔나, 그래 찾았나."

형식은 우선은 보지도 아니하고

"내가 죽였네, 영채를 내가 죽였네."

"응, 죽었어? 그 전보가 아니 갔던가."

"내가 죽였어! 그러고서는 나는 그의 시체도 찾지 아니하고 왔네그려. 홍, 학생들 쉴까 봐서."

"김장로의 따님이 보고 싶던 게지" 하고 이러한 경우에 있어서도 우선은 활해[271]를 잊지 아니한다. "대관절 어찌 되었나."

"죽었어!" 하고 벌떡 일어나며 "자네 돈 있나. 있거든 한 오 원 꾸이게" 하고 생각하니 이제는 돈 나올 곳도 없다. 학교에서 유월 월급은 주겠지마는 찾으러 갈 수도 없고, 칠월부터는 형식에게는 아무 수입도 없다.

"돈은 해서?"

"가서 영채의 시체나 찾아야겠네. 찾아서 내가 업어다라도 장례나 지내주어야겠네" 하고 형식은 괴로움을 못 견디어 하는 듯이 마당으로 왔다 갔다 한다. 형식의 적삼 등에는 땀이 배었다. 우선은 지팡이로 엉덩이를 버티고 서서 형식을 보더니

"벌써 다 떠내려갔겠네. 황해 바다로 둥둥 떠나갔겠네."

"왜 그래요? 물에 빠져 죽은 송장은 사흘 전에는 그 자리에 아니 떠난답니다" 하고 노파가 우선을 보며 말한다.

"떠내려갔거든 어디까지든지 따라 내려가지. 있는 데까지 따라 내려가지" 하고 잠깐 눈을 감고 우두커니 섰더니 결심한 듯이 고개를 번쩍 들고 우선의 곁으로 와서 손을 내밀며

"자, 어서 오 원만 내게."

"지금 곧 떠날 텐가."

"응, 정거장에 나가서 차 있는 대로 떠날라네."

우선은 마지못하여 하는 듯이 오 원짜리 지표를 내준다. 영채가 죽었단 말을 듣고 우선도 미상불 슬펐다. 귀중히 여기던 무엇이 없어진 것 같았다.

형식은 돈을 받아 넣고 방에 들어가 두루마기를 입고 책 한 권을 뽑아 들고 신을 신으려고 나섰다. 이때에 어떤 파나마[272]를 쓴 신사가 형식을 찾는다. 형식은 이마를 찌푸리더니 마지못하여 문에 나갔다. 그는 김장로와 한 교회에 있는 목사다. 넓은 얼굴에 수염은 한 개도 없고 두 뺨에는 굵은 주름이 서너 줄 깔렸다. 정직한 듯한 중늙은이다. 우선과 노파는 노파의 방 툇마루에 가서 우두커니 두 사람을 본다. 형식은 책을 놓고 목사를 청해 올려 앉혔다.

"어디 가시는 길이오?"

"예, 산보 나가던 길이올시다. 더운데 어떻게 이렇게……"

"뵈온 지도 오래고……또 무슨 할 말씀도 좀 있어서."

"제게요?" 하고 형식은 목사를 본다. 목사는 까닭 있는 듯이 빙그레 웃으며

"과히 바쁘시지는 않으셔요?"

"아니올시다. 말씀하시지요."

"허허, 이선생께서 기뻐하실 말씀이외다" 하고 또 한 번 웃으며 형식의 방 안을 둘러본다. 노파와 우선은 서로 돌아보며 무엇을 수군수군한다. 오늘은 노파가 우선을 그다지 싫어하지 않는 모양이로다.

목사는 한참 부채질을 하더니 유심히 형식을 보며

"다른 말씀이 아니라" 하고 말을 내기가 어려운 듯이 말을 시작한다. 듣는 형식도 무슨 일인지는 모르나 목사의 태도가 수상하다 하였다. 그리고 어서 말을 다 하면 정거장으로 뛰어나가리라 하였다.

76

"다른 말이 아니라, 김장로의 말씀이" 하고 목사가 말을 시작한다. 노파와 우선은 안 듣는 체하면서도 들으려 한다. "김장로의 말씀이 선형이를 이 가을에 미국에 보낼 텐데……"

"예" 하고 형식이 조자(調子)²⁷³를 맞춘다.

"그런데 미국 가기 전에 어, 약혼을 하여야 하겠고. 또 미국을 보낸다 하더라도 딸 혼자만 보내기도 어려운즉(이 목사는 '어'와 '즉'을 잘 쓴다) 약혼을 하고 신랑까지 함께 미국을 보냈으면 좋겠다는데……" 하고 말을 그치고 또 웃으며 형식을 본다. 형식은 부끄러운 듯이 고개를 돌리며

"예, 그런데요" 하였다. 이밖에 어떻게 대답을 해야 좋을지 몰랐다. 목사는

"그런데 김장로께서는 어, 이선생께서, 어, 허락만 하시면……어, 이선생도 미국 유학을 갔으면 좋겠고……그것은 어쨌든지 김장로 양주[274]께서는 매우 이선생을 사랑하시는 모양인데. 그래서 날더러 한번 이선생의 뜻을 물어달라고 해요. 어, 그래서……"

"제 뜻을?"

"예, 이선생의 뜻을."

"무슨 뜻 말씀이야요?"

우선은 고개를 돌리며 노파를 보고 픽 웃는다. 노파도 웃는다. 목사는 형식의 둥그레진 눈을 보더니 비웃는 듯이

"그만하면 알으시겠구려."

"……"

"그러면, 어, 다시 말하지요. 이선생이 선형과 약혼을 하여주시기를 바란단 말이외다. 물론 청혼하는 데도 여러 곳 있지마는 김장로 양주는 이선생이 꼭 마음에 드는 모양이로구려."

형식은 이제야 분명히 목사의 말뜻을 알아들었다. 그리고 가슴이 뜨끔했다. 목사는

"어떻게 생각하시오?"

형식은 어떻게 생각할지를 몰랐다. 가만히 앉았다.

"그동안 이선생께서 선형에게 영어를 가르치셨지요?"

"예, 며칠 전부터."

"그 뜻을 알으셔요?"

"무슨 뜻이오?"

"하하. 영어를 가르쳐줍소사고 청한 뜻 말씀이오."

"……"

"지금은 전과 달라 부모의 뜻대로만 혼인을 할 수가 없으니까 서로 잠깐 교제를 해보란 뜻이지요. 그래 어떠시오?"

"제가 감당치를 못하겠습니다. 저 혼잣몸도 살아가기가 어려운 처지에 혼인을 어떻게 합니까."

"그것은 문제가 아니야요."

"그것이 제일 큰 문제지요. 경제적 기초 없이 혼인을 어떻게 합니까. 그게 제일 큰 문제지요."

"큰 문제지마는 우선 한 삼사 년간 미국에 유학하시고, 그러고 나서는……그다음에야 무슨 걱정이 있어요. 또 선형으로 보더라도 그만한 처녀가 쉽지 아니하지요. 이선생께서도 복 많이 받으셨소……자, 말씀하시오."

그래도 형식은 고개를 숙이고 가만히 앉았다. 목사는 웃으며 부채질만 한다. 노파는 형식이가 왜 '예' 하지 않는가 하고 공연히 애를 쓴다. 우선은 일전 안동서 형식과 말하던 것을 생각하고 혼자 빙그레 웃는다. 모두 다 기뻐하는 속에 형식 혼자는 남모르게 괴로워한다. 목사는

"자, 생각하실 것도 없겠구려, 어서 대답을 하시오."

"일후에 다시 말씀드리지요. 아무러나 저 같은 것을 그처럼 생각하여주시는 것은 어떻게 황송한지 모르겠습니다."

"일후를 기다릴 것이 있어요. 그리고 오늘 오후에 나하고 김장

로 댁에 가시지요. 같이 저녁을 먹자고 그러시던데."

형식은 어찌할 줄을 몰랐다. 평양도 가야 하겠지마는 김장로의 집 만찬에 참예하는²⁷⁵ 것이 더 중한 것 같기도 하였다. 그러나 지금까지 영채의 시체를 찾아가기로 결심하였던 것을 버리고 금시에 선형에게 취하여 '예' 하기는 제 마음이 부끄러웠다. '선형과 나와 약혼' 한다는 말은 말만 들어도 기뻤다. 영채가 마침 죽은 것이 다행이다 하는 생각까지 난다. 게다가 '미국 유학!' 형식의 마음이 아니 끌리고 어찌하랴. 사랑하던 미인과 일생에 원하던 서양 유학! 이 중에 하나만이라도 형식의 마음을 끌 만하거든 하물며 둘을 다! 형식의 마음속에는 '내게 큰 복이 돌아왔구나' 하는 소리가 아니 발할 수가 없다. 형식이가 괴로운 듯이 숙이고 앉았는 그 얼굴에는 자세히 보면 단정코 참을 수 없는 기쁨의 빛이 있을 것이다. 처음에 목사를 대할 때에는 형식의 얼굴에는 과연 괴로운 빛이 있었다. 그러나 한 마디 두 마디 흘러나오는 목사의 말은 어느덧에 그 괴로운 빛을 다 없이하고 어느덧에 기쁜 빛을 폈다. 마치 봄철 따뜻한 볕에 눈이 일시에 다 녹아 없어지고 산과 들이 갑자기 봄빛을 띠는 것과 같다. 그래서 형식은 고개를 들지 못한다. 남에게 기쁜 빛을 보이기가 부끄러움이다. 형식은 힘써 얼굴에 괴로운 빛을 나타내려 한다. 그뿐더러 일부러 마음이 괴로워지려 한다.

형식은 이러한 때에는 머릿속이 착란하여²⁷⁶ 어찌할 줄을 모른다. 그는 욱하고 무엇을 작정할 때에는 전후도 돌아보지 아니하고 작정하건마는 또 어떤 때에는 이럴까 저럴까 하여 어떻게 결단할 줄을 모른다. 길을 가다가도 갈까 말까, 갈까 말까 하고 수십 분이나 주저하는 수가 있다. 이것은 마음 약한 사람의 특징이다. 그가 얼른 결단하는 것도 약한 까닭이요 얼른 결단하지 못하는 것도 약한 까닭이다. 지금 형식은 이럴까 저럴까 어떻게 대답하여야 좋을 줄을 모른다. 누가 곁에서 자기를 대신하여 대답해 주는 이가 있었으면 좋겠다 한다. 형식은 고개를 들어 건넌방을 건너다보았다. 형식은 우선이가 이러한 경우에 과단 있게 결단할 줄을 앎이라. 우선도 웃으면서 형식을 건너다본다.

77

 우선은 형식을 보고 눈을 끔적한다. 형식은 일부러 안 보는 체한다. 우선은 또 한 번 눈을 끔적한다. 형식은 안 보는 체하면서도 그것을 다 보았다. 그리고 다시 고개를 숙였다. 더 부끄럽고 좋아 머리가 혼란하다. 우선의 눈 끔적하는 뜻을 해석해본다. '얼른 허락을 해라' 하는 뜻인지 '어서 평양을 가지 아니하고 왜 가만히 앉았느냐' 하는 뜻인지 알 수가 없다.
 노파는 참다못하는 듯이 우선을 꾹 찌르며
 "왜 이선생이 허락을 아니 하오. 그 처녀가 마음에 아니 드나요."
 "홍, 그 처녀가 서울에 유명한 미인이라오."
 "또 부자고요?"

"부자기에 사위까지 미국을 보낸다지요."

노파는 미국에 보내는 것과 부자인 것과 무슨 상관이 있는지 모르지마는

"그런데 왜 저러고 앉았어요?" 하고 입을 쩝 다시며 담배를 담는다. 목사가

"그렇게 하시지요" 하고 다시 재촉할 때에 형식은 겨우

"그러면 갑지요! 그러나 약혼은 일후에 말씀드리기로 하고……" 하였다. 목사는

"내 교회에 갔다가 오는 길에 들르리다" 하고 웃으며 나간다. 형식은 대문 밖까지 목사를 보내고 들어왔다. 형식의 얼굴은 마치 선잠을 깬 사람의 얼굴 같다. 우선이가 뛰어오며

"자네 땡잡았네그려. 미인 얻고 미국 유학 가고" 하고 형식의 손을 잡아 흔든다. 형식은 우선의 눈을 피하여 고개를 돌렸다. 그러나 형식의 눈에도 웃음이 있었다. 우선은 다시

"허, 자네도 수단이 용한걸. 불과 이삼일에 그렇게 쉽게 선형씨를 손에 넣어!"

노파도 웃으며

"내 그런 줄 알았지. 어쩐지 영채씨가 오셨는데도 만류도 아니하고……그저 영채씨가 불쌍하지……이선생은 벌써 정들여둔 데가 있는데 공연히……"

말이 끝나기 전에 우선은 노파를 돌아보고 눈을 끔적하며 '쉬!' 하였다. 형식은 짐짓 노파의 말을 못 들은 체하고 우선더러

"나는 경성학교 사직했네."

"어느새에 사직을 하여. 약혼이나 되거든 하지, 허허허."
"아니, 그런 것이 아니라, 나는 교사 노릇을 그만둘라네."
"암. 미국 유학하고 돌아오셔서 대학 교수가 되실 터이니까."
형식은 성난 듯이 획 돌아서며
"자네는 남의 말을 조롱만 하려고 들데그려. 남은 마음이 괴로워서 그러는데……"
"응, 동정하네. 퍽 괴로우실 테지."
노파도 우선의 곁으로 오며
"내가 어떻게 기쁜지 모르겠소. 이선생이 장가를 드신다니까 내 아들이……" 하다가 그런 생각을 하는 것이 슬프기도 하고 또 형식을 자기의 아들에 비기는 것이 버릇없는 듯도 하여 "오늘 저녁에 가시거든 확실하게 허락을 합시오. 아까는 왜 그렇게 우두커니 앉았담……호호, 아직 도련님이니깐 수줍어서 그러시는가 보에."

형식은 어쩔 줄을 모르고 공연히 고개를 들었다 숙였다 하며 왼편 주먹을 쥐었다 폈다 하기도 하고 손가락 마디를 딱딱 소리를 내기도 하더니
"여보게, 나는 지금 평양으로 떠나겠네. 암만해도……"
우선은 위협하는 듯이 형식을 노려보며
"에그, 못생긴 것! 딸이 썩어져가기로 저런 것을 준담."
형식도 이 말에는 웃었다. 그리고 과연 못생긴 소리를 했구나 하였다. 우선은
"이제부터는 좀 굳센 사람이 되게. 그게 무엇이람, 계집애도 아

니요……딴소리 말고 오늘 저녁 김장로 집에 가게. 가면 또 혼인 말이 날 터이니까 아까 모양으로 못난 짓 부리지 말고 허락하게. 그리고 미국 가게. 나도 경성학교 말을 들었네. 아마 자네는 사직을 아니 하더라도 쫓겨나겠나 보데."

"쫓겨나? 왜?"

"자네가 기생을 따라서 평양 갔다고. 청량리 원수 갚는 게지. 하니까 약혼하고 미국 가게."

"그러면 영채는 어떻게 하고?"

"죽은 영채를 어쩐단 말인가. 자네도 따라 죽을 텐가. 열녀가 아니라 열남이 될 양으로? 그런 미련한 소리 말고, 어서 꼭 내 말대로만 하게."

우선의 말을 들으매 형식도 얼마큼 안심이 된다. 자기도 그만한 생각을 못함이 아니지마는 자기 생각만으로는 안심이 아니 되다가 우선의 활발한 말을 듣고야 비로소 안심이 된다. 형식은 우선의 말대로 하리라 하였다. 제 생각대로 한다는 것보다 우선의 말대로 한다는 것이 더 마음에 흡족한 듯하였다. 형식은 빙그레 웃으며

"글쎄" 하였다. 노파도 공연히 기뻐한다.

"점심을 차릴까요. 신주사도 한술 잡수시고."

"또 장찌개 주실 테요?" 하고 우선이가 형식의 조끼에서 제 것 같이 궐련을 뽑아 손바닥에 턱턱 그루를 박는다.[277]

"그만둡시오. 웬 장찌개."

"가서 냉면이나 시켜 오오" 하고 형식이가 일어난다.

"요. 한턱하시려네그려. 한턱하려거든 맥주나 사주게."

"돈이 있나."

"부잣집 사위가 무슨 걱정이야."

"부잣집 사위는 이따 되더라도."

"그 오 원 안 있나."

"평양 가야지."

"또 평양을 가?"

"가서 시체나 찾아야지."

"벌써 황해 바다에 떠나갔어! 자네 같은 무정한 사람 기다리고 아직까지 청류벽 밑에 있을 듯싶은가. 자, 청요릿집에나 가세."

"벌써 황해 바다에 갔을까" 하고 형식은 하늘을 바라보았다. 오정[278] 태양이 바로 서울 한복판에 떠서 다 데어 죽어라 하는 듯이 그 불같은 별을 담아 붓는다. 형식은 새삼스럽게 더운 줄을 깨달았다.

78

해가 인왕산 마루턱[279]에 걸렸다. 종로 전선대 그림자가 길게 가로누웠다. 종현 천주교당[280] 뾰족탑의 유리창이 석양을 반사하여 불길같이 번적거린다. 두부 장사의 '두부나 비지드렁' 하는 소리도 이제는 아니 들리게 되고 집집에는 앞뒷문을 활짝 열어놓고 한 손으로 땀을 씻어가며 저녁밥을 먹는다. 북악의 황토가 가로

쏘는 햇볕을 받아 발간빛을 발하고 경복궁 금원(禁苑)[281] 늙은 나무 수풀에서는 저녁 까치 소리가 시끄럽게 들린다.

종일 발갛게 달았던 기왓장이 한강으로 불어 들어오는 부드러운 바람을 받아 뜨거운 입김을 후끈후끈하게 토한다. 길 가는 사람들의 얼굴은 모두 벌겋게 되었다.

가가에 앉았던 사람들은 '이제는 서늘한 밤이 온다' 하는 듯이 피곤한 얼굴에 땀을 씻으면서 한길에 나서 거닌다.

남산 솔수풀 위에 살짝 덮였던 석양도 무엇으로 지우는 듯이 점점 스러지고 그 무성한 가지와 잎사귀 속으로 자짓빛[282] 띤 황혼이 거미줄 모양으로 아슬랑아슬랑 기어 나온다.

햇바퀴는 인왕산 머리에서 뚝 떨어졌다. 북악산에 아직도 고깔 모양으로 석양이 남았다. 장안 만호에는 파르족족한 장막이 덮인다. 그 한끝이 늘어나서 북악산으로 덮여 올라간다. 마침내 그 고깔까지도 파랗게 물을 들이고 말았다.

강원도 바로 구름산이 떠올랐다. 그것이 처음에는 불길과 같다가 점점 식어서 거뭇거뭇하여진다. 그것이 거뭇거뭇하여짐을 따라서 장안을 덮은 장막도 점점 짙어져서 자짓빛이 되었다가 마침내 회색이 된다. 그러다가 그 속에서 조그만 전등들이 반딧불 모양으로 반작반작 눈을 뜬다. 연극장과 활동사진관의 소요한 악대 소리가 들리기 시작한다.

종로와 개천가에는 담배 붙여 물고 부채 든 산보객이 점점 많아진다. 야시를 펴느라고 조그마한 구루마도 끌고 오고 말뚝도 박으며 휘장도 친다.

사람들은 배가 불룩하고 몸이 서늘하여 마음이 상쾌하여진다. 낮에는 잠자고 있던 사람들도 차차 기운을 내어 말도 하고 웃기도 하게 된다.

안동 김장로 집에는 방방에 전등이 켜 있다. 마당에는 물을 뿌려 흙냄새와 화단에 꽃향기가 섞여 들어와 즐겁게 먹고 마시는 여러 사람의 신경을 흥분케 한다. 김장로는 여덟팔자수염을 손수건으로 문대고 한목사는 두 팔로 몸을 버티고 뒤로 기대었으며 형식도 숭늉을 한입 물어 소리 안 나게 양치를 한다. 세 사람은 맛나게 또 유쾌하게 저녁을 먹었다.

다른 방에서는 부인과 선형과 순애와 계집 하인이 이 역시 맛나게 유쾌하게 저녁을 마치고 말없이 서로 보고 웃는다. 선형의 두 뺨에는 보는 사람의 신경인지 모르거니와 발그레한 빛이 도는 듯하다. 부인은 어여쁜 자기 딸에게 황홀한 듯이 정신없이 선형을 마주 본다. 선형은 부인을 슬쩍 보고는 순애에게로 고개를 돌리며

"얘, 순애야, 가서 풍금이나 타자. 아까 배운 것 잊어버리지나 아녔는지."

"응, 아직 가서 풍금이나 타거라" 하고 부인이 먼저 일어선다. 선형과 순애는 풍금 놓인 방으로 간다.

선형은 등자[283]에 올라앉으며 손으로 치맛자락을 모으고 풍금 뚜껑을 열고 두어 번 건반(鍵盤)을 내리훑는다. 높은 소리로부터 낮은 소리까지, 또는 낮은 소리로부터 높은 소리까지, 맑은 소리가 황혼의 공기를 가볍게 떤다. 순애는 한 팔로 풍금 머리를 짚고

우두커니 서서 오르내리는 선형의 하얀 손을 본다. 선형은 커다란 보표(譜表)[284]를 펴고 고개를 까땍까땍하며 한번 입으로 라라라라를 불러보더니 첫 번 누를 건(鍵)을 찾아 타기를 시작한다. 눈은 보표의 음부(音符)[285]를 따르고 손은 하얀 건을 따른다. 보표의 빠르고 늦음을 따라 선형의 몸짓도 빨랐다 늦었다 한다. 방 안에는 아름다운 소리가 가뜩 찼다. 그것이 방에서 넘쳐나서 황혼의 바람에 품겨 마당을 건너 담을 넘어 마치 물결 모양으로 사방으로 퍼진다. 몇 사람이나 가만히 이 소리에 귀를 기울이며 몇 사람이나 길을 가다가 걸음을 멈추는고.

선형의 손은 곡조를 따라 스스로 오르내리고 그 몸은 손을 따라 스스로 움직여진다. 마침내 맑은 노랫소리가 그의 부드러운 입술을 뚫고 흘러나왔다.

하늘에 둥실 뜬 저 구름아, 비를 싣고서 어디로 가느냐

순애도 가는 목소리로 화하여 불렀다.

형식도 이 노래를 들었다. 형식의 정신은 노랫소리로 더불어 공중에 솟아올랐다. 마치 정신에 날개가 돋아서 훨훨 구름 사이로 날아가는 듯하였다. 말할 수 없는 서늘한 듯도 하고 따뜻한 듯도 한 기쁨이 형식의 가슴에 가뜩 찼다.

김장로는 목사를 향하여

"자, 이제는 내 방으로 가서 이야기나 합시다."

세 사람은 일어났다.

김장로의 서재는 양식으로 되었다. 그가 일찍 미국 공사로 갔다 와서부터는 될 수 있는 대로 서양식 생활을 하려 한다.

방바닥에는 붉은 모란 무늬 있는 모전을 깔고 사벽에는 화액(畵額)[286]에 넣은 그림을 걸었다. 그림은 대개 종교화다. 북편 벽으로 제일 큰 화액에는 '겟세마네'[287]에 기도하는 예수의 화상이 있고 두어 자 동쪽에는 그보다 조금 작은 화액에 구유에 누인 예수를 그린 것이요 서편 벽에는 자기의 반신상이 걸렸다. 다른 나라 신사 같으면 종교화 밖에도 한두 장 세계 명화를 걸었으련마는 김장로는 아직 미술의 취미가 없고 또 가치도 모른다. 그는 그림이라 하면 종교에 관한 것이라야 가치가 있는 것으로 알고, 기타에는 옛날 산수풍경이며 매란국죽 같은 그림은 얼마큼 귀하게 여기되 이러한 그림은 서양식으로 차려놓은 방에는 부적당한 줄로 안다. 그리고 서양식 인물화라든지 그중에도 미인화, 나체화(裸體畵) 같은 것은 별로 보지도 못하였거니와 보려고도 아니 하고 본다 하더라도 아무 가치를 인정하지 아니할 것이다. 그는 미술이라는 말도 잘 알지 못하거니와 대체 그림 같은 것이 무슨 필요가 있는가 한다. 더구나 조각(彫刻) 같은 것은 아마도 그의 오십 년 생활에 생각해본 적도 없을 것이다. 그러므로 서양 사람들이 종교와 같이 귀중히 여기는 예술(藝術)도 그의 눈에는 거의 한 푼어치 가치도 아니 보일 것이다. 서양 사람의 생각으로 그를 비평할

진댄 '예술을 모르고 어떻게 문명인사(文明人士)가 되나' 하고 의심할 것이다. 실로 문명인사치고 예술을 모르는 사람은 없다.

김장로는 방을 서양식으로 꾸밀뿐더러 옷도 양복을 많이 입고 잘 때에도 서양식 침상에서 잔다. 그는 서양, 그중에도 미국을 존경한다. 그래서 모든 것에 서양을 본받으려 한다. 그는 과연 이십여 년 서양을 본받았다. 그가 예수를 믿는 것도 처음에는 아마 서양을 본받기 위함인지 모른다. 그리하고 그는 자기는 서양을 잘 알고 잘 본받은 줄로 생각한다. 더구나 자기가 외교관이 되어 미국 서울 워싱턴에 주재하였으므로 서양 사정은 자기보다 더 자세히 아는 이가 없거니 한다. 그러므로 서양에 관하여서는 더 들을 필요도 없고 더 배울 필요는 물론 없는 줄로 생각한다. 그는 조선에 있어서는 가장 진보한 문명인사로 자임한다. 교회 안에서와 세상에서도 그렇게 인정한다. 그러나 다만 그렇게 인정하지 아니하는 한 방면이 있다. 그것은 서양 선교사들이다.

선교사들은 김장로가 서양 문명의 내용이 무엇인지 모르는 줄을 안다. 김장로는 과학(科學)을 모르고 철학(哲學)과 예술(藝術)과 경제(經濟)와 산업(産業)을 모르는 줄을 안다. 그가 종교를 아노라 하건마는 그는 조선식 예수교의 신앙을 알 따름이요 예수교의 진수(眞髓)가 무엇이며, 예수교와 인류와의 관계 또는 예수교와 조선 사람과의 관계는 물론 생각도 하여본 적이 없다.

문명이라 하면 과학, 철학, 종교, 예술, 정치, 경제, 산업, 사회제도 등을 총칭하는 것이라. 서양의 문명을 이해(理解)한다 함은 즉 위에 말한 내용을 이해한다는 뜻이니 김장로는 무엇으로 서양을 알았노라 하는고. 서양 선교사들은 이러함을 안다. 그러므로 그네는 김장로를 서양을 흉내 내는 사람이라 한다. 이는 결코 김장로를 비방하여서 하는 말이 아니라 김장로의 참 상태를 말하는 것이다. 서양 사람의 문명의 내용은 모르면서 서양 옷을 입고 서양식 집을 짓고 서양식 풍속을 따름을 흉내가 아니라면 무엇이라 하리오. 다만 용서할 점은 김장로는 결코 경박하여, 또는 일정한 주견이 없어서, 또 다만 허영심으로 서양을 흉내 내는 것이 아니라 진정으로 서양이 우리보다 우승함과 따라서 우리도 불가불 서양을 본받아야 할 줄을 믿음(깨달음이 아니요)이니 무식하여 그러는 것을 우리는 책망할 수가 없는 것이라. 그는 과연 무식하다. 그가 들으면 성도 내려니와 그는 무식하다. 그는 눈으로 슬쩍 보아가지고 서양 문명을 깨달을 줄로 안다. 하기는 그에게는 그밖에 더 좋은 방법이 없다. 그러나 눈으로 슬쩍 보아가지고 서양 문명을 알 수가 있을까. 십 년 이십 년 책을 보고 선생께 듣고 제가 생각하여도 특별히 재주가 있고 부지런하고 눈이 밝은 사람이라야 처음 보는 남의 문명을 깨달을 둥 말 둥 하거든 김장로가 아무리 천질이 명민하다 한들 책 한 권 아니 보고 무슨 재주에 복잡한 신문명의 참뜻을 깨달으리오.

그러나 김장로는 그 자녀를 학교에 보낸다. 학교에서 어떤 것을 배우는지 자기는 잘 모르면서도 서양 사람들이 다 그 자녀를 학교에 보내므로 자녀는 학교에 보내는 것이 옳은 일인 줄을 안다. 안다는 것보다 믿는다 함이 적당하겠다. 그러므로 그의 자녀는 마침내 문명을 알게 될 것이다. 이렁성하여[288] 조선도 점점 신문명을 완전히 소화(消化)하게 될 것이다.

오직 한 가지 위험한 것이 있다. 그것은 김장로 같은 이가 자기의 지식을 너무 믿어 학교에서 배워 신문명을 깨달아 알게 되는 자녀의 사상을 간섭함이다. 자녀들은 잘 알고 하는 것이언마는 자기가 일찍 생각하지 않던 바를 자녀들이 생각하면 이는 무슨 이단(異端)같이 여겨서 기어이 박멸하려고 애를 쓴다. 이렁성하여 소위 신구 사상의 충돌이라는 신문명 들어올 때에 으레 있는 비극이 일어나는 것이다. 자기가 생각하지 못하던 바를 생각함은 낡은 사람이 보기에 이단 같지마는 기실은 낡은 사람들이 모르던 새 진리를 안 것이라. 아들은 매양 아버지보다 나아야 하나니 그렇지 아니하면 진보라는 것이 있을 수 없을 것이라. 그러나 낡은 사람은 새 사람이 자기 아는 이상 알기를 싫어하는 법이니 신구 사상 충돌의 비극은 그 책임이 흔히 낡은 사람에게 있는 것이라.

80

그러나 김장로가 미술을 위하여서 그 그림들을 붙인 것은 아니로되 그 그림을 보는 자녀들에게는 간접으로 미술을 사랑하는 생각이 나게 한다. 자기는 그림을 위함이 아니요 거기 그린 예수의 화상을 위함이언마는 그것을 보는 자녀들은 그와 반대로 거기 그린 예수보다 그림 그 물건을 재미있게 본다. 어떻게 저렇게 정묘하게 그렸는고. 기뻐하는 사람의 얼굴에는 기쁜 빛이 드러나고 괴로워하는 사람의 얼굴에는 괴로워하는 빛이 드러나도록, 풀은 꼭 풀과 같고 꽃은 꼭 꽃과 같게 어떻게 저렇게 정묘하게 그렸는고 하는 것이 그의 자녀들에게는 더욱 재미가 있었다. 이것은 김장로는 모르는 재미요 그의 자녀들만 꼭 아는 재미다.

김장로는 자기의 방의 신식이요 화려한 것을 자랑하고 만족하는 듯이 한번 방 안을 둘러보더니 목사와 형식에게 의자를 권한다. 가운데 둥근 테이블을 놓고 세 사람은 솥발같이²⁸⁹ 둘러앉았다. 형식은 담배가 먹고 싶건마는 참았다. 그리고 한번 방 안을 둘러보았다. 저녁 서늘한 바람이 하얀 레이스 문장²⁹⁰을 가만가만히 흔들고 그러할 때마다 바로 창 밑에 놓인 화분의 월계의 연한 잎새가 한들한들한다. 형식은 장차 나올 담화를 생각하매 자연히 가슴이 자주 뛴다. 그러나 무슨 말이 나오든지 서슴지 아니하고 대답할 것 같다. 아까 우선이가 말하던 대로 하리라 하였다. 아직도 풍금 소리와 노랫소리가 들린다. 형식은 기뻤다. 어서 말을 시작하였으면 좋겠다 하고 목사와 장로의 입을 보았다. 목사가

"아까 형식씨를 보고 그 말씀을 하였지요. 하니까 대강 승낙을 하시는 모양인데, 이제는 직접으로 말씀을 하시지요" 하고 형식을 본다. 장로는

"예. 감사하외다. 내 딸자식이 변변치 못하지마는 만일 버리지 아니시면……"

"허허" 하고 목사가 "그것은 장로께서 과히 겸사시오. 마는 두 분이 실로 합당하지요" 하고 혼자 기뻐한다. 장로는

"만일 마음에 없으시면 억지로 권하는 것은 아니외다마는 나는

형식씨를 사랑하니까 하는 말이외다."

 형식은 아까 모양으로 못난 짓을 부리지 아니하리라 하여 얼른
"감히 무에라고 말씀하오리까마는 제가 감당할 수가 있습니까"
하고 대답하였다. 그러나 얼굴은 붉어졌다. 장로는 만족하여하는
듯이 몸을 젖혀 의자에 기대며

 "그야말로 너무 겸사외다. 그러면 승낙을 하시는구려?" 하고
한번 힘을 주어 형식을 흘러본다.[291] 형식은 문득 고개를 수그렸다
가 아까 우선의 '못생겼다'는 말을 생각하여 번쩍 고개를 들고 가
슴을 펴며 낯빛을 엄숙하게 하였다. 그러나 암만해도 '예' 하는
대답이 나오지를 아니하여 속으로 괴로워한다. 목사가

 "자, 얼른 말씀을 하시오" 하는 뒤를 대어 장로가

 "그렇지요. 주저할 것이 있어요."

 형식은 있는 힘을 다하여

 "예" 하였다. 그러고는 혼자 우습기도 하고 부끄럽기도 하여 고
개를 돌렸다.

 "승낙하셔요?" 하고 장로가 다짐을 받는 듯이 몸을 앞으로 숙
인다. 형식은 우선의 쾌활한 것을 흉내 내어

 "예, 명대로 하겠습니다" 하고 힘드는 일을 마친 듯이 휘 하고
숨을 내쉬었다. 과연 무거운 짐을 벗어놓은 듯하여 마음이 가든
하였다.[292] 그리고 새로운 기쁨이 가슴에 차고 김장로의 단정해 보
이는 얼굴이 새로 정답게 되는 듯하였다. 형식은 꿈속 같았다.

 "어, 참 기쁜 일이오" 하고 목사가 마음이 놓이는 것같이 몸을
한번 흔든다.

"참 어떻게 기쁜지 모르겠소. 그러면 내 아내를 오래서 아주 말을 맺읍시다" 하고 목사의 뜻을 묻는 듯.

"그러시지요. 또 지금 혼인은 당자의 허락도 들어야 하니까 선형도 오라고" 하고 목사도 자기 딴은 구습을 버리고 신사상을 좇거니 한다.

장로는 테이블 위에 놓인 초인종을 두어 번 친다. 그 계집아이가 나온다.

"얘, 가서 마님께 작은아씨 데리고 오십소사고……"

계집 하인도 이 일의 눈치를 아는지 슬쩍 형식을 보더니 생끗 웃고 나간다. 세 사람은 말없이 앉았다. 그러나 그네의 눈에 나뜨는[293] 웃음은 그네의 마음의 즐거움을 말하였다. 형식은 이제 선형을 만날 것을 생각하였다. 그리고 첫 번 선형을 만날 적과 일전 영어를 가르치던 때에 하던 생각을 생각하였다. 형식의 머리는 마치 술 취한 것 같았다. 전신이 아프도록 기쁨을 깨달았다.

부인이 선형을 뒤세우고 들어온다. 형식은 의자에서 일어나 부인께 인사를 하였다. 부인도 웃으며 답례하였다. 선형은 부인의 뒤에 숨어 선 대로 목사에게 예하고 다음에 형식에게 예하였다. 선형의 얼굴도 붉거니와 형식의 얼굴도 붉었다. 형식은 손수건으로 이마에 땀을 씻었다. 부인이 장로의 곁에 앉고 선형은 부인과 목사의 새에 앉았다. 형식은 바로 부인과 정면하여 앉았다.

81

 선형은 고개를 숙이고 앉았다. 지금껏 형식이가 자기의 남편이 되리라고는 생각도 아니 하였었다. 오늘 아침에야 비로소 장로가 웃는 말 모양으로

 "이선생께서 잘 가르쳐주시더냐" 하고 유심히 자기를 보았다. 그때에도 선형은 무심히

 "예, 퍽 친절하게 가르쳐주셔요" 하였다.

 "네 마음에 좋은 사람이라고 생각했니."

 그제야 선형은 부친의 말에 무슨 뜻이 있는 줄을 알아듣고 잠깐 주저하였으나 대답 아니 할 수도 없어서

 "예" 하고 고개를 돌렸다. 그러고 나서는 종일 형식의 일을 생각하였다. 형식이가 과연 자기의 마음에 드는가, 과연 자기는 형식의 아내가 되고 싶은 생각이 있는가를 생각하여보았다. 그러나 어떤지를 몰랐다. 형식이가 정다운 듯도 하고 그렇지 아니한 듯도 하였다. 그래서 순애더러

 "애, 순애야. 집에서 내 혼인을 할라나 보다. 어쩌면 좋으냐" 하고 물었다. 순애는 별로 놀라는 양도 보이지 아니하고

 "누구와?"

 "자세히 알 수는 없는데 아마 이선생과 혼인을 할 생각이 있는지……"

 "이선생과?" 하고 순애는 놀라는 빛을 보이며 "무슨 말씀이 계

셔요?"

"아까 아버지께서 너 이선생을 좋은 사람으로 생각하느냐 하고 이상하게 내 얼굴을 보시던데……"

순애는 잠깐 생각하더니

"그래, 형님 생각에 어떻소?"

선형은 고개를 기울이더니

"글쎄 모르겠어. 어쩐지를 모르겠구나. 애, 어쩌면 좋으냐."

"형님 생각에 달렸지요, 좋거든 혼인하고 싫거든 말고 그럴 게지."

"아버지께서 하라고 하시면 그만이지."

"왜 그래요, 내 마음에 없으면 아니 하는 게지. 부모가 억지로 혼인을 하겠소, 지금 세상에……"

"그럴까" 하고 결단치 못한 듯이 가만히 앉아서 고개를 기웃기웃하다가 "애, 순애야, 그런데 네 생각엔 어떠냐."

"무엇이?"

"내가 혼인하는 것이 ― 이선생과."

"내가 어떻게 알겠소."

"그러지 말고 말을 해라. 너밖에 뉘게 의논을 하겠니. 아까 어머님께 말씀을 하려다가 어째 부끄러워서……"

"글쎄, 형님도 모르는 것을 내가 어떻게 알아요. 이런 일이야 자기 마음에 달렸지 누가 말을 하겠소."

선형은 답답한 모양으로

"그러면 네 생각에 이선생이 사람이 어떠냐 ― 좋을까."

"좋겠지요."

"그렇게 말하지 말고!"

"이삼일 동안 한 시간씩 글이나 배워보고야 어떻게 그 사람의 마음을 알겠어요. 형님 생각에는 어때요?"

"나도 모르겠으니 말이다……에그, 어쩌나……어쩌면 좋아!"

이러한 담화가 있었다. 이 담화를 보아도 알 것같이 선형은 형식에 대하여 어떻게 할지를 몰랐다. 그러나 십칠팔 세 되는 처녀의 마음이라 아주 악인이거나 천한 사람이거나 얼굴이 아주 못생긴 사람만 아니면 아무러한 남자라도 미운 생각은 없는 것이라. 게다가 형식은 세상에서 다소간 칭찬도 받는 사람이므로 선형도 형식이가 싫지는 아니하였다. 차라리 어찌 생각하면 정다운 듯한 생각도 있었고 더구나 아침에 부친의 말을 듣고는 전보다 좀더 정다운 생각도 나게 되었다. 그러나 물론 선형이가 형식을 사랑하는 것은 아니다. 그렇게 이삼일 내로 사랑이 생길 까닭이 없을 것이다. 장차 어떤 정도까지 사랑이 생길는지는 모르거니와 적어도 아직까지는 사랑이 생긴 것이 아니다.

형식이나 선형이가 피차 성질을 모를 것은 물론이다. 형식이가 선형을 사랑하는 것도 다만 아름다운 꽃을 사랑함과 같은 사랑이다. 보기에 사랑스러우니 사랑하는 것이다. 극히 껍데기 사랑이다. 눈과 눈의 사랑이요 얼굴과 얼굴의 사랑이다. 피차의 정신은 아직 한 번도 조금도 마주 접하여본 적이 없었다. 형식은 선형을 바라보며, 선형은 형식을 바라보며 속으로 '저 사람의 속이 어떠한가' 할 터이다. 그리고 '저 사람의 속이야 지내보아야 알지' 할 터이다. 다만 김장로 양주와 한목사만 이 두 사람의 속을 잘 알거니 한다. 물론 이 두 사람이 피차에 아는 것만큼도 모르건마는 그래도 자기네는 이 두 사람의 속을 잘 알거니 한다. 그리고 두 사람이 부부 된 뒤에 행복될 것은 확실하거니 한다. 그래서 두 사람을 마주 붙인다. 다만 자기네 생각에——그 미련하게 얕은 생각에 좋을 듯하게 보이므로 마주 붙인다. 그러다가 만일 이 부부가 불행하게 되면 그네는 자기네 책임이라 하지 아니하고 두 사람의 책임이라 하거나 또는 팔자라, 하나님의 뜻이라 할 것이다. 이 모양으로 하루에도 몇천 켤레 부부가 생기는 것이다.

82

장로는 형식과 선형을 번갈아 돌아보더니 목사를 향하여

"어찌하면 좋을까요" 한다. 아직 신식으로 혼인을 하여본 경험 없는 장로는 실로 어찌하면 좋을지를 모른다. 물론 목사도 알 까닭이 없다. 그러나 이러한 경우에 모른다 할 수도 없다. 그래서

"우리가 지금 인륜에 대사를 의논하는 터인데 우선 하나님께 기도를 올립시다" 하고 고개를 숙인다. 다른 사람들도 다 고개를 숙이고 손을 무릎 위에 얹었다. 목사는 정신을 모으려는지 한참 잠잠하더니 극히 정성스럽고 경건한 목소리로 처음에는 들릴락 말락 하다가 차차 크게

"전지전능하시고 무소부지하시며 사랑이 많으샤 저희 죄인 무

리를 항상 사랑하시는 하늘 위에 계신 우리 주 여호와 하나님 아버지시여" 하고 우선 하나님을 찾은 뒤에 "이제 저희 철없고 지각 없고 죄 많고 무지몽매하고 어리석은 죄인 무리가 우리 주 하나님 아버지께서 만세 전부터 정해주신 뜻대로 하나님의 사랑하시는 이형식과 박선형과 약혼을 하려 하오니 바다 같은 하나님의 거룩하신 성신께옵서 우리 무지몽매한 죄인 무리들의 마음에 계시샤 모든 일을 주관하게 하여주시옵소서. 저희는 무지몽매한 죄인 무리라 무슨 공로가 있어 감히 거룩하신 하나님 우리 여호와께 비오리까마는 다만 우리를 위하여 십자가에 보혈[294]을 흘리시고 하나님 보좌 우편에 앉아 계신 우리 구주 예수 그리스도의 거룩하신 공로를 의지하여 비옵나이다, 아멘" 하고도 한참이나 그대로 있다가 남들이 다 고개를 든 뒤에야 가만가만히 고개를 든다. 목사는 두 사람을 위하여 정성껏 기도한 것이라. 다른 사람들도 정성껏 '아멘'을 불렀다. 목사는 엄숙하게

"그러면 정식으로 서로……어……말씀을 하시지요" 하고 장로 양주를 보고 다음에 선형을 본다. 장로는 어떻게 말을 해야 좋을는지 모르는 모양으로 오른손으로 테이블을 툭툭 치더니 부인에게 먼저 말하는 것이 옳으리라 하여 양반스럽게 느럭느럭한 목소리로

"여보, 내가 형식씨에게 약혼을 청하였더니 형식씨가 승낙을 하셨소. 마누라 생각에는 어떠시오" 하고는 자기가 경위 있게, 신식답게 말한 것을 스스로 만족하여하며 부인을 본다. 부인은 아까 둘이 서로 의논한 것을 새삼스럽게 또 묻는 것이 우습다 하면

서도 무엇이나 신식은 다 이러하거니 하여, 부끄러운 듯이 잠깐 몸을 움직이고 고개를 숙이며

"감사합니다" 하였다. 장로는

"그러면 마누라도 좋단 말씀이로구려."

"예" 하고 부인은 고개를 들어 맞은편 벽에 걸린 그림을 본다.

"그러면 약혼이 되었지요" 하고 목사를 본다. 목사는 기도나 하는 듯이 하늘을 우러러보는 눈으로

"예. 그러나 지금은 당자의 의사도 들어보아야 하지요" 하고 자기가 장로보담 더 신식을 잘 아는 듯하여 만족해하며 "물론 당자도 응낙은 했겠지마는 그래도 그렇습니까—자기네 의사도 물어보아야지요" 하고 형식을 본다. '그래 내 말이 옳지?' 하는 것 같다. 형식은 다만 목사를 힐끗 보고 또 고개를 숙인다. 장로가

"그러면 당자의 뜻을 물어보지요" 하고 재판관이 심문하는 태도와 같이 위의[295]를 갖추더니 남자 되는 형식의 뜻을 먼저 물은 뒤에 여자 되는 선형의 뜻을 묻는 것이 마땅하리라 하여

"그러면 형식씨도 동의하시오?"

목사는 장로의 질문이 좀 부족한 듯하여 얼른 형식을 보며

"지금은 당자의 뜻을 듣고야 혼인을 하는 것이니까 밝히 말씀을 하시오……선형과 혼인하실 뜻이 있소?" 하고 곁을 친다. 형식은 어째 우스운 생각이 나는 것을 힘껏 참았다. 그러나 대답하기가 부끄럽기도 하였다. 그러다가 우선을 생각하고 얼른 고개를 들고 위엄을 갖추며

"예" 하였다. 제 대답도 어째 우스웠다.

"이제는 선형의 뜻을 물어야 되겠소" 하고 목사가 선형의 수그린 얼굴을 옆으로 보며 "너도 부끄러워할 것 없이 뜻을 말해라."

선형은 우습기도 하고 부끄럽기도 하였다. 그래서 장로가 "네 뜻은 어떠냐" 하는 말에는 대답도 아니 하였다. 장로도 목사에게로 고개를 돌리며 빙그레 웃는다. 부인도 웃는다. 그러나 목사는 여전히 엄숙하게

"그러면 부인께서 물어보십시오."

"얘, 대답을 하려무나."

"신식은 그렇단다, 대답을 해라" 하고 목사가 또 곁을 친다. 부인이 또 한 번

"얘, 대답을 하려무나." 이번에는 목소리가 좀 날카롭다. 선형은 마지못하여 가만히 "예" 하였다. 그러나 그 소리는 들은 사람이 없었다. 장로가

"어서 대답을 해라" 하고 한 번 더 재촉을 받고 또 한 번 "예" 하였다. 그러나 이번에도 장로와 목사는 듣지 못하였다. 그러나 부인은 들었다. 또 한 사람 형식은 들었다. 이번에는 목사가

"어서 대답을 해라!"

"지금 대답을 했어요" 하고 부인이 대신 말한다. 선형의 얼굴은 거의 무릎에 닿으리만큼 수그러졌다.

83

 "옳지, 이제는 되었소. 이제는 부모의 허락도 있고 당자도 승낙을 하였으니까 이제는 정식으로 된 모양이외다" 하고 목사가 비로소 만족하여 웃는다. 목사의 생각에 이만하면 신식 혼인이 되었거니 한 것이다. 장로는 이제는 정식으로 약혼을 선언하는 것이 마땅하리라 하여

 "그러면 혼약이 성립되었소" 하고 형식을 보며 "변변치 아니한 딸자식이오마는 일생을 부탁하오" 하고 다음에 선형을 보고도 무슨 말을 하려다가 그친다. 형식은 꿈같이 기뻤다. 마치 전신의 피가 모두 머리로 모여 오르는 듯하여 눈이 다 안 보이는 것 같았다. 형식은 자기의 숨소리가 남에게 들릴까 보아서 억지로 숨을 죽인다. 목사와 장로는 새삼스럽게 형식의 벌겋게 된 얼굴을 보고 웃는다. 선형도 웬일인지 모르게 기뻤다. 자기가 '예' 하고 대답하던 것이 기쁘기도 하고 우습기도 하였다. 일전 글 배울 때에 하던 모양으로 치마고름으로 이마와 콧마루에 땀을 씻었다.

 얼마 동안 서로 마주 보고 앉았더니 장로가

 "그런데" 하고 목사를 향하여 "성례를 하고 미국을 보낼까요, 공부하고 나서 성례를 하는 것이 좋을까요?"

 "글쎄요" 하고 목사가 "몇 해나 되면 졸업을 하겠나요?"

 "선형이야 적어도 오 년은 있어야겠지" 하고 선형더러 "오 년이면 졸업을 한다고 했지?"

"예, 명년 봄에 칼리지(大學)에 입학을 하면……" 하고 이번에는 곧 대답을 하고 고개를 든다. 형식의 시선과 선형의 시선이 잠깐 마주치고 서로 갈라졌다. 마치 번개와 같이 빨랐다. 그리고 번개와 같이 힘이 있었다.

"그러고 형식씨는" 하고 목사가 "몇 해면 졸업을 하시겠소?" 형식은 어떻게 대답할 줄을 몰랐다. 목사에게 자기도 미국에 보내준다는 말은 들었건마는 벌써 작정이 된 듯이 말하기는 좀 부끄러웠다. 그래서

"예?" 하고 말았다. 목사는 얼른

"아니, 금년 가을에 미국을 가시면 언제 졸업을 하겠나 말이오."

"금년에 입학을 하면 만 사 년 후에 졸업을 할 것입니다."

"그러면 박사가 되나요?"

"아니지!" 하고 장로는 여기야말로 자기의 유식함을 보일 곳이라 하여 "박사가 되려면 그 후에도 얼마를 있어야 하지" 하였다. 그러나 몇 해를 있어야 하는지는 몰랐다. 형식은 그런 줄을 알고 속으로 웃었다. 그러나 이제는 김장로는 자기의 사랑하는 자의 아버지다—장인이다. 그래서 속으로도 웃기를 그치고

"칼리지(大學)를 졸업하고 이태 이상 포스트 그래듀에이트 코스(大學院)를 공부하면 마스터라는 학위를 얻고 그 후에 또 삼사 년을 공부하여야 박사 시험을 치를 자격이 생긴답디다" 하였다. 이 말을 하고 나매 얼마큼 수줍은 생각이 없어졌다.

"그러면 형식씨는 박사가 되어가지고 오시오. 여자도 박사가

있나요?"

"예. 서양은 물론 여자도 있습니다. 일본 여자도 한 사람 미국서 박사가 되었다가 연전에 죽었습니다" 하고 얼른 선형을 보았다. 부인은

"아니, 여자 박사가 다 있어요?" 하고 놀라며 웃는다. 장로도 여자 박사가 있는 줄은 몰랐었다. 그래서 자기도 놀랐건마는 아니 놀란 체하였다. 그리고

"여자가 임금도 되는데" 하고 자기의 유식함을 증거하였다. 목사가

"그러면 선형이도 박사가 되어가지고 오지. 허허, 희한한 일이로다. 내외가 다 박사가 되는구나" 하고 벌써 박사가 되기나 한 듯이 기쁘게 웃는다. 형식과 선형도 웃었다. 다 웃었다. 형식도 박사가 되는 듯하였고 선형도 박사가 되는 듯하였다. 부인도 그렇게 생각하고 기뻤다. 목사가 다시 말을 꺼낸다.

"그러면 성례를 하고 가는 것이 좋겠구려, 오 년 동안이나……"

"그래도 공부를 마치고 성례를 해야지" 하고 장로가 말한다.

"그렇게 어떻게" 하고 부인이 딸에게 동정한다.

"그렇고말고요. 성례를 해야지."

"그러면 공부가 되나. 공부를 마치고 해야지요."

"이것도 당자에게 물어봅시다" 하고 목사가 또 신식을 끄집어내어

"형식씨 생각에는 어떻소?"

"제가 알겠습니까."

"그러면 누가 아오?"

형식은 웃고 말았다. 목사는 선형에게

"네 생각엔 어떠냐."

선형도 속으로 웃었다. 그리고 말이 없다. 목사는 좀 무안하게 되었다. 성례하여야 한다는 편에도 아무 이유가 없고 아니 해야 한다는 편에도 아무 이유가 없다. 혼인을 하는 것도 무슨 이유나 자신이 없이 하였거든 성례를 하고 아니 함에 무슨 이유나 자신이 있을 리가 없다. 장난 모양으로 혼인이 결정되고 장난 모양으로 공부를 마치고 성례하기로 결정하였다. 그리고 일동은 가장 합리(合理)하게 만사를 행하였거니 하였다. 하나님의 성신의 지도를 받았거니 하였다. 위험한 일이다.

84

형식은 김장로 집 대문을 나섰다. 수증기 많은 여름밤 공기가 땀 난 형식의 몸에 물같이 지나간다. 그것이 형식에게 지극히 시원하고 유쾌하였다. 형식은 반작반작하는 하늘의 별과 집집의 전등과 지나가는 사람의 얼굴을 슬쩍슬쩍 보면서 더할 수 없이 즐거운 마음으로 집으로 돌아온다. 자기의 운수에 봄이 돌아온 것 같다. 선형은 아내가 되었다. 마음껏 사랑할 수 있는 내 것이 되었다. 그리고 미국에 가서 대학교에 들어가서 학사가 되고 박사가 될 수 있다. 사랑스러운 선형과 한차를 타고 한배를 타고 같이 미국에 가서 한집에 있어서 한학교에서 공부할 수가 있다. 아아, 얼마나 즐거울는지. 그리고 공부를 마치고 나서는 선형과 팔을 겯고 한배로 한차로 본국에 돌아와서 만인의 부러워함과 치하함을 받을 수가 있다. 아아, 얼마나 즐거울는지. 그리고 경치도 좋고 깨끗한 집에 피아노 놓고 바이올린 걸고 선형과 같이 살 것이다. 늘 사랑하면서 늘 즐겁게……아아, 얼마나 기쁠는지. 형식은 마치 어린애 모양으로 기뻐하였다. 장래도 장래려니와 지금 이러한 생각을 하는 것이 더할 수 없이 기쁘다. 그래서 이 생각하는 동안을 더 늘일 양으로 일부러 광화문 앞으로 돌아서 종로를 지나서 탑골공원을 거쳐서……그래도 집에 돌아오는 것이 아까운 듯이 집에 돌아왔다. 마음속으로는 눈앞에서 고개를 수그리고 앉았는 선형의 모양이 새겨져 있다. 그리고 그 모양으로 보면 볼수록 더욱 사랑스러워지고 더욱 어여뻐진다.

형식은 대문 밖에서 한참 주저하였다. 이제는 내가 이러한 대문으로 출입할 사람이 아니로구나 하였다. 자기는 갑자기 귀해지고 높아진 듯하였다. 그래서 주먹으로 대문을 한번 치고 혼자 웃으며 마당에 들어섰다.

노파와 우선이가 툇마루에 앉아서 이야기를 하다가 형식을 보고 벌떡 일어난다. 우선이가 형식의 어깨를 힘껏 치고 웃으며

"요, 어찌 되었나."

형식은 시치미 뚝 떼고

"무엇 말이야?"

"아따, 왜 이렇게……"

"아, 어떻게 하셨어요" 하고 노파가 "일이 되었어요?" 하고 웃는다.

"무슨 일 말이야요?" 하고 형식도 웃는다.

"어디 자초지종을 내게 아뢰게. 가서 저녁 먹고……그담에는?"

"물 마시고……"

"그담에는?"

"이야기하고……"

"그다음에는?"

"왔지!"

"에끼, 바로 아뢰지 못할 테야" 하고 우선이가 두 팔로 형식의 팔을 비틀며 "인제도, 인제도 말을 아니 할 테야?"

"아이구구, 응, 응, 말해, 말해." 우선이가 팔을 놓으매 형식은 "글쎄 무슨 말을 하란 말이어?"

"주릿댈 안고야 말을 하겠니" 하고 또 한 번 힘껏 비튼다.

"오냐, 오냐, 인제는, 인제는 말한다."

"그래 말을 해!" 하고 팔은 놓지 아니하고 다짐을 받는다.

"가만있게. 불이나 켜놓고 앉아서 이야기를 하지" 하고 자기의 방 램프에 불을 켜고 모자와 두루마기를 벗어 방 안에 집어 던진다. 그러나 오늘 아침에 던지던 것과는 뜻이 다르다. 노파는 쌈지와 담뱃대를 들고 형식의 방으로 건너온다. 우선도 담배를 피워 물고 벙거지로 가슴과 다리와 등을 부치며 형식의 말 나오기를 기다린다. 형식은 웃으며

"약혼했네" 하였다.

"그러면 성례는 언제 하고?"

"졸업 후에 한다데."

"졸업 후에? 미국 가서 말인가."

"응. 오 년 후에."

"오 년 후에?" 하고 노파가 놀라 담뱃대를 입에서 빼며 "오 년 후에, 다 늙은 담에요? 그게 무슨 일이람!"

"오 년 후에 누가 늙어요?" 하고 형식이가 노파를 보며 웃는다.

"한창 재미있을 시절은 서로 물끄러미 마주 보기만 하고 있어요. 에그 참. 어서 성례하시오, 오 년 후라니" 하고 노파는 자기에게 큰 상관이나 있는 듯이 크게 반대한다. 형식은 노파의 말이 옳다 하였다. 그러나

"서로 마주 보는 동안이 좋지요" 하고 우선더러

"그런데 칠월 그믐 안으로 떠나게 되었네. 오는 구월 학기에 입학을 할 양으로."

85

"칠월 그믐께?" 하고 우선은 놀라며 "그렇게 급히?" 한다.

"구월에 입학을 못하면 일 년을 잃게 되겠으니까."

"그러면 무엇을 배울 텐가."

"가봐야 알겠지마는 교육을 연구하려네. 내가 지금껏 경험한

것도 교육이요 또 지금 조선에 제일 중요한 것도 교육인 듯하고……하니까 힘껏 신교육을 연구해서 일생 교육에 종사하려 하네."

"교육이라 하면?"

"물론 교육이라 하면 소학 교육과 중학 교육을 의미하는 것이지. 지금 조선은 정히 페스탈로치를 기다리는 땐 줄 아네. 조선 사람을 전혀 새 조선 사람을 만들려면 교육밖에 무엇으로 하겠나. 어느 시대 어느 나라가 아니 그렇겠냐마는 더구나 시급히 낡은 조선을 버리고 신문명화(新文明化)한 신조선을 만들어야 할 조선에서는 만인이 다 교육을 위하여 힘써야 할 줄 아네. 자네도 문필에 종사하는 테니 아무쪼록 교육열을 고취해주게. 지금 교육은 참 보잘 것이 없느니……"

"그러면 사 년 동안 교육만 연구할 텐가."

"사 년이 길어 보이나. 충분히 연구하려면 십 년도 부족일 것일세."

"그런 줄은 나도 아네마는 교육 한 가지만 연구하겠는가 말일세."

"물론 거기 관련하여 다른 공부도 하지마는 교육을 중심으로 하고 공부한단 말일세. 특별히 사회 제도(社會制度)와 윤리학(倫理學)에 힘을 쓸라네" 하고 '너는 이 뜻을 잘 모르겠다' 하는 듯이 우선을 본다. 우선은 실로 그 뜻을 잘 몰랐다. 그러나 자기의 어림으로 '대체 이러이러한 것이어니' 하였다. 그리고 웃으며

"그러면 자네의 아내……무엇이랄까, 스위트하트는?"

형식은 웃고 얼굴을 좀 붉히며

"내가 알겠나."

"누가 알고—남편이 모르면."

"제가 알지……지금 세상에야 지아비라도 아내의 자유를 꺾지 못하니까."

"그러면 아무것을 배우든지 자네는 상관하지 않는단 말일세그려?"

"물론이지. '저'라는 것이 있으니까……누구든지 제가 하고 싶은 것을 할 권리가 있으니까. 남의 힘으로 어떻게 다른 사람의 '저'를 좌우하겠나. 남더러 이렇게 하는 것이 좋을 듯하오 하고 충고하거나 알려주는 것은 좋지마는, 내가 이렇게 생각하니 너는 이렇게 해라 하는 것은 참람한[296] 일이지."

우선은 미상불 놀랐다. 그러나 그럴듯하다 하였다. 그러면서도 설마 그러하랴 하였다. 그러나 더 토론할 생각도 없었다. 다만 형식의 사상은 자기와는 다름을 깨닫고 혼자 고개를 끄덕끄덕하였을 뿐이다. 형식은 우선의 이마니 입을 보고 빙그레 웃는다. 이기었다 하는 기쁜 빛이 보인다. 노파는 두 사람의 하는 말이 무슨 뜻인지를 몰랐다. 다만 형식이가 어디로 간다는 줄만 알았을 뿐이다. 세 사람은 각각 딴 세상 사람이다. 우선과 형식은 혹 같은 세상 사람이 될지도 모르되 노파는 결코 형식과 한세상 사람이 될 수가 없다. 한방 안에 같은 시간에 각각 딴 세상에 속한 세 사람이 모여 앉았다. 그리고 서로 알아들을 만한 이야기만 한다. 그러므로 그네는 같은 세상에 속하였거니 한다. 그러다가 우연히

딴 세상 이야기가 나오면 문득 눈이 둥그레진다. 노파는

"이선생께서 어디를 가셔요?" 하고 가장 놀란 듯하다. 두 사람은 웃었다.

"예, 어찌 되면 내월 그믐께" 하고 노파는 음력밖에 모르는 것을 생각하고 형식은 "내월 보름께 미국으로 갈랍니다."

"미국? 저 양국 말씀이야요?"

"예, 양국이오" 하는 형식의 대답을 이어 우선이가 껄껄 웃으며 "저, 코가 이렇게 크고 눈이 움쑥 들어간 사람들 사는 나라에요" 한다. 두 사람은 웃고 한 사람은 놀란다.

"아, 양국이 얼마나 멀게요?"

"한 삼만 리 되지요."는 형식의 말.

"바다로 한 십만 리 가요" 하고 우선이가 웃는다. 그러나 노파는 삼만 리와 십만 리가 얼마나 틀리는지 알지 못한다. 그것은커녕 삼만 리가 얼마나 먼지도 모른다. 그래서 다만 입을 헤벌릴[297] 뿐이다.

"여기서 동래를 열댓 번 왔다 갔다 하기만큼 멀어요. 그런데 크다란 쇠로 만든 배를 타고 쿵쿵쿵쿵 하면서 가요" 하는 우선의 말에 노파는

"화륜선 타고 갑니다그려. 몇 달이나 가나요" 하고 담배를 빨기도 잊었다.

"한 서르나문[298] 달 가지요" 하고 우선이가 고개를 돌리고 입을 쭈무리고[299] 웃는다.

"에그머니!" 하는 것을 형식이가

"그것은 거짓말이야요. 한 보름이면 가요" 한다. 노파는 원망하는 듯이 슬쩍 우선을 쳐다보더니

"무엇 하러 그렇게 먼 데를 가요. 또 부인은 어떻게 하시고……에그머니!" 하고 노파는 몸을 떤다. 우선이가

"부인도 같이 가지요. 이제 이선생이 부인과 함께 양국을 가는데, 마나님은 안 가보시려오? 쿵쿵쿵쿵 하는 쇠배를 타고 저 하늘 붙은 양국으로 가보지요." 노파는 그런 소리는 들은 체도 아니 하고

"그러면 언제나 돌아오시나요."

"모르겠습니다. 한 사오 년 있다가 오지요. 오면 곧 찾아오지요" 하고 형식도 웃는다. 노파는 한숨을 쉬며

"내가 사오 년을 사나요" 하고 눈에 눈물이 고인다. 두 사람은 웃음을 그치고 노파를 물끄러미 보았다.

86

이제는 영채의 말을 좀 하자. 영채는 과연 대동강의 푸른 물결을 헤치고 용궁의 객이 되었는가. 독자 여러분 중에는 아마 영채의 죽은 것을 슬퍼하여 눈물을 흘리신 이도 있을지요, 고래로 무슨 이야기책에나 늦도록 일점혈육이 없던 사람이 아들 아니 낳은 자 없고 아들을 낳으면 귀남자 아니 되는 법 없고 물에 빠지면 살아나지 않는 법 없는 모양으로 영채도 아마 대동강에 빠지려 할

때에 어떤 귀인에게 건짐이 되어 어느 암자에 승이 되어 있다가 장차 형식과 서로 만나 즐겁게 백년가약을 맺어 수부귀다남자[300] 하려니 하고 소설 짓는 사람의 좁된 솜씨를 넘겨보고 혼자 웃으신 이도 있으리라.

혹 영채가 빠져 죽는 것이 마땅하다 하여 영채가 평양으로 간 것을 칭찬하신 이도 있을지요, 빠져 죽을 까닭이 없다 하여 영채의 행동을 아깝게 여기실 이도 있으리라. 이렇게 여러 가지로 독자 여러분의 생각하시는 바와 내가 장차 쓰려 하는 영채의 소식이 어떻게 합하며 어떻게 틀릴지는 모르지마는 여러분의 하신 생각과 내가 한 생각이 다른 것을 비교해보는 것도 매우 흥미 있는 일일 듯하다.

부산서부터 오는 이등 차실은 손님의 대부분을 남대문에 내리우고 영채의 탄 방에는 남녀 합하여 오륙 인밖에 없었다. 영채는 한편 구석에 자리를 잡고 차가 떠나자 얼굴을 남에게 아니 보이려는 듯이 차창으로 머리를 내밀어 시원한 바람을 쏘이며 남산의 바깥을 바라보았다. 그러나 별로 그의 주의를 끄는 것도 없었다. 그는 다만 같이 탄 사람에게 얼굴을 보이기가 싫어서 멀거니 휙휙 지나가는 메와 들을 보고 있었을 뿐이다. 별로 슬프지도 아니하고 괴롭지도 아니하였다. 곤한 잠을 반쯤 깬 모양으로 정신이 희미하였다. 꿈속 같기도 하였다.

노파와 두어 동무의 작별을 받을 때에는 슬프기도 하였다. 자기의 신세가 애달프기도 하였다. 자기는 이십여 년 살아오던 세상을 버리고 죽으러 간다는 생각이 푹푹 가슴을 쑤셔내는 듯도 하였다. 그러다가 마음에 맞지 아니하는 괴로운 세상을 버리고 마는 것이 시원한 듯도 하였다. 그래서 영채의 머릿속은 마치 물 끓는 듯하였다. 그러나 한두 시간을 지내매 영채의 정신은 아주 침착하게 되었다. 남대문 정거장에를 어떻게 나왔는지 어떻게 차를 탔는지 잊어버린 듯도 하였다. 남대문을 떠난 지가 여러 십 년 된 것 같기도 하고 노파와 동무의 얼굴이 마치 여러 십 년 전에 보던 얼굴같이 희미하여진다.

영채의 눈에는 여름 낮볕을 받은 푸른 산이 보이고 밀과 보리의 누른 물결과 조와 피의 푸른 물결도 보인다. 풀의 향기를 품긴 바람이 얼굴을 스쳐 지나가고 모시 적삼의 틈으로 불어 들어와 땀나는 살을 서늘하게 한다. 이 모든 것이 도리어 영채에게 일종의 쾌감을 주었다. 그래서 영채는 꿈꾸는 사람 모양으로 안 보이는 것을 보려고도, 보이는 것을 안 보려고도 아니 하고 눈에 들어오는 대로 보고 귀에 들어오는 대로 들었다. 그리고 자기가 어디로 가는 것이며 무엇 하러 가는지도 몰랐다.

그러나 이따금 나는 죽으러 간다는 생각이 난다. 그러면 영채는 죽었다 살아나는 듯이 한번 눈을 깜박하고 진저리를 친다. 그러고는 집 생각과 평양 생각과 형식의 생각이 쑥 나온다. 그러나 조금씩 조금씩 나오다가는 얼른 스러지고 또 여전히 꿈꾸는 사람과 같이 된다.

그러다가는 혹 청량리의 광경이 눈에 보인다. 그 짐승 같은 사람들이 자기의 손목을 잡아끌던 생각이 나고는 혀로 입술을 빨아본다. 조금 힘을 들여 빨면 짭짤한 피가 입에 들어온다. 그러면 그 피 맛을 보는 듯이 가만히 입을 다물고 한참 있다가는 만사를 다 잊어버리려는 듯이 한번 고개를 흔들고 침을 뱉고는 아까 모양으로 메와 들을 바라본다. 바람이 영채의 머리카락을 펄펄 날린다.

차가 개성 돈네루[301]를 지나서 황해도 산 많은 데로 달아난다. 푸푸 소리를 내며 고개를 올라가다가는 수루루 하고 고개를 내려가며 또 푸푸 하고 비스듬한 산모퉁이를 돌아가서는 수십 길이나 될 듯한 길로 미끄러지는 듯이 내려간다. 좌우에 풀 깊은 산골짝으로 푸푸 하고 올라갈 때에는 그 풀숲에서 단김이 후끈후끈 올라오다가 수루루 내려갈 때에는 서늘한 바람이 지켜 섰던 모양으로 획 지나간다. 길가 산 옆에 이물스럽게[302] 생긴 바윗돌들이 내리쪼이는 햇볕에 빠작빠작하는 소리가 나는 것 같고 여기저기 외롭게 선 나무들도 졸린 듯이 잎새 하나 움직이지 아니하고 가만히 섰다. 이따금 평평하게 뚫린 곳이 있어 거기는 냇가에 누워 자는 소도 보이고 한 뼘이나 넘어 자란 조밭에 김을 매다가 지나가는 차를 쳐다보는 어린애 데린 촌계집도 있다. 그러나 영채는 여전히 꿈을 꾸는 듯이 차창에 턱을 걸고 앉았다.

차가 길게 고동을 울리며 어떤 산굽이를 획 돌아설 때에 기관차의 석탄 연기가 영채의 앞으로 획 지나가며 영채의 오른편 눈에 석탄가루를 집어넣었다. 영채는 눈을 감고 얼른 머리를 차 안으로 끌어들였다. 그리고 손에 들었던 명주 수건으로 눈을 씻었다. 그러나 석탄가루는 나오지 아니하고 눈물만 흐른다. 눈이 몹시 아팠다.

87

　영채는 수건으로 눈을 씻으며 얼굴을 찌푸리고 속으로 '에구 아퍼' 하였다. 석탄가루가 처음에는 눈 윗시울 속에 들어간 듯하더니 한참 비비고 난 뒤에는 어디 간지를 알 수 없고 다만 아프기만 하였다. 그래도 수건을 눈 속으로 넣어서 씻어내려 하다가 마침내 나오지 아니함을 보고 영채는 화를 내어 차창에 손을 대고 손 위에 얼굴을 대고 엎데어 울었다. 지금껏 졸던 슬픔이 갑자기 깨어난 모양으로 눈물이 쏟아진다. 무슨 까닭인지도 모르게 그저 슬프기만 하여 소리를 참고 울었다. 지금껏 꿈속 같던 정신이 갑자기 쇄락하여지는 듯하였다. 지나간 모든 생각이 온통 슬픔을 띠고 분명하게 마음속에 일어난다. 영채는 눈에 석탄가루 들어간 것도 잊어버리고 혼자 슬퍼서 울었다. 오늘 저녁이면 나는 죽는다. 나는 대동강에 빠진다. 이 눈물도 없어지고 몸에 따뜻한 기운도 없어진다. 오늘 본 산과 들과 사람은 다 마지막 본 것이다. 나는 몇 시간 아니 하여서 죽는다 하는 생각이 바늘끝 모양으로 전신을 폭폭 찌른다. 내가 왜 났던고, 무엇 하러 살아왔는고 하는 후회도 난다.

　이때에 누가 영채를 가볍게 흔들며

　"여봅시오. 고개를 들으셔요" 한다. 영채는 깜짝 놀라 고개를 들어 겨우 한편 눈을 떠서 그 사람을 보았다. 어떤 일복[303] 입은 젊은 부인이 수건을 들고

"이리, 돌아앉으세요. 눈에 석탄가루가 들어갔어요? 제가 씻어 내드리지요" 하고 방그레 웃더니 영채의 얼굴에 슬픈 빛이 있는 것을 보고 한번 눈을 치떠서 영채의 얼굴을 본다. 영채는 감사한 듯도, 부끄러운 듯도 하면서 그 부인의 말대로 돌아앉으며

"관계치 않습니다" 하고 고개를 숙였다. 부인은 영채를 안을 듯이 마주 앉으며

"아니야요. 석탄가루가 눈에 들어가면 잘 나오지를 아니해요" 하고 수건을 손가락 끝에 감아 들고 한편 손으로 영채의 눈을 만지며

"이 눈이야요? 이 눈이야요?" 하다가 영채의 오른눈 윗시울을 들고 가만히 들여다보다가 수건으로 살짝 씻어낸다. 그 하는 모양이 극히 익숙하고 침착하다. 영채는 하는 대로 가만히 앉았다. 그 부인의 피곤한 듯한 따뜻한 입김이 무슨 냄새가 있는 듯하면서도 향기롭게 자기의 입과 코에 닿는 것을 깨달았다. 부인은 좀 더 바싹 영채에게 다가앉으며 눈을 비집고 연해 고개를 기울여가며 씻어낸다. 부인은 화가 나는 것같이

"에그, 남들이 없었으면 혓바닥으로 핥았으면 좋으련만" 하더니 "에라, 나왔어요, 이것 보셔요. 이렇게 큰 게 들어갔으니까" 하고 수건에 묻은 석탄가루를 영채에게 보인다. 그러나 영채는 눈이 부시고 눈물이 흘러서 그것이 보이지를 아니한다. 부인은 걸상에서 일어나 영채의 겨드랑에 손을 넣어 일으키며

"자, 세면소(洗面所)에 가서 세수를 하셔요" 하고 앞서 간다. 차가 흔들리건마는 그 부인은 까딱없이 평지로 가는 모양으로 영

채를 끌고 차실 저편 끝 세면소로 간다. 가다가 차실 중간쯤 해서 자기와 같이 앉았던 양복 입은 소년에게서 비누와 수건을 받아들고 간다. 그 맞은편에서 책을 보고 앉았던 어떤 양복 입은 사람이 두 사람의 모양을 우두커니 보고 앉았더니 다시 책을 본다. 영채는 비틀비틀하면서 그 부인의 뒤를 따라 세면소에 갔다. 부인은 대리석판에 백설 같은 자기로 만든 세면기에 물을 따라 손으로 휘휘 저어 한번 부시어내고 맑은 물을 가뜩이 부어놓은 후에 비눗갑을 열어놓고 붉은 줄 있는 큰 타월로 영채의 어깨와 옷깃을 가려주고 한 손으로 영채의 허리를 안는 듯이 영채의 몸을 자기의 몸에 기대게 하고

"자, 비누로 활활 씻읍시오" 하고 물끄러미 영채의 반질반질한 머리와 꽃 비녀와 하얀 목과 등을 보며 '어떤 사람인가' 하여 보다가 이따금 영채의 어깨를 가린 수건도 바로잡아주고 귀밑으로 흘러내린 머리카락도 걷어 올려준다. 남이 보면 마치 형이 동생을 도와주는 것같이 생각하겠다. 사실상 그 부인은 영채를 동생같이 생각하였다. '얌전한 처녀다, 재주가 있겠다, 교육이 있는 듯하다' 하였다. 그리고 석탄가루가 눈에 들어가서 울던 것을 생각하고 '어리다, 사랑스럽다' 하였다.

영채는 슬프던 중에도 그 부인의 다정한 것을 감사하게, 기쁘게 여기면서 잘 세수를 하였다. 자기의 등에 그 부인의 손이 얹힌 것을 감각할 때에 월화에게 안기던 것을 생각하였다. 그리고 그 부인의 얼굴이 어딘지 모르나 월화와 비슷하다 하였다. 그리고, 그러나 나는 죽는다 하였다. 영채는 세수를 다 하고 일어섰다. 부인

은 수건을 준다. 영채는 얼굴과 손을 씻었다. 부인은 수건을 달래서 영채의 목과 귀 뒤를 가만가만히 씻어주었다. 영채는 눈을 떠서 정면으로 부인을 보았다. 영채의 눈은 벌겋다. 그리고 눈썹에는 아직 물이 묻어서 마치 눈물이 묻은 것 같다. 부인은 어머니가 딸을 보는 듯한 눈으로 빙그레 웃으면서 영채를 보더니 팔로 영채의 허리를 안으며

"자, 갑시다. 가서 점심이나 먹읍시다."

88

아까 오던 모양으로 영채의 자리에 돌아왔다. 영채는 그제야 겨우

"감사합니다" 하였다. 부인은 앉으려 하다가 다시 자기의 자리로 가서 그 소년과 무슨 말을 하더니 가방 속에서 네모진 지갑[304]을 내들고 와서 영채의 맞은편 걸상에 앉으며

"자, 이것 좀 잡수셔요" 하고 그 지갑의 뚜께[305]를 연다. 영채는 그것이 무엇인지를 몰랐다. 구멍이 숭숭한 떡 두 조각 사이에 엷은 날고기를 끼인 것이다. 영채는 무엇이냐고 묻기도 어려워서 가만히 앉았다. 부인은 슬쩍 영채의 눈을 보더니 속으로 '네가 이것을 모르는구나' 하면서 영채에게 먹기를 권하며

"어디로 가십니까" 하고 자기가 먼저 하나를 집어먹으며 "자, 잡수셔요" 한다.

"평양 갑니다" 하고 영채도 한 개를 집어서 그 부인이 먹는 모양으로 먹었다. 처음에는 어떻게 먹는 것인지 몰랐다.

"댁이 평양이시야요?" 하고 부인은 또 하나를 집는다. 영채는 어떻게 대답할지를 몰랐다. 나도 집이 있나 하였다. 그러나 집이 있다 하면 노파의 집이다 하여 고개를 돌리며

"예, 평양 있다가 지금 서울 와 있어요" 하고 영채는 집었던 것을 다 먹고 가만히 앉았다. "자, 어서 잡수셔요" 하고 부인이 집어 줄 때에야 또 하나를 받아먹었다. 별로 맛은 없으나 그 새에 끼인 짭짤한 고기 맛이 관계치 않고 전체가 특별한 맛은 없으면서 무엇인지 알 수 없는 운치 있는 맛이 있다 하였다. 부인은 또 한 개를 집어 안팎 옆을 한번 뒤쳐보며

"그런데 방학이 되었어요?"

나를 여학생으로 아는구나 하고 한껏 부끄러웠다. 그리고 이 일본 부인이 어떻게 이렇게 조선말을 잘하나 하다가 너무도 조선말을 잘함을 보고 옳지, 일본 가 있는 조선 여학생이로구나 하면서

"아니야요. 잠깐 다니러 갑니다. 저는 학교에 아니 다녀요."

"그러면 벌써 졸업하셨어요? 어느 학교에 다니셨어요―숙명이오, 진명이오?"

"아무 학교에도 아니 다녔어요."

이 말에 그 부인은 입에 떡을 문 채로 씹으려고도 아니 하고 우두커니 앉아서 영채를 본다. 그러면 이 여자는 무엇일까 하였다. '남의 첩'이라는 생각도 난다. 학교에 아니 다녔단 말에 다소 경멸하는 생각도 나나 또 그것이 어떤 계집인지 알아보고 싶은 호

기심(好奇心)도 난다. 그러나 어떻게 물어보아야 할지를 몰라 한참 생각하다가

"그러면 평양에는 친척이 계셔요?"

영채도 어떻게 대답을 할 것인지 모른다. 오늘 저녁이면 죽어버리는 몸이요 또 이 부인이 이처럼 친절하게 하여주니 자초지종을 있는 대로 이야기하고 싶기도 하나 그래도 말을 내기가 부끄럽기도 하고, 또 어디서부터 어떻게 시작할 것인지를 몰라 떡을 든 채로 고개를 숙이고 잠자코 앉았다. 부인도 가만히 앉았다. '이 여자에게 무슨 비밀이 있구나' 하매 더욱 호기심이 일어난다. 그러나 영채의 불편하여하는 것을 보고 말끝을 돌려

"제 집은 황주야요. 동경 가서 공부하다가 방학이 되어서 돌아옵니다. 쟤는 제 동생이구요."

영채는 다만 "예" 하고 그 소년을 보았다. 소년도 기대어 앉아서 눈을 끔벅거리며 이편을 쳐다보다가 영채의 눈과 마주치매 눈을 돌려 창밖을 내다본다. 둥그스름하고 살이 풍후한[306] 얼굴에 눈이 큰 것과 눈썹이 긴 것이 얼른 눈에 띈다. 영채는, 사랑스러운 얼굴이다, 남매가 잘 닮았다 하였다. 그러나 두 사람 사이에는 다시 말이 없고 서로 이따금 마주 보기만 한다. 영채는 '내게도 저런 동생이 있었으면' 하였다. 그리고 동경 유학하는 그의 신세를 부럽게도 여겼다. 또 나는 죽는다 하였다. 나는 왜 이렇게 박명한고, 나는 어찌하여 일생을 눈물로 보내다가 죽게 태어났는고 하였다. 차는 간다, 해도 간다, 내가 죽을 시간은 가까워온다 하고 자기의 손과 몸을 보았다. 그리고 나오는 줄 모르게 눈물을 흘렸

다. 영채는 눈물을 감추려 하였으나 참으려면 참을수록 흑흑 느껴지고 눈물이 나온다. 영채는 마침내 자기의 걸어앉은 걸상 위에 이마를 대고 울었다. 그 여학생은 영채의 곁으로 옮아앉아 영채를 안아 일으키면서

"여봅시오, 왜 그러셔요?"

영채는 자기의 가슴 밑으로 들어온 그 여학생의 손을 꼭 쥐어다가 자기의 입에 대며 엎뎬 채로

"형님, 감사합니다. 저는 죽으러 가는 몸이야요. 아아, 감사합니다" 하고 더 느낀다.

"에?" 하고 여학생은 놀라 "그게 무슨 말씀이야요? 왜, 무슨 일이야요. 말씀을 하시지요. 힘 있는 대로는 위로하여드리지요. 왜 죽으려고 하셔요. 자, 울지 말고 말씀을 합시오. 살아야지요. 꽃 같은 청춘에 즐겁게 살아야 하지요. 왜 죽으려 하셔요?" 하고 수건으로 영채의 눈물을 씻는다. 영채는 번히 눈을 떠서 여학생을 본다. 여학생의 눈에도 눈물이 고였다. 그렇게 활발한, 남자 같은 사람에게도 눈물이 있는 것이 이상하다 하였다. 그리고 영채에게는 그 여학생이 정다운 생각이 간절하게 된다. 영채의 눈물을 씻은 수건에는 영채의 입술에서 흐른 피가 묻었다. 여학생은 가만히 그 피와 영채의 얼굴을 비교하여본다. 불쌍한 생각이 간절하여진다.

89

여학생은 영채의 신세타령을 듣고

"그러면 지금도 그(형식)를 사랑하시오?"

사랑하느냐 하는 말에 영채는 가슴이 뜨끔하였다. 과연 자기가 형식을 사랑하였는가——알 수가 없다. 자기는 다만 형식이란 사람은 자기가 찾아야 할 사람, 섬겨야 할 사람으로 알았을 뿐이요 칠팔 년래로 일찍 형식을 사랑하는지 생각해본 적도 없었다. 다만 어서 형식을 찾고 싶다, 어서 만나면 자기의 소원을 이루겠다, 만나면 기쁘겠다 하였을 뿐이다. 그러므로 영채는 멀거니 여학생을 보다가

"그런 생각은 해본 적도 없어요. 어려서 서로 떠났으니까 얼굴도 잘 기억하지 못하였는데……"

"그러면 부친께서 너는 아무의 아내가 되어라 하신 말씀이 있으니깐 지금껏 찾으셨습니다그려——별로 사모하는 생각도 없었는데……"

"예. 그리고 어렸을 때에 정들었던 것이 아직도 기억이 되어요. 그땟일을 생각하면 어째 그리운 생각이 나요."

"그것이야 그렇겠지요. 누구든지 아잇적 생각은 안 잊히는 것이니깐. 그이뿐 아니라 다른 아이들 생각도 나시지요?"

영채는 가만히 생각해보더니

"예. 여러 동무들의 생각도 나요. 그러나 그의 생각이 제일 정

답게 나요. 그랬더니 일전에 정작 얼굴을 대하니깐 생각던 바완 다릅데다. 어쩐지 이전에 정답던 것까지도 다 깨어지는 것 같애요. 왜 그런지 모르겠어요. 그래서 그날 저녁에 집에 돌아와서는 어떻게 마음이 섭섭한지 울었습니다."

잘 알아들은 듯이 고개를 끄덕끄덕하더니 말하기 어려운 듯이

"그러면 지금은 그에게 대해서는 별로 사랑이 없습니다그려."

영채는 저도 제 생각을 모르는 모양으로 한참이나 생각하더니

"글쎄요. 만나니깐 반갑기는 반가운데 어쩐지 기다리고 바라던 그 사람이 아닌 것 같애요. 내 마음속에 그려오던 사람과는 딴사람 같애요. 저도 웬일인가 했어요. 또 그이도 그다지 저를 반가워하는 것 같지도 아니하고······"

"알았습니다" 하고 여학생은 눈을 감는다. 무엇을 알았단 말인고 하고 영채도 눈을 감는다. 여학생이

"그런데 왜 죽을 결심을 하셨어요?"

"아니 죽고 어떡합니까. 그 사람 하나를 바라고 지금껏 살아오던 것인데, 일조에 정절을 더럽히고" 괴로운 빛이 얼굴에 나타나며 "다시 그 사람을 섬기지도 못하겠고······이제야 무엇을 바라고 사나요" 하고 절망하는 듯이 고개를 푹 숙인다.

"나는 그것이 죽을 이유라고는 생각하지 아니합니다."

"그러면 어찌하고요?"

"살지요! 왜 죽어요!"

영채는 깜짝 놀라 여학생을 본다. 여학생은 힘 있는 목소리로

"첫째 영채씨는 속아 살아왔어요. 이형식이란 사람을 사랑하지

도 아니하면서 공연히 정절을 지켜왔어요. 부친께서 일시 농담 삼아 하신 말씀 한마디 때문에 영채씨는 칠팔 년 헛된 절을 지킨 것이외다. 사랑하지 않는 사람을 위해서, 피차에 허락도 아니 한 사람을 위해서 절을 지키는 것이 헛된 일이 아니야요? 마치 죽은 사람, 세상에 없는 사람을 위해서 절을 지키는 것이나 다름이 있어요? 영채씨의 마음은 아름답지요, 절은 굳지요, 그러나 그뿐이외다. 그 아름다운 마음과 그 굳은 절을 바칠 사람이 따로 있지 아니할까요. 허니깐 지금 영채씨가 그이를 사랑하시거든 지금부터 그에게 몸과 마음을 바치실 것이요 만일 그렇지 않거든 다른 남자 중에 구하실 것이지요, 그런데……"

"그러나 지금토록 마음을 허하여오던 것을 어떻게 합니까. 고성(古聖)의 교훈도 있는데" 한다.

"아니요, 영채씨는 지금까지 꿈을 꾸고 지내셨지요. 허깨비를 보고 지내셨지요. 얼굴도 잘 모르고 마음도 모르는 사람에게 어떻게 마음을 허합니까. 그것은 다만 그릇된 낡은 사상의 속박이지요. 사람은 제 목숨으로 삽니다. 제가 사랑하지 않는 지아비가 어디 있겠어요. 허니깐 영채씨의 과거사는 꿈입닌다. 이제부터 참생활이 열리지요."

영채는 이 말을 듣고 놀랐다. 열녀라는 생각과 틀리는 것 같다. 그러나 그 말이 옳은 것 같다. 과연 지금토록 일찍 형식을 사랑한 적은 없었고 다만 허깨비로 제 마음에 드는 사람을 만들어놓고 그 사람의 이름을 형식이라고 짓고 그러고는 그 사람과 진정 형식과 같은 사람으로 생각하고 그 사람을 찾는 대신 이형식을 찾다가 이형식을 보매 그 사람이 아닌 줄을 깨닫고 실망하고 나서는 아아, 이제는 영구히 형식을 보지 못하겠구나 하고 실망한 것이라. 이렇게 생각하매 영채는 잘못 생각하였던 것을 깨닫는 생각과 또 아주 절망하였던 중에 새로운 광명이 발하는 듯하였다. 그래서 영채는

"참생활이 열릴까요? 다시 살 수가 있을까요?" 하고 여학생을 보았다.

90

"참생활이 열리지요. 지금까지는 스스로 속아왔으니깐 인제부터 참생활이 열리지요. 영채씨 앞에는 행복이 기다립니다. 앞에 기다리고 있는 행복을 버리고 왜 귀한 목숨을 끊어요" 하고 이만하면 영채의 죽으려는 결심을 돌릴 수 있다 하는 생각으로 "그러니까 울기를 그치고 웃읍시오, 자, 웃읍시다" 하고 자기가 먼저 웃는다. 영채도 따라서 빙그레 웃더니

"행복이 기다릴까요? 그러나 의리는 어찌합니까. 의리는 어기고 행복을 찾을까요. 그것이 옳은가요?" 하며 마음이 정치 못하여 한다.

"의리? 영채씨께서 죽으시는 것이 의리 같습니까."

"의리가 아닐까요?"

"어찌해서 의릴까요?"

"어떤 사람에게 마음을 허하였다가 그 사람에게 몸을 바치기 전에 몸을 더럽혔으니 죽어버리는 것이 의리가 아닐까요?"

옳다, 되었다 하는 듯이 여학생이

"그러면 몇 가지를 물어보겠습니다. 첫째 이씨에게 마음을 허하신 것이 영채씨오니까. 다시 말하면 영채씨가 당신의 생각으로 마음을 허한 것입니까, 또는 부친의 말씀 한마디가 허한 것입니까."

"그게야, 물론 아버지께서 허하신 게지요."

"그러면 부친의 말씀 한마디로 영채씨의 일생을 작정한 것이오그려."

"그렇지요. 그것이 삼종지도(三從之道)가 아닙니까."

"흥. 그 삼종지도라는 것이 여러 천 년간, 여러 천만 여자를 죽이고 또 여러 천만 남자를 불행하게 하였어요. 그 원수의 글자 몇 자가, 흥."

영채는 놀라며

"그러면 삼종지도가 그르단 말씀이야요?"

"부모의 말에 순종하는 것이 자식의 도리겠지요. 지아비의 말에 순종하는 것이 아내의 도리겠지요. 그러나 부모의 말보다도 자식의 일생이, 지아비의 말보다도 아내의 일생이 더 중하지 아니할까요. 다른 사람의 뜻을 위하여 제 일생을 결정하는 것은 저를 죽임이외다. 그야말로 인도(人道)의 죄라 합니다. 더구나 부사종자(夫死從子)라는 말은 참 남자의 포학(暴虐)을 표함이외다. 여자의 인격을 무시하는 말이외다. 어머니는 아들을 가르치고 단속함이 마땅하외다. 어버이가 자식에게 복종하는 그런 비리(非理)가 어디 있어요" 하고 여학생은 얼굴이 붉게 되며 기운을 내어 구도덕(舊道德)을 공격하더니 "영채씨도 이러한 낡은 사상에 종이 되어서 지금껏 속절없는 괴로움을 맛보셨습니다. 그 속박을 끊읍시오. 그 꿈을 깹시오. 저를 위하여 사는 사람이 됩시오. 자유를 얻읍시오!" 하는 여학생의 얼굴에는 아주 엄숙한 빛이 보인다.

"그러면 저는 어떻게 해요?" 하는 영채의 사상은 자못 혼란하게 되었다. 영채는 자연히 그 여학생의 손에 자기의 운명을 맡기게 된 것 같다. 여학생의 입으로서 나오는 말대로 자기의 일생이 결정될 것 같다. 그래서 영채는 여학생의 눈과 입을 바라본다. 여학생은

"여자도 사람이지요. 사람일진댄 사람의 직분이 많겠지요. 딸이 되고 아내가 되고 어머니가 되는 것도 여자의 직분이지요. 또 혹은 종교로 혹은 과학으로 혹은 예술로 혹은 사회나 국가에 대한 일로 인생의 직분을 다할 길이 많겠지요. 그런데 고래로 우리 나라에서는 남의 아내 되는 것만으로 여자의 직분을 삼았고 남의 아내가 되는 것도 남의 뜻대로, 남의 말대로 되어왔어요. 지금까지 여자는 남자의 한 부속품, 한 소유물에 지나지 못하였어요. 영채씨는 부친의 소유물이다가 이씨의 소유물이 되려 하였어요. 마치 어떤 물품이 이 사람의 손에서 저 사람의 손으로 옮겨가는 모양으로…… 우리도 사람이 되어야 합니다. 여자도 되려니와 우선 사람이 되어야 합니다. 영채씨께서 할 일이 많지요. 영채씨는 결코 부친과 이씨만을 위하여 난 사람이 아니외다. 과거 천만대 조

선과 현재 십육억 동포와 미래 천만대 자손을 위하여 나신 것이야요. 그러니깐 부친께 대한 의무 외에, 이씨께 대한 의무 외에도 조상께, 동포에게, 자손에게 대한 의무가 있어요. 그런데 영채씨가 그 의무를 다하지 아니하고 죽으려 하는 것은 죄외다."

"그러면 어떻게 해요?"

여학생은 웃고

"오늘부터 새로운 생활을 시작하시지요."

"어떻게 시작해요?"

"모든 것을 다 새로 시작하지요. 지나간 일을랑 온통 잊어버리고 새로 모든 것을 시작하지요. 이전에는 남의 뜻대로 살아왔거니와 이제부터는……" 하고 여학생은 잠깐 말을 멈추고 영채를 바라본다. 영채는 얼굴이 붉게 되고 숨이 차며 여학생의 눈과 입에 매달릴 것 같다가

"이제부터는 어떻게 해요?" 한다.

"이제부터는 제……뜻……대……로……살아간단 말이야요."

열차는 산속을 벗어나서 서흥 벌판으로 달아난다. 맑은 냇물이 왼편에 있다가 오른편에 가다가 한다. 두 사람은 잠자코 바깥을 내다본다.

91

영채는 여학생에게 끌려 황주서 내렸다. 여학생은 영채를 자기

의 친구라 하여 집에 소개하고 자기와 한방에 있기로 하였다. 그 집에는 사십여 세 되는 부모와 여학생보다 삼사 세 위 되는 오라비와 허리 꾸부러진 조모가 있었다. 그 조모는 손녀를 보고 아무 말도 없이 너무 반가워서 눈물을 흘렸다. 여학생의 자친[307]은 다정하고 현숙한 부인이다. 부친은 딸이 절하는 것을 보고도 별로 기쁜 빛도 표하지 아니하고 도리어 고개를 돌렸다. 여학생은 그것을 보고 혼자 빙끗 웃었다. 오라비는 웃으며 누이를 맞았다. 그리고 누이의 어깨를 만지며

"왜 오는 날을 알리지 아니했니?" 하였다. 그리고 동경에 관한 말을 물었다. 오라범댁은 부모 앞에서는 가만히 웃기만 하다가 여학생과 마주 앉았을 때에는 손을 잡고 등을 만지고 하며 반기는 빛이 넘친다. 영채는 이러한 모든 광경을 보고 재미있는 가정이다 하였다. 그리고 없어진 집 생각이 났다.

그날 저녁에는 부친을 빼놓고 온 가족이 모여 앉아서 밀국수를 먹으며 즐겁게 이야기하였다. 영채는 여학생의 곁에 잠자코 가만히 앉았다. 오라비는 영채에게 대하여 어려운 생각이 나는지 한참 이야기하다가 밖으로 나가고 여자들만 모여 앉았다. 여학생은 쾌활하게 조모와 모친과 오라범댁을 번갈아 보아가며 동경서 일 년 동안 지내가던 이야기를 한다. 조모는 이따금 웃으며 고개를 끄덕끄덕한다. 그중에도 오라범댁이 제일 재미있게 듣는다. 모친은 딸의 이야기는 듣는지 마는지 먹을 것만 주선하며 이따금 딸의 하는 이야기에는 상관도 없는 질문을 한다. 딸이 '어머니, 남의 말은 아니 듣고' 하면 '왜 안 들어, 어서 해라' 하기는 하면서

도 또 딴소리를 하여서 젊은 사람들을 웃긴다. 영채도 남을 따라서 웃었다. 실상 모친은 딸의 말을 잘 알아듣지 못한다. 조모는 더구나 알아듣지 못한다. 조모는 웃기도 그치고 하품을 시작한다. 오라범댁과 영채만이 턱을 받치고 재미있게 듣는다. 얼마 있다가 모친도 졸린지 눈이 거슴츠레하며 눈물이 흐른다. 일어나 베개를 내려 조모께 드리며

"어머님께서는 주무십시오. 그 애들 지껄이는 것은 무슨 맛인지를 모르겠다" 하고 자기도 팔을 베고 눕는다. 두 노인은 잠이 들고 세 청년만 늦도록 이야기를 하였다. 셋은 즐거웠다. 영채도 그 오라범댁과 친하게 되었다. 그날 저녁에는 셋이 한자리에서 가지런히 누워 잤다. 영채는 늦도록 잠이 아니 들었으나 마침내 잠이 들어서 꿈에 월화를 보았다.

아침에 일어나서는 혼자 웃었다. 죽으러 가던 몸이, 어제 저녁에 죽었을 몸이 아직도 살아 있는 것을 생각하니 우습다. 그러나 자기의 전도는 어찌 될는지 걱정이었다.

여학생의 이름은 병욱이라. 자기 말을 듣건댄 처음 이름은 병옥이었으나 너무 부드럽고 너무 여성적(女性的)이므로 병목이라고 고쳤다가 그것은 또 너무 억세고 너무 남성적(男性的)이므로 그 중간을 잡아 병욱이라고 지은 것이라 하며 영채더러 하루는

'병욱이라면 쑬쑬하지요.[308] 나는 옛날 생각과 같이 여자는 그저 얌전하고 부드러워야 한다는 것은 싫어요. 그러나 남자와 같이 억세고 뻑뻑한 것도 싫어요. 그 중간이 정말 여자에게 합당한 줄 압니다' 하고 웃으며 '영채, 영채……어여쁜 이름이외다. 그러나

과히 여성적은 아니외다' 한 일이 있다. 그러나 집에서는 병욱이라고 부르지 아니하고 병옥이라고 부른다. '병옥아' 해도 대답은 한다.

병욱은 영채를 매우 재주 있고 깨닫기 잘하고 공부 잘한 여자로 알았다. 처음에는 자기의 말을 못 알아들을 듯하여 아무쪼록 알아듣기 쉬운 말을 골라 하였으나 이제는 거의 평등으로 대접한다. 영채는 물론 병욱을 헤아릴 수 없이 이상한 지식과 생각을 많이 가진 사람으로 안다. 그러므로 병욱의 입으로 나오는 말이면 무엇이든지 주의하여 듣고 힘써 해석해본다. 그래서 이삼 일 내에 병욱의 생각을 대강 짐작하게 되었고 또 병욱의 생각이 자기가 지금토록 하여오던 생각과는 거의 정반대됨을 깨달았다. 그리고 그 생각이 도리어 합리하는 것같이 생각하였다. 지금은 차 속에서 병욱이가 하던 말을 잘 깨달아 알게 되었다.

병욱과 영채는 깊이 정이 들었다. 둘이 마주 앉으면 시간 가는 줄을 모르고 이야기에 취하게 되었다. 영채는 병욱에게 새로운 지식과 서양식 감정을 맛보고 병욱은 영채에게 옛날 지식과 동양식 감정을 맛보았다. 병욱은 낡은 것을 모두 싫어하였었다. 그러나 영채의 잘 이해한 사상을 접하매 옛날 사상에도 여러 가지 맛있는 점이 있음을 깨달았다. 그래서 새삼스럽게 『소학』이며 『열녀전』이며 한시 한문(漢詩漢文)을 배우고 싶은 생각까지도 나게 되었다. 집에서 먼지 묻은 『고문진보』[309] 같은 것을 내어서 이것저것 영채에게 배우기도 하고 배운 것을 외우기도 하였다. '참 재미있다' 하고 어린애같이 기뻐하면서 소리를 내어 읊기도 하였다.

부친은 병욱이가 시 읊는 소리를 듣고 칭찬을 하는지 조롱을 하는지 모르게 '흥흥' 하였다.

92

병욱은 음악을 배운다. 한번은 사현금[310]을 타다가 영채더러

"집에서는 음악 배운다고 야단이야요. 그것은 배워서 광대 노릇을 하겠니? 하시고 학비도 아니 준다고 하지요. 내가 울고불고 떼를 쓰며 이것을 배우게 했어요. 집에서는 난봉났다 그러시지요. 오빠께서는 좀 나시지마는" 하고 웃었다. 한참 재미롭게 사현금을 타다가도 밖에서 부친의 기침 소리가 나면 얼른 그치고 어리광하는 듯이 진저리를 치며 웃는다. 영채도 사현금 소리가 좋다 하였다. 서양 악곡(樂曲)은 많이 들어보지 못하였으므로 탑골 공원의 음악도 별로 재미있게 아니 여겼더니 이제는 서양 악곡의 묘미도 차차 알아오는 듯하다.

병욱은 사현금과 한시와 영채와 이야기하는 것으로 재미를 삼게 되었다. 더구나 새로 맛보는 한시 맛에 사현금을 잊어버리는 일까지 있다. 그러면서도 병욱은 분주히 돌아다니며 오라범댁을 도와 집일을 보살핀다. 하루는 크게 주름 잡은 조모의 낡은 치마를 입고 팔을 부르걷고 호미를 들고 땀을 죽죽 흘리며 마당 구석과 담 밑과 울안에 잡풀을 다 매고 이웃에 가서 화초를 얻어다가 옮겼다. 흙 묻은 손으로 땀을 씻어서 얼굴에는 누런 흙물이 여기

저기 묻었다. 한참 호미로 굳은 땅을 팔 적에 부친이 들어오다가 물끄러미 보고 섰더니 빙그레 웃으면서

"병옥이는 농사하는 집에 시집을 보내야겠군" 하였다. 또 모친은 보고

"얘, 그만두어라. 더운데 널더러 김매라더냐" 하면서도 웃었다. 병욱도

"이제 봅쇼. 온 집안이 꽃밭이 될 테니" 하고 웃었다. 그러나 부친이나 모친이 병욱의 꽃 심는 것을 그렇게 중요하게 알지 않는 모양인 것을 보고 곁에 섰는 영채를 돌아보며

"꽃을 중하게 아니 여기는 터에 음악 배우는 것을 왜 좋아하겠소" 하고 웃으며 "이제 아무렇게 해서라도 꾀꼬리를 한 쌍 잡아다가 아버지 방문 밖에 걸어드릴랍니다. 설마 꾀꼬리 소리를 싫다고야 아니 하시겠지. 어때요, 묘하지요" 하고 웃는다. 영채도

"예, 묘합니다" 하고 웃었다.

"꽃이 고운 줄도 모르고 꾀꼬리 소리가 고운 줄도 모르고 사는 인종은 불쌍하지요?" 하고 찬성을 구하는 듯이 영채를 본다. 영채는 그 뜻을 잘 알았다. 영채는 예술(藝術)이라는 말을 일전에 배웠더니 그 뜻을 지금에야 깨달았다. 기생도 일종 예술가다. 다만 그 예술을 천하게 쓰는 것이다 하였다. 옛날 명기들은 다 예술가로다. 그네는 음악을 하고 무도를 하고 시와 노래를 짓고 그림을 그렸다. 그러므로 그네는 오늘날 이르는바 예술가로구나 하였다. 그러니까 자기도 예술가다, 예술가 되는 것이 내 천직인가 하였다. 자기도 병욱과 같이 음악을 배울까 하였다. 자기가 지금껏

원수로 알아오던 춤추기와 노래 부르기도 이제 와서는 뜻이 있구나 하였다. 이럭저럭 영채는 죽을 생각을 그치고 병욱과 같이 즐겁게 살아가도록 힘쓰리라 하게 되었다. 영채의 마음에는 기쁨이 생겼다.

병욱도 영채가 이렇게 변하여가는 줄을 안다. 그래서 기뻐한다. 무도와 성악(聲樂)을 배우기를 권하고 동경을 가면 그것을 전문으로 가르치는 음악학교가 있는 것과 성악과 무도를 잘 배우면 세계적(世界的) 공명(功名)을 이룰 수 있는 것도 말하였다. 병욱은 영채의 목소리에 혹하다시피 취하였다. 서투른 창가를 불러도 저렇게 아름답거든 자기가 익숙한 노래를 부르면 얼마나 아름다울까 하였다.

병욱의 집은 황주성 서문 밖에 있다. 한적하고 깨끗한 집터이다. 이웃에 집도 많지 아니하므로 둘이서 손을 마주 잡고 석양에 산보도 한다. 산보할 때에는 두 처녀가 꿈 같은 장래를 이야기한다. 우거진 풀잎 밑으로 흘러 내려오는 시내에 두 발을 잠그고 소리를 맞추어 노래도 부른다. 둘이는 이런 말을 한다.

"집에서 자꾸 시집을 가라는구려."

"어떤 데로?"

"누가 아나요. 당신네 생각에 합당하면 좋다고 그러지요. 이번에는 기어이 시집을 가야 된다고 아주 야단이야요."

"그러면 어찌하셔요."

"아무 때나 내가 가고 싶어야 가지요" 하고 말하기 어려운 듯이 한참 생각하더니 빙그레 웃으며

"나도 사랑하는 사람이 있어요" 하고 얼굴을 붉힌다. 영채도 웃으며

"어디요? 동경?"

"예. 그런데 집에서는 큰 반대지요. 서자(庶子)예요. 또 가난하고……호호호호. 그러나 사람은 참 좋아요. 얼굴도 잘생기고 풍채도 좋고 재주도 있고 마음도 크고 곱고……아아, 너무 자랑을 했다. 그러나 자랑이 아니야요. 아마 영채씨가 보셔도 사랑하리다. 언제 한번 보여드리지요. 그러나 빼앗아서는 안 되어요" 하고 영채를 보며 웃는다. 영채는 고개를 숙인 대로 웃는다.

이 모양으로 사오 일이 지났다. 영채는 서울 노파와 형식에게 자기가 살아 있단 말을 알려주지 아니하였다. 후일에 서로 알 날이 있기를 바랐다. 영채는 이제부터 어떻게 살아갈는지.

93

영채는 차차 이 집 내용을 알게 되었다. 오랫동안 가정이란 맛을 보지 못한 영채에게는 부모 있고 형제 있고 자매 있는 이 가정은 마치 선경같이 즐겁고 행복되어 보이더니 점점 알아본즉 그속에도 슬픔이 있고 괴로움이 있다. 첫째는 부자간에 뜻이 맞지 아니함이니 아들은 동경에 가서 경제학을 배워 왔으므로 자기가 중심이 되어 자본을 내어 무슨 회사 같은 것을 조직하려 하나 부친은 위태한 일이라 하여 극력 반대한다. 또 딸을 동경에 유학시

키는 데 대하여서도 아들은 찬성하되 부친은 '계집애가 그렇게 공부는 해서 무엇 하느냐, 어서 시집이나 가는 것이 좋다' 하여 반대한다. 방학하고 집에 올 때마다 부친은 반드시 한두 번 반대하지마는 마침내 아들에게 진다. 작년 여름에는 반대가 우심하여 동경 갈 노비를 아니 준다 하므로 딸은 이틀이나 울고 아들과 어머니는 부친 모르게 돈을 변통하여 노비를 당하였다. 그래서 딸은 부친께는 간다는 하직도 못하고 동경으로 떠났다. 그 후에 며칠 동안 부친은 성을 내어 식구들과 말도 잘 하지 아니하였으나 얼마 아니하여 '얘, 이달 학비는 보냈니, 옷값이나 주어라' 하게 되었다. 이번에도 부친은 기어이 딸을 시집보내어야 한다 하고 아들은 졸업하기를 기다려야 한다 하여 두어 번이나 부자끼리 다투었다. 부친은 자기의 친구의 아들에 경성전수학교[311]를 졸업하고 지금 어느 재판소 서기로 있는 사람이 마음에 들어 그가 작년에 상처한 것을 좋은 기회로 삼아 기어이 사위를 삼으려 하나 아들은 반대한다. 그 사람은 원래 부요한[312] 집 자제로 십육칠 세부터 좀 방탕하게 놀다가 벼슬이 하고 싶다는 마음으로 전수학교에 입학하였다. 근래에 흔히 있는 청년과 같이 별로 높은 이상이라든지 큰 목적이 있는 것이 아니라 다만 금줄을 두르고 칼 차는 것을 유일한 자랑으로 알며 한 달에 몇 번씩 기생을 희롱하여 월급 외에도 매삭 몇십 원씩 집에서 돈을 가져간다. 좀 교만하고 경박하고 허영심 있는 청년이라. 그러나 부친은 무엇에 혹하였는지 모르되 이 사람밖에는 좋은 사람이 없는 듯이 생각한다. 그러나 아들은 이 사람을 싫어할뿐더러 도리어 천하게 여긴다. 이리하여 부자간에는 만사에 별로 의견이 일치하는 일이 없다. 부친은 아들을 고집쟁이요 철이 없고 부모의 말을 아니 듣는다 하고, 아들은 부친을 완고하고 무식하고 세상이 어떻게 변천하는지를 모른다 한다. 그러면서도 부친은 그 아들의 진실함과 친구 간에 존경받는 줄을 알고 아들은 그 부친의 진실함과 부드러운 애정이 있는 줄을 안다. 이러므로 부자간에는 무엇이든지 서로 반대하면서도 어딘지 모르게 서로 일치하는 점이 있다. 모친은 특별한 의견은 없으되 흔히 아들에게 찬성한다. 그러할 때마다 부친은 모친을 한번 흘겨보고 모친도 부친을 한번 흘겨본다. 그러나 이것은 어린애들이 서로 흘겨보는 것과 같아서 얼른 풀어지고 만다.

그담에 걱정은 아들 내외의 사이에 정이 없음이다. 영채가 이 집에 온 지가 십여 일이 되도록 그 내외간에 서로 이야기하는 것을 보지 못하였다. 지나가는 사람 모양으로 서로 슬쩍 보고는 고개를 돌리든지 나가든지 한다. 그래도 아내는 밤낮 남편의 옷을 빨고 다리고 한다. 영채가 여기 온 후로는 밤마다 며느리와 딸과 자기가 한방에서 잤다. 그리고 아들은 사랑에서 혼자 자는 모양이었다. 영채는 얼마큼 미안한 생각이 있어서 병욱더러 다른 방에 가기를 청하였더니 병욱이 웃으며

"걱정 말으시오. 우리 오빠는 아니 들어오셔요."

"왜 그러시나요?"

"모르지요. 이전에는 아니 그러더니 일본 갔다 와서부터 차차 차차 멀어갑데다그려" 하고 입을 영채의 귀에 대며 "그래서 우리 형님이 나를 보고 울어요" 하고 동정하는 듯이 한숨을 쉰다. 영채

도 얼마큼 불쌍하다 하였다. 그렇게 얼굴도 얌전하고 마음도 고운 부인을 왜 싫어하는고 하여

"무엇이 부족해서 그러나요?"

"모르지요. 부족할 것이 없을 듯하건마는 애정이 아니 가는 게지요. 내가 오빠한테 물어보니까 나도 모르겠다, 왜 그런지 모르지마는 그저 보기가 싫구나 합데다. 아마 형님이 오빠보다 나이 많아서 그런지? 참 걱정이야요" 하고 고개를 흔든다. 영채는 놀라며

"형님께서 나이 많으셔요?" 영채도 그를 형님이라고 부른다. 달리 적당한 칭호도 없었거니와 또 형님이라고 부르고 싶었다.

"오 년 장이랍니다" 하고 웃으며 "형님이 처음 시집올 때에는 우리 오빠는 겨우 열두 살이더라지요——형님은 열일곱 살이구. 그러니 무슨 정이 있겠어요. 말하면 형님이 오빠를 길러냈지요. 한 것이 다 자라나서는 도리어……" 하고 호호 웃는다. "오빠도 퍽 다정하고 맘씨 고운 사람이언마는 애정이란 마음대로 안 되나 봐요" 하고 두 처녀는 두 내외에게 무한한 동정을 준다. 영채는

"그러면 어쩌면 좋아요. 늘 그래서야 어떻게 사나요."

"요새 젊은 부부는 대개 다 그렇대요. 큰 문제지요. 어서 그 문제를 해결해야 할 터인데……" 하고 두 처녀가 마주 본다.

94

 부자간에 의견이 합하지 않는 것은 견디기도 하려니와 내외간에 애정이 합하지 않는 것은 참 견디기 어려울 것이라. 상관없는 남의 일이언마는 다만 십여 일이라도 같이 있는 정리라 영채에게는 이것도 걱정이 된다. 영채의 생각에는 될 수만 있으면 이 내외를 정답게 하여주고 싶다. 영채에게는 그 부인이나 남편이 다 같이 정답게 보인다. 오래 교제를 하여볼수록 그 부인이 마음에 들어 이제는 진정으로 형님이라고 부르고 싶다. 이전 월화에게 대한 정과 비슷한 애정이 솟아오른다. 물론 월화에게 대한 것과 같이 존경하고 의탁하는 생각은 없으나 한껏 사랑스럽고 한껏 불쌍한 생각이 난다. 그래서 될 수 있는 대로 부인의 곁에 있어서 이야기 동무도 하여주고 기회만 있으면 위로도 하여준다. 부인도 이제는 영채와 친하여서 여러 가지로 속에 있는 생각을 말한다. 병욱은 다정하면서도 얼마큼 뻑뻑한 맛이 있거니와 영채는 다정하고도 부드러운 맛이 있었다. 그래서 부인은 영채와 말하기를 유일의 낙으로 알았다. 차라리 어떤 점으로는 시누이보다도 영채가 더 정답고 사랑스럽다. 그래서 영채의 손을 꼭 쥐며 '아이구, 어쩌면 좋소' 하기까지 한다.
 그보다 더 괴로운 것은 영채의 생각이라. 영채는 웬일인지 모르게 그 부인의 남편 되는 이에게 대하여 일종 정다운 생각이 난다. 처음에는 친구의 오빠인 까닭이라 하였으나 차차 더 격렬하게 그의 모양이 생각이 나고 그의 모양이 번뜻 보일 때마다 문득 가슴이 울렁울렁하고 얼굴이 벌게진다. 영채가 보기에 그도 자기를 다정한 눈으로 보는 듯하다. 영채는 암만 그것을 억제하려 하건마는 제 마음을 제 마음대로 할 수가 없다. 그래서 자리에 누워도 그의 좀 널쩍한 얼굴이 눈에 보여서 도무지 잘 수가 없다. 그러할 때마다 곁에 누운 부인을 안으면 부인도 영채를 안아준다. 영채는 부인에게 대하여 미안하기도 하고 죄송하기도 하다. 어서 이 집을 떠나야 하겠다 하면서 또한 차마 떠나기가 싫기도 하다. 그래서 영채에게는 또 한 가지 새 괴로움이 생겼다. 요사이 영채는 흔히 멀거니 무슨 생각을 하다가 "왜, 그렇게 멀거니 앉았어요?" 하는 말을 듣고는 깜짝 놀라게 된다.

이로부터 영채는 차차 남자가 그리워진다. 전부터 외롭게 적막하게 지내왔거니와 지금은 그 외로움과 그 적막과는 유다른 적막이 더 굳세게 영채의 가슴을 누른다. 이전에는 넓은 천지에 저 혼자만 있는 듯한 적막이더니 지금은 제 몸이 반편인 듯한 적막이로다. 다른 반편이 있어야 제 몸은 온전하여질 것 같다. 공연히 가슴이 울렁울렁하고 얼굴이 훗훗하여진다. 피곤한 듯도 하고 술취한 듯도 하다. 무엇에 기대고 싶고 누구에게 안기고 싶다.

영채는 가만히 앉아서 이때껏 접하여오던 여러 남자를 생각하여본다. 자기의 손목을 잡아끌던 사람, 겨드랑으로 손을 넣어 끌어안던 사람, 억지로 뺨을 대던 사람, 음란한 눈으로 자기를 유혹하며, 교만한 말로 자기를 위협도 하던 사람——그때에는 그렇게 원수스럽고 미워 보이던 남자들조차 무어라고 말할 수 없는 따뜻한 감각을 준다. 남자의 살이 자기의 살에 와 닿던 감각이 자릿자릿하게 새로워진다. 지금 내 곁에 남자가 하나 있었으면 작히 좋으랴. 누구든지 손을 달라면 손을 주고 안아준다면 안기고 싶다.

영채는 신우선을 생각하고 이형식을 생각한다. 여러 해 동안 접하여오던 남자 중에 신우선은 가장 영채의 마음을 끌던 사람이라. 그는 풍채가 좋고 기상이 쾌활하여 어딘지 모르게 사람을 끄는 힘이 있었다. 어떤 날 저녁에 둘이 마주 앉아서 우선이가 영채를 달랠 때에 영채의 마음도 아니 움직임이 아니었다. 당장 그의 가슴에 이마를 대고 '저를 거두어줍시오' 하고 싶었다. 그러나 그 때에 영채는 온전히 몸과 마음을 형식에게 바친 줄로 자신하였으므로 이를 갈고 억제하였다. 실로 그동안 영채는 다른 남자의 모양이 생각에만 떠 나와도 큰 죄로 여겨서 제 살을 꼬집어 억제하였다. 이러므로 지금껏 영채는 독립한 한 사람이 아니요 어떤 도덕률(道德律)의 한 모형(模型)에 지나지 못하였다. 마치 누에가 고치를 짓고 그 속에 들엎댄[313] 모양으로 영채도 알 수 없는 정절이라는 집을 짓고 그 속을 자기 세상으로 알고 있었다. 그러다가 이번 사건에 그 집이 다 깨어지고 영채는 비로소 넓은 세상에 뛰어나왔다. 더구나 기차 속에서 병욱을 만나매 자기가 지금껏 유일한 세상으로 알아오던 세상이 기실 보잘것없는 허깨비에 지나지 못하는 것과 인생에는 자유롭고 즐거운 넓은 세상이 있는 것을 깨닫고, 이에 비로소 영채는 자유로운 사람이 되고 젊은 사람이 되고 젊고 어여쁜 여자가 된 것이라. 영채의 가슴에는 이제야 비로소 사람의 피가 끓기 시작하고 사람의 정이 타기를 시작한다. 영채는 자기의 마음이 전혀 변하여진 것을 생각한다. 마치 애초부터 어둡고 좁은 옥 속에서 지내다가 처음 햇빛 있고 바람 불고 꽃 피고 새 우는 세상에 나온 것 같다. 영채는 거문고를 타고 바이올린을 울린다. 그러나 그 소리가 모두 다 새로운 빛을 띤다. 그리고 영채의 눈에는 기쁨과 슬픔이 섞인 듯한 눈물이 핑그를 돈다.

95

형식은 꿈같이 기쁘게 지낸다. 날마다 선형에게 영어를 가르치고, 다 가르치고 나서는 여러 가지 이야기를 한다. 선형도 인제는 낯이 익어서 부끄러워하면서도 조금씩 농담도 한다. 그러나 순애는 여전히 웃지도 아니하고 말도 많이 하지 아니한다. 형식은 선형으로 더불어 재미있게 이야기하다가는 우두커니 앉았는 순애를 보고는 문득 말을 그치고 미안한 듯이 슬쩍 순애를 본다. 순애는 형식의 눈을 피하려고도 아니 하고 형식이야 자기를 보거나 말거나 전에 보던 데를 보고 앉았다. 이렇게 되면 형식도 말하던 흥이 깨어져서 잠자코 앉았고 선형도 책장만 뒤적뒤적한다. 어떤 때에는 순애가 먼저 일어나서 밖으로 나가고 형식과 선형은 가만히 순애의 뒷모양을 본다. 순애는 등이 좀 굽은 듯하고 어딘지 모르나 슬픈 빛이 보인다. 그리고 두 사람은 마주 보고 웃는다. 웃으면서도 서로 무슨 뜻인지는 모른다.

형식은 아주 세상과 인연을 끊은 모양이 되었다. 학교는 사직하고 학생들도 이제는 놀러 오지 아니하고 원래 많지 않던 친구들도 근래에는 오지 아니한다. 우선도 무슨 분주한 일이 있는지 보이지 아니한다. 형식은 깨어서부터 잘 때까지 선형과 미국만 생각한다. 그래도 조금도 적막하지도 아니하고 도리어 더할 수 없이 기뻤다. 형식의 모든 희망은 선형과 미국에 있다. 기생집에 갔다고 남들이 시비를 하고 돈에 팔려서 장가를 든다고 남들이 비방을 하더라도 형식에게는 모두 우스웠다. 천하 사람이 다 자기를 미워하고 조롱하더라도 선형 한 사람이 자기를 사랑하고 칭찬하면 그만이다. 또 자기가 미국에 갔다가 돌아오는 날이면 만인이 다 자기를 우러러보고 공경할 것이다. 장래의 희망이 없는 사람은 자기의 현재를 가장 가치 있는 듯이 보려 하되 장래에 큰 희망을 가진 형식에게는 현재는 아주 가치 없는 것이라. 자기가 경성학교에서 교사 노릇하던 것과 그 학생들을 사랑하던 것과 자기의 생활과 사업에 의미가 있는 듯이 생각하던 것이 우스워 보이고 지나간 자기는 아주 가치 없는 못생긴 사람같이 보인다. 지나간 생활은 임시의 생활이요 이제부터가 참말 자기의 생활인 것 같다. 그래서 형식의 생각에 자기의 전도에는 오직 행복뿐이요 아무 불행도 있을 것 같지 아니하다. 자기의 몸은 괴롭고 혼란한 티끌세상[314]을 떠나서 수천 길 높은 곳에 올라선 것 같다. 길에서 만나는 여러 사람들도 이제는 자기와는 종류가 다른 불쌍한 사람같이 보인다. 더구나 이전에는 자기의 동무로 알아오던 주인 노파가 지극히 불쌍하게 보이고 갑자기 더 늙고 쪼그라진 것같이 보인다. 그러나 박복한 형식에게는 또 한 가지 걱정이 생겼다.

어떤 사람이 김장로에게 형식의 품행이 방정치 못하다는 말을 하였다. 하루는 장로가 불쾌한 낯빛으로 부인에게

"세상에 어디 믿을 사람 있소" 하여 이러한 말이 있었다.

"왜요?"

"형식이가 기생집에를 다닌다구려."

부인은 자기가 기생이매 이러한 말을 듣기가 좀 고통이 되었으나 이제는 귀부인이라 그것을 고통으로 여길 체면이 아니라 하여 깜짝 놀라며

"그게 무슨 말씀이야요?"

"뉘 말을 들으니까, 형식이가 다방골 계월향이라던가 하는 기생에게 반해서 밤마다 거기 가서 파묻혀 있었다는구려. 그러다가 탑골승방[315]이라던가 어디서 누구누구와 그 계집 때문에 다툼이 나서 발길로 차고 때리고 야단이 났더라오. 그뿐만 아니라 계월향이가 형식에게 싫증이 나서 평양으로 도망하는 것을 형식이가 따라갔더라오. 내가 그럴 리가 있느냐고 하니까 날짜까지 분명히 알고 확실한 증거까지 있다는구려" 하고 한숨을 쉬며 "당초에 내가 일을 경솔하게 하였어."

부인은 깜짝깜짝 놀라며 이 말을 듣더니

"아, 누가 그래요?" 한다. 애지중지하는 딸을 그러한 사람에게 주단 말가 하는 생각이 나서 가슴이 아프다. 그러나 형식의 외모와 말하는 양을 보매 그러할 것 같지는 아니하여서

"누가 형식을 험담하노라고 그러는 게지요."

"허, 나도 처음에는 그런 줄만 알았구려. 했더니 차차 들어본즉 그 말이 확실한 모양입디다. 우선 형식이가 평양 갔다는 날짜가 꼭 이틀 동안 우리 집에 아니 오던 날이오구려. 그래서 경성학교에서도 말하면 내쫓긴 모양이라는구려."

"에그, 저런."

이러한 말을 하다가 마침 선형이가 들어오므로 말을 끊었다. 그러나 선형은 대강 그 말을 들었다. 그 후에 장로 부부는 다시 그런 말을 하지는 아니하였으나 마음속에는 말할 수 없는 근심이 있었다. 선형도 왜 그런지 모르게 그 말을 듣고는 좀 불쾌하였다. 형식을 보아도 웃고 싶지를 아니하고 도리어 미운 듯한 생각이 난다. 여전히 정다운 생각이 있으면서도 동시에 미운 생각과 의심이 난다. 선형의 가슴에는 괴로움이 생겼다. 형식은 이런 줄을 모르고 여전히 쾌활하게 지내건마는 장로 집 식구들은 자연히 말이 적어지고 웃음이 적어지고 형식을 대할 때에 일종 불쾌하고 경멸하고 괘씸하여하는 생각으로써 한다. 형식도 차차 이 변천을 깨닫게 되었다. 순애의 슬픈 듯한 눈은 가만히 여러 사람의 눈치만 본다.

96

선형의 보기에 형식은 처음부터 자기의 짝이 되기에는 너무 자격이 부족하였다. 자기의 이상의 지아비는 이러하였다. 첫째 얼굴 모양이 동그레하고 살빛이 희되 불그레한 빛이 돌고 그러하고 말긋말긋하고 말소리가 유창하고 또 쾌활하고 뒤로 보나 앞으로 보나 미끈하고 날씬하고 손이 희고 부드럽고 재주가 있고 대학교를 졸업하고……이러한 사람이었다. 이러한 사람은 원칙상 부귀한 집이 아니면 구하기 어렵다. 처음에는 어떤 목사나 장로의 아들이기를 바랐으나 점점 목사나 장로는 그다지 귀한 벼슬이 아닌 줄을 알게 되었다. 그러므로 자기의 이상의 지아비는 미국에 유학하는 중이어니 하였었다.

그러다가 처음 형식을 보매 미상불 처녀가 처음 남자를 접하는 기쁨이 없음은 아니었으나 결코 자기의 짝이라고는 생각지 아니하였다. 형식은 자기보다 여러 층 떨어지는 딴 계급에 속한 사람이어니 하였다. 첫째 형식의 얼굴은 자기의 이상에 맞지 아니하였다. 얼굴이 기름하고 광대뼈가 나오고 볼이 좀 들어가고 눈초리가 처지고, 게다가 이마에는 오랫동안 빈궁하게 지낸 자취로 서너 줄 주름이 깔렸다. 그리고 손이 너무 크고 손가락이 모양이 없고……아주 못생긴 사람은 아니나 자기의 이상에 그리던 남자와는 어림이 없이 틀린다. 형식의 태도에는 숨길 수 없이 빈궁한 빛이 보이고 마음을 쭉 펴지 못하는 듯한 침울한 기색이 드러난다. 게다가 그의 이력과 경성학교 교사라는 그의 지위는 선형의 마음에는 너무 초라하게 생각되었다. 그러므로 일찍 그를 정답다고 생각한 일도 없고 하물며 사랑스럽다고 생각한 일도 없었다. 만일 선형이가 형식에게 조금이라도 호의를 가질 일이 있다 하면 그것은 불쌍하게 생각하였음이리라. 선형의 눈에 형식은 과연 불쌍하게 보였다. 몇 시간 영어를 배우고 이야기를 들으매 얼마큼 형식에게 숨은 위엄과 힘이 있는 줄도 깨달았으나 십칠팔 세 되는 처녀에게는 그것은 그리 중요한 것이 아니었다. 그래서 선형은 '형식과 순애가 배필이 되었으면' 한 일이 있었다.

그러다가 자기가 형식과 약혼을 하게 된다는 말을 듣고 일변 놀라며 일변 실망하였다. 형식 같은 사람으로 자기의 배필을 삼으려 하는 부친이 원망스럽기도 하고 불쾌하게도 생각이 되었다. 자기의 이상이 온통 깨어지고 자기의 지위가 갑자기 떨어지는 듯하였다. 그러나 선형은 부모의 말을 거역하지 못할 줄을 안다. 부친의 말 한마디에 자기의 일생은 결정되거니 한다.

그래서 선형은 형식의 좋은 점만 골라 보려 하였다. 형식의 얼굴을 여러 가지로 교정하여본다. 눈초리를 좀 끌어올리고 광대뼈를 좀 들이밀고 손을 좀 작게 하고 기름한 아래턱을 좀 들이밀어서 얼굴을 동그스름하게 만들고 또 뺨과 이마에는 적당하게 살을 붙이고 분홍 물감칠을 하고……이렇게 교정을 하노라면 형식의 얼굴이 차차 자기의 마음에 맞게 된다. 그러나 이따금 들이밀려는 광대뼈가 더 쑥 나오기도 하고 내밀려는 뺨이 더 쑥 들어가기도 하며 눈이 몹시 가늘어지기도 하고 혹은 쇠눈깔 모양으로 커지기도 한다. 그렇게 되면 화를 내어서 형식의 얼굴을 발로 쓱쓱 비벼 부시고 가만히 눈을 감고 앉았다가 그래도 안심이 아니 되어서 다시 형식의 얼굴을 만들기를 시작한다. 어떤 때에는 곧잘 마음대로 되어서 혼자 쳐다보고 즐겨할 때에 정말 형식이가 슴거운 얼굴을 가지고 들어와서 모처럼 애써 만든 얼굴을 말 못되게 깨트리고 만다. 글을 배우다가 이따금 형식을 쳐다보고는 형식의 얼굴에다가 자기 손으로 만들어놓은 탈을 씌워본다. 그러나 그 탈이 씌워지지를 아니한다. 형식은 있는 정성을 다하여 가장 사랑하는 장래의 아내에게 영어를 가르칠 때에 선형은 열심으로 형식의 얼굴을 교정한다. 순애는 그 곁에 앉아서 형식과 선형을 번갈아 보며 두 사람의 생각을 알아보려 한다.

선형은 형식의 얼굴 교정하기를 그쳤다. 그 사업이 도저히 성공하지 못할 줄을 깨달았다. 그러고는 형식의 얼굴에 아무쪼록 정이 들기를 힘썼다. 지금까지는 형식의 얼굴로 하여금 자기의 마음에 맞도록 변화하게 하려 하였으나 지금은 자기의 마음으로 하여금 형식의 얼굴에 맞도록 변화하게 하려 한다. 억지로 '형식의 얼굴이 곱다' 하여본다. '광대뼈 내민 것과 눈초리 처진 것이 도리어 정답다' 하여도 본다. '그의 손이 크고 손가락이 긴 것이 도리어 남자답다' 하여도 본다. 그러면 과연 그렇다 하여지기도 하고 더 보기 흉하다 하여지기도 한다.

그러나 점점 오래 상종을 하고 말도 많이 듣고 서로 생각도 통하여짐을 따라 선형은 차차 형식에게 정이 들어온다. 형식의 입술이 곱다 하게도 되고 형식은 썩 다정하고 마음씨가 고운 사람이다 하게도 된다. 자리에 들어가서는 으레 형식의 모양을 한번씩 그려보고 얼굴을 교정도 하여본다. 그중에 제일 마음에 드는 형식의 입술을 그려놓고는 가만히 쳐다보다가 혼자 웃으며 '이것만 해도 좋지' 한다. 선형은 형식의 입술을 사랑한다. 그래서 형식의 얼굴이 온통 입술이 되고 말기도 한다.

97

 형식도 자기의 외모가 선형의 마음을 끌리라고는 생각지 아니한다. 약혼한 뒤로부터 형식은 혼자 거울을 대하여 제 얼굴을 검사하여보고 여기는 선형이가 좋아하려니, 여기는 싫어하렷다 하여보며 선형이가 하던 모양으로 자기의 얼굴을 교정하여본다. 그러나 그 얼굴이 선형이가 발로 비비던 얼굴인 줄은 모른다. 그러나 형식은 자기의 인격을 믿고 지식을 믿는다. 자기의 인격의 힘이 족히 선형의 마음을 후리리라 한다. 선형은 아직 어린애다. 자기의 말동무가 되지 못한다. 선형은 아직 자기의 인격을 알아줄 만한 정도가 되지 못한다. 이것이 고통이다. 왜 내게는 여자가 취할 만한 용모와 풍채가 없으며 세상이 부러워하는 재산과 지위와 명예가 없는고 하여본다. 평생에는 우습게 말도 하고 조롱도 하던 용모, 재산, 지위도 이러한 때를 당하여서는 몹시 부러워진다. 그래서 자기를 부귀한 집 도련님을 만들어보고 호화로운 미소년을 만들어보고 그러한 뒤에 선형을 자기의 앞에 놓아본다. 그렇게 하여보고 나면 현재의 자기의 처지가 퍽 보잘것없게 초라해 보여서 혼자 등골에 땀이 흐른다. 선형이가 자기를 사랑할까, 도리어 밉게 여기든지 불쌍하게 여기지 아니할까. 이렇게 생각하면 다시 선형을 대하기가 싫다. 내가 선형과 혼인한 것이 앙혼(仰婚)[316]이 아닐까. 그는 돈이 있고 지위가 있고 용모가 있는데 나는 무엇이 있나. 이렇게 생각하면 부끄러워진다. '게다가 처갓집 돈으로 미국 유학을 하여'하면 더 부끄러운 생각이 나고 세상이 다 자기의 못생긴 것을 비웃는 것 같다.

조선에 나만큼 열성 있는 사람이 없고 인격과 학식과 재주가 나만한 사람이 없다. 조선 문명의 지댓돌[317]은 내 손으로 놓는다 하던 형식의 자부심은 다 없어지고 말았다. 없어진 것은 아니지마는 그것이 형식에게는 그렇게 중요한 것은 아니었다. 선형의 사랑을 얻어야 한다——이것이 형식의 유일한 목적이다. 선형의 사랑을 못 얻을는지 모르겠다——이것이 형식의 유일한 슬픔이다. 미국 유학을 하는 것도 조선의 문명을 위한다는 것보다 선형 한 사람의 사랑을 위한다는 것이 마땅하게 되었다. 사랑의 앞에서는 모든 교만과 자부심이 다 없어지고 만다.

그러나 형식은 선형이 없이는 못 산다. 만일 선형이가 자기를 떼어버린다 하면 자기는 세상에서 아무것도 바랄 것이 없다. 만일 선형이가 자기를 버린다 하면 자기는 칼로 선형과 자기를 죽일 것이라 한다. 다행히 선형은 부친의 명령을 거역할 자가 아니요 또 사랑이 없다고 자기를 버릴 자가 아니다. 그러나 도덕의 힘을 빌려 법률의 힘을 빌려서야 겨우 선형을 자기의 사랑에 복종케 한다 하면 부끄러운 일이다. 그래서 '아니, 선형은 나를 사랑한다' 하고 억지로 확신하여본다.

형식은 그래도 안심이 되지 아니하여 선형의 사랑을 시험하여 보리라 하는 생각이 난다. 우선 악수를 청하여보고 다음에 키스를 청하여보리라, 그래서 저편이 응하면 사랑이 있는 표요 응치 아니하면 사랑이 없는 표로 알리라 한다. 우선이가 일찍 '사내답게, 기운 있게' 하던 말을 생각하여 오늘은 기어이 실행하여보리라 하면서도 이내 실행하지 못하였다.

근일에 장로 부처의 태도가 얼마큼 변하여진 듯하다. 선형의 태도는 여전하지마는 그 눈에는 무슨 근심이 있는 듯하다. 형식도 대개 그 눈치를 짐작하였으나 자기가 먼저 말을 내기도 어려워서 혼자 걱정만 하였다. 그러나 자기는 조금도 잘못한 일이 없으니까 언제든지 여러 사람의 오해가 풀릴 날이 있으리라 하였다. 그래서 일간에는 영어만 가르치고는 곧 집에 돌아와서 책을 보았다.

하루는 형식에게 편지 한 장이 왔다. 황주 김병국의 편지다. 그 편지에는 이러한 말이 있다.

'내가 내외간에 애정이 없는 것은 형도 아는 일이어니와 근래에 와서 더욱 심하게 되었다. 내 아내에게 결점이 있는 것도 아니요 내 마음이 방탕해서 그런 것도 아니라. 나는 근래에 극렬한 적막의 비애를 느끼게 되었고 이 비애는 결코 내 아내의 능히 위로하여줄 바가 아니라. 나는 무엇을 구한다. 무엇을 구한다는 것보다 어떤 사람을 구한다. 그리고 그 사람은 이성(異性)인 것 같다. 나는 그 사람을 못 구하면 죽을 것같이 적막하다. 그래서 억지로 내 아내를 사랑하려 한다. 그러나 힘쓰면 힘쓸수록 더욱 멀어져간다.

내 누이가 돌아왔다. 누이를 대하면 매우 유쾌하다. 또 누이도 내 마음을 알아주어서 여러 가지로 위로도 하여준다. 그래서 나는 아내에게 못 얻는 정신적 위안을 누이에게서 얻으려 하였다.

그래서 과연 얻었다. 그러나 나는 새로운 사실을 발견하였다. 그것은 '누이의 사랑에는 한정이 있다' 함이다. 나는 이제는 누이의 사랑만으로 만족하지 못하게 되었다. 내가 구하던 것은 오직 정신적 위안뿐인 줄 알았더니 이제 와서 비로소 그렇지 아니한 줄을 깨달았다. 곧 나의 요구하는 것은 정신적이라든가 육적(肉的)이라든가 하는 부분적 사랑이 아니요 전인격(全人格)의 사랑인 줄을 깨달았다.

그런데 한 이성(異性)이 내 앞에 나섰다. 나는 견딜 수 없이 그에게 끌려진다. 나는 지금 의리와 사랑의 두 사이에 끼어서 더할 수 없는 고통을 받는다.'

이러한 긴 편지였다.

98

형식은 병국의 편지를 보고 놀랐다. 병국은 유학생 중에도 극히 도덕적 인물이었다. 술도 아니 먹고 계집은 물론 곁에도 가지 아니했다. 그중에도 부부의 관계에 대하여는 극히 굳건한 사상을 가졌었다. 누가 아내에게 애정이 없다든지 이혼 문제를 말하면 병국은 극력하여 반대하였다. 한번 부부가 된 이상에는 죽을 때까지 서로 사랑할 의무가 있다 하여 예수교적(耶蘇敎的) 혼인관(婚姻觀)을 가졌었다. 당시 유학생계에 연애론과 이혼론이 성하였을 때에 병국은 유력한 부부신성론자였다. 그러하던 병국이가 이제는 이러한 말을 하게 되었다. '아내를 사랑하려고 있는 힘을 다하건마는 힘을 쓰면 쓸수록 더욱 멀어가오' 하는 병국의 편지 구절을 형식은 한 번 더 읽어보았다. 그리고 '나는 무엇을 구하오. 그것은 이성인가 보오. 이것을 못 얻으면 죽을 것 같소' 하는 구절과 '내가 구하는 것은 정신적이라든지 육적이라든지 하는 부분적 사랑이 아니요 영육(靈肉)을 합한 전 인격적 사랑이외다' 한 구절을 생각하매 병국의 괴로워하는 모양이 역력히 눈에 보이는 듯하여 무한한 동정이 갔다.

그러나 형식은 또 자기의 처지를 생각한다. 선형은 과연 자기를 사랑하여주는가. 자기는 선형에게 '부분적이 아니요 전 인격적인 사랑'을 받는가. 아무리 좋게 생각하려 하여도 선형의 자기에게 대한 태도는 냉담한 것 같다. 이 약혼은 과연 사랑을 기초로 한 것일까.

그날 저녁에 선형은 '예' 하고 대답은 하였다. 그러나 그 '예'가 무슨 뜻일까. '형식을 사랑합니다' 하는 뜻일까 또는 '부모께서 그렇게 하라 하시니 명령대로 합니다' 하는 뜻일까. 선형의 자기에 대한 처지가 병국의 그 아내에게 대한 처지와 같음이 아닐까. 이렇게 생각하매 형식은 문득 불쾌한 생각이 난다. 만일 선형이가 진실로 자기를 사랑하는 마음이 없이 부모의 말을 거역할 수가 없어서 그렇게 대답한 것이라 하면 이는 불쌍한 선형을 희생함이라. 선형은 속절없이 사랑 없는 지아비의 밑에서 괴로운 일생을 보낼 것이요 또 형식 자기로 말해도 결코 행복되지 아니할 것이라. 남의 일생을 희생하여서까지 자기의 욕심을 채움이

인도에 어그러짐이 아닐까. 이에 형식은 선형의 뜻을 물어보기로 결심하였다.

그 이튿날은 마침 순애가 두통이 나서 눕고 선형과 단둘이 마주 앉을 기회를 얻었다. 영어를 다 가르치고 난 뒤에 형식은 있는 힘을 다하여

"선형씨, 한마디 물어볼 말이 있습니다" 하고 형식은 고개를 숙였으나 선형은 고개를 들어 형식의 갈라진 머리를 보고 의심나는 듯이 한참 생각하더니

"무슨 말씀이야요?" 하고 살짝 얼굴을 붉힌다.

"제가 묻는 말에 똑바로 대답을 해주셔야 합니다. 이러하는 것이 마땅합니다. 사랑하는 사람 사이에 꺼리는 것이 무엇이 있겠습니까" 하는 형식의 가슴은 자못 울렁울렁한다. 사생이 달린 큰 판결이 몇 초 안에 내리는 듯하다. 선형도 아직 이렇게 책임 중한 질문을 받아본 적이 없으므로 형식의 말에 무서운 생각이 난다. 그래서 어떻게 대답할 줄을 모르면서 간단히 "예" 하였다. 약혼하던 날 대답하던 '예'와 다름이 없는 '예'로다. 형식도 더 말하기가 참 어려웠다. 또 그 대답이 무섭기도 하였다. 그러나 선형의 참뜻을 모르고 의심 속으로 지내기는 더 무서웠다. 그래서 우선의 '사내답게' 하던 말을 생각하고 기운을 내어, 그러나 떨리는 목소리로

"선형씨는 나를 사랑합니까" 하고는 힘 있게 선형의 눈을 보았다. 선형도 하도 뜻밖에 질문이라 눈이 둥그레진다. 더욱 무서운 생각이 난다. 실로 아직 선형은 자기가 형식을 사랑하는가 않는

가를 생각하여본 적이 없다. 자기에게는 그런 것을 생각할 권리가 있는 줄도 몰랐다. 자기는 이미 형식의 아내다. 그러면 형식을 섬기는 것이 자기의 의무일 것이다. 아무쪼록 형식이가 정답게 되도록 힘은 썼으나 정답게 아니 되면 어찌하겠다 하는 생각은 꿈에도 한 일이 없었다. 형식의 이 질문은 선형에게는 청천벽력이었다. 그래서 물끄러미 형식을 보다가

"그런 말씀은 왜 물으셔요?"

"그런 말을 물어야지요. 약혼하기 전에 서로 물어보았어야 할 것인데 순서가 바뀌었습니다. 그러나 이제라도 물어야지요."

선형은 잠자코 앉았다.

"분명히 말씀을 하십시오. 그렇다든지 아니라든지……"

선형의 생각에는 그런 말은 물을 필요도 없고 대답할 필요도 없는 것 같다. 이미 부부가 아니냐, 그것은 물어서 무엇 하랴 한다. 그래서 웃으며

"왜 그런 말씀을 물으셔요?"

"하루라도 바삐 아는 것이 피차에 좋지요. 일이 아주 확정되기 전에……"

"에? 확정이 무슨 확정입니까."

"아직 약혼뿐이지, 혼인을 한 것은 아니니까요. 그러니까 지금은 아직 잘못된 것을 교정할 여지가 있지요."

선형은 더욱 무서워서 몸에 소름이 끼친다. 형식의 말하는 뜻을 알 수가 없다.

"그러면 약혼했던 것을 깨트린단 말씀입니까" 하는 선형의 눈

에는 까닭 모르는 눈물이 고인다. 형식은 그것을 보매 이러한 말을 낸 것을 후회하였으나

"예. 그 말씀이야요."

"왜요?"

"만일 선형씨가 나를 사랑하시지 아니하면……"

"벌써 약혼을 했는데두?"

"약혼이 중한 것이 아니지요."

"그러면 무엇이 중합니까."

"사랑이지요."

"만일 사랑이 없다 하면?"

"약혼은 무효지요."

99

선형은 한참 생각하더니

"그러면 선생께서는?"

"제야 선형씨를 사랑하지요. 생명보다 더 사랑하지요."

"그러면 그만 아닙니까."

"아니요. 선형씨도 저를 사랑하셔야지요."

"아내가 지아비를 아니 사랑하겠습니까."

형식은 물끄러미 선형을 본다. 선형은 고개를 숙인다.

"그것은 뉘 말입니까."

"성경에 안 있습니까."

"그렇지마는 선형씨는 어떻게 생각합니까——선형씨의 진정으로는?"

"저도 그렇게 생각하지요."

"아내가 되었으니까 지아비를 사랑합니까, 또는 사랑하니까 아내가 됩니까."

이것도 선형에게는 처음 듣는 말이다. 그래서 자기도 무슨 뜻인지 모르면서

"마찬가지 아닙니까."

'마찬가지'라는 말에 형식은 놀랐다. 그것이 어찌하여 마찬가지일까. 이 계집애는 아직 그런 것을 생각할 줄을 모르는구나 하였다. 그래서 일언이폐지하고

"한마디로 대답해줍시오——저를 사랑하십니까" 하는 소리는 얼마큼 애원(哀願)하는 듯하다. '아니요' 하는 대답이 나오면 형식은 곧 죽을 것 같다. 꼭 다문 선형의 입술은 형식의 생명을 맡은 재판관의 입술과 같다. 선형은 이제는 머리가 혼란하여 더 생각할 수가 없다. 형식의 비창한 얼굴을 보매 다만 무서운 생각이 날 따름이다. 그래서 다만

"예!" 하였다. 형식은 한 번 더 물어보려 하다가 '예'가 변하여 '아니요'가 될 것이 무서워서 꾹 참고 갑자기 선형의 손을 쥐었다. 그 손은 따뜻하고 부드러워서 마치 형식의 손에 녹아버리고 마는 듯하였다. 선형은 가만히 있다. 형식은 한 번 더 힘을 주어서 선형의 손을 쥐었다. 그리하고 선형이가 마주 꼭 쥐어주기를

바랐으나 선형은 고개를 숙이고 가만히 있다. 형식은 얼른 손을 놓고 집으로 돌아왔다. 왜 그렇게 갑작스럽게 나왔는지 형식도 모른다. 선형은 인사도 아니 하고 형식의 나가는 양을 보았다.

선형은 책상에 기대어서 눈을 감고 혼자 생각하였다. 형식이가 하던 말이 분명하게 생각이 난다. 그러나 무슨 뜻인지 모르겠다. '나를 사랑하느냐' 하는 말을 어떻게 했을까, 부끄럽지도 아니한가. 이러한 말을 부끄럼 없이 하는 형식은 암만해도 단정한 남자는 아닌 것 같다. 그것이 기생집에 가서 기생과 하던 본이 아닐까. 그렇게 생각하면 자기가 형식에게 욕을 당한 것 같다. 하나님을 사랑한다든지 동포를 사랑한다든지 부부는 서로 사랑할 것이라든지 하면 그 사랑이란 말이 극히 신성하게 들리되 남자가 여자에게 대하여, 또는 여자가 남자에게 대하여 사랑해주시오 한다든지 나는 사랑하오 한다든지 하면 어찌해 추해 보이고 점잖지 아니해 보인다. 선형이가 지금껏 가정과 교회에서 들은 바로 보건댄 다른 모든 사랑은 다 거룩하고 깨끗하되 청년 남녀의 사랑만은 아주 불결하고 죄악같이 보인다. 선형은 사랑이란 생각과 말이 원래 남녀의 사랑에서 나온 것인 줄을 모른다. 이러므로 형식의 사랑에 관한 말은 적지 않게 선형을 불쾌하게 하였다. 선형의 생각에 자기의 지아비는 극히 깨끗하고 점잖은 사람이라야 할 텐데 그러한 소리를 염치없이 하는 형식은 죄인인 듯하다. 더러운 기생에게 하던 버릇을 내게다가 했구나 하고 선형은 한번 얼굴을 찌푸렸다. 그리고 형식이가 잡았던 손을 보았다. 그 큰 손 속에 자기의 손이 푹 파묻혔던 것과 자기의 손이 아프도록 힘껏 쥐어주던 것을 생각하고 선형은 무엇이 묻은 것을 떨어버리는 듯이 손을 서너 번 내두르고 치마로 문대었다.

그러나 또 생각하여본즉 사랑하여준다는 말과 손을 잡아주던 맛이 아주 싫지도 아니하였다. 그뿐더러 형식이가 힘껏 손을 꼭 쥘 때에는 전신이 찌르르 떨리는 듯이 기쁘기까지 하였다. 그래서 다시 그 손을 내들고 보다가 방그레 웃으며 가만히 입에 대어보았다.

또 선형은 생각하였다. 자기는 과연 형식을 사랑하는가. '아내가 되었으니까 지아비를 사랑하느냐, 사랑하니까 그 지아비의 아내가 되었느냐' 하던 말과 '만일 사랑이 없다 하면 약혼은 무효지요' 하던 형식의 말을 생각하였다. 만일 그렇다 하면 부모의 명령은 어찌하는가. 내가 형식에게 사랑이 없다 하면 '나는 형식에게 사랑이 없어요. 그러니까 부모께서 정해주신 이 혼인은 거절합니다' 할 수 있을까. 그렇게 하는 것이 옳은 일일까. 아니다. 그럴 리가 없다. 혼인은 하나님께서 주장하신 신성한 것이니까 사람의 마음대로 할 수가 없는 것이다. 그러니까 형식의 말은 잘못이다. 형식의 말은 깨끗지 못한 말이다. 그러나 자기는 형식의 아내다. 결코 사람의 손으로 어찌할 수 없는 형식의 아내다.

선형은 일어나서 방 안으로 왔다 갔다 하다가 암만해도 마음이 정치 못하여 다시 책상에 기대어 기도를 올렸다.

"하나님이시어, 죄 많은 딸의 죄를 용서하시고 갈 길을 밝히 가르쳐주시옵소서. 시험에 들지 말게 하옵시고" 하고 잠깐 주저하다가 "제 지아비를 정성으로 사랑하게 하여주시옵소서."

100

하루는 병욱이가 혼자 앉아서 한 손으로 곁에 뉘어놓은 바이올린을 되는대로 울리며 영채에게 배운 『고문진보』를 읽을 적에 어디 갔다 오는 병국은 한 손에 파나마를 들고 부채를 부치며 들어와서 병욱의 방 문지방에 걸어앉으며

"요새에는 또 한시(漢詩)에 미쳤구나. 이제는 음악은 내버리고 한시 공부나 하지" 하며 웃는다.

"왜요? 이렇게 손으로는 음악 하고 눈으로는 시를 읽지요" 하고 자주 바이올린 줄을 울리며 아이들 모양으로 몸을 흔들고 소리를 내어서 시를 읽는다.

병국은 병욱의 몸 흔드는 양을 보고 웃고 앉았더니

"손님은 어디 가셨니?" 한다. 병국은 영채를 손님이라고 부른다. 병욱은 고개를 번쩍 들고 웃으면서

"손님 어디 오셨어요, 어디서 왔나요."

병국은 누이가 자기를 조롱하는 줄을 알면서도 정직하게

"아, 그이 말이다."

"아, 그이가 누구야요?" 병욱은 병국이가 영채를 위하여 괴로워하는 줄을 알므로 이렇게 말하는 것이라. 병국은

"그만두어라" 하고 획 돌아앉는다. 병국은 견디지 못하여 일어서서 나가랸다. 병욱은 뛰어나와 병국의 소매를 당기며

"오빠, 들어오십시오. 내가 잘못했으니."

"싫다, 어디 가야겠다" 하고 팔을 잡아챈다. 병욱은 깔깔 웃으며

"글쎄 여쭐 말씀이 있으니 여기 좀 앉으셔요" 하는 말에 병국은 또 앉았다. 병욱은 손으로 병국의 등에 붙은 파리를 날리며

"오빠, 무슨 근심이 있어요?" 하고 웃기를 그치고 병국의 얼굴을 모로 본다. 병국은 놀라는 듯이 고개를 돌려 병욱을 보며

"아니, 왜? 무슨 근심 빛이 보이니?"

"예. 어째 무슨 근심이 있는 것 같애요" 하고 '나는 그 근심을 알지' 하는 듯이 생긋 웃는다. 병국은 머리를 벅벅 긁더니 웃으면서

"양잠 회사를 꼭 세워야 하겠는데 아버지께서 허락을 아니 하시는구나. 그래서 지금도 그 일로 갔다가 오는 길이다. 너는 바이올린이나 뿡뿡 울리고, 나는 돈을 벌어야지……"

병욱은 한 걸음 물러서서 다른 데를 보며 비웃는 듯이

"흥, 그것이 근심입니다그려. 내가 돈을 너무 써서. 그렇거든 그만둡시오, 나는 내 손으로 돈을 벌어서 공부하지요. 여자는 저 먹을 것도 못 번답디까."

병국은 껄껄 웃으며

"잘못했소, 누님. 그렇게 성내실 게야 있소? 제가 남을 조롱하니까 나도 당신을 조롱하지요."

병욱은 다시 병국의 곁에 와 서며

"그것은 농담이구요" 하고 앉아서 몸을 우쭐우쭐하며 소리를 낮추어 "오빠, 나 영채 데리고 동경 가요, 좋지요?"

"네 마음대로 하려무나" 하고 극히 냉정한 체하나 벌써 가슴이 설레기 시작한다. "그런데 그 말을 왜 하니?"

"일간 가게 해주셔요. 집에 있기도 싫고, 또 영채를 데리고 가면 입학 준비도 해야지요. 그러니까 곧 떠나게 해주셔요" 하고 유심하게 병국을 본다. 병국은 누이의 뜻을 대강 짐작하였다. 그리고 누이의 정을 더욱 고맙게 여겼다. 그러나 자기의 생각만으론 확실치 못하므로

"글쎄 개학이 아직도 한 달이 남았는데 왜 그렇게 빨리 간다고 그러느냐."

병욱은 오라비의 눈을 이윽히 보더니 힘없는 목소리로

"어서 가야 해요, 그렇지 않아요?"

'그렇지 않아요?' 하는 말에 병국은 가슴이 뜨끔하였다. 과연 그렇다. 영채가 오래 가까이 있으면 있을수록 자기는 괴로울 것이요 또 미상불 위험도 없지 아니할 것이라. 자기도 그러한 생각이 있기는 있었다. 자기가 어디로 여행을 가든지 영채를 어디로 보내든지 하는 것이 좋을 줄을 알기는 알았다. 그러나 한편으로 끄는 힘이 있어서 실행을 못하였다. 병국은 고개를 숙이고 한참 동안 생각하더니

"옳다, 네 말이 옳다. 어서 가야 한다" 하고는 휘 한숨을 쉰다. 병욱은 병국의 어깨를 만지며

"영채도 오빠를 사랑하니 동생으로 알고 늘 사랑해주시오. 저도 제 동생으로 알고 늘 같이 지내겠습니다. 동경 가면 둘이 한 집에 있어서 밥 지어 먹고 공부하지요. 불쌍한 사람을 건져주는

것이 안 좋습니까. 또 영채는 좀더 공부를 하면 훌륭한 일꾼이 되겠는데요."

병국은 고개를 숙인 대로 누이의 말을 듣더니 손으로 무릎을 치고 몸을 쭉 펴면서

"잘 생각하였다. 네게야 무엇을 숨기겠니――미상불 그동안 퍽 괴로웠다" 하고 또 잠깐 생각하다가 한 번 더 결심한 듯이 "그러면 언제 떠나겠니?"

"글쎄요. 오빠께서 가라시는 날 가지요."

"그러면 모레 낮차에 가거라. 내일 노자를 얻어줄 것이니."

이때에 영채가 대문 밖으로서 뛰어 들어오다가 병국을 보고 고개를 숙여 인사를 한다. 병국도 얼른 일어나서 답례한다. 영채는 뒷산에서 뜯어 온 붓꽃(水菖蒲)[318] 한 줌을 병욱에게 준다. 병욱은 그 꽃을 받아 들고 이리 뒤적 저리 뒤적 하더니 절반을 갈라 들며

"이것은 오빠 책상 위에 꽂아드려요. 이것은 우리 둘이 가지고."

101

모레 떠난다고 하였으나 병욱의 자친의 반대로 일주일 후에 떠나게 되었다. 만류하는 그 자친의 말은 이러하였다.

"일 년 동안이나 그립게 지내다가 만났는데 한 달이 못 되어서 간다고 그러느냐. 너는 내가 보고 싶지도 아니한 게로구나. 저 무

명밭[319]에 너 줄 양으로 심은 참외와 수박 다 따 먹고 가거라."

이 말에는 반대할 수가 없었다. 그래서 한번은 병욱이가 영채더러

"어떻소, 어머님의 정이?" 하고 눈에 눈물이 고였다. 영채도 부친의 생각이 나서 소매로 눈을 씻었다.

날마다 점심때가 지나면 병욱과 영채는 집에서 한 삼 마장[320] 되는 양지 편 무명밭에 가서 참외와 수박을 따 가지고 밭모퉁이에 가지런히 앉아서 여러 가지로 꿈 같은 장래를 말하면서 맛나게 먹었다. 어떤 때에는 병국의 부인도 같이 나와서 삼인이 정좌(鼎坐)하여[321] 해 가는 줄을 모르고 이야기를 하는 일도 있다. 마침 그 무명밭이 길체[322]에 있으므로 그 곁으로 다니는 사람도 없이 아주 고요하다. 하루는 병국의 부인이

"아버님께서는 목화에 해롭다고 참외나 수박은 일절 넣지 말라는 것을 어머님께서 그예히[323] 넣어야 된다고 하셔서 나와 둘이서 이 참외와 수박을 심었지요" 하였다.

병욱은 밭고랑으로 거닐면서 아름답게 매달린 참외와 수박을 한바탕 시찰하더니 그중에서 얼룩얼룩한 참외를 하나 따 가지고 나오면서

"이놈은 어째서 이렇게 얼룩얼룩해요? 어째서 어떤 놈은 꺼멓고 어떤 놈은 희고 어떤 놈은 이렇게 얼룩얼룩할까, 암만 다니면서 보아도 꼭 같은 놈은 하나도 없으니……"

"다 같으면 재미가 있겠어요. 사람도 그렇지" 하고 영채가 웃는다.

"아무러나 자연(自然)이란 참 재미있어요. 같은 흙 속에서 별별 형형색색의 풀이 나고 나무가 나고 꽃이 피고……" 하고 지금 따 온 참외를 코에 대고 킁킁 맡아보며

"이것도 흙이 변해서 이렇게 되었지."

"사람도 처음에는 흙으로 빚었다고 하지 아니해요" 하고 병국의 부인.

"참 그 말이 옳아. 만물이 다 흙에서 나왔으니까……과연 땅이 만물의 어머니여. 만물을 낳아주고 안아주고……쌀이라든지 물이라든지 이 참외라든지. 이것은 말하면 젖이지……어머니의 젖이지" 하고 사랑스러운 듯이 그 참외를 어루만지다가 사방을 휘돌아보며 "어때요. 즐겁지 않아요. 하늘은 말갛지, 햇볕은 따뜻하지, 산은 퍼렇지, 저렇게 시냇물은 흐르지, 그리고 저 풀들은 아주 기운 있게 자라지, 그런데 우리들은 그 속에 앉았구려, 에구 좋아" 하고 춤을 추면서 웃는다.

영채가 동그란 돌을 들어서 던졌다 받았다 하면서

"시골서 자라나서 그런지 모르지마는 암만해도 이렇게 풀 있고 나무 있는 시골이 좋아요. 서울이나 평양 같은 도회에 있을라면 어째 옥 속에 있는 것 같애."

"그렇고말고. 이렇게 넓은 자연 속에 있으면 몸과 마음이 온통 자유롭고 한가하고 하지마는 도회에 있으면……에구, 그 먼지, 그 구린내 나는 공기, 게다가 사람들의 마음까지 구린내가 나게 되지" 하고 방금 구린내가 나는 듯이 얼굴을 찡기더니 "그런데 여기는 이렇게 넓고 깨끗하지 않아요" 하고 후―후― 하고 깊이

숨을 들이쉰다. 과연 공기는 맑다. 풀 향기가 사람을 취케 할 듯이 이따금 후끈후끈 들어온다.

이렇게 즐겁고 이야기하고 놀다가 수박을 하나씩 따 들고 돌아온다. 그것은 집에 있는 부모와 다른 가족에게 드리기 위함이라.

병욱은 수박의 뚜껑을 떼고 거기다가 꿀을 넣어두었다가 아랫목에 누운 조모께 드린다. 조모는 어린애 모양으로 쪼그라진 볼에 웃음을 띠며 맛있는 듯이 그것을 먹는다. 병욱은 기쁘게 보고 앉았다가 이따금 숟가락으로 수박 속을 파 드린다. 거의 다 먹고 나서는 으레 병욱을 보고 웃으며

"에그. 자라기도 자랐다. 저렇게 큰 것이 왜 시집가기를 싫어하는고" 하고는 앉은 대로 몸을 한 걸음 끌어다가 병욱의 등을 두드리고

"이제 네가 가면 다시는 보지 못할까 보다" 하고 한숨을 쉰다. 그때마다 병욱은

"왜 그래요. 할머니께서는 아흔까지는 걱정 없어요" 하고 크게 소리를 치면 겨우 들리는 듯이 흥흥하며

"아흔까지!" 하고 만다. 지금 일흔셋이니까 아흔까지면 아직도 십칠 년이 있다. '내가 그렇게 살까' 하는 듯하면서 '그렇게 살았으면' 하는 듯도 하다.

이따금 손녀더러 바이올린을 해보라고 한다. 병욱은 시키는 대로 바이올린을 타면서 곁에 앉은 영채더러

"듣기는 네나 해라, 할머니는 눈으로 들으시니까" 하고 둘이서 웃으면 조모는 무슨 일인지는 모르면서 자기도 웃는다. 그러고는

병욱이가 고개를 기울이고 활을 당기는 것을 물끄러미 보고 앉았다가는 오 분이 못하여서 대개 끔벅끔벅 존다. 그러면 젊은 두 처녀는 마주 보고 웃으며 자기네끼리만 즐거워한다.

102

 모친은 멀리로 가려는 딸을 위하여서 여러 가지로 맛있는 것을 해준다. 손수 쌀을 담가서 떡도 만들고 닭도 잡아주고……그러고는 딸들이 맛있게 먹는 것을 우두커니 보고 앉았다. 부친도 딸을 위해서 쇠갈비 한 짝을 사 오고 병국도 성내에 들어가서 과자와 귤과 사이다 같은 것을 사 온다. 그리고 병욱과 영채는 무명밭에 가서 참외와 수박을 따다가 혹은 꿀을 넣고 혹은 사탕을 넣어서, 혹은 하룻밤을 재우기도 하고 혹은 우물에 넣어 식히기도 하여 내놓는다. 한번은 영채가 손수 꿀 버무린 수박을 부친께 드렸다. 부친은 좀 의외인 듯이 그것을 받아서 숟가락으로 맛나게 떠 넣으며
 "응, 고맙다" 하였다. 영채는 또 돌아가신 아버지를 생각하였다.
 한번은 병욱이가 병국에게 수박을 주며 농담같이
 "이것은 영채가 오빠 드린다고 특별히 만든 것이야요" 하였다. 곁에 섰던 영채는 얼굴을 붉혔다.
 병국의 부인은 두 누이가 떠나는 것을 진정으로 섭섭하여한다.

또 새로 정들인 영채를 한 달이 못하여서 작별하게 되는 것도 슬펐다. 자기도 누이들과 같이 훨훨 서울이나 동경으로 가보고도 싶었으나 불가능한 줄을 안다. 그래서 미상불 부러운 생각도 있지마는 또 그는 자기의 분정[324]에 만족할 줄 아는 수양이 있으므로 누이들은 저러할 사람이요 나는 이러할 사람이라고 곧 단념을 하므로 그렇게 괴로워하지도 아니한다.

이렇게 매우 분주한 연락 속에 긴 듯하던 일주일도 꿈같이 지나고 말았다. 오늘은 떠난다 하여 짐을 묶으며 옷을 갈아입으며 할 때에는 보내는 사람은 보내기가 싫고 가는 사람은 가기가 싫다. 아랫목에 누워 있는 조모라든지, 나는 모른다 하는 듯이 담배만 피우는 부친이라든지, 고추장이며 암치[325] 같은 반찬을 싸주는 모친이라든지, 시어머니를 도우며 말없이 있는 오라범댁이라든지, 두루마기를 입고 파나마를 잦혀 쓴 대로 손수 짐을 묶고 분주하는 병국이라든지, 이리 왔다 저리 갔다 하며 활발하게 웃고 다니는 병욱이라든지, 또 이 모든 것을 구경하는 듯이 우두커니 섰는 영채라든지 누구누구를 물론하고 가슴 저 구석에는 말할 수 없는 적막과 슬픔이 있다.

병욱과 영채는 조모, 부친, 모친의 순서로 하직하는 절을 하였다. 조모는 또 한 번 "이제는 다시 못 볼 것 같다" 하고 희미한 눈에 눈물이 고이며 병국에게 붙들려 대문까지 나왔다. 부친은 절을 받고 "응" 할 뿐이요 다른 말이 없고, 모친은

"가서 공부들 잘해가지고 오너라, 겨울방학에도 오려무나. 영채도 내년에 오너라" 하고 영채의 적삼 등을 펴주었다.

동네 사람들에게 '잘 가거라' '잘 있으오' 하는 인사를 마치고 일행이 동구를 나설 때는 정히 오후 일 시경, 내리쪼이는 팔월 볕이 모닥불을 퍼붓는 듯하다.

일행은 앞서거니 뒤서거니 미진한 정담을 말하면서 간다. 혹 한데 모여 서기도 하고 혹 두 사람씩 한 떼가 되어 십여 보를 떨어지기도 하고 혹 한 사람이 앞서 가다가 길가에 풀잎을 뜯으면서 뒤를 돌아보기도 한다. 흔히 모친과 병욱이가 한 떼가 되고 병국의 부인과 영채가 한 떼가 되고 부친과 병국은 대개 말없이 따로 떨어져서 간다. 짐 진 총각은 이따금 작심대[326]로 지게를 버티고 서서 뒤에 오는 일행을 기다리더니 얼른 정거장에 가서 지게를 벗어놓고 쉬고 싶은 생각이 나서 먼저 달아난다. 사람 아니 탄 마차와 인력거가 떨거덕떨거덕 소리를 내며 마주 오기도 하고 앞서 지나가기도 한다. 일행의 얼굴은 더위로 벌겋게 되고 이마에서는 구슬땀이 떨어진다. 남자들은 부채를 부치고 여자들은 수건으로 땀을 씻는다.

언제까지 가도 끝이 없을 듯하던 이야기도 거의 다 없어지고 이제는 말없이 탄탄한 신작로로 태양을 마주 보며 걸어 나간다. 길가 원두막에서 수심가, 난봉가가 졸린 듯이 울려 나오더니 일행이 지나가는 것을 보고 고요하게 되며 원두막 문으로 중대가리며 감투 쓴 대가리, 수건 쓴 대가리, 커다란 총각의 대가리가 쑥쑥 나오며 무어라고 쑤군쑤군하다가 일행이 수십 보를 지나가자 하하하고 웃는 소리가 들린다. 일행은 그저 말없이 정거장을 향하고 간다.

영채는 좌우에 새로 이삭 나온 조밭을 보며 지나간 일 삭간의 일을 생각한다. 몸은 비록 가만히 있었으나 정신상으로는 실로 큰 변동이 있었다. 전과는 다른 아주 새로운 사람이 되었다 할 만한 큰 변동이었었다. 죽으러 가노라고 가던 길에 우연히 병욱을 만난 일과 병욱의 집에서 칠팔 년 만에 비로소 가정의 즐거운 맛을 다시 본 것과 자기가 지금껏 괴로워하던 옥 같은 세상 밖에도 넓고 자유롭고 즐거운 세상이 있음을 깨달은 것과 또 병국에게 대하여 불타는 듯하는 사랑을 느낀 것을 두루 생각하다가 마침내 자기가 이제는 일본 동경으로 유학하러 감을 생각하매 일신의 운명이 뜻밖에 변하여가는 것이 하도 신기하여 혼자 빙그레 웃었다.

이러한 생각을 하는 동안에 일행은 정거장에 다다라 대합실의 걸상 하나를 점령하고 남은 시간 이십 분에 다 하지 못한 말을 한다.

103

병욱과 영채는 차에 올라서 차창으로 전송하는 일행을 내다본다. 병국도 사리원까지 갈 일이 있다 하여 같이 올랐으나 자기는 오늘 저녁에 돌아올 길인 고로 걸상에 앉은 대로 바깥을 내다보지도 아니한다. 모친은 차창에 붙어서

"애, 조심해 가거라"를 두어 번이나 하고

"얘, 한 달에 두 번씩은 꼭꼭 편지를 해라"를 서너 번이나 하였다. 병국의 부인은 바로 시어머니의 곁에 붙어 서서 병욱과 영채를 번갈아 본다. 더위에 붉게 된 그 조그마하고 말끔한 얼굴이 아름답게 보인다. 떨렁떨렁하는 종소리가 나고 차장의 호각 소리가 날 적에 병국의 부인은 차창을 짚은 영채의 손을 꼭 누르며

"가거든 편지 주셔요" 한다. 그 눈에는 눈물이 있다. 그것을 마주 보는 영채의 눈에도 눈물이 있다. 헌병들이 힐끗힐끗 이 광경을 보고 벤또[327] 파는 아이의 외우는 소리가 없어지자 고동 소리와 함께 차가 움직이기를 시작한다. 모친은 또 한 번

"부디 조심해 가거라"를 부르며 눈을 한번 끔벅한다. 병욱과 영채는 차창으로 머리를 내밀고 손수건을 두른다. 모친도 수건을 두르건마는 병국의 부인은 가만히 서서 보기만 한다. 부친도 한번 팔을 들어 두르더니 돌아서 나간다. 덜컥 소리가 나고 차가 휘 돌더니[328] 정거장에 선 사람 그림자가 아주 아니 보이게 된다. 두 사람은 그래도 두어 번 더 수건을 내두르고는 도로 제자리에 앉는다. 앉아서 한참은 멍멍하니 피차에 말이 없다. 차의 속력이 점점 빨라지매 시원한 바람이 불어 들어온다. 병국은 맞은편 줄 걸상에 모로 앉아서 두 사람을 건너다보며 부채질을 한다. 차 속에는 선교사인 듯한 늙은 서양 사람 하나와 금줄 두 줄 두른 뚱뚱한 관리 하나와 그 밖에 일복 입은 사람 이삼 인뿐이다. 그네들은 모두 다 흰옷 입은 이등객을 이상히 여기는 듯이 시선을 이리로 돌린다. 병국은 건너편에 앉은 누이에게 말이 들리게 하기 위하여 몸을 앞으로 숙이며

"나는 네 덕분에 이등을, 처음 이등을 탄다" 하고 웃는다.

"그렇게 이등이 부러우시거든 더러 타십시오그려" 하고 병욱도 웃는다.

"우리와 같은 아무것도 아니 하는 사람들이 삼등도 아까운데 이등을 어떻게 타니? 죄송스러워서……"

"그러면 왜 이등표를 사주셨어요. 저 짐차에나 처실어주시지" 하고 병욱은 성을 내는 듯이 시침을 뗀다. 영채는 우스워서 고개를 숙인다. 이렇게 남매간에 어린애 싸움같이 농담을 하다가 병국이가

"영채씨도 명년에 귀국하시겠소."

"예, 제야 알겠습니까."

"왜, 나와 같이 오지. 그럼 나 혼자 올까. 형제가 같이 다녀야지" 하고 병욱이가 영채를 보다가 병국을 본다. 영채는

"그럼, 언니께서 데려다 주신다면 오지요" 하고 웃는다. 병욱은 어리광하는 듯이 병국을 보고 몸을 흔들며

"오빠, 명년에 우리 둘이 같이 와요" 하고 묻는 말인지 대답하는 말인지 분명치 아니한 말을 한다. 병국은

"그러면 애허고 같이 오시지요. 댁이 없으시다니 내 집을 집으로 알으시고……"

"예, 감사합니다" 하고 영채가 고개를 숙인다.

이러한 말을 하는 동안에 차가 벌써 걸음을 멈추며 '샤리인, 샤리인'[329] 하는 역부의 소리가 들린다. 병국은 모자를 벗고 "그러면 잘들 가거라" 하고 뛰어서 차를 내린다. 내려서 두 사람이 앉은

창 밑에 와서 선다. 두 사람도 내다본다. 몇 사람이 뛰어내리고 뛰어오르기가 바쁘게 또 차장의 호각 소리가 난다. 차가 움직인다. 병국은 모자를 높이 든다. 두 사람도 손을 내두르며 고개를 숙인다. 병국은 차차 작아가는 두 팔과 머리를 보고, 두 사람은 차차 작아가는 모자를 두르는 병국을 보았다.

영채는 왜 그런지 모르게 가슴이 답답하여진다. 그래서 정신이 황홀하여지는 듯하였다. 병욱은 슬쩍슬쩍 영채의 낯빛을 살피더니 영채를 웃기려고

"얘, 너 그때에 눈에 석탄재가 들어가서 울던 생각 나니?" 하고 자기가 먼저 웃는다. 영채도 웃는다. 병욱은

"석탄가루 들어간 것이 그렇게 아프더냐."

"누가 그것이 아파서 울었나, 자연히 화가 나서 울었지" 하고 그때 생각을 하여 눈을 한번 감았다 뜨고 웃는다.

"아무러나 그때에 네가 우는 얼굴이 어찌 어여뻐 보이던지······내가 남자면 당장에 홀리겠더라."

"에그, 그런 소리만 하시지!" 하고 영채가 손으로 병욱의 무릎을 때린다.

"얘, 잠깐 서울 들러 가자."

"에그, 싫어요. 누가 보면 어쩌나."

"서울서는 지금 네가 죽은 줄 알겠구나. 그 이형식씬가 한 이도."

"아마 그럴 테지요. 실상 죽었으니깐."

"누가? 네가? 왜?"

"그때 나는 벌써 죽지 않았어요? 언니께서 얼굴 씻어주실 때에."

"그리고 부활을 했구나."

"암, 부활이지. 참 언니 아니더면 꼭 죽었어요. 벌써 다 썩어졌겠네."

"썩도록 붙어 있나."

"그러면 어쩌고?"

"고기가 다 뜯어먹고 말지."

"그렇게 큰 것을 고기가 어떻게 다 먹어요?" 하고 손으로 입을 가리고 웃는다. 병욱은

"애, 네가 처음 나를 볼 때에 어떻게 생각했니?"

"웬 일본 여자가 이렇게 조선말을 잘하고 친절하게 하는고 했지요."

"그다음에는?"

"그다음에는 퍽 활발한 여자다 했지요."

"그리고 너 그때에 먹은 것이 그게 무엇인지 아니?"

"나 몰라. 어떻게 먹는 겐지 몰라서 언니 잡수시는 것을 가만히 봤지요."

"내 애에[330] 그런 줄 알았다. 그것은 서양 음식인데 샌드위치라는 것이어······ 꽤 맛나지?"

"응" 하고 고개를 까땍하며 "샌드위치" 하고 발음이 분명하게 외운다.

104

 차가 남대문에 닿았다. 아직 다 어둡지는 아니하였으나 사방에 반작반작 전기등이 켜졌다. 전차 소리, 인력거 소리, 이 모든 소리를 합한 '도회의 소리'와 넓은 플랫폼에 울리는 나막신 소리가 합하여 지금까지 고요한 자연 속에 있던 사람의 귀에는 퍽 소요하게 들린다. '도회의 소리!' 그러나 그것이 '문명의 소리'다. 그 소리가 요란할수록에 그 나라가 잘된다. 수레바퀴 소리, 증기와 전기 기관 소리, 쇠망치 소리……이러한 모든 소리가 합하여서 비로소 찬란한 문명을 낳는다. 실로 현대의 문명은 소리의 문명이다. 서울도 아직 소리가 부족하다. 종로나 남대문통에 서서 서로 말소리가 아니 들리리만큼 문명의 소리가 요란하여야 할 것이다. 그러나 불쌍하다. 서울 장안에 사는 삼십여 만 흰옷 입은 사람들은 이 소리의 뜻을 모른다. 또 이 소리와는 상관이 없다. 그네는 이 소리를 들을 줄을 알고, 듣고 기뻐할 줄을 알고, 마침내 제 손으로 이 소리를 내도록 되어야 한다. 저 플랫폼에 분주히 왔다 갔다 하는 사람들 중에 몇 사람이나 이 분주한 뜻을 아는지. 왜 저 전등이 저렇게 많이 켜지며, 왜 저 전보 기계와 전화 기계가 저렇게 불분주야하고[331] 때각거리며, 왜 저 흉물스러운 기차와 전차가 주야로 달아나는지……이 뜻을 아는 사람이 몇몇이나 되는가.
 이렇게 북적북적하는 속에 영채는 행여나 누가 자기의 얼굴을 볼까 하여 가만히 고개를 숙이고 앉았다. 병욱은 혹 자기의 동창 친구나 만날까 하고 플랫폼에 내려서 이리저리 거닐다가 아무도 만나지 못하고 도로 차실로 들어오려 할 적에 누가 어깨를 치며

"병욱언니 아니야요?" 한다.

병욱은 놀라 돌아서며 자기보다 이태를 떨어졌던 동창생을 보았다.

"에그, 얼마 만이어?"

"그런데 어디로 가오?"

"지금 동경으로 가는 길인데……"

"왜, 어느새에……여보, 그런데 좀 만나보고나 가는 것이 아니라……그렇게 무정하오" 하고 싹 돌아서더니 "아무러나 내립시오, 우리 집으로 갑시다" 한다.

"아니요, 동행이 있어서……그런데 누구 작별 나왔소?"

"응, 아니, 언니 모르셔요?"

"무엇을?"

"에그, 저런? 저 선형이 알지요, 선형이가 오늘 미국 떠난다오."

"선형이가 미국?" 하고 놀란다. 그 여학생은 저편 이등실 앞에 사람들이 모여 선 것을 가리키며

"저기 탔는데……이번에 혼인해가지고 양주가 미국 공부하러 간다오. 잘들 한다. 다 미국을 가느니 일본을 가느니 하는데 나 혼자 이렇게 썩는구면!"

병욱은 여학생을 따라 선형이가 탔다는 차 앞에까지 갔으나 너무 사람이 많아서 곁에 갈 수가 없다. 선형은 하얀 양복에 맨머리

로 창 밑에 서서 전송 나온 사람들의 인사를 대답하고, 그 곁 창에는 어떤 양복 입은 젊은 신사가 그 역시 연해 고개를 숙여가며 무슨 인사를 한다. 전송인은 대개 두 패로 갈려서 한편에는 여자만 모이고 한편에는 남자만 모여 섰다. 그 남자들은 모두 다 서울 장안의 문명하였다는 계급이다. 병욱은 한참이나 그것을 보고 섰다가 중로에서 선형을 찾아볼 양으로 그 차실 바로 뒤에 달린 자기의 차실에 올라왔다. 영채는 여전히 고개를 숙이고 앉았다. 아까 탔던 사람은 거의 다 내리고 새로운 승객이 거의 만원이라 하리만큼 많이 올랐다. 어떤 사람은 웃옷을 벗어 걸고 어떤 사람은 창에 붙어서 작별을 하며 또 어떤 사람은 벌써 신문을 들고 앉았다. 그러나 흰옷 입은 사람은 병욱과 영채 둘뿐이다. 병욱은 자리에 앉아서 방 안을 한번 둘러보고 영채더러

"왜 그렇게 고개를 숙이고 앉았니?"

"어째 남대문이라는 소리에 마음이 이상하게 혼란하여집니다그려. 어서 차가 떠났으면 좋겠다" 할 때에 벌써 종 흔드는 소리가 나고 '사요나라' '고끼겐요우'[332] 하는 소리가 소낙비같이 들리더니 차가 움직이기를 시작한다. 어디서 "만세, 이형식군 만세" 하고 소리가 들린다. 두 사람은 깜짝 놀라 귀를 기울인다. 또 한번 "이형식군 만세" 하는 소리가 들린다. 지금 만세를 부르던 사람들이 두 사람의 창밖으로 얼른한다. 그것은 모시 두루마기에 파나마 쓴 패였다. 병욱은 아까 선형의 곁에 있던 사람이 형식인 것과 형식이가 선형의 지아비인 줄도 짐작하였다. 그러나 아무 말도 아니 하였다.

영채는 형식이란 소리를 듣고 문득 가슴이 덜컥함을 깨달았다. 지금까지 아무쪼록 형식을 잊어버리려 하였으나 방금 같은 기차에 형식이가 탄 것을 생각하매 알 수 없는 눈물이 자연히 떨어진다. 병욱은 영채의 손을 쥐며

"얘, 울지 말아라, 울기는 왜 우느냐."

"모르겠어요" 하고 눈물을 씻으며 지어서 웃는다.

용산을 지난 뒤에 병욱은 선형을 찾아갔다. 선형은 병욱의 손을 잡으며

"이게 웬일이오?"

"동경으로 가는 길이외다. 그런데 미국으로 가신다고요."

"예. 편지를 하여드릴 것인데 동경 계신지 어디 계신지 계신 데를 알아야지요."

"나는 아까 남대문에서 우연히 경애씨를 만나서, 그래서 이 차에 타시는 줄을 알았지" 하고 마주 앉은 신사에게 인사를 한다. 신사가 답례하면서 앉기를 권한다. 십여 년 영채로 하여금 고절을 지키게 한 형식이란 대체 어떠한 사람인가 하고 기회 있는 대로 형식을 관찰한다.

105

영채는 혼자 앉아서 생각한다. 첫째 형식이가 어디로 가는가 하는 것이 의문이다. 만세를 부르는 것을 보건댄 어디 멀리로 가는

것인 듯하다. 나는 그가 이 차에 탄 줄을 알건마는 그는 내가 여기 있는 줄을 모르렷다. 그리고 또 한번 칠팔 년 지내온 생각이 활동사진 모양으로 한번 쑥 나온다. 팔자 좋은 사람은 과거를 회상하는 일이 적으되 슬픈 과거를 가진 사람에게는 조그마한 기회만 있으면 그 슬픈 과거가 회상이 되는 것이라. 영채는 지금까지에 몇십 번 몇백 번이나 이 슬픈 과거를 회상하였으리오. 하도 여러 번 회상을 하므로 이제는 그 과거가 마치 일 편의 소설과 같이 순서와 맥락이 바로잡히어 어느 끝이나 한끝을 당기면 전체가 실 풀리는 듯이 술술 풀려 나오게 되었다. 칠팔 년간을 하루같이 일념에 형식을 그리고 사모하다가 마침내 형식을 위하여 목숨까지 버리려 한 것을 생각하매 형식의 생각이 더욱 새로워지고 정다워진다. 영채는 속으로 '한 번 더 보고 싶다' 하였다. 그렇게 생각할수록에 보고 싶은 생각이 더욱 간절하여진다. 죽은 줄 알았던 나를 보면 형식도 응당 반가워하렷다. 만나서 속에 품었던 말이나 실컷 하여도 속이 시원하여질 것 같다. 내가 왜 그때에 형식을 찾아가서 '나는 지금토록 당신을 사모하고 있었소' 하고 분명하게 말을 하지 못하였던고. '나를 사랑해줄 터이요 아니 할 테요' 하고 저편의 뜻을 아니 물어보았던고. 이제 만나면 서슴지 않고 물어보리라.

영채는 당장이라도 형식의 탄 차실에 뛰어 건너가고 싶다. 영채의 가슴에는 정히 불길이 일어난다. 그러나 '언니께 의논해보고' 하고 꿀꺽 참는다.

이때에 차가 수원 역에 다다랐다. 바깥은 캄캄하게 어두웠다.

병욱이가 선형을 데리고 돌아와서 자기의 곁에 앉히며
"영채야, 이이는 김선형씨라는 인데 내 동창이다. 지금 미국 가시는 길이구" 하고 그다음에는 선형을 향하여 "이 애는 박영채인데 내 동생이오" 하고 소개를 한다. 소개를 받은 두 사람은 서로 고개를 숙인다. 선형은 박영채가 어떻게 동생인가 한다. 병욱은 영채와 선형을 번갈아 보며 두 사람의 얼굴과 운명을 비교해본다. 영채도 선형이가 형식과 무슨 관계가 있는지를 모르고 선형도 물론 영채가 형식을 위하여 칠팔 년간 고절을 지키다가 마침내 목숨까지 버리려 한 사람인 줄은 알 이치가 없다. 선형은 다만 형식이가 일찍 계월향이라는 계집과 추한 관계가 있었다는 말을 들었을 뿐이니 이 박영채가 그 계월향인 줄은 물론 알 리가 없다.

세 처녀 사이에는 이러한 말이 있었다. 서로 잘 공부를 하여가지고 돌아와서 장차 힘을 합하여 조선 여자계를 계발할 것과 공부를 잘하려면 미국을 가거나 일본에 유학을 하여야 한다는 것과 또 영어와 독일어를 잘 배워야 할 것과, 그다음에는 병욱과 영채는 음악을 배울 터인데 선형은 아직 확실한 작정은 없으나 사범학교에 입학하려 한다는 뜻을 말하고 서로 각각 크게 성공하기를 빌었다. 차실 내에 모든 사람의 눈은 이 즐겁게 이야기하는 세 조선 여자에게로 모였다.

*

선형이 자기의 자리로 돌아오매 형식은 선형의 자리에 편 담요

를 바로잡아주며

"그래 그 동행이 누굽데까."

"박영채라는 인데, 퍽 얌전한 사람이야요. 병욱씨가 자기 동생이라고 그럽데다."

형식은 숨이 막히고 몸이 떨리도록 놀랐다. 그래서 눈이 둥그레지며

"에, 누, 누구요?" 하고 말이 다 굳어진다. 선형은 웬셈을 모르고 이상한 듯이 형식의 얼굴을 보면서

"박영채라고 그래요."

"박영채, 박영채!" 하고 한참은 말을 못한다. 그 뒤에 앉았던 우선도 벌떡 일어나며

"응, 누구? 박영채!"

세 사람은 한참이나 벙어리와 같이 되었다. 우선이가 형식의 곁에 와 앉으며

"이게, 무슨 일이어! 그러면 살아 있네그려! 동성동명이란 말인가."

형식은 두 손으로 낯을 가리더니

"아무러나 이런 기쁜 일이 없네" 하기는 하면서도 속에는 여러 가지로 고통이 일어난다. 영채를 따라 평양까지 갔다가 죽고 산 것도 알아보지 아니하고 뛰어와서 그 이튿날 새로 약혼을 하고 그 뒤로는 영채는 잊어버리고 지내온 자기는 마치 큰 죄를 범한 것 같다. 형식은 과연 무정하였다. 형식은 마땅히 그때 우선에게서 꾼 돈 오 원을 가지고 평양으로 내려갔어야 할 것이다. 가서

시체를 찾아 힘 밑는 데까지는 후하게 장례를 지내었어야 할 것이다. 그리고 새로 혼인을 하더라도 인정상 다만 일 년이라도 지내었어야 할 것이다. 자기를 위하여 칠팔 년 고절을 지키다가 마침내 자기를 위하여 몸을 버리고 목숨을 버린 영채를 위하여 마땅히 아프게 울어서 조상하였어야[333] 할 것이다. 그런데 어찌하였는가.

영채가 세상에 없으매 잊어버리려 하던 자기의 죄악은 영채가 살아 있단 말을 들으매 칼날같이 날카롭게 형식의 가슴을 쑤신다. 형식은 이를 악물고 흑흑한다. 곁에 선형이가 앉은 것도 잊어버린 듯하다.

우선은 벌떡 일어나더니 저편으로 간다. 영채의 진부(眞否)를 알고자 함이라.

106

우선이가 일어선 뒤에 선형은
"웬일입니까, 박영채가 어떤 사람이야요?" 한다. 그러나 대답이 없으므로
"왜, 박영채씨가 죽었다는 소문이 있었나요." 그래도 형식은 고개를 숙이고 대답이 없다. 선형은 형식의 숙인 머리를 보고 앉았더니 혼잣말 모양으로
"대체 무슨 일인가" 하고 잠잠하다.

얼마 있다가 형식은 고개를 들더니

"내가 잘못하였어요. 내가 죄인이외다, 큰 죄인이외다" 하다가 말이 막힌다. 선형은 더욱 의아하여 눈찌가 자주 돌아간다. 형식은 말을 이어

"벌써 말씀을 하여야 할 것인데, 이내 기회가 없어서——기회가 없다는 것보다 내 마음이 약해서 지금껏 잠자코 있었어요. 박영채는 내 은인의 딸이외다. 어려서 그 부친과 오라비 두 사람은 애매한 죄로 옥중에서 죽고 영채는 그 부친을 구할 양으로 남에게 속아서 몸을 팔아 기생이 되었다가……" 할 적에 선형은

"에, 기생이 되어요?" 하고 놀란다. 계월향이란 생각이 번개같이 지나간다.

"예, 기생이 되었어요. 그로부터 칠 년간" 하고 말하기 어려운 듯이 한참 주저하다가 "나를 위하여서 정절을 지켜왔어요. 물론 나도 그가 어디 있는지를 모르고 그도 내가 어디 있는지를 몰랐지요. 그러다가 우연히 나 있는 데를 알고 찾아왔습데다" 하고는 그 후에는 어떻게 말을 하여야 좋을는지 생각이 아니 난다. 선형은 아까 본 영채를 생각하고 그러면 그가 기생이 되어 칠 년간 형식을 위하여 정절을 지킨 사람인가 한다. 자기 생각에 계월향이라 하면 아주 요염(妖艶)하고 음탕한 계집으로 알았더니 이제 본즉 영채는 자기와 다름없는 얌전한 처녀로다. 그러면 어찌하여 형식이가 영채를 버렸는가 하여

"그래, 어떻게 되었습니까."

형식은 길게 한숨을 쉬더니,

"자살을 한다고 유서를 써놓고 평양으로 내려갔어요. 그래서 나도 곧 따라 내려갔지요. 했더니 부지거처[334]지요. 그래서 자기 말과 같이 대동강에 빠져 죽은 줄만 알았구려. 했더니 그가 지금 살아서 우리와 같은 차에 있소그려" 하고 슬픔을 표하는 듯이 머리를 두어 번 흔든다.

"그러면 그때 평양 가셨던 일이 그 일이야요!" 하고 선형은 정면으로 형식을 본다. 형식은 그 눈이 자기를 위협하는 듯하여 눈을 피하면서 "예" 하였다. 그러고 보면 영채가 죽었다 하는 날은 바로 형식과 자기가 혼인을 맺던 날이라.

선형은 지금까지 가슴속에 오던 의심——즉 형식은 계월향이라는 기생에게 미쳤더라는 의심은 풀렸으나 무엇이라고 말할 수 없는 새로운 괴로움이 가슴을 내리누름을 깨달았다. 자기 몸도 무슨 죄에 빠진 것 같고 자기의 앞에는 알 수 없는 어려운 일과 괴로운 일이 가로막힌 것 같다.

이때에 우선이가 엄숙한 얼굴을 가지고 돌아오며 일본말로

"다시까다요(확실해)"[335] 하고 형식의 곁에 앉으며 "참 희한한 일일세."

"그래, 가서 말해보았나."

"아니, 문에서 앉은 것이 보이데. 아까 여기 왔던 이허고 무슨 말을 하는데……" 하다가 선형이가 곁에 앉은 것을 보고 말 아니하는 것이 좋으리라 하는 듯이 말을 뚝 그쳤다가 "아무러나 잘되었네. 지금 그 여학생과 같이 동경으로 가는 모양이니까 아마 공부하러 가는 게지."

형식은 걸상에 몸을 기대고 하염없이 눈을 감는다.

*

영채는 선형의 돌아간 뒤에
"언니, 웬일인지 나는 가슴이 몹시 설렙니다."
"왜, 이형식씨란 말을 듣고?"
"응, 여태껏 잊고 있는 줄 알았더니 역시 잊은 것이 아니야요. 가슴속에 깊이깊이 숨어 있던 모양이야요. 그러다가 이형식군 만세라는 소리에 갑자기 터져 나온 것 같습니다. 아이구, 마음이 진정치 아니해서 못 견디겠소."
"아니 그렇겠니. 어쨌든 칠팔 년 동안이나 밤낮 생각하던 사람을 그렇게 어떻게 쉽게 잊겠니? 이제 얼마 지나면 잊을 테지마는……"
"잊어야 할까요?"
"그럼 어찌하고?"
"안 잊으면 아니 될까요?"
병욱은 물끄러미 영채를 보더니 영채의 곁에 가 앉아서 한 팔로 영채의 허리를 안으며
"형식씨가 벌써 혼인을 하였다. 지금 동부인하고[336] 미국 가는 길이란다."
"에? 혼인?" 하고 영채는 병욱의 팔을 잡는다. 병욱은 위로하는 소리로

"아까 여기 왔던 선형이라는 이가 그의 부인이란다."

'그러면 그때에 벌써 약혼을 하였던가' 하고 지나간 일에 실망을 한다. 자기의 지나간 생활이 더욱 슬퍼지고 원통하여진다. 자기는 세상에 속아서 사나 마나 한 생활을 해온 것 같고 지금껏 전력을 다하여오던 것이 아무 뜻이 없는 것 같아서 실망과 슬픔이 한꺼번에 터져 나온다. 더구나 자기는 몸과 마음을 다 바쳐서 형식을 생각하여왔거늘 형식은 자기를 초개[337]같이밖에 아니 여기는 것 같다.

"언니, 왜 그런지, 원통한 생각이 나요."

"그러나 장래가 있지 않으냐" 하고 힘껏 영채를 안아준다.

107

형식은 즉시 영채의 얼굴을 보고 싶었다. 이전에 보았던 영채의 얼굴은 다 잊어버린 듯하여 꼭 한번 새로이 보아야만 할 것 같다. 꼭 죽은 줄 알았던 영채의 얼굴이 한번 보고 싶었다. 그러나 앞에 앉은 선형을 보매 차마 영채를 보러 갈 용기가 아니 난다. 형식은 선형의 얼굴을 보았다. 선형은 무슨 실망한 일이나 있는 듯이 반쯤 눈을 감고 가만히 앉았다. 그러다가 이따금 형식을 슬쩍 보고는 불쾌한 듯이 도로 눈을 감기도 하고 고개를 돌려 창에 비친 제 얼굴을 보기도 한다. 선형의 눈과 형식의 눈이 마주칠 때마다 형식의 몸에는 후끈후끈하는 기운이 돈다.

같은 차실에 있는 승객들은 대개 잠이 들었다. 형식도 뒤에 기대어 눈을 감았다. 그리고 아무 생각도 아니 하리라 하는 듯이 한 번 몸을 흔들고 두 손을 마주 잡아 배 위에 놓았다. 그러나 형식의 마음은 형식의 뜻을 좇지 아니하고 폭풍에 물결치는 바다와 같았다.

 영채는 꼭 죽었어야 할 것이다. 살아 있더라도 자기가 몰랐어야 할 것이다. 그렇지 아니하면 선형과 약혼이 되기 전에 만났어야 할 것이다. 약혼이 성립되고 미국을 향하고 떠나는 길에 만나게 한 것은 진실로 조물의 희롱이다. 형식은 결코 영채를 버리려 한 것이 아니다. 차라리 오랫동안 영채를 잊지 아니하였으며 겸하여 다시 영채를 만날 때에는 영채에게 대한 애정이 유연히 솟아나서 속으로 영채와 혼인할 일과 혼인한 후에 즐거운 생활을 할 것과 아름다운 자녀를 낳아 이상적으로 기를 것까지 생각하였고 또 영채가 기생인 줄을 안 뒤에는 돈 천 원을 얻지 못하여 종일 번민한 일도 있었다. 만일 영채가 평양에만 가지 아니하였던들——죽으러 가노라는 유언만 없었던들 자기는 마땅히 영채와 일생을 같이하게 되었을 것이다. 그리하면 은사(恩師)에게 대한 의리도 다하고 칠팔 년간 자기를 위하여 정절을 지켜온 영채에게 대한 의리도 다하였을 것이다.

 형식은 또 영채와 선형을 비교하여보았다. 선형은 형식이가 일생에 처음 접한 젊은 여자요 또 선형의 자태는 누가 보아도 황홀할 만하므로 형식에게 극히 깊고 강한 인상(印象)을 주었다. 그래서 처음 젊은 여자를 접하여보는 젊은 남자가 흔히 그러한 모양으로 형식은 선형을 세상에 다시없는 여자로 여겼다. 다만 그 외모가 아름다울뿐더러 그 정신까지도 외모와 같이 아름다우리라 하였다. 형식이 선형을 대하여본 첫날에 선형에게 여자에 관한 모든 아름다운 덕을 붙였다. 선형은 형식의 눈에는 더할 수 없이 완전하고 더할 수 없이 아름다운 여자였다.

이렇게 강한 인상을 얻은 그날 저녁에 다시 영채를 보았다. 영채의 외모도 물론 아름다웠다. 공평한 눈으로 보건댄 영채의 얼굴이 차라리 선형보다 나았을 것이다. 그러나 선형을 천하제일로 확신한 형식은 영채를 제이로 생각할 수밖에 없었다. 게다가 선형은 부귀한 집 딸로서 완전한 교육을 받은 자요 영채는 그동안 어떻게 굴러다녔는지 모르는 계집이라. 이 모든 것이 합하여 형식에게는 영채는 암만해도 선형과 평등으로 보이지를 아니하였다. 다만 선형은 자기의 힘에 밀지 못할 달 속에 계수나무 가지요 영채는 자기가 꺾으려면 꺾을 수 있는 길가에 행화[338] 가지였다. 그러므로 형식이가 제일로 생각한 선형을 버리고 제이로 생각하는 영채를 취하려 하였던 것이라. 그러다가 영채가 대동강에 빠지고 게다가 김장로가 혼인을 청하매 형식은 별로 주저함도 없이 약혼을 허하였고 또 슬퍼함도 없이 영채를 잊어버리려 하였던 것이다.

형식은 선형에게 대하여서나 영채에게 대하여서나 아직 참된 사랑을 가져보지 못하였다. 대개 형식의 사랑은 아직도 외모의 사랑이었다. 형식은 선형을 자기의 생명과 같이 사랑하노라 하면서도 선형의 성격(性格)은 한 땀도 몰랐다. 선형이가 냉정한 이지적(理智的) 인물(人物)인지 또는 열렬한 정적(情的) 인물(人物)인지, 그의 성벽이 어떠하며 기호(嗜好)가 어떠한지, 그의 장처(長處)가 무엇이며 단처(短處)가 무엇인지, 또는 그와 자기와 어떤 점에서 서로 일치하며 어떤 점에서 서로 모순(矛盾)하는지, 따라서 그의 성격과 재능이 장차 어떠한 방향으로 발전될는지도 모르고 그저 맹목적(盲目的)으로 사랑한 것이라. 그의 사랑은 아직 진화(進化)를 지내지 못한 원시적(原始的) 사랑이었다. 마치 어린애끼리 서로 정이 들어서 떨어지기 싫어하는 것과 같은 사랑이요 또는 아직 문명하지 못한 민족들이 다만 고운 얼굴만 보고 곧 사랑이 생기는 것과 같은 사랑이었다. 다만 한 가지 다름이 있다 하면, 문명치 못한 민족의 사랑은 곧 육욕(肉慾)을 의미하되 형식의 사랑에는 정신적(精神的) 분자(分子)가 많았을 뿐이다. 그러나 형식은 다만 정신적 사랑이라는 이름만 알고 그 내용을 알지 못하였었다. 진정한 사랑은 피차에 정신적으로 서로 이해(理解)하는 데서 나오는 줄을 몰랐다. 형식의 사랑은 실로 낡은 시대, 자각(自覺) 없는 시대에서 새 시대, 자각 있는 시대로 옮아가려는 과도기(過渡期)의 청년(조선 청년)이 흔히 가지는 사랑이다. 자기의 사랑이 이러한 사랑인 줄을 깨닫는다 하면 형식의 전도에는 대변동(大變動)이 일어나지 아니치 못할 것이다.

눈을 감고 가만히 앉았는 형식에게는 지나간 한 달 동안에 행하여 온 일이 현미경으로 보는 것같이 분명히 떠 나온다.

108

　김장로 부부는 자기와 영채와의 관계에 대하여 암만해도 신용하지 못하는 모양이었다. 한번 자기가 영채와의 관계를 이야기한 끝에 김장로가 웃으며
　"남자가 한두 번 그러기도 예사지" 하였다. 형식은 더 발명하려고도[339] 아니 하였으나 자기의 인격을 신용하여주지 않는 것을 얼마큼 불쾌하게 여겼다. 그 후부터 형식은 장로 부부를 대하면 한껏 분하기도 하고 부끄럽기도 하였다. 형식의 생각에 장로 부부는 자기가 선형의 배필이 될 자격이 없는 것같이 생각하는 듯하였다. 처음에는 자기를 지극히 품행이 방정하고 장래성이 많은 줄로 알았다가 기생과 가까이하며 기생을 따라 평양까지 갔단 말을 들으매 형식은 갑자기 신용할 수 없는 사람으로 생각하는 듯하였다. 그 사건 하나로 자기의 가치(價値)를 정하려 하는 것이 불쾌하였다. 될 수만 있으면 형식과 약혼한 것을 파하겠으나 한번 약속한 것을 체면상 깨트릴 수가 없다, 만일 형식이가 믿을 수 없는 사람이라 하더라도 그것은 선형의 팔자로다―형식의 보기에 장로는 이렇게 생각하는 듯하였다.
　더구나 미국으로서 돌아온 하이칼라 청년 하나가 선형에게 마음을 두어 백방으로 운동한 것과 교회에 어떤 유력한 사람이 사이에 나서서 일변 형식을 헐어 그 약혼을 깨트리게 하고 일변 그 청년의 재산 있는 것과 영어 잘하는 것과 미국 유학한 것을 칭찬

하여 선형과 혼인을 이루게 하려고 운동하던 줄을 안다. 그때에 장로 부부가 열에 여섯이나 그편으로 마음이 기울어졌던 것과 그 일이 있은 후로부터 선형의 태도가 더욱 냉담하여지고 이따금 근심하는 빛까지도 있던 것을 안다. 그중에도 장로의 부인은 웬일인지 형식에게 대하여 불쾌한 생각이 나서 가장 미국서 온 청년과 혼인하기를 주창한 것과 그러나 장로의 양반인 것과 장로인 체면이 마침내 이 일을 반대한 것을 안다.

거의 십여 일 동안이나 형식은 김장로의 집에서 미움받는 사람이 되었던 것을 안다. 그때에 형식도 분한 마음을 이기지 못하여 연해 삼사 일간 일절 장로의 집에 가지를 아니하였다. 그리고 집에 꽉 들어박혀서 분노함과 부끄러움으로 혼자 괴로워하였다. 하루는 형식이가 '오늘은 내가 먼저 약혼을 거절하고 말리라' 하고 옷을 입고 나가려 할 적에 선형이가 처음 찾아와서 은근하게

"어디가 편치 아니하셔요?" 하고 그 뒤에는 순애가 과실 광주리를 들고 들어왔다. 아마 병이 있는 줄로 생각하고 위문을 온 모양이었다. 그리고 선형은

"어저께 여행권이 나왔어요" 하고 기뻐하는 빛조차 보였다. 형식은 그만 모든 분노가 다 풀리고

"아니올시다, 몸은 아무렇지도 않습니다."

그때에 선형과 순애는 물끄러미 형식을 보았다. 선형도 물론 자기 집에 일어난 문제를 안다. 부모가 형식에게 대하여 좋지 못한 감정을 가진 것도 안다. 자기도 기실 형식에게 대하여 좋은 감정은 아니 가졌다. 그러나 부모 간에 형식을 미워하는 빛이 보이고

형식도 그 눈치를 아는지 삼사 일 동안이나 꿈쩍하지 않는 것을 보매 형식에게 대하여 일종 동정이 생기고 정다운 듯한 생각이 났다. 그래서 순애를 데리고 형식을 찾아온 것이라. 그때에는 선형의 마음에는 형식이가 극히 사랑스러웠다. 형식도 선형의 눈에서 그러한 빛을 보고 더할 수 없이 기뻤다.

 그러나 이것은 물에 빠진 사람을 보고 뛰어들어 건져주겠다는 생각이 나는 것과 같은 동정이라. 잠시는 효력이 있으되 오래는 가지 못하는 동정이라. 부부간의 사랑은 이래서는 아니 된다. 저 사람이 살아야 나도 산다, 저 사람이 행복되어야 나도 행복된다, 저 사람과 나와는 한 몸이다……이러한 사랑이라야 한다. 선형의 형식에게 대한 사랑은 물에 빠진 사람에게 대한 동정과 비슷한 것이었다. 형식은 이렇게 분명하게는 알지 못하여도 어떤 정도까지는 선형의 마음속을 짐작하였다.

 그러나 형식에게는 선형은 없지 못할 사람이었다. 형식의 생각에 자기의 전 일생은 오직 선형의 몸에 달린 듯하였다. 선형이가 설혹 자기더러 '보기 싫다, 가거라' 하더라도, 또는 얼굴에 침을 뱉고 발길로 차더라도 불가불 선형의 치맛자락에 매달려야 하겠다. 김장로의 집에 가기도 불쾌하고 선형을 대하기가 불쾌하다 하더라도 그 불쾌한 것이 오히려 아주 사랑하는 자를 잃어버리고 실망하여 슬퍼하는 것보다 나았다. 전신이 불구덩에 들어가는 것보다 한 팔이나 한 다리를 베어내는 것이 나았다.

 이렇게 형식은 그동안 괴로운 생활을 보냈다. 그러나 떠나기 한 이삼 일 전부터 장로 부부의 형식에게 대한 태도는 극히 친절하게 변하였고 선형도 더욱 은근하고 가깝게 굴었다. 형식은 인심의 반복의 믿을 수 없음을 의심하면서도 하늘에 오를 듯이 기뻤다. 더구나 떠나기 전날 장로 부부가 자기와 선형을 불러놓고 자기네 두 사람을 위하여 간절한 기도를 올린 뒤에 연해 '너희 둘이'라 하여가며 여러 가지로 훈계를 할 때에는 형식은 세상에 나와서 처음 보는 기쁨을 깨달았다. '너희 둘이'라는 말이 자기와 사랑하는 선형을 한 몸을 만드는 듯하였다. 그때에는 선형도 형식을 슬쩍 보고 생끗 웃었다. 네 사람은 이 순간이 영구히 있기를 기도하였다.

109

 형식은 이제부터는 자기 앞에는 오직 행복이 웃는 줄로만 생각하였다. 아까 남대문에서 떠날 때에도 여러 친구가 작별을 아껴 할 때에 자기는 오직 기쁘기만 하였다. 희경 일파가 여러 송별객 뒤에 서서 물끄러미 자기를 보고 있는 것을 볼 때에는 미상불 가슴이 부듯함을 깨달았으나 그래도 자기의 곁에 선 선형을 볼 때에 모든 슬픔이 다 스러졌다. 이제부터 자기는 선형으로 더불어 이만여 리나 되는 지구 저편 쪽에 가서 사오 년 동안 즐겁게 공부를 마치고 그때야말로 만인 환호 중에 선형과 팔을 걸고 남대문으로 들어오리라. 그때에는 지금 여기 섰는 여러 사람들이 오늘보다 감정으로——더 축하하고 더 공경하는 감정으로 자기를 맞으리라. 이렇게 생각할 때에 비로소 서울이 그립고 남대문이 정답게 생각되었다. 남대문은 오직 행복된 자기를 보내고 맞아주기 위하여서만 존재하는 듯하였다. 이내 차장의 호각이 울고 만세 소리가 들릴 때의 형식의 감정은 말할 필요도 없을 것이라.

선형은 여자라. 비록 신식 여자로 아무리 공명심과 허영심이 많아서 미국으로 유학 가는 것을 기쁘게 생각한다 하더라도 사랑하는 아버지와 어머니와 동생들, 동무들이 차차 차창에서 멀어지는 것을 볼 때에는 가슴에 고였던 눈물이 일시에 폭 쏟아져서 저도 모르게 소리를 내어 울며 걸상에 쓰러졌다. 형식은 처음에는 가만가만히 선형의 어깨를 두드리며

"자, 일어나시오, 눈물 씻고" 하다가 이제는 이렇게만 할 처지가 아니라 하여 한참 주저하다가 한 팔을 선형의 가슴 밑으로 넣어 안아 일으켰다. 형식의 팔에 닿는 선형의 살은 부드럽고 따뜻하였다. 선형도 형식의 하는 대로 일어나면서 잠깐 형식의 손을 쥐었다. 그리고 수건으로 눈물을 씻으면서

"아이구, 이게 무슨 꼴이야요. 외국 사람들이 웃었겠습니다" 하고 웃는다. 그 눈물로 붉게 된 눈과 뺨이 더 곱게 보였다. 외국 사람들은 과연 웃었다.

우선은 형식의 뒷자리에 앉아서 빙그레 웃으며 자기 곁에서 일어나는 형식과 선형의 말을 들어가며 신문을 보고 앉았더니 고개를 돌리며

"여보게, 큰일 났네그려" 한다. 형식은 선형만 바라보고 우선은 잊어버리고 앉았다가 깜짝 놀라 고개를 돌리며

"응? 왜?"

"하하하, 그렇게 놀랠 것은 없지마는……오늘 아침부터 경상남북도, 전라남북도 일경[340]에 비가 오기 시작하여 금강, 낙동강은 십여 척의 증수[341]가 되었다고."

"어디" 하고 우선의 들었던 신문을 받아 보더니

"그러면 철로가 불통하지나 아니할까."

선형도 눈이 동그래진다. 우선은

"글쎄, 비를 아끼구 아끼구 하더니……" 하면서 창밖으로 고개를 내밀어 휘휘 둘러본다. 황혼이라 자세히 알 수는 없으되 하늘은 온통 검은 구름으로 덮이고 선뜩선뜩한 바람에 이따금 굵은 빗방울이 섞여 떨어진다. 다른 승객들도 신문을 보고는 철롯길이 상할 것을 근심하는 말을 한다. 그러나 이것은 형식이나 선형에게 별로 중대한 일은 아니었다. 철롯길이 상하면 여관에 들어 기다리면 그만이었다.

이러한 때에 병욱이가 선형을 찾아오고 그 후에 선형이가 병욱을 찾아오고 그다음에 선형이가 돌아오고 형식이가 선형에게 병욱의 동행이 어떠한 사람이던가를 묻고 선형은 '박영채라는데 퍽 얌전한 사람이야요' 하는 대답을 하고 마침내 우선이가 알려고 갔다가 '다시까다요' 하는 보고를 한 것이라.

이렇게 지나간 일을 생각하다가 형식은 마침내 선형더러

"가서 박영채씨를 좀 보고 와야겠소."

"가보시지요" 하는 선형의 대답은 형식에게는 무슨 특별한 뜻이 품긴 것같이 들렸다. 실상 선형은 지금까지 마음이 불쾌하였다. 그러면 그것이 월향이라는 기생인가. 죽었다더니 그것은 거짓말인가. 속에는 별별 흉악한 꾀를 품으면서도 겉으로는 저렇게 얌전을 빼는가. 사람 좋은 병욱이가 고것의 꾀에 넘지나 아니하였는가. 오늘 형식과 자기가 떠난다는 말을 듣고 일부러 이 차를 골라 탄 것이나 아닌가. 혹 형식이가 아직도 영채를 잊지 못하여 남모르게 영채에게 떠나는 날을 알려 미국 가기 전에 한 번 더 만나보려는 꾀는 아닌가. 이렇게 생각하매 선형은 일종 투기가 일어나서 홱 고개를 돌린다. 형식은 선형의 불쾌한 낯빛을 이윽히 보고 섰더니 변명하는 듯이

"그래도 한차에 탄 줄을 알고야 어떻게 모르는 체하겠어요" 하고 다시 앉아서 선형의 대답을 기다린다. 선형은 말없이 앉았다가 웃으며

"글쎄 가보세요. 누가 가시지를 말랍니까." 끝엣말은 없어도 좋을 말이다. 형식은 고개를 숙이고 우두커니 앉았더니 벌떡 일어서며

"그러면 갔다 오겠소" 하고 우선더러

"가서 영채씨 좀 보고 오겠네."

"응, 가보게. 그러고 내가 문안하더라고 그러게" 하고 슬쩍 선형을 본다. 우선은 이 세 사람의 관계가 장차 어찌 될는고 하여 본다.

영채를 보고 와서는 우선의 속도 아주 편치는 못하였다. 더구나 영채가 죽으려던 뜻을 변한 동기(動機)와 일본으로 가게 된 이유가 알고 싶었다.

110

 그전에는 한 미인으로 우선이가 영채를 사랑하였지마는 영채가 형식을 위하여 지금토록 정절을 지켜온 것과 청량리 사건으로 인하여 죽을 결심을 한 것을 보고는 영채를 색과 재와 덕이 겸비한 이상적 여자로 사랑하게 되었다. 만일 형식을 위한 우정(友情)이 아니었던들 어떤 정도까지나 열광(熱狂)하였을는지도 모를 것이라.

 자기가 미치게 사랑하던 계월향이가 형식을 위하여 정절을 지키는 박영채인 줄을 알 때에 우선은 미상불 창자를 끊는 듯하는 생각이 있었다. 그러나 우정을 중히 여기고 협기[342] 있기로 자임하는 우선은 힘껏 자기의 정을 누르고 형식과 영채를 위하여 힘을 다하여주기로 하였다. 만일 영채가 형식의 아내가 되면 자기는 친구의 부인으로 일생을 접할지니 그것만 하여도 자기에게는 행복이리라 하였다. 그러다가 영채가 그 슬픈 유서를 써두고 평양으로 내려감을 본 때에 우선은 깊은 슬픔과 실망을 깨달았다. 비록 아녀자에게 마음을 아니 움직이기로 이상을 삼는 우선도 그 후부터 지금까지 일시도 영채를 잊어본 일이 없었다. 우선의 일기를 뒤져보면 취침 전에 반드시 영채를 생각하는 단율 한 수씩을 지은 것이 있는 것을 보아도 알 것이다.

 그러다가 죽은 줄 알았던 영채가 살아서 같은 기차에 타고 있는 줄을 알고 보니 우선의 가슴이 울렁거리는 것도 자연한 일이라.

게다가 형식이가 아름다운 선형으로 더불어 아름다운 약속을 맺어가지고 아름다운 공부를 하러 가는 것을 보매 더욱 부러운 생각이 난다. 우선은 벌써 아들을 형제가 넘어 낳고 삼십이 다 된 자기의 아내가 행주치마를 두르고 어린애의 기저귀를 빠는 모양을 생각해본다. 그는 아무것도 모른다. 밥 짓고 옷 짓고 아이 낳을 줄밖에 모른다. 자기는 그와 혼인한 지 십여 년간에 일찍 한자리에 앉아서 정답게 이야기를 하여본 일도 없고 물론 자기의 뜻을 말하여본 적도 없다. 잘 때에만 내외는 한자리에 있었다. 마치 아내는 자기를 위하여서만 있는 것 같았다. 홀아비가 육욕을 참지 못하여 갈보 집에 가는 셈치고 아내의 방에 들어갔다.

이러하는 동안에 아들도 나고 딸도 나고 지아비라 부르고 아내라 불렀다. 십 년 동안을 살아오면서도 서로 저편의 속을 모르고 알아보려고도 아니하는 두 사람의 관계는 실로 신기하다 하겠다. 그러나 우선은 이는 면할 수 없는 천명으로 알 뿐이요 일찍 이 관계를 벗어나려고도 하여본 적이 없었다. 그는 아내라는 것은 대체 이러한 것이니 집에다 먹여두어 아이나 낳게 하고 이따금 가보아주거나 하면 그만이라 한다. 그리고 아내에게서 못 얻는 재미는 기생에서 얻으면 그만이라 한다. 세상에 기생이라는 제도가 있는 것이 실로 이 때문이라고 생각한다. 형식과 서로 대하면 이 문제로 흔히 다투었다. 형식은 엄정한 일부일부주의(一夫一婦主義)를 고집하고 우선은 첩을 얻든지 기생 외입을 하는 것은 결코 남자의 잘못하는 일이 아니라 한다. 과연 우선으로 보면 첩이나 기생이 아니고는 오랜 일생을 지낼 것 같지 아니하다. 우선의 일부다처주의나 형식의 일부일부주의가 반면은 각각 이전 조선 도덕과 서양 예수교 도덕에서 나왔다 하더라도 반면은 확실히 각각 자기네의 경우에서 나온 것이다. 우선에게 만일 영채를 주고 영채가 우선을 사랑해준다 하면 우선은 그날부터라도 기생집에 가기를 그칠 것이다.

이러한 처지에 있는 우선은 형식의 경우가 지극히 부럽고 자기의 처지가 지극히 불쌍히 보였다. 자기도 사랑하는 아내와 함께 기차를 타고 여행도 하고 싶고 외국에 유람도 하고 싶었다. 기생을 데리고 노는 것도 좋지마는 기생에게는 무엇인지 모르되 부족한 것이 있는 것 같다. 아무리 기생이 자기에게 친절한 모양을 보이고 또 그 기생이 비록 자기의 마음에 든다 하더라도 그래도 어느 구석에 조금 부족한 점이 있었다. 그 부족한 점은 결코 작은 점이 아니요 큰 점이었다. 그것은 아마 첫째 정신상으로 서로 합하고 엉키는 맛이 없는 것과 또 사랑의 제일 힘 있는 요소인 '내 것'이라는 자신이 없는 까닭이다. 돈을 많이 내어서 기생을 빼내면 '내 것'이 되기는 되지마는 암만해도 정신적 융합은 인력으로는 할 수 없는 것이다. 외모의 사랑은 얕다, 그러므로 얼른 식는다. 정신적 사랑은 깊다, 그러므로 오래간다. 그러나 외모만 사랑하는 사랑은 동물의 사랑이요 정신만 사랑하는 사랑은 귀신의 사랑이다. 육체와 정신이 한데 합한 사랑이라야 마치 우주와 같이 넓고 바다와 같이 깊고 봄날과 같이 조화가 무궁한 사랑이 된다. 세상 사람들이 입으로 말은 아니 하지마는 속으로 밤낮 구하는 것은 이러한 사랑이다. 그러나 이러한 사랑은 마치 금과 같고 옥과 같아서 천에 한 사람, 십 년 백 년에 한 사람도 있을 듯 말 듯 하다. 그래서 여자는 춘향을 부러워하고 남자는 이도령을 부러워한다. 자기네가 실지로 그러한 사랑을 맛보지 못하매 소설이나 연극이나 시에서 그것을 보고 좋아서 웃고 울고 한다. 조선서는 천지개벽 이래로 오직 춘향, 이도령의 사랑이 있었을 뿐이다. 저마다 춘향이 되려 하고 이도령이 되려 하건마는 다 그 곁에도 가보지 못하고 말았다. 조선의 흉악한 혼인 제도는 수백 년래 사람의 가슴속에 하늘에서 받아가지고 온 사랑의 씨를 다 말려 죽이고 말았다. 우선도 그 희생자의 하나이다.

 이러한 우선이가 형식과 선형을 눈앞에 보고 또 그립던 영채가 같은 차를 타고 같은 기관차에 끌려가는 것을 생각하니 마음이 괴로울 것도 자연한 일이다. 또 영채는 이미 기생도 아니요 겸하여 형식의 아내도 아니라 오직 한 처녀다……하고 우선의 가슴에는 알 수 없는 생각이 번개같이 가슴에 일어난다. 그래서 우선은 형식의 간 뒤를 따라 다음 차실 문밖에 가서 바람을 쏘여가며 가만히 엿본다. 형식은 영채의 곁에 앉아서 무슨 이야기를 하고 병욱도 이따금 말참례³⁴³를 한다. 세 사람의 얼굴은 아주 엄숙하다. 우선은 들어갈까 말까 하다가 형식의 돌아 나오기를 기다리기로 하고 뒷짐을 지고 기대어 서서 쿵쿵 차바퀴 굴러가는 소리를 들으며 무슨 생각을 한다.

111

 선형을 보내고 병욱의 돌아오는 것을 보고, 영채는 병욱의 손을 잡아 앉히며

 "그래 어때요?" 하고 자기도 무슨 말인지 모르는 질문을 한다. 병욱은

 "무엇이 어찌해, 형식씨라는 이가 잘 차리구서 시치미 떼고 앉었두구나. 우리 오빠를 안다구……동경 가서 같이 있었노라구……"

 영채는 부지불각에 한숨을 짓는다.

 "왜, 형식씨가 그리우냐. 아직도 단념이 아니 되는 게로구나."

 "아니, 그런 것은 아니지마는—."

 "그러면 왜 휘 하고 한숨을 쉬어?"

 "나도 왜 그런지 모르겠어" 하고 병욱의 무릎을 치며 웃는다.

 "그래도 아주 마음이 편치는 않을걸" 하고 병욱도 웃는다. 영채는 한참 생각하더니 병욱의 손을 꼭 쥐며

 "참 그래요" 하고 부끄러운 듯이 웃으며 "어째 마음이 좀 불쾌한 듯해요" 하고 얼굴이 발개진다. 병욱은 근 십 년 기생으로 있던 계집애가 어떻게 이처럼 규문[344] 속에서 자라난 처녀와 같은가 하고 속으로 감탄하였다. 그리고 지금 영채의 감상이 어떠한지 그것이 알고 싶어서

 "그래 불쾌하다니 어떻게 불쾌하냐."

"모르겠어요."

"그렇게 어리광을 부리지 말고 바로 대답을 해라, 그러면 내 맛난 것 사주께" 하고 둘이 다 웃는다. 영채가

"이형식씨가 퍽 무정한 사람같이 생각이 되어요. 그래도 내가 죽으러 갔다면 좀 찾아라도 볼 것인데……어느새에 혼인을 해가지고……" 하다가 병욱의 무릎에 자기의 이마를 대고 비비며 "아이구, 언니, 내가 왜 이런 소리를 해요."

병욱은 영채의 머리와 목과 등을 만져주며 어린애에게 하는 듯이

"말하면 어떠냐……자, 그래서."

"아마 내가 여기 있는 줄을 알겠지요?"

"알 테지……지금 선형이가 왔다 가서 네 말을 했을 테니깐……알면 어떠냐."

"어떻기야 어떻겠소마는 죽었던 사람이 살아왔다면 아마 놀랄 테지?"

"실컷 놀라 싸지. 아마 가슴이 뜨끔하리라……그렇게 박정할 데가 왜 있겠니."

"만일 저편에서 나를 찾아오면 어찌해요? 만나서 이야기를 할까."

"그럼은, 왜 무슨 원수가 있담."

"원수는 아니지마는 어째……"

"어째 분이 난단 말이냐?"

두 사람은 한참 잠자코 마주 보더니

"언니, 언니가 나를 살려준 것이 잘못이야요. 나는 그때에 꼭 죽었어야 할 텐데……그때에 죽었으면 벌써 다 썩어졌겠지…… 뼈만 하나씩 하나씩 여기저기 흩어졌겠지……그때에 죽었어야 해" 하고 후회하는 듯이 고개를 간들간들한다. 병욱은 영채의 낯빛이 갑자기 변하는 것을 보고 놀라서 영채의 두 팔을 잡으며

"얘, 영채야, 왜 그런 소리를 하느냐……이제 나허고 둘이 가서 음악 잘 배워가지구……둘이서 아메리카로 구라파로 돌아다니면서 실컷 구경하고……그리고 우리나라에 돌아와서 새로 음악을 세우고 재미있게 살 텐데 왜 그런 소리를 하니?" 하고 영채를 잡아 흔든다. 영채는 멀거니 병욱의 눈을 보고 앉았더니 눈에서 눈물이 쑥 나오며

"아니야요, 나는 살 사람이 아니야요……죽어야 할 사람이야요. 가만히 지나간 일생을 생각해보니깐 암만해도 나는 살려고 난 것 같지를 아니해요. 아버지와 두 오라버니는 옥중에서 죽고, 그리고 칠팔 년 고생이 모두 속절없이……" 하고 흑흑 느낀다.

"얘, 글쎄 웬일이냐, 곧잘 모든 것을 다 잊어버리고 기뻐하다가 왜 갑자기 야단이냐……네가 그렇게 그러면 이 언니는 어쩌게……자, 울지 마라!"

"암만 생각하여보아도 이 세상에 살아 있을 생각이 없어요."

"왜? 그러면 너는 아직도 이형식씨를 못 잊는 게로구나. 네가 그때에 날더러 실상은 이형식씨를 사랑한 것이 아니라고 말하지 안했니?"

"아니요, 다만 그 일만 아니야요. 이 세상이 내 원수가 아니야요.

내 부모를 빼앗고 내 형제를 빼앗고 내 어린 몸을 실컷 희롱하고……그러다가……그러다가 마침내 정절을……내 정절을 빼앗고……그리고는 일생에 생각하던 사람은 아랑곳도 아니하고……이렇게 구태나 나를 없애고 말려는 세상에 내가 구태 붙어 있으면 무엇 해요. 세상이 나를 미워하면 나도 세상을 미워하지요. 세상이 나를 싫다 하면 나도 세상을 버리고 달아나지요……하늘로 올라가지요" 하는 울음 섞은 말에 병욱도 부지불각에 눈물이 흘렀다.

"그러니깐 말이다―그만치 세상헌테 빼앗겼으니깐 또 세상에게 좀 찾아 가져야지. 내 것을 주기만 하고 말어! 네가 이십 년이나 고생을 했으니깐 그 값을 받아야 아니 하겠니?"

"값이 무슨 값이오? 하루라도 더 살아 있으면 더 빼앗길 뿐이지……"

"아니다! 왜 그래! 이제부터는 찾는다. 아직도 전정이 구만린데 왜 어느새 실망을 한단 말이냐. 살 수 있는 대로 힘껏 살면서 찾을 수 있는 대로 찾아야지……사업으로 찾고 행복으로 찾고……왜 찾을 것을 찾지도 않고 죽어?"

"행복? 행복! 내게 행복이 올까요? 이 세상이 내게다 행복을 줄까요?" 하고 병욱의 눈물 흐르는 눈을 본다.

112

병욱은 수건으로 영채의 눈물을 씻어주면서

"얘, 다른 손님들이 이상하게 여기겠다. 울지 말어라……이 세상이 왜 행복을 아니 주어……아니 주거든 내라지. 내라도 아니 주거든 억지로 빼앗지. 빼앗아도 아니 주거든 원수라도 갚지! 또 생각을 해봐라, 이 세상에 너와 같이 설움을 당하는 사람이 너뿐이겠니? 더구나 우리나라에는 그런 불쌍한 사람이 수두룩할 것이다. 그러면 우리들이 이 안 된 사회 제도를 고쳐서 우리 자손들이야 행복을 얻고 살게 해야지……우리가 아니 하면 누가 하느냐. 그런데 만일 네가 제 고생을 못 이겨서 죽고 만다 하면 이것은 네가 우리 자손에게 대한 책임을 저버리는 것이다. 하니까, 될 수 있는 대로 오래 살면서 될 수 있는 대로 일을 많이 하자……자, 울지 말고 딸기나 내먹자" 하고 일어서서 등으로 결은 하얀 종다래끼[345]를 내린다.

"내가 무엇을 할까요?"

"하지! 왜 못해? 하나님이 큰 일꾼을 만들 양으로 네게 초년고생을 주었구나……자, 우리 둘이 아니 있니? 그까짓 이형식 같은 사람은 잊어버리고 우리 둘이 서로 의지하고 살자……자, 옜다, 먹자" 하고 빨갛게 익은 딸기를 내놓고 먼저 자기가 하나를 먹는다. 입에 넣고 씹으니 하얀 이빨에 핏빛 같은 물이 든다. 이것은 어저께 아침때에 병국의 부인과 셋이 그 목화밭에 가서 송별연 삼아 수박을 따 먹으면서 따 모은 것이라. 두 사람의 눈앞에는 황주 병욱의 집 광경이 얼른 지나간다.

영채도 울어야 쓸데없음을 알고 눈물을 거둔다. 또 병욱의 말에는 정이 있고 힘이 있고 이치가 있어서 반가우면서도 자기를 내리누르는 듯한 힘이 있다. 가슴이 터져오게 아프다가도 병욱의 말을 한마디 들으면 그만 스르르 풀리고 만다. 영채는 병욱이가 남자같이 활발한 듯하면서도 속에는 뜨겁고 예민한 정이 있음과 또 자기를 위로할 때에는 진정으로 자기의 몸과 마음이 되어서 하는 줄을 잘 안다. 만일 영채가 자살을 하려고 물가에 섰거나 칼을 들고 섰다가라도 병욱의 말소리만 들리면 얼른 '언니!' 하고 따라갈 것이다. 영채가 보기에 병욱은 언니라기보다 어머니라 함이 적당할 듯하였다.

그러나 이십 년 생활이 한데 뭉쳐 된 영채의 슬픔이 다만 병욱의 그 말만으로는 아주 다 스러지기를 바랄 수는 없다. 그러나 이 자리에서 더 자기의 고집을 부리는 것은 친절한 병욱에게 대해서 미안한 듯하여 영채도 딸기를 먹는다. 빨간 딸기가 두 처녀의 고운 입술로 들어가서는 하얀 이빨을 빨갛게 물들이는 듯하다. 차창에는 비가 뿌려서 눈물 같은 물방울이 떼그를 굴러 내리다가는 다른 물방울과 한데 합하여 흘러내린다. 차가 흔들리는 대로 떨리는 전등 가에는 하루살이 등속[346]이 떼를 지어 모여 들어간다. 두 처녀의 입술과 손가락 끝이 딸깃물에 불그레하여졌을 때에 형식이가 "영채씨" 하고 두 사람 앞에 와 섰다.

형식은 얼마 전에 이 차실에 들어와서 바로 영채의 곁으로 오려다가 영채가 우는 듯한 모양을 보고 영채 앉은 걸상에서 서넛 건너 있는 빈 걸상에 앉아서 가만히 두 사람의 말을 엿들었다. 차바퀴 소리에 자세히 들리지는 아니하나 이따금이따금 한 마디씩 두 마디씩 들리는 말을 주워 모으면 대강 뜻은 짐작할 수가 있었다.

그리고 형식은 영채에게 대하여 죄송한 마음과 자기에게 대하여 부끄러운 마음을 금치 못하여 영채에게 정성껏 사죄를 하리라 하였다.

 영채와 병욱은 놀라 일어선다. 두 사람은 일시에 고개를 숙였다. 그러나 영채는 얼른 고개를 돌렸다. 형식은 고개를 숙였다. 병욱이가 오직 고개를 들고 형식에게

 "앉으시지요" 한다. 형식은 앉는다.

 "애, 앉으려무나" 하는 병욱의 말에 영채도 앉는다. 그러나 고개는 여전히 돌렸다. 형식은 마치 무슨 무서운 것이나 대한 듯이 몸에 쭉 소름이 끼친다. 영채의 뒷모양이 자기를 내리누르고 위협하는 듯하다. 대동강에 빠져 죽은 영채의 넋이 지금 자기 앞에 나서서 자기를 괴롭게 하는 것이 아닌가 한다. 금시에 영채가 획 돌아서며 무서운 얼굴로 자기를 흘겨보고 입에 가뜩한 뜨거운 피를 자기에게다가 홱 뿌리며 '이 무정한 놈아, 영구히 저주를 받아라' 하고 달겨들 것 같다. 왜 그때에 평양 갔던 길에 더 수탐[347]을 하여보지 아니하였던가, 왜 그때에 우선에게서 돈 오 원을 꾸어 가지고 즉시 평양으로 내려가지를 아니하였던가 하여도 본다. 이제 영채가 고개를 돌리면 어찌하나, 아니 왔더면 좋겠다 하여도 본다. 이때에

 "자, 딸기 잡수십시오" 하고 병욱이가 딸기 그릇을 내놓으며

 "애, 영채야" 하고 자기의 발로 영채의 발을 꼭 누른다. 영채는 가만히 고개를 돌린다. 그러나 형식은 보지 아니한다.

 "영채씨, 용서해줍시오, 무에라고 할 말씀이 없습니다······ 저는

선생님께 대하여서나 영채씨께 대하여서나 큰 죄인이외다. 무슨 책망을 하시든지……"

"천만의 말씀이올시다. 제가 철없이 찾아가서 공연한 걱정을 끼쳤습니다. 또 죽지도 못하는 것을 죽는다고 해서 얼마나 노심[348]을 하셨습니까" 하고 고개를 숙인다.

병욱은 '이래서는 안 되겠다' 하고 속으로 생각한다.

113

형식은 차마 더 영채에게 말이 나오지 아니하므로 병욱더러
"그런데 대관절 어찌 된 일이오니까. 이전부터 영채씨를 아르셨어요?"

병욱은 형식을 보고 웃는다. 그 웃음이 형식에게 말할 수 없는 부끄러움을 준다. 자기를 비웃는 것같이 생각되었다.

"아니올시다. 제가 방학에 집으로 오는 길에 차 속에서 만났어요."

형식은 눈이 둥그레지며 영채를 한번 보고 다시 병욱을 향하여
"그러면 영채씨가 평양 가시는 길에?"

"예" 하고 만다. 형식은 더 알고 싶었다. 영채가 어찌하여 죽을 결심을 풀었으며 어찌하여 동경으로 가게 된 것을 자세히 알고 싶었다. 그래서

"그래 어떻게 되었어요?"

병욱은 고개를 기울여서 영채의 돌아앉은 얼굴을 물끄러미 보더니

"그래서 죽기는 왜 죽는단 말이냐, 즐거운 인생을 하루라도 오래 살지 못하여 걱정인데 왜 구태 지레 죽으랴느냐고 그랬지요. 그리고 지금까지는 네가 천하 사람의 조롱을 받고 학대를 받고……" 하고는 주저하는 듯이 형식을 바라보다가 또 웃으면서 "또 일생에 생각하고 사모하던 사람에게도 버림을 받았지마는……" 이 말이 끝나기 전에 형식의 가슴은 마치 바늘로 찌르는 것 같았다. 병욱은 형식의 낯빛이 변하여짐을 보고 말을 끊었다가

"그렇게 지금토록 네 일생은 눈물과 원망의 일생이지마는 이제부터 네 앞에는 넓고 즐거운 장래가 있지 아니하냐 하고 억지로 차에서 끌어내렸지요."

"참 감사합니다. 아가씨 덕에 나도 죄가 얼마큼 가벼워진 듯합니다. 저는 꼭 영채씨께서 돌아가신 줄만 알았어요. (이때에 병욱과 영채는 속으로 흥 한다.) 그래 즉시 평양 경찰서에 전보를 놓고 다음번 차로 평양으로 내려갔지요. (여기 와서 형식은 자기의 변명을 할 기회가 생긴 것이 기쁘다 하는 생각이 난다.) 했더니 경찰서에서 하는 말이 정거장에 나가서 수탐을 하여보았지마는 알 수 없다고 하지요. 그래서 알 만한 집에도 가 물어보고, 또 박선생 묘소에도……" 하다가 중간에 돌아온 생각을 하매 문득 말을 그치고 고개를 숙인다. 그때에 북망산까지 가보고 대동강 가로 다만 한두 시간이라도 시체를 찾아보았더면 좋을 뻔하였다 하는 생

각이 난다. 병욱은 한참 듣더니

"예. 아마 그리하셨겠지요. 그러면 시체를 찾으시느라고 퍽 애를 쓰셨겠네."

형식은 '이 계집애가 꽤 사람을 골린다' 하였다. 과연 형식의 등에는 땀이 흘렀다.

영채도 형식의 하는 말을 다 들었다. 그리고 형식에게 대한 원통한 듯하던 마음이 얼마큼 풀린다. 그러나 형식이가 즉시 자기의 뒤를 따라 평양으로 내려온 것과 열심으로 자기의 시체를 찾아준 고마움도, 자기가 죽은 지 한 달이 못하여 선형과 혼인을 하여가지고 미국으로 간다는 생각에 눌려버리고 만다. 영채의 생각에도 형식 한 사람이 정다운 사람도 되고 박정한 낭군도 되어 보인다. 그러나 만사가 이미 다 지나갔으니 이제 와서 한탄하면 무엇 하고 분풀이를 하면 무엇 하랴. 차라리 웃는 낯으로 형식을 대하여 저편의 마음이나 기쁘게 하여줌이 좋으리라 하는 생각도 난다. 그래서 맘을 좀 돌리기는 돌렸으나 그래도 아주 웃는 얼굴을 보여 형식에게 안심을 주고 싶지는 아니하여

"참 죄송합니다. 황주 가서 곧 편지를 드리려다가 언제 죽을지 모르는 몸이 잠깐 살아 있는 것을 알려드리면 무엇 하랴, 차라리 죽은 줄로 믿고 계시는 것이 도리어 안심이 되실 듯하기로 그만두었습니다……이제 보면 아니 알려드린 것이 어떻게 잘되었는지요" 하고 영채도 과히 말하였다는 생각이 나서 웃는다.

"그러면 어찌해서 엽서 한 장도 아니 주신단 말씀이오?" 하고 형식은 분개한 구조[349]로 "그렇게 사람을 괴롭게 하십니까." 형식

은 진실로 이 말을 듣고 영채를 원망하였다. 만일 영채가 엽서 한 장만 하였으면 자기는 마땅히 당장 영채를 찾아가서 영채의 손을 잡았을 것 같다. 병욱과 영채는 형식의 분개하여하는 얼굴을 본다. 더구나 영채는 형식에게 대하여 불안한 생각이 나서

"그러나 저는 제가 살아 있는 줄을 알게 하는 것이 도리어 선생께 부질없는 근심을 끼칠 줄로 알았어요. 만일 제가 선생의 몸에 누가 되어서 명예를 상한다든지 하면 도리어 (주저하다가) 선생을 위하는 도리도 아니겠고······그래서 억지로 참고 가만히 있었습니다" 하고 또 영채의 눈에서는 눈물이 흐른다.

형식이 영채의 하는 말을 듣다가 눈물 떨어지는 것을 보고 저편으로 고개를 돌린다. 어디까지든지 자기를 위하여주는 영채의 심정이 더욱 감사하게 생각된다. 죽으려 한 것도 자기를 위하여, 살아 있으면서 살아 있는 줄을 알리지 아니한 것도 자기를 위하여 한 것임을 생각하매 자기의 영채에게 대한 태도가 너무 무정함이 후회된다.

마주 앉은 눈물 흘리는 영채를 보고 또 저편 차실에 앉은 선형을 생각하매 형식의 마음은 자못 산란하다. 세 사람 사이에는 한참 말이 없고 기차는 어느 철교를 건너가느라고 요란한 소리를 낸다. 창에 뿌리는 빗발과 흘러가는 물소리는 큰비가 아직 계속하는 줄을 알게 한다. 홍수나 아니 나려는지.

114

 형식은 부글부글 끓는 머리를 가지고 영채의 차실에서 나왔다. 우선이가 지켜 섰다가 형식의 어깨를 툭 치며

 "영채씨가 울데그려!"

 형식은 우선의 손을 잡으며

 "아, 이 일을 어쩌면 좋은가."

 "왜, 무슨 일이 났나. 영채씨가 바가지를 긁던가 보에그려⋯⋯요—, 호남자!"

 "아니어! 그렇게 농담으로 들을 것이 아닐세⋯⋯참, 어쩌면 좋아?"

 "아따, 걱정도 많기도 많에⋯⋯부산 가서 배 타고, 마관[350] 가서 차 타고, 횡빈[351] 가서 배 타고, 상항(桑港)[352] 가서 내리고 하면 그만이지 걱정이 무슨 걱정이어!"

 형식은 원망스러이 우선의 얼굴을 보고 서서 무슨 생각을 하더니

 "나는 미국 가기를 중지할라네!"

 "응?" 하고 우선도 놀라며 "어째?"

 "미국 가기를 중지할 테여⋯⋯그것이 옳은 일이지⋯⋯응, 그리할라네" 하면서 우선의 손을 놓고 차실로 들어가랸다. 우선은 손을 잡아 형식을 끌어당기며

 "자네 미쳤단 말인가, 이리 좀 오게."

형식은 멀거니 섰다.

"자네 지금 정신이 산란하였네. 미국 가기를 중지한다는 것이 무슨 소리어?"

"아니! 저편은 나를 위해서 목숨까지 버리려고 하는데 나는 이게 무슨 일인가. 나는 선형씨한테 이 뜻을 말하고 약혼을 파하겠네……그것이 옳은 일이지."

"그러면 영채하고 혼인한단 말이지?"

"응, 그렇지! 그것이 옳지!"

"영채는 자네와 혼인을 한다던가."

"그런 말은 없어."

"만일 영채가 자네와 혼인하기를 싫다 하면 어쩔 텐가."

형식은 한참 생각하더니

"그러면 일생 혼인 말고 지내지……절에 가서 중이 되든지."

우선은 마침내 껄껄 웃으며

"지금 자네가 노보세(上氣)³⁵³ 했네. 참 자네는 어린아일세. 세상이 무엇인지를 모르네그려. 행여 꿈에라도 그런 생각 내지 말고 어서 미국이나 가게."

"그러면 저 사람을 버리고?"

"버리는 것이 아니지, 일이 이미 그렇게 되었으니까 이제 그런 생각을 하면 무어 하나. 또 영채도 동경에 유학도 하게 되었고 하니까 피차에 공부나 잘하고 장래에 서로 남매 삼아 지내게그려. 그런 어림없는 미친 소리는 다 집어치고……" 하면서 형식의 등을 툭 친다. 팔에 붉은 헝겊 두른 차장이 지나가다가 두 사람을 슬쩍 본다.

 형식은 자기의 자리에 돌아와 뒤에 몸을 기대고 가만히 눈을 감았다. 선형은 조는지 무슨 생각을 하는지 그린 듯이 기대어 앉았다.

 형식의 가슴속에는 새로운 의문 하나가 일어난다.

 대체 자기는 누구를 사랑하는가. 선형인가, 영채인가. 영채를 대하면 영채를 사랑하는 것 같고 선형을 대하면 선형을 사랑하는 것 같다. 아까 남대문에서 차를 탈 때까지는 자기는 오직 선형에게 몸과 마음을 다 바친 듯하더니 지금 또 영채를 보매 선형은 둘째가 되고 영채가 자기의 사랑의 대상(對象)인 듯도 하다. 그러다가 또 앞에 앉은 선형을 보매 '이야말로 내 아내, 내 사랑하는 아내'라는 생각도 난다. 자기는 선형과 영채를 둘 다 사랑하는가. 그렇다 하면 동시에 두 사람을 다 같이 사랑할 수가 있을까. 남들이 하는 말을 듣거나 자기가 지금껏 생각하여온 바로 보건대 참된 사랑은 결코 동시에 두 사람 이상에 향할 수 없는 것이어늘 지금 자기의 마음은 어떠한 상태에 있나. 아무렇게 해서라도, 어떠한 표준을 세워서라도 형식은 선형과 영채 양인 중에 한 사람을 골라야 하겠다.

 오래 생각한 후에 형식은 이러한 결론에 달하였다.

 자기가 선형을 사랑하는 것도 결코 뿌리 깊은 사랑이 아니라. 자기는 선형의 얼굴이 어여쁜 것과 태도가 얌전한 것과 학교에서 우등한 것과 부자요 양반의 집 딸인 것밖에 아무것도 선형에게 관하여 아는 것이 없다. 나는 아직도—약혼한 지금까지도 선형의 성격(性格)을 알지 못한다. 물론 선형도 자기의 성격을 알지 못한다. 서로 이해(理解)함이 없이 참사랑이 성립될 수 있을까. 내 영혼은 과연 선형을 요구하고 선형의 영혼은 과연 나를 요구하는가. 서로 만날 때에 영혼과 영혼이 마주 합하고 마음과 마음이 마주 합하였는가. 일언이폐지하면 자기와 선형 사이에는 과연 칼로 끊지 못하고 불로도 사르지 못할 사랑의 사슬이 있는가.

이렇게 생각하매 형식은 실망함을 금치 못한다. 자기는 비록 선형에게 이 모든 것을 구하였다 하더라도 선형은 결코 자기에게 영혼도 보이지 아니하고 마음도 주지 아니하였다. 어찌 생각하면 선형에게는 자기에게 줄 영혼과 마음이 없는지도 모르겠다. 다만 부모의 명령과 세상의 도덕에 눌려 하릴없이 자기를 따라오는지도 모르겠다. 물론 일찍 선형이가 자기 입으로 '예' 하고 대답은 하였다. 그러나 그 대답이 과연 자각(自覺) 있게 나온 대답일까.

그러면 자기가 선형에게 대한 사랑은 즉 항용 사나이들이 고운 기생 같은 여성의 색에 취하여 하는 사랑과 다름이 있을까. 자기의 사랑은 과연 문명의 세례를 받은 전 인격적(全人格的) 사랑이라고 할 수가 있을까.

115

형식은 결코 지금까지 장난으로 선형을 사랑한 것도 아니요 육욕으로 사랑한 것도 아니었다. 그는 그의 동포가 사랑을 장난으로 여기고 희롱으로 여기는 태도에 대하여 큰 불만을 품는다. 자기의 일시 정욕을 만족하기 위하여 이성(異性)을 사랑한다 함을 큰 죄악으로 여긴다. 그는 사랑이란 것을 인류의 모든 정신 작용 중에 가장 중하고 거룩한 것의 하나인 줄을 믿는다. 그러므로 자기가 선형을 사랑하는 것은 자기에게 대하여서는 극히 뜻이 깊고 거룩한 일이요 자기의 동포에게 대하여서는 큰 정신적 혁명으로 생각한다. 그러므로 형식의 사랑에 대한 태도는 종교적으로 진실하고 경건(敬虔)한 것이었다. 사랑을 인생의 전체라고까지는 생각하지 않는다 하더라도 사랑에 대한 태도로 족히 인생에 대한 태도를 결정할 수 있다고 믿는다. 그러나 이제 생각하여보건댄 자기의 선형에게 대한 사랑은 너무 유치한 것이었다. 너무 근거가 박약하고 내용이 빈약한 것이었다.

  형식은 오늘 저녁에 이것을 깨달았다. 깨달으매 슬펐다. 마치 자기가 일생 정력을 다 들여서 하여오던 사업이 일조에 헛된 것인 줄을 깨달은 듯한 실망을 맛보았다. 그와 함께 자기의 정신의 발달한 정도가 아직도 극히 유치함을 깨달았다. 자기는 아직 인생을 깨달을 때도 아니요 따라서 사랑을 의논할 때도 아님을 깨달았다. 그러므로 자기가 오늘날까지 여러 학생에게 문명을 가르치고 인생을 가르친 것이 극히 외람된 일인 줄도 깨달았다. 자기는 아직도 어린애다. 마침 어른 없는 사회에 처하였으므로 스스로 어른인 체하던 것인 줄을 깨달으매 스스로 부끄러운 생각도 난다.

  형식은 생각에 이어 생각을 한다.

나는 조선의 나갈 길을 분명히 알았거니 하였다. 조선 사람의 품을 이상과 따라서 교육자의 가질 이상을 확실히 잡았거니 하였다. 그러나 이것도 필경은 어린애의 생각에 지나지 못하는 것이다. 나는 아직 조선의 과거를 모르고 현재를 모른다. 조선의 과거를 알려면 우선 역사 보는 안식(眼識)을 길러가지고 조선의 역사를 자세히 연구해볼 필요가 있다. 조선의 현재를 알려면 우선 현대의 문명을 이해하고 세계의 대세를 살펴서 사회와 문명을 이해할 만한 안식(眼識)을 기른 뒤에 조선의 모든 현재 상태를 주밀히[354] 연구하여야 할 것이다. 조선의 나갈 방향을 알려면 그 과거와 현재를 충분히 이해한 뒤에야 할 것이다. 옳다, 내가 지금껏 생각하여오던 바, 주장하여오던 바는 모두 다 어린애의 어린 수작이다.

더구나 나는 인생을 모른다. 내게 무슨 인생의 지식이 있는가. 나는 아직 나를 모른다. 근본적(根本的)으로 내가 무엇인지는 설혹 알지 못한다 하여도, 적더라도 현재에 내가 세상에 처하여갈 인생관은 있어야 할 것이다. 옳은 것을 옳다 하고 좋은 것을 좋다고 할 만한 무슨 표준은 있어야 할 것이다. 그런데 내게는 그것이 있는가. 나는 과연 자각한 사람인가.

이렇게 생각하매 형식은 자기의 어리석고 무식한 것이 눈앞에 분명히 보이는 듯하다. 형식은 눈을 떠서 선형을 본다. 선형은 여전히 가만히 앉았다. 형식은 또 생각한다.

나는 선형을 어리고 자각 없는 어린애라 하였다. 그러나 이제 보니 선형이나 자기나 다 같은 어린애다. 조상 적부터 전하여오는 사상(思想)의 계통(系統)은 다 잃어버리고 혼돈한 외국 사상

속에서 아직 자기네에게 적당하다고 생각하는 바를 택할 줄 몰라서 어쩔 줄을 모르고 방황하는 오라비와 누이——생활(生活)의 표준도 서지 못하고 민족의 이상도 서지 못한 세상에 인도하는 자도 없이 내던짐이 된 오라비와 누이——이것이 자기와 선형의 모양인 듯하였다.

그리고 형식은 다시 눈을 떠서 선형을 보매 선형은 잠이 들었는지 입을 반쯤 열고 가슴이 들먹들먹한다. 형식은 참지 못하여 무릎 위에 힘없이 놓인 선형의 손에 입을 대었다. 형식의 생각에 선형은 자기의 아내라고 하는 것보다 같이 손을 끌고 길을 찾아가는 부모 잃은 누이라는 생각이 난다.

옳다. 그러므로 우리들은 배우러 간다. 네나 내나 다 어린애이므로 멀리멀리 문명한 나라로 배우러 간다. 형식은 저편 차에 있는 영채와 병욱을 생각한다. '불쌍한 처녀들!' 한다.

이렇게 생각하니 세 처녀가 다 같이 사랑스러워지고 정다워진다. 형식의 상상(想像)은 더욱 날개를 펴서 이희경 일파를 생각하고 경성학교 학생 전체를 생각하고 또 서울 장안 길에서 보던 누군지 얼굴도 모르고 성명도 모르는 남녀 학생들과 무수한 어린아이들을 생각한다. 그네들이 모두 다 자기와 같이 장차 나갈 길을 부르짖어 구하는 듯하며 그네들이 다 자기의 형이요 동생이요 누이들인 것같이 정답게 생각된다. 형식은 마음속으로 커다란 팔을 벌려 그 어린 동생들을 한 팔에 안아본다.

형식의 생각에 자기와 선형과 또 병욱과 영채와 그 밖에 누군지 모르나 잘 배우려 하는 사람 몇십 명 몇백 명이 조선에 돌아오면 조선은 하루이틀 동안에 갑자기 새 조선이 될 듯이 생각한다. 그리고 아까 슬픔을 잊어버리고 혼자 빙그레 웃으며 잠이 들었다.

116

그러나 선형의 가슴은 그렇게 편안하지 아니하였다. 형식이가 영채를 찾아가고 없는 동안에 더욱 마음이 산란하게 되었다. 영채가 이 차에 탔단 말을 듣고 몹시 괴로워하는 형식의 모양을 보매 암만해도 형식의 마음에는 자기보다도 영채가 더 사랑스러운 것같이 보인다. 설혹 형식의 말과 같이 영채가 죽은 줄로 믿고 자기와 약혼을 하였다 하더라도 형식의 가슴속에는 영채의 기억이 깊이깊이 들어박혀서 자기는 용납할 곳이 없는 것 같다. 영채가 없으므로 부득이 자기를 사랑하려 하다가 이제 영채가 살아난 줄을 알매 다시 영채에게 대한 애정이 일어나는 것 같다. 자기는 형식에게 대하여 임시로 영채의 대신을 하여준 듯하다. 이렇게 생각하매 더욱 불쾌하여진다.

'옳지, 영채가 없으니까 나를 사랑하였지' 하고 선형은 얼굴을 찌푸린다. '그러면 나는 이형식의 노리개가 되었던가' 하고 한번 몸을 흔든다. '옳지, 아마 형식이가 미국 유학에 탐을 내어서 나와 약혼을 한 게다' 하고 벌떡 일어선다. '아아, 나는 남의 첩이 된 셈이로구나' 하고 주먹을 불끈 쥔다. 형식을 정직한 사람으로 믿었던 것이 후회도 난다. '나를 사랑하시오?' 할 때에 '아니요,

나는 당신을 조금도 사랑하지 아니하오' 하고 슬쩍 돌아서지 못한 것도 분하고 형식이가 손을 잡을 때에 순순히 잡힌 것도 분하고 모든 것이 다 분하여진다. 선형은 다시 펄썩 주저앉으며 '아아, 내가 그러한 사람을 따라 미국을 가누나' 하고 방금 울음이 터질 듯이 코를 실룩실룩하기도 한다.

형식이가 속으로 자기와 영채를 비교할 것을 생각해본다. 영채는 참 곱다. 그리고 영리하고 다정하게 생겼다. 선형도 자기가 친히 거울을 대하거나 남의 칭찬하는 말을 들어 자기의 얼굴이 어여쁘고 태도가 얌전한 줄을 안다. 그중에도 자기의 맑은 눈이 여러 사람의 칭찬을 받는 줄을 안다. 그러므로 선형은 자기와 연치가 비슷한 여자를 볼 때에는 반드시 그 얼굴을 자세 보고 또 속으로 자기의 얼굴과 비교해보는 버릇이 있다. 아까도 영채를 보고 곧 자기의 얼굴과 비교해보았다. 그때에 선형은 매우 영채를 곱게 보았다. '친해두고 싶은 사람이로군' 하였다. 그러나 알고 본즉 그는 다방골 기생이다. 형식이가 자기의 얼굴과 더러운 기생의 얼굴을 비교할 것을 생각하매 더할 수 없이 괘씸하다. 영채의 얼굴이 비록 곱다 하더라도 그것은 기생의 얼굴이다. 내 얼굴이 비록 영채의 것만 못하다 하더라도 그것은 양반의 집 처녀의 얼굴이다. 어찌 감히 비기랴 한다.

형식의 끈끈한 것을 보건댄 당당한 여학생인 자기보다도 아양을 떨고 간사를 부리는 영채를 곱게 볼 것 같다. 영채가 무엇이냐, 다방골 기생이 아니냐 하여본다.

형식이가 계월향이라는 기생과 좋아하다가 평양까지 따라갔다는 말을 들을 제 형식을 조금 의심하게 되고, 그 후 형식이가 자기더러 '나를 사랑하시오?' 하고 염치없는 소리를 물으며 나중에 자기의 손을 잡을 때에 '과연 기생집에나 다니던 버릇이로다' 하였고, 지금 와서 선형은 더욱 형식을 더럽게 본다. 한참 악감정이 일어난 이 순간에는 선형의 보기에 형식은 모든 더러운 것, 악한 것을 다 갖춘 사람 같다.

'아이 어찌해!' 하고 화가 나는 듯이 선형은 고개를 짤래짤래 흔든다. 자기의 앞에 형식의 빈 자리에 허깨비 형식을 그려놓고 '엑, 나를 속였구나' 하고 두어 번 눈을 흘겨본다. 그러고는 또 한 번 속에 불이 일어서 몸을 흔든다.

선형은 아직 사람을 미워하여본 적이 없었다. 팔자 좋은 선형은 미워하려도 미워할 사람이 없었다. 자기를 대하는 사람은 다 자기를 귀여워해주고 칭찬해주었다. 학교에서 몇 번 선생을 미워하여본 적은 있었으나 '아이구, 미워……' 하고 얼굴을 찡그리도록 누구를 미워할 기회는 없었다. 형식은 선형에게 첫 번 미움을 받는 사람이다.

형식의 얼굴이 눈앞에 보인다. 그 얼굴이 어찌해 뻔질뻔질해 보이고 천해 보인다. 선형은 그 얼굴을 아니 보려고 눈을 두어 번 감았다 떴다 하며 손으로 땀에 축축하니 젖은 머리를 박박 긁었다.

형식은 지금 무엇을 하는가, 영채와 무슨 재미있는 이야기를 하는가 하여본다. 쌍긋쌍긋 웃는 영채가 보인다. 그 하얗고 동그레한 얼굴이 요물스럽게 보인다. '무엇이 고와, 그 얼굴이 고와?' 하고 발을 한번 들었다 놓는다. 그리고 그 요물스러운 영채가 고개를 갸웃갸웃하여가며 형식을 홀리는 것이 보인다. 그러면 형식은 그 넓짓한 입을 헤벌리고 홍홍하면서 징글징글한 웃음을 웃는다.

'아이구, 꼴 보기 싫어!' 하며 선형은 두 손길을 펴서 이마에 댄다. '왜 이 사람이 아직 아니 오누' 하며 자리를 한번 옮아앉는다. '무슨 이야기가 이렇게 많어!' 하며 차마 견딜 수가 없어서 한번 일어났다가 앉는다. 형식이가 돌아오거든 실컷 분풀이를 하고 싶다. '너희들끼리 더럽게 잘 놀아라' 하고 침을 탁 뱉고 달아나고도 싶다. '아이구, 내 팔자야!' 하고 함부로 몸을 흔든다. 한 번 더 '어쩌면 좋아!' 하고 푹 쓰러져 운다.

선형도 계집애다. 질투와 울기를 이리하여 배웠다.

117

형식이가 영채한테 간 지가 두 시간이나 세 시간이나 된 듯하다. 퍽도 오래 있는 것 같다. 오래 있는 것 같을수록 선형의 마음이 더욱 산란하였다.

선형은 지금까지 형식에게 사랑을 받고 싶다 하는 생각은 별로 없었다. 형식이가 퍽 자기를 사랑하여주니 자기도 힘껏 형식을 사랑하여주어야 되겠다 하는 생각은 있었다. 아내 되어서는 지아비를 사랑하라 하였고 부모께서는 자기더러 이형식의 아내가 되어라 하였으니 자기는 불가불 형식을 사랑하여야 한다는 생각은 있었다. 그러나 형식이가 자기더러 요구하는 그러한 사랑—손을 잡고 허리를 안고 입을 맞추려 하는 사랑은 없었다. 그러므로 만일 어떤 다른 여자가 형식을 안아준다 하면 자기의 생각이 어떠할까 하는 것은 생각하여본 적도 없었다.

그러므로 선형은 지금 자기가 가진 생각이 무엇인지를 잘 모른다. 선형도 시기라든지 질투라는 말은 안다. 그러나 시기나 질투는 큰 죄악이라 자기와 같은 예수도 잘 믿고 교육도 잘 받은 얌전한 아가씨의 가질 것은 아니라 한다.

조물은 각 사람에게 사람으로 배워야만 할 모든 것을 다 가르친다. 그리하되 사람들이 학교에서 하는 것과 같이 책이나 말로써 하지 아니하고 반드시 실험으로써 한다. 조물은 말할 줄을 모르고 오직 실행할 줄만 아니까 그러한가 보다. 선형의 인생의 학과는 이제부터 차차 중등과에 들려 한다. 사랑을 배우고 질투를 배우고 분노하기와 미워하기와 슬퍼하기를 배우기 시작한다. 사람이란 죽는 날까지 이것을 배우는 것이니까 선형이가 졸업하려면 아직 멀었다. 이 점으로 보면 영채나 형식은 선형보다 훨씬 상급생이다. 그리고 병욱은 사람들이 조물을 흉내 내어 또는 조물의 생각을 도적질하여 만들어놓은 문학이라든지 예술(藝術)이라든지에서 인생이라는 것을 퍽 많이 배웠다.

사람이란 이러한 과정을 많이 배우면 많이 배울수록 어른이 되어간다. 즉 천진난만한 어린애의 아리따운 태도가 스러지고 꾀도 있고 힘도 있고 고집도 있고 뜻도 있고 거짓말도 곧잘 하거니와 옳은 말도 힘 있게 하는 소위 어른이 되어간다. 정신의 내용이 더욱 풍부하여지고 더욱 복잡하여진다. 일언이폐지하고 사람이 되는 것이라.

전에 말한 바와 같이 선형은 아직 천진난만한, 엊그제 하늘에서 뚝 떨어진 어린애다. 오늘이야 처음 사람의 맛을 보았다. 사랑의 불길에, 질투의 물결에 비로소 쓴 것도 같고 단 것도 같은 인생의 맛을 보았다. 옛말에 마마는 백골이라도 한 번은 한다는 셈으로 사람 되고는 한 번은 반드시 이 세례를 받는다. 아니 받고 지냈으면 게서 더한 행복도 없을 듯하건마는 그렇거든 사람으로 아니 나는 것이 좋다. 다나 쓰나 면할 수 없는 운명이다.

우두를 넣으면 천연두를 벗어난다. 아주 벗어나지는 못하더라도, 앓더라도 경하게 앓는다. 그러므로 근년에 와서는 누구든지 우두를 넣으며 그래서 별로 곰보를 보지 못하게 되었다.

정신에도 마마가 있으니까 정신에도 천연두가 있을 것이다. 사랑이라든지 질투라든지 실망, 낙담, 슬픔, 궤휼,[355] 간사, 흉악, 음란, 행복, 기쁨, 성공 등 인생의 만반 현상은 다 일종 정신적 마마라. 소위 약은 부모들은 사랑하는 자녀의 괴로워하는 양을 차마 보지 못하여 아무쪼록 그네로 하여금 일생에 이 마마를 겪지 않도록 하려 하나 그것은 사람의 힘으로는 막지 못할 것이다. 야매한[356] 사람들이 마마에 귀신이 있는 줄로 믿는 것은 잘못이어니와 이 정신적 마마야말로 귀신이 있어서 지키는 부모 몰래 그네의 사랑하는 자녀의 정신 속에 숨어 들어가는 것이라. 그러므로 자녀에게 인생의 모든 무섭고 더러운 방면을 감추려 함은 마치 공기 중에는 여러 가지 독균이 있다 하여 자녀들을 방 안에 가두어 두는 것과 같다. 그리하여 바깥 독균 많은 공기에 익지 못한 자녀의 내장은 독균이 들어가자마자 곧 열이 나고 설사가 나서 죽어 버린다. 그러나 평생에 바깥 공기에 익어서 내장에 독균을 대항할 만한 힘을 기르면 여간한 독균이 들어오더라도 무섭지를 아니하다. 한번 우두로 앓은 사람은 천연두균을 저항하는 힘이 있는 것과 같다.

선형은 지금껏 방 안에 갇혀 있었다. 그는 공기 중에 독균이 있는 줄도 몰랐다. 그리고 그는 우두도 넣지 아니하였다. 그런데 지금 질투라는 독균이 들어갔다, 사랑이라는 독균이 들어갔다. 그는 지금 어찌할 줄을 모른다. 그가 만일 종교나 문학에서 인생이라는 것을 대강 배워 사랑이 무엇이며 질투가 무엇인지를 알았던들 이 경우에 있어서 어떻게 하여야 할 것을 분명히 알았을 것이언마는 선형은 처음 이렇게 무서운 병을 당하였다.

선형은 얼마 울다가 고개를 번쩍 들었다. 그리고 지금 지나간 자기의 심리(心理)를 돌아보고 깜짝 놀라며 진저리를 쳤다. 선형의 눈은 둥그레진다.

'내가 어찌 되었는가' 하고 한참 숨을 멈춘다. 첫 번 지내보는 그 아픈 경험이 마치 캄캄한 밤과 같은 무서움을 준다. '이게 무엇인가' 하고 오싹오싹한 소름이 두어 번 전신으로 쪽쪽 지나간다. 그러다가 멀거니 차실을 돌아보면서[357]

'퍽도 오래 있네' 한다.

118

 선형은 몹시 무서운 생각이 난다. 자기의 내장이 온통 빠지직빠지직 타는 듯하고 코로는 시꺼먼 불길이 활활 나오는 듯하다. 씨근씨근하는 자기의 숨소리가 마치 자기의 곁에 어떤 커다란 마귀가 와 서서 후후 찬 입김을 불어주는 것 같다. 자기의 몸이 마치 성경을 배울 때에 상상하던 컴컴한 지옥 속으로 둥둥 떠 들어가는 것 같다. 선형은 흑 하고 진저리를 치며 차실 내에 여기저기 앉아 조는 사람들을 돌라본다. 그 사람들도 모두 다 무서운 마귀가 된 것 같다. 그 사람의 얼굴들이 금시에 눈을 뚝 부릅뜨고 자기를 향하고 달려들 것 같다.
 '아이구, 무서워!' 하고 선형은 두 손으로 얼굴을 가린다. 얼굴을 가리면 영채와 형식의 모양이 또 보인다. 둘이 꼭 쓸어안고 뺨을 마주 대고 비웃는 얼굴로 자기를 보는 것 같기도 하고 자기가 그 곁에 섰다가 퉤하고 침을 뱉으면 영채와 형식이가 갑자기 무서운 마귀가 되어서 '응' 하고 자기를 물어뜯는 것 같기도 하다. 선형은 '아이구, 어머니!' 하고 푹 쓰러졌다. 선형의 몸은 알 수 없는 무서움으로 들들 떨린다. 선형은 얼른 하나님 생각을 하고 기도를 하려 하였다. 그러나 '하나님, 하나님' 할 따름이요 다른 말이 나오지를 아니하였다. 그래서 몇 번 하나님을 찾다가 무슨 뜻인지도 모르고 '이 죄인의 죄를 용서하여주시옵소서' 하고 말았다. 그만해도 얼마큼 무서운 생각이 없어지고 숨소리가 순하게 되었다. 그래서 선형은 곁에 그리스도가 와서 선 것을 상상하고 가만히 눈을 감고 있었다.

이때 형식이가 우선으로 더불어 돌아왔고 또 선형의 손등에 입을 댄 것이라. 선형은 그때에 결코 잠이 든 것은 아니었다. 형식이가 돌아오는 줄을 알면서도 일부러 눈을 뜨지 아니하였다. 그러다가 형식의 입술이 자기의 손등에 댈 때에는 그 손등으로 형식의 면상을 딱 붙이고 싶도록 미웠다. 이것이 다 기생과 하던 버릇이로구나 하였다.

그러고는 선형도 잠이 들었다. 휘황한 전등은 밤새도록 이 두 괴로워하는 사람의 얼굴을 비추었고 커다란 눈을 부릅뜬 시커먼 기관차는 캄캄한 밤과 내리쏟는 비를 뚫고 별로 태우고 내리우는 사람도 없이 산굽이를 돌고 굴을 통하여 여러 가지 꿈을 꾸는 각 사람을 싣고 남으로 남으로 향하였다.

두 사람이 잠을 깬 것은 차가 삼랑진[358] 역에 닿을 적이었다. 시계의 짧은 침은 벌써 다섯 시를 가리켰으나 하늘이 흐려 아직도 정거장의 등불이 반작반작한다.

차장이 모자를 옆에 끼고 은근히 고개를 숙이더니

"두 군데 선로가 파손되어 네 시간 후가 아니면 발차할 수가 없습니다" 한다.

자다가 깬 손님들은 모두 눈을 비비며 "응, 응" 하고 불평한 소리를 하다가 모두 짐을 뭉쳐 가지고 내린다. 어떤 사람은 차창으로 내다보다가

"저 물 보게, 물 보게!" 하며 기쁜지 슬픈지 알 수 없는 감탄을

발한다. 비 외투를 입은 역부들은 나는 상관없다 하는 듯이 시치미 떼고 슬근슬근 열차 곁으로 왔다 갔다 한다. 정거장은 무슨 큰 일이나 난 듯이 공연히 수선수선한다. 형식은

"우리도 내리지요. 네 시간을 어떻게 차 속에 있겠어요" 하고 선형을 본다. 선형은 형식의 입을 보고 어제 저녁 자기의 손등에 대던 생각을 하고 속으로 우스워하면서

"내리지요!" 하고 먼저 일어선다. 형식은 가방과 담요 둘을 한데 들고 앞서 내리고 선형은 형식의 보던 책과 자기의 손가방을 들고 형식의 뒤를 따라 내렸다. 개찰구 곁에 갔을 적에 병욱이가 뛰어오며 뉘게 하는 말인지 모르게

"내리셔요?" 하고 아침 인사를 잊어버린 것을 생각하고 웃는다.

"예. 네 시간이나 어떻게 기다리겠습니까, 여관에 들어 좀 쉬지요……물 구경이나 하고요."

"그러면 저희도 내리겠습니다. 잠깐 기다려주셔요!" 하더니 저편으로 뛰어간다. 형식과 선형의 눈도 그리로 향하였다. 영채가 이편으로 향한 차창에 서서 물끄러미 바깥을 내다보는 것이 보인다. 그러나 두 사람은 보지 못한 것 같다. 형식은 '어찌하나' 하고 선형은 '조, 요물이' 하였다. 병욱이가 뛰어가서

"얘, 우리도 내리자, 저이들도 내리시는데" 하고 뒤를 돌아보는 것을 보고야 비로소 영채도 형식과 선형을 보았다. 그리고 얼른 고개를 움츠렸다.

병욱이가 앞서고 영채는 병욱의 뒤에 서서 병욱의 그늘에 자기

의 몸을 감추려는 듯이 비슬비슬 형식의 곁으로 온다. 병욱이가 슬쩍 비켜서매 영채와 형식은 정면으로 마주 서게 되었다. 영채는 형식에게 가볍게 고개를 숙이고 다음에 선형을 향하고 방그레 웃으며 은근하게 인사를 하였다. 선형도 웃으며 답례하였다. 그러나 둘이 다 일시에 얼굴을 붉혔다.

네 사람은 열을 지어서 개찰구를 나섰다. 일없는 손님들은 네 사람의 행색을 유심히 보며 혹 웃기도 하고 수군수군하기도 한다. 마치 형식이가 세 누이를 데리고 가는 것 같다. 대합실에서 여관 하인에게 짐을 맡기고 네 사람은 그 하인의 뒤를 따라 나가다가 정거장 모퉁이에 서서 붉은 물이 굼실굼실하는 낙동강을 본다.

119

"아이, 저 물 보셔요!" 하고 병욱이가 가시 돋은 철사에 배를 대고 허리를 굽히며 소리를 친다. 다른 세 사람도 속으로는 '저 물 보게' 하면서도 아무도 입 밖에 말을 내지는 아니한다.

"저것 보게, 저기 저 집들이 반이나 잠겼습니다그려!" 하고 마산선으로 갈려 나가는 길가에 있는 초가집들을 가리킨다. 과연 대단한 물이로다. 좌우편 산을 남겨놓고는 온통 시뻘건 흙물이로다. 강 한가운데로 굼실굼실 소용돌이를 쳐가며 흘러 내려가는 물 소리가 들리는 듯하고 그 물들이 좌우편에 늘어선 산굽이를 파서 얼마 아니 되면 그 산들의 밑이 빠져나갈 것 같다.

길이 좁아서 미처 빠지지를 못하여 우묵우묵한 웅덩이라는 웅덩이는 하나도 남겨놓지 않고 쓸어들여서 진을 치고 앞선 물들이 다 내려가기를 기다리는 것 같다. 길을 잃은 물은 사람 사는 촌중에까지 침입하여 사람들을 다 내몰고 방 안, 부엌, 벽장 할 것 없이 온통 점령을 하고 말았다. 그리고 집을 잃은 사람들은 모두 아이를 업고 늙은이를 이끌고 높고 높은 데를 찾아 산으로 기어오른다. 사람들이 중히 여기고 중히 여기어 남을 주기는커녕 잠깐만져만 보자고 하여도 눈이 벌게지며 '못한다' 하던 모든 세간을 그 벌건 물들이 이리 둥실 저리 둥실 띄워가지고 왔다 갔다 하다가 물결에 강 한복판으로 집어던져 빙글빙글 곤두박질을 하며 한정 없는 바다로 흘려 내려 보낸다.

사람들이 여름내 애써서 길러놓은 곡식들도 그 붉은 물결 속에서 부대끼고 또 부대끼어 그 약한 허리가 부러지는 것도 있을 것이요 그 부드러운 뿌리가 끊어지는 것도 있을 것이다. 장차 누렇게 열매를 맺어 가을밤 골안개[359]에 무거운 고개를 숙이려 하던 벼의 꽃도 다 말이 못되고 말았을 것이다. 온 땅은 전혀 붉은 물의 세력하(勢力下)에 들어가고 말았다.

비는 그쳤건마는 하늘에는 언제 쏟아질지 모르는 검은 구름장이 뭉글뭉글 떠돈다. 부리나케 동편을 향하고 달아나다가는 무슨 생각이 나는지 또 서편을 향하고 몰려간다. 이따금 참다못한 듯이 굵은 빗방울이 우수수 떨어진다.

벌거벗은 높은 산에는 갑자기 된 폭포와 시내가 거꾸로 매달린 듯이 마치 검은 바탕에다가 여기저기 되는대로 흰 줄을 그어놓은 것 같다. 그 개천들이 벌거벗은 산들의 살을 깎고 뼈를 우비어가지고 내려오는 소리가 무섭게 흘러가는 강물 소리와 합하여 웅대(雄大)한 합주(合奏)를 듣는 것 같다.

땅은 목말랐던 판에 먹을 수 있는 대로 실컷 물을 먹어서 물렁물렁하게 되었다. 마치 지심(地心)[360]까지 들이젖었을 것 같다. 하늘 위며 땅 밑이 온통 물 세상이로다. 이 물 세상에 서서 사람들은 '어찌 되려는고' 하고 하늘만 우러러본다. 병욱은 다시

"이렇게 물이 많이 나서 흉년이나 아니 들까요" 하고 형식을 본다. 형식도 우적우적 높은 땅으로 기어오르는 사람들을 보고 섰다가 고개를 병욱에게로 돌리며

"글쎄올시다. 이제라도 곧 비가 그쳤으면 좋으련마는, 이제 하루만 더 오면 연사[361]는 말이 아니 될 것 같습니다." 이 말을 하는 동안에 세 처녀는 일제히 형식의 입을 바라본다. 그네의 속에는 개인(個人)을 뛰어난 일종의 근심과 두려움이 찬다. '큰물' '흉년' 하는 생각과 물소리와 뭉글뭉글하는 구름과 집을 잃고 높은 땅으로 기어오르는 사람은 그네로 하여금 개인이라는 생각을 잊어버리고 공통한 생각——즉 사람으로 저마다 가지는 생각을 가지게 되었다. 선형도

"이제 비가 그치면 오늘 안으로 이 물이 다 뺄까요?"[362] 하고 형식을 본다.

"아마, 내일 아침까지는 갈걸요" 한다.

"상류(上流)에 비가 아니 오면 곧 빼지마는 상류에 비가 오

면……" 하고 영채가 연전 평양은 비도 아니 오는데 대동강이 범람하던 생각을 한다.

"평양 시가에도 물이 들어올 때가 있나요" 하고 선형이가 영채를 보며 묻는다.

"들어오구말구요. 성내에는 별로 들어오는 일이 없지마는 외성에는 흔히 들어옵니다. 그러께[363]도 외성 신시가로 배를 타구 다녔는데요" 하고 선형의 눈을 슬쩍 본다. 선형은 얼른 눈을 피하였다. 병욱은 한참 듣다가 빙긋 웃으며 속으로 '너희 둘이 잘 이야기를 한다' 하였다. 영채는 병욱의 웃는 것을 보고 한 걸음 병욱에게 가까이 가며 남에게 아니 보이게 가만히 병욱의 손을 잡는다. 병욱은 영채의 손을 꼭 쥐어주었다. 네 사람은 한참이나 말없이 저 보고 싶은 데를 멀거니 보고 있었다. 그러나 네 사람은 공통한 생각을 버리고 각각 제가 되었다. 그리고 본즉 여기 서서 구경할 재미도 없어졌다. 그래도 그냥 우두커니 섰다가 의논한 듯이 네 사람은 슬몃슬몃 발을 돌려 거기서 십여 보가 다 못 되는 여관으로 향하였다. 하녀들과 반또[364]가 '이랏샤—'[365]를 부르고 네 사람을 이층 북편 끝 하찌조마(八疊間)[366]로 인도한다. 지나가면서 보건댄 각 방에는 손님이 다 찬 모양이요 모두 무슨 이야기들을 한다. 여관은 물 난 덕에 매우 흥성흥성하게 되었다.

네 사람이 각각 방석을 당기어 깔고 앉자마자 소나기가 쏴 하고 여관의 함석지붕을 때린다.

'아이구, 저 집 잃은 사람들을 어찌해' 하고 세 처녀가 일시에 얼굴을 찌푸린다. 비는 좍좍 퍼붓는다. 방 안은 적적하다.

120

 집을 잃은 무리들은 산기슭에 선 대로 비를 함빡 맞아서 전신에서 물이 쪽 흐르게 되었다. 어린아이를 안은 부인들은 허리를 굽혀서 팔과 몸으로 아이를 가린다. 그러나 갑자기 퍼붓는 빗발에 숨이 막혀서 으아 하고 우는 아이도 있다. 그러면 어미 되는 이는 머리에서 흐르는 빗물에 섞인 눈물을 흘리면서 몸을 흔들거린다.

 어떤 노파는 되는대로 되어라 하는 듯이 우두커니 쭈그리고 앉아서 비에 가린 먼 산을 바라보고 어떤 중늙은이는 머리 헙수룩한[367] 총각을 데리고 그늘을 찾아서 뛰어간다.

 여름내 김매기에 얼굴이 볕에 건[368] 젊은 남녀들은 어찌할 줄을 모르고 멀거니 서서 자기네가 애써 지어놓은 논 있던 곳을 바라본다. 벌건 물결은 조금 남았던 논까지도 차차 덮고야 말란다.

 우르릉하는 우렛소리가 한번 산천을 흔들 때마다 주렴 같은 비가 앞산으로 고함을 치고 들이달아서는[369] 숨쉬듯 불어오는 동남풍에 비스듬히 휘면서 뒷산으로 달아 들어간다. 그러할 때마다 풀숲 사이로 흙물이 모래를 밀고 콸콸 쓸려 내려온다. 또 한 번 우렛소리가 나고는 또 한바탕 앞산 너머로서 모진 비가 밀려 넘어온다. 그 속에 백여 명 사람들은 어찌할 줄을 모르고 가만히 섰다. 처음에는 무서운 마음도 나고 슬픈 마음도 났건마는 한참 지나서는 아무러한 생각도 없이 되었다. 굵은 빗발이 깨어져라 하고 얼굴을 때릴 때마다 흑흑 느끼며 몸을 옴츠릴 뿐이라.

여러 사람의 살은 싸늘하게 식었다. 입술은 파랗게 되고 몸이 들들들 떨린다. 눈앞에 늘어 있는 집들에서는 조반 짓는 연기가 나온다. 그 연기도 굴뚝 밖에 나서자마자 짓쳐[370] 들어오는 빗발에 기운을 못 쓰고 도로 쫓겨 들어가고 마는 것 같다.

비는 언제 그칠 것 같지도 아니하다. 하늘이 온통 녹아서 비가 되고 말 듯이 쏟아져 내려온다.

그중에 저편 언덕 밑에 지게를 기둥 삼아 낡은 거적 하나를 덮어놓은 것이 있고 그 밑에는 어떤 행주치마 입고 얼굴에 주름 잡힌 노파가 입술을 물고 괴로워하는 젊은 부인을 안고 앉았다. 풀물 묻은 잠방이 입은 젊은 남자는 상투 바람으로 우뚝 서서 바람에 날리려는 섬거적을 붙들고 있다. 이편 귀가 들먹하면 이것을 누르고 저편 귀가 들먹하면 저것을 누른다.

노파에게 안긴 젊은 부인은 괴로움을 견디지 못하는 듯이 몸을 비틀고 이따금 아이쿠, 아이쿠 하고 소리를 친다. 그러할 때마다 노파는 더 힘껏 그 부인을 껴안아주고 젊은 남자는 고개를 기울여 들여다본다. 산에서 흘러 내려오는 물이 흙을 밀어다가 노파의 몸을 섬 삼아 좌우로 흘러 내려간다. 노파와 젊은 부인의 치맛자락이 흙에 묻혔다 나왔다 한다.

이윽고 우렛소리가 저 멀리 서편으로 달아나며 비가 차차 그치고 어둡던 천지가 좀 밝아진다. 산들이 모두 옛 모양이 될 때에는 사방으로 흘러내리는 물소리만 쏴쏴 하고 들린다.

이때에 젊은 남자는 섬거적을 벗겨내버리고 허리를 굽혀 젊은 부인의 얼굴을 들여다보면서

"어떤고?" 한다. 그러나 부인은 몸을 비틀 뿐이요 아무 대답도 없다. 노파가 부인의 손을 만지며

"이것 보려무나, 이렇게 전신이 얼음장같이 차구나. 어떡허면 좋으냐" 하고 화증을 내며 눈물을 흘린다.

'어떻게 하나' 하고 젊은 사람도 얼굴을 찌푸린다. 부인은 또 한 번 몸을 비틀며 "아이쿠, 창자가 끊어지는 것 같소" 하고는 말끝에 울음이 나온다. 전신은 흙투성이가 되었다.

"얘, 그래도 어느 집에 가서 말을 해봐라. 그래도 인정이 있지, 그렇겠니?"

"어느 집엘 가요, 누가 앓는 사람을 들인답디까."

이때에 저편으로서 지금 바로 조반을 먹은 형식의 일행이 나와서 차차 이편을 향하고 온다. 몸에서 물이 흐르는 사람들은 땅바닥에 그냥 주저앉아서 말없이 일행이 지나가는 것을 본다. 다른 객들도 둘씩 셋씩 담배를 피워 물고 물 구경을 나온다. 급한 비에 흙이 다 씻겨 나가서 길은 반반하다. 다만 여기저기 도랑이 져서 물이 흘러갈 뿐이다. 앞서서 오던 병욱은 앓는 부인 앞에 서며

"어디가 편치 않아요?" 할 때에 남자는 한번 슬쩍 병욱을 보고는 부끄러운 듯이 고개를 숙인다. 형식과 선형과 영채도 그 앞에 와 선다. 흙투성이가 된 부인은 또 한 번 몸을 비틀며 아이쿠 한다. 노파는 그 바람에 뒤로 쓰러졌다가 손에 묻은 흙을 자기의 팔과 허리에 되는대로 문대면서

"만삭 된 태모야요. 그런데 새벽부터 이렇게 배가 아프다고……" 하며 말끝을 못 맺는다.

"댁은 어딘데요?" 하고 형식이가 묻자

"저 물속에 들어갔답니다. 그 원수의 물이……후후, 사람을 살려줍시오!"

부인은 또 한 번 "아이쿠!" 하며 숨이 막힐 것 같다. 병욱은 부인의 손을 만져보더니 형식을 돌아보며

"여봅시오, 가서 방을 하나 빌려가지고 병인을 들여다 누입시다. 아마 산기가 있나 봅니다" 한다. 영채와 선형은 얼굴을 찡그린다. 그중에도 선형은 무서운 것이나 본 듯이 진저리를 치며 한 걸음 물러선다. 형식은 집 있는 데로 달음질을 하여 간다. 일동은 형식의 가는 양을 보고 섰다.

121

병욱이가 적삼 소매와 치마를 걷고 앉아서 부인의 손을 주무르며

"얘, 영채야, 자 우선 좀 주무르자."

영채도 병욱과 같이 소매와 치마를 걷고 노파의 뒤로 가며

"자, 노인은 좀 일어납시오" 하고 자기가 대신 병인을 안으려 한다.

"웬걸요, 이렇게 전신이 흙투성이야요. 고운 옷에 흙 묻으리다" 하고 좀처럼 듣지 아니한다. 하릴없이 영채는 그 곁에 앉아서 흐트러진 부인의 머리를 거두어[371] 준다. 선형도 앉아서 발과 다리를

주무른다. 구경꾼들이 죽 둘러선다. 세 처녀의 하얀 손에는 누런 흙이 묻는다.

 얼마 않아서 형식이가 땀을 흘리며 뛰어오더니

 "자, 저리로 갑시다. 방에 불을 때라고 이르고 왔으니……"

 노파는 눈물을 흘리며

 "생아자부모라니, 이런 고마운 일이 없쇠다. 아이고, 이 은혜를 어떻게 갚나" 하고 젊은 사람더러

 "애, 쟤 업고 가자" 하며 병인을 일으켜 앉힌다. 젊은 사람은 아무 말도 없이 형식의 일행을 슬쩍 보며 병인을 업고 일어난다. 병인은 두 팔로 업은 사람의 목을 쓸어안고 얼굴을 어깨에 비빈다. 형식이가 앞서고 흙 묻은 노파가 한 손으로 병인의 등을 누르고 세 처녀가 뒤로 따라온다. 구경꾼들도 수군수군하면서 한참 따라오더니 하나씩 둘씩 다 떨어지고 말았다.

 객주에 들여다가 옷을 갈아입혀 누이고 일변 형식이가 의원을 불러오며 일변 세 처녀가 전신을 주물렀다. 노파는 병인의 머리맡에 앉아서 울기만 하더니 가슴이 아프다고 하며 눕는다. 젊어서 가슴앓이가 있었는데 종일 찬비에 몸이 식어서 또 일어난 것이다. 영채와 선형은 태모를 맡고 병욱은 노파를 맡아서 간호한다. 노파는 한참씩 정신을 못 차리다가도 조금 정신이 들면

 "이런 은혜가 없어요. 백골난망이외다. 부디 수부귀다남자 하구 아들딸 많이 낳구 잘살다가 극락세계에 가시오" 한다. 세 처녀는 고개를 숙이고 씩 웃었다.

 영채와 선형은 땀을 흘리며 태모의 사지를 주무르고 배도 쓸어

준다. 영채의 손과 선형의 손이 가끔 마주 닿는다. 그러할 때마다 두 처녀는 슬쩍 마주 본다. 영채가 선형더러

"제가 부엌에 가서 물을 끓여 올게요" 하고 일어선다. 선형은

"아니요, 제가 끓이지요" 하는 것을 영채가 선형의 손을 잡아 앉히며

"어서 주무르셔요. 제가 끓여 올게" 하고 일어나 나간다. 선형은 물끄러미 영채의 나가는 양을 본다. 그리고 가만히 눈을 감는다. 선형은 지금 어쩐 영문을 모른다. 병욱은 영채와 선형의 말하는 양을 보고 혼자 빙끗 웃는다.

영채가 물을 끓여 가지고 들어와서 선형으로 더불어 태모의 손발을 씻을 적에 형식이가 의원을 데리고 왔다. 의원이 진찰하는 동안에 일동은 삥 둘러서서 의원의 입과 눈만 바라보고 지금껏 말없이 문밖에 앉았던 젊은 사람도 고개를 디밀어 물끄러미 진찰하는 양을 본다.

"염려할 것은 없소" 하고 의원은 약을 보낸다고 젊은 사람을 데리고 갔다. 태모와 노파도 이제는 적이 정신을 차리고 이따금 괴로워하기는 하면서도 얼마큼 낯빛이 순하게 되었다. 노파는 연방 '이런 은혜가 없어요, 부디 수부귀다남자 하라'는 축원을 한다.

노파의 말을 듣건댄——

노파는 젊어서 과부가 되어 아들 하나를 데리고 갖은 고생을 다하다가 아들이 점점 자라서 며느리도 얻게 되고 남의 땅일망정 농사를 지어 이럭저럭 재미롭게 살 만치 되어 자기 손으로 조그마한 집도 짓고 밭도 한 뙈기 사게 되었다. 또 며느리가 태중이므

로 어서 손자를 안아보았으면 남부러울 것이 없으리라 하였다. 그랬더니 어저께 물에 농사지은 것은 말끔 물속으로 들어가고 오늘 새벽에는 집까지 물에 들어가고 말았다. 여기까지 말하고는 노파는 후후 느끼며

"집이 떠나가지나 아니했으면 좋겠어요" 한다. 육십 년 근고[372] 로 얻은 집이 만일 한번 떠나가고 말면 노파는 생전에 다시 제 집이란 구경을 못하고 말 것이라. 손자를 안아보고 제 집 아랫목에서 죽는 것이 노파의 유일한 소원일 것이다. 그 집이란 것이야 팔아도 십 원을 받기가 어렵지마는 이 가족에게는 대궐보다도 더 중한 것이다. 노파의 눈에는 그 돌담 두른 조그마한 집만 보인다. 물결이 그 집을 헐 것을 생각할 때마다 노파는 마치 자기의 살점을 베어내는 듯하였다. 그래서

"조금 낙을 볼까 하면 이렇게 됩니다그려. 전생에 내가 무슨 죄를 지어서 이렇게 자식까지 앙화를 받는지요" 한다.

"그렇게 생각하지 맙시오! 이제 또 잘살게 되지요. 하나님이 아니 계십니까" 하고 영채가 위로를 한다. 그러고는 어제 저녁에 자기가 병욱에게 위로를 받던 생각이 나서 속으로 우스워진다.

"아이구, 이제는 저승에나 가서 잘살는지……" 하다가 중동에 말을 그치고 고개를 번쩍 들어 며느리를 보며

"얘, 배 아픈 게 좀 나으냐. 이 어른들 아니더면 꼭 죽을 뻔했다" 하고 또 수부귀다남자를 부른다.

122

 병욱은 경찰서에 들어가서 서장에게 면회하기를 청하였다. 서장은 이상한 듯이 병욱을 보더니
 "무슨 일이오?" 한다.
 "다른 일이 아니라" 하고, 저 수재를 당한 사람들 중에는 병인도 있고 잉부[373]도 있고 젖먹이 가진 부인도 있는데 조반도 못 먹고 비를 맞고 떠는 정경이 가련하며 더구나 어머니가 무엇을 먹지 못하였으므로 젖이 아니 나서 어린아이들의 우는 양은 차마 못 보겠다는 말을 한 뒤에, 그래서 마침 부산 가는 기차가 비에 걸려서 오후까지 머물게 되었으므로 음악회를 열어 거기서 수입된 돈으로 불쌍한 사람들에게 따뜻한 국밥이라도 만들어 먹이고 싶다는 뜻을 말하고 허가와 원조하여주기를 청하였다. 서장은 점점 놀라하는 빛을 보이더니
 "그러면 음악 할 줄 아는 이가 있나요" 하고 감격한 목소리로 대답한다.
 "잘하기야 어떻게 바라겠습니까마는 제가 음악학교에 다닙니다. 그리고 동행하는 여자가 두어 사람 되는데 여학교에서 배운 창가 마디나 하고요……"
 서장은 이 말에 지극히 감복하여
 "참 당국에서도 구제 방침을 연구하던 중이외다. 그러나 갑자기 일어난 일이니까" 하고 잠시 생각하더니 "참 감사하외다. 허가

야 물론이지요" 하고 벌떡 일어나서 모자를 쓰고 나온다.

서장은 일변 정거장에 나가서 역장과 교섭하여 대합실을 회장으로 쓰기로 하고 일변 순사를 파송하여 각 여관과 시가에 이 뜻을 말하게 하였다. 중간에서 사오 시간이나 기다리기에 답답증이 났던 승객들은 일제히 대합실에 모여들었다. 그 속에는 간혹 흰 옷 입은 삼등객도 섞였다. 걸상을 있는 대로 내다 놓고 근처 여관에서도 걸상을 모아다가 둘러놓았다. 좁은 대합실은 가뜩 찼다. 출찰구 곁에 큰 테이블을 놓아서 무대를 만들었다. 자선 음악회라는 말은 들었으나 어떠한 사람이 나오는지 모르는 군중은 눈이 둥그레져 무대만 바라본다. 이윽고 서장이 무대 곁으로 가더니 일동을 둘러보며

"이렇게 모이심을 청한 것은 다름이 아니외다. 여러분, 저 산기슭을 보시오. 저기는 수재를 당하여 집을 잃은 불쌍한 동포가 밥도 못 먹고 비에 젖어서 방황합니다. 그런데 아까 어떤 아름다운 처녀가 경찰서에 와서 저 불쌍한 동포들에게 한 끼라도 따뜻한 밥을 먹이기 위하여 음악회를 열게 하여달라 합데다. 우리는 그 처녀가 얼마나 음악을 잘하는지를 모르거니와 그의 아름다운 정성이 족히 피 있고 눈물 있는 신사 숙녀 제씨를 감동시킬 줄은 확신합니다" 하며 서장은 눈물이 흐르고 말이 막힌다. 일동의 얼굴에는 찌르르하는 감동이 획 지나간다. 여기저기서 코를 푸는 부인의 소리도 난다. 서장은 말을 이어

"여러분, 우리는 그 처녀의 정성에 대답함이 있어야 할 것이외다. 이제 그 처녀를 소개합니다" 하고 저편 구석에 가지런히 섰던

세 처녀를 부른다. 바이올린을 든 병욱을 선두로 하여 세 처녀는 은근히 일동에게 경례를 한다. 대합실이 터져라 하고 박수하는 소리가 들린다. 어떤 사람은 감격함이 극하여 소리를 치는 이도 있다.

병욱은 세 사람을 대표하여

"저희는 음악을 알아서 하려 함이 아니올시다. 다만 여러 어른께서 동정을 줍시사 함이외다. 더구나 행리[374] 중에 보표(譜表)가 없으니 따로 외워 하는 것이라 잘못되는 것도 많을 것이올시다"

하고 고개를 기울여 바이올린 줄을 고른 뒤에 「아이다」의 비곡(悲曲)[375]을 시작하였다. 일동은 잠잠하다. 끊치는[376] 듯 잇는 듯한 네 줄의 슬픈 소리만 여러 사람의 가슴속을 살살 울린다. 그 곡조는 이러한 경우에 가장 적당한 곡조였다. 그렇지 아니하여도 슬픔에 가슴이 눌렸던 일동은 그만 울고 싶도록 되고 말았다. 병욱의 손이 바이올린의 활을 따라 혹은 자주 혹은 더디게 오르고 내릴 때마다 일동의 숨소리도 그것을 맞추어서 끊었다 이었다 하는 듯하였다. 그 슬픈 곡조를 듣는 맛을 내가 길게 말하는 것보다 천고의 시인 강주사마(江州司馬)의 「비파행(琵琶行)」[377]을 생각하는 것이 제일 편할 것이다. 애원한 가는 소리가 영구히 끊기지 아니할 듯이 길게 울더니 병욱은 바이올린을 안고 고개를 숙였다. 아까보다 더한 박수성이 일어나고 한 곡조 더 하라는 소리가 일어난다. 병욱의 얼굴에는 복숭아꽃빛이 비치었다.

다음에는 영채가 병욱에게 배운 찬미가 「지난 일 생각하니 부끄럽도다」의 독창이 있었다. 병욱의 바이올린에 맞춰서 영채는 얼굴에 표정(表情)을 하여가며 부른다.

 십여 년 연단한[378] 목소리는 과연 자유자재하였다. 바이올린의 고상한 곡조를 들을 줄 모르던 사람들도 영채의 고운 목소리에는 취하였다. '흐르는 두 줄 눈물 뿌릴 곳 없어' 할 때에는 일동의 눈에는 눈물이 돌았다.

 다음에 시방[379] 영채가 한문으로 짓고 형식이가 번역한 노래를 셋이 합창하였다. 그것은 집을 잃고 비에 젖은 불쌍한 사람들을 두고 지은 것인데 이 노래는 듣는 사람에게 더욱 깊은 감동을 주었다. 그 노래는 이러하다.

123

어린 아기 보챕니다
젖 달라고 보챕니다
짜도 젖이 아니 나니
무엇 먹여 살리리까

봄내나 여름내나
애써 벌어놓았던 걸
사정없는 붉은 물결
하룻밤에 쓸어 나가

비가 오고 바람 치고
날 새 좇아[380] 저뭅니다
늙은 부모 어린 처자
집 없으니 어디서 자

따뜻한 밥 한 그릇
국에 말아 드립시다
따뜻한 밥 한 그릇
국에 말아 드립시다

　순박한 이 노래와 다정한 그 곡조는 마침내 일동의 눈물을 받고야 말았다. 정성되고 엄숙한 박수 소리에 세 처녀는 은근히 경례하고 물러났다. 박수 소리가 끝나기를 기다려 서장이 다시 일어나
　"여러분의 눈에는 감격의 눈물이 있습니다. 본직[381]은 감히 여러분을 대표하여 세 처녀에게 감사한 뜻을 표합니다" 하고 세 사람을 향하여 고개를 숙인다. 세 사람은 답례한다. 일동은 박수한다.
　이리하여 한 시간이 못 되는 짜른 음악회가 끝났다. 여러 사람은 즉석에 돈 팔십여 원을 모도었다.[382] 서장은 그 돈을 병욱에게 주며
　"어떻게 쓰든지 당신의 뜻대로 하시오" 한다. 이는 병욱에게 경의를 표하는 뜻이라. 그러나 병욱은 사양하며
　"그것은 서장께서 맡아 하시기를 바랍니다" 하였다. 서장은 병

욱에게서 그 돈을 받는 듯이 또 한 번 고개를 숙이고 일동을 향하여 그 돈으로 될 수 있는 대로 좋은 방법을 취하여 수재 만난 사람을 구제하겠노라 하였다. 일동은 병욱과 다른 두 사람의 성명을 듣고자 하였으나 그네는 다만 고개를 숙일 뿐이요 말이 없었다.

이러하는 동안에 집 잃은 사람들은 여전히 어찌할 줄을 모르고 땅바닥에 앉아 있었다. 차차 시장증이 나고 몸이 떨리기 시작하였으나 그네에게는 아무 방책도 없었다. 그네는 다만 되어가는 대로 되기를 바랄 뿐이다.

그네는 과연 아무 힘이 없다. 자연(自然)의 폭력(暴力)에 대하여서야 누구라서 능히 저항(抵抗)하리오마는 그네는 너무도 힘이 없다. 일생에 뼈가 휘도록 애써서 쌓아놓은 생활의 근거를 하룻밤 비에 다 씻겨 내려 보내고 말리만큼 그네는 힘이 없다. 그네의 생활의 근거는 마치 모래로 쌓아놓은 것과 같다. 이제 비가 그치고 물이 나가면 그네는 다시 흩어진 모래를 그러모아서 새 생활의 근거를 쌓는다. 마치 개아미[383]가 그 가늘고 연약한 발로 땅을 파서 둥지를 만드는 것과 같다. 하룻밤 비에 모든 것을 잃어버리고 발발 떠는 그네들이 어찌 보면 가련하기도 하지마는 또 어찌 보면 너무 약하고 어리석어 보인다.

그네의 얼굴을 보건댄 무슨 지혜가 있을 것 같지 아니하다. 모두 다 미련해 보이고 무감각(無感覺)해 보인다. 그네는 몇 푼어치 아니 되는 농사한 지식을 가지고 그저 땅을 팔 뿐이다. 이리하여서 몇 해 동안 하나님이 가만히 두면 썩은 볏섬이나 모아두었다가는 한번 물이 나면 다 씻겨 보내고 만다. 그래서 그네는 영구히 더 부(富)하여짐 없이 점점 더 가난하여진다. 그래서 몸은 점점 더 약하여지고 머리는 점점 더 미련하여진다. 저대로 내버려두면 마침내 북해도에 '아이누'[384]나 다름없는 종자가 되고 말 것 같다.

저들에게 힘을 주어야 하겠다, 지식을 주어야 하겠다, 그리하여서 생활의 근거를 안전하게 하여주어야 하겠다.

"과학(科學)! 과학!" 하고 형식은 여관에 돌아와 앉아서 혼자 부르짖었다. 세 처녀는 형식을 본다.

"조선 사람에게 무엇보다 먼저 과학(科學)을 주어야 하겠어요. 지식을 주어야 하겠어요" 하고 주먹을 불끈 쥐며 자리에서 일어나 방 안으로 거닌다. "여러분은 오늘 그 광경을 보고 어떻게 생각하십니까."

이 말에 세 사람은 어떻게 대답할 줄을 몰랐다. 한참 있다가 병욱이가

"불쌍하게 생각했지요" 하고 웃으며 "그렇지 않아요?" 한다. 오늘 같이 활동하는 동안에 훨씬 친하여졌다.

"그렇지요, 불쌍하지요! 그러면 그 원인이 어디 있을까요?"

"물론 문명이 없는 데 있겠지요——생활하여갈 힘이 없는 데 있겠지요."

"그러면 어떻게 해야 저들을……저들이 아니라 우리들이외다……저들을 구제할까요?" 하고 형식은 병욱을 본다. 영채와 선형은 형식과 병욱의 얼굴을 번갈아 본다. 병욱은 자신 있는 듯이

"힘을 주어야지요! 문명을 주어야지요!"

"그리하려면?"

"가르쳐야지요! 인도해야지요!"

"어떻게요?"

"교육으로, 실행으로."

영채와 선형은 이 문답의 뜻을 자세히는 모른다. 물론 자기네가 아는 줄 믿지마는 형식이와 병욱이가 아는 만큼 절실(切實)하게, 깊게, 단단하게 알지는 못한다. 그러나 방금 눈에 보는 사실이 그네에게 산 교훈을 주었다. 그것은 학교에서도 배우지 못할 것이요 큰 웅변에서도 배우지 못할 것이었다.

124

일동의 정신은 긴장(緊張)하였다. 더구나 영채는 아직도 이러한 큰 문제를 논란하는 것을 듣지 못하였다. '어떻게 하면 저들을 구제하나?' 함은 참 큰 문제였다. 이러한 큰 문제를 논란하는 형식과 병욱은 매우 큰사람같이 보였다. 영채는 두자미(杜子美)[385]며 소동파(蘇東坡)[386]의 세상을 근심하는 글귀를 생각하고 또 오년 전 월화와 함께 패성학교장의 연설을 듣던 것을 생각하였다. 그때에는 아직 나이 어려서 분명히 알아듣지는 못하였거니와 '여러분의 조상은 결코 여러분과 같이 못생기지는 아니하였습니다' 할 때에 과연 지금 날마다 만나는 사람은 못생긴 사람들이다 하던 생각이 난다. 영채는 그 말과 형식의 말에 공통한 점이 있는

듯이 생각하였다. 그리고 한 번 더 형식을 보았다. 형식은

"옳습니다, 교육으로, 실행으로 저들을 가르쳐야지요, 인도해야지요! 그러나 그것은 누가 하나요?" 하고 형식은 입을 꼭 다문다. 세 처녀는 몸에 소름이 끼친다. 형식은 한 번 더 힘 있게

"그것을 누가 하나요?" 하고 세 처녀를 골고루 본다. 세 처녀는 아직도 경험하여보지 못한 듯한 말할 수 없는 정신의 감동을 깨달았다. 그리고 일시에 소름이 쪽 끼쳤다. 형식은 한 번 더

"그것을 누가 하나요?" 하였다.

"우리가 하지요!" 하는 기약하지 아니한 대답이 세 처녀의 입에서 떨어진다. 네 사람의 눈앞에는 불길이 번적하는 듯하였다. 마치 큰 지진이 있어서 온 땅이 떨리는 듯하였다. 형식은 한참 고개를 숙이고 앉았더니

"옳습니다. 우리가 해야지요! 우리가 공부하러 가는 뜻이 여기 있습니다. 우리가 지금 차를 타고 가는 돈이며 가서 공부할 학비를 누가 주나요? 조선이 주는 것입니다. 왜? 가서 힘을 얻어 오라고, 지식을 얻어 오라고, 문명을 얻어 오라고……그리해서 새로운 문명 위에 튼튼한 생활의 기초를 세워달라고……이러한 뜻이 아닙니까" 하고 조끼 호주머니에서 돈지갑을 내어 푸른 차표를 내들면서

"이 차표 속에는 저기서 들들 떠는 저 사람들……아까 그 젊은 사람의 땀도 몇 방울 들었어요! 부디 다시는 이러한 불쌍한 경우를 당하지 말게 하여달라고요!" 하고 형식은 새로 결심하는 듯이 한번 몸과 고개를 흔든다. 세 처녀도 그와 같이 몸을 흔들었다.

이때에 네 사람의 가슴속에는 꼭 같은 '나 할 일'이 번개같이 지나간다. 너와 나라는 차별이 없이 온통 한몸, 한마음이 된 듯하였다.

 선형도 아까 영채가 '제가 물 끓여 올게요' 하고 자기의 손목을 잡아 앉힐 때부터 차차 영채가 정다운 생각이 나고, 또 영채가 지은 노래를 셋이 합창할 때에는 영채의 손을 잡아주도록 정다운 생각이 나고, 또 지금 세 사람이 일제히 '우리지요!' 할 때에 더욱 영채가 정답게 되었다. 그리고 형식이가 지금 병욱과 문답할 때에는 그 얼굴에 일종 거룩하고 엄숙한 기운이 보여 지금껏 자기가 그에게 대하여 하여오던 생각이 죄송한 듯하다. 자기는 언제까지 형식과 영채를 같이 사랑하고 싶었다. 그래서 새로이 형식과 영채의 얼굴을 보았다.

 형식은 숙였던 고개를 들어

 "우리가 늙어 죽게 될 때에는 기어이 이보다 훨씬 좋은 조선을 보도록 합시다. 우리가 게으르고 힘없던 우리 조상을 원통히 여기는 것을 생각하여 우리는 우리 자손에게 고마운 조상이라는 말을 듣게 합시다" 하고 웃으며 "그런데 이 자리에서 우리가 장래 나갈 길이나 서로 말합시다" 하고 세 사람을 본다. 세 사람도 그제야 엄숙하던 얼굴이 풀리고 방그레 웃는다.

 "선생께서 먼저 말씀하셔요!" 하고 병욱이가 권할 때에 문밖에서

 "들어가도 관계치 않습니까" 하고 우선의 목소리가 들린다. 형식은 벌떡 일어나 문을 열고 우선의 손을 잡으면서

"어떻게, 지금 오나?"

우선은 세 사람을 향하여 고개를 숙이고 인사한 뒤에 형식의 곁에 앉으며

"사(社)에서 삼랑진 근방에 물 구경을 하고 오라고 전보를 했데그려" 하고 손으로 턱을 한번 쓴다. 영채는 고개를 숙였다.

"그런데 우리가 여기 있는 줄은 어떻게 알았나."

"정거장에 와서 다 들었네" 하고 여자들에게 절을 하며 "참 감사합니다. 지금 정거장에서는 칭찬이 비 오듯 합니다. 어, 과연 상쾌하외다" 하고 정거장에서 들은 말을 대강 한 뒤에 형식더러

"오늘 일을 신문에 내도 좋겠지?"

형식은 대답 없이 병욱을 보다가

"물론 관계치 않겠지요?" 한다.

"아이구, 그것은 내서 무엇 합니까."

"그럴 수가 있습니까. 저 같은 놈도 큰 감동을 받았는데……참 말만 듣고도 눈물이 흐를 뻔하였습니다" 한다. 과연 정거장에서 어떤 승객에게 그 말을 들을 때에 우선은 지극히 감동한 바 되었다. 원래 호활한[387] 우선이가 그처럼 눈물이 흐르도록 감동되기는 영채가 죽으러 간 때와 이번뿐이었었다. 우선은 정거장에서부터 병욱 일행을 만나면 기어이 하려던 말이 있었다. 그래서 하인이 가져온 차를 마시며

"지금 무슨 하시던 말씀이 있어요?" 하고 자기의 말할 기회를 얻으려 한다.

125

"응, 지금 우리는 장차 무엇으로 조선 사람을 구제할까 하고 각각 제 목적을 말하려던 중일세."

"예, 그러면 저도 좀 듣지요!"

처녀들은 그의 대팻밥모자와 말하는 모양이 우스워서 터져 나오려는 웃음을 꿀꺽 참는다. 영채 하나만 어찌할 줄을 몰라서 얼굴을 잠깐 붉히나 우선은 영채를 보면서도 모르는 체한다.

"어느 분 차롑니까" 하는 우선의 말에

"내 차롄가 보에."

"응, 그러면 말하게" 하고 눈을 감고 고개를 숙이며 들을 준비를 한다. 병욱은 영채의 옆구리를 꾹 찔렀다. 선형도 웃음을 참느라고 살짝 고개를 돌린다.

"나는 교육가가 될랍니다. 그리고 전문으로는 생물학(生物學)을 연구할랍니다." 그러나 듣는 사람 중에는 생물학의 뜻을 아는 자가 없었다. 이렇게 말하는 형식도 물론 생물학이란 참뜻은 알지 못하였다. 다만 자연과학(自然科學)을 중히 여기는 사상과 생물학이 가장 자기의 성미에 맞을 듯하여 그렇게 작정한 것이라. 생물학이 무엇인지도 모르면서 새 문명을 건설하겠다고 자담하는 그네의 신세도 불쌍하고 그네를 믿는 시대도 불쌍하다.

형식은 병욱을 향하여

"물론 음악이시겠지요?"

"예, 저는 음악입니다."

"또 영채씨는?"

영채는 말없이 병욱을 본다. 병욱은 어서 말해라 하고 눈짓을 한다.

"저도 음악입니다."

'선형씨는?' 하는 말이 나오지 아니하여서 형식은 가만히 앉았다. 여러 사람은 웃었다. 선형은 얼굴을 붉혔다.

"선형씨는 무엇이오……물론 교육이겠지" 하고 병욱이가 웃는다. 모두 웃는다. 형식도 고개를 수그렸다. 선형도 병욱이가 첫마디에 '예, 저는 음악이외다' 하고 활발히 대답하는 것이 부러웠다. 그래서

"저는 수학을 배울랍니다" 하고 있는 힘을 다하여서 말하였다. 학교에서 수학을 잘한다고 선생에게 칭찬받던 생각이 난 것이다. 다른 사람들도 수학이 좋은 것인 줄은 알았으나 수학과 인생에 어떠한 관계가 있는지를 모른다.

"그담에는 자네 차롈세."

"나는 붓이나 들지!"

한참 말이 없었다. 제가끔 제 장래를 그려본다. 그리고 그 장래의 귀착점은 다 같았다.

우선이가 고개를 숙이고 우두커니 무슨 생각을 하는 것을 보고 형식이가

"왜, 오늘은 그렇게 점잖아졌나?" 하고 웃는다. 우선이가 고개를 들더니

"언젠가 자네가 날더러 인생은 장난이 아니라고, 나는 인생을 희롱으로 본다고 그랬지? 마지메[388]하게 생각지를 않는다고."

"글쎄, 그런 일이 있던가."

"과연 그게 옳은 말일세. 나는 지금까지 인생을 장난으로 보아 왔네. 내가 술을 많이 먹는 것이라든지……또 되는대로 노는 것이 확실히 인생을 장난으로 여기던 증거지. 나는 도리어 자네가 너무 마지메한 것을 속이 좁다고 비웃어왔지마는 요컨댄 내가 잘못 생각했던 것이어!" 여기까지 와서는 형식도 우선의 말이 오늘은 농담이 아닌 것을 깨닫고 정색하고[389] 우선의 얼굴을 본다. 세 처녀도 정색하고 듣는다. 과연 우선의 얼굴에는 무슨 결심의 빛이 보인다. 우선은 말을 이어

"오늘 와서 깨달았네. 오늘 정거장에서 음악회 했다는 말을 듣고 비로소 깨달았네. 나는 차 타고 지나오면서 산기슭에 선 사람들을 보고 불쌍하다는 생각도 나기는 났지마는 그 꾀죄하고 섰는 양이 우스워서 웃기부터 하였네. 나는 어떻게 하면 저들을 건지나 하는 생각도 아니 하고 그들을 위해서 눈물도 아니 흘렸네. 그리고 차를 내리면 얼른 구경을 가리라, 가서 시나 한 수 지으리라 하고 울기는커녕 웃으면서 내려가지고 그 말을 들을 때에 나는 가슴이 뜨끔하였네……더구나 젊은 여자가……" 하고 감격한 듯이 말을 맺지 못한다. 듣던 사람들도 묵묵하다. 우선은 말을 이어

"나도 오늘 이때, 이 땅 사람이 되었네. 힘껏 정성껏 붓대를 둘러서 조금이라도 사회에 공헌함이 있으려 하네. 이제 한 시간이 못하여 자네와 작별을 하면 아마 사 오 년 되어야 만나게 되겠네

그려. 멀리 간 뒤에라도 내가 이전 신우선이가 아닌 줄로 알고 있게. 나는 자네와 떠나기 전에 이 말을 하게 된 것을 큰 기쁨으로 아네" 하고 손을 내밀어 형식의 손을 잡는다. 형식도 꼭 우선의 손을 잡아 흔들며

"참 기쁜 말일세. 물론 자네가 언젠들 잘못한 일이 있었겠냐마는 그처럼 새 결심 한 것이 무한히 기쁘이."

우선은 한참 주저하다가

"영채씨, 이전 버릇없던 것은 다 용서합시오! 저도 이제부터 새 사람이 될랍니다. 부디 공부 잘하셔서 큰일 하십시오" 하고 길게 한숨을 쉰다. 영채의 눈에서는 눈물이 뚝뚝 떨어진다. 선형은 이제야 형식에게 영채의 말이 모두 참인 줄을 깨달았다. 그리고 가만히 영채의 손을 잡고 속으로 '형님, 잘못했습니다' 하였다. 영채도 선형의 손을 마주 쥐며 더욱 눈물이 쏟아진다. 형식도 울었다. 병욱도 울었다. 마침내 모두 울었다. 비 갠 뒤 맑은 바람이 창 밖에 늘어진 수양버들 가지를 스쳐 방 안에 불어 들어와 다섯 사람의 화끈거리는 얼굴을 식힌다. 잠잠하다.

126

형식과 선형은 지금 미국 시카고 대학 사년생인데 내내 몸이 건강하였으며 금년 구월에 졸업하고는 전후의 구라파를 한번 돌아 본국에 돌아올 예정이며, 김장로 부부는 날마다 사랑하는 딸이

돌아오기를 기다려 벌써부터 돌아온 후에 할 일과 하여 먹일 것을 궁리하는 중.

병욱은 음악학교를 졸업하고 자기의 힘으로 돈을 벌어서 독일 백림[390]에 이태 동안 유학을 하고 금년 겨울에 형식의 일행을 기다려 시베리아 철도로 같이 돌아올 예정이며, 영채도 금년 봄에 동경 상야 음악학교[391] 피아노과와 성악과(聲樂科)를 우등으로 졸업하고 아직 동경에 있는 중인데 그 역시 구월경에 서울로 돌아오겠다. 더욱 기쁜 것은 병욱은 백림 음악계에 일종(一種) 이채(異彩)를 발하여 명성이 책책(嘖嘖)하다는[392] 말이 근일에 도착한 백림 어느 잡지에 유력한 비평가의 비평과 함께 기록된 것과, 영채가 동경 어느 큰 음악회에서 피아노와 독창과 조선 춤으로 대갈채를 받았다는 말이 영채의 사진과 함께 동경 각 신문에 게재된 것이라. 듣건댄 형식과 선형도 해마다 우량한 성적을 얻었다 한다. 삼랑진 정거장 대합실에서 자선 음악회를 열던 세 처녀가 이제는 훌륭한 레이디가 되어 경성 한복판에 떨치고 나설 날이 멀지 아니할 것이다.

신우선은 그로부터 일절 화류계에 발을 끊고 예의전심(銳意專心),[393] 일변 수양을 힘쓰며 일변 저술에 노력하여 문명(文名)이 전토에 떨쳤으며 더욱이 근일 발행한 『조선의 장래』는 발행한 이 주일이 못하여 사판(四版)에 달하였으며 그의 사상은 더욱 깊고 넓게 되며 붓은 더욱 날카롭게 되어간다. 한 가지 걱정은 아직 술이 너무 과함이나 고래로 동양 문장에 술 못 먹는 사람이 없으니 그리 책망할 것도 없을 것이라. 지금은 유명한 대팻밥모자를 벗어버리고 백설 같은 파나마모자를 쓰며 코 아래는 고운 카이저수염까지 났다.

황주 김병국은 십만여 주의 대상원(大桑園)을 지었다. 작년에 봄서리로 적지 아니한 손해를 보았으나 금년에는 상엽[394]이 매우 충실하다 하니 다행이며, 병국의 조모는 불행히 사랑하는 손녀를 보지 못하고 작년 여름에 세상을 떠나셨다. 병국의 부인도 이제는 아들 하나 딸 하나를 낳고 내외의 금슬도 전 같지는 아니하다던지.

형식의 주인 하고 있던 노파의 집에는 의학전문학교 학생 둘이 있는데 구더기 있는 장찌개와 담뱃대는 지금도 전같이 유명하나 다만 차차 몸이 쇠약하여져서 지금은 약물터에도 다니지 못한다. 그러나 보는 사람마다 형식의 말을 늘 한다.

영채의 '어머니'는 집을 팔아가지고 평양 어느 촌으로 내려가서 양자를 들여 데리고 농사를 지으며 진실한 예수교 신자가 되어서 편안히 천당길을 닦는다. 우선에게서 영채가 죽지 않고 동경에 갔다는 말을 듣고 너무 기뻐서 울었다 함은 우선의 말이다. 그 후에 영채는 한 달에 한 번씩 편지를 하였으며 '어머니'도 자기가 진실히 예수를 믿는다는 말과 영채도 예수를 잘 믿으라는 말과 졸업하고 오거든 곧 자기의 집으로 오라는 말을 편지마다 하고 혹 옷값으로 돈도 보내주며 가끔 고추장, 암치 같은 것도 보내어준다.

한 가지 불쌍한 것은 형식이가 평양에 갔을 적에 데리고 칠성문으로 나가던 계향이가 어떤 부잣집 방탕한 자식의 첩이 되어 갔다가 매독³⁹⁵을 올리고 게다가 남편한테 쫓겨나기까지 하여 아주 적막하게 신고함이니 아마 형식이가 돌아와서 이 말을 들으면 퍽 슬퍼할 것이다. 그 어여쁘던 얼굴이 말 못되게 초췌하여 이제는 누구 돌아보아주는 이도 없게 되었다.

혹 독자 여러분이 기억하시는지 모르거니와 형식이가 사랑하던 이희경군은 아까운 재주를 품고 조세하였고³⁹⁶ 얼굴 거무테테하던 김종렬군은 북간도 등지를 갔다는데 이내 소식을 모르며, 배학감은 그 후에 교주와 충돌이 생겨 지금은 황해도 어느 금광에 가 있다는데 아직도 철이 나지 못한 모양이라 하니 가엾은 일이다.

또 한 가지 말할 것은 칠성문 밖 형식이가 돌부처라 하던 그 노인은 아직도 건강하여 십여 일 전부터 툇마루에 나와 앉아서 몸을 흔들거리고 있다. 다만 달라진 것은 그 감투가 전보다 더 낡아졌을 뿐.

나중에 말할 것은 형식 일행이 부산서 배를 탄 뒤로 조선 전체가 많이 변한 것이다. 교육으로 보든지 경제로 보든지 문학 언론으로 보든지 모든 문명 사상의 보급으로 보든지 다 장족의 진보를 하였으며, 더욱 하례할 것은 상공업의 발달이니 경성을 머리로 하여 각 대도회에 석탄 연기와 쇠망치 소리가 아니 나는 데가 없으며 연래에 극도에 쇠하였던 우리의 상업도 점차 진흥하게 됨이라.

아아, 우리 땅은 날로 아름다워간다. 우리의 연약하던 팔뚝에는 날로 힘이 오르고 우리의 어둡던 정신에는 날로 빛이 난다. 우리는 마침내 남과 같이 번적하게 될 것이로다. 그러할수록에 우리는 더욱 힘을 써야 하겠고 더욱 큰 인물——큰 학자, 큰 교육가, 큰 실업가, 큰 예술가, 큰 발명가, 큰 종교가가 나야 할 터인데, 더욱더욱 나야 할 터인데 마침 금년 가을에는 사방으로 돌아오는 유학생과 함께 형식, 병욱, 영채, 선형 같은 훌륭한 인물을 맞아들일 것이니 어찌 아니 기쁠까. 해마다 각 전문학교에서는 튼튼한 일군이 쏟아져 나오고 해마다 보통학교 문으로는 어여쁘고 기운찬 도련님, 작은아씨들이 들어가는구나. 아니 기쁘고 어찌하랴.

어둡던 세상이 평생 어두울 것이 아니요 무정하던 세상이 평생 무정할 것이 아니다. 우리는 우리 힘으로 밝게 하고 유정하게 하고 즐겁게 하고 가멸게[397] 하고 굳세게 할 것이로다.

기쁜 웃음과 만세의 부르짖음으로 지나간 세상을 조상하는 『무정』을 마치자.

| 주 |

서문

1 검 신(神). 신령(神靈). 천신(天神).

2 쇠북 종(鍾)의 옛말.

3 지저거리다 자꾸 너불너불 같잖은 말이나 조리 없는 이야기를 마구 지껄이다.

4 눈트다 나무나 풀의 싹이 새로 나오다. 발아(發芽)하다.

5 신날 네 가닥이나 여섯 가닥으로 삼아서 짚신이나 미투리 등의 바닥에 세로로 놓은 날.

6 박달 '밝달' 즉 배달. 배달나라. 단국(檀國). 우리나라를 일컫는 말.

7 무겁 먼지.

8 움직거리다 몸이나 몸의 일부를 자꾸 움직움직하다.

9 낱사람 개인(個人).

10 무궁화동산 우리나라를 나라꽃인 무궁화에 비유하여 아름답게 일컫는 말.

11 한샘 육당(六堂) 최남선(崔南善)의 호.

무정

1 고빙(雇聘)**하다** 학문이나 기술이 높은 이를 예를 갖추어 모셔오다.

2 미상불(未嘗不) 아닌 게 아니라.

3 히사시가미(庇髮, ひさしがみ) 퐁파두르 pompadour 즉 앞머리를 모자의 챙처럼 풍성하게 쑥 내밀어 빗고 뒷머리는 틀어 올린 서양식 머리 모양으로, 머리를 모아 묶는 소쿠하츠(束髮, 트레머리)의 하나이다. 메이지 유신(明治維新, 1868) 이후 특히 1900년대 중반 무렵 크게 유행했으며, 동경 유학생들을 통해 조선에서도 여학생 머리 모양으로 유행했다. '차양머리'라고도 불렸다.

4 동류(同流) 나이나 신분이 같거나 비슷한 사이의 사람. 동배(同輩).

5 대펫밥모자 햇볕을 가릴 목적으로 대팻밥처럼 얇은 나뭇조각을 잇대어 꿰매 만든 여름 모자.

6 허교(許交)**하다** 서로 허물없이 '하게'체의 말씨를 쓰다.

7 내약(內弱)**하다** 심지가 굳지 못하다.

8 폐간(肺肝) 허파와 간.

9 오메데또오(御目出度う・御芽出度う, おめでとう) '축하하네'라는 뜻의 일본말.

10 이이나즈께(許嫁・許婚, いいなずけ) '약혼자'라는 뜻의 일본말.

11 나루호도(成る程, なるほど) '과연' '정말'이라는 뜻의 일본말.

12 이야시꾸모(いやしくも, 苟も) 적어도.

13 엥게지멘트 engagement. 약혼(約婚).

14 파탈(擺脫)**하다** 예절이나 구속 등의 형식으로부터 벗어나다.

15 알른알른하다 어리숭하게 자꾸 보이다 말다 하다. '아른아른하다'의 센말. '얼른얼른하다'의 작은말.

16 사찰 주로 교회 관리 등의 일을 맡아보는 개신교의 봉사 직분 가운데 하나. 사찰집사. 관리집사.

17 시철 그 시대의 풍습이나 유행. 시체(時體).

18 홍모전(紅毛氈) 붉은빛의 모전. '모전(毛氈)'은 짐승 털로 만든 섬유를 가열・압축하여 넓은 직물처럼 만든 것으로 깔개 등으로 쓰는 것을 가리킨다. 양탄자처럼 베실을 넣어 짜기도 한다.

19 온공(溫恭)**하다** 온화하고 공손하다.

20 국궁례(鞠躬禮) 국궁(鞠躬) 즉 존경하는 뜻으로 몸을 굽히는 예.

21 쇄락(灑落·洒落)하다 마음이 상쾌하고 시원하다.

22 읍(揖)하다 두 손을 맞잡아 얼굴 앞으로 들고 허리를 공손히 구부렸다가 펴면서 두 손을 내리다.

23 걸앉다 높은 곳에 궁둥이를 대고 두 다리를 늘어뜨려 앉다. '걸어앉다'의 준말.

24 춘산(春山) 봄철의 산.

25 승차(陞差)하다 윗자리의 벼슬에 오르다.

26 추호불차(秋毫不差)하다 아주 조금이라도 다르지 않다.

27 공순(恭順)하다 성격이 어렴성(남을 어려워하는 기색)이 있고 고분고분하다. 공손하고 온순하다.

28 추수(秋水) 가을철의 맑은 물. '명랑하고 쾌활한 눈매'를 빗대어 쓰는 말.

29 장명등(長明燈) 처마 끝에 달거나 마당에 기둥을 세우고 꽂아놓아 불을 켜는 등.

30 신미년(辛未年) 1871년.

31 거금(距今) 지금으로부터 거슬러 올라가서.

32 강설(講說)하다 강론하여 설명하다.

33 학자(學資) 학비(學費).

34 자담(自擔)하다 스스로 담당하거나 부담하다.

35 울흥(蔚興)하다 성하게 부쩍 일어나다.

36 연빙(延聘)하다 예를 갖추어 초빙하다. 예빙(禮聘)하다.

37 『시전(詩傳)』 『시경(詩經)』의 주해서(註解書).

38 성력(誠力) 정성과 힘. 성실한 노력.

39 말류(末流)하다 보잘것없게 되거나 아예 끝장나게 되다.

40 늑탈(勒奪)하다 강탈(强奪)하다.

41 교사(敎唆) 못된 짓을 하도록 남을 부추김.

42 부평(浮萍) 개구리밥. 부평초(浮萍草).

43 일어앉다 일어나 앉다.

44 원망홉고 원망스럽고.

45 모상(貌相) 모양(模樣).

46 앙화(殃禍) 지은 죄의 갚음으로 받는 온갖 재앙. 앙얼(殃孼).

47 압시(壓視)하다 만만하게 넘보다.

48 기롱(譏弄)**하다** 실없는 말로 빗대어 놀리다.

49 외종형(外從兄) 외종사촌이 되는 형. 즉 외삼촌의 아들. 표종형(表從兄).

50 뒤울안 집 뒤의 울안. 뒤란.

51 천애지각(天涯地角) 하늘의 끝이 닿는 땅의 한 귀퉁이. 서로 아득하게 멀리 떨어져 있음.

52 들메나무 물푸레나뭇과에 딸린 갈잎큰키나무.

53 장달음 한숨에 내처 달리는 달음박질. 줄달음질.

54 정자관(程子冠) 말총으로 짜거나 떠서 만든 유생의 관. 위가 터지고 세 봉우리가 지게 두 층으로 되어 있다.

55 부르쥐다 힘을 들여 주먹을 쥐다.

56 휼계(譎計) 몹시 간사하고 능청스러운 꾀.

57 갑진년(甲辰年) 1904년.

58 탕건(宕巾) 벼슬아치가 갓 아래에 받쳐 쓰는 관의 하나. 말총을 잘게 세워 앞쪽은 낮고 뒤쪽은 높아 턱이 지도록 뜬다.

59 산모루 산모퉁이의 휘돌아가는 부분. 산모롱이.

60 맹서(盟誓) '맹세'의 본딧말.

61 서어(鉏鋙·齟齬)**하다** 뜻이 잘 맞지 않아 좀 서름하고 서먹서먹하다. 저어하다.

62 가든하다 마음이 가분하고 상쾌하다. '거든하다'의 작은말. '가뜬하다'의 여린말.

63 겯다 갈대나 싸리 등의 오리로 어긋매끼게 엮어 짜다.

64 에비 아이들이 무서워하는 가상적인 존재나 물건. 어비.

65 금점꾼 금점(金店) 즉 금광(金鑛)에서 일하는 사람.

66 억색(臆塞)**하다** 원통하여 가슴이 답답하다.

67 옹송그리다 두렵거나 추워서 몸을 궁상맞게 몹시 옹그리다.

68 중로(中路) 오가는 길의 중간. 중도(中道). 중도(中途).

69 중동 사물의 중간이 되는 부분. 가운데 토막.

70 풍편(風便) 소문 등이 옮겨지는 바람결.

71 유야랑(游冶郎) 주색잡기에 빠져 놀아나는 사내. 야랑(冶郎).

72 겯다 풀어지거나 자빠지지 않도록 서로 어긋매끼게 끼거나 걸치다.

73 외식(外飾) 겉치레. 외면치레.

74 눈찌 눈을 뜬 모습.

75 궐련(卷煙) 얇은 종이로 가늘게 말아놓은 담배.

76 완패(頑悖)하다 성질이 모질고 도리에 어긋나다.

77 상적(相敵)하다 서로 걸맞거나 비슷하다.

78 의취(意趣) 의지와 취향.

79 법국(法國) '프랑스'를 음역(音譯)한 이름.

80 태서양(泰西洋) 대서양(大西洋).

81 총대(總代) 어떤 일의 관계자를 대표하는 사람.

82 가로맡다 남이 할 일에 참견하거나 대신 맡다.

83 연문(衍文) 글 가운데 잘못 들어가 쓸데없이 낀 군더더기 글귀.

84 오희(於戱) '아' '어허'의 뜻을 나타내는 감탄사.

85 선과(選科) 규정된 학과 중에서 일부 과목만을 선택하여 학습하는 교과 과정.

86 지다이 오꾸레(じだいおくれ, 時代遲) 시대에 뒤떨어짐.

87 삼면 기사 보통 신문은 4면으로 발행되었는데, 이 중 3면은 첩이나 기생 등과 관련된 애정 행각 등 잡다한 흥밋거리 위주로 채워지곤 했다. 이는 일본 메이지 시대 신문의 관행이었다.

88 닫치다 창이나 문 등을 힘주어 닫다.

89 고식(姑息) 근본적인 해결이 아닌 일시적인 임시변통.

90 박장(拍掌) 손바닥을 침.

91 암범 범의 암컷.

92 국궁돈수(鞠躬頓首) 몸을 구부리고 머리가 땅에 닿도록 조아리고 절함.

93 무소부지(無所不至) 이르지 않는 곳이 없음.

94 숙맥불변(菽麥不辨) 콩인지 보리인지도 구별하지 못할 정도로 어리석고 못난 사람. 숙맥(菽麥).

95 다동(茶洞) 다례(茶禮)를 주관하는 사옹원(司饔院)에 속한 다방(茶房)이 있었던 곳이라 하여 '다방골'로도 불렸다.

96 구리개(銅峴) 지금의 중구 을지로 입구에서 을지로 2가 일대의 나지막한 고개. 조선 시대 이래 약종상(藥種商)들이 밀집해 전매특권을 장악하고 있었던 곳이다. 1914년 경성부제(京城府制)가 실시되면서 황금정(黃金町)으로 이름이 바뀌었다.

97 청루(靑樓) 창기(娼妓)의 집. 기루(妓樓). 창루(娼樓).

98 걸어앉다 높은 곳에 궁둥이를 대고 두 다리를 늘어뜨려 앉다. 걸앉다.

99 일수(逸秀) 뛰어나게 우수함. 수일(秀逸).

100 동치서주(東馳西走) 여기저기 분주하게 다님. 동분서주(東奔西走).

101 카이저수염 카이저 빌헬름 2세처럼 끝을 위로 꼬부려 올린 윗수염.

102 상푸등 과연. 모르긴 몰라도. 생각한 대로. 내깨. 내가 괴이하게 생각하였더니 과연.

103 등시포착(登時捕捉) 죄를 저지른 그때 그 자리에서 곧 잡음.

104 낙적(落籍) 기적(妓籍)에서 이름을 뺌.

105 일한서방(日韓書房) 혼마치(本丁) 즉 지금의 충무로에 있던 대형 서점 가운데 하나.

106 마루젠(丸善) 1869년에 창립된 일본의 주요 서점 가운데 하나로 도쿄 니혼바시(日本橋)에 있다. 지금의 을지로인 황금정 네거리에 경성 지점을 운영하고 있었는데, 서양 서적을 주로 취급했다.

107 책사(冊肆) 서점(書店).

108 덕문(德文) 독일어로 된 글. 독문(獨文). 개화기에는 독일(獨逸) 즉 도이칠란트를 '덕국(德國)'이라 음역했다.

109 철물교(鐵物橋) 지금의 종로 2가, 인사동 입구에 있었던 다리.

110 달아가다 달려가다.

111 심로(心勞) 마음을 수고롭게 함.

112 게두덜거리다 크고 거친 소리로 두덜거리다. '두덜거리다'는 불평스러운 말로 중얼거린다는 뜻으로 '투덜거리다'의 여린말.

113 암암하다 잊히지 아니하고 가물가물 보이는 듯하다.

114 골독(汨篤)하다 한 가지 일이나 생각에만 정신을 써서 딴생각이 없다. '골똘하다'의 본딧말.

115 화상(畫像) 어떤 사람의 얼굴이나 모습을 비슷하거나 같게 그린 그림. 초상화(肖像畵).

116 머리터럭 머리털.

117 코 옷고름이나 끈 등을 맬 때 한 가닥을 매듭에서 조금 잡아 빼어 고리처럼 되게 한 것. 고.

118 쾌미(快味) 시원스럽고 상쾌한 맛.

119 미만(彌滿·彌漫)하다 널리 퍼지거나 가득 차다.

120 창쾌(暢快)하다 마음이 시원하고 유쾌하다.

121 달큼하다 '달콤하다'의 큰말.

122 번뜻하다 '번듯하다'의 센말.

123 에와 하와 Hawwah. 헬라어와 라틴어로는 각각 헤우아Eua, 헤바Heva로 번역되었으며, 이브Eve는 영어 번역이다. 초창기의 우리말 성경에서는 '이와'로 번역되었다.

124 펀펀하다 높낮이가 없이 고르고 번듯하게 너르다.

125 백운대(白雲臺) 서울시 강북구와 경기도 고양시 경계에 있는 북한산(北漢山) 고봉 가운데 하나.

126 전신대 전신주(電信柱). 전봇대.

127 드렁 장사치들이 물건을 사라고 외칠 때 복수(複數)의 뜻으로 쓰는 말. 들.

128 외우다 외치다.

129 떠들다 가리거나 덮인 물건을 한 부분만 잦히거나 쳐들다.

130 나솟다 '솟아 날다' '날아 솟다'의 옛말.

131 우미관(優美館) 최초의 상설 영화관으로서 1910년 종각 부근에 세워진 '고등연예관(高等演藝館)'을 개칭하여 1915년에 문을 열었다. 1928년 최초로 발성영화를 상영하는 등 식민지 시대의 대표적인 상영관이었다. 화재로 화신백화점 옆으로 이전했다가 1982년 11월 경영난으로 문을 닫았다.

132 소요(騷擾)하다 왁자하고 떠들썩하다. 술렁거리고 소란스럽다.

133 청년회관 '황성기독교청년회'에서 지금의 종로 2가에 세웠던 3층짜리 빨간 벽돌 건물의 '조선황성기독교청년회관'을 가리킨다. 1908년 무렵에 세워졌으며 나중에 '조선기독교청년회관'으로 이름이 바뀌었다. 지금의 서울 YMCA 회관은 1967년에 다시 세운 것이다.

134 광통교(廣通橋) 지금의 보신각이 있는 종로 네거리에서 을지로 네거리 방향으로 나아가다가 청계로와 만나는 길목에 놓여 있던 청계천(淸溪川) 다리 가운데 하나. 사대문 안에서 가장 넓은 다리이기도 해서 대보름에 다리밟기의 풍습이 성행했다. 이 다리 주변의 상권이 꽤 큰 편이었는데 특히 방각본 등의 서책이나 글씨, 서화(書畵)를 사고파는 시장이 형성되었다. 대광통교(大廣通橋). 대광교(大廣橋). 광교(廣橋).

135 다방골 다례(茶禮)를 주관하는 사옹원(司饔院)에 속한 다방(茶房)이 있었던 곳으로 지금의 중구 다동(茶洞).

136 행랑(行廊) 서울 장거리에 줄 대어 있던 이층의 전방(廛房).

137 호로(ほろ, 幌) 마차나 인력거 등에 쓰이는 포장을 가리키는 일본말.

138 발등상 발을 올려놓는 데 쓰는 등상(凳床). 나무로 만들어 발돋움이나 걸상으로 쓰는 세간을 '등상'이라 한다.

139 『내칙(內則)』 『예기(禮記)』의 『내칙』편(篇)을 가리킨다.

140 표종형댁 외종사촌이 되는 형의 아내. 표종형(表從兄)은 외종형(外從兄)과 같은 말.

141 버물리다 한데 뒤섞이어 버무려지다.

142 만호장안(萬戶長安) 집들이 썩 많은 서울.

143 단율 기·승·전·결이 각 1구씩 총 4구 형식의 율시. 율시는 보통 각 2구씩 총 8구로 되어 있다.

144 퇴맞다 마음에 들지 않아 물리침을 당하다. 퇴박맞다. 퇴짜 맞다.

145 기(其) 지시대명사 '그'.

146 조선 시대의 기생 송이(松伊, 생몰년 미상)가 지은 것으로 전해지는 시조로 『해동가요(海東歌謠)』에 전한다.

147 경박자(輕薄子) 언행이 방정맞고 신실(信實)하지 못한 사람.

148 『한서(漢書)』의 「사마상여전(司馬相如傳)」에 전하는 고사 '가도사벽(家徒四壁)'에 등장하는 탁문군(卓文君)과 사마상여(司馬相如)의 이야기를 가리킨다. '가도사벽'이란 집에 네 벽밖에 없을 정도로 집안 형편이 극히 어렵다는 뜻이다. 『교주가곡집(校註歌曲集)』과 『정선조선가곡(精撰朝鮮歌曲)』 등에 수록되어 있는 조선 시대의 가사 「봉황곡(鳳凰曲)」 역시 사마상여가 지은 『봉구황곡(鳳求凰曲)』에서 딴 것이다.

149 산연(潸然)히 눈물이 줄줄 흐르는 모양.

150 서느렇다 조금 찬 기운이 돌듯이 서늘하다.

151 청신(淸新)하다 맑고 새롭다. 깨끗하고 산뜻하다.

152 앙모(仰慕)하다 우러러 사모하다.

153 유연(悠然)히 한가롭고 느긋하게.

154 고절(苦節) 어떠한 고난을 당해도 변하지 아니하고 끝내 지켜나가는 굳은 절개.

155 화류(樺榴) 자단(紫檀)의 목재. 붉은빛을 띠며 결이 곱고 몹시 단단하여 건축이나 가구, 미술품 등의 고급 재료로 널리 쓰인다.

156 명주항라(明紬亢羅) 명주와 항라. '명주'는 명주실로 짠 피륙. '항라'는 명주실이나 모시실, 무명실 등으로 짜되 몇 올마다 한 올씩 비워서 짜는 여름 옷감용 피륙.

157 세비로(せびろ, 背廣) '신사복'의 일본말. 본디 저고리, 바지, 조끼로 이루어진다.

158 단장(短杖) 짧은 지팡이. 특히 개화기에는 손잡이가 꼬부라진 짧은 지팡이를 일컬어 개화장(開化杖)이라고도 했다.

159 맥고자(麥藁子) 맥고모자(麥藁帽子). 밀짚이나 보리짚으로 만든 여름 모자. '밀짚모자'의 일본말.

160 조민(躁悶)하다 마음이 조급하여 가슴이 답답하다.

161 차세(車貰) 차를 타는 데 내는 돈. 찻삯. 차비(車費).

162 뜨다 말이나 행동 등이 느리다.

163 배오개(梨峴) 지금의 종로구 인의동(仁義洞), 예지동(禮智洞), 종로 4가 어름에 걸쳐 있는 고개.

164 친잠(親蠶) 양잠(養蠶)을 장려하는 뜻으로 왕비가 몸소 누에를 치던 일.

165 상원(桑園) 뽕나무 밭. 상전(桑田).

166 도오다이몬(とうだいもん) 슈―텐(しゅうてん) 동대문(東大門) 종점(終點).

167 문여시(文與詩) 문(文)과 시(詩).

168 차리는 방(樂屋) '가쿠야(がくや)' 즉 공연장의 무대 뒤나 분장실.

169 삼패(三牌) 매춘 자체를 업으로 삼는, 가장 낮은 등급의 기생. 탑앙모리(搭仰謀利).

170 망가자(亡家子) 방탕하거나 하여 집안을 결딴내는 사람.

171 지나(支那) 중국(中國).

172 흠담(欠談) 남의 허물을 떠벌리어 험상궂게 하는 말. 흠구덕. 험담(險談).

173 초민(焦悶)하다 속이 타도록 몹시 고민하다.

174 아차랍다 애처롭다.

175 청량사(淸凉寺) 지금의 동대문구 청량리동 바리봉 아래에 있었던 절. 신라 말기에 창건되었으나 폐허 상태로 방치되다가 1896년 서울의 4대 비구니 승방 중 하나인 돌꽂이 승방이 이전해 오면서 다시 활기를 띠었다. 구한말 이래 피서지

의 한 군데로도 널리 알려져 있었다.

176 모— 따메다(もうだめ[駄目]だ) 벌써 틀렸다. 이미 소용없다.

177 넘너른하다 여기저기 마구 널려 있다.

178 왜증댕기 왜증(倭繒) 즉 왜비단으로 만든 댕기.

179 드리다 댕기를 달다.

180 누르다 개나리나 호박꽃 빛깔과 같다.

181 박승(縛繩) 죄인을 묶는 노끈. 오라. 포승(捕繩).

182 육교(肉交) 남녀가 성적 관계를 맺음. 성교(性交).

183 발기다 마구 찢어서 조각을 내다. 찢어서 죽이다.

184 '앵혈(鶯血)' 은 처녀막이 터지면서 나오는 피로서 숫처녀를 뜻한다. 원래는 앵무새의 피라는 뜻으로 궁에서 여성의 처녀막 유무를 판별할 때 앵무새의 피를 손목에 떨어뜨려 흘러내리지 않으면 처녀라고 보기도 한 데에서 비롯한 말이다. 물론 이는 고사에 의한 것일 뿐이다.

185 정결(貞潔)하다 정조가 곧고 행실이 깨끗하다.

186 정렬(貞烈) 여자의 지조가 굳고 순결을 지키며 행실이 바름.

187 진고개(泥峴) 지금의 중구 명동. 흙이 몹시 질어서 조금만 비가 와도 왕래가 끊어질 정도로 통행이 불편했기 때문에 붙은 이름. 일본인들의 상가가 밀집되어 있었다.

188 타구(唾具) 가래나 침을 뱉도록 마련한 그릇. 타담호(唾痰壺). 타호(唾壺).

189 천사만려(千思萬慮) 여러 가지 생각과 걱정.

190 험구(險口) 남의 흠을 들추어 헐뜯는 말. 악구(惡口).

191 잇솔 칫솔.

192 작소(繳銷)하다 어떤 일이나 말의 흔적을 없애다.

193 구루마(くるま, 車) 수레. 달구지. 여기서는 인력거를 가리킨다.

194 노돌 노돌나루 즉 지금의 노량진(露梁津) 나루터. 노들.

195 선유(船遊) 뱃놀이. 주유(舟遊).

196 숫배기 숫보기. 숫된 사람.

197 외성(外城) 성 바깥쪽에 겹으로 에워싼 성.

198 버르장이 '버릇'의 낮은말. 버르장머리.

주 483

199 문칫하다 문칫거리다. 일을 단행하지 못하고 좀 느리게 자꾸 끌어가기만 하다. 망설이거나 주저하다.

200 파리통 파리를 잡을 때 쓰는 둥근 유리통.

201 칼표 궐련 외국산 궐련 상표 가운데 하나로서 해적이 칼을 들고 서 있는 그림이 있던 '파이리트.Pirate'를 가리킨다. 1907년 지금의 'BAT(브리티시-아메리칸토바코)'의 전신인 '영미연초주식회사'를 통해 수입되기 시작했다.

202 차홉다 아, 슬프도다. 차호(嗟乎).

203 완악(頑惡)하다 성질이 검질기고 모질다.

204 어별(魚鼈) 물고기와 자라. 바다 동물.

205 궂은비 끄느름하게 오래 오는 비. 고우(苦雨).

206 동량(棟樑) 마룻대와 들보. 한 집안이나 한 나라의 기둥이 될 만한 인물. 동량지재(棟樑之材).

207 '세차(歲次)'는 '유세차(維歲次)' 즉 간지(干支)를 좇아 정한 해의 차례를 가리키는 관용어이며, '병진년(丙辰年)'은 1916년.

208 장지(壯紙) 두껍고 질기며 질이 좋은 한지(韓紙)의 한 가지.

209 창궁(蒼穹) 푸른 하늘. 창천(蒼天).

210 권권복응(拳拳服膺) 명령이나 훈계 등을 마음에 새겨 늘 잊지 아니함.

211 패장(牌將) 공사를 진행할 때 장공(匠工)들을 거느리는 사람.

212 천질(天質) 타고난 품성이나 소질. 천성(天性).

213 파수막(把守幕) 파수를 보기 위해 마련한 막사(幕舍).

214 헤이조오(ヘイジョウ) '평양(平壤)'의 일본식 발음.

215 신겐부구로(しんげんぶくろ, 信玄袋) 타원형의 종이를 바닥에 깔고 아가리를 끈으로 묶을 수 있게 만든 자루. 천으로 만들며, 보통 여행용 가방으로 쓴다.

216 『사서(四書)』『대학(大學)』『논어(論語)』『맹자(孟子)』『중용(中庸)』등 유교의 기본 경전.

217 『사략(史略)』『십구사략(十九史略)』이나『동국사략(東國史略)』등 간략하게 쓴 역사서.

218 허리띠코 오비(おび, 帶) 즉 기모노(着物) 위에 감아 묶는 가늘고 긴 띠 모양의 천.

219 밀철로 토공용 궤도 운반 수압차.

220 황화(荒貨) '황아'의 본딧말. 끈목, 담배쌈지, 바늘, 실 등의 온갖 잡다한 상품.

잡화(雜貨).
221 달아오다 달려오다.
222 귀쌈 귀싸대기.
223 회(灰)칠하다 석회를 바르다.
224 아라사(俄羅斯) '러시아'를 음역한 이름.
225 신고(辛苦)하다 어려움에 처하여 몹시 애를 쓰면서 고통이나 고생을 겪다.
226 집배인(集配人) 우편물이나 화물 등을 한군데로 모으거나 배달하는 사람.
227 느짓느짓 줄 등이 좀 느슨한 모양.
228 꼭하다 변통성 없이 정직하고 고지식하다.
229 가가(假家) 길 양편에 임시로 집을 지어 물건이나 음식 등을 파는 곳. '가게'의 본딧말.
230 자행거(自行車) 자전거(自轉車).
231 말긋말긋하다 아주 맑고 환하다.
232 담배꽁다리 담배꽁초.
233 나파륜(拿破崙·那破崙·羅破崙) '나폴레옹'을 음역한 이름.
234 종매(從妹) 친사촌 누이동생.
235 종형(從兄) 사촌 형.
236 선화당(宣化堂) 조선 시대 각 도의 관찰사가 집무하던 곳. 당헌(棠軒).
237 갑오(甲午) 1894년.
238 졸변(猝變)하다 갑작스럽게 변하다.
239 잠항정(潛航艇) 잠행정(潛行艇). 잠수함(潛水艦).
240 수뢰정(水雷艇) 수뢰(水雷)로 적의 함정을 격침시키는 것을 주된 임무로 삼는 전투함.
241 종조부(從祖父) 할아버지의 형이나 아우. 종조(從祖).
242 보통벌 보통평야.
243 연산(連山) 죽 이어져 있는 산.
244 에테르 ether. 우주에 가득 차 있어서 빛이나 전파를 전하는 매질(媒質)이 된다고 생각했던 가상의 물질. 빛의 파동설에서 다루어지기 시작한 가설이었으나 아인슈타인의 상대성 원리 등을 통해 부정되었다.

245 메 '산(山)'의 옛말.
246 부르걷다 옷소매나 바짓가랑이를 걷어 올리다.
247 전습(傳襲) 전하여 내려오는 그대로 답습(踏襲)함.
248 자갯돌 '자갈'의 사투리.
249 추연(惆然)하다 슬프다.
250 국수표(菊水票) 일본인 회사였던 '광흥상회'에서 만들어 팔았던 궐련 상표 가운데 하나.
251 조일(朝日) 일본인 회사였던 '동아연초주식회사'에서 만들어 팔았던 궐련 상표 가운데 하나.
252 신현대(信玄袋) '신겐부구로(しんげんぶくろ, 信玄袋)'를 한자식으로 음독한 것.
253 족제(族弟) 성과 본이 같은 일가로서 유복친(有服親) 안에 들지 않는 아우뻘 되는 남자.
254 연갑(年甲) 서로 비슷한 나이. 나이가 서로 비슷한 사람. 나이또래. 연배(年輩).
255 가댁질하다 아이들이 서로 잡으려고 쫓고 달아나고 하면서 뛰노는 놀이를 하다.
256 작간(作奸) 간악한 꾀를 부리는 짓.
257 일언이폐지(一言以蔽之)하다 구구한 말을 다 줄이고 한마디로 말하다. 폐일언(蔽一言)하다.
258 통견(洞見)하다 앞을 환히 내다보다. 속까지 꿰뚫어 보다.
259 비난(非難)하다 어렵지 아니하다.
260 상학(上學)하다 학교에서 그날의 공부를 시작하다.
261 백이숙제(伯夷叔齊) 중국 고죽국(孤竹國)의 왕자 이(夷)와 제(齊) 형제. 주(周)의 무왕(武王)이 은(殷)의 주왕(紂王)을 치자 주의 곡식을 먹을 수 없다며 서우양산(首陽山, 수양산)에 들어가 고사리만 캐 먹다가 죽었다는 '채미(採薇)'의 고사가 전한다.
262 정자나무 집 근처나 길가 같은 데에 있는 큰 나무.
263 창연(愴然)히 몹시 서럽고 슬프게.
264 자격(刺激) 자극을 받아 격동함.
265 댓진 담뱃대 속에 낀 담배의 진(津).
266 밀수(蜜水) 꿀물.
267 초갑(草匣) 담배쌈지. 궐련갑.

268 작히나 여북이나. 오죽이나.

269 단자(單字) 낱낱의 글자.

270 슴겁다 '싱겁다'의 옛말.

271 활해 골계(滑稽).

272 파나마 panama. 파나마모자. 파나마 풀의 어린잎을 얇게 쪼개어 가볍고 바람이 잘 통하도록 만든 여름 모자. 파나마 공화국의 항구를 통해 수출되면서 붙은 이름이기도 하다.

273 조자(調子) '가락'의 일본말.

274 양주(兩主) 남이 '부부(夫婦)'를 가리켜 높이는 말.

275 참예(參預)하다 참여(參與)하다.

276 착란(錯亂)하다 생각이나 느낌이 뒤얼크러져 어지럽다.

277 그루박다 물건을 들어 머리를 땅바닥에 수직이 되게 하고 탁 놓다.

278 오정(午正) 십이시 중 오시(午時)의 한가운데. 정오(正午).

279 마루턱 마루터기. 산이나 지붕 등의 마루에서 가장 두드러진 턱.

280 종현(鍾峴) 천주교당(天主敎堂) 종현은 옛날에 종을 달았던 곳이라 하여 붙은 이름으로 임진왜란 때 명나라 장수 양호(楊鎬)가 진을 치고 남대문에 있던 북을 옮겨 달았던 고개라는 뜻에서 북고개, 북달재라고도 불렸다. 천주교당은 지금의 중구 명동 2가에 있는 명동성당을 가리킨다. 1898년에 완공되었으며 종현성당, 명동 천주교당으로도 불렸다.

281 금원(禁苑) 궁궐 안의 동산과 정원. 비원(秘苑). 어원(御苑).

282 자짓빛 자지(紫芝) 빛깔. 자줏빛. 자주색(紫朱色).

283 등자(鐙子) 발걸이.

284 보표 다섯 줄의 평행선을 그어 음표나 쉼표 등의 부호를 적어 넣은 악보.

285 음부 악보에서 음의 길이나 높낮이를 나타내는 부호. 음표(音標). 소리표.

286 화액 그림을 끼워놓은 액자.

287 겟세마네 Gethsemane. 예루살렘 동쪽, 감람산 서쪽 기슭에 있는 동산으로 예수가 처형당하기 전날 마지막 기도를 드리고 잡혀간 곳.

288 이렁성하여 이런 모양으로.

289 솥발 옛날식 솥 밑에 달린 세 개의 발. 정족(鼎足).

290 문장(門帳) 문이나 창문에 치는 휘장(揮帳).

291 흘러보다 남의 속을 슬그머니 떠보다.

292 가든하다 마음이 가분하고 상쾌하다. '가뜬하다'의 여린말.

293 나뜨다 나타나거나 나와서 다니다.

294 보혈(寶血) 인류의 죄를 대신 씻기 위하여 예수가 십자가에 못 박혀 흘린 피를 가리키는 말.

295 위의(威儀) 위엄이 있는 몸가짐이나 차림새.

296 참람(僭濫)하다 분수에 맞지 않게 지나친 데가 있다. 참월(僭越)하다.

297 헤벌리다 어울리지 아니하게 넓게 벌리다.

298 서르나문 서른 가량이나 서른 남짓한 수.

299 쭈무리다 쭈물대다. 쭈물거리다.

300 수부귀다남자(壽富貴多男子) 오래 살고 부귀를 누리며 아들을 많이 낳음. 복을 고루 갖춤.

301 돈네루(トンネル) '터널tunnel'의 일본식 발음.

302 이물(異物)스럽다 성질이 음험하며 속을 헤아리기 어렵다.

303 일복(日服) 일본 옷.

304 지갑(紙匣) 종이로 만든 갑.

305 뚜께 '뚜껑'의 사투리.

306 풍후(豊厚)하다 얼굴이 살쪄 덕성이 있어 보이다.

307 자친(慈親) 본래는 남에게 '자신의 어머니'를 일컫는 말.

308 쑬쑬하다 웬만하고 무던하다.

309 『고문진보(古文眞寶)』 중국 송(宋)말에서 원(元)초에 편찬된 시문선집(詩文選集)으로 주(周)에서 송대에 이르는 고시(古詩)와 고문(古文)의 주옥편을 모아 엮었다.

310 사현금(四絃琴) 네 줄을 걸게 되어 있는 악기라는 뜻으로 '바이올린'을 가리킨다.

311 경성전수학교(京城專修學校) 지금의 서울대 법대의 전신(前身)이다. 1895년 '평리원' 안에 설립된 '법관양성소'가 그 모태이다. 광화문 동쪽에 청사를 두고 있었는데, 1899년 일시 폐지되었다가 1903년 복설(復設)되었다. 1909년에 '법학교'로, 1911년에 '경성전수학교'로, 1920년에 '경성법학전문학교'로 이름이 바뀐 고등교육기관이다. 1926년에 생긴 '경성제대 법학과'와 양립하다가 해방 후인 1946년 서울대가 세워지면서 두 학교가 서울대 법대로 통합되었다.

312 부요(富饒)하다 재물이 많고 넉넉하다. 부유(富裕)하다.

313 들엎데다 들엎드리다. 밖에 나가 활동하지 않고 집에만 가만히 들어앉아 있다.

314 티끌세상 정신에 고통을 주는 복잡하고 어지러운 세상. 이 세상. 진세(塵世).

315 탑골승방(塔洞僧房) 사대문 밖에 위치한 큰 이사(尼寺) 가운데 하나였던 미타사(彌陀寺)를 가리킨다. 지금의 성북구 삼선동 경동고등학교 자리에 있었다가 식민지 시대에 보문동으로 이전했다.

316 앙혼(仰婚) 지체가 낮은 사람이 지체가 보다 높은 사람과 맺는 혼인.

317 지댓돌 '지대'를 쌓는 돌. '지대(址臺)'란 건물 밑바닥과 둘레를 마당보다 높게 쌓은 부분 즉 토대(土臺)를 말한다.

318 붓꽃(水菖蒲) 수창포(水菖蒲). 긴 칼 모양의 잎을 가진 다년생 풀. 뿌리줄기가 가로 벋어 싹이 돋고 뿌리가 내리며, 초여름에 자줏빛 꽃이 핀다.

319 무명밭 목화를 심은 밭. 목화밭.

320 마장 오 리나 십 리 미만의 거리를 이를 때 '리(里)'를 대신하여 쓰는 단위.

321 정좌(鼎坐)하다 세 사람이 솥발 모양으로 벌려 앉다.

322 길체 한쪽으로 치우쳐 있는 구석진 자리. 한쪽 모퉁이.

323 그예히 '기어이'의 옛말.

324 분정 분수(分數).

325 암치 배를 갈라 소금에 절여 말린 암민어(民魚).

326 작심대 지겟작대기.

327 벤또(べんとう, 弁當) '도시락'의 일본말.

328 휘돌다 굽이를 따라 돌아서 가다.

329 샤리인(シャリイン) '사리원(沙里院)'의 일본식 발음. 황해도 봉산군에 있으며, 현재 황해북도 도청 소재지이다.

330 애에 애초부터. 아예.

331 불분주야(不分晝夜)하다 밤낮을 가리지 아니하고 힘쓰다.

332 사요나라(さようなら)·고끼겐요우(ごきげんよう) 헤어질 때의 인사말로서 '안녕히 계세요.' 혹은 '안녕히 가세요.'의 뜻.

333 조상(弔喪)하다 애도의 뜻을 표하다.

334 부지거처(不知去處) 간 곳을 알지 못함.

335 다시까다요(たし〔確〕かだよ) '확실해' 라는 뜻의 일본말.

336 동부인(同夫人)하다 아내를 동반하다.

337 초개(草芥) 지푸라기. 하찮은 것.

338 행화(杏花) 살구꽃. 살구나무의 꽃. 여기서는 살구나무를 가리킨다.

339 발명(發明)하다 변명(辨明)하다.

340 일경(一境) 어느 지경의 전부.

341 증수(增水) 물이 불어서 늚.

342 협기(俠氣) 대장부다운 호탕한 기상. 호협한 기상.

343 말참례 말참견.

344 규문(閨門) 부녀자가 거처하는 방. 규방(閨房).

345 종다래끼 아가리가 좁고 바닥이 넓은 바구니. 대나 싸리, 고리버들 등으로 결어서 만든다.

346 등속(等屬) 등(等). 따위.

347 수탐(搜探) 남의 사정이나 비밀 등을 몰래 조사하여 알아냄. 내탐(內探). 염탐(廉探). 염알이.

348 노심(勞心) 애를 씀.

349 구조(口調) '어조(語調)'의 사투리.

350 마관(馬關) 시모노세키. 일본 혼슈(本州) 야마구치 현(山口縣)에 있는 항구 도시로 일본의 대표적인 무역항의 하나이다. 후에는 '하관(下關)'이라고 일컬었다. 1895년 청일전쟁의 전후 처리를 위해 마관조약(馬關條約) 즉 시모노세키 조약이 체결된 곳이기도 하다. 1905년 관부연락선(關釜連絡船) 항로가 개설되어 제2차 세계대전 종전 때까지 한국 및 대륙 침략의 관문이 되었다.

351 횡빈(橫濱) 요코하마. 일본 혼슈(本州) 가나가와 현(神奈川縣)에 있는 항구 도시. 1859년 미일 수호통상조약 이후 개항장이 되었으며 1872년 도쿄(東京)와 철로로 이어지면서 일본의 문호가 되었다.

352 상항(桑港) 샌프란시스코 항(港). 미국 캘리포니아 주(州) 서부에 있는 항구 도시이자 태평양 연안 최대의 무역항이다.

353 노보세(上氣, のぼせ) '몹시 흥분함' '피가 머리로 올라감' 이라는 뜻의 일본말.

354 주밀(周密)하다 어떤 일을 하거나 계획을 세우는 데 빈틈이 없이 매우 찬찬하다. 심밀(深密)하다.

355 궤휼(詭譎) 간사스럽고 교묘한 속임수.

356 야매(野昧)하다 촌스럽고 어리석다.

357 돌라보다 '둘러보다'의 작은말.

358 삼랑진(三浪津) 밀양강이 낙동강 본류로 흘러드는 지점으로 경남 밀양시 남동부에 있다. 세 줄기 큰 강물이 부딪쳐서 물결이 일렁이는 곳이라 하여 붙여진 이름이다.

359 골안개 새벽에 골짜기나 들 같은 데에 보얗게 끼는 안개.

360 지심(地心) 지구의 중심. 중권(重圈).

361 연사(年事) 농사가 되어가는 형편. 연형(年形). 농형(農形). 농황(農況).

362 삐다 괴었던 물이 잦아지거나 빠지다.

363 그러께 지난해의 전해. 재작년.

364 반또(ばんとう, 番頭) 상점 등의 고용인들 가운데 우두머리. 주인을 대신하여 실권을 쥐고 있는 사람. 지배인.

365 이랏샤──(いらっしゃい) '어서 오십시오'라는 뜻의 일본말.

366 하찌조마(はちじょうま, 八疊間) 다다미 여덟 장을 깐 일본식 방.

367 헙수룩하다 머리털이나 수염 등이 더부룩하게 뒤덮여 있다.

368 걸다 글다. 그을다.

369 들이닫다 몹시 빨리 달리다.

370 짓치다 함부로 마구 들이치다.

371 거누다 흐트러진 것을 잘 가다듬다.

372 근고(勤苦) 애써 부지런히 일함. 아주 노고가 심함.

373 잉부(孕婦) 아이를 밴 부인. 임부(姙婦). 잉모(孕母). 태모(胎母).

374 행리(行李) 여행할 때 쓰이는 물건. 행구(行具). 행장(行裝).

375 「아이다Aida」 베르디Verdi 작곡의 오페라. 고대 이집트를 배경으로 무장(武將) 라마데스와 포로로 잡힌 에티오피아 공주 아이다와의 비련을 그린 4막 7장의 대작으로 1871년 초연되었다.

376 끊치다 끊어지다.

377 강주사마(江州司馬)의 「비파행(琵琶行)」 '강주사마'는 중국 중당(中唐)기의 시인 백낙천(白樂天) 즉 백거이(白居易)를 가리킨다. 정치적인 이유로 강주(江州) 즉 지금의 장시성(江西省) 북단 양쯔 강(揚子江) 연변에 있는 주장(九江)의 한

직이었던 사마(司馬)로 좌천된 직후인 816년에 쓴 「비파행」은 88행에 이르는 칠언시로서 「장한가(長恨歌)」와 더불어 그의 대표작이다. '강주사마'는 「비파행」의 마지막 행에서 자신을 가리키는 말로 쓰였다.

378 연단(鍊鍛)하다 몸이나 마음, 어떤 재주 등을 굳세게 닦다.

379 시방 이제. 금방.

380 날 새 좇아 날이 새자마자 곧 이어.

381 본직(本職) 공무원이 자기 자신을 가리키는 말. 본관(本官).

382 모도다 '모으다'의 옛말.

383 개아미 '개미'의 옛말.

384 아이누 Ainu. 일본의 홋카이도(北海道) 및 러시아의 사할린, 쿠릴 열도 등에 살고 있는 종족 가운데 하나로서 메이지 유신 이후 식민화되었다.

385 두자미(杜子美) 중국 성당(盛唐) 시대의 시인 두보(杜甫, 712~770). 호는 '소릉(少陵)' 자는 '자미(子美)'이다.

386 소동파(蘇東坡) 중국 북송 시대의 시인 소식(蘇軾, 1036~1101). 송나라 제일의 시인이며, 문장에 있어서도 당송팔대가(唐宋八大家)의 한 사람이다.

387 호활(豪活)하다 호방하고 쾌활하다.

388 마지메(まじめ, 眞面目) '진지함, 진심임'이라는 뜻의 일본말.

398 정색(正色)하다 얼굴에 엄정한 빛을 나타내다.

390 백림(伯林) '베를린'을 음역한 이름.

391 동경(東京) 상야(上野) 음악학교 도쿄 우에노 음악학교. 지금의 도쿄 예술대학.

392 책책(嘖嘖)하다 외치거나 떠드는 소리가 크다.

393 예의전심(銳意專心) 단단히 마음을 차려 오로지 한 곳으로만 마음을 씀.

394 상엽(桑葉) 뽕잎.

395 매독(梅毒) 스피로헤타 팔리다 Spirochaeta pallida라는 나선상 균의 감염으로 일어나는 만성 성병(性病)의 하나. 창병(瘡病).

396 조세(早世·蚤世)하다 젊어서 일찍 죽다. 요절(夭折)하다.

397 가멸다 재산이 많다. 살림이 넉넉하다.

▮작품 해설

"내가 누구인지 말할 수 있는 자는 누구인가?"
— 『무정』을 읽는 몇 가지 방법

김철

1. 왜 『무정』을 읽는가

  정확한 통계가 나와 있지는 않지만, 20세기 이래 한국인이 가장 많이 읽은 책 중의 하나로 이광수의 『무정』을 드는 것은 틀림없는 일일 것이다. 또한 한반도에 근대적 출판-인쇄 시스템이 도입되고 대중 독서의 시장이 열리기 시작한 이래, 가장 자주 출간된 책 중의 하나가 『무정』이라는 것도 틀림없는 사실이다. 그런가 하면 이광수라는 작가, 특히 『무정』의 대중성은 출판 시장에서만의 일이 아니다. 한국 근현대 문학에 관한 대학에서의 전문적인 연구는 해방 이후부터 기산하여 약 60년의 연륜을 지니게 되었고 만만치 않은 양적인 성과를 쌓았는데, 그 가운데 가장 많이 연구의 대상이 된 작가도 다름 아닌 춘원 이광수다.

  이 사실들이 서로 어떤 연관관계 혹은 인과관계를 지니고 있는지를 정확히 말하기는 어렵고 또 굳이 가릴 필요도 없을 것이다. 다만 흥미로운 것은 사람들이 아직도 『무정』을 읽는 이유가 무엇인가, 하는 점이다. 『무정』이 씌어진 때로부터 무려 90년 가까운 세월이 흘렀다. 그것은 「춘향전」이나 「흥부전」처럼 현대인의 감각에 맞춰 자주 '리메이크' 되는 고전이 아니라, 처음 씌어진 그 상태대로 읽히는(또는 읽혀야 하는) 문학 작품이다. 지난 백 년 이래 삶의 기본적인 환경은 물론이고 정서와 감각, 취향, 일상생활 전반에 걸쳐 지구상에서 가장 극심한 변화를 겪은 집단임이 틀림없을 한국인들이, 사람의 눈과 귀를 홀리는 짜릿한 재미와 자극이 스물네 시간 지천으로 흘러넘치는 이 21세기의 시대에 여전히 『무정』을 흥미롭게 읽고 있다는 것, 어쩌면 그것이 가장 흥미로운 사실일지도 모른다.

한 세기 가까운 시간의 경과에도 불구하고 빛바래지 않는 『무정』의 이와 같은 '현재성'은 어디에서 오는 것일까? 그 현재성이야말로 독자와 작품의 대화가 실현되는 어떤 의미의 공간일 것이다. 그리고 그 의미의 공간을 탐색하는 것이야말로 왜 『무정』을 읽는가, 하는 의문을 푸는 지름길이 될지도 모른다. 동시에 그 탐색은 『무정』을 읽는 또 다른 방법, 다시 말해, 1910년대의 한국인 또는 1950년대의 한국인이 『무정』을 읽을 때와는 또 다른 방식의 『무정』 읽기를 드러내줄지도 모른다. 이 글은 그 다른 방식의 읽기에 대한 하나의 시도이다.

그러면 다른 방식의 읽기를 어떻게 시작할 것인가? 주인공을 둘러싸고 벌어지는 주요 사건들에만 시선을 집중하는 전통적인 소설 읽기의 방식을 잠시 제쳐두고, 아주 사소한 또는 '부차적'인 사건, 인물, 장면 등에 초점을 맞추어 보는 것도 '오래된' 소설을 '새롭게' 읽는 방법의 하나일 수 있겠다.

예컨대 '경성학교 영어 교사 이형식'이 '선형'의 과외 수업을 하러 "내리쪼이는 유월 볕에 땀을 흘리면서 안동 김장로의 집으로" 나아가는 『무정』의 첫 장면을 다시 읽어보자. 때는 정확히 1916년 6월 27일 오후, 장소는 조선의 경성(서울) 안국동 네거리이다. 수줍으면서도 야심만만하고 저돌적이면서도 우유부단한, 스물다섯 살의 주인공 이형식의 직업은 '경성학교 영어 교사'인데, 그는 잠시 후면 대면하게 될 '정신여학교의 우등 졸업생' 김선형을 머릿속에 그리며 혼자 흥분하고 들뜬 마음으로 안국동 네거리를 걷고 있다. '경성학교'는 어디인가? 소설 내적·외적 정황을 종합하여 보았을 때, '경성학교'는 '휘문학교'임이 틀림없다.[1] 이형식이 영어를 가르치러 가는 김선형은 당시 여학생들 사이에 유행하던 '히사시가미'(ひさしがみ, 庇髮)를 하고 있다. 그런 이형식의 앞에 '대팻밥모자'를 눌러쓴 쾌활한 한량이자 신문기자인 '신우선'이 나타난다. 대화 중에 영어와 일본어를 즐겨 쓰는 경박하면서도 단순한 이 청년의 모델이 소설가 심훈의 형인 매일신보의 기자 '심우섭'이라는 사실은 널리 알려진 것인데, 그 심우섭은 또한 휘문학교의 1회 졸업생이기도 하다. 이렇듯 첫 회부터 눈에

---

[1] '경성학교'가 '휘문학교'라는 사실이 지니는 의미에 대해서는 『바로잡은 『무정』』(김철 校註, 문학동네, 2003)의 해제 참고 바람.

잡힐 듯이 그려지는 생생한 '당대성'에 주목하면 그 이후부터의 『무정』은 아주 색다른 흥밋거리, 다시 말해 근대 한국의 풍부한 풍속 사전(事典)으로서의 흥미를 제공하는 기록물이 된다.

신우선과 헤어진 이형식이 처음으로 김장로의 집에 들어서는 두 번째 장면도 그렇다. 양반이요 재산가인 '김장로'의 집은 '줄행랑이 늘어선' 큰 한옥인데, 그 집 문 앞에서 이형식은 떨리는 목소리로 "이리 오너라" 하고 자기의 내방(來訪)을 알린다. '중문을 지나 대청'에 이르니 "무늬 있는 책상보 덮은 테이블과 네다섯 개 홍모전 교의가 있고 북편 벽에 길이나 되는 책상에 신구 서적이 쌓였다." 김장로는 "책상 위에 놓인 초인종을 두어 번 울"려 옆방에 있는 하녀를 부르고, 하녀는 형식의 앞에 '은으로 만든 서양 숟가락'과 '보기만 해도 시원한 복숭아화채'를 대령한다. 첫 대면에서부터 이형식의 가슴을 설레게 하는 이 집안의 '아씨' 선형은 '연옥색 모시 적삼'에 '모시 치마'를 입고, '피아노'를 치고, '영어'를 배운다.

낡고 어두운 구세계로부터 밝고 희망찬 신세계로의 비약에의 열망이 『무정』의 주제임은 널리 알려진 상식이거니와, 이렇듯 첫 회부터 제시되는 이 어지러운 신구(新舊) 혼합의 장면들이야말로 『무정』의 내용과 형식을 결정짓는 핵심적인 요소이면서 동시에 당대 풍속의 풍요로운 목록들이다. 그렇게 보면 '문명개화'란 요컨대, 소설의 시작 단계에서 '아씨'였던 선형이 마지막(126회)에 이르러서는 "훌륭한 레이디"로 바뀌는 것, 또는 '대팻밥모자'를 쓰고 주색잡기에 골몰하던 한량 신우선이 "백설 같은 파나마모자를 쓰며 코 아래에는 고운 카이저수염"을 기른 '저술가'로 변모하는 것에 상응하는 일이기도 하다.

그런데, 이 '문명개화'는 무엇보다 '무정한 과거'에 대한 가차없는 '조상(弔喪)'을 동반하는 것이었으니, 가령 박진사의 무덤을 찾은 이형식이 "불쌍한 은인의 썩다가 남은 뼈를 생각하고 슬퍼하기보다 그 썩어지는 살을 먹고 자란 무덤 위의 꽃을 보고 즐거워하리라"고 말할 때, 이 칼로 자르는 듯한 '무정'한 선언이야말로 향후 백 년간의 한국인의 삶의 지향점을 한마디로 요약하는 것이 아닐 수 없다. 그 '무덤 위의 꽃'이 과연 '즐거워'할 만한 것이 되었는지 어떤지는 또 다른 차원의 문제이겠으나, 어쨌든 지난 백 년간 한국인들은 '불쌍한 은인의 남은 뼈를 생각하고 슬퍼할' 겨를도 없이 앞만 보고 질주한 끝에 여기에 이르렀다. 그렇다면 『무정』은 그 한국인들이 출발했던 어떤 지점을 비추어주는 이정표일지도 모른다. 우리는 어디에서 왔는가? 지난 백 년간 우리의 몸과 마음을 움직여 여기까지 이르게 한 욕망의 실체는 무엇이었던가? 『무정』은 아마 그 대답을 담고 있는지도 모른다는 말이다.

『무정』이 그 대답을 담고 있지 않다면, 적어도 그러한 질문을 가능케 하는 작품인 것만은 분명하다. 어떻게? 그 몇 개의 사례를 보자.

I. 『무정』의 기차

가령 『무정』의 주인공을 이형식이나 박영채, 김선형 등이 아닌

'기차(汽車)'로 바꾸어 읽어보자. '기차'야말로 『무정』의 숨은 주인공이 아니겠는가. 형식에게 보내는 유서를 남기고 평양으로 떠나는 영채가 '기모노'를 입은 동경 유학생 김병욱을 만나 생전 처음 보는 '샌드위치'를 얻어먹고 삶의 새로운 전기를 맞는 곳, 영채를 찾아 평양으로 갔던 형식이 '지구의 돌아가는 소리, 별과 별이 마주치는 소리, 무한히 작은 에테르 분자의 흐르는 소리'를 들으며 '이제야 자기의 생명을 깨달았다'는 우주적 각성에 이르는 곳, 그리고 무엇보다도 형식과 선형, 영채 사이의 오랜 갈등이 해소되고 모든 인물이 하나의 뜻과 이념으로 굳게 결합하여 새로운 미래를 전망하는 『무정』의 대단원이 펼쳐지는 곳, 그곳은 바로 '기차'인 것이다. 실로 『무정』에서 '기차'는 이른바 근대적 주체가 새롭게 태어나는 공간, 그 새로운 주체들의 이념과 실천이 수행되는 공간, 온갖 사회적 모순과 불합리가 해결되는 자유롭고 활기찬 희망과 개방의 공간으로 그려지고 있는 것이다. 요컨대 『무정』의 기차야말로 20세기 식민지 조선의 새로운 공공 영역 public sphere을 표상하는 물체라 해도 과언이 아닐 것이다.

이 기차가 1901년에 기공하여 1904년에 완공하고 1905년에 영업을 개시하여 1910년대에는 부산-경성-신의주를 거쳐 만주와 시베리아로 이어지는 국제선으로 확장된 경부선(京釜線) 기차를 가리키는 것임은 말할 것도 없다. 그리고 이 기차가 1898년 이토 히로부미(伊藤博文)와 대한제국 정부 사이의 '경부철도 합동조약'에 따라 일본 제국의 자본과 기술에 의해 건설된 것이라는 사실 역시 말할 것도 없다. 나아가 이 기차가 일본 제국주의의 대륙으로의 야망을 실어 나르는 가장 구체적인 물질적 실체였다는 사실 역시 새삼스러운 것이 아니다.

그러나 이와 같은 경부선 철도의 정치·경제적 의미(21세기의 한국인에게는 너무나도 상식적인)가 『무정』에서 일절 드러나지 않는다는 사실을 소리 높여 지적하거나 더 나아가 그에 대해 분노하는 것은 진부한 소설읽기의 전형에 지나지 않는다. 기차란 무엇인가? 그것과 이른바 근대 국민국가 nation state와의 관계는 무엇인가? 문제의 초점을 이렇게 바꾸면, 거기에서 드러나는 것은 근대화의 욕망에 몸을 실은 20세기 한국인의 자화상이다.

기차가 국민을 만들고 국가를 만든다. 기차야말로 근대 국가의 핵심적 장치이다. 열차 시간표의 통일을 위한 전국 표준시(時)의 제정, 열차 역을 중심으로 한 새로운 도시들의 건설과 그에 따른 근대적 시스템의 도입 등이 근대 국가의 건설과 같은 궤도에 놓인 것임은 많은 설명이 필요하지 않다. 산을 뚫고 강을 질러 일직선으로 목표를 향해 달리는 기차, 수많은 사람(大衆)을 똑같은 속도로 똑같은 목적지로 실어 나르는(그럼으로써 '동질적' 국민을 만들어내는) 기차, 후진(後進)이나 우회(迂廻)가 용납되지 않고 직진(直進)만이 최고의 미덕인 기차, 이것이야말로 네이션 스테이트를 완벽하게 표상하는 실체일 수밖에 없는 것이다.[2]

---

[2] 기차의 등장이 근대성의 경험에서 어떤 중요성을 갖는 것인가를 흥미롭게 분석한 책으로는 볼프강 쉬벨부쉬, 『철도 여행의 역사』(박진희 옮김, 궁리출판, 1999)를 참조하라. 근대 국민국가의 상징으로서의 기차가 지니는 의미에 대한 언급으로는 고모리 요이치(小森陽一), 『漱石を読みなおす』(ちくま新書, 1995), 특히 제9장을 볼 것. 기차가 한국 소설에서 그려지는 모습에 관한 보다 자세한 분석은 김

근대를 향한 이 직선적인 욕망에서 20세기의 한국인들도 물론 예외는 아니었다. 한반도의 주민들은 일본 국가를 통해 근대 국민국가를 처음으로 경험하였다. 그것이 '우리의 국가'가 아니었다고 해서 그 경험이 지니는 의미의 심대함이 사라지는 것은 아니다. 오히려 '우리의 국가'가 아니었다는 사실로부터 근대화와 근대 국가에의 욕망은 한없이 부풀어 오른다. 일제에 대해서 어떤 태도를 취하든 상관없이, 근대화에 관한 한 20세기 이래의 한국인들은 목적지가 동일한 기차에 올라탄 승객들이다. 『무정』이 보여주는 것은 바로 그 기차에 오른 최초의 승객들의 모습이다. 그리고 21세기의 우리는 지금도 여전히 달리고 있는 그 기차에 타고 있다.

II. 경찰과 『무정』

다른 예를 보자. 기차 못지않게 『무정』의 서사에서 중요한 기능을 하는 것은 '경찰'이다. 강간의 위협에 직면한 영채를 구하기 위해 바삐 움직이던 형식은 마침 전차에서 신우선을 만나 그에게 사정을 털어놓고 도움을 청한다. 영채가 실제로 강간을 당했는가의 여부는 『무정』의 독해를 둘러싼 끊임없는 논쟁의 한 주제이지만, 이 대목에서 경찰이 출동하여 사태를 수습한다는 것은 흥미로운 분석의 대상이 될 만하다. 영채의 신분은 기생이다. 그가 1916년에 공포된 「유곽업 창기 취체 규정」에 따른 공창(公娼), 즉

철, 「기차와 한국소설」(『새국어생활』, 국립국어연구원, 2005년 봄) 참조.

권번(券番)에 속한 기생이었는지는 불분명하지만 김현수와 배학감이 영채를 데리고 청량사로 나가 술을 마시는 행위 자체에 공권력인 경찰이 출동할 아무 근거가 없음은 분명하다. 그러나 '대신문사의 기자' 신우선의 말 한마디에 '종로 경찰서의 형사'가 출동하여 김현수와 배학감을 체포한다.[3]

다른 장면을 보자. 영채의 유서를 본 형식은 부랴부랴 영채를 찾으러 평양으로 떠날 준비를 하는데 그때 그가 가장 먼저 하는 일은 평양 경찰서에 "어떤 부인 하나를 보호하여달라"는 전보를 보내는 것이다. 밤차를 타고 아침에 평양에 도착한 이형식이 가장 먼저 들르는 곳도 역시 평양 경찰서인데 경찰관은 전보를 받고 역에 나가 보았으나 그런 부인은 보지 못했노라고 답변한다. 이형식은 특별한 권력이나 힘을 지닌 인물이기는커녕 고아 출신의 가난한 학교 교사이다. 그런 그의 의뢰에 경찰은 당연한 의무처럼 그 일을 수행하는 것이다. 실제로 심인(尋人) 업무는 경찰의 주요 임무였다.

『무정』의 서사에서 경찰이 가장 크게 기능하는 곳은 삼랑진 수해 현장에서의 자선 음악회 장면이다. 『무정』의 대단원을 이루는

---

[3] 이 점에 관해 일본인 연구자 오노 나오미(小野常美)는 아주 상세한 설명을 한 바 있다. 그녀에 따르면 배학감 등이 영채를 데리고 청량사로 나간 일에 형사가 출동할 이유는 전혀 없다. 따라서 형사의 출동은 신우선의 '사적인 부탁'에 의한 것으로 되어야 한다. 신문기자인 신우선이 잘 아는 형사에게 개인적으로 부탁하는 것으로 되어야 한다는 말이다. 작가는 그 점을 깨달았다. 그리하여 처음 연재본에서는 '종로 경찰서의 형사'로 표기했던 부분을 나중에 단행본으로 출간할 때에는 '종로 경찰서의 이형사'로 바꾸었다. 오노 나오미(小野常美), 「李光洙『無情』を読む」(『朝鮮學報』, 1997)를 참조.

이 장면에서 경찰은 또 하나의 주인공이다. 형식 일행은 자선 음악회의 '허가'와 '원조'를 얻기 위해 경찰서에 들른다. 경찰서장은 전적인 원조를 약속한다. 그리하여 시내를 돌면서 이 자선 음악회의 개최를 알리고 사람들을 모으는 것은 서장이 파견한 '순사'들이다. 삼랑진 역 대합실에서 열린 음악회에서 '눈물을 주르르' 흘리는 연설과 함께 형식 일행을 청중에게 소개하는 인물도 '경찰서장'이다.

골수 친일파 작가답게 일제 경찰을 미화한 것이 아니냐는 식의 흥분은 잠깐 접어두자. 개인의 사생활에 속하는 영역까지도 경찰력에 의해 보호되고 관찰되는 근대 사회의 현실, 일상의 모든 영역에까지 침투하기 시작하는 근대 국가 권력의 실상이 이 장면들에서 그대로 드러나고 있는 점에 주목할 필요가 있다. 더구나 그 권력의 모습은 엄하고 딱딱한 것이 아니라, 온화하고 자상하게 그려져 있는 것이다. 강간을 막기 위해 출동하는 형사, 낯모르는 시민의 말 한마디에 역으로 나가는 경찰관, 학생들의 자선 음악회를 위해 분주히 움직이는 지방 경찰서의 서장과 경찰관들, 요컨대 '민중의 지팡이'로 표상되는 근대 경찰력의 한 이미지가 이 장면들에서 구성되고 있는 것이다.

경찰과 군대가 근대 국가의 합법적·독점적 폭력의 두 축이라는 사실은 상식에 속한다. 경찰력은 국가의 내부를 향하고 군사력은 외부를 향한다. 경찰은 국가의 강제력이 국민에게 닿는 최전선(最前線)의 접점이다. 1909년에 한국의 사법 및 감옥 사무 위탁에 관한 한일협약 5개조가 조인됨으로써 대한제국의 모든 사법과 감옥에 관한 사무가 일본국 정부에 위탁된 이래, 1910년 합방 직전에는 경찰권이 이양되었다.

잘 알려진 바와 같이, 메이지 일본의 근대화는 유럽 제국의 제도와 문물을 혼성(混成) 모방한 것이다. 예컨대 법률이나 대학 제도는 프러시아, 경찰 제도는 프랑스의 그것을 모델로 하는 것이었다. 한 연구자의 표현에 따르면, 프랑스의 경찰 제도는 '인민의 생활에 대한 모세혈관적 침투'라고 할 만한 것이었다. 경찰은 시민들의 일거수일투족을 보호하고, 감시하고, 지도했다. 일본의 경찰은 시민들의 위생, 청결, 복장까지를 '취체'했고 그 항목은 수백 가지가 넘었다. 그들이 들어갈 수 없는 영역은 없었다. 예컨대 1932년에 수립된 만주국에서 경찰은 가정집 부엌에 들어가서 부엌의 청소 상태나 솥의 세척 상태까지를 검사하고 지도했다. 심지어 경찰관은 한 손으로 핸들을 잡고 자전거를 타는 시민을 단속할 임무까지 지니고 있었다. 이것이 의미하는 것은 무엇인가?

중세의 전제 권력은 그 신민(臣民)으로부터 최대한 거리를 유지한다. 실제적으로나 물리적으로도 권력이 모든 신민 개개인에게 직접 침투할 수 있는 방법은 없다. 권력이 개인으로부터 멀리 떨어져 있으면 있을수록 그것은 권력에게 유리하다. 권력자나 권력 기구의 가까이에 조직화된 집단이 있다는 것은 위험한 일이다. 그러므로 자연 환경과 물적 조건의 미비에 따른 사람들의 분산은 중세의 전제 권력을 유지시키는 최선의 조건이다. 전제 권력은 신민 개개인의 안위에는 아무 관심이 없다. 그 권력은 거기까지 침투하지 못한다. 중세 권력은 다만 공포 그 자체로 존재한다.

이에 반해 근대 국민국가의 권력은 사람들을 통합하고 조직한다. 동시에 새로운 '주체=신민subject'과 권력의 거리는 최대한 가까워진다. 이제 권력은 개인을 통제하고, 보호하고, 규율한다. 권력은 개개인의 신체에, 내면에, 생활에 속속들이 스며든다. 아무도 권력의 시야로부터 벗어날 수 없다. 또한 권력은 그 자신을 신민의 시야에 즐겨 노출시킨다. 거대한 퍼레이드, 열병식, 장엄한 의식들이 수시로 군중의 눈앞에 펼쳐지고, 권력과 신민의 거리는 최대한으로 좁혀지고 일상화된다. 신민은 보호되고, 관리되고, 지도되며, 훈육된다. 그것을 수행하는 권력의 직접적 얼굴이 바로 경찰인 것이다.

한반도의 신민들이 이러한 근대 권력을 경험하게 되는 것은 물론 20세기 들어서이다. 그것이 대한제국의 것이든, 일본 제국의 것이든 그것은 중요하지 않다. 실제로 대한제국의 경찰력이 그러한 위력을 행사할 시간은 거의 없었다고 보아야 한다. 대체로 유럽 제국 특히 프랑스의 경찰 제도를 모방한 '일상생활에의 모세혈관적 침투'와도 같은 일제 경찰력의 위력을 한국인들은 20세기 초에 처음으로 경험하고 있었다. 그것은 혹독하고 쓰라린 것이기도 했지만, 근대 국가 권력의 속성답게 자비로운 보호자의 얼굴을 한 것이기도 했다. 자비로운 보호자, 그러나 그 보호를 통해 신민을 관리하고 훈육하는 국가 권력의 실체로서의 근대 경찰, 그 면모가 『무정』에서 가감 없이 드러나는 장면들에 주목해야 한다.

Ⅲ. '한문식'과 '영문식'

우선도 아무쪼록 세상에 유익한 일을 하려고는 한다. 다만 그는 형식과 같이 열렬하게 세상을 위하여 일생을 버리려는 열성이 없음이니 형식의 말을 빌리건댄 우선은 '개인 중심의 지나식 교육을 받은 자'요 형식 자기는 '사회 중심의 희랍식 교육을 받은 자'라. 바꾸어 말하면 우선은 한문의 교육을 받은 자요 형식은 영문이나 덕문의 교육을 받은 자라. (46회)

형식은 영채를 '낡은 여자'라 하고 다시 형용사를 붙여서 '순결 열렬(純潔熱烈)한 구식여자(舊式女子)'라 하였다. 그러나 우선은 이번 영채의 행위는 절대적(絶對的)으로 선(善)하다 한다. 하나는 영문식(英文式)이요 하나는 한문식(漢文式)이로다. (53회)

신우선과 이형식을 비교할 때마다 등장하는 이 '한문식'과 '영문식'이라는 비유의 연원과 그 의미는 무엇일까? 신우선은 '지나(支那) 소설에 나오는 풍류남자'이며 '당나라 시절 호협한 청년의 풍'을 지닌 '신사'이기는 하지만, 여전히 낡은 관습에서 벗어나지 못한 인물이며 깨어나야 할 대상이다. 그것이 '한문식'이다. 이에 비해 '영문식'인 형식은 한 발 앞선 인물임이 분명하다. 문명개화의 발전 정도를 '한문/영문'으로 비유하는 이 어법은 19세기 말~20세기 초 개화 담론의 한 특징을 여실히 드러내는 하나의 사

레이다.

청일전쟁(1894)에서 러일전쟁(1904~05)에 이르는 기간 한국 사회에서의 문명개화란, 간단히 말해 '탈중화(脫中華)'를 의미하는 것이었다. 중화 문명으로부터 '독립'하여 새로운 세계 자본주의 질서, 즉 만국 공법의 질서로 편입하는 것은 시대의 절대적인 요구가 되었다. 따라서 중국과의 관계를 재조정하고 중국의 위상을 새롭게 규정하는 것은 한국 민족주의의 초기 형성 과정에서 가장 핵심적인 사안이 되었다. 동양 사회의 오랜 조공(朝貢) 체제 아래서 종주국의 지위를 누리던 중국은 이제 후진과 야만의 표상이 되었다. '지나'라는 경멸적 호칭을 비롯해서 중국과 중국인에 대한 혐오와 경멸은 19세기 말~20세기 초 문명개화 담론의 주조를 이룬다. 청일전쟁에서 청의 패배 이후, '보편'과 '문명'을 의미하던 '중국'은 이제 하나의 특수한 지역을 의미하는 것이 되었는데, 예컨대 1895년의 「국민소학독본」은 중국을 가리켜 "중국은 우리나라와 마찬가지로 아시아 대륙의 한 나라"라고 표기했다. 독립협회의 인사들이 주축이 되어 서민과 부녀자를 위한 계몽운동을 펼쳤던 제국신문이 1900년 6월 5일 「중국처럼 되어서는 안 된다」는 논설을 게재한 것에서 단적으로 드러나듯, 이제 중국은 닮아서는 안 될 타산지석의 표본이었다.[4]

그렇다고 본다면, 신우선과 이형식을 '한문식'과 '영문식'으로 대비하는 이 어법은 문명의 위계를 국가별로 줄 세우는 19세기

---

[4] 이 설명들은 Andre Schumid, *Korea between Empires 1895~1919*(Columbia University Press, 2002)의 이곳저곳을 참조하여 서술한 것이다.

말 이래 문명개화의 담론 질서에 그 연원을 두고 있는 것이다. 요컨대 그 비유는 '당나라 호협풍의' '한문식' 풍류남아 신우선이 '백설 같은 파나마모자를 쓴 카이저수염'의 '영문식' 신사로 탈바꿈하는 것, 즉 근대라는 기차의 노선에 대한 비유에 다름 아닌 것이었다.

IV. 그 밖의 주제들

지금까지 살펴본 몇 가지 사례에서 확인되는바, 『무정』은 지난 세기 이래 한국인들이 어떤 욕망에 들려 있었던가를 가감 없이 보여주는 정밀한 거울이다. 그러나 사람들은 이 거울을 자세히 들여다볼 생각을 하지 않는다. 그 대신에 이 거울을 만든 사람의 '변절'과 '배신'을 소리 높여 질타하는 데 많은 시간을 보낸다. 비난과 질책은 목청 큰 사람들에게 맡기고, 『무정』이라는 거울로 눈을 돌려보자. 무엇이 보이는가, 무엇을 볼 것인가. 해명을 기다리는 많은 주제들이 그 안에 있다. 예컨대 『무정』에서의 '기생(妓生)'을 보자. 『무정』의 많은 인물들이 기생의 주위를 맴돈다. 기생이란 무엇이며 왜 『무정』에는 이렇게 많은 기생들이 출연하는가. 영채가 가장 따르고 존경했던 기생 '월화'는 왜 아무런 작품 내적 필연성도 없이 자살을 하는가. 『무정』의 주제를 구현하는 데에 기생이라는 존재는 어떤 기능을 하는가. 이런 문제들에 초점을 맞추면 『무정』은 우리가 일찍이 보지 못했던 우리 자신의 어떤 모습을 드러내줄지도 모른다.

그런가 하면, 『무정』에서의 동성애적 성향 역시 깊이 탐구할 만한 주제이다. 다음 장면을 보자.

한번은 영채와 월화가 연회에서 늦게 돌아와 한자리에서 잘 때에 영채가 자면서 월화를 꼭 껴안으며 월화의 입을 맞추는 것을 보고 월화는 혼자 웃으며 "아아, 너도 깨었구나—네 앞에 설움과 고생이 있겠구나" 하고 영채를 깨워
"영채야, 네가 지금 나를 꼭 껴안고 입을 맞추더구나" 하였다. 영채는 부끄러운 듯이 낯을 월화의 가슴에 비비고 월화의 하얀 젖꼭지를 물며, "형님이니 그렇지" 하였다. (32회)

둘은 얼굴을 마주대고 서로 꼭 안았다. 그러나 나어린 영채는 어느덧 잠이 들었다. 월화는 숨소리 편안하게 잠이 든 영채의 얼굴을 이윽히 보고 있다가 힘껏 영채의 입술을 빨았다. 영채는 잠이 깨지 아니한 채로 고운 팔로 월화의 목을 꼭 쓸어안았다. 월화의 몸은 벌벌 떨린다. (34회)

1910년대라는 시간을 생각하면 이 표현의 대담무쌍함도 놀라운 것이거니와, 이광수에게서 자주 등장하는 이러한 동성애적 성향은 이미 그의 처녀작인 일본어 소설「사랑인가(戀か)」(1909)에서도 강하게 감지되는 것이다. 그리고 보면 이광수만큼 동성애적 성향을 자주 드러낸 근대 작가도 없다. 왜 그럴까?
어떤 주제를 통해 어떤 의미를 포착하든 그것은 결국 지난 백년간 우리가 살아온 한 흔적을 드러내주는 것이다. 다시 말해, 오

늘의 한국인들은 수많은 이형식, 신우선, 김선형, 박영채, 김병욱 들이다. 어디 그뿐이랴. 수많은 김장로, 김현수, 배학감 들이 오늘의 한국인들이기도 하다. 리어왕의 독백을 빌려 말한다면, 『무정』이야말로 '내가 누구인지 말해줄 수 있는 자'인 것이다. 그러므로 이광수의 '변절'을 비난하기 전에, 아니 그 '변절'까지를 포함해서, 정면으로 바라보아야 할 것은 『무정』에 드러나는 이러한 나 자신의 모습인 것이다. 그리고 그것이 아마도 『무정』을 읽는 또 다른 방법의 하나일 것이다.

2. 왜 『무정』을 다시 출판하는가

『무정』은 1917년 1월 1일부터 그해 6월 14일까지 총 126회에 걸쳐 매일신보에 연재되었다. 이것이 최초의 『무정』 텍스트이다. 『무정』의 첫 단행본은 다음 해, 즉 1918년 7월 20일에 최남선이 경영하는 출판사 '신문관'에서 간행되었다. 이 첫 단행본은 작가가 직접 교열을 하고 첨삭을 한 것이다. 이후 식민지 시기 『무정』은 '회동서관' '박문서관' 등의 출판사에서 총 여덟 번에 걸쳐 간행되었다. 정확한 통계를 확인할 수는 없지만 아마도 『무정』은 식민지 기간 동안 가장 많이 출판된 단일 저작이 아닐까 싶다.

알다시피, 해방 직후 이광수는 반민특위에 체포되는 등의 곡절을 겪은 뒤 한국전쟁 중에 납북되었다. 작가가 사라진 상태에서 『무정』은 1953년 '박문출판사'(해방 전의 박문서관)에서 다시 출간되었다. 그러나 이때부터 『무정』 텍스트에 문제가 생기기 시작했다. 작가의 개입이 불가능한 상태에서 새로운 활자체로 『무정』을 조판하면서 원텍스트와 크게 차이가 나는 교정의 실수들이 생겨났던 것이다. 식민지 시기 간행된 단행본들에도 사소한 교정의 실수들은 있었지만, 이 53년도 박문출판사본은 편집자가 임의로 바꾼 단어들이 있을 정도로 심한 실수투성이의 판본이 되었다.

그러나 『무정』 텍스트의 역사에서 가장 심각한 훼손은 1956년 광영사에서 『춘원찬집(春園撰集)』의 제5권으로 발행한 『무정』과 1962년 삼중당에서 『이광수 전집』의 제1권으로 발행한 『무정』에서 발생했다. 광영사본 『무정』은 편집자가 자기 임의대로 작품에 손질을 가한 텍스트이다. 이 책의 편집자는 『무정』의 모든 문장에서 '~더라' '~이라' 등의 고어체 어미를 무조건 '~이다'라는 현대어 어미로 바꾸거나, 등장인물들이 사용하는 일본어를 모두 한국어로 번역하여 바꾸는 등의 어이없는 횡포를 자행하였다.

1962년부터 1년 이상에 걸쳐 전 20권으로 간행된 삼중당의 『이광수 전집』은 당시까지의 출판 사상 가장 규모가 큰 개인 전집이었다. 그러나 이 전집의 제1권으로 간행된 『무정』은 앞서 광영사본에서의 편집자에 의한 임의의 '개작'을 더한층 발전시켜, 심지어는 원텍스트에 없는 말이나 구절을 임의로 삽입하거나 삭제하는 정도에까지 이르렀다. 어떻게 해서 이런 일들이 벌어졌을까? 거기에는 여러 가지 요인이 있었을 것으로 보인다. 작가의 부재가 가장 큰 이유였겠지만, 저작권의 개념이나 관행이 확립되지 않았던 당시의 출판 풍토 등도 작품을 아무나 임의로 손질할 수 있게 한 배경이 되었을 것이다. 또 한편, 고어체 어미나 일본어 표기 같은 부분들이 작가나 작품에 누가 된다고 생각했던 사람들의 판단 착오에서 기인한 것일 수도 있다.

그러나 문제는 여기서 그치는 것이 아니다. 삼중당 전집 이후 『무정』이 얼마나 많은 출판사에서 얼마나 많이 간행되었는지는 정확한 통계를 낼 수 없을 정도이다. 그러나 이 『무정』들 중에서 삼중당본과 다른 것은 겨우 한두 개 손꼽을 수 있을 정도이고, 그나마도 삼중당본에서의 오류들을 정확히 교정한 것도 아니다. 다시 말해서, 해방 이후 출간된 숱한 『무정』들은 모두 편집자가 임의로 첨삭을 가한 삼중당본을 그대로 재간행한 것들이었다. 요컨대 『무정』이 간행된 이후 90년이 지나도록 한국 사회는 이 작품의 '정본(定本)'이 무엇인지를 아직도 모르는 채 원텍스트와는 크게 차이가 나는 작품을 읽고 있는 것이다. 그럼에도 불구하고 수많은 연구자들이 삼중당본을 텍스트로 『무정』을 연구하고 논문을 쓰고 심지어는 그 '문체'를 논하기도 했다.[5]

이 책은 『무정』의 '정본'을 자처하지 않는다. 『무정』의 '정본'은 확정할 수 없다. 식민지 시기에 간행된 『무정』 가운데 작가가 어느 판본까지 개입한 것인지를 알 수 없기 때문이다. 다만 해방 후의 판본들은 편집자가 임의로 수정한 것이 분명하므로 어느 경우에도 정본이라고 말할 수 없고, 더구나 연구용 저본으로 사용해

---

5 이상 『무정』의 판본들과 그 차이들에 대한 보다 자세한 설명은 필자의 논문 「『무정』의 계보」(『바로잡은 『무정』』의 해제)를 참조하기 바람.

서는 안 되는 텍스트다. 일반 독자들의 경우에도 편집자가 임의로 개작한 판본을 읽는 사태가 더 이상 있어서는 안 된다.

이 책은 지금까지의 『무정』의 모든 판본을 종합하여 현대 표기법으로 교정한 것이다. 앞서 말했듯이 『무정』의 정본은 확정할 수 없다. 1917년의 연재본과 1918년 작가가 직접 교열한 초판본을 종합하면 가장 정본에 가까운 것이 되겠지만, 이 두 판본에도 작가나 편집자가 미처 걸러내지 못한 많은 교정상의 실수들이 있다. 그런데 훗날의 단행본들이 편집자의 임의대로 첨삭을 하면서도 또 한편으로는 원텍스트에서의 그러한 오류들을 수정한 경우도 꽤 있다. 이 모든 것들을 비교하여 종합하면 작가 자신의 수정과 편집자의 교정이 결합된 '선본(善本)'이 가능하다. 그것이 이 책이다. 우리는 이 책이 지금까지 출간된 모든 『무정』 가운데 작가의 의도와 편집자의 교정을 가장 충실하게 반영한 선본이라고 믿는다. 다만 현대 독자들을 위해 원문을 현대 표기법으로 바꾸는 것은 오래된 작품이 감당해야 할 어쩔 수 없는 숙명이다. 이 과정에서 또 다른 오류가 발생하지 않았기를 바란다.

이렇게 해서 다시 태어난 『무정』을 세상에 내보낸다. 이제 이 책으로부터 새로운 의미를 길어올리는 것은 온전히 독자들의 몫이다.

작가 연보

1892년(1세) 2월 28일(음력 2월 1일), 평안북도 정주에서 전주 이씨 이종원(42세)과 충주 김씨(23세) 사이에서 출생. 아명은 보경(寶鏡).

1897년(6세) 첫째 누이동생 애경(愛鏡) 출생. 후에 부인이 될 허영숙 출생.

1902년(11세) 부모가 콜레라로 별세함. 누이들과 헤어진 후 친척 집을 돌아다니며 기식함.

1903년(12세) 동학당에 들어감. 박찬명 대령 집에 살며 문서 심부름 등의 서기 일을 함. 둘째 누이 사망.

1904년(13세) 동학 탄압에 따른 일본의 현상체포령 때문에 피신함. 제물포를 거쳐 서울에 옴. 서조모 별세로 인해 귀향함.

1905년(14세) 2월 다시 상경하여 삭발함. 6월 일진회(천도교) 학교에 들어가 일본어와 산술을 배움. 8월 일진회 유학생으로 도일함.

도카이 의숙(東海義塾)에서 일어를 배움.

1906년(15세) 다이세이 중학(大城中學) 1학년에 입학. 12월 일진회의 내분으로 학비가 중단되어 귀국함.

1907년(16세) 대한제국 학부의 유학 자금 지원으로 다시 도일함. 9월 메이지(明治) 학원 보통부 3학년에 편입함. 문일평 등과 교유함.

1908년(17세) 별과 톨스토이를 좋아했던 메이지 학원 급우 야마자키 도시오(山崎俊夫)의 영향으로 가토 나오지(加藤直士) 번역의 톨스토이 작품을 닥치는 대로 읽음. 홍명희의 소개로 최남선을 만남.

1910년(19세) 3월 메이지 학원 보통부 중학 5학년 졸업. 오산학교 교원이 되어 이희철 등의 학생을 가르침. 3월 조부 별세함. 7월 백혜순과 결혼.

1911년(20세) 오산학교 학감으로 취임.

1913년(22세) 오산학교를 그만둠. 11월 세계 여행을 목적으로 만주로 가 정인보를 만남. 상해에서 홍명희, 문일평 등과 동거함.

1914년(23세) 1월 샌프란시스코에서 발행되던 신한민보 주필이 되기 위해 블라디보스토크로 떠남. 권업신문의 주필인 김하구 등과 만남. 2월 시베리아 치타로 감. 6월 국민회 대의회에서 『대한인정교보』 주필로 임명됨. 8월 1차 대전의 발발로 귀국함. 10월 최남선의 『청춘』에 참여함.

1915년(24세) 장남 진근(震根) 탄생함. 9월 김성수의 후원으로 와세다 대학 고등예과에 편입함.

1916년(25세) 9월 와세다 대학 대학부 철학과에 입학함. 10월 심우섭과 총독부 기관지 매일신보, 경성일보 사장인 아베 요시이에(阿部充家)의 집을 방문함.

1917년(26세) 4월 와세다 대학 철학과에서 특대생으로 진급함. 허영숙을 만남. 『무정』의 매일신보 연재를 126회로 끝냄(6월 14일). 경성일보와 매일신보의 특파원으로 5도 답파 여행을 떠남. 7월 부산 스테이션 호텔에서 도쿠토미 소호(德富蘇峰)를 만남. 9월 학우회 기관지인 『학지광』 편집위원이 됨. 11월 특대생이 된 것으로 인해 최두선, 현상윤, 김여제 등과 더불어 총독부로부터 상을 받음.

1918년(27세) 4월 폐병으로 허영숙의 간호를 받음. 7월 허영숙 동경여의전 졸업함. 9월 백혜순과 이혼에 합의함. 10월 일본에서 귀국하여 허영숙과 북경으로 감. 12월 다시 일본으로 가 '조선청년독립단'에 가담함.

1919년(28세) 1월 「조선청년독립단선언서」를 씀. 2월 상해로 탈출함. 3월 『창조』(2호)에 동인으로 이름이 오르나 글은 발표하지 않음. 8월 대한민국 임시정부 기관지 독립신문의 사장 겸 편집국장으로 취임하여 주요한과 함께 활동함.

1920년(29세) 4월 '흥사단'에 가입함. 5월 동인이 된 지 1년 이상 지나 처음으로 『창조』(6호)에 글을 실음. 6월 경무국 보안과의 『대정(大正) 9년 6월 30일 조선인 개황』에 의해 "배일(排日)의 급선봉자(急先鋒者)이자 주뇌자(主腦者)"로 지목받음.

1921년(30세) 2월 허영숙 상해로 감. 3월 귀국하여 체포되나 불기소

석방됨. 5월 허영숙과 결혼함. 9월 사이토 총독을 만남. 11월 『민족개조론』을 집필함.

1922년(31세) 2월 수양동맹회를 발기함.

1923년(32세) Y생, 장백산인 등의 이름으로 창작 활동을 재개함. 5월 동아일보에 입사함.

1924년(33세) 4월 비밀리에 북경에서 안창호를 만남. 8월 김동인, 김소월, 김억, 전영택, 주요한 등과 함께 『영대』 동인이 됨. 10월 『조선문단』을 주재함. 최서해를 봉선사로 보냄.

1926년(35세) 1월 '수양동우회'를 발족함. 5월 수양동우회의 기관지 『동광』을 창간함. 11월 동아일보 편집국장에 취임.

1927년(36세) 1월 숙환의 재발로 반년 이상 병석에 누움. 5월 차남 봉근(鳳根) 출생함. 9월 동아일보 편집국장을 사임함.

1929년(38세) 2월 신장결핵의 진단을 받음. 5월 경의전병원에 입원, 백인제 박사의 집도로 왼쪽 신장 제거 수술을 받음. 9월 삼남 영근(榮根) 출생함.

1932년(41세) 『흙』을 동아일보에 연재하기 시작함.

1933년(42세) 8월 동아일보를 사임하고 조선일보 부사장에 취임함.

1934년(43세) 패혈증으로 차남 봉근 사망함. 5월 조선일보 부사장 직을 사임함. 8월 자하문 밖 홍지동 산장에 정착함.

1935년(44세) 4월 조선일보 편집고문으로 취임. 9월 출옥한 안창호와 박연폭포 등지를 다님. 박정호를 문하생으로 삼음.

1936년(45세) 1월 도쿄 시바(芝) 공원에서 열린 아베 요시이에의 장례식에 참가하고 도쿠토미 소호를 만남. 7월 문단인 70여 명이 참가한 가운데 신흥사에서 '춘원 이광수씨의 문단 생활 20년 위로회'가 열림(4일). 삼남 영근과 함께 원산 송도원에서 여름을 보냄.

1937년(46세) 8월 동우회 사건으로 서대문형무소에 수감됨. 12월 병보석 되어 경성의전병원에 입원함.

1938년(47세) 4월 손자 명선(明善) 출생함. 8월 동우회 사건으로 기소됨.

1939년(48세) 5월 홍지동 산장을 팔고 효자정으로 이사함. 6월 김동인, 박영희, 임학수의 북지황군위문(北支皇軍慰問)에 협력함. 『무정』이 영화화됨. 12월 동우회 사건 1심에서 7년을 구형받지만 무죄 선고를 받음. 친일 문학 단체 '조선문인협회'의 회장이 됨.

1940년(49세) 2월 창씨개명한 새 이름 가야마 미쓰로(香山光郎)를 경성부 호적계에 신고하고 도쿠토미 소호에게 이를 알리는 편지를 씀(12일). 8월 동우회 사건 2심에서 5년 징역을 선고받고 곧 상고함. 일본 작가 기쿠치 간(菊池寬), 도쿠나가 스나오(德永直), 총독부 학무국장 시오바라(鹽原時三郎), 정인섭 등과 함께 경성일보 주최 '반도의 문예를 말하는 좌담회'에 참가함. 10월 조선총독부의 재검열 후 『무정』『흙』 등이 발매 금지를 당함. 『무명』으로 모던일본사 주최 제1회 조선예술상을 수상함. 조선문인협회 회원 37명과 묵동의 지원병 훈련소를 방문함.

1941년(50세) 3월 장덕수, 백남운 등과 함께 사상범 보호관찰소의 외곽 단체인 대화숙(大和塾)의 수양회에 참가함. 11월 경성고등법원 상고심에서 동우회 사건의 무죄 선고를 받음. 12월 '임전보국단' 주최 미영타도대강연회에서 '사상 함께 영미를 격멸하라'는 제목의 강연을 함(14일).

1942년(51세) 11월 제1회 대동아문학자대회에 유진오, 박영희와 함께 참가함.

1943년(52세) 4월 '조선문인보국회' 이사가 됨. 12월 유학생에게 학병에 나갈 것을 권유하기 위해 도쿄에 다녀옴.

1944년(53세) 3월 경기도 사릉에서 박정호와 농사를 짓기 시작함. 8월 제3회 대동아문학자대회에 김기진과 함께 참가함. 11월 저작 전부가 조선총독부에 압수되어 발간 중지를 당함.

1945년(54세) 일본 패망 후 사릉에 계속 머묾.

1946년(55세) 1월 돌베개 사용으로 인해 안면신경 마비와 고혈압을 일으킴. 5월 재산 보호를 위해 허영숙과 합의 이혼함. 9월 광동중학교에서 영어와 작문을 가르침.

1949년(58세) 2월 반민족행위처벌법에 의해 서대문형무소에 수감되었으나 병보석으로 출감함. 8월 반민특위의 불기소 처분을 받음.

1950년(59세) 6월 고혈압과 폐렴으로 병석에 누움. 7월 인민군에 의해 효자동 집이 차압되고 심문을 받음. 인민군에게 납북됨(12일). 10월 평양에서 강계로 이동하던 중, 심한 동상으로 사경을 헤맴. 폐결핵의 악화로 사망함(25일).

1952년 막내딸 정화 『아버님 춘원』을 집필함.

1975년 허영숙 사망함.

1991년 영근 평양을 방문해 이광수 묘소를 찾아냄.
1992년 조선일보사 미술관에서 '춘원 이광수 선생 탄생 100주년 기념 강연회' 열림.

주요 작품 목록

1. 시(시조 포함)

작품명	발표지	발표 연월일
옥중호걸	대한흥학보	1910. 1
우리 영웅	소년	1910. 3
곰	〃	1910. 6
말 듣거라	새별	1913. 9
나라를 떠나는 설움	대한인정교보	1914. 6. 1
망국민의 설움	〃	1914. 6. 1
상부련	〃	1914. 6. 1
새 아이	청춘	1914. 12
님 나신 날	〃	1915. 1
내 소원	〃	1915. 3
극웅행	〃	1917. 12
어머니의 무릎	여자계	1918. 9
삼천의 원한	독립신문	1919. 12. 18
미쁨	창조	1920. 5

작품명	발표지	발표 연월일
기운을 내어라	창조	1921. 1
너는 청춘이다	〃	1921. 1
원단삼곡	독립신문	1921. 1. 1
광복기도회에서	〃	1921. 2. 17
밤차	조선문단	1924. 11
반딧불	〃	1924. 11
벗	〃	1924. 12
흉년	〃	1924. 12
선물	〃	1924. 12
팔십 전	〃	1924. 12
붓 한 자루	〃	1925. 2
님네가 그리워	〃	1925. 3
꿈	동아일보	1925. 10. 9
새 나라로	삼천리	1927. 11
인정	문예공론	1929. 6
생과무상	〃	1929. 6
금매화	〃	1929. 6
석왕사에서	신광	1930. 9
새 여자의 노래	조광	1931. 2
누이	신가정	1933. 4
딸	〃	1933. 4
어머니	〃	1933. 4
귀뚜라미	여성	1937. 1
나팔꽃	〃	1937. 1
또 하루	〃	1937. 1
병중음	조광	1938. 9
조 박용철 군	박문	1939. 1
봄과 님	신세기	1939. 3
지원병장행가	삼천리	1939. 12

작품명	발표지	발표 연월일
어버이	신시대	1941. 1
부여행	〃	1941. 1
우리 집의 노래	〃	1941. 1
선전대조	〃	1942. 2
싱가포르 함락되다(일문)	〃	1942. 2
진주만의 구 군신	〃	1942. 4
전망	녹기	1943. 1
조선의 학도여	매일신보	1943. 11. 5
새해	〃	1944. 1. 1
새해의 기원	신시대	1944. 2
승리의 일	매일신보	1944. 7. 15
적 함대 찾았노라	신시대	1944. 12
모든 것을 바치리	매일신보	1945. 1. 18
나는 독립국 자유민이다	삼천리	1948. 8
사랑	새벽	1950. 6
부처나라	〃	1950. 6
간수	〃	1950. 6

2. 소설

작품명	발표지	발표 연월일
사랑인가(愛か, 단편, 일문)	백금학보	1909. 12
어린 희생(단편)	소년	1910. 2
무정(단편)	대한흥학보	1910. 3
헌신자(단편)	소년	1910. 8
무정(장편)	매일신보	1917. 1. 1~6. 14
소년의 비애(단편)	청춘	1917. 6
어린 벗에게(단편)	〃	1917. 7
개척자(장편)	매일신보	1917. 11. 10~ 1918. 3. 15

작품명	발표지	발표 연월일
윤광호(단편)	청춘	1918. 4
가실(단편)	동아일보	1923. 2. 12~23
선도자(중편)	〃	1923. 3. 27~7. 17
거룩한 죽음(단편)	개벽	1923. 3
허생전(장편)	동아일보	1923. 12. 1~ 1924. 3. 21
금십자가(미완장편)	〃	1924. 3. 22~5. 11
혈서(단편)	조선문단	1924. 10
재생(장편)	동아일보	1924. 11. 9~ 1925. 9. 28
H군을 생각하고(단편)	조선문단	1924. 11
어떤 아침(단편)	〃	1924. 12
사랑에 주렸던 이들(단편)	〃	1925. 1
일설춘향전(장편)	동아일보	1925. 9. 30~1926. 1. 3
천안기(장편)	〃	1926. 1. 5~3. 6
마의태자(장편)	〃	1926. 5. 10~1927. 1. 9
유랑(미완)	〃	1927. 1. 6~31
단종애사(장편)	〃	1928. 11. 31~ 1929. 12. 11
혁명가의 아내(중편)	〃	1930. 1. 1~2. 4
사랑의 다각형(중편)	〃	1930. 3. 27~10. 31
삼봉이네 집(장편)	〃	1930. 11. 29~ 1931. 4. 24
처(미완)	해방	1930. 12
무명씨전(단편)	동광	1931. 3
이순신(장편)	동아일보	1931. 6. 26~ 1932. 4. 3
흙(장편)	〃	1932. 4. 12~ 1933. 7. 10

작품명	발표지	발표 연월일
수암의 일기(단편)	삼천리	1932. 4
유정(장편)	조선일보	1933. 10. 1~12. 31
그 여자의 일생(장편)	〃	1934. 2. 18~ 1935. 9. 26
이차돈의 사(장편)	〃	1935. 9. 30~ 1936. 4. 12
천리 밖의 애인(단편)	야담	1935. 12
애욕의 피안	조선일보	1936. 5. 1~12. 21
모르는 여인	사해공론	1936. 5
드문 사람들(단편)	〃	1936. 5
황해의 미인	〃	1936. 6
만영감의 죽음(단편, 일문)	개조	1936. 8
그의 자서전(장편)	조선일보	1936. 12. 22~1937. 5
공민왕(단편)	〃	1937. 5. 28~6. 10
사랑(장편)	박문서관	1938. 10
무명(단편)	문장	1939. 1
상근령의 소녀(단편)	신세기	1939. 1
늙은 절도범(장편)	〃	1939. 2~1940. 2
꿈(단편)	문장	1939. 7
길놀이(단편)	학우구락부	1939. 7
육장기(단편)	문장	1939. 9
선행장(단편)	가정지우	1939. 12
난제오(단편)	문장	1940. 2
옥수수(단편)	삼천리	1940. 3
진정 마음이 만나서야말로(장편, 일문)	녹기	1940. 3~7
산사의 사람들(단편)	경성일보	1940. 5. 17~24
김씨 부인전(단편)	문장	1940. 7
세조대왕(장편)	박문서관	1940. 7
그들의 사랑(미완)	신시대	1941. 1~3

작품명	발표지	발표 연월일
봄의 노래(장편)	신시대	1941. 9~1942. 6
원효대사(장편)	매일신보	1942. 3. 1~10. 31
가가와 교장(단편, 일문)	국민문학	1943. 10
파리(단편)	국민총력	1943. 10
군인이 될 수 있다(단편, 일문)	신태양	1943. 11
대동아(단편, 일문)	녹기	1943. 12
사십 년(미완)	국민문학	1944. 1~3
원술의 출정(단편, 일문)	신시대	1944. 6
두 사람(단편)	방송지우	1944. 8
소녀의 고백(단편, 일문)	신태양	1944. 10
서울(장편)	태양신문	1950. 1~

3. 산문(문학론, 논설문, 수필, 기행문)

작품명	발표지	발표 연월일
국문과 한문의 과도시대	대한흥학보	1908. ?
금일아한청년과 정육	〃	1910. 2
문학의 가치	〃	1910. 3
특별기증작문(일문)	부(富)의 일본	1910. 3
조선 사람인 청년에게	소년	1910. 6
독립 준비하시오	권업신문	1914. 3. 1, 8, 15, 22
재외 동포의 현상을 논하여 동포 교육의 긴급함을	대한인정교보	1914. 6. 1
지사의 감회	〃	1914. 6. 1
동정	청춘	1914. 12
대구에서	매일신보	1916. 9. 22~23
동경잡신	〃	1916. 9. 27~11. 9
문학이란 하오	〃	1916. 11. 10~13
조혼의 악습	〃	1916. 11. 23~26

작품명	발표지	발표 연월일
교육가 제씨에게	매일신보	1916. 11. 26~12. 13
농촌계발	〃	1916. 11. 26~1917. 2. 18
위선 수가 되고 연후에 인이 되라	학지광	1917. 1
오도답파여행	매일신보	1917. 6. 29~9. 12
혼인론	〃	1917. 11. 21~30
부활의 서광	청춘	1918. 3
현상소설 고선 여언	〃	1918. 3
숙명론적 인생관에서 자력론적 인생관에	학지광	1918. 8
자녀중심론	청춘	1918. 9
신생활론	매일신보	1918. 9. 6~10. 19
일본의 오 우상	독립신문	1919. 11. 11
일본인에게(상)	〃	1919. 11. 15
일본인에게(하)	〃	1919. 11. 20
독립전쟁과 재정	〃	1920. 2. 7
세계적 사명을 수한 아족의 전도는 광명이니라	〃	1920. 2. 12
국민개병	〃	1920. 2. 14
독립운동의 문화적 가치	〃	1920. 4. 20
문사와 수양	창조	1921. 1
중추계급과 사회	개벽	1921. 7
팔자설을 기초로 한 조선인의 인생관	〃	1921. 8
소년에게	〃	1921. 11~1922. 2
예술과 인생	〃	1922. 1
금강산유기	신생활	1922. 3~8
민족개조론	개벽	1922. 5
계급을 초월한 예술이라야	〃	1923. 2
민족적 경륜	동아일보	1924. 1. 2~6
우리 문예의 방향	조선문단	1925. 11

작품명	발표지	발표 연월일
중용과 철저	동아일보	1926. 1. 2~3
문학의 부르와 프로	조선문단	1926. 3
조선 문학의 개념	신생	1929. 1
나의 속할 유형	문예공론	1929. 5
선구자를 바라는 조선	삼천리	1929. 12
섬기는 생활	동광	1931. 2
여의 작가적 태도	〃	1931. 4
단결공부	〃	1931. 4
지도자론	〃	1931. 7
조선 민족 운동의 삼 기초 사업	〃	1932. 2
비상시의 비상인	〃	1932. 11
조선 민족의 개념	사해공론	1933. 5
조선민족론	동광총론	1933. 6~7
『흙』을 다 쓰고서	삼천리	1933. 9
나의 문단생활 삼십 년	신인문학	1934. 7
톨스토이의 인생관	조광	1935. 11
문학과 문장	삼천리	1935. 11
도산의 인격과 무대	〃	1935. 12
다난한 반생의 도정	조광	1936. 4~6
소설가의 준비	〃	1936. 9~1937. 2
『무정』 등 전 작품을 어하다	삼천리	1937. 1
산가일기(일문)	동양지광	1939. 8
문학의 국민성(일문)	경성일보	1939. 11. 14~17
조선 문화의 장래(일문)	총동원	1940. 1
신체제 하 조선문학의 진로	삼천리	1940. 1
국민문학의 의의	매일신보	1940. 2. 16
창씨와 나	〃	1940. 2. 20
내선일체와 국민문학	조선	1940. 3
황민화와 조선문학	매일신보	1940. 7. 6

작품명	발표지	발표 연월일
예술의 금일 명일	매일신보	1940. 8. 3~8
나의 교우록(일문)	모던일본	1940. 8
심적 신체제와 조선 문화의 진로	매일신보	1940. 9. 4~12
배움의 감격(일문)	경성일보	1940. 9. 19
조선 문예의 금일과 명일(일문)	〃	1940. 9. 30
내선 청년에 고함(일문)	총동원	1940. 9
동포에 고함(일문)	경성일보	1940. 10. 1~9
얼굴이 변한다(일문)	문예춘추	1940. 11
지원병 훈련소의 하루	총동원	1940. 11
문사부대와 지원병	삼천리	1940. 12
신체제 하의 예술의 방향	〃	1941. 1
신시대의 윤리	신시대	1941. 1
일본 문화와 조선	매일신보	1941. 4. 22~5. 1
근로와 문화	〃	1941. 6. 28~7. 3
인고의 총후문화	〃	1941. 7. 6
사상 함께 영미를 격멸하라	신시대	1942. 1
국민문학 문제	〃	1943. 2
올바르게 사는 법	〃	1943. 3
병제의 감격과 용의	매일신보	1943. 7. 28~31
대동아전쟁의 교훈	녹기	1943. 8
학병에게 감사	매일신보	1943. 12. 10
학병에게 보내는 세기의 감격	〃	1944. 1. 17
절호는 무음	신시대	1944. 7
청년과 금일	〃	1944. 8
전쟁과 문학	〃	1944. 9
반도 청년에게 보냄	〃	1944. 10
대동아문학의 길	국민문학	1945. 1
전쟁과 문화	매일신보	1945. 1. 26~2. 1
소개기	〃	1945. 7. 1~7

4. 단행본

작품명	발표지	발표 연월일
검둥의 설움	신문관	1913
서라벌 정벌기	발행처 불명	1916
무정	신문관	1918
개척자	홍문당서점	1922
조선의 현재와 장래	〃	1923
춘원단편소설집	〃	1924
금강산유기	시문사	1924
허생전	〃	1924
젊은 꿈	박문서관	1926
재생	회동서관	1926
신생활론	박문서관	1926
삼천리강산	삼중당	1926
마의태자	박문서관	1928
일설춘향전	한성도서주식회사	1929
3인시가집	삼천리사	1929
이광수시편	〃	1929
단종애사	박문서관	1930
혁명가의 아내	한성도서주식회사	1930
이순신	대성서림	1932
그 여자의 일생	삼천리사	1935
인생의 향기	홍지출판사	1936
흙	한성도서주식회사	1936
이차돈의 사	〃	1937
문장독본	대성서림	1937
그의 자서전	조광사	1937
애욕의 피안	〃	1937
사랑	박문서관	1938
조선문학독본	조광사	1938

작품명	발표지	발표 연월일
군상	한성도서주식회사	1939
이광수단편집	박문서관	1939
반도강산	영창서관	1939
춘원서간문범	삼중당	1939
수필과 시가	영창서관	1939
춘원시가집	박문서관	1940
세조대왕	〃	1940
문학과 평론	영창서관	1940
유정(일역)	모던일본사	1940
가실(일문)	〃	1940
유정	한성도서주식회사	1940
愛(일문)	모던일본사	1940
수필기행집	조광사	1940
내선일체수상록(일문)	중앙협화회	1941
同胞に寄す(일문)	박문서관	1941
삼봉이네 집	영창서관	1941
사랑(일역)	모던일본사	1942
조선국민문학집	동도서적	1943
유랑	홍문서관	1945
도산 안창호	태극서관	1947
꿈	〃	1947
나―소년편	생활사	1947
돌베개	〃	1948
나―스무 살 고개	박문서관	1948
선도자	태극서관	1948
나의 고백	춘성사	1948
원효대사	생활사	1948
방랑자	중앙출판사	1949
사랑의 죄	문연사	1950

작품명	발표지	발표 연월일
사랑의 동명왕	한성도서	1950
이광수전집	삼중당	1962
이광수전집	우신사	1979
문학에 뜻을 두는 이에게	〃	1983
독립신문: 춘원 이광수 애국의 글	문학생활사	1988
민족개조론	우신사	1993
진정 마음이 만나서야말로	평민사	1995
춘원 이광수 친일문학선집 II	〃	1995
무정 외	동아출판사	1995
흙	〃	1995
동포에 고함	철학과현실사	1997
대도	해난터	1998
도산 안창호	범우사	2000
춘원서간문범	마루	2003
바로잡은 『무정』	문학동네	2003

참고 문헌

단행본

김경수,「현대 소설의 형성과 겁탈: 무정의 근대성 재론」, 문학사와 비평연구회,『한국 현대 문학의 근대성 탐구』, 새미, 2000.

김윤식,『이광수와 그의 시대』, 한길사, 1986.

김윤식·정호웅,『한국 소설사』, 문학동네, 2000/1993.

김철,『바로잡은『무정』』, 문학동네, 2003.

이경훈,『오빠의 탄생』, 문학과지성사, 2003.

이동하,『이광수: '무정'의 빛, 친일의 어둠』, 동아일보사, 1992.

학위 논문

김성연,「한국 근대 문학과 동정의 계보」, 연세대 석사학위 논문, 2002.

김현주,「이광수의 문화 이념 연구」, 연세대 박사학위 논문, 2002.

서영채, 「『무정』연구」, 서울대 석사학위 논문, 1992.

―――, 「한국 근대 소설에 나타난 사랑의 양상과 의미에 관한 연구」, 서울대 박사학위 논문, 2002.

이철호, 「『무정』과 낭만적 자아」, 동국대 석사학위 논문, 2000.

장소진, 「이광수의 『무정』연구: 형성소설(形成小說)의 특징을 중심으로」, 서강대 석사학위 논문, 1985.

장일구, 「한국 근대 소설의 공간성 연구」, 서강대 박사학위 논문, 1999.

전명수, 「『무정』의 판본(版本) 연구」, 고려대 석사학위 논문, 1985.

최종길, 「『무정』과 『만세전』의 문체 비교 연구」, 고려대 박사학위 논문, 2003.

최주한, 「이광수 소설 연구: 애정 삼각관계의 양상과 그 의미를 중심으로」, 서강대 박사학위 논문, 2001.

일반 논문

구인모, 「『무정』과 우생학적 연애론」, 비교문학회, 『비교문학』 28호, 2002.

권보드래, 「『무정』의 발견과 근대성」, 『문학과 교육』 13호, 2000년 9월.

권영민, 「『무정』은 과연 근대 소설인가」, 『문학사상』 299호, 1997년 9월.

김명인, 「『무정』에 관하여」, 『인하어문연구』 5집, 2001년 5월.

김병구, 「이광수의 『무정』론: 식민지적 정신성의 문제를 중심으로」, 『한국문학이론과 비평』 24집, 2004년 9월.

김지영, 「『무정』에 나타난 '사랑'과 '주체'의 근대성」, 『한국문학이론과 비평』 26집, 2005년 3월.

김현주, 「1910년대 '개인,' '민족'의 구성과 감정의 정치학: 이광수의 『무정』을 중심으로」, 『현대 문학의 연구』 22집, 2004년 2월.

———, 「문학·예술 교육과 '동정(同情)': 이광수의 『무정』을 중심으로」, 『상허학보』 12집, 2004년 2월.

문한별, 「이광수 초기 소설 연구: 결핍의 양상과 그 해소로서의 『무정』의 의미」, 『한국문학이론과 비평』 26집, 2005년 3월.

박혜경, 「『무정』의 계몽성과 근대성 재고(再考)」, 『국어국문학』 129호, 2001년 12월.

서영채, 「『무정』과 소설적 근대성」, 『문학사상』 232호, 1992년 2월.

손정수, 「1910년대 이광수의 문학론과 작품의 관련 양상에 대한 고찰」, 『한국학보』, 1996년 겨울.

이상우, 「『무정』의 담론 분석」, 『한국언어문학』 36호, 1996년 5월.

이재선, 「『무정』과 가르침의 시학: 이광수의 『무정』」, 『문학사상』 317호, 1999년 3월.

———, 「형성적 교육소설로서의 『무정』」, 『문학사상』 232호, 1992년 2월.

정연희, 「근대 소설의 형성과 『무정』의 과도기적 성격: 서술자의 기능과 성격을 중심으로」, 『현대문학이론연구』 19집, 2003년 6월.

정혜영, 「근대를 향한 시선: 이광수 『무정』에 나타난 '연애'의 성립 과정을 중심으로」, 『여성문학연구』 3호, 2000년 6월.

정호웅, 「한국 근대 소설의 기점 연구」, 『인문연구』 25, 영남대학교 인문과학연구소.

차미령, 「『무정』에 나타난 '사랑'과 '주체'의 문제」, 『한국학보』 110호, 2003년 봄.

허병식, 「식민지 청년과 교양의 구조: 『무정』과 식민지적 무의식」, 『한국어문학연구』 41집, 2003년 8월.

| 기획의 말

한국문학전집을 펴내며

　오늘의 한국 문학은 다양한 경험과 자산에서 비롯된 것이지만, 그중에서도 우리 앞선 세대의 문학 작품에서 가장 큰 유산을 물려받고 있다. 그럼에도 우리는 가끔 우리의 문학 유산을 잊거나 도외시한다. 마치 그것 없이는 살아갈 수 없는 소중한 물을 쉽게 잊고 사는 것처럼 그동안 우리는 우리가 이루어놓은 자산들을 너무 쉽게 잊어버리고 있었는지도 모르겠다. 인기 있는 외국 작품들이 거의 동시에 번역 출판되고, 새로운 기획과 번역으로 전 세계의 문학 작품들이 짜임새 있게 출판되고 있는 요즈음, 정작 한국 문학 작품들을 체계적으로 정리하지 못하고 있었다는 점을 최근에 우리는 깊이 반성하게 되었다. 그리고 이러한 때늦은 반성을 곧바로 '한국문학전집'을 기획하는 힘으로 전환하였다.

　오늘의 시점에서 '한국문학전집'을 기획한다는 것은, 우선 그동안 양적으로나 질적으로 괄목할 만한 수준에 이른 한국 문학 연구 수준을 반영하는 새로운 시각이 전제되어야 할 것이다. 그리고 '우리 것을 지키자'는 순진한 의도에서가 아니라, 한국 문학이 바로 세계 문학이 되는 질적 확장을 위해, 세계 문학 속에서의 한국 문학의 정체성을 찾는 일을 간과해서는 안 될 것이다.

이번 기획에서 우리가 가장 크게 신경 썼던 점은 크게 두 가지이다. 하나는, 그동안 거의 관습적으로 굳어져왔던 작품에 대한 천편일률적인 평가를 피하고 그동안의 평가에 대한 비판적 평가와 더불어 새로운 평가로 인한 숨은 작품의 발굴이었다. 그리하여 한국 문학사를 시기별로 구분하여 축적된 연구 성과들 위에서 나름대로 중요한 작품들을 선별하는 목록 작업에 가장 큰 공을 들였다. 나머지 하나는, 그동안 여러 상이한 판본의 난립으로 인해 원전 텍스트가 침해되고 있는 심각한 상황을 고려하여 각각의 작가에게 가장 뛰어난 연구자들을 초빙하여 혼신을 다해 원전 텍스트를 확정하였다는 점이다.

장구한 우리 문학사의 주옥같은 작품들을 한자리에 모아, 세대를 넘고 시대를 넘어 그 이름과 위상에 값할 수 있는 대표적인 한국문학전집을 내놓는다. 이번에 출간되는 한국문학전집은 변화된 상황과 가치를 반영하는 내실 있고 권위를 갖춘 내용으로 꾸며질 것이며, 우리 문학의 정본 전집으로서 자리매김해 한국 문학의 전통을 계승하고 발전시키는 데 기여하고자 한다. 이 기획이 한국 문학의 자산들을 온전하게 되살려, 끊임없이 현재성을 가지는 살아 있는 작품들로, 항상 독자들의 옆에 있게 되기를 기대한다.

㈜**문학과지성사**

01 감자 김동인 단편선

최시한(숙명여대) 책임 편집

수록 작품 약한 자의 슬픔 / 배따라기 / 태형 / 눈을 겨우 뜰 때 / 감자 / 광염 소나타 / 배회 / 발가락이 닮았다 / 붉은 산 / 광화사 / 김연실전 / 곰네

극단적인 상황과 비극적 운명에 빠진 인물 군상들을 냉정하게 서술해낸 한국 근대 단편 문학의 선구자 김동인의 대표 단편 12편 수록. 인간과 환경에 대한 근대적 인식을 빼어난 문체와 서술로 형상화한 김동인의 주옥같은 작품들을 만날 수 있다.

02 탈출기 최서해 단편선

곽근(동국대) 책임 편집

수록 작품 고국 / 탈출기 / 박돌의 죽음 / 기아와 살육 / 큰물 진 뒤 / 백금 / 해돋이 / 그믐밤 / 전아사 / 홍염 / 갈등 / 먼동이 틀 때 / 무명초

식민 치하 빈궁 문학을 대표하는 최서해의 단편 13편 수록. 식민 치하의 참담한 사회적 현실을 사실적으로 전해주는 작품들. 우리 민족의 궁핍한 현실에 맞선 인물들의 저항 정신과 민족 감정의 감동과 울림을 전한다.

03 삼대 염상섭 장편소설

정호웅(홍익대) 책임 편집

우리 소설 가운데 서울말을 가장 풍부하게 살려 쓴 작품이자, 복합성·중층성의 세계를 구축하여 한국 근대 장편소설의 대표작으로 꼽히는 염상섭의 『삼대』. 1930년대 서울의 중산층 가족사를 통해 들여다본 우리 근대의 자화상이다.

04 레디메이드 인생 채만식 단편선

한형구(서울시립대) 책임 편집

수록 작품 논 이야기 / 레디메이드 인생 / 미스터 방 / 민족의 죄인 / 치숙 / 낙조 / 쑥국새 / 당랑의 전설

역설과 반어의 작가 채만식의 대표 단편 8편 수록. 1920~30년대의 자본주의적 현실 원리와 민중의 삶을 풍자적으로 포착하는 데 탁월했던 채만식. 사실주의와 풍자의 절묘한 조합으로 완성한 단편 문학의 묘미를 즐길 수 있다.

05 비 오는 길 최명익 단편선

신형기(연세대) 책임 편집

수록 작품 페어인 / 비 오는 길 / 무성격자 / 역설 / 봄과 신작로 / 심문 / 장삼이사 / 맥령

시대를 앞섰던 모더니스트 최명익의 대표 단편 8편 수록. 병과 죽음으로 고통받는 인물 군상들을 통해 자신이 예감한 황폐한 현대의 징후를 소설화한 작가 최명익. 너무나 현대적이어서, 당시에는 제대로 평가받을 수 없었던 탁월한 단편소설들을 만난다.

06 사하촌 김정한 단편선

강진호(성신여대) 책임 편집

수록 작품 그물 / 사하촌 / 항진기 / 추산당과 곁사람들 / 모래톱 이야기 / 제3병동 / 수라도 / 인간단지 / 위치 / 오끼나와에서 온 편지 / 슬픈 해후

리얼리즘 문학과 민족 문학을 대표하는 김정한의 대표 단편 11편 수록. 민중들의 삶을 통해 누구보다 먼저 '근대화의 문제'를 문학적으로 제기하고 예리하게 포착한 작가 김정한의 진면목을 본다.

07 무녀도 김동리 단편선

이동하(서울시립대) 책임 편집

수록 작품 화랑의 후예 / 산화 / 바위 / 무녀도 / 황토기 / 찔레꽃 / 동구 앞길 / 혼구 / 혈거부족 / 달 / 역마 / 광풍 속에서

한국적이고 토착적인 전통 세계의 소설화에 앞장선 김동리의 초기 대표작 12편 수록. 민중의 삶 속에 뿌리 내린 토착적 전통의 세계를 정확한 묘사와 풍부한 서정으로 형상화했던 김동리 문학 세계를 엿본다.

08 독 짓는 늙은이 황순원 단편선

박혜경(인하대) 책임 편집

수록 작품 소나기 / 별 / 겨울 개나리 / 산골 아이 / 목넘이마을의 개 / 황소들 / 집 / 사마귀 / 소리 / 닭제 / 학 / 필묵장수 / 뿌리 / 내 고향 사람들 / 원색오뚝이 / 곡예사 / 독 짓는 늙은이 / 황노인 / 늪 / 허수아비

한국 산문 문체의 모범으로 평가되는 황순원의 대표 단편 20편 수록. 엄격한 지적 절제와 미학적 균형으로 함축적인 소설 미학을 완성시킨 작가 황순원. 극적인 사건 전개 대신 정적이고 서정적인 울림의 미학으로 깊은 감동을 전한다.

09 만세전 염상섭 중편선

김경수(서강대) 책임 편집

수록 작품 만세전 / 해바라기 / 미해결 / 두 출발

한국 근대 소설의 기념비적 작품인 「만세전」, 조선 최초의 여류화가인 나혜석의 삶을 소설화한 「해바라기」, 그리고 식민지 조선의 현실을 담아내고 나름의 저항의식을 형상화하기 위한 소설적 수련의 과정을 단적으로 보여주는 「미해결」과 「두 출발」 수록. 장편소설의 작가로만 알려진 염상섭의 독특한 소설 미학의 세계를 감상한다.

10 천변풍경 박태원 장편소설

장수익(한남대) 책임 편집

모더니스트 박태원이 펼쳐 보이는 1930년대 서울의 파노라마식 풍경화. 근대 자본주의 사회의 이데올로기와 일상성에 대한 비판에 몰두하던 박태원 초기 작품의 모더니즘 경향과 리얼리즘 미학의 경계를 넘나드는 역작. 식민지라는 파행적 상황에서 기형적으로 실현되던 근대화의 양상을 기층 민중의 생활에 초점을 맞춰 본격화한 작품이다.

11 태평천하 채만식 장편소설
이주형(경북대) 책임 편집

부정적인 상황들이 난무하는 시대 현실을 독자적인 문학적 기법과 비판의식으로 그려냄으로써 '문학적 미'를 추구했던 채만식의 대표작. 판소리 사설의 반어, 자기 폭로, 비유, 과장, 희화화 등의 표현법에 사투리까지 섞은 요설로, 창을 듣는 듯한 느낌과 재미를 선사하는 작품. 세태풍자소설의 장을 열었던 채만식이 쓴 가족사소설의 전형에 해당한다.

12 비 오는 날 손창섭 단편선
조현일(홍익대) 책임 편집

수록 작품 공휴일 / 사연기 / 비 오는 날 / 생활적 / 혈서 / 피해자 / 미해결의 장 / 인간동물원초 / 유실몽 / 설중행 / 광야 / 희생 / 잉여인간 / 신의 희작

가장 문제적인 전후 소설가 손창섭의 대표 단편 14작품 수록. 병적이고 불구적인 인간 군상들을 통해 전후 사회 현실에서의 '절망'의 표현에 주력했던 손창섭. 전쟁 그리고 전쟁 이후의 비일상적 사태를 가장 근원적인 차원에서 표현한 빼어난 작품들을 선별했다.

13 등신불 김동리 단편선
이동하(서울시립대) 책임 편집

수록 작품 인간동의 / 흥남철수 / 밀다원시대 / 용 / 목공 요셉 / 등신불 / 송추에서 / 까치 소리 / 저승새

「무녀도」의 작가 김동리가 1950년대 이후에 내놓은 단편 9편 수록. 전기 작품에 이어서 탁월한 문제의 매력, 빈틈없는 구성의 묘미, 인상적인 인물상의 창조, 인간에 대한 깊이 있는 통찰이라는 김동리 단편의 미학을 다시 한 번 경험할 수 있는 기회이다.

14 동백꽃 김유정 단편선
유인순(강원대) 책임 편집

수록 작품 심청 / 산골 나그네 / 총각과 맹꽁이 / 소낙비 / 솥 / 만무방 / 노다지 / 금 / 금 따는 콩밭 / 떡 / 산골 / 봄·봄 / 안해 / 봄과 따라지 / 따라지 / 가을 / 두꺼비 / 동백꽃 / 야앵 / 옥토끼 / 정조 / 땡볕 / 형

고단한 삶을 살아가는 순박한 촌부에서 사기꾼에 이르기까지 다양한 삶의 모습을 문학 속에 그대로 재현한 김유정의 주옥같은 단편 23편 수록. 인물의 토속성과 해학성, 생생한 삶의 언어와 우리 소리, 그 속에 충만한 생명감을 불어넣은 김유정 문학의 정수를 맛본다.

15 소설가 구보씨의 일일 박태원 단편선
천정환(성균관대) 책임 편집

수록 작품 수염 / 낙조 / 소설가 구보씨의 일일 / 애욕 / 길은 어둡고 / 거리 / 방란장 주인 / 비량 / 진통 / 성탄제 / 골목 안 / 음우 / 재운

한국 소설사상 가장 두드러진 모더니즘 작품으로 인정받는 「소설가 구보씨의 일일」을 비롯한 박태원의 대표 단편 13편 수록. 한글로 씌어진 가장 파격적이고 실험적인 작품으로 주목 받은 박태원. 서울 주변부 중산층의 삶이라는 자기만의 튼실한 현실 공간을 구축하여 새로운 소설 기법과 예술가소설로서의 보편성을 획득한 작품들이다.

16 날개 이상 단편선
김주현(경북대) 책임 편집

수록 작품 12월 12일 / 지도의 암실 / 지팡이 역사 / 황소와 도깨비 / 공포의 기록 / 지주회시 / 동해 / 날개 / 봉별기 / 실화 / 종생기

근대와 맞닥뜨린 당대 식민지 조선의 기념비요 자화상 역할을 하는 이상의 대표 단편 11편 수록. '천재'와 '광인'이라는 꼬리표와 함께 전위적이고 해체적인 글쓰기로 한국의 모더니즘 문학사를 개척한 작가 이상. 자유연상, 내적 독백 등의 실험적 구성과 문체로 식민지 근대와 그것에 촉발된 당대인의 내면을 예리하게 포착해낸 이상의 문제작들을 한데 모았다.

17 흙 이광수 장편소설
이경훈(연세대) 책임 편집

한국 최초의 근대 장편소설 『무정』을 발표하면서 한국 소설 문학의 역사를 새롭게 쓴 이광수. 『흙』은 이광수의 계몽 사상이 가장 짙게 깔린 작품으로 심훈의 『상록수』와 함께 한국 농촌계몽소설의 전위에 속한다. 한국 근대 문학사상 가장 많이 연구되고 있는 작가의 대표작답게 『흙』은 민족주의, 계몽주의, 농민문학, 친일문학, 등장인물론, 작가론, 문학사 등의 학문적·비평적 논의의 중심에 있는 작품이다.

18 상록수 심훈 장편소설
박헌호(성균관대) 책임 편집

이광수의 장편 『흙』과 더불어 한국 농촌계몽소설의 쌍벽을 이루는 『상록수』. 심훈의 문명(文名)을 크게 떨치게 한 대표작이다. 1930년대 당시 지식인의 관념적 농촌 운동과 일제의 경제 침탈사를 고발·비판함으로써, 문학이 취할 수 있는 현실 정세에 대한 직접적인 대응 그리고 극복의 상상력이란 두 가지 요소를 나름의 한계 속에서 실천해냈고, 대중적으로도 큰 호응을 불러일으킨 작품이다.

19 무정 이광수 장편소설
김철(연세대) 책임 편집

20세기 이래 한국인이 가장 많이 읽고 가장 자주 출간돼온 작품, 그리고 근현대 문학 가운데 가장 많이 연구의 대상이 된 작가 이광수의 대표작 『무정』. 씌어진 지 한 세기가 가까워오도록 여전히 읽히고 있고 또 학문적 논쟁의 중심에 서 있는 『무정』을 책임 편집자의 교정을 충실하게 반영한 최고의 선본(善本)으로 만난다.

20 고향 이기영 장편소설
이상경(KAIST) 책임 편집

'프로문학의 정점'이자 우리 근대 문학사의 리얼리즘의 확립을 결정적으로 보여주는 이기영의 『고향』. 이기영은 1920년대 중반 원터라는 충청도의 한 농촌 마을을 배경으로 봉건 사회의 잔재를 지닌 채 식민지 자본주의화가 진행되어가는 우리 근대 초기를 뛰어난 관찰로 묘파한다. 일제 식민 치하 근대화에 대한 문학적·비판적 성찰과 지식인의 고뇌를 반영한 수작이다.

21 까마귀 이태준 단편선

김윤식(명지대) 책임 편집

수록 작품 불우 선생/달밤/까마귀/장마/복덕방/패강랭/농군/밤길/토끼 이야기/해방 전후

'한국 근대소설의 완성자' '단편문학'의 명수. 이태준은 우리 근대 문학의 전개 과정에서 결코 간과할 수 없는 역할을 담당했던 작가 가운데 한 사람이다. 문학의 자율성과 예술성을 상실하지 않으면서도 현실 문제에 각별한 관심을 보여주었던 그의 단편은 한국소설사에서 1930년대를 대표하는 것으로 인정받고 있다.

22 두 파산 염상섭 단편선

김경수(서강대) 책임 편집

수록 작품 표본실의 청개구리/암야/제야/E선생/윤전기/숙박기/해방의 아들/양과자갑/두 파산/절곡/얼룩진 시대 풍경

한국 근대사를 증언하고 있는 횡보 염상섭의 단편소설 11편 수록. 지식인 망국민으로서의 허무적인 자기 진단, 구체적인 사회 인식, 해방 후와 전후 시기에 대한 사실적 증언과 문제 제기를 포함한 대표작들을 통해 횡보의 단편 미학을 감상한다.

23 카인의 후예 황순원 소설선

김종회(경희대) 책임 편집

수록 작품 카인의 후예/너와 나만의 시간/나무들 비탈에 서다

인간의 정신적 순수성과 고귀한 존엄성을 문학의 제일 원칙으로 삼았던 작가 황순원. 그의 대표작 가운데 독자들의 가장 많은 사랑을 받은 장편소설들을 모았다. 한국전쟁을 온몸으로 체득하면서 특유의 절제되고 간결한 문장으로 예술적 서사성을 완성한 황순원은 단편에서와 마찬가지로 변함없는 감동의 세계를 열어놓는다.

24 소년의 비애 이광수 단편선

김영민(연세대) 책임 편집

수록 작품 무정/소년의 비애/어린 벗에게/방황/가실/거룩한 죽음/무명/꿈

한국 근대소설사와 이광수 개인의 문학 세계에서 중요한 의미를 갖는 단편 8편 수록. 이광수가 우리말로 쓴 최초의 창작 단편 「무정」, 당시 사회의 인습과 제도를 비판한 「소년의 비애」, 우리나라 최초의 서간체 소설인 「어린 벗에게」, 지식인의 내면적 갈등과 자아 탐구의 과정을 담은 「방황」, 춘원의 옥중 체험을 바탕으로 씌어진 「무명」 등 한국 근대문학의 장르와 소재, 주제 탐구 면에서 꼼꼼히 고찰해야 할 작품들이다.

25 불꽃 선우휘 단편선

이익성(충북대) 책임 편집

수록 작품 테러리스트/불꽃/거울/오리와 계급장/단독강화/깃발 없는 기수/망향

8·15 해방과 분단, 6·25전쟁으로 이어지는 한국 근현대사의 열병을 깊이 있게 고찰한 선우휘의 대표작 7편 수록. 평판작 「불꽃」과 「깃발 없는 기수」를 비롯해 한국 근현대사의 역동성과 이를 바라보는 냉철한 작가의식이 빚어낸 수작들을 한데 모았다.

26 맥 김남천 단편선
채호석(한국외대) 책임 편집

수록 작품 공장 신문 / 공우회 / 남편 그의 동지 / 물 / 남매 / 소년행 / 처를 때리고 / 무자리 / 녹성당 / 길 위에서 / 경영 / 등불 / 꿀

카프와 명맥을 같이하며 창작과 비평에서 두드러진 족적을 남긴 작가 김남천. 1930년대 초, 예술운동의 볼세비키화론 주장과 궤를 같이하는 「공장 신문」 「공우회」, 카프 해산 직후 그의 고발문학론을 담은 「처를 때리고」 「소년행」 「남매」, 전향문학의 백미로 꼽히는 「경영」 「맥」 등 그의 치열했던 문학 세계의 변화를 일별할 수 있는 대표작 14편 수록.

27 인간 문제 강경애 장편소설
최원식(인하대) 책임 편집

한국 근대 여성문학의 제일선에 위치하는 강경애의 대표작. 일제 치하의 1930년대 조선, 자본가와 농민·노동자의 대립 구조 속에서 농민과 도시노동자가 현실의 문제를 해결하고자 하는 주체로 성장하는 과정과 그들의 조직적 투쟁을 현실성 있게 그려낸 작품. 이기영의 『고향』과 더불어 우리 근대 소설사에서 리얼리즘 소설의 수작으로 꼽힌다.

28 민촌 이기영 단편선
조남현(서울대) 책임 편집

수록 작품 농부 정도룡 / 민촌 / 아사 / 호외 / 해후 / 종이 뜨는 사람들 / 부역 / 김군과 나와 그의 아내 / 변절자의 아내 / 서화 / 맥추 / 수석 / 봉황산

카프와 프로문학의 대표 작가 이기영. 그가 발표한 수십 편의 단편소설들 가운데 사회사나 사상운동사로서의 자료적 가치가 높으면서 또 소설 양식으로서의 구조미를 제대로 보여주는 14편을 선별했다.

29 혈의 누 이인직 소설선
권영민(서울대) 책임 편집

수록 작품 혈의 누 / 귀의 성 / 은세계

급진적이고 충동적인 한국 근대의 풍경 속에 신소설이라는 새로운 서사 양식을 창조해낸 이인직. 책임 편집자의 꼼꼼한 텍스트 확정과 자세한 비평적 해설을 통해, 신소설의 서사 구조와 그 담론적 특성을 밝히고 당시 개화·계몽 시대를 대표하는 서사 양식에 내재화된 일본적 식민주의 담론을 꼬집는다.

30 추월색 이해조 안국선 최찬식 소설선
권영민(서울대) 책임 편집

수록 작품 금수회의록 / 자유종 / 구마검 / 추월색

개화·계몽시대의 대표적인 신소설 작가 3인의 대표작. 여성과 신교육으로 집약되는 토론의 모습을 서사 방식으로 활용한 「자유종」, 구시대적 인습을 신랄하게 비판한 「구마검」, 가장 대중적인 신소설 가운데 하나로 꼽히는 「추월색」, 그리고 '꿈'이라는 우화적 공간을 설정하여 현실 비판의 풍자적 색채가 강한 「금수회의록」까지 당대의 사회적 풍속과 세태의 변화를 민감하게 반영한 작품들을 수록했다.

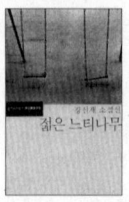

31 젊은 느티나무 강신재 소설선
김미현(이화여대) 책임 편집

수록 작품 안개 / 해방촌 가는 길 / 절벽 / 젊은 느티나무 / 양관 / 황량한 날의 동화 / 파도 / 이브 변신 / 강물이 있는 풍경 / 점액질

1950, 60년대를 대표하는 여성 작가 강신재의 중단편 10편을 엄선했다. 특유의 서정적인 문체와 관조적 시선, 지적인 분석력으로 '비누 냄새' '나는 풋풋한 사랑 이야기에서 끈끈한 '점액질'의 어두운 욕망에 이르기까지, 운명의 폭력성과 존재론적 한계를 줄기차게 탐문한 강신재 소설의 여정을 한눈에 볼 수 있는 기회다.

32 오발탄 이범선 단편선
김외곤(서원대) 책임 편집

수록 작품 일요일 / 학마을 사람들 / 사망 보류 / 몸 전체로 / 갈매기 / 오발탄 / 자살당한 개 / 살모사 / 천당 간 사나이 / 청대문집 개 / 표구된 휴지 / 고장난 문 / 두메의 어벙이 / 미친 녀석

손창섭·장용학 등과 함께 대표적인 전후 작가로 꼽히는 이범선의 대표작 14편 수록. 한국 현대사의 비극에 대한 묘사를 바탕으로 하면서도 잃어버린 고향, 동양적 이상향에 대한 동경을 담았던 초기작들과 전후의 물질적 궁핍상을 전통적 사실주의에 기초해 그리면서 현실 비판적 성격을 강하게 드러낸 문제작들을 고루 수록했다.

33 메밀꽃 필 무렵 이효석 단편선
서준섭(강원대) 책임 편집

수록 작품 도시와 유령 / 깨뜨려지는 홍등 / 마작철학 / 프레류드 / 돈 / 계절 / 산 / 들 / 석류 / 메밀꽃 필 무렵 / 삽화 / 개살구 / 장미 병들다 / 공상구락부 / 해바라기 / 여수 / 하얼빈산협 / 풀잎 / 낙엽을 태우면서

근대 작가의 문화적 정체성이 끊임없이 흔들렸던 식민지 시대, 경성제대 출신의 지식인 작가로서 그 문화적 혼란기를 소설 언어를 통해 구성하고 지속적으로 모색했던 이효석의 대표작 20편 수록.

34 운수 좋은 날 현진건 중단편선
김동식(인하대) 책임 편집

수록 작품 희생화 / 빈처 / 술 권하는 사회 / 유린 / 피아노 / 할머니의 죽음 / 우편국에서 / 까막잡기 / 그리운 흘긴 눈 / 운수 좋은 날 / 발 / 불 / B사감과 러브 레터 / 사립정신병원장 / 고향 / 동정 / 정조와 약가 / 신문지와 철창 / 서투른 도적 / 연애의 청산 / 타락자

한국 근대 단편소설의 형식적 미학을 구축하고 근대적 사실주의 문학의 머릿돌을 놓은 작가 현진건의 대표작 21편 수록. 서구 중심의 근대성과 조선 사회의 식민성 사이에서 방황하는 지식인의 내면 풍경뿐만 아니라, 식민지 조선의 일상을 예리하게 관찰함으로써 '조선의 얼굴'을 담아낸 작가 현진건의 면모를 두루 살폈다.

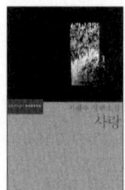

35 사랑 이광수 장편소설
한승옥(숭실대) 책임 편집

춘원의 첫 전작 장편소설. 신문 연재물의 제약에서 벗어나 좀더 자유롭고 솔직한 그의 인생관이 담겨 있다. 이른바 그의 어떤 장편소설보다도 나아간 자유 연애, 사랑에 관한 작가의 생각을 엿볼 수 있는 작품. 작가의 나이 지천명에 이르러 불교와 『주역』 등 동양고전에 심취하여 우주의 철리와 종교적 깨달음에 가닿은 시점에서 집필된, 춘원의 모든 것.

36 화수분 전영택 중단편선

김만수(인하대) 책임 편집

수록 작품 천치? 천재?/운명/생명의 봄/독약을 마시는 여인/화수분/후회/여자도 사람인가/하늘을 바라보는 여인/소/김탄실과 그 아들/금붕어/차돌멩이/크리스마스 전야의 풍경/말 없는 사람

1920년대 초반 자연주의, 사실주의적 색채가 강한 작품 세계로 주목받았던 작가 전영택의 대표작선. 이들 작품에서 작가는, 일제 초기의 만세운동, 일제 강점기하의 극심한 궁핍, 해방 직후의 사회적 혼돈, 산업화 초창기의 사회적 퇴폐상에 대한 자신의 경험을 소박한 형식 속에 담고 있다.

37 유예 오상원 중단편선

한수영(동아대) 책임 편집

수록 작품 황선지대/유예/균열/죽어살이/모반/부동기/보수/현실/훈장/실기

한국 전후 세대 문학의 대표 작가 오상원의 주요작 10편을 묶었다. '실존'과 '행동'에 초점을 맞춘 그의 작품은, 한결같이 극한 상황에 처한 인간 존재의 의미를 묻는 데 천착하면서 효과적인 주제 전달을 위해 낯설고 다양한 소설적 실험을 보여준다.

38 제1과 제1장 이무영 단편선

전영태(중앙대) 책임 편집

수록 작품 제1과 제1장/흙의 노예/문 서방/농부전 초/청개구리/모우지도/유모/용자소전/이단자/B녀의 소묘/O형의 인간/들메/며느리

한국 농민문학의 선구자로 평가받는 이무영의 주요 단편 13편 수록. 이들 작품에서 작가는, 농민을 계몽의 대상이 아닌, 흙을 일구는 그들의 삶을 통해서 진실한 깨달음을 얻는 자족적 대상으로 바라본다. 이무영의 농민소설은 인간을 향한 긍정적 시선과 삶의 부조리한 면을 파헤치는 지식인의 냉엄한 비판 의식이 공존하고 있다.

39 꺼삐딴 리 전광용 단편선

김종욱(세종대) 책임 편집

수록 작품 흑산도/진개권/지층/해도초/GMC/사수/크라운장/충매화/초혼곡/면허장/꺼삐딴 리/곽 서방/남궁 박사/죽음의 자세/세끼미

1950년대 전후 사회와 60년대의 척박한 삶의 리얼리티를 '구도의 치밀성'과 '묘사의 정확성'을 통해 형상화한 작가 전광용의 대표 단편 15편 모음집. 휴머니즘적 주제 의식, 전통적인 서사 형식, 객관적이고 냉철한 묘사 태도, 짧고 건조한 문체 등으로 집약되는 전광용의 작품 세계를 한눈에 살필 수 있는 계기.

40 과도기 한설야 단편선

서경석(한양대) 책임 편집

수록 작품 동경/그릇된 동경/합숙소의 밤/과도기/씨름/사방공사/교차선/추수 후/태양/임금/딸/철로 교차점/부역/산촌/이녕/모자/혈로

식민지 시대 신경향파·카프 계열 작가로서 사회주의 리얼리즘 문학을 구구한 작가 한설야의 문학적 특징을 잘 드러내는 단편 17편을 수록했다. 시대적 대세에 편승하며 작품의 경향을 바꾸었던 다른 카프 작가들과는 달리 한설야는, 주체적인 노동자로서의 삶을 택한 「과도기」의 '창선'이 그러하듯, 이 주제를 자신의 평생 과제로 삼아 창작에 몰두했다.

41 사랑손님과 어머니 주요섭 중단편선

장영우(동국대) 책임 편집

수록 작품 추운 밤 / 인력거꾼 / 살인 / 첫사랑 값 / 개밥 / 사랑손님과 어머니 / 아네모네의 마담 / 북소리 두둥둥 / 봉천역 식당 / 낙랑고분의 비밀

주요섭이 남녀 간의 애정 문제를 주로 다룬 통속 작가로 인식되어온 것은 교정되어야 마땅하다. 그는 빈민 계층의 고단하고 무망(無望)한 삶을 사실적으로 재현하는 데 탁월한 기량을 보였으며, 날카로운 현실인식과 객관적 묘사의 한 전범을 보여주었고 환상성을 수용함으로써 보다 탄력적인 소설미학을 실험하기도 하였다.

42 탁류 채만식 장편소설

우찬제(서강대) 책임 편집

채만식은 시대의 어둠을 문학의 빛으로 밝히며 일제 강점기와 해방기의 우리 소설사를 빛낸 작가다. 그는 작품활동 전반에 걸쳐 열정적인 창작열과 리얼리즘 정신으로 당대의 현실상을 매우 예리하게 형상화했다. 특히 『탁류』는 여주인공 초봉의 기구한 운명의 족적을 금강 물이 점점 탁해지는 현상에 비유하면서 타락한 당대의 세계상을 여실하게 드러내주고 있다.

43 벙어리 삼룡이 나도향 중단편선

우찬제(서강대) 책임 편집

수록 작품 젊은이의 시절 / 별을 안거든 우지나 말걸 / 옛날 꿈은 창백하더이다 / 여이발사 / 행랑 자식 / 벙어리 삼룡이 / 물레방아 / 꿈 / 뽕 / 지형근 / 청춘

위험한 시대에 매우 불안하게 살았던 작가. 그러나 나도향은 불안에 강박되기보다 불안한 자유의 상태를 즐기는 방식으로 소설을 택한 작가였다. 낭만적 환멸의 풍경이나 낭만적 동경의 형식 등은 불안에 대한 나도향 식 문학적 향유의 풍경으로 다가온다.

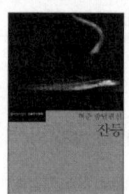
44 잔등 허준 중단편선

권성우(숙명여대) 책임 편집

수록 작품 탁류 / 습작실에서 / 잔등 / 속습작실에서 / 평대저울

한국 근대소설사에서 허준만큼 진보적 지식인의 진지한 자기 성찰을 깊이 형상화한 작가는 없었다. 혁명의 필연성을 기꺼이 인정하면서도 혁명과 해방으로 인해 궁지와 비참에 몰린 사람들에 대해 깊은 연민과 따뜻한 공감의 눈길을 던진 그의 대표작 다섯 편을 한데 모았다.

45 한국 현대희곡선

유치진 함세덕 오영진 차범석 이근삼 이현훈 이현화 이강백 이윤택 오태석

이상우(고려대) 책임 편집

수록 작품 토막 / 산허구리 / 살아 있는 이중생 각하 / 국물 있사옵니다 / 옛날 옛적에 훠어이 훠이 / 카덴자 / 봄날 / 오구— 죽음의 형식 / 심청이는 왜 두 번 인당수에 몸을 던졌는가

한국 현대희곡 100년사를 대표하는 작품 열 편. 1930년대부터 1990년대까지 각 시기의 시대정신과 연극 경향을 대표할 만한 희곡들을 골고루 선별하였고, 사실주의 희곡과 비사실주의희곡의 균형을 맞추어 안배하였다.

46 혼명에서 백신애 중단편선

서영인 책임 편집

수록 작품 나의 어머니/꺼래이/복선이/채색교/적빈/낙오/악부자/정현수/학사/호도/어느 전원의 풍경―일명·법률/광인수기/소독부/일여인/혼명에서/아름다운 노을

일제강점기 한국문학을 대표하는 여성 작가이자 사회운동가인 백신애의 주요 작품 16편을 묶었다. 극심한 가난과 봉건적 인습의 굴레에 갇힌 여성들의 비극, 또는 그로부터 벗어나고자 하는 의지를 섬세한 필치와 치열한 문제의식으로 그려냈다. 그의 소설을 통해 '봉건적 가족제도와 여성의 욕망'이라는 해묵은 주제가 오늘날에도 여전히 풀리지 않는 과제로 존재하고 있음을 알게 된다.

47 근대여성작가선
김명순 나혜석 김일엽 이선희 임순득

이상경(KAIST) 책임 편집

수록 작품 의심의 소녀/선례/돌아다볼 때/탄실이와 주영이/경희/현숙/어머니와 딸/청상의 생활―희생된 일생/자각/계산서/매소부/탕자/일요일/이름 짓기/딸과 어머니와

일제강점기 한국문학을 대표하는 여성 작가들의 주요 작품 15편을 한 권에 묶었다. 근대 여성의 목소리로서 여성문학은 봉건적 가부장제에서 벗어나고자 개인으로서 여성의 자유로운 선택을 가로막는 온갖 질곡에 저항해왔다. 여성이 봉건적 공동체를 벗어나 개성을 찾아 나서는 길은 많은 경우 가출, 자살, 일탈 등으로 귀결되었지만, 그럼에도 여성 자신의 힘을 믿으면서 공동체의 인습에 저항하고 새로운 공동체를 지향하는 노력이 있었다. 여기에 식민지라는 조건 속에서 민족의 해방은 더 큰 과제이기도 했다. 이 책에 실린 여성 작가의 작품들은 신여성의 이러한 꿈과 현실, 한계를 여실히 드러내 보여준다.

48 불신시대 박경리 중단편선

강지희(한신대) 책임 편집

수록 작품 계산/흑흑백백/암흑시대/불신시대/벽지/환상의 시기/약으로도 못 고치는 병

여성의 전쟁 수난사를 가장 탁월하게 그려낸 작가 박경리의 대표 중단편 7편 수록. 고독과 절망의 시대를 살아내면서도 현실과 타협하지 못하는 결벽성으로 인간의 존엄을 고민했던 작가의 흔적이 역력한 수작들이 담겼다.